U0043185

從赫德到米德

邁向溝通共同體的德國古典語言哲學思路

林遠澤

目次

II 從馮特到米德：
語言心理學與語言的行動規範建制

第四章　馮特的語言身體姿態起源論與民族心理學理念......291

哲學中「語言轉向」的別支

序林遠澤《從赫德到米德》

關子尹

自從美國學者羅蒂提出哲學中有所謂的「語言轉向」後，哲學界便必須回答一個問題：語言的論述在哪一意義下可有助於哲學問題的懸解！就這一議題，學界一般認為「語言轉向」指的是英美分析哲學傳統對哲學語言的使用做出批判與重審的「治療模式」。但筆者向來認為，由於語言的關鍵作用，近世除了分析哲學以外，我們於許多其他哲學傳統中其實也可以找到「語言轉向」的另類模式：例如首先有現象學傳統藉意向性分析（胡塞爾）或身體理論（梅露龐蒂）而展開的「意義建構模式」；有德里達為首的，力求揭露哲學語言包含著各種帶壓抑意味的對立的「解構模式」；有伽達默爾為首的，強調不同界域與傳統之間的辯證調和的「詮釋學模式」；有以哈伯瑪斯為代表的，強調社會不同持份者之間的溝通行動的「超驗實用模式」；而在這些模式之外，我向來最重視和認為更根本的，其實還有由洪堡特締建，並特別重視人能仗語言之習得與積極操作以開顯一世界觀的「育成模式」。這多種模式對語言的理解及其各自強調的語言功能雖不盡相同，而且彼此間往往存在著爭議，但不約而同地都與當世過

分偏重語言的客觀表達功能的英美傳統相抗衡。這些「另類」的語言轉向，其更重視的，是語言的文化功能，乃至其社會功能，換言之，對這些語言哲學的「別支」而言，語言的習得、運用與溝通，歸根結柢而言，是一些人文現象乃至是一些社群現象！

最近得觀林遠澤君新著《從赫德到米德》，展閱之餘，深慶上述這一意義的另類的語言轉向得到了更深入的闡述。林著展視了作者深邃的哲學史識：他首先是把分析哲學意義的「語言轉向」歸根於亞里士多德的語言工具觀的復熾與貫徹，並指出這根自亞氏對語言的工具理解，實乃後世乃至當今只知偏重自然科學與對象認知這一主流思想的觀念源頭；亞氏流風所及，當今哲學乃能振振有詞地對諸如、詰問、祈願、虛擬等人文訴求下的語言運用以其不涉認知為由而予以忽視。林著即據此以顯出，歐陸傳統語言哲學的一大特色，就是力求擺脫亞里士多德語言工具觀此一桎梏，而洪堡特認為語言並非單純的表達工具，而乃人類思想得以同步塑成的「器官」，和其認為應重視語言的活動多於重視其果實這些立場，實即此一另類傳統的鮮明旗幟。

洪堡特於學術思想上的地位是很多元的，撇開他於教育學、政治學、史學和美學方面的許多貢獻不表，他首先憑其豐富的語言知識（包括漢語和梵語）被譽為現代普通語言學之父，而在哲學領域中，他繼承了康德哲學的精神，也堪稱為德意志觀念論之殿軍！而他這兩方面的成就的有機整合，便釀成其楬櫫的既立足於經驗觀察，亦不失於觀念深度的語言「育成模式」，和使他所倡議的語言理論於處理經驗對象之餘，能更合理地安頓人類社會中極盡豐富的人文現象與意義世界。

整體而言，洪堡特語言哲學顯然是林著的一大理論樞紐。事實上，看林書的結構，洪堡特就正好像分水嶺一般把全書分為兩

大部分：即可再分為「從赫德到洪堡特」，和「從馮特到米德」。其中前者乃循洪堡特回溯其理論之濫觴與訴求，而後者則順洪堡特以觀其理論的後續影響及發展。其間先後論及赫德的「語言起源論」、哈曼對康德及啟蒙理性的「語文學後設批判」、馮特的「語言身體姿態起源論」、卡西勒的「符號形式哲學」、米德從社會心理學的角度提出的「姿態會話」學說和「符號互動論」等。此外，於論述過程中，林著也吸納了不少近代和當代先輩學者的相關討論，較重要的有史坦塔爾、魏斯格爾博、布朗、博許、圖根哈特、哈伯瑪斯等，儼然擬出一有關語言理論的德國哲學系譜。正如前述，在林書的視野中，這個從18世紀末伸延至20世紀的語言理論浪潮的中心議題，並非主流哲學所強調的對象認知問題，而乃人文社會現象的問題，而其中最耀目的焦點，正是人際的有效溝通問題，而這正是全書副題「邁向溝通共同體的德國古典語言哲學思路」之所指。至於附錄的〈德國古典語言哲學的漢語研究〉一文，雖與本書的核心結構無直接關涉，但正是運用這另類的語言轉向以回饋於漢語漢字反思的重要文獻，讀者殊不應錯過。全書總體而言，可謂構成了德國近代哲學中的「語言論」的支脈；正如作者自詡，這一個脈絡的整理，即使放眼西方學界，亦屬新猷！

　　總而言之，林遠澤君新著涵蓋之豐富，可謂洋洋大觀。遠澤是我於東海大學任教最後一年時入學的學生，他當年由於是越級旁聽我的課，所以當初我對他並沒有留下印象。我真正認識遠澤，是許多年後的事。事緣十年前我應李瑞全兄之邀請，於中央大學作了一場與洪堡特語言理論有關的演講，其時遠澤剛於中央大學執教，作為聽眾之一的遠澤很快便和我建立起緊密的聯繫。我倆的學術興趣雖極為相近，但卻各有不同的重點，正好足以互

補。坦白說，語言哲學之於英美傳統雖然盛行，但歐陸特別是德語傳統的語言哲學，放諸當世，卻只屬冷門。故當年得見遠澤這方面的關注和已具備的條件，真有點「吾道不孤」的喜悅！更難得的，是遠澤自此努力不懈，循洪堡特這基點上溯其源頭和下追其餘緒，能廣諏博採之餘又能深耕細作，終有今日這可觀成績，實極為難得。數月前遠澤求序於我，我毫不猶豫便答允了！唯月來諸事踵至，而自己赴德講學之期限又已逼近眉睫，本欲更詳細論列本書觀點之打算看來已難實行。賞識之餘，惟有爰書數語，以誌其新作之意義。是為序！

2017 年 9 月於柏林自由大學

作者序

本書以德國古典語言哲學傳統作為研究的對象，我所謂的德國古典語言哲學，涵蓋從18世紀末探討語言起源論的赫德（J. G. Herder）到20世紀初為社會心理學建立符號互動論基礎的米德（G. H. Mead）。這中間還包括主張語言上帝起源論以反對啟蒙的哈曼（J. G. Hamann）、創立普通語言學的洪堡特（W. von Humboldt）、設立第一個心理實驗室且開創民族心理學研究的馮特（W. Wundt），與嘗試以文化哲學取代先驗觀念論的卡西勒（E. Cassirer）。這些學者除了卡西勒被列入新康德主義馬堡學派陣營，還在哲學史占有一席之地外，其他學者幾乎在各種哲學史的教科書中，都不曾出現過。本書將這些乍看之下毫無關聯的思想家（米德甚至應是歸屬實用主義陣營的美國人），都包括到德國古典語言哲學的範圍內，實因他們的哲學研究，不僅在學術旨趣與立論出發點方面，都極為一致，他們相續提出的論點，更是環環相扣、相互發明，從而能在語言哲學中，形成一種首尾融貫、體系完整的理論典型。本書因而借鏡《從康德到黑格爾》的提法，[1] 闡

1　德國觀念論「從康德到黑格爾」的思想發展，可以參見Korner的經典表述：Richard Kroner, *Von Kant bis Hegel* (Tübingen: J. C. B. Mohr, 1961)。該書〈導論〉的中譯可以參見關子尹，《論康德與黑格爾》（台北：聯經出版公司，1986），頁3-42。

釋《從赫德到米德》的德國古典語言哲學如何相對於先驗觀念論的意識哲學進路，推動哲學轉向去思考在語言學模式中的溝通共同體理念。

　　相較於近代西方哲學，就其作為強調以意識哲學為基礎的主體性哲學而言，難免會有獨我論的傾向，其知識建構的觀點，也難免將使存有現象化，成為科學操控宰制的對象。德國古典語言學家則都非常有意識地，想透過批判亞里士多德以來的語言工具觀，闡釋語言的真正本性與作用。他們試圖透過論證世界或理性的語言性，以求最終能在溝通共同體的交互主體性構想中，說明為何吾人應在符號結構化的文化世界中，才能理解世界的真理性，並從而得以回答「人是什麼？」的哲學基本問題。「從赫德到米德」的德國古典語言哲學，其哲學研究的學術旨趣因而主要在於，嘗試使哲學能從康德建構先驗觀念論的「純粹理性批判」，轉向建立文化哲學基礎的「語言批判」理論。他們透過對語言之起源、範圍與界限的研究，來說明人類得以建構文化世界的基本法則，俾使哲學不再局限於為自然科學的世界觀奠基，而是轉向為人文科學奠基的哲學人類學研究。

　　德國古典語言哲學的重要性，當然不是本書所獨見。但在眾多意識到這些議題之重要性的當代哲學家中，能歷史通貫地把德國古典語言哲學思路剖析清楚的卻也尚未得見。卡西勒是當代第一個意識到德國古典哲學傳統之重要性的哲學家，他慨嘆當時學界竟然還沒有一部語言哲學史。他自己雖在《符號形式哲學》第一卷《論語言》中，嘗試勾畫語言哲學史的思路，但他對語言哲學史的研究，僅止於馮特的表達理論。[2] 對於他自己的「符號形式

2　參見 Ernst Cassirer, *Philosophie der symbolischen Formen*. Erster Band: *Die*

哲學」如何能從洪堡特的德國古典語言哲學傳統中發展出來，仍未有清晰的理路論述。哈伯瑪斯同樣非常清楚，當代德國的詮釋學理論與他自己的普遍語用學理論（或者說溝通行動理論），都是從洪堡特所代表的德國古典語言哲學傳統而來的，他自己並致力於研究洪堡特、卡西勒與米德的理論。[3] 而對於德國古典語言哲學的歷史發展，最有深入研究的則應首推阿佩爾。阿佩爾指出，在西方哲學的發展中，除了由經驗主義的名目論與理性主義的普遍記號學所形成的科學—經驗主義語言研究傳統外，還包括來自基督教傳統的邏各斯神祕主義、與來自希臘—羅馬之修辭學傳統的人文主義語言觀。後兩種語言觀點代表一種先驗詮釋學的語言觀，對此進行哲學的闡釋，乃始於赫德與哈曼，而最終綜合於洪堡特。[4] 阿佩爾雖然深入歷史文本，對於存在於修辭學與近代母語文學中的人文主義語言觀，做了詳細的研究，而寫了《從但丁到維柯之人文主義的語言理念》（*Die Idee der Sprache in der Tradition*

Sprache. In *Ernst Cassirer: Gesmmelte Werke*. Hg. Birgit Recki. Bd. 11（Hamburg: Felix Meiner Verlag, 2001）, 51-121.

3　哈伯瑪斯的研究成果主要可以參見以下三篇論文：（1）Jürgen Habermas, "Hermeneutische und analytische Philosophie—Zwei komplementäre Spielarten der linguistischen Wende," *Wahrheit und Rechtfertigung*（Frankfurt am Main: Suhrkamp Verlag, 1999）, S. 65-101.（2）Jürgen Habermas, "Die befreiende Kraft der symbolischen Formgebung—Ernst Cassirers humanistisches Erbe und die Bibliothek Warburg," *Vom sinnlichen Eindruck zum symbolischen Ausdruck*（Frankfurt am main: Suhrkamp Verlag, 1997）, S. 9-40.（3）Jürgen Habermas, "Individuierung durch Vergesellschaftung—Zur G. H. Meads Theorie der Subjectivität," *Nachmetaphysisches Denken—Philosophische Aufsätze*（Frankfurt am Main: Suhrkamp Verlag, 1988）, 187-241.

4　Karl-Otto Apel, *Die Idee der Sprache in der Tradition des Humanismus von Dante bis Vico*（Bonn: Bouvier Verlag, 1963）, 6.

des Humanismus von Dante bis Vico）一書，但他並未接著「從但丁到維柯」而續寫「從赫德到洪堡特」。這個工作在泰勒那裡得到補充，泰勒以 "HHH" 的縮寫，論述了赫德、哈曼與洪堡特三人並列的語言哲學觀點。在2016年甫出版的《語言動物》（The language Animal）中，[5]他致力於說明這個傳統與由霍布斯、洛克與孔狄亞克（縮寫為 "HLC"）代表的語言哲學傳統之間的不同，但他的討論也未能深入到德國古典語言哲學後續「從馮特到米德」的發展與完成。

　　我在這本書中，試圖完成西方學界這一段尚未完的工作。在本書劃分六章與一個附錄的架構中，我的研究工作主要分成兩個部分。第一部分（I）包含前三章，在這裡我要說明，在赫德與哈曼關於語言起源論的爭議中，一種不同於亞里士多德語言工具觀的語言哲學觀點如何產生出來。以及這種觀點如何影響了洪堡特，以至於他會主張作為建構思想的器官，語言不應是成品而是活動。洪堡特最後透過語言的交談結構，解釋在語言世界觀之意義多元主義下，吾人的世界理解如何具有客觀性，這開創了語用學之溝通向度的討論。包括第四至六章的第二部分（II），探討德國古典語言哲學在20世紀初期的發展過程。它始於馮特的研究，因為在青年語法學派將歷史比較語言學轉向語言心理學的研究之後，馮特首先針對語音之語意表達的普遍可理解性問題，深入研究了人類的語言如何能從動物的身體姿態表達，轉化成以表意符號進行溝通互動。而一旦人類的思想活動惟有透過語言符號才成

5　Charles Taylor, *The language Animal—The Full Shape of the Human Linguistic Capacity*（Cambridge, Mass.: The Belknap Press of Harvard University Press, 2016）.

為可能，那麼對於思想機能的心理學研究，就應進一步建立在形構語言之民族精神的交互主體性之上。馮特的這個觀點，一方面影響了卡西勒，他試圖在建構神話、語言與科學等文化系統的符號形式中，闡釋人類建構文化世界之精神形構力所依據的基本原則，以取代康德以先驗邏輯學為自然科學的知識基礎所做的哲學奠基；另一方面則影響了當時曾到德國留學的米德，他嘗試透過動物的姿態會話，追溯人類語言溝通的起源，從而說明人如何借由意義理解的規範建構活動，創建人類社會獨具的自由整合模式。米德並由此為當代以「我思」為基礎的反思性主體哲學，補充了前反思的身體性基礎與後反思的對話性向度。卡西勒的符號形式哲學與米德的符號互動論，可說是初步完成了德國古典語言哲學意圖轉化康德先驗統覺的主體主義以邁向溝通共同體的思路。

　　本書的附錄討論的則是漢字思維的問題，這個討論仍以附錄的形式呈現，係因這仍是一個尚未完成的研究議題。它雖未完成，但仍可作為對照而屬於本書論德國古典語言哲學的一部分。在當代研究深層語法的語言學、與研究邏輯語法學的語言哲學中，作為孤立語的漢語與作為音義同構的漢字，與印歐語的曲折語與拼音文字的結構差異並未得到重視。但在德國古典語言哲學傳統中，洪堡特卻因主張語言結構的差異即是世界觀差異，而特別針對漢語與漢字的世界觀，做出開創性的研究。馮特則在語言之身體姿態起源論的研究中，發現漢語的無文法性與漢字的獨立表意作用，與手勢等身體姿態語言最為接近。這些研究使我們能反省到，西方哲學傳統的世界觀，基本上是基於語音中心主義、邏各斯中心主義與主知主義而成立的，而德國古典語言哲學的語言觀，不僅能使西方哲學本身基於語音中心主義的局限性被意識

到，也能使中國人的思維形態與世界觀重新得到重視。這部分雖需另撰專書處理，但在此先以附錄的形式，說明我當前粗略的想法，那麼或許能拋磚引玉，讓我得到更多讀者回應的啟發。

　　本書的論述風格顯然是歷史的。我沒有將赫德、哈曼、洪堡特、馮特、卡西勒與米德的語言哲學理論系統化，而是每章都獨立地研究他們各自的思想發展過程。這有三方面的考慮：一是，這些哲學家本身的理論都各自有他們獨立研究的意義，試圖把它們系統化到某一思潮範圍內，將會窄化他們思想的原創性。保持每位思想家思想的獨立發展，將使讀者即使不就本書的脈絡來看他們在語言哲學史中的意義，也能從各章去看語言起源論（赫德、哈曼）、普通語言學（洪堡特）、語言心理學與民族心理學（馮特）、文化哲學（卡西勒）與社會心理學（米德）等領域，在18世紀末至20世紀初的醞釀與發展；二是，哲學史研究的意義在當代被不當地貶低，當前如果我們說一位學者的研究只是哲學史的研究，那通常就是說他沒辦法做開創性的理論研究，只能整理一下過去哲學家的見解。但其實這是非常危險的偏見，因為一種缺乏歷史反思的哲學研究，只會讓我們陷於積澱為「常識」之特定理論偏見的蒙蔽。當一個觀念愈能得到常識之明證性的支持，就愈可能會使我們自陷於某種權威論述之偏見的籠罩而不自知。在此惟有透過思想之歷史演進的自覺批判，才能使我們脫離各種主流思想之理所當然的假象。重新追尋德國古典語言哲學的思路，正可以有助於批判那些已經被當代語言哲學視為理所當然的前提；三是，德國古典語言哲學的發展，同時具有開創與過渡的性質，它將康德的先驗觀念論轉向當代的語用學、詮釋學、解構主義與溝通行動理論。讀者若能通貫德國古典語言哲學的發展，那麼對於當代語言哲學的來龍去脈，就自有理路可尋。本書因而

無需選擇個別學派的語言哲學觀點，來為德國古典語言哲學做出系統的建構，反而更想致力於保留德國古典語言哲學未竟發展的思想潛能，以能為當前東、西方語言哲學之賡續發展，提供源泉不絕的思想來源。

　　寫作本書讓我在德國人的故紙堆裡翻滾很久，鎮日與被大家視為已經落伍而遺忘的理論為伍。今日若還有人會對哈曼的語言上帝起源論、馮特的民族心理學或米德的社會心理學有興趣，那麼他們大概都會被看成是不知學術發展現況，以至於會把敝帚當成珍寶的外行人。然而，豈容青史盡成灰，對於能從18、19世紀的歷史文獻中，發掘出人類思想的瑰寶，我是樂此而不疲的。本書的研究首先必須感謝我的博士論文指導教授Dietrich Böhler的啟發，他作為阿佩爾最早的學術助手與後來的理論共同創建者，始終致力於康德先驗哲學的語用學轉化，他的先驗語用學與洪堡特研究，引發我對德國古典語言哲學的研究興趣。其次，我必須感謝張旺山與楊儒賓教授，張旺山教授很早就意識到德國古典語言哲學的重要性，他在2003年召開《赫德逝世兩百週年紀念研討會》，並邀請我發表論文。我當時發表的會議論文：〈哲學的語言學轉向是否開始於赫德？試做赫德語言起源論的先驗詮釋學解讀〉，不僅是我進入學界發表的第一篇論文，也是我寫作現在這本書的開始。楊儒賓教授對於洪堡特、卡西勒與米德的跨領域研究興趣，則引導我循這個思路，走向漢字思維的研究，若沒有他以極其宏觀的學術視野舉辦各項活動，帶動我持續進行這方面的研究，這本書的完成鐵定還是遙遙無期。此外，我更要感謝關子尹教授，他是華人世界研究洪堡特語言哲學的開創者，他對卡西勒《人文科學的邏輯》一書所做的詳盡譯注，啟發了我對卡西勒的理解。若無他首開風氣，將洪堡特的語言哲學應用於漢語與漢

字的研究，那麼促成本書研究的動機，也就無由存在了。而本書若有任何價值，那麼最後都請容許我感謝那些能寬縱地解免我在人生中應盡之義務的家人與朋友。

導論

　　在影響近代人類思想發展甚鉅的德國古典哲學中，存在著兩條相當不同的思路。一條是「從康德到黑格爾」的觀念論思路，它從統覺的自我意識與自律的道德主體性出發，走向對於理念之客觀化體現達到全面自覺的絕對精神，與團結所有個體的總體性國家；另一條則是「從赫德到洪堡特」的語言哲學思路，他們透過世界理解與人類理性的語言性，開闢一條邁向溝通共同體的道路，以凸顯出人類文化生活與民主體制的核心價值所在。在前一條道路中，嚴格的理性自律與絕對精神的一體籠罩，遭到社會生活的矛盾鬥爭、潛意識的欲望衝動與個體權力意志的反叛。從「康德到黑格爾」的德國觀念論，因而接著走上「從黑格爾到尼采」這一段顛簸崎嶇的道路；[1]但從「赫德到洪堡特」的德國古典語言哲學思路，卻接著透過「從馮特到米德」的溝通共同體思路，承認在情緒衝動的姿態表達中，即存在有身體性的意義建構活動，主張惟有透過在社會互動中，角色扮演的相互承認，人類社會的團結整合才能賦予個人自由的實現。在哲學史的發展中重新發現「從赫德到米德」的德國古典語言哲學思路，使我們能將哲學從在意識領域中的先驗自我或絕對精神，轉移到以語言的溝通共同體作為哲學思考的基點。這不僅能建構出以人文社會科學為基礎的哲學思維模式，更能為人類提供自我理解的新圖像。

　　剛從我們身邊流逝的20世紀，已被公認是哲學語言學轉向後的世紀。語言哲學既已經是當代的顯學，我們何以還需回顧德國古典語言哲學的遺跡？這是歷史憑弔的興趣，還是只想在哲學史

1　請參見Löwith在《從黑格爾到尼采》一書中的論述：Karl Löwith, *Von Hegel zu Nietzsche—Der revolutionäre Bruch im Denken des neunzehnten Jahrhunderts*（Stuttgart: W. Kohlhammer, 1953）。

的神殿中，為赫德到米德這幾位哲學家，爭列作為當代語言哲學先祖的牌匾？德國古典語言哲學的思路，早已經是一條湮沒在歷史中的古道，我們並不知道，經由它究竟可以通向何方去尋幽訪勝。然而一旦這條道路能被清理出來，那麼我們將可發現，當代的語言哲學研究，也有兩條截然不同的道路：一條是從柏拉圖與亞里士多德經過中世紀的共相之爭、到近代經由康德對理性主義與經驗主義綜合，最終抵達邏輯實證論與語言分析哲學的道路。這條分析哲學的語言哲學道路，號稱它完成哲學語言學轉向的工作。但其實它並沒有使哲學轉向，它走的還是「思有一致性原則」的老路。他們之所以感到哲學有了轉向，係因為他們在亞里士多德以邏輯學建構存有論的哲學傳統中，擺脫探討主體機能的心理學與對象建構的存有論，而只專注於思想判斷的邏輯學，俾使語言哲學能為科學的理論建構提供具有真值涵蘊的邏輯語法。

　　然而語言是以詞構句的言說行動，在構詞學與文法學中，特別是在語言溝通的使用中，世界之意義建構與行動協調之規範建制的基礎，卻沒有在這條道路中得到專題化的討論。而由希臘化─羅馬時期的修辭學傳統與基督教的邏各斯神祕主義開始，經由文藝復興時期但丁（Dante）的人文主義與維柯（Vico）主張的新科學，直到最終綜合於從赫德到米德的德國古典語言哲學，這些問題才在語言起源論、歷史比較語言學與語言心理學的範圍內，得到詳細的討論。以德國古典語言哲學為代表的第二條思路，就其肇始於語言起源論的探討而言，一開始即帶領哲學走向探討「人是什麼？」的哲學人類學問題。人有語言，才與動物截然有別，人文世界與人的語言性密不可分。動物依本能而生活在它的環境之中，但人類卻能抽離他的環境而面對整個世界。世界這個概念，因而主要不是指在物理學意義下的自然環境，而是指人類

透過語言所建構的意義視域。語言作為人類溝通互動的媒介，它所具有的普遍有效性只能透過交互主體性建構。這使得語言中介的文化創造，不同於科學僅借助理性的邏輯去進行獨白的沉思，而是必須在世界解釋的意義理解，與行動規範的溝通協調中，取得共識的普遍有效性。德國古典語言哲學因而在一開始就非常有意識地，要相對於康德的「純粹理性批判」，進行「語言的批判」。語言無法離開社群共同體的歷史發展，在歷史比較語言學的研究基礎上，德國古典語言哲學轉而關注語言之世界開顯性的作用。且當語言不再只被看成是透過約定而產生的現成工具，而是創造思想活動的器官，語言學的研究就更必須從研究經典文本的文獻學，轉向研究人之語言資能的語言心理學。這使得德國古典語言哲學得以說明，詞語的符號性意義與透過文法形塑的世界性結構，如何能從人類社會互動的身體姿態表現與民族共同體的共通感中產生出來。

　　從赫德到米德的德國古典語言哲學研究，因而不是在做翻案文章，而是要凸顯出，語言哲學不應只是將語言當成是哲學研究的一個分支領域，而應是哲學研究的重新開始。正如海德格在講述赫德的語言起源論時所說的：「在發問語言起源的問題線索上，我們所思索的，首先並非意在語言科學及其基礎的問題。它並不是要處理哲學的一個分支領域（或關於它的學說），也不是要主張『語言的哲學』應成為哲學的基本學說。在這裡我們所思考的，既非語言科學，也非語言哲學；而是從詞語作為『存有之真理的本質』出發，對語言的起源（本質根據）所進行的思考。」[2]

2　Martin Heidegger, *Vom Wesen der Sprache—Die Metaphysik der Sprache und die Wesung des Wortes—Zu Herders Abhandlung "Über den Ursprung der Sprache."*

在這個意義下，哲學之語言學轉向的時間點，即非如語言分析學者所追溯的，是始於19世紀末弗雷格（G. Frege, 1848-1925）關於《數學基礎》（1884）的探討，[3] 而應是更早地始於18世紀赫德的《論語言的起源》（1776）。[4]

　　面對語言哲學的這兩條思路，本書選擇以德國古典語言哲學作為哲學研究的新開始。為了闡述本書研究德國古典語言哲學之必要性、重要性與進路的合法性，我們在這個導論中，有必要先向讀者說明，為何本書不採取從亞里士多德邏輯學到當代語言分析哲學發展出來的語言哲學觀點，而主張哲學真正的語言學轉向，應當取道於從赫德到米德的德國古典語言哲學思路。為此之故，我在底下將先分析西方主流的語言哲學觀點，如何在亞里士多德邏輯學的影響下產生出來（一）；其次，我將深入解析，在此種語言工具觀的影響下，當代語言分析哲學仍存在哪些語言哲學觀點的限制（二），以能進一步論述德國古典語言哲學如何借助「語言作為開顯世界的存有論詮釋學」，超越傳統語言哲學在語意學研究方面的窄化，以及如何借助「語言作為規範建制的溝通行動理論」，補充傳統語言哲學在語用學向度上的缺乏。以凸顯相對於「從康德到黑格爾」的德國古典哲學，「從赫德到米德」

In Martin Heidegger: *Gesamtausgabe*. Bd. 85（Frankfurt am Main: Vittorio Klostermann, 1999）, 5.

3　Dummett 在《分析哲學的起源》一書中，即以1884年弗雷格出版《數學基礎》這個時間點，界定哲學之語言學轉向的開始。參見 Michael Dummett, *Origins of Analytical Philosophy*（Cambridge, Mass.: Harvard University Press, 1996）, 5。

4　Taylor 即認為對當代思想轉型具有革命性影響的語言哲學觀點，應始自於赫德的語言起源論。參見 Charles Taylor, "The Importance of Herder," *Philosophical Arguments*（Cambridge, Mass.: Harvard University Press, 1997）, 79f。

的德國古典語言哲學，如何透過溝通共同體的觀點，推動先驗哲學的語言學轉化，俾使哲學思維的先驗主體或絕對精神，能重新回到真實的生活世界。並從而使得哲學不再僅專注於為自然科學奠基，而是在重視以人文科學的知識建構活動作為哲學思考的典範時，能更好地給出人作為符號動物的哲學人類學圖像（三）。

一、亞里士多德傳統語言工具觀的形成

羅逖（Richard Rorty）在《語言學的轉向》這本書的導論中，曾將「語言哲學」（Linguistic philosophy）定義成：「我將用『語言哲學』來意指這樣的觀點，哲學問題是一種能透過重構語言或借助更多地理解我們目前所使用的語言，而能被解決（或解消）的問題。」[5] 眾所周知，在羅逖的這個定義中，試圖透過「重構語言」以解決哲學問題的努力，指的是當代的語言分析哲學致力於透過邏輯語法學重構出一種理想的語言，以解決存在於哲學中一些因語言的誤用而產生的問題。而所謂「借助更多地理解我們目前所使用的語言」來解消哲學問題，則是指「日常語言學派」試圖透過意義的使用理論，來回應指涉理論在建構檢證原則方面所遭遇的困難。在羅逖的定義中，我們可以清楚地看到，當代語言哲學主要被賦予兩個任務：一是重構語言的邏輯結構，以說明人類的思想結構如何能表述實在，從而能提供具科學性的真實知識。二是進行語言的批判，以說明我們如何能透過理想語言或日常用法的澄清，俾使因語言的誤用所產生的哲學問題，得到解決

5　Richard Rorty（ed.）, *The Linguistic Turn—Recent Essays in Philosophical Method*（Chicago: The University of Chicago Press, 1967）, 3.

或解消。如果語言哲學在20世紀是如此被定義的，那麼嚴格言之，它雖然研究成果豐碩，但卻並未足以造成哲學的轉向。它仍只是在亞里士多德邏輯學的典範下，進行細部問題的詳盡解決。

　　亞里士多德的邏輯學之所以是當代語言哲學的典範，係因它在一開始就主張，哲學的工作應在於：透過語言的邏輯重構，以對因語言的誤用而產生的哲學問題進行批判。在古希臘，哲學原本就是透過與修辭學的競爭才確立的一門學問。修辭學是智者的看家本領，但對蘇格拉底來說，修辭學作為一門「完全是通過話語來獲得與實現其全部功能的技藝」，[6]只是一種「不需要知道事情的真相，而只要發現一種說服的技巧」的語言技術。[7]修辭學作為一種說服的話語技藝，奠定在普塔哥拉斯（Portagoras）主張：「人是萬物的尺度」的基礎上。智者透過感覺主義的現象論，徹底否定吾人能對事物自身具有真理性的知識，以在知識與規範皆僅具主觀相對性的前提下，為修辭說服活動的可能性與正當性奠定理論的基礎。在智者修辭學的挑戰下，柏拉圖的哲學思辨也因而一直集中在，我們應如何透過對事物自身具有超越現象感知的智性直覺，而能重新為知識與行為判斷的真理性與正確性奠定基礎。

　　柏拉圖在《美諾篇》（Meno）中借助「知識即回憶」的說法，闡述我們具有透過智性直觀掌握作為事物自身之理型的先天知識。柏拉圖以童僕亦能理解幾何學證明為例，論證我們對於善自身的理解，跟數學一樣，都是一種先天自明的知識。「數學」

6　Plato. *Gorgias. The Dialogues of Plato*. Trans. B. Jowett, Vol. II（Oxford: At the Clarendon Press, 1964), 451D.本書有關柏拉圖《對話錄》的中文翻譯，除另有註明外，皆採用王曉朝教授的譯本。參見［古希臘］柏拉圖（Plato）著，王曉朝譯，《柏拉圖全集》（北京：人民出版社，2002）。

7　Ibid., 459C.

與「倫理學」自此即成為哲學的典範科學：數學借助不證自明的
公理系統，向下演繹地推論出具真理性的科學知識，而倫理學則
借助道德規範具有反事實的應然有效性，向上追求無條件限制的
理念。數學與倫理學的知識，非來自現象世界的感覺經驗，而是
透過內省反思才能確立的先天知識。這使得柏拉圖能在感性世界
之上，另立一個智性的世界。他在《國家篇》中，將這個世界再
細分成兩個部分：

> 把這個世界［理智世界］分成兩部分，在一部分中，人的
> 靈魂被迫把可見世界中那些本身也有自己的影子的實際事物
> 作為影像，從假設出發進行考察，但不是從假設上升到原
> 則，而是從假設下降到結論；而在另一個部分中，人的靈魂
> 則朝著另一方面前進，從假設上升到非假設的原則，並且不
> 用在前一個部分中所使用的影像，而只用「類型」，完全依
> 據類型來取得系統的進展。8

在此「從假設下降到結論」這一部分，就是指公理化的數學知
識。這種知識是從不證自明的前提出發：「他們［研究幾何與算術
一類學問的人］把這些東西當作已知的，當作絕對的假設，不想
對他們自己或其他人進一步解釋這些事物，而是把它們當作不證
自明、人人都明白的。從這些假設出發，他們通過首尾一貫的推
理，最後達到所想要的結論」，9而「從假設上升到非假設的原則」

8　Plato. *Republic. The Dialogues of Plato*. Trans. B. Jowett. Vol. II（Oxford: At the
　　Clarendon Press, 1964）, 510B.

9　Ibid., 510C-D.

則指倫理學的知識，因為倫理學所追求的規範之應然有效性，不只是理論的假設，而是真實地具有推動人去超越現實的理想性作用。柏拉圖稱這種向上追求無條件限制的理念為「辯證法」，他說：「至於可知世界的另一部分，你要明白，我指的是理性本身憑著辯證法的力量可以把握的東西。在這裡，假設不是被當作絕對的起點，而是僅僅被用作假設，也就是說假設是基礎、立足點和跳板，以便能從這個暫時的起點一直上升到一個不是假設的地方，這個地方才是一切的起點。」[10]

　　在向上之道方面，亞里士多德透過晚期柏拉圖「拯救現象」的努力，試圖使柏拉圖分離的理型重歸作為生成變化之現象世界的內在動力。對於柏拉圖以最高善作為辯證法所追求的最高理念，亞里士多德則嘗試在他的《形上學》中，透過存有—實體—神學的建構，以使最高善成為推動潛能不斷實現的自然目的論基礎。這使得倫理學之道德理想的追求，具有推動潛能實現的目的論性格（這種觀點日後在觀念論的傳統中，更透過實踐主體追求最高善的行動自由，轉化成歷史目的論之世界史發展的內在動力）。在向下之道方面，亞里士多德則以〈前、後分析篇〉的邏輯三段論，實現了柏拉圖主張數學等公理化的知識系統，係從不證自明的假設出發，「通過首尾一貫的推理，最後達到所想要的結論」的構想。亞里士多德將他研究邏輯學的「分析論」界定為：「它所要研究的對象是證明，它歸屬於證明的科學」，[11]而對

---

10 Ibid., 511B-C.

11 Aristotle. *Analytica Priora. The works of Aristotle*. Ed. W. D. Ross. Vol. 1（Oxford: Oxford University Press, 1928），24[a]10.本書有關亞里士多德著作的中文翻譯，除另有註明外，皆採用苗力田教授主編的中譯本。參見［古希臘］亞里士多德（Aristotle）著，苗力田主編，《亞里士多德全集》（北京：中國人民大學出版

於所謂的證明，亞里士多德說：「我所謂的證明是指產生科學知識的三段論。所謂科學知識，是指只要我們把握了它，就能據此知道事物的東西。」[12] 在此，三段論要能產生科學知識，最後必須依據一些不證自明的公理作為它推論的前提，他因而又說：「我把三段論的直接的本原叫做『命題』，它是不能證明的，要獲得某些種類的知識也不必然要把握它。任何知識的獲得都必須把握的東西我叫做『公理』。確實存在著一些具有這種性質的東西，我們習慣於用『公理』這個名稱來指稱它們。」[13] 由此可見，亞里士多德研究邏輯學的主要目的，顯然從一開始就意在為科學知識建構一種公理化的證明系統。

　　哲學的思維從不證自明的假設出發，向上透過辯證法追求無條件限制的理念，向下透過邏輯的分析論演繹出具真理性的科學知識。這種哲學架構在康德的「先驗邏輯學」中仍然得到完整的保存。康德把追求無條件限制之總體性理念的活動，視為是研究理性機能的「先驗辯證論」，而將向下演繹出科學知識的活動，稱為研究知性機能的「先驗分析論」。這些說法不僅在術語的使用上，更在哲學見解的觀點上，都還留存著希臘哲學的古風。但值得注意的是，在康德嘗試透過對理性之認知機能的批判，以重新詮釋柏拉圖在理型論的四層構造說中，提出關於感性、知性與理性之區分的哲學洞見之前，亞里士多德為建構邏輯學的公理化知識系統，卻早已採取語言分析哲學的進路。同樣都是透過「話

社，1990）。

12　Aristotle. *Analytica Posteriora. The works of Aristotle.* Ed. W. D. Ross. Vol. 1（Oxford: Oxford University Press, 1928），71^{b}18.

13　Ibid., 72^{a}15-20.

語」，但透過邏輯三段論以獲得演證性的科學知識，與「完全通過話語來獲得與實現其全部功能」的修辭學，其不同之處正在於，它們運用語言方式的不同。修辭學的目的在於說服，它除了語言的說理功能外，還允許使用表達情感與協調行動的語言功能，但邏輯學卻只允許使用能論斷真假的命題來進行語言的陳述功能。三段論研究的是理性的演證活動，它需要有能論斷真假的命題作為前提，而作為前提的命題又必須是由具主—述詞結構（能透過繫詞將主項與謂項連結在一起）的語句來構成。亞里士多德因而在〈前、後分析篇〉中專注於研究推理的過程，他對於「詞項」與「命題」（前提）的詳細研究，則分別見諸他在《工具論》中的〈範疇篇〉（Categoriae）與〈解釋篇〉（De interpretationen）。

對於亞里士多德而言，若要透過邏輯三段論的推理，使我們對於實在具有真理性的科學知識，那麼這就必須先說明，語言如何具有能夠表述實在的結構，以進而批判智者對於語言的誤用與濫用。〈範疇篇〉與〈解釋篇〉代表亞里士多德預先為以邏輯學建構公理化的科學知識系統，所做的語言哲學論述。與羅逖對於語言哲學的定義一樣，亞里士多德的語言哲學論述，同樣有兩個步驟：第一個步驟在於，透過對在三段論中的詞項、命題的定義，重構出理想的語言。第二個步驟則是，透過語言意義的人為約定說，對語言誤用的可能性進行徹底的批判。第一個步驟由在〈範疇篇〉與〈解釋篇〉中，對於「詞項」與「命題」的解釋構成：亞里士多德首先在〈範疇篇〉中，對巴曼尼德斯（Parmenides）的「思有一致性原則」進行語言哲學的闡述，以說明在邏輯學中的命題結構，如何能與事物的存有論結構，具有相互對應的一致性。就亞里士多德的理解而言，生成變化的現象世界是由不變的實體與變化的屬性所構成的，而語言的命題則是由主詞與述詞的

連接所構成的。作為「最終底基性」的實體與作為「最終主詞性」的實體，都是屬性或謂詞所分類與表述的對象。實體與屬性的存有論關係若與語言的主—述詞結構具有對應性，那麼論斷事態的語句若為真（真理），則事物的存在即為真實（實在）。為此之故，亞里士多德先在〈範疇篇〉中界定詞項的性質：詞項主要有主詞與述詞兩類，在命題性的語句中，主詞指涉存有物，它可以先用實體範疇來掌握它。但事物存在之所以具有個體性，即因它具有與其他事物不同的性質。作為主詞的實體，因而可以進一步用分量、性質、關係、場所與時間等不同種類的述詞，分類出他獨具的屬性，以作為它的本質定義。我們用分量等述詞去對事物做分類，這是將一個在思維中的分類，加諸在一個事物之上，這種述謂的活動，需透過繫詞等動詞，以將謂詞連結到主詞之上。在此動詞即能表達主詞與謂詞之間的姿態、狀態、動作與被動的關係。[14]

　　透過〈範疇篇〉對於構成命題之詞項的說明，亞里士多德接著在〈解釋篇〉中，解釋作為三段論前提的肯定命題與否定命題。在命題中，主項指涉事物的存在，而謂項則透過性質的不同去分類事物，以確立它們各自特定的意義內含。雪是白的，即指我們透過白色作為分類的性質，以說明雪是具有白色性質的東西。雪與白本身沒有真假可言，惟當我們把兩者結合起來說：「雪是白的」，這才有真假可言。「雪」與「是白的」即上述的主

---

14 關子尹教授透過對於「亞里士多德範疇論的語言基礎」之研究指出，亞里士多德所列的十個範疇，其最後四個範疇係用於有關變化與運動之動詞的格式，他的研究很能支持我們在此所做的分析。請參見關子尹，《從哲學的觀點看》（台北：東大圖書公司，1994），頁170-197，以及劉創馥的進一步闡釋：劉創馥，〈亞里士多德範疇論〉，《臺大文史哲學報》，72（2010），67-95。

項與謂項，它們正如亞里士多德所說的：「名詞與動詞只是一種表示，因為只有名詞或動詞，並不能做出有任何意義的陳述」，[15] 惟將名詞與動詞（或即主項與謂項）結合在一起，我們才算是陳述了事實。主、謂詞結合所產生的命題，主要有肯定與否定兩種形式：「肯定命題是肯定某事物屬於另一事物，否定命題否定某一事物屬於另一事物。」透過繫詞的連結，在肯定句與否定句中，對於主詞與謂詞關係的肯定與否定，即同時涉及在事物中，對於實體與某種屬性之結合與分離關係的判斷，這因而有真假可言。就此我們即可說：「雪是白的，若且唯若，雪是白的。」在這句話中，前者是命題，後者則是事實，而真假值即決定於命題的陳述是否有經驗的事實作為檢證的基礎。一旦命題是由主謂詞的語句構成，它並因而具有論斷真假的性質，那麼它們就能為關於實在的真理性知識提供言說的基礎。

　　人類透過語言來表達思想，但透過邏輯三段論以論證具有真理性的科學知識，卻同時使得語言的使用被局限在，僅能使用那些具主述詞結構的陳述句。但我們的語言當然不只有陳述句，而是還有表達情緒的感嘆句，或要求他人做出某種行動的祈使句等等。且即使在陳述句中，我們也不是只限定用一個名詞來指涉一個對象，而是對於同一個對象，我們可以用不同的名詞去指稱它。因而不僅邏輯命題並不等同於語言本身，語言的主要功能也不只是在標指對象與傳遞訊息，而是在表達內在情感、協調行動與透過不同的符號系統建構不同的意義世界。語言哲學若僅著重在以邏輯重構理想語言，那麼我們用語言表達情感、制定規範與

---

15 Aristotle. *De interpretationen. The works of Aristotle.* Ed. W. D. Ross. Vol. 1 (Oxford: Oxford University Press, 1928), 17ª28.

對世界進行各種不同的意義理解，就都得被排除在哲學的思想之外了。

　　亞里士多德在〈範疇篇〉、〈解釋篇〉與〈前、後分析篇〉中，分別透過對「詞項」、「命題」與「三段論推理」的定義，來界定人類能用語言表述真實世界的理性思維能力。在這個意義下，除了能對科學知識提供公理化論證系統的邏輯語言之外，其他的語言表達方式，即不表達我們對實在世界的理解。為了證成這種看法，亞里士多德又特別在〈解釋篇〉的前四章，透過他的「語意學理論」或「語言學」觀點，來說明我們以聲音表達的語言，只是一種透過約定才有意義的工具或媒介，它本身並不像邏輯學的命題語言，具有表象或認知世界的功能。邏輯學的命題語言能表述我們認知世界的思想內容，但它並不是透過語言建構而來，而是透過心靈的表象能力而呈現。我們可以假定，當吾人的心靈能如實地（因而在某個意義下僅能被動地接受）表象世界的結構，那麼在世界的結構具有客觀的一致性，與人類具有共同的心靈機能之預設下，我們的思想內容就具有一致於世界結構的客觀有效性。

　　在亞里士多德的邏輯學中，因而必須透過描摹論（Abbildungstheorie）的知識論觀點，為以邏輯學表述存有論的思有一致性原則，補充一個研究心靈表象機能的知識論。這種世界認知的知識論探討，此後即與亞里士多德在《靈魂論》中的心靈哲學掛勾，而不再如智者一般，能夠思考到在思想與實在之間必然得有語言中介的問題。亞里士多德據此主張，在邏輯學中對於命題語言的邏輯重構，才是語言哲學的研究對象，而一般以聲音語言表達的詞語與語句，則並非哲學研究的對象。智者的修辭學作為一門「完全是通過話語來獲得與實現其全部功能的技藝」，之所以

能以語言誤用的方式來歪曲事實、獲取利益，即因他們所使用的
「話語」，主要即是這些非命題性的、非關真理的語句。語言哲學
的另一個任務，因而在於透過語言誤用的批判，揭示那些像智者
一般的哲學家，只是在表面上愛好智慧，但他們並非是真正愛好
真理的哲學家。

　　亞里士多德在〈解釋篇〉的前四章，提出他對語言的批判，
以說明為何一般的語言表達，並非都是能表述實在以提供真理的
語言使用方式。這個觀點同樣透過兩個步驟進行，一是先透過聲
音的語意無關性，來支持思想是獨立、並先於語言而存在的論
點。對此亞里士多德說：「言說的詞語是心靈印象的符號，而書
寫的詞語則是言說詞語的符號。就如同，並不是所有人的書寫都
是相同的，言說的聲音也不是所有人都相同的。然而言說的聲音
所直接標記的心靈印象，卻是對所有人都相同的。至於那些我們
的心靈印象作為其圖像的客體事物，對所有的人而言，也都是相
同的。」[16]這顯示亞里士多德認為，一旦實在事物是客觀獨立存在
的，加之我們心靈的認知功能也是普遍一致的，那麼在語言中介
之前，我們的心靈即能透過如實反映實在世界的方式，而取得具
有跨主體一致性的思想內容。

　　思想若是先於語言而獨立形成，那麼我們就可以透過對「詞
語」做出「符號」（συμβολον, symbol）與「記號」（σημειον,
sign）的區分，來說明語詞作為具有表達思想的意義內含，與它
作為指涉對象之聲音記號之間的不同。[17]當亞里士多德說：「言說

---

16 Aristotle. *De interpretationen*, 16ª4-8.

17 亞里士多德在〈解釋篇〉中，對於「記號」與「符號」的區分，請特別參見
　　Whitaker的分析：C. W. A.Whitaker, *Aristotle's De Interpretatione: Contradiction
　　and Dialectic*（Oxford: Oxford University Press, 2002）, 9-26。

的『詞語』是心靈印象的『符號』」時，他的意思是指，如果心靈印象才是我們的思想內容，那麼此時詞語作為心靈印象的符號，它所意指的對象，只是我們的思想內容。而當我們以詞語作為標指那些心靈印象所來自的對象時，此時的詞語則是一種指涉對象的「記號」。當我們要用詞語來表達我們對於事物的思想時，那麼詞語與對象的關係首先只是作為一指涉該對象的記號。惟當我們能透過約定，把這個記號當成是我們用來指稱對象的思想內容，那麼這個記號才會變成有意義的符號。記號的作用在於指涉，而符號的作用則在於表達意義。就此而言，聲音記號即是可以任意選擇的，而符號的意義則必須是人為約定的。例如「馬」或「鹿」這兩個詞語，單就發出不同的聲音而言，我們在原則上可以任意用「馬」或「鹿」的任何一個聲音，來指「鹿」或「馬」這兩種動物之中的任何一隻。這時「指鹿為馬」並無不可。但若「馬」或「鹿」是經由約定而代表「馬」或「鹿」在我們心靈表象中的思想內容，那麼就它作為經約定而有意義的符號而言，我們就不能再指鹿為馬了。因為「鹿」這個符號所代表的意義內容，並不會因它被稱為「馬」，就能使這些內容在突然之間，改變成為我們對於馬的思想內容。這個道理用莎士比亞在《羅密歐與茱麗葉》劇作中的詩句來說就是：「名字真義為何？即使用別的名字來稱呼玫瑰，亦無損它的芳香。」（What's in a name? That which we call a rose by any other name would smell as sweet.）

　　透過描摹論之知識論觀點的支持，若我們在語言之前，就能形成對實在世界的思想內容，那麼語言的地位與價值，當然就僅在它能作為標指事物與傳達訊息的工具。在語言哲學中的語言工具觀，與在語言學中有關符號任意性的觀點，因而是一體之兩面的觀點。語言若只是工具，那麼詞語作為標指對象的記號即是可

以任意選擇的，而此種語言的任意性，將同時涵蘊語言作為符號之意義內容的人為約定性。亞里士多德因而可以很合理地說：「我們所說的名詞，意指透過約定而有意義的聲音［……］在此特別引入透過約定這個限制，是因為沒有任何的聲音，其本身就已經是名詞或名稱了。只有當聲音能作為符號時，它才能成為名稱。」[18] 由此可見，一旦聲音的不同不影響我們思想內容的同一性，那麼除了透過約定以使詞語變成有意義的符號之外，對於實在的真實知識以及我們理性的思想法則，就都應依邏輯的命題來加以表達。至於那些涉及以聲音打動人心的修辭學，或模仿實在的詩學，就都不是能提供科學知識的語言使用方式。亞里士多德即由此總結說：

> 　　語句是言說之有意義的部分，當語句陳述了某些事物，則這些語句的某些部分就具有獨立的意義。然而這並不是表達了具有肯定或否定性質的判斷［……］每一個語句都意指了一些東西，它並不是以透過某種自然機能的方式來實現這些意義，而是透過約定而有其意義的。因而雖然每個語句都有其意義，但並不是所有的語句都可以稱為命題。所謂的命題是指那些有真假可言的語句。例如，祈求就是沒有真假可言的語句。我們可以先不管那些屬於修辭學或詩學所研究的語句領域，因為我們目前研究的主題只針對命題。[19]

亞里士多德至此完成了蘇格拉底以來，試圖以哲學論證取代修辭

---

18 Aristotle. *De interpretationen*, 16^{a}20-29.
19 Ibid., 16^{b}26-17^{a}8.

說服的理性思想建構。在這裡，邏輯學只允許使用有真假可言的命題，詩學與修辭學作為聲音的表達，以打動人心、模仿實在的作用，雖非沒有意義，但嚴格說來它們的表達並不具有認知意義。它們所說的內含既無關於真理，因而也就不是哲學（或即有關科學真理的邏輯學）研究的領域。

二、語言分析哲學的傳統語言哲學局限

　　透過邏輯語法學重構表述科學真理的理想語言，這種由亞里士多德的邏輯學所開創的研究典範，透過萊布尼茲的「普遍記號術」與弗雷格的「概念文字」而完成於當代的符號邏輯。亞里士多德透過詞語作為「記號」與「符號」的區分，也早就意識到了介於意義與指涉之間的不同。對於他來說，哲學研究的命題內容原應是關於意義的思想內容，而不是關於事物自身的結構。但在一種描摹論的知識論立場下，他卻還是主張，透過邏輯命題所表達的人類思想結構，最終仍能與存有的結構具有相應的一致性。這種以語言的主—述詞結構，作為表述存有物之實體—屬性關係的思想判斷，使得當代的語言學可以不必談論真實的世界，而只要致力於為可能的世界建構思想的邏輯圖像。當代哲學的語言學轉向，因而不再像康德還要為亞里士多德的邏輯學，補充一個在純粹理性批判架構下的先驗邏輯學，而只限於在邏輯的形式語法學中，談論可能世界的邏輯結構。西方當代哲學的語言轉向，作為去除康德以來有關對象的存有論建構與主體認知機能之批判的先驗邏輯學問題，徹底地使科學對於世界的法則性操控成為可能。分析哲學在語言的認知使用上，既完全接受亞里士多德邏輯學的觀點，主張應致力於為科學理論建立以數理邏輯為基礎的理

想語言；而在語言的規範使用上，分析哲學又完全接受亞里士多德對於修辭學的看法，主張像是祈使句等規範語句，只是一種表達情緒與規約要求的非認知語句，它們並沒有真理可言。分析哲學的語言哲學觀點，因而完全是在亞里士多德邏輯學影響下形成的。它們致力於將亞里士多德的語言工具觀貫徹到底，從而獲致了豐碩的研究成果，然而哲學在此卻顯然並無轉向的問題可言。

受亞里士多德邏輯學傳統影響的語言分析哲學，進一步切斷了語言與存有的關係。語言純粹是人為約定的產物，它只與人類的表象思維有關，而與自然存有本身沒有關係。由邏輯所代表理性思維，因而是一種脫離自然、試圖對世界進行法則性操控之科學知識的基礎。語言分析哲學所推動的哲學轉向，實為徹底的科學主義轉向。我們若要批判這種錯誤的轉向，就應當對傳統語言工具觀（連同與它緊密相連的意義人為約定論）進行內在的批判。換言之，我們應重回亞里士多德哲學，考察亞里士多德在討論存有論的《形上學》與語言使用的《修辭學》中，是否存在著與在《範疇論》與《邏輯學》中，預設思有一致性原則之邏輯—存有學不同的存有論與語言哲學，以能看出，當代語言分析哲學若僅從亞里士多德邏輯學與語言工具觀的觀點，來發揮語言哲學的見解，而忽略亞里士多德形上學的存有論詮釋學基礎，與他的修辭學之說服理論的溝通行動向度，那麼它就難免有語言哲學之語意學向度的窄化與語用學向度缺乏的問題。透過這個方式，我們才能更根本地論述說，哲學的語言學轉向應採取德國古典語言哲學的思路，才能真正走向真理之途。

要徹底地批判西方主流的語言哲學思路之局限性，我們可以從語言哲學的思考在一開始就未被重視的關鍵轉折處著眼。其實亞里士多德所主張的，在語言工具觀中的意義人為約定論，本來

就是亞里士多德的老師柏拉圖所極力反對的。在《克拉底魯篇》（*Cratylus*）中，與蘇格拉底對話的赫謨根尼（Hermogenes）就已經指出：「除了說它是約定俗成的、和人們一致同意的，我無法相信名稱的正確性還有其他什麼原則［……］自然並沒有把名字給予任何事物，所有名稱都是一種習俗和使用者的習慣」，[20] 相對於這種在常識上極有說服力的語言意義約定說，柏拉圖卻主張：

> 必須假定事物有它們自己專門的、永久的本質；它們並非與我們相連，或受我們的影響，按我們的想像動搖不定，而是獨立的，保持著它們自己的本質和自然給它們規定的聯繫［……］隨心所欲地講話是正確嗎？成功的講話者不是按照自然的方式、依據事物必須被講述的方式，使用自然的器官講話的人嗎？［……］論證會引導我們得出這樣的結論：必須按照自然過程用恰當的器官來給事物命名，而不能隨心所欲；只有這樣我們才能成功地命名，除此別無他途。[21]

在這段話中，柏拉圖很清楚地表達出他在語言哲學方面的洞見，那就是語言最初的命名活動，不能只是來自任意的約定，而是我們用來命名的詞語應與事物自身的本質具有關聯性，如此詞語才會有自然的普遍可理解性。柏拉圖因而主張，語言應是能表達存有本身的自然器官，否則透過命名以指稱事物，或使事物能被理解的可能性就不存在。可惜的是，柏拉圖對於他自己的語言哲學

20　Plato. *Cratylus. The Dialogues of Plato*. Trans. B. Jowett. Vol. III（Oxford: At the Clarendon Press, 1964），384D.

21　Ibid., 387D.

觀點，並沒有做出詳細的討論，而只是透過對希臘文字的字源學分析，指出對事物的命名絕非任意的，而是與事物存在的本質有一定的關聯性。

　　柏拉圖在《克拉底魯篇》所提出的觀點，正是亞里士多德在〈解釋篇〉中所要反對的觀點。但亞里士多德主張語言意義的人為約定說，以反對柏拉圖主張語言作為掌握事物本質的自然器官論，當然不是簡單的回到赫謨根尼的觀點。而是在描摹論的知識論觀點下，透過邏輯學與存有論的思有一致性原則，將事物的本質建立在由邏輯語法所表達的思想結構上。由邏輯所代表的理性思維，若才是掌握與表述事物之存有論結構的基礎，那麼語言就只是為了傳達思想之故，而可以任意選擇的傳達媒介。語言的意義來自人為的約定，它本身並不參與對象的表象建構。語言意義的人為約定說，因而是以語言與存有的割裂為前提的一種觀點，然而這正是柏拉圖所不能接受的。語言到底是如柏拉圖所主張的，是建構存有之真理的「器官」，還是如亞里士多德主張的，只是人為約定的媒介「工具」？這個爭論實已預先標明了，語言哲學究竟應從存有論詮釋學或從語言分析哲學的進路來加以探討的分歧點所在。

　　亞里士多德主張，語言的意義來自於人為約定，但這種說法很難避免會陷入兩難的困境。首先，若我們能透過約定來決定一個詞語的意義，那麼我們就必須預設，這些進行約定的人，早就已經有一套可以相互溝通的語言了，否則他們如何進行約定的活動。但若我們再追問，這些人所擁有的、具有可共同理解之意義的語言，是從何而來的？那麼除非陷入循環論證，否則就不能再訴諸人為任意的約定了。其次，如果語言的意義是透過約定而來的，那麼這就必須預設在約定之前，我們個人已經理解事物的意

義。但這等於說，在約定使用某個詞語之前，我們就已經能透過私人的語言，而對事物有個人的理解。但我們如何確立這種在私人語言中的理解（如果真的有的話），與他人的私人理解能具有一致性；或反過來說，如果我們為了共同理解的可能性，必須預設「我們每個人都先天被提供了一種相同的、作為存有—語意學架構的理想語言，以至於『獨我論能一致於純粹的實在論』，並且借助形上學的保證，每個人都能談及相同的世界」，那麼我們就彷彿必須假定「已經被預設為可能的語言，必須是由上帝建立的，它們僅能借助神祕的後設語言而傳達給個人」。這種若非陷入私人語言的獨我論，否則就必須預設神祕的上帝起源論的兩難困境，顯然是語言意義之人為約定說難以避免的理論困境。[22]

柏拉圖在《克拉底魯篇》所主張的「語言意義的自然本質論」，與亞里士多德在〈解釋篇〉中所主張的「語言意義的人為約定說」，看似對立，但若再加以細究，即可看出他們所討論的，其實是不同層次的問題。柏拉圖透過字源學的意義，來探討語言的意義來源，顯見他是在語言起源論的層次上來談詞語的意義根源問題，而亞里士多德則顯然是在語言操作層面上，談論詞語之標指對象與傳達訊息的功能。然而，若語言在認知活動中的操作，必須預設我們早已經有一套日常語言，那麼亞里士多德在語言工具觀中，談論語言在科學認知中應如何操作的問題，相對

---

22 此處對語言意義之人為約定說的批評，引用自阿佩爾的觀點。參見Karl-Otto Apel, "The transcendental conception of language-communication and the idea of a first philosophy: Towards a critical reconstruction of the history of philosophy in the light of language philosophy," *Karl-Otto Apel—Selected Essays*. Vol. 1. *Towards a Transcendental Semiotics*. Ed. E. Mendieta（Atlantic Highlands, NJ: Humanities Press, 1994), 88。

於語言起源的本質問題而言，其實只是第二義的語言哲學問題。我們並不宜把語言在認知中的操作問題與語言的本質意義問題混淆在一起。代表當代新洪堡特主義的語言哲學家魏斯博格（L. Weisegeber）即曾以水作為比喻，他說我們可以用水來解渴與洗滌，但我們難道就能說，水的本質就是由解渴與洗滌這兩種功能構成的？同樣的，我們能透過約定而使用詞語來「標指事物」與「傳遞訊息」，但難道我們就因此可以認為，語言的本質就在於它具有標指事物與傳遞訊息的功能？[23]

　　在我們能透過約定以使用語言之前，語言究竟是如何產生的，它為了什麼目的而被人類產生出來？這些問題顯然才是更根本的語言哲學問題。柏拉圖對此欲言又止，而主張語言意義之人為約定說的亞里士多德，當然更不會去回答這些問題。亞里士多德雖然沒有回答上述的問題，但從他自己的哲學理論中，我們卻可以看出，第二義的語言哲學問題，其實惟有預設第一義的語言哲學問題才能成立。我們底下因而可以先簡要分析在亞里士多德《形上學》（*Metaphysica*）一書中的存有論詮釋學預設，以說明語言的世界意義建構，正是亞里士多德論形上學存有論的基礎；其次，我們可以透過亞里士多德在《修辭學》（*Rhetorica*）一書中，對於語言之使用功能所做的溝通行動轉向，以說明人類發明語言的目的，並不是首要在於指涉對象的認知功能，而是在於協調行動的社會溝通。透過這兩個步驟，我們將能預先說明，語言真正的本質並不在於它具有「標指事物」與「傳遞訊息」的工具性作用，而是在於它具有「開顯世界」與「規範建制」的功能。

23　Leo Weisgerber, *Vom Weltbild der deutschen Sprache*: 1. Halbband. *Die Inhaltbezogene Grammatik*（Düsseldorf: Pädagogischer Verlag Schwann, 1953), 10.

一旦這樣的理解才是對的，那麼從亞里士多德的邏輯學—存有論轉向德國古典語言哲學，才真正是哲學之語言學轉向的開端。

（一）亞里士多德《形上學》的存有論詮釋學預設

　　轉向德國古典語言哲學的思路，使亞里士多德邏輯學的語言哲學傳統，不必像分析哲學一樣，必須放棄形上學存有論的思路，以自限於控制自然的科學知識建構。而是可以透過以詞語命名活動為基礎的存有論詮釋學與溝通行動理論，真正完成哲學對於實在之真理性知識的闡明。為了證成德國古典語言哲學的思路，才是亞里士多德邏輯學傳統轉向所應走的道路，我們可以先考察在亞里士多德《形上學》一書中，那些隱而未顯的語言哲學預設。這些語言哲學的預設，與他在邏輯學中的語言哲學主張相當不同。如同柏拉圖的向上之道所指示的，亞里士多德認為哲學的工作在於建立第一原則之學。而他所謂的原因或原則，即是指用來說明事物之所以如此這般地存在的「最終為何」（ultimate why）。就此而言，存有的第一個原因應是指「實體」或「本質」，而用亞里士多德的術語來說，這即是指構成事物存在的形式因。[24]亞里士多德在〈解釋篇〉中，引用他的《靈魂論》主張，事物的結構與心靈表象的結構之所以具有一致性，即因他們都是對形式的掌握，但構成事物的形式到底是什麼，以及為何形式能構成事物存在的本質或實體，這卻需要進一步的分析。

　　對於亞里士多德而言，物理學的四因說應當在形上學中，整合成為關於「存有之存有」的第一原則之學。在各種可能的存有

---

24 Aristotle. *Metaphysica. The works of Aristotle*. Ed. W. D. Ross. Vol. VIII（Oxford: Oxford University Press, 1928），983^{a}24-35.

狀態中，亞里士多德選擇了實體義的存有，作為他研究存有學的
基礎存有論。存有有多義，它包括表達「物之何所是」（what a
thing is）與「這一個」之涵義的「實體」，與其他能用分量、性
質、關係、場所等範疇加以表述的存在狀態。在此，惟有實體不
依存於其他，它作為其他述謂的主詞，在定義、認知秩序與時間
上都是最先的。亞里士多德因而主張，研究「存有者之為存有
者」的第一原則之學，即應是研究實體是什麼的「實體學」。[25]實
體最基本的涵義是作為能團結事物性質的「載體」，然而作為載
體的實體又可以從「質料」、「形式」與「複合體」這三種意思來
加以理解。然而，若只有純粹的質料，而沒有任何的形式規定，
那麼事物就無法具有能區別於他物的個體性。作為純粹質料的實
體，無法滿足實體作為解釋事物之「是其所是」與作為「這一
個」事物所應具有的涵義。亞里士多德因而認為質料本身，就其
不具有「離存性」（separability）與「此物性」（thisness）而言，
並不是第一義的實體。實體作為事物的本質，應在構成一事物之
為一事物的種差（differentiae）中，尋找使事物作為有別於它物
之具體存在的原因。就此而言，惟有能將質料或性質以「如此這
般的方式」（in such and such a way）結合起來，從而能賦予事物
的存在具有現實性的「形式」本身，才能真正作為「在底下支持
著事物」之載體的第一義實體。[26]

　　亞里士多德透過以形式作為第一義的實體，來說明事物存在
的第一原因，這其實顯示出，實在性並非是指感覺經驗所面對的
物質質料，而是思想掌握的形式性意義結構。但亞里士多德在此

25　Ibid., 1028^{a}10-1028^{b}8.

26　Ibid., 1028^{b}33-1029^{a}35.

並未自覺到，當他以形式作為第一義的實體，他就已經走上一條存有論詮釋學的思路。從實體作為單純存在的「這一個」，到它透過本質的界定，而成為能回答它最終為何的「物之何所是」，這個分析的過程顯示出：「存有者之為存有者」的存有論問題，即是如何能將一物理解為一物的意義詮釋問題。若我們能將「存有者之為存有者」，化歸為如何理解「一物之為一物」的意義詮釋問題，那麼在「一物之為一物」中，第一個「物」即指以質料作為載體之單純的「這一個」，這是我們知識所不能認識的純粹物自身。而第二個「物」則是透過形式的規定性，得以與其他事物區分開來，因而具有此物性與離存性的物。第二個物才是我們知識的對象，在這個意義上的物，不是不可知的純粹質料或物自身，而是透過形式規定性而具有符號結構化的存有物。如果形式才是實體的第一義，那麼構成事物之存有論基礎的，就應是形式規定性所建構的符號性結構。但亞里士多德卻沒有向詮釋學邁進，反而是在描摹論之知識論立場的支持下，主張詞語意義的人為約定說。他以實體學作為研究形上學的基本存有論，但卻忽略了「一物之為一物」的詮釋學問題，應優先於論述「存有者之為存有者」的實體學問題。

亞里士多德的問題顯然在於，他並沒有進一步去問，作為事物本質的形式規定性，究竟是如何構成的。形式之所以能作為第一義的實體，從而使事物具有作為「這一個」與「是其所是」的此物性與離存性，顯然是因為形式代表了，它是以一組具分類作用的性質或特徵，來作為我們認識或界定一事物存在的同一性判準。物體的同一性構成事物具有此物性與離存性的本質基礎，但它顯然與我們定義哪些特徵，才是能界定一物之為一物的跨主體共識有關。我們能把一物看成一物，例如能將我手中的「這個東

西」看成是「筆」，那麼它就需要具有作為我們定義筆之為筆的一組特性。這組特性是所有可以視為筆之存在物的同一性基礎，它因而也是回答此物之為此物，或這一個東西是什麼的本質特徵。一物之為一物，筆之為筆，若無這些特徵，它在存在上就無法作為筆而存在，而在知識上則無法被看成是一隻筆。柏拉圖認為現象世界的存在物，在存有論上必須分享有理型，在知識論上必須與理型同名，顯然就是基於這個道理而說的。

　　構成事物的同一性基礎，並非來自事物本身，而是來自於我們在對事物進行分類識別的認知活動中，賦予它具有我們足資以識別它與其他物不同的一組本質特徵。我們若要確定對一事物的分類，是否是大家可以接受的，以至於我們能確定是什麼意義內含，足以使該事物被理解成該事物，那麼我們就必須借助一種既是能超越個人感覺的私有性、與事物存在之個殊性，但又是公共可感知的意義對象，如此我們才能確認，那些使大家都可以認知的共同對象究竟何所指。在此，我們即需要賦予那些必須加以確立的意義內含（亦即對那些足以使一物能區別於它物的特徵）一客觀可認知的對象性存在。這種對象在亞里士多德傳統中被稱為是心靈的表象，或在近代的意識哲學中被稱為觀念。它們其實都是被用來說明，思想的表象要能對象化，即需一符號性的存在物作為它們的記號，而這正必須預設人類具有以詞語命名對象的語言能力。且由於作為事物之本質的形式規定性，其特徵的界定，有待我們用一些基本範疇（或即詞類），來對事物做存在狀態的基本區分。因而所謂事物之實體與屬性的存有論關係，無非即是我們針對指涉的對象或事態，進行構詞命名與文法連結的語言表述活動。

　　在亞里士多德邏輯學─存有論的思有一致性原則中，將主詞

與述詞連接起來的思想判斷活動，因而必須更根本地奠基於詞語命名的符號建構與文法結構的連結功能。就此而言，若康德的先驗觀念論所凸顯的是，吾人是透過思想的邏輯範疇去建構我們所認知的經驗對象，以至於經驗的可能性條件就是經驗對象的可能性條件，那麼擴大來說，存有者之為存有者的存有論問題，即同時是使我們能將一物理解為一物之意義理解的一致性如何可能的詮釋學問題。在此與其如同康德說，我們應以先驗邏輯學的分析論取代亞里士多德的存有論，那就還不如說，亞里士多德的形上學應補充一存有論詮釋學的基礎。且若以存有論詮釋學而非以邏輯學的分析論來取代亞里士多德以來的形上學存有論，那麼我們人類的世界就不是與物自身相對的現象世界，而是透過以語言作為世界理解之意義整體架構，所認知的一種「語言世界」。這種語言世界，實是以符號建構意義之人文化成的世界。就此而言，語言的功能即非是為了標指事物與傳達訊息而約定使用的記號「工具」，而是能參與表象建構或對世界的理解具有先天意義建構的思想「器官」（organ）。在這種以語言哲學，而非以邏輯學作為真正能表達出真理的《工具論》（organon）中，語言的本質與作用乃在於開顯世界的真理性，而不在於傳達我們已知的真理。而以詞語作為能對世界進行分類識別的意義整體性基礎，也已經不是在意識哲學的典範中，有關先驗統覺如何進行綜合統一的思想判斷問題，而是對意義之普遍可理解性，如何能在溝通共同體中取得共識承認的問題。

（二）亞里士多德《修辭學》的溝通行動理論轉向

　　亞里士多德透過邏輯學建構的理想語言，只容許有真假可言的命題作為能提供我們具有科學知識的語言，並借此批判智者的

修辭學，主張詩學與修辭學所使用的語言，並不是能提供知識真理的語言。但其實智者的修辭學在知識批判與語言哲學的觀點上，可能都比亞里士多德走的更遠。從普塔哥拉斯主張：「人是事物的尺度；是存在事物如何存在的尺度，也是不存在的事物如何不存在的尺度。」[27] 即可看出，普塔哥拉斯顯然已經理解到，巴曼尼德斯在真理之途中所說的思有一致性原則，意指有關事物存有的問題，離不開以人類的認知能力作為判斷之尺度的限制。我們若不將此處所指的「人」理解為個別的人，而是理解為普遍的一般人，那麼基於人類共同的理性能力或社群共同體的共識理解，普塔哥拉斯仍可被歸入主體主義哲學的陣營，而不一定是一位主張感覺即知識的知識相對主義者。「人是萬物的尺度」這個主張的重點，更在於普塔哥拉斯看出，我們認知的對象其實並不是「物在其自身」意義下的「物自身」，而是在「物之對吾人而言」意義下的「現象」。

換言之，如果我們不從柏拉圖的《泰阿泰德篇》（*Theaetetus*）的觀點，論斷普塔哥拉斯主張的「人是萬物的尺度」，只是一種主張「知覺即知識」的主觀相對主義，而是如高爾吉亞（Gorgias）在《論存有》[28] 一書中，對於物自身知識之不可能性的後形上學立場，來理解普塔哥拉斯的觀點，那麼透過高爾吉亞提出的三個論點：(1) 無物存在，(2) 即使有物存在、它亦不可知，(3) 即使事物自身可被認知、它的內容亦無法溝通，我們其實可

27　Kathleen Freeman, *Ancilla to the Pre-socratic Philosophers*（Cambridge, Mass.: Harvard University Press, 1996), 125.

28　請參見Freeman對此書斷簡的英文翻譯：Freeman, *Ancilla to the Pre-socratic Philosophers*, 128-129。

以發現智者的修辭學，早已經跨越了西方哲學史所經歷的存有論、知識論與語言哲學三個不同的典範。高爾吉亞論證事物不存在、不可知、不可溝通，並非顯示他是一個知識論的不可知論者或懷疑論者，而是他主張我們不可能有對物自身存在或其內含，有任何認知與傳達的可能性。在物自身的存在是我們不可知，不可溝通的三個主張中，高爾吉亞已經認知到，對於任何事物的認知，都必須借助感覺與語言的中介。我們因而不僅不能只憑純粹的思想就能建構出事物的真實存在，甚至語言所表達的也不是直接的感覺表象。就此而言，高爾吉亞顯然認為，只有語言的內容才是我們能溝通、能理解與能肯定任何存有物之存在的基礎。高爾吉亞所代表的哲學立場，因而並非是柏拉圖眼中的相對主義、懷疑論或不可知論者，而是應被理解為哲學史上第一位強調語言對於世界理解具有優先性的「後形上學思維的人文主義者」。

　　針對智者的修辭學強調意見作為建構世界之前理解的優先性，蘇格拉底原先嘗試透過共同意見（共識）的對話建構，而以經得起理性批判的溝通共識，作為知識與道德之客觀性的交互主體性基礎。亞里士多德在《形上學》論述蘇格拉底的學說時，曾正確地指出，我們實應將「歸納論證」與「普遍定義」的發現歸功於他。[29]蘇格拉底的對話術，是透過詰難的過程，批判個人的主觀意見，而逐漸達到討論參與者都能接受的共同意見。在這個意義下，透過對話共識所建立的客觀真理，只具有跨主體可接受性的理論地位，但柏拉圖卻將這種一致理解的共識建構當成是事物的存有論本質。以至於當他發現這種作為分類識別基礎的形式同一性，並不可能存在於變動不居的現實世界中，他即進一步主張

29　Aristotle, *Metaphysica*, 1078^{b}28.

共相的「分離」，設想這些形式是存在於智性世界中的本體。由此可見，柏拉圖顯然是在蘇格拉底探討美德之定義的影響下，依道德規範之非實然的應然存在性質，將對話形成的普遍共識存有論化，而視之為超越現象世界存在的共相本體。

　　柏拉圖理型論的哲學構想，試圖以辯證法的向上運動，以在反思中呈現的先天理型，取代在日常的公共領域進行對話討論的修辭學與對話術，這就使得亞里士多德能在邏輯學中，將理型所代表的類名，依主、述範疇的命題結構及其三段論的演證推理，用以論斷有關存在世界之實在的真理知識，並據此批判修辭學只是語言的誤用。然而蘇格拉底以共同意見建構客觀真理的交互主體性構想，對於亞里士多德而言，又似乎在是在日常生活的理論或實踐討論中，不可放棄的論理型式。他因而在《論題篇》（Topica）與《修辭學》中，又以不能達成自明的前提，而只能以共同意見作為討論出發點的論證形式，來說明我們原本即能相對於科學的邏輯推理所使用的「演繹三段論」與「歸納法」，而使用「修辭推理」（Enthymeme）與「例證法」（Paradeigma），來作為在論證中取得說服效力的「論理」（logos）證明方式。然而修辭推理與例證法並非是科學的演證，它們是透過意見的統一或語言的說服，以進行行動協調的語言使用方式。[30]

　　《論題篇》與《修辭學》的研究顯示，語言的溝通使用並非僅因它不具認知的作用，就是沒有意義的。而是它作為在公共領域進行行動協調的機制，仍是語言使用的重要功能。可惜的是，

---

30 關於亞里士多德《修辭學》的「說服理論」，如何能作為一種行動協調的溝通理論，請詳見林遠澤，〈論亞里士多德修辭學的倫理——政治學涵義〉，《政治科學論叢》，29（2006），159-204。

語言作為行動協調的語用功能，在亞里士多德將語言貶低成只是標指對象與傳達訊息的工具後，語言的語用向度即僅留存在作為聲音技藝的修辭學與詩學中。而忽略了在修辭學的說服理論中，有關「論理（logos）說服」、「情緒（pathos）說服」與「倫理（ethos）說服」的語言使用方式，早已經預設了，我們在語言的溝通使用中，語言同時涉及到自然世界、內心世界與社會世界。語言的作用因而應擴及到：賦予世界可理解的符號化結構、表達內心的情感、並進行彼此之間的行動協調。兩相對照，顯見亞里士多德在〈範疇篇〉、〈解釋篇〉與〈前、後分析篇〉中，只專注以邏輯學的命題語句重構理想的語言，實係出於對語言本質的忽略與對語言作用的窄化，所形成的語言哲學觀點。

至此我們應可清楚地看出，亞里士多德的哲學典範對於當代分析哲學的語言哲學思路，雖具有的決定性影響，但它卻同時圈限了語言分析哲學之語言觀的發展。亞里士多德在邏輯學中主張透過重構理想語言，以批判智者對於語言的誤用，這使得西方哲學主流傾向於主張，惟有以邏輯語法學作為理性的思維結構，才能掌握具真理性的科學知識。而使用不同聲音進行表述的言語，並不一定都是有真假可言的語句。它們容或具有情感表達與行動協調的作用，但這些最多只能在《修辭學》與《詩學》中，作為一種以聲音為主的技藝，而非關真理的開顯。當代以分析哲學為主流的語言哲學思路，因而走向以數理邏輯重構理想語言（或澄清語言的日常用法以批判語言的誤用），並在後設倫理學中主張，規範性的道德語句只具有表達情緒或要求規約他人行為的非認知性意義。但若從亞里士多德的《形上學》需要一個存有論詮釋學的基礎，以及他嘗試在《修辭學》中提出語言使用的溝通行動理論轉向來看，從分析哲學的語言哲學思路來進行古希臘以來

西方傳統哲學的轉向，恐怕已經是歧路亡羊了。

　　總結來看，從亞里士多德到當代分析哲學的語言哲學思路，顯然存在：（1）語意學向度的窄化，與（2）語用學向度的缺乏——這兩個幾乎不再被覺察到的問題。就「語意學向度的窄化」問題而言，亞里士多德的語言哲學傳統，只保留具主、述詞結構的命題，作為有真假判斷可言的語句表達形式，以能表述僅具實體與屬性之實體形上學的世界觀。它們重視公理化的數理邏輯，在強調語言之認知功能的語言觀中，語言只具標指事物的記號功能，而不具有參與表象建構或對世界的建構具有符號結構化作用的世界開顯性功能。但語言的語意學向度，不能只在語言操作的層次上，探討語言作為記號的指涉功能，而自限於語言意義的人為約定說。而應在語言起源的層次上，探討語言作為開顯世界的意義建構功能。而就「語用學向度的缺乏」問題而言，亞里士多德認為在詩學與修辭學中所討論的語言，作為表達情感與協調行動的功能，最多只是研究運用聲音去模仿實在與打動他人的說服技術，就此而言，語言只是傳達訊息的媒介。但他卻忽略了，語言的溝通對話仍能在蘇格拉底對話術的共識建構形態中，為知識或規範奠定客觀有效性的基礎，甚或在他自己的說服理論中，具有協調行動的溝通作用。

　　接續亞里士多德邏輯學的傳統，當代分析哲學的語言哲學因而並未真正進行哲學的語言學轉向，而是更徹底地凸顯亞里士多德的語言哲學在「語意學向度的窄化」與「語用學向度的缺乏」這兩方面的限制。在亞里士多德的語言哲學傳統中，若要有哲學的語言學轉向，應在語言哲學的語法——語意學向度方面，亦即在數理邏輯的理想語言（及其檢證理論）的建構之外，轉向研究「語言作為開顯世界的存有論詮釋學」；而對於語言哲學的語用學

向度方面，則應補充一種研究「語言作為規範建制的溝通行動理論」。前者正是「從赫德到洪堡特」所補充的工作，而後者則是「從馮特到米德」所實現的任務。在「從赫德到洪堡特」建構的「語言作為開顯世界的存有論詮釋學」中，並非惟有邏輯的命題語言才能表達真理，而是各民族之形態殊異的語言結構，都具有開顯真理的作用。而在「從馮特到米德」奠基的「語言作為規範建制的溝通行動理論」中，語言之表達情緒與協調行動的作用，也不是非關真理、不具認知意義的語言表達形式，而是反過來惟有透過以表達情緒的身體姿勢，作為能協調行動的表意符號，語言才能在規範人我互動的社會體制建構中，確立它自己的客觀意義內含。從「赫德到米德」的德國古典語言哲學，扭轉了奠基於亞里士多德語言工具觀的西方哲學傳統，它的思考路向方足以代表哲學的語言學轉向。底下我們即將借助德國古典語言哲學的思路發展，說明它們如何為亞里士多德以來、基於語言工具觀所形成的西方哲學傳統，進行語意學向度的擴展與語用學向度的補充，從而使哲學思考能有新的開端。

三、哲學在德國古典語言哲學中的轉向

當代語言學在發展成一門獨立的科學之前，在 18 世紀末至 20 世紀初，接續經歷了「歷史比較語言學」與「語言心理學」這兩個發展階段。透過反思這兩個階段的語言學研究，使得德國古典語言哲學家對於語言的世界觀建構與語言作為行動協調的機制，開始產生與基於先驗主體或絕對精神的德國觀念論不同的思考方向。「從赫德到洪堡特」的語言哲學觀點，建立在「歷史比較語言學」的研究成果之上，而「從馮特到米德」的語言哲學觀點，

則是建立在「語言心理學」的研究成果之上。從推動哲學之語言學轉向的問題意識來看，馮特、卡西勒與米德的語言哲學著作，雖然都是晚至20世紀初期才發表的理論，但由於他們在語言學的理論傳承方面，並非依據在20世紀占主導地位之索緒爾式的語言結構主義，在語言哲學方面，也不是接受弗雷格之數理邏輯建構的指導，而是繼承從赫德到洪堡特對於真實言說活動的語言哲學思路。所以即使他們在思想活動的年代上，已經進到當代的時序中，但他們的思路卻仍是上紹德國古典語言哲學的根源。我們因而完全可以將他們發展出來的民族心理學、符號形式哲學與符號互動論，視為是德國古典語言哲學的遺緒與完成，而一併加以探討。對於「歷史比較語言學」與「語言心理學」這兩個語言學發展階段的歷史介紹，我們將留待在正文前兩部分的個別導言中，再做較為詳細的敘述。此處我們則要緊扣哲學之語言學轉向的意義，說明德國古典語言哲學的主要思路線索，以及他們推動哲學的語言學轉向後，所得到的重要哲學論旨何在。

（一）語言的世界開顯性與語意學向度的擴展

赫德的《論語言的起源》，開創了德國古典語言哲學的思路。他在這本書中，第一句話就說：「當人還是動物的時候，就已經有了語言」，[31] 這句話針鋒相對地批判了亞里士多德的語言工具觀。亞里士多德主張語言意義的人為約定說，他在〈解釋篇〉中說：「我們所說的名詞，意指透過約定而有意義的聲音［……］

31　Johann Gottfried Herder, *Abhandlung Über den Ursprung der Sprache.* In *Herders Sämtliche Werke.* Hg. Bernhard Suphan, Bd. 5（Berlin: Weidmannsche Buchhandlung, 1891）, 5.

諸如野獸發出未區分音節的聲音，雖然也有一定的意義，但這樣的聲音卻還不能形成為名詞」。動物所發出的聲音仍不是如名詞一般，是透過人為約定而帶有特定意義內含的符號，因而就亞里士多德而言，動物並不擁有與人類相類似的語言，而聲音本身也與語言的意義沒有直接的關係。聲音作為記號是可以任意選擇的，惟當透過人為的約定，作為指稱前語言之心靈印象的媒介或工具，它才成為有意義的詞語。亞里士多德在此的看法，其實是相當正確的，因為當他說：「野獸發出未區分音節的聲音，雖然也有一定的意義，但這樣的聲音卻還不能形成為名詞」時，他顯然已經意識到，動物雖然能透過發出聲音，進行一定程度的相互溝通，動物的聲音因而可說具有一定的意義。然而，動物透過未區分音節的聲音進行溝通，與人類以帶有區分音節的詞語（名詞）進行語言溝通的方式，卻顯然截然有別。

動物在發覺危險或求偶時，能發出特定的聲音以警告或吸引同伴，動物因而同樣具有發出聲音以進行溝通的能力。只不過動物發出聲音進行溝通，所使用的是記號語言。記號語言是借助本能的反應，在同類之間透過刺激與反應的相關行為連結，產生行動協調的作用。但人類的語言，卻是以具有意義的聲音（詞語）進行溝通，他們所使用的是符號語言。符號帶有特定的意義內含，它若要產生溝通協調的作用，必須預設在說者與聽者之間存在著能達成一致同意的意義理解活動。亦即，惟當說者透過理解該符號的意義所表達的行為意圖，能使聽者在理解之後做出說者所期待的行為回應，那麼行動協調的溝通過程才得以完成。人類透過語言進行溝通的活動，因而不是基於本能所預定的刺激與反應的操控關係，而是基於意義理解，進行彼此之間相互預期與回應的互動關係。這兩種溝通模式的差異，使得亞里士多德很有理

由可以主張，動物發出的聲音並不即是詞語。而一旦詞語的意義內含並不是自然而有的，那麼它就只能來自於人為的約定。

相對於此，當赫德在語言起源論的討論中，主張：「當人還是動物的時候，就已經有了語言」，這並不是因為他在一開始就混淆了動物的記號語言與人類的符號語言之間的根本差別，而是他對人類語言的本質與亞里士多德的語言工具觀有著截然不同的看法。亞里士多德的語言工具觀，造成語言（或思想）與存有之間的割裂，而赫德則嘗試透過語音參與表象建構的語言人類起源說，說明人類的思想，如何能在語言的運用中，達致對於存有本身的真實理解。赫德主張詞語不僅是用來標指對象的工具，而是它本身就參與了對象之表象的建構。這使得其後的洪堡特得以將這種想法，理解成「語言是建構思想的器官」（Die Sprache ist das bildende Organ des Gedanken）[32] 之「語言有機體」的觀點。透過「從赫德到洪堡特」的思路，語言哲學的討論得以再度回到柏拉圖《克拉底魯篇》主張的語言意義之自然本質論。如同柏拉圖早就預期說：「論證會引導我們得出這樣的結論：必須按照自然過程用恰當的器官來給事物命名，而不能隨心所欲；只有這樣我們才能成功地命名，除此別無他途。」這種對於柏拉圖來說，唯一正確的語言哲學觀點，在「從赫德到洪堡特」的德國古典語言哲學思路中，才終於得到實現。

赫德主張「當人還是動物的時候，就已經有了語言」，其實

---

32 Wilhelm von Humboldt, "Über die Verschiedenheiten des menschlichen Sprachbaues," *Wilhelm von Humboldts Gesammelte Schriften*. Hg. Königlich Preussischen Akademie der Wissenschaften. Bd. 6（Berlin: B. Behr's Verlag., 1907）, 151.

意在說明——詞語如何基於自然的可理解性而能成為承載意義的聲音符號——這種第一義的語言起源問題，而不在於只想探討——語言如何作為能為科學知識提供命題表述的操作性工具——這種第二義的語言哲學問題。但相對於柏拉圖局限在字源學的舉例說明，赫德能對語言做出自然器官論的更好解釋，則應歸功於啟蒙時期對於語言起源論的討論。語言起源論在啟蒙時期，大都以「摹聲說」或「感嘆說」為基礎，其中尤以孔狄亞克（Étienne Bonnot de Condillac, 1714-1780）與盧梭（Jean-Jacques Rousseau, 1712-1778）為代表。摹聲說主張詞語的聲音是模仿它標指的事物所發出來的聲音，一個人發出這種聲音之後，一旦得到他人的模仿，那麼兩人就擁有指涉相同事物的語言記號。且若語音是來自對事物所發出的聲音的模仿，那麼它當然就與它所指涉的事物具有自然的關聯性，語音的意義也由此具有自然的可理解性。感嘆說則主張，人類如同動物一般，具有對外在世界的刺激發出內在情感反應的聲音。像是痛苦的呻吟或憤怒的吼叫，對於同種類的生物個體而言，都具有同情共感的可傳達性。法國啟蒙運動的感覺主義，透過「摹聲說」與「感嘆說」，將具有自然可理解性與自然可傳達性的根源音，追溯到它與內、外在世界的自然連結之上，以解釋詞語的語音何以能帶有特定意義的自然基礎。但這種說法，卻忽略了上述介於動物的記號語言與人類的符號語言之間的根本差異。在此，若非只能接受語言神授說或語言人為約定論，否則就是必須在發生學的進路上，解釋人類的語言如何能從動物的記號語言，發展成以表意符號進行語言溝通的過程。赫德連同其後整個德國古典語言哲學的討論，即主要透過這種溝通結構轉型的文化進化過程，來解釋語言（以及人之為人）的起源問題。

　　當我們區分音節地發出特定的聲音，以指稱某個事物，那麼我們就是將一個詞語與一個對象連結在一起，從而命名了它。但如同亞里士多德早就觀察到的，動物只能發出未區分音節的聲音，因而嚴格說來，動物並不能說話，因為它們並不能使用詞語，以表達特定的思想內含。赫德雖然立基於摹聲說與感嘆說，主張動物所發出的聲音即具有自然的可理解性與可傳達性，但他卻也接著強調：「由於人的出現，情況就完全改變了。」[33] 人類語言起源的問題因而在於，我們如何能從未區分音節的動物性記號語言，發展成能以區分音節的語音作為指涉特定事物的符號語言。赫德認為這是人類覺識（Besonnenheit）能力共同作用的結果。[34]「覺識」同時是一種思慮專注的過程，當事物發出的聲音，引發我們的注意，我們即在思慮專注的過程中，選取了那些引發我們注意的特徵。在特徵認取的覺識過程中，我們不是對存有物做出直接的情感反應，而是在一時又一時的片刻區分中，同時發出一些特定的聲音。當這些片段發出的聲音能固定作為我們認取事物特徵的記號，則此時我們即能以某一區分音節的發音，指稱我們從存有之整體中所認取出來的事物。一旦我們能以一組區分音節的聲音，作為代表具有一組特定特徵的表象，那麼我們這種區分音節的聲音表達，即形成在人類語言中帶有意義的詞語。

33　Ibid., 25.

34　赫德雖有時將「覺識」等同於「知性」或「反思」，但覺識對於赫德而言，首先並不是指一種認知性的主體，而是一種具有存在性的自由主體。人因本能的不足，因而去中心化地被投擲在他必須自己去籌畫的世界中，在這個意義下，世界才成為我能有意識地面對到的對象。對於世界的覺識，因而來自於人之生存無所著落的自由，而語言則是為我們建構能安頓自身的意義世界。請進一步參見本書第一章第2節的詳細討論。

　　在覺識的思慮專注中，聲音的區分音節表達，代表對象之特徵認取的過程，詞語的命名活動，因而同時是使一物能被理解成一物的可能性條件。所謂將一物理解為一物，即是我們必須先能掌握那些代表事物的特徵，以至於我們能將個別事物歸類到某一存在物的類別中，從而認知它是什麼。在這種分類識別的過程中，我們認知的對象並不是事物自身，而是我們能用來定義事物之同一性的一組本質特徵之集合。而能代表這組我們用來分類事物之本質特徵的集合，且它本身又是公共可感知的表象，這無疑即需借助那些我們在覺識的思慮專注活動中，同時以區分音節的聲音所表達出來的詞語。因為這些詞語所命名的表象內含，顯然即與那些我們在覺識的思考中，選取出來以規定事物之「此物性」的基本特徵緊密相關。這用赫德自己的話來說就是：「知性把語聲鑄成區分特徵，語聲於是成為詞」、[35]「人自己發明了語言！他從生動的自然界的聲音開始，使之成為統治一切的知性的區分特徵！──這，就是我所要證明的一切」。[36]若詞語的命名活動，就是使一物能被理解為一物的可能性基礎，那麼赫德的語言起源論顯然就能為亞里士多德以實體學建構存有論的觀點，奠定其必要的詮釋學基礎。亞里士多德以形式作為第一義的實體，他的形上學存有論需要一組特徵，作為界定事物之本質結構的同一性基礎。然而，若這些特徵的選取，必須在詞語的命名活動中才能得到確立，那麼我們就可以說，赫德的語言起源論其實正是透過使一物能被理解為一物的語言命名活動，為研究「存有者之為存有者」的形上學存有論奠定可能性的基礎。在這個意義下，我們即

35　Ibid., 59.

36　Ibid., 51.

可稱赫德的語言起源論是一種存有論的詮釋學。

赫德的語言起源論隨後遭到哈曼的批判。哈曼主張語言的上帝起源論，他透過基督教邏各斯神祕主義的語言觀，主張詞語與存有本身的同一。如同在《聖經·新約》中的〈約翰福音〉，將《舊約·創世記》：「神說：要有光，就有了光」的說法，詮釋成事物之存有都是透過上帝的話語所創造的，從而提出：「太初有道，道與上帝同在［……］萬物都是藉著祂造的」的觀點。萬物既是上帝的詞語所創造的，那麼存有即應是詞語。且藉著上帝顯明的創造，語言的意義也非私人所有，而應是對所有人都具有普遍的可理解性。然而，從赫德對語言起源論的說法來看，我們不僅先得面對一個獨立於我們之外、並能對我們發聲的存在物，我們透過覺識進行區分音節的命名活動所建構出來的詞語內含，嚴格說來也還是屬於個人私有的表象，這樣它如何能達到語言所應具有的「內在的統一性、可傳達性與共同性」。哈曼因而認為惟有語言的上帝起源論，才足以說明語言的真正本性。而根據基督教邏各斯神祕主義的語言觀傳統，我們即可以說：

　　每個自然的現象都是詞語——亦即每個現象都是上帝的能力與理念之新的、祕密的、未被明說出來的，因而也就更具有內在的統一性、傳達性與共同性的記號、意義圖像與憑證。凡是人類一開始所聽到的、用眼睛所看到的、瀏覽的，或用手碰觸到的，都是活生生的詞語。因為上帝即是詞語，把這些詞語用在口中與心中，則語言的起源就像是小孩子遊戲那樣地自然、切近與容易。[37]

---

37 Johann Georg Hamann, "Des Ritters von Rosencreuz letzte Willensmeynung über

　　就這些考慮來看，哈曼的語言上帝起源論並不是在走回頭路，而是將赫德的語言哲學思路更推進了一步。對哈曼來說，赫德透過覺識的反思過程，說明在詞語的命名活動中，吾人如何透過特徵認取的過程，而使語言參與表象的建構，但這種立場顯然仍殘留有觀念論的立場。徹底的存有論詮釋學應是主張，詞語的言說即同時是存有的開顯，而非先別有一物，再由詞語建構其表象。哈曼的觀點，促成洪堡特日後能接著提出「語言世界觀」的想法。就洪堡特而言，語言的區分音節的確如同赫德所言，是我們的「知性行動」（Verstandeshandlung）介入表象的建構。但我們的知性行動所依據的法則，並非依據邏輯學而是依據文法學。因為正如赫德所見的，人類在覺識的思慮專注中，透過區分音節的表達過程同時認取了代表一事物的特徵，詞語的命名活動因而使一事物能被理解成一事物。我們對於事物之感性特徵的綜合，與區分音節的聲音表達過程密切相關。但赫德不僅沒有說明區分音節所依據的原則為何，他更僅限於說明在詞語命名中的區分音節活動，而忽略了詞語的區分音節，有時更與它在句子中的位置有關（特別是在印歐語的屈折語形態中，名詞經常因其在句子中表達性、數、格的關係，而有不同的字尾變化或前置詞）。詞語若非在句子中，其意義是無法確定的。為能詳細研究知性行動在區分音節中所遵循的思考原則，洪堡特因而借助當時歷史比較語言學的研究成果，展開他在普通語言學中，關於「構詞學」與「文法學」的開創性研究。

　　在洪堡特的構詞學研究中，吾人能以詞語命名對象，從而使

---

den göttlichen und menschlichen Ursprung der Sprache," *Johann Georg Hamann: Sämtliche Werke*, Hg. Josef Nadler, Bd. 3（Wien: Verlag Herder, 1951）, 32.

某一區分音節的聲音能作為帶有特定意義的詞語，它所依據的原則不只是「模仿」，而是還有「象徵」與「類比」等不同方式。[38]而在他的文法學研究中，吾人在將詞語連接起來，以形成語句之區分音節的表達中，我們也能依據「屈折語」、「黏著語」與「孤立語」等不同的文法結構，來進行詞語的連結。[39]詞語依模仿、象徵與類比來建構它們所表象的內含，而語句則依屈折語、黏著語與孤立語的不同形態，表達它們對於事態的不同連結方式。存在這些構詞學與文法學的不同形態選項，凸顯出各民族語言實具有不同形態的語言結構。因而一旦如赫德所言，詞語本身即參與表象的建構，或再如哈曼所言，除了言說的詞語開顯之外，別無存在可言的話，那麼我們的語言所能表達者，將即是我們的世界所能及的範圍。語言既代表我們的世界觀點，不同的語音區分音節的表達結構，也因而不是如亞里士多德所言的，只是代表言說聲音的不同，而是代表世界觀的不同。

　　語言世界觀是依民族的語言結構而有不同，那麼對於世界之存在真理性的認知，就不能僅依據人類普遍的邏輯，而應依據各民族語言不同的構詞形態與文法結構。而各民族語言之所以會採取不同的構詞形態與文法結構，則顯示這是受其各自獨具的「內

---

38 Wilhelm von Humboldt, "Über die Verschiedenheit des menschlichen Sprachbaues und ihren Einfluß auf die geistige Entwicklung des Menschengeschlechts," In *Wilhelm von Humboldts Gesammelte Schriften*. Hg. Königlich Preussischen Akademie der Wissenschaften. Bd. 7（Berlin: B. Behr's Verlag, 1907）, 75-78.

39 Wilhelm von Humboldt, "Über das Entstehen der grammatischen Formen und ihren Einfluß auf die Ideenentwicklung," *Wilhelm von Humboldts Gesammelte Schriften*. Hg. Königlich Preussischen Akademie der Wissenschaften. Bd. 4（Berlin: B. Behr's Verlag, 1905）, 305-306.

在語言形式」所影響。這些形式使人類的語言潛能，在民族精神的現實建構中，實現出它們各自不同的語言世界觀。在這個意義下，語言即非現成的「作品」（ergon, Werke），而是本身就是實現的「活動」（Energeia, Tätigkeit）。它們作為建構思想的器官，並不只是用來表達既有之真理的媒介或工具，而是它們本身就是真理呈現的來源。語言世界觀的觀點也同時顯示，語言的本質並不在於它是指涉對象或傳達思想的工具，而是在於它具有「世界開顯性」（Welterschließung）。「從赫德到洪堡特」的德國古典語言哲學發展，由此開展出一條從存有論詮釋學，邁向語言之世界開顯性的思路。我們因而可以稱由赫德、哈曼與洪堡特所發展出來的語言哲學，是一種「語言作為開顯世界的存有論詮釋學」。這種觀點超越亞里士多德邏輯學的語言工具觀，並且為亞里士多德的實體形上學奠定它真正需要的存有論基礎，它因而是重新思考哲學問題必得轉向的新開端。

（二）語言的規範性建制與語用學向度的補充

　　「從赫德到洪堡特」的德國古典語言哲學，發展出「語言作為開顯世界的存有論詮釋學」，這種觀點其實是主張語言的分類作用，優先於語言的指涉作用。我們惟有透過詞語的範疇化分類作用，開顯對世界的共同詮釋，這才使得詞語意義的客觀指涉成為可能。[40] 德國古典語言哲學的轉向，因而帶有強烈的後形上學思維傾向。就語言作為開顯世界的存有論詮釋學觀點而言，是語言

40　參見Geert Keil, "Sprache." *Philosophie—Ein Grundkurs*. Hg. E. Martens & H. Schnädelbach Bd. 2（Reinbek bei Hamburg: Rowohlt Taschenbuch Verlag, 1994），554。

的意義決定了語言的指涉，而不是指涉決定了意義。[41]語言透過構詞的不同方式影響了感性的直觀，並透過文法的不同連結方式影響了知性的綜合。吾人在知識與經驗中所指涉到的對象，都與我們語言的結構有關係。然而一旦語言結構具有民族差異性（甚至具有個人表達的差異性），且在語言世界觀的前提下，我們不再接受事物作為前語言存在的實在論立場、與心靈僅能客觀地反映世界的知識論立場，那麼在這種批判形上學實在論的後形上學思維中，我們要不是得接受世界觀是主觀相對的，否則就是得接受相互溝通根本是不可能的理論後果。

　　針對語言世界觀的詮釋學主觀性與文化相對性難題，洪堡特試圖在各民族不同的語言結構中，進一步找出人類語言的「原型」，以說明語言的表達結構雖然有個人或民族的差異，但語言的相互溝通與對客觀世界的共同理解仍是可能的。洪堡特在此跨出語言之世界觀建構的語意學向度，展開他對語言溝通使用之語用學向度的研究。洪堡特從他對「雙數」與「人稱代名詞」的研究中發現，語言並非主要用於指涉介於我與他物之間的主客關係，而是用於溝通介於我與你作為對話夥伴之間的交互主體性關係。在對話中，個人的世界解釋或行為建議，若能得到對方的認可，那麼我們就能得到具跨主體有效性的客觀真理或正確規範。對話溝通因而能使不同的世界理解或行動歧見，能在以共識理解作為言談之內在目的性的軌約下，境域交融地達成一致的理解。洪堡特因而解釋說：

41　參見Cristina Lafont, *The Linguistic Turn in Hermeneutic Philosophy*. Trans. by J. Medina（Cambridge, Mass.: The MIT Press, 1999），32。

　　對人而言，概念惟有透過來自某一異己的思維力量的反射，才能達到其規定性與確定性。當概念將自己由那一團被動的「表象活動」中掙脫出來、並相對於主體而形成為客體的時候，它也就產生出來了。然而，如果這種分裂不光只發生在主體之中，而是表象者真的在他自己之外看到了該思想──這一點惟有在另一個跟他一樣表象著且思維著的存有者之中才有可能──，則這客觀性將顯得更加完美。但在思想力量與思想力量之間，除了語言之外，卻沒有任何其他的中介者。詞語在其自身而言並非是對象，我們毋寧說它相對於對象是某種主體性。它惟有在思想者的精神中才成為客體，它被精神產生出來，但又反作用於精神。在詞語與對象之間存在著陌生的鴻溝，一旦詞語只是個人產生的，它將等同於單純的幻相。語言不是經由個人，而是經由社會才具有實在性。詞語必須能擴大到聽者與回應者，它才能贏得它的本質性。42

　　洪堡特在此其實已經凸顯出，在德國古典語言哲學的研究中，相對於對象建構的語意學向度，行動溝通的語用學向度更具有優位性。如同他在這段話中明確指出，單憑心智建構表象的語意學研究，將無法避免產生獨我論的幻相（「一旦詞語只是個人產生的，它將等同於單純的幻相」），個人對詞語意義的理解，惟有在社會互動的溝通對話中，能得到他人肯定的回應，它所指涉

---

42 Wilhelm von Humboldt, "Über den Dualis," *Wilhelm von Humboldts Gesammelte Schriften*, Hg. Königlich Preussischen Akademie der Wissenschaften. Bd. 6 （Berlin: B. Behr's Verlag, 1907）, 26.

的對象才具有客觀實在性（「語言不是經由個人，而是經由社會才具有實在性。詞語必須能擴大到聽者與回應者，它才能贏得它的本質性」）。語言因而提供了一種能建構世界理解之客觀有效性的交互主體性結構，它使得語言世界觀的差異性能在溝通對話中得到保存，但又不至於像意識哲學的獨我論，會因相對的主觀性危及相互理解的可能性，從而陷入相對主義的思想危機。洪堡特在此的確是信任「語言之世界圖像的語意學與交談之形式語用學」之間的分工，[43] 但對於我們如何能在社會互動的溝通對話中，建構意義理解的客觀性，他卻除了分析「雙數格」（Dualis）與「代名詞」（Pronomen）這些語法形式之外，沒有更根源地再從語言起源論的發生學立場，追溯人類語言的對話形式，如何能透過動物溝通形式的結構轉型而發展出來。

　　洪堡特對於語用學向度的研究，在他去世之後，並無學者直接加以傳承。當時歷史比較語言學仍專注在語音的研究之上，但在「音變無例外」與「形式類推」的語言變遷研究中，語言學家卻也逐漸發現，語言的表達其實既受思想之形式法則的影響，但同時也受發聲之生理學法則的影響。當時的「青年語法學派」（Junggrammatiker）因而主張，語言學的研究應從文獻學的研究，轉向對「言說之人」的身心機制，進行心理學與生理學的研究，以根本地回答「語言究竟如何可能？」的問題。這種觀點促使當時最推尊洪堡特語言學說的史坦塔爾（H. Steinthal, 1823-1899），嘗試進一步以「語言心理學」（Sprachpsychologie）研究洪堡特的「內在語言形式」。洪堡特同意赫德的主張，我們是在

---

43 參見 Jürgen Habermas, "Hermeneutische und analytische Philosophie—Zwei komplementäre Spielarten der linguistischen Wende," 71。

覺識的思慮專注中，透過知性行動介入語音的區分音節，而在詞語的命名活動中，將一物理解為一物。他因而曾說：「語言的全部語法努力，正是體現在借助語音來描述知性行動之上。」[44] 文法是透過語音描述知性行動，這表示語言的文法所依據的「內在語言形式」，其實正是存在於思想的形式法則與語音的發聲生理學法則之間的一種形式，它規定了我們應以何種方式使用聲音來表達思想。就此而言，雖然語音有發聲生理學的特定法則限制，而思想之可理解的內容則具有自身普遍的法則性，但是我們的語言仍然能以不同的結構，表達出不同的世界觀點。這正如藝術一樣，油彩具有固定的物理特性，而美應是可共同欣賞的理念，但藝術家仍能創造各種不同的藝術風格，以固定的媒材表達可共享的美之理念。基於內在語言形式所形成的語言世界觀，因而具有藝術的性質，它應依美學而非邏輯學來加以理解。

史坦塔爾將語言學視為如同美學一般的「表達理論」，[45] 他設想用赫爾巴特（J. F. Herbart, 1776-1841，他是康德在哥尼斯堡大學之哲學教椅的繼任者）的心理學理論來研究語言現象，從而創建了「語言心理學」的研究進路。赫爾巴特主張表象的連結與情

---

44 Wilhelm von Humboldt, "Über das Entstehen der grammatischen Formen und ihren Einfluß auf die Ideenentwicklung," *Wilhelm von Humboldts Gesammelte Schriften*. Hg. Königlich Preussischen Akademie der Wissenschaften. Bd. 4（Berlin: B. Behr's Verlag, 1905), 292.

45 史坦塔爾這個觀點特別為克羅齊（B. Croce）所推崇，克羅齊不僅將他的美學理論專著稱為：《作為表達的科學與一般語言學的美學》，更在這本書標題為「論語言學與美學之同一」的〈結論〉中說：「在科學闡釋的某個階段中，作為哲學的語言學，定然必須被併入美學中」。參見 Benedetto Croce, *Aesthetic as Science of Expression and General Linguistic*（London: Macmillan, 1909), 250。

感的因素有關，當我們對外在事物的表象具有感覺時，我們同時也會有情緒性感受的心理反應。我們的統覺之能以能將特定的表象連結在一起，與情緒性感受的作用有很大的關係。赫爾巴特的心理學理論，因而很能用來重新解釋語言感嘆說或摹聲說的理論基礎。我們對外在事物的感覺，若同時即具有表達內在心理狀態的情緒性反應，那麼我們知覺到對象所自然發出的聲音，當然即與對象的表象連結具有一定的關係，而這正是赫德一開始在他語言起源論即已洞見到的，在覺識的知性行動中，聲音的區分音節表達與事物之特徵認取的表象綜合，具有密切且一致的關係。然而經過洪堡特的批判，史坦塔爾也理解到，詞語的意義不能是個人私有的，詞語所指涉的意義內含應具有普遍性。語言心理學的研究不能停留在赫爾巴特的表象連結理論，而應將語音作為面對存有之觸動所發出的聲音，視為與民族共通感有關的內在精神表達。史坦塔爾的語言心理學，因而最終轉向「民族心理學」（Völkerpsychologie）的研究。

　　史坦塔爾將內在語言形式的研究，類比於美學的表達理論，這一方面使得語言世界觀的論點，被局限在主觀表達的層次上；另一方面，對於如何能從赫爾巴特研究個人表象連結能力的心理學，跳躍到研究由民族精神之共通感所形成的內在語言形式，他也沒有詳細的說明。他的理論因而遭到當時青年語法學派的健將—赫曼・保羅（Hermann Paul, 1846-1921）的強烈批判。但他採取以表達理論對語言進行民族心理學研究的進路，卻對當時著名的心理學家馮特的語言哲學研究，產生極大的影響。馮特當時倡導立基於生理心理學（Physiologische Psychologie）觀點的實驗心理學，他認為人類的心理狀態，最真實地表現在身體的反應中。我們要理解人類內在的心理活動，就應從身體的外在表現來加以

觀察。他因而接受達爾文在《人類與動物情緒的表達》（*The Expression of the Emotions in Man and Animals*, 1872）一書中的觀點，將臉紅心跳、表情與手勢等身體姿態的表現，都視為是內在心理狀態之外在可觀察的表達。就此而言，語音最初也可以視為是一種身體姿態，因為正如語言感嘆說或摹聲說的觀察，吶喊、怒吼或模仿事物所發出的聲音，它們之所以能作為根源音的來源，即是它們本源地表達了我們的身體對於外在刺激所產生的內在心理反應。人類發聲器官所發出的聲音，作為一種身體姿態，既與內在的心理活動，有著密不可分的關係，那麼我們即應從「表達運動理論」來研究語言學。馮特因而說：

> 心理生理的生命表現，按其普遍的概念而言，可稱之為表達運動，而語言即可算是其中一種獨特的發展形式。每一種語言都經由肌肉作用所產生的聲音表現或其他感性可知覺的記號，而將內在的狀態、表象、情感與激情向外顯示。若此定義符合表達運動的概念，則語言的特徵及其與其他相類似運動的差別就只在於：它是經由表象的表達，而為思想的傳達服務。[46]

至此，無論是史坦塔爾或馮特的語言心理學研究，都徹底拋棄了在亞里士多德語言工具觀中的主知主義立場。依語言心理學的觀點，語言首先並不是用來表象世界，而是用來表達情感。同

46　Wilhelm Wundt, *Völkerpsychologie—Eine Untersuchung der Entwicklungsgesetze von Sprache, Mythus und Sitte*: Erster Band. *Die Sprache*（Leipzig: Verlag von Wilhelm Engelmann, 1904）, Teil 1, 37.

樣將語言學視為一種廣義的表達理論，但馮特並不像史坦塔爾以「美學」，而是以「生理心理學的表達運動理論」來理解語言的基礎。馮特的語言哲學因而可說是歷史偶然地、但卻理論必然地傳承了洪堡特在語用學向度方面的洞見。洪堡特主張：「語言不是經由個人，而是經由社會才具有實在性。詞語必須能擴大到聽者與回應者，它才能贏得它的本質性」，現在這個觀點在馮特的表達運動理論中，終於找到合適的研究進路。馮特的表達運動理論來自達爾文，從達爾文理論的觀點來看，人或動物以臉紅心跳、表情或手勢等身體姿態，所表達出來的內心情緒，作為本能殘餘的表現，本身就是在社會互動過程中產生出來的。例如，動物若受侵略性本能的驅使，那麼它就應對侵犯到它生存的其他動物，直接採取攻擊的行動。但若這個動物沒有這樣做，而是先以齜牙咧嘴的表情（或吼叫的聲音）來威脅對方退讓，那麼這就顯示，這隻動物已經具備有，以表情或聲音進行行動協調的溝通能力。它的齜牙咧嘴或大聲吼叫顯示出，它是為了行動協調的溝通目的，而在本能衝動的壓抑中，以表情或聲音等身體姿態的表達，來釋放出本能衝動得不到發洩的能量。

　　動物以表情或聲音等身體姿態，進行社會行動的協調，這個過程使得特定的表情與聲音，能具有作為意指某種內在意圖的記號。包含聲音在內的身體姿態，因而是在社會互動的行動實踐過程中，而不是在表象世界的認知過程中，才首先取得自然可理解的意義。亞里士多德應該很同意這一點，他才能說動物發出未區分音節的聲音，還是具有一定的意義。亞里士多德之所以仍然反對我們將這樣的聲音就視為詞語，很顯然是因為這種以身體姿態表達出來的聲音，還不是在人類語言溝通中所使用的、具有特定音節區分的表意符號。而這其中的關鍵就在於，動物並非有意識

的使用這些表情與聲音，來達成行動協調的目的，而人類卻能為社會合作的互動與整合，而有意圖地使用這些記號，以至於這些記號能被約定使用在行動溝通所需的事物指涉與訊息傳達之中。亞里士多德主張，語言的意義是人為約定的，這在完成人類社會之溝通合作的目的下，又似乎才是正確的。在語用學的層次上，柏拉圖的語言意義之自然本質論與亞里士多德的語言意義之人為約定說之間的差距，現在似乎已經縮小到：在從動物的記號語言跨越到人類的符號語言之發展過程中，原先透過本能調控的身體姿態溝通，究竟如何能轉變成透過意義理解的活動，達成行動之規範性協調的社會整合目的。或再簡言之，語音的使用究竟經過什麼樣的規範過程，它才能從身體姿態轉變成表意符號，而得以為人類語言的起源做出根本的解釋。

　　馮特的語言身體姿態起源論，開啟了從身體性的社會互動過程，研究語言起源問題的思路，但他自己並未對語言溝通的語用學向度多做說明，他有興趣的仍是語意學的向度。只是他已經不再停留在指涉對象的認知層次，而是更根源地從身體性的表達，來解釋語言意義的構成。他嘗試在民族心理學的構想中，致力於研究表情與手勢，以說明我們的身體如何建構了語言意義之自然可理解性的基礎。他在這方面的研究成果斐然，他對語言與神話等文化符號系統的民族心理學研究，在日後也影響了卡西勒嘗試建立一門以語言表達理論為基礎的《符號形式哲學》。從而使得德國古典語言哲學在「從赫德到洪堡特」的發展中建立起來的「語言世界觀」，能進一步具體落實到為人文科學奠基的「文化哲學」。然而真正能發掘出馮特在語言意義之身體姿態構成論中的語用學向度者，卻反而是來自美國實用主義陣營的米德。

　　與赫德主張「當人還是動物的時候，就已經有了語言」的觀

點遙相呼應，米德將動物以身體姿態進行行動協調的溝通過程，稱為是一種前語言溝通的「姿態會話」（conversation of gestures）。米德試圖以存在於姿態會話之「姿態刺激—調整性反應—社會行動結果」的三聯關係，來解釋構成語言意義的邏輯結構。在動物以身體姿態進行溝通的過程中，第一隻動物以齜牙咧嘴或吼叫的身體姿態作為刺激，以向對方預告它後續將採取的行動，而第二隻被威脅的動物，則以他對對方行動意圖的理解，做出調整性的行動反應（他要不是表現出畏懼，要不就是擺出要接著戰鬥的姿態）。第二隻動物的反應，可接著轉換成對第一隻動物的刺激，而使對方也接續做出調整性反應（它要嘛跟著擺出更強烈的攻擊姿勢，要嘛就掉頭走開）。當這個過程持續到雙方都可以接受的程度（同意一隻動物先吃掉大部分的肉，再由另一隻動物吃掉剩下來的肉），兩隻動物之間的行動協調，最後即是在對身體姿態的意義表達，達成一致理解的前提下，完成一次社會性的行為（亦即二者無需進入你死我活的生死鬥爭，而是透過身體姿態的溝通，對生存資源的社會分配達成互動協調的共識）。這種存在於姿態會話之三聯關係中的意義構成活動，當然不是動物在有意識的狀態下完成的。米德提出「姿態會話」的說法，也並不是要把動物的身體語言擬人化，而是要建立一種「功能主義的客觀意義理論」。因為動物的姿態會話作為前語言的溝通形式，已經很能凸顯出，即使動物沒有意識到，但身體姿態之所以能轉變成具有客觀意義的符號，並不是透過任意的約定，而是惟當它具有能使雙方達成社會互動之行動協調的規範效力，才是可能的。在此就米德特別強調表意符號在社會互動中的中介作用，米德基於語言溝通作用所提出的社會心理學理論，也就可以很恰當地被稱為是一種「符號互動論」（Symbolic Interactionism）。

　　然而，誠如亞里士多德所見的，動物發出未區分音節的聲音，雖有意義但卻仍不是名詞。介於動物的記號語言與人類的符號語言之間的差異，是不容混淆的。米德也沒有忽略這一點，但他更看出動物的姿態會話之所以還未達到人類語言溝通的層次，係因動物還不能有意識地，將身體姿態當成如同詞語一般的表意符號，而有意圖地在行動協調中加以使用。人類語言起源（或人之為人）的問題因而在於，人類如何能將身體姿態轉化成表意符號，以至於我們能以帶有特定意義的聲音（詞語）進行語言的溝通，並因而能為人類的社會互動，提供可相互預期的行為規範。米德在此首先賦予聲音姿態在各種身體姿態中有一獨特的地位，以解釋人類的語言如果都是從身體姿態產生出來的，那麼為何幾乎沒有例外地，都是採取語音語言的形態。對此米德既不像亞里士多德主張聲音與詞語的意義無關，也不像馮特僅以語音具有可分段切割與任意重組的方便性，即能取代手勢語言成為主要的語言形式。而是因為語音提供一種特殊的「反身性結構」，它使得有意識地運用身體姿態，來達成行動協調的目的成為可能。

　　聲音作為身體姿態的特殊性在於，聲音是發出它的動物自己也能聽到的。在動物的姿態會話中，一隻動物透過身體姿態的刺激，使對方產生調整性的行動反應。但若動物本身沒辦法看到自己的表情，他就無法確定，到底是它的哪一種身體姿態，能使對方做出特定的反應。再者，即使它能看到自己做出的身體姿態，它也不能確定對方所做的反應，究竟代表它對我的身體姿態做出何種解釋，以至於我能確定我的某種身體姿態，對別人而言同樣具有我原先意圖表達的意義。惟當我能確定我在使用某個身體姿態時，我期待他人會產生的行為反應，與對方透過它對我的身體姿態表達的意義理解所做出來的行為是一樣的，那麼這個身體姿

態才有可能因為它具有使我們達成行動協調的目的，而轉變成在語言溝通中的表意符號。而聲音作為一種身體姿態的特殊性，正在於它能為這種轉變所需的結構性條件，提供必要的基礎。

在聲音的身體姿態表達中，一個聲音作為刺激，引發對方做出某種反應。但由於我在發出聲音時，我自己也聽到這個聲音，我因而也能受到這個聲音的刺激，而產生反應。此時若我發現，對方的反應與我的反應相同，那麼我就能理解，到底是什麼樣的聲音表達，使我們能具有相同的感受，並因而能做出相同的行為反應。在此，透過我自己在相同的行動反應中的意義理解，我就能理解別人對我的身體姿態表達所具有的意義理解內容為何。而一旦我能將我所發出的聲音，與它對他人所產生的行為反應連結在一起，並透過我觀察到，我自己在聽到同樣的聲音所做出行為反應，是與對方做出的行為反應相同時，那麼我就能理解我的聲音表達所代表的客觀意義內含，從而能將它當成是可以用來協調行動的表意符號，而發展出以詞語進行溝通的語言能力。

語音的使用能使人同時具備「說者」與「聽者」的雙重身分。一旦我觀察到，我自己聽到聲音所做的反應，與他人聽到我的聲音的行為反應是一致的，那麼這就等於我能「採取他人的觀點」來看待我自己，以至於我不會陷入在自己主觀的世界，而是能客觀地從他人的觀點，來理解我的身體姿態所表達的意義何在。且由於在聲音姿態中，發出聲音與聽到聲音幾乎是同時的，我們因而能在說話的當下，同時包含有「自我」與「他人」這兩方面的觀點。透過語音所提供的反身性結構，我們因而能與一個作為他人的內在自我交談，而這同時也使得，我能將我自己視為我自己的對象之自我意識的自我反思性成為可能。在反思中始終必須預設「我思」的「先驗自我」，從這個觀點來看，並不是不

能對象化的自我，而是它根本就是從在社會互動中，透過採取一般化他人的觀點而來的他人自我（米德稱之為「客我」[Me]）。人類語言溝通能力的形成，與人之所以能成為具有自我意識的思想主體，因而是同時完成的過程。從赫德以來，德國古典語言哲學始終主張語言與思想密不可分（或語言即是建構思想的器官等觀點），這種想法在米德這裡可說得到最完整的表達。

誠如洪堡特所言：「語言不是經由個人，而是經由社會才具有實在性。」詞語的意義應具有對所有人都具有可理解的普遍性，語言的意義建構因而不能只限於對兩個進行互動的個體產生行動協調的作用，而是應對所有「一般化的他人」都具有行動規範的效力。就此而言，語言意義的普遍可理解性與人類的社會互動能透過普遍有效的行為規範進行整合的過程，就也是同時進行的。而若詞語之所以能作為社會互動的符號中介，即在於它的意義理解能在行動互動中產生規範彼此行為的效力，那麼我們的語言溝通即同時是我們能為社會整合的行動規範建立體制的基礎，而這正是米德在《心靈、自我與社會》這本書中的主要論旨。總結而言，馮特的語言身體姿態起源論開創了，將語言起源放置在社會互動的身體姿態表達中來加以研究的方向，而米德的符號互動論則進一步說明了，語言意義的客觀性與普遍性即在於它具有協調行動、建構體制的規範性效力，「從馮特到米德」的德國古典語言哲學發展，因而可說是透過「語言作為規範建制的溝通行動理論」，為亞里士多德的語言工具觀所缺乏的語用學向度，進行了極為重要的補充。

（三）邁向溝通共同體的德國古典語言學思路

德國古典語言哲學透過「從赫德到洪堡特」所發展出來的

「語言作為開顯世界的存有論詮釋學」，擴展了語言哲學被亞里士多德的語言工具觀窄化了的語意學向度，而透過「從馮特到米德」所發展出來的「語言作為規範建制的溝通行動理論」，則為亞里士多德語言工具觀所缺乏的語用學向度提出了重要的補充。西方哲學的主流思潮，由於深受亞里士多德語言工具觀影響，一方面沒有看到在語言起源的過程中，語言具有開顯世界的功能，而只看到語言具有標指事物的工具性作用，以至於他們僅能主張，應在「指涉理論」的範圍內談論語言意義的約定問題，從而使真理的問題也被局限在，應對依邏輯語法建構的科學語言進行經驗檢證的證成問題；另一方面，他們也沒有看到，在語言的溝通使用中，語言具有規範建制的功能，他們單就語言具有表達個人情緒與要求他人做出一定反應的刺激作用，因而僅在「後設倫理學」的範圍內，談論規範性詞語的意義問題，並主張除非犯了自然主義的謬誤推理，否則就得接受規範性的詞語僅具有非認知性意義的主張。當代的語言分析哲學，因而與亞里士多德完全一致地，視表達情感與規範要求的祈使語句，是與知識真理無關的聲音表達，而哲學研究的範圍則應完全專注於為科學知識的有效性與真理性奠定基礎。

　　德國古典語言哲學反對亞里士多德的語言工具觀，他們不再將「標指事物」與「傳達訊息」，而是將「開顯世界」與「規範建制」當成是語言的本質。這使得德國古典語言哲學能在當代，相對於語言分析哲學的語言學轉向，發展出以「存有論詮釋學」與「溝通行動理論」為主的語言學轉向。我們若要為當代哲學的新開端，釐清它日後應繼續發展的方向，那麼我們就要回到它們在德國古典語言哲學的源頭。德國古典語言哲學「從赫德到米德」的發展，不只是平行於德國古典哲學「從康德到黑格爾」的

發展，他們事實上還推動了先驗觀念論的語用學轉化。這使得哲學不再只著重於為自然科學奠基，或只是作為展現絕對精神在邏輯學中的自我認識。而是應建構能為人文科學奠基的文化哲學，並使我們能在語言的溝通共同體中，透過共識討論建構民主審議的社會體制，以實現人人自由平等的理想。

　　哲學這種新的思考方向，事實上已經存在在德國古典語言哲學的發展中。卡西勒的「符號形式哲學」，即是在馮特民族心理學的影響下，嘗試將洪堡特用來說明語言世界觀之建構基礎的「內在語言形式」，擴大成以「符號功能的文法學」（Grammatik der symbolischen Funktion）取代康德的「先驗邏輯學」，而用以說明人類得以建構文化世界的交互主體性基礎。俾使哲學不再只局限於為研究現象領域的自然科學奠基，而是能在「語言批判」的基礎上，為研究文化實在的人文科學奠基。這種以語言批判取代純粹理性批判的構想，正是德國古典語言哲學自赫德的《純粹理性批判的後設批判》（*Metakritik zur Kritik der reinen Vernunft*, 1799）、哈曼的〈理性純粹主義的後設批判〉（"Metakritik über den Purismum der Vernunft", 1784）以來，一直想要完成的工作。卡西勒的《符號形式哲學》雖然將德國古典語言哲學「從赫德到洪堡特」發展出來的語言世界開顯性，進一步建構成文化哲學，但是他的理論與這個時期著重對象建構的語意學研究傾向一樣，都還保留相當強烈的觀念論思維形態，以至於他仍預設各種文化系統都只是人類精神的不同表達形態而已。然而「精神」這個概念還是非常黑格爾式的，以至於他的理論除了常被視為是一種「新康德主義」之外，也經常被歸類為「晚期觀念論的文化哲學」。[47]

---

47 透過與海德格在達弗斯（Davos）的論辯，卡西勒為超越他在《符號形式哲

　　真正能回歸語言溝通的社會性，並徹底脫離觀念論思維模式
的德國古典語言哲學理論，其實是米德的「符號互動論」。為了
說明語言意義的客觀普遍性，米德透過人類互動的溝通結構，逐
步從「姿態中介的互動」、「符號中介的互動」過渡到「角色中介
的互動」的轉型過程，論證我們惟有在無限制的溝通共同體中，
才能說明詞語如何具有規範建制的客觀效力。在他的符號互動論
中，人類的自我意識，不是只能在反思中預設的先驗統覺，而是
透過語音所提供的反身性結構，將社會互動的語言溝通過程，內
化成自我對話的思想活動而形成的。這種基於溝通共體性的社會
互動所形成的溝通理性構想，在哲學史的發展中具有關鍵性的意
義。黑格爾批判康德的觀念論只預設「我是我」這種抽象同一的
主體，他主張應透過自我意識的分裂過程，而在重新建構起來的
精神主體中，說明「我是我們，我們是我」（Ich, das Wir, und Wir,
das Ich ist）[48]的交互主體性概念。德國觀念論的發展，原應從「我
是我」走向「我是我們，我們是我」的交互主體性，但黑格爾最
終卻仍走向對絕對精神。惟有米德才透過個人在溝通共同體中的
相互承認，而維持住「我是我們，我們是我」的交互主體性。透
過德國古典語言哲學從赫德到米德的思路發展，交互主體性的建
構即不一定如同黑格爾之後的哲學，得在生死鬥爭的社會衝突中
來加以解釋，而是也能透過吾人在社會合作的互動過程中所形成

　　學》中的觀念論立場，嘗試在他的《符號形式的形上學》中，發展出以生命
　　之基本現象的研究為文化哲學奠基的思路。相關討論，請詳見本書第五章第
　　3節的闡述。

48 G. W. F. Hegel. *Phänomenologie des Geistes. In Gesammelte Werke*. Hg.
　　Rheinisch-Westfälischen Akademie der Wissenschaften. Bd. 9（Hamburg: Felix
　　Meiner Verlag, 1980）, 108.

的溝通理性來加以說明。

　　德國古典語言哲學在語言作為開顯世界的存有論詮釋學方面，透過卡西勒的符號形式哲學發展為取代康德以先驗觀念論為自然科學奠基的文化哲學，而在以語言作為規範建制的溝通行動理論方面，則透過米德的符號互動論，建構了一種民主審議的法政哲學理論。卡西勒的符號形式哲學與米德的符號互動論，可視為是德國古典語言哲學，以語言的本質在於開顯世界與規範建制的作用下，所產生的哲學理論形態，他們共同開創了一種邁向溝通共同體的哲學思考方向。卡西勒與米德的理論雖然還不算是在德國古典語言哲學推動哲學的語言學轉向後，哲學思想的完整形態，但他們都傳承了德國古典語言哲學的學術宗旨，在哲學轉向後的新開端，致力為人類的文化生活與民主的溝通體制奠定基礎。對於德國古典語言哲學的文化哲學與政治哲學理論，在本書中雖然沒有詳加討論，但若要使德國古典語言哲學在存有論詮釋學與溝通行動理論形態下的哲學研究方向，能得到清晰的認識，那麼還是有必要先將德國古典語言哲學能引領我們邁向溝通共同體的思路清理出來，而這正是本書嘗試進行的工作。

I

從赫德到洪堡特
歷史比較語言學與語言的世界開顯性

　　本書將德國古典語言哲學的發展區分成兩個階段，第一個階段是「從赫德到洪堡特」的思想發展。我們在導論中，稱這個階段的發展是透過「語言作為開顯世界的存有論詮釋學」，扭轉了以亞里士多德語言工具觀為基礎的西方傳統哲學思考方向。但「從赫德到洪堡特」的德國古典語言哲學的發展，並不是憑空出現的想法，而是從當時「歷史比較語言學」的研究，汲取了許多寶貴的思想資源，我們因而應先簡要地追溯這個學說的發展背景。

　　在19世紀前半葉占有主導性研究地位的「歷史比較語言學」的產生，有思想內部的因素，也有歷史偶然的外在因素。在思想的內部因素方面，研究語言起源與變遷過程的「語言起源論」，在18世紀末葉即是在全歐洲範內被熱烈討論的議題，這個議題其實是對啟蒙運動的回應。在啟蒙運動中，哲學要求脫離神學而獨立，我們無法再以上帝的形象來理解人。惟有透過人與動物在語言方面的顯著差別，以能對人類的語言能力展開新的研究，才能重新界定人類的存在地位、剖析人類的本性、呈現人類思維能力的基本運作形式，以及闡釋我們能認知實在世界的可能性基礎。18世紀後半葉的德國啟蒙運動，在腓特烈大帝（在位期間1740-1786）的獎掖之下，透過位於柏林的普魯士皇家科學院，大力推廣由法國所主導的啟蒙思潮。當時在學界爭議最為熱烈的問題之一，即是關於語言起源的問題。普魯士皇家科學院分別在1759年針對：「關於意見對於語言的影響，以及語言對於意見的影響」，以及在1769年針對：「人類憑藉其自然能力，能夠自行發明語言嗎？人在何種情況下，必須發明語言和能夠最有效地發明語言？」這兩個有關「語言與思維」之相互影響，以及「語言起源」的重要語言哲學問題設立獎項，公開徵求論文。哈曼對1759年徵文題目的立義有意見，而赫德則是第二個徵稿論文的獲獎

人。在他獲獎的論文《論語言的起源》出版後，哈曼寫了一系列的論文，針鋒相對地批判了赫德的語言人類起源論，而重新為語言的上帝起源論辯護，他們之間的討論，開啟了德國古典語言哲學研究的序曲。

在18世紀的語言起源論討論中，語言的上帝起源論一直占有重要的位置，這有宗教的因素存在。聖經巴別塔的故事敘說人類原本有共同的語言，只因為民族分散之後，才各自形成個別的語言。在19世紀，透過大英帝國的海外擴張，意外發現梵語與日耳曼語具有共同語源，這使得聖經巴別塔對於語言起源的神學講法，似乎有希望能得到事實的印證，這因而造成當時學界對於印歐共同語的強烈研究興趣。當時的語言學家不但想要還原出印歐共同語的原始語形態，對於歐洲各語系如何從印歐共同語分化出來的變遷過程，甚至對於其他語系，像是美洲印第安語、南太平洋語系以及漢語是否與印歐共同語有關也極感興趣。這種研究熱潮促成了歷史比較語言學的興起，他們試圖透過音變轉移或字尾變化的形式類推等語言學手段，將印歐語（甚至全世界的主要語言）都納入一種透過語言有機發展的分化所形成的系譜。

印歐語研究起源於梵語的發現，這雖然與大英帝國海外擴張的偶然因素有關，但它在德國學界所引發的研究熱潮，又特別與當時浪漫主義的思想潮流密不可分。浪漫主義在盧梭等人的影響下，並不認同啟蒙運動所標榜的人類進步理念。他們認為人類的自然原始狀態，才具有更大的本真性。這種人類懷古思鄉的情結，在印歐語的研究中，卻能得到科學證據的支持。因為對照梵語精確的語法結構，其後發展的希臘語或日耳曼語在語言的結構上，不但沒有超越，反而有所不及。Schlegel 在《論印度人的語言與智慧》（1808）一書中，因而開始主張應對語言及其形成採

取科學的觀察。而他所指的科學觀察，即是一種歷史的比較文法學進路。他說：「吾人必須承認，語言的結構徹頭徹尾是有機形成的，它是經由詞形變化（Flexionen）或根源音（Wurzellaut）的內在改變與屈折變化，以開展出它們所有的意義，而不只是機械地經由把附加的詞語與虛詞（partikeln）組合起來而已。」[1]他當時並期待經由「語言學的研究，能夠澄清諸語言的內在結構或比較文法學，而為我們提供語言系譜學的全新啟發，正如同比較解剖學能為高等自然史散播光照一樣。」[2]

　　Schlegel將語言視為一種有機體的結構，並將研究各種語言之詞形變化的歷史比較語言學，類比成研究生物系譜學的比較解剖學，這引發兩方面的研究風潮。一是Franz Bopp（1791-1867）在《論梵語動詞變位體系與希臘語、拉丁語、波斯語與日耳曼語的對比》一書中所採取的橫向比較文法學研究；一是格林（Jacob Grimm, 1785-1863）在《德語語法》（*Deutsche Grammatik*, 1819-1837）中，所做的綜向比較文法學研究。Bopp透過確定動詞的屈折變化在梵語、希臘語、日耳曼語等語言之間具有一致的形態，證明這些語言存在親屬關係。他的老師Windischmann在這本書的序言中指出，Bopp對印歐語親屬關係的研究，將能「深入到人類精神奧祕的道路，以獲悉其本性與法則」。[3]對於在印歐諸語言所一致表現出來的人類精神之法則性，Bopp則在他日後的成熟之作

---

1 Friedrich Schlegel, "Über die Sprache und Weisheit der Indier," *Kritische Friedrich-Schlegel-Ausgabe.* Hg. E. Behler. Bd. 8（Paderborn: Ferdinand Schöningh, 1975）, 149.

2 Ibid., 137.

3 Bopp, *Über das Conjugationssystem der Sanskritsprache in Vergleichung mit jenem der griechischen, lateinischen, persischen und germanischen Sprache*（Frankfurt am Main: Andreäsche Buchhandlung, 1816）, II.

《梵語、禪德語、阿爾明尼亞語、希臘語、拉丁語、立陶宛語、古斯拉夫語、哥特語和德語的比較文法學》中指出，研究「比較文法學」的目的應在於：「摘要地描述在標題中所提到的語言的有機體，研究這些語言的物理學與機械的法則，以及那些由文法關係標誌出來的形式的起源。」[4] Bopp 在此試圖將比較文法學所確立的法則，設想成是語言這個有機體的「物理學與機械的法則」，顯然意在使語言的研究能成為一門科學。

　　格林在《德語語法》中，則追溯了古德語從希臘語、經由哥特語到高地德語的發展過程，從而發現語言在歷史發展的過程中，雖然會有語音變化的現象，但這些現象卻又遵循相當一致的法則。他發現在印歐語的塞音中存在著一種特殊的發展，即普遍地有從「濁塞音」（stimmhafte Explosivlaute）過渡到「清塞音」（stimmlose Verschlußlaute）再過渡到「摩擦音」（Frikative）之「輔音轉移」（Lautverschiebung）的規律性，此種輔音轉移的規律性現象，後來也被稱為「格林法則」。對於格林與 Bopp 的研究，洪堡特皆知之甚詳。他於 1820 年在柏林科學院所宣讀的論文〈論與語言發展的不同時期有關的比較語言研究〉中指出：

　　　　橫向的研究之所以可能，是因為一切民族都有相同的說話需要與語言能力；縱向的研究之所以可能，是因為每一民族具有獨特的個性。通過這種雙重的關係我們才會認識到，人類構成的語言具有多大的差異，而每一民族構成的語言具有

4　Franz Bopp, *Vergleichende Grammatik des Sanskrit, Send, Armenischen, Griechischen, Lateinischen, Litauischen, Altslavischen, Gothischen und Deutschen. Erster Band*（Berlin: Ferd. Dümmlers Verlagsbuchhandlung, 1857）, III.

怎樣的［結構］一致性。如果我們能以豐富多樣的個性形式闡明［人類］語言的理念（Idee），同時又能從普遍的角度和相關民族的角度揭示各民族的語言特性，那麼，我們對［人類］語言和民族語言特性這兩者就都會認識得更加清楚。也只有用這種方法，才能從根本上回答這樣一個重要的問題：對各種語言能否像對植物分科立目那樣，根據其內在結構進行分類，如果能，又怎麼來劃分。[5]

洪堡特在此意識到，如果我們期待歷史比較語言學能像「比較解剖學」一樣，可以為各種語言提供「像對植物分科立目」一樣的系譜學區分，那麼這必須預設人類具有普遍的語言能力，且這種語言能力在民族的語言發展過程中，又必須具有彼此差異但卻內在一致的性格。這種在普遍中存在差異的現象，並不能單純從地理分離的自然演進結果來解釋，而應看成是人類精神「需要造就豐富多樣的智力形式」的「內在需要」。[6]這是因為洪堡特主張語言是一個整體，任何一個詞語之所以是一個詞語，都必須預設它是在一個結構完整的語言中才是可被理解的。在這個意義下，任何語言作為有機體，只能出於人類精神的創造，而不能單單透過機械自然的解釋。他因而說：「語言必出於自身，而且無疑只能逐漸形成，但是它的有機體並不是一種幽閉於心靈深底的無生命

5　Humboldt, "Über das vergleichende Sprachstudium in Beziehung auf die verschiedenen Epochen der Sprachenwicklung," 11. 本段引文採取姚小平的中文翻譯，參見［德］洪堡特（Humboldt）著，姚小平譯，《洪堡特語言哲學文集》（北京：商務出版社，2011），頁21。

6　Humboldt, "Einleitung in das gesamte Sprachstudium," 621.

質料，而是作為一種規律決定著思維力量的各種功能」。[7]

　　洪堡特在此時顯然已經意識到了，應將赫德、哈曼關於語言起源問題的討論，與Bopp、格林在歷史比較語言學方面的研究成果綜合起來，以提出一種能對語言的總體現象進行研究的普遍語言學，以能解釋人類既具有共同的語言能力，但真實言說的語言結構又具有民族差異的現象。洪堡特的普通語言學，因而不像亞里士多德—萊布尼茲的語言哲學傳統一般，僅從研究抽象之思想判斷形式的普遍邏輯語法學著手，而是嘗試從具體言說的民族語言出發，以能在語言的總體比較中，找尋到人類精神發展的普遍性法則。洪堡特的語言哲學構想，最終集結於他為《論爪哇島上的卡維語》（*Über die Kawi-Sprache auf der Insel Java*）一書所寫的導論——〈論人類語言結構的差異及其對人類精神發展的影響〉，這本著作無疑可視為是德國古典語言哲學的奠基之作。

　　以上述歷史比較語言學的發展為基礎，本書第一部分將接續討論赫德、哈曼與洪堡特的語言哲學思想。在第一章論〈赫德語言起源論的存有論詮釋學解讀〉中，我將透過「存有論詮釋學」的觀點，對赫德在《論語言的起源》一書中，涵蘊「以音構義」的意義理論做出闡釋。我將先指出赫德對於Süßmilch的「語言上帝起源論」與Condillac的「語言動物起源論」的批判，係基於他發現到在語言哲學中一直存在著音義背離的兩難問題。赫德試圖透過建立「聽覺的存有論優位性」、「語言與理性的同構性」與「語言的世界開顯性」等論點，來說明語音對於語意建構的重要性。並藉此為語言的情感表達性、世界開顯性、與溝通互動性等

7　Humboldt, "Über das vergleichende Sprachstudium in Beziehung auf die verschiedenen Epochen der Sprachenwicklung," 15. 洪堡特，《洪堡特語言哲學文集》，頁23。

三方面的作用，做出統一的解釋。透過本章的討論，我們將能說明赫德開啟哲學之語言學轉向的思想功績所在。

在第二章〈哈曼論純粹理性批判的語文學後設批判〉中，我將指出，哈曼雖然經常被認為是一位非理性的宗教神祕主義者，但事實上，透過對於康德的《純粹理性批判》與赫德的《論語言的起源》所做的語文學後設批判，哈曼開創了一種以詞語的啟示與傳統為基礎的先驗語言學構想。透過對於哈曼的〈理性純粹主義的後設批判〉與〈語文學的想法與懷疑〉等主要著作的分析，本章將指出，哈曼的語文學後設批判，不僅使他能夠透過詞語在語言接受性中的啟示作用，與在概念自發性中的傳統用法，而超克康德在純粹理性構想中對於感性與知性所做的割裂；他並因而能說明語言的本質，即在於它具有開顯世界的詮釋學功能與建立人際互動關係的語用學功能。哈曼將語言視為人最根源的存在方式，這使得他可以說明，人類本性的自由即在於他內在具有的超越性與社群性，這些觀點至今仍值得我們關注。

透過第三章〈洪堡特論語言的世界開顯性與理性的對話性〉，我們將致力闡釋洪堡特在語言哲學的語意學與語用學研究向度上的突破性貢獻。洪堡特認為語言的重要性在於它一方面具有開顯世界的詮釋學功能，另一方面在於語言之交談對話的原型，是使跨主體分享的共同世界能被建構出來的可能性條件。在以語言為典範的哲學研究中，洪堡特並不訴諸任何種類的形上學實在論，而是借助言說的對話結構，來證成思想的客觀性基礎。但語言世界觀的相對性與對話溝通的理解普遍性，也因而在洪堡特的語言觀中，處於極為緊張的關係。本章將透過追溯洪堡特解決這個難題的思考線索，說明以溝通共同體作為哲學思考之新基點的必要性與重要性所在。

第一章

赫德語言起源論的
存有論詮釋學解讀

　　透過存有論詮釋學的角度來解讀赫德（Johann Gottfried Herder, 1744-1803）的語言起源論，並不是我們現在才有的想法。當代哲學家海德格早在1939年就說過：「在發問語言起源的問題線索上，我們所思索的，首先並非意在語言科學及其基礎的問題。它並不是要處理哲學的一個分支領域（或關於它的學說），也不是要主張『語言的哲學』應成為哲學的基本學說。在這裡我們所思考的，既非語言科學，也非語言哲學；而是從詞語作為『存有之真理的本質』（Wesung der Wahrheit des Seyns）出發，對語言的起源（本質根據）所進行的思考。為何要進行這樣的思考呢？因為在此對於語言的思考，可視作是通向躍入完全不同的思考，亦即通向躍入存有歷史的思考之決定性的道路［……］語言的形上學以追問語言起源的形式發問，因為形上學的思維即是發問存有物的根據」。[1]海德格在此主張從「語言形上學」，亦即透過以「詞語的本質」作為通向對存有之歷史的思考，將赫德的語言起源論看成是對語言本質的研究，而非只視之為語言科學或作為哲學分支之語言哲學的研究，這是極具啟發性的洞見。可惜的是，海德格對於赫德《論語言的起源》（*Abhandlung Über den Ursprung der Sprache*, 1772）一書所做的解釋，現在卻徒然只留

1　海德格於1939年的夏季學期，在他開設的高級研討班的課程中，對赫德《論語言的起源》這本書做了十一講次的課堂討論。這次的講課紀錄直到1999年才作為《海德格全集》第八十五冊而出版，書名即為《論語言的本質：語言形上學與詞語的本質——論赫德的「論語言的起源」》。此處引用自：Martin Heidegger, *Vom Wesen der Sprache—Die Metaphysik der Sprache und die Wesung des Wortes—Zu Herders Abhandlung "Über den Ursprung der Sprache."* In *Martin Heidegger: Gesamtausgabe*. Bd. 85（Frankfurt am Main: Vittorio Klostermann, 1999), 5-6。

下為講課而摘記的片言隻語而已。

　　基於海德格之存有論詮釋學解讀的啟發，本書將試圖在這一章中，重新闡發赫德語言起源論的重要哲學涵義。我將緊扣赫德《論語言的起源》的文本，首先從赫德批判「語言動物起源論」與「語言上帝起源論」出發，說明傳統的語言哲學忽略了語言作為言說的音義兩面性，以至於他們並不能完整地說明語言應同時具有表達情感、表象世界與協調人際溝通互動的功能（一）；接著我將指出，赫德自己所主張的「語言人類起源論」，其實是一種「以音構義」的意義理論。赫德為了說明人類能發明具客觀語意內涵的詞語，創造性地提出了他關於「聽覺的存有論優位性」、「語言與理性的同構性」以及「語言的世界開顯性」這三個重要的論點。這使得他能借助以音構義的命名活動，說明能使「存有者之為存有者」得以開顯的存有論基礎，並因而能同時回答「人是什麼？」這個最根本的哲學問題（二）；但由於赫德最終只能訴諸傾聽存有自身的發聲，來解釋構成我們能命名對象之特徵規定的選取依據，因而他並不能充分地說明語言的交互主體性（三）。透過本章的研究，我將展示出在赫德語言起源論中的「以音構義」的意義理論，對於當代哲學之語言學轉向所具有的開創性意義。

一、從語言起源論看語言哲學的音義背離現象

　　赫德在《論語言的起源》一書中，針對普魯士皇家科學院在1769年徵稿所提出的兩個問題，將全書分成兩個部分。在第一部分中，他要回答的問題是：「人類憑藉其自然能力，能夠自行發明出語言嗎？」第二部分，則針對：「人在何種情況下必須發明

語言和能夠最有效地發明語言？」從科學院徵稿所提示的這兩個問題來看，我們可以得知，在18世紀後半葉關於「語言起源」的問題，並不像後來在考古人類學的研究中，試圖透過人類腦容量與發聲器官的進化過程，來確定人類發明語言的時間點何在。而是要回答促使人類能夠自行發明語言的「自然能力」何在？對於人類在發明語言之後，語言的演變與語言的民族差異的歷史分化過程，在當時也不像後來在歷史比較語言學中，僅探討共同語言的存在與語言的分化流布，而是追問使語言能實現出來的歷史社會性條件何在，以及人類各民族的精神如何藉此而表現出來。這兩個問題無疑是語言哲學最基本的問題，因為對於人類具有何種共同的語言能力，以及人類的語言能力為何只能在社會生活的條件下才能實現出來，這兩個由普魯士皇家科學院在18世紀所提出來的問題，直到當代的語言學理論，都不見得能提出很令人滿意的回答。

　　普魯士皇家科學院之所以在1769年針對語言起源的問題公開徵求論文，主要是因為這個問題當時在科學院內、外都是一個爭議極大的問題。當時擔任院長的Pierre Louis Maupertuis（1698-1759）與法國啟蒙時期的感覺主義哲學家孔狄亞克（Étienne Bonnot de Condillac, 1714-1780）一樣，都主張語言起源的「約定俗成論」（Konventionalitätsthese）。然而科學院以蘇斯米希（Johann Peter Süßmilch, 1707-1767）院士為代表的另一派意見，則持語言的上帝起源論。Maupertuis認為，人可以獨立於語言之外而思考，只是為了互通訊息之故，因而任意約定了記號。語言因而只是在次要的意義上，才因作為思考的立足點而被運用。當時的法國啟蒙哲學家孔狄亞克也主張，人類語言是從自然的表達運動（例如自然的吶喊、身體姿勢與表情）加以逐漸地區分音節

與特殊化而成的，亦即它們是經由約定，才逐漸被提高到作為標誌（Bezeichnung）的地位。相對地，蘇斯米希則從語言結構所具有的內在完美性，論證人類有限的理性不可能自行發明需預設有高度理性在其中的語言系統。人無法自行發明語言，語言需來自一個更高的理性存有者之傳授，因而他主張語言的上帝起源論。

　　赫德認為孔狄亞克與蘇斯米希的論證看似對立，但兩者卻同時都陷入循環論證的窘境。赫德認為若依孔狄亞克的說法，語言係透過約定俗成而形成，那麼我們在約定詞語的使用時，不就早就需要使用語言了嗎？換言之，依約定論的觀點，我們在未發明語言前，就必須先有語言了；而依蘇斯米希的說法，語言的完美性隱含高度的理性在其中，因而它必須由一個更高的理性存有者來傳授，我們才能擁有語言。然而反過來說，如果我們人類不具有理解與使用語言的理性能力，那麼即使是上帝，又如何能教導我們學會語言。因而語言的上帝起源論反而必須自我矛盾地預設，人在尚未學會使用語言之前，早就已經具有高度的理性能力。孔狄亞克與蘇斯米希的說法，無疑都會陷入自我矛盾的循環中。然而這種自我矛盾卻也同時顯示，人類的理性與語言能力是必須互相預設的。人作為有理性的動物，即同時是指，人是能說話的動物。要回答「人是什麼？」的問題，是與說明理性與語言之內在相關性密不可分的。赫德在《論語言的起源》的第一卷中，即試圖透過說明理性與語言的內在關係，來重新界定促使人類能發明語言的「自然能力」為何。可見，語言起源論的語言哲學問題對於赫德而言，並不是語言發明的經驗問題，而是關於語言本質的人類學基礎，或即人類理性之語言性的問題。

（一）蘇斯米希的「語言上帝起源論」與語音之情感表達功能的背離

在《試證最初語言的來源非由人類而是由創造主所擁有》（*Versuch eines Beweises, daß die erste Sprache ihren Ursprung nicht vom Menschen, sondern allein vom Schöpfer erhalten habe*, 1766）這一本書中，蘇斯米希以各種不同的語言都可以用相同而且數量有限的字母來加以拼寫，以及各種不同的語言都同樣具有八大詞類等事實，來說明語言結構的內在完美性，以作為他論證語言起源於上帝的基礎。就語言學的角度來看，蘇斯米希的語言學觀點其實是相當進步的。因為就語音學方面來看，他已經認識到語音的任意性是語言創造的必要條件。而在語法學的角度來看，他也認識到語言內在的文法結構作為一完構的符號系統之特性。因而正如蘇斯米希自己所強調的，他的論證完全不是訴諸聖經的權威，而是透過理性的哲學論證。[2] 這種語言的理性主義觀點在西方有著悠久的傳統，從亞里士多德《工具論》的〈解釋篇〉開始，語言哲學即已強調它所研究的對象應是構成思想的「命題」，而非研究不同民族（或同一個民族的不同成員）所講的不同「語句」。語言哲學只著重研究語意的問題，而不管語音的差異或語言表達的語用學問題。語音的差異一向被認為只是約定的不同，而且惟有語音是任意的，我們才能以有限的語音表達無限豐富的思想，這形

2　Süßmilch 說：「在我的解釋中，將不涉及到創造主以何種方式教授給人語言，並使其能熟練運用的問題，因為我的論證純粹是哲學的論證。」參見 Johann Peter Süßmilch, *Versuch eines Beweises, daß die erste Sprache ihren Ursprung nicht vom Menschen, sondern allein vom Schöpfer erhalten habe*（Köln: Themene Verlag, 1998）, Vorrede, 4。

成主導日後語音學研究的基本觀點。語言哲學只研究命題而不研究具語音差異的語句，這使得語句表達的問題，只是修辭學或詩學的問題。[3]然而我們都知道，從亞里士多德的老師柏拉圖開始，詩人與修辭學家事實上早就被摒除在西方形上學理想國的門外。

　　任何一個被我們言說的詞語，都必須同時包含語音與語意兩個部分。西方語言哲學的主流傳統卻只著重語意學的研究，而把語音的差異看成是語言之偶然而非本質的部分。在語言學的經驗研究中，也習於把語音學與語意學分開來研究。然而這正是忽略了語音在語言中所扮演的情感表達功能，[4]以及語音構成人與整體自然世界的存有論關聯性。語音在研究「語言」（language）的語意學中或許不重要，但在研究「言語」（speech）的語用學中，卻對溝通互動的意義理解有著密切的關係。赫德的語言起源論因而一開始就借助孔狄亞克與盧梭的語言動物起源論，強調語音具有情感表達性與能直接回應自然整體的存有論關聯性，來批判在蘇斯米希上帝起源論中的理性主義傳統。

　　赫德同意孔狄亞克與盧梭的觀點，主張：「自然音的使命是表達激情，因此不用說，這種音也就成為一切情感的要素。」[5]人

3　Aristotle, *De interpretationen*. In *The works of Aristotle*, Ed. W. D. Ross, Vol. 1 （Oxford: Oxford University Press, 1928）, 16b26-17a8.

4　Ulrich Gaier 對於赫德在語言起源論中關於語音之情感表達的功能，分析的最為詳盡。他分別就自然的語音作為表達感受、族類共感與受感動而發聲等不同側面，分析出語音具有症狀性（symptomatisch）、訴求性（appellative）與仿像性（ikonisch）的表達功能。參見 Ulrich Gaier, *Herders Sprachphilosophie und Erkenntniskritik*（Stuttgart/Bad Cannstatt: Friedrich Formmann Verlag, 1988）, 87ff.

5　Johann Gottfried Herder, *Abhandlung Über den Ursprung der Sprache*. In *Herders Sämtliche Werke*. Hg. Bernhard Suphan, Bd. 5（Berlin: Weidmannsche Buchhandlung, 1891）, 15/10. 本書引用赫德《論語言的起源》的原文，主要依

與動物一樣，都會透過自己的感受能力，在對自然的反應中發出表達情感的聲音。這樣發出來的自然聲音是不待思索而直接表達出來的，因而自然聲音的表達「是與整個自然連結在一起的」。[6] 再者，基於情感感受的自然聲音表達，係針對同類的表達，它的表達因而總是同時期待有「同感的回音」（gleichfühlendes Echo）。可見，從情感表達的自然需求，作為所謂「同聲相應、同氣相求」的表現來看，人並不是「自我中心主義的單子」（egoistische Monade）。詞語的語音若來自於自然的聲音，那麼在這種意義下的「語言」，即是人類與動物都共同擁有的。赫德舉例說，無論是英雄菲洛克泰特（Philoktet）與一頭蒙難的野獸都會「直接通過喊叫、聲調、粗野而含糊的聲音，表達出來他的肉體的所有最強烈的、痛苦的感受，他的心靈的所有激昂的熱情」，[7] 赫德因而在《論語言的起源》這本書的第一句話就說：「當人還是動物的時候，就已經有了語言。」赫德一開始把動物的叫聲稱為語言，但這卻是他稍後在論文中明確加以反對的。因為人類的語言具有語意的內含，但動物語言並不具備這種作用。人與動物不假思索而直接表達出來的聲音，雖然還不是具語意內含之可區分音節的詞語。但是動物的語言或人類基於自然的聲音所表達出來的感覺語言，作為對他所處的世界的回應，卻仍然表達出可為同一類物種所共同感受的情感。這種可以共同感受的情感表達，對於相同

據Suphan所編的《赫德著作全集》（*Herders Sämtliche Werke*）。中譯則引用姚小平先生的譯本，參見［德］赫爾德（Herder）著，姚小平譯，《論語言的起源》（北京：商務印書館，1999）。在引文出處的註釋中，逗號後的頁數為德文版的頁數，斜線後則為中譯本的頁數，以方便中文讀者查考。

6　Ibid., 6/3.

7　Ibid., 5/2.

物種的每一成員而言，都具有可傳達性與可理解性。赫德因而說：「這種聲音已不再是人類語言的主要成分。它們不是語言的根莖，而是滋潤根莖的樹液。」[8]

　　語言之為語言，即在於它的可傳達性與可相互理解性，赫德之所以把動物般的叫喊也稱為語言，顯然在於他看到人類自然的情感表達也具有這種功能。因而他說：「動物語言也即一種動物的成員之間達成的同一認識，這種認識是含混的、感性的、目的在於協調一定範圍內的活動。」[9]一旦我們忽略語音的情感表達性、溝通互動性及其能與自然世界產生存有論關聯的作用，語言即被限縮成一種工具性的符號系統，它只能為現存固定的人為世界而服務。就赫德看來，蘇斯米希主張語言結構的內在完美性是理性的高度表現，這種語言觀其實只代表語言是一種具備良好運作功能的符號系統，但卻忽略了語言其他重要的作用。赫德也承認，那些能夠用有限的字母加以拼寫的詞語，作為能在正字法要求下清楚地區分音節並加以說出來的語言，才算是「人為的語言」（künstliche Sprache）。然而人為的語言必須透過「市民的生活形式」（bürgerliche Lebensart）與人類「社會的活動方式」（gesellschaftliche Artigkeit）才能形成，[10]它是我們為了生活上的需求，或其他人類特意的目的，而把根源性的自然語言從情境中孤離出來所形成的。自然的語言作為未能清楚區分音節的感覺語言（如同在吶喊、感歎與呻吟中所發出的聲音），當它被抽離於他進行表達的當下情境之外，它才被孤立出來而形成字母的語音基

8　Ibid., 9/5.

9　Ibid., 24/18.

10　Ibid., 7/3.

礎。當我們的語言能透過語音的任意性以建構無限豐富的語意表達時，這其實是反映人類正在脫離他與自然整體的存有論關聯性，而開始建構自己的形上學世界的過程。在這個意義下，赫德即把「人為的語言」稱為是脫離存有之整體的「形上學語言」。[11]

　　赫德借助語音的情感表達性與存有論關聯性，來批判蘇斯米希只重視語言作為符號系統的形式抽象性，這不僅響應了浪漫主義運動對於語言表達之情感功能的重視，也重構了哲學對於人類感性能力的理解。自然的聲音表達出人原初與世界相遭遇的直接回應。作為詞語之語音來源的感性能力，因而首先表達了人類理解世界的直接性與整體性。而就自然的聲音表達能顯現人類感性所具有的語言性來說，出於感性對於聲音的自然表達，才是對其類屬的其他成員能夠同情共感的。反過來說，如果語言首先就是聲音的自然表達，那麼人類感性的語言性就構成了語言的「可發聲性」（Verlautbarkeit）的基礎。這不是從發聲器官去說明語音現象，而是從表現在自然聲音中的感性活動對於吾人的世界理解，具有建構可溝通性的作用，而說明了語言之可溝通性的感性基礎。人類感性的語言性作為語言之可發聲性的本質結構，使人先驗地與世界的整體性聯繫在一起。世界的整體性因而不能像是在語言神授說的先天主義中所理解的，是被概念性的符號系統圈限起來的抽象物。世界不能靜待我們加以綜合，它始終越出我們的把握，而成為我們產生驚嘆與吶喊的發聲依據。

　　赫德以語言的動物性起源來反駁語言神授說，其論證的核心因而在於：他認為語言的作用首先並不是作為描述世界的符號系統，而是一種把人在自然活生生的整體關聯中對於世界的理解，

11　Ibid., 9/5.

透過聲音表達出來，以使每一個人都能透過同情共感的方式加以理解。這是赫德首度在語言哲學中突破經驗主義之感覺主義的限制。對於赫德來說，人類的感性絕非被動地受納感覺的與料。人不是喑啞無語地面對世界。而是，當人與世界相接觸時，他的感覺的機制就自發性地表達了他對世界的理解。這種最基本的理解就是感性所發出來的吶喊與呻吟等自然的聲音表達。對於赫德來說，這已經是語言。因為這種感覺的語言已經具備了世界開顯性以及意義的可理解性等必要的存有論詮釋學結構。

（二）孔狄亞克的「語言動物起源論」與語意之符號溝通功能的背離

孔狄亞克在《人類知識起源論》（*Essai sur L'origine des Connoissances Humaines*, 1746）第二卷，對語言起源的問題提出了他的看法。作為一位感覺主義哲學家，孔狄亞克雖然也主張語言起源的約定論，但是他卻不是把語言當成是表象思想的記號系統，而是試圖從人類生活實踐的互動需求，來說明語言發明的自然起源。他主張人一開始即能知覺世界，並能因其知覺而發出叫喊的聲音。人類要能發明詞語，就必須能使這些叫喊的聲音成為知覺的自然信號，以能向他人表達自己的意圖。對於叫喊如何能成為知覺的信號，孔狄亞克解釋說，惟有在人類互動中，我們為了向他人傳達我們的需求，以求助他人，而且他人有協助我們的動機時，我們才試圖把個人感受的叫喊聲與我們所要表達對象的知覺聯繫在一起，而使這個特定的聲音成為可共同理解的信號，一旦這種聯繫透過同樣的情況一再重複，那麼我們就能透過習慣把這種自然的記號提升為可供溝通的觀念。孔狄亞克因而說：

因為他們彼此的溝通，使他們將一些知覺附加到每次激情迸發時所發出的叫喊上，而這些叫喊乃是那些知覺的自然信號。［……］然而，同樣情況的一再重複，不可能不使他們最後習慣於將這些知覺聯繫到激情迸發時發出的呼喊聲和身體的種種不同的動作上去［……］這些信號的使用逐漸擴展了心靈活動的運用，而且反過來，心靈活動的運用更頻繁了，又使信號日趨完善，並且使信號的使用更臻熟練。［……］這兩個孩子既已養成了把某些觀念連結到人為信號上去的習慣，自然的叫喊便為他們提供了樣板，可以此創造出一種新的語言。他們發出了新的聲音，同時，不斷重複著那些聲音，伴以某種指明他們想要使人注意的東西的姿勢，他們就這樣養成了習慣，即把名稱加給事物。12

由此可見，孔狄亞克雖然也主張語言起源於感覺的吶喊，但他單只是從機械性的身體反應，把叫喊的聲音理解成自然的信號，而還沒有認識到感性的自然發聲性已具有語言之可表達性與可理解性的先驗結構在其中。因而他才會轉以為了滿足生活實踐的需求而建立的習慣性連結，來說明純粹作為知覺對象或情境的聲音信號，如何能轉化成具語意內含的詞語名稱。對孔狄亞克來說，語意的約定不是任意的，而是必須在生活實踐的行動方式中來加以規定，這種立場雖然超越前述語言理性主義的立場，不再把語言當成是透過任意約定以用來標指事物或心理狀態的工具，但卻仍忽略語言在聲音表達中就擁有對於世界的前理解。人的語

---

12 ［法］孔狄亞克（Condillac）著，洪潔求、洪丕柱譯，《人類知識起源論》（北京：商務印書館，1989），頁136-137。

言不是自然的聲音而是有意圖的表達。人能在感受的自然發聲之基礎上，發展出具有表意與傳達功能的詞語。這不能透過工具性的約定主義來理解，因為約定之所以可能，已經必須先行預設語言的傳達功能。真正的問題其實在於：感性的自然發聲性如何能被轉換成具有「意義內含」（Bedeutungsinhalt）與「傳達功能」（Mitteilungsfunktion）之詞語的可理解性。赫德指出，這種轉換的過程其實是在把聲音傳達給他人（或自己）理解時，必得進行的一種透過「區分音節」（Artikulation）以清楚地表達思想內含的過程。

　　感性的自然發聲是未區分音節的，它的同情共感所具有的可理解性，只是因為它開顯了世界的整體性，以作為意義詮釋的共同對象。但它本身卻還不是「把某物理解為某物」的意義詮釋活動。能區分音節做出清楚的表達，既不只是感覺的自然發聲過程，那麼必定需要人類其他能力的介入，才能達到這個目的。對於赫德而言，這即需要思慮專注的活動介入其間作用。思慮專注是一種醒覺的狀態，因而它是有意識的。思慮專注的過程，之所以即是我們對於感性所提供的自然整體加以區分識別過程，這是因為我們正是透過思慮專注的過程，才能在感性提供的自然整體中進行特徵認取的活動。透過思慮專注的過程，我們也因而同時能將自然的發聲，以區分音節的方式加以表達。人類的聲音在此時能做有意義的語音表達，即因詞語的區分音節的發音方式，本身即同時是透過思慮專注的特徵認取過程而決定的。從自然的聲音到語言的表達，因而同時是在意義理解的詮釋溝通過程中，從世界開顯性進一步走向存在物的現象性呈現的過程。而這個過程也正是「把某物理解為某物」這個最基本的世界理解的意義詮釋活動。

　　赫德雖然借用感覺主義者對於語音的情感表達功能來批判蘇斯米希在語言上帝起源論中的字母假說，但是赫德並不因而就無條件地接受語言的動物起源論。人類自然的發聲作為情感的表達，的確已經具有語言傳達與溝通的基本功能，但孔狄亞克的動物起源論想從生活實踐的需要，說明語言可由動物所發出的聲音作為行動實踐的記號，以確定它的意義。然而，這種觀點卻完全忽視了人類語言與動物語言之間的根本差異，其實是介於「信號語言」與「符號語言」之間的差異。同聲相應、同氣相求，動物透過發出一定的聲音，以表達情感或完成訊息的交換，在這個意義下的語言，的確是人與動物共同享有的語言功能。但問題是動物所能發出與聽懂的聲音，還不能算是詞語。赫德舉例說：「狗聽懂許多話與命令，但不是把它們當作詞，而是當作與手勢、行為相連結的信號來理解。」[13] 然而這種必要的區分在孔狄亞克的語言起源論中，卻並不能被明確地區分開來。由於孔狄亞克無法做出信號語言與符號語言之間的原則性區分，赫德因而說：「有些哲學家曾經想從上述感覺的喊叫中尋找人類的起源。對此我無法掩飾自己的詫異：人類語言同這種喊叫難道有任何相像之處嗎？所有的動物，除了啞口無聲的魚類外，都會發聲以表達感覺，可是沒有一種動物，哪怕是最發達的動物，因此就能接近人類語言最起碼的開端。人按照自己的願望構成、修飾和組織這些喊叫，假如不是知性有意識地運用這些聲音，我不明白，一種任意的人類語言何以會根據上述自然規律產生出來。」[14]

　　為了區分符號語言與信號語言之間的不同，以能說明詞語在

13　Herder, *Abhandlung Über den Ursprung der Sprache*, 46/35.

14　Ibid., 18/12.

語音之外的語意來源，赫德又重新走回蘇斯米希的立場，主張語音的語意無關性。他說：「詞的外部音響在此跟我們一點關係也沒有，我們指的是詞內在必要的發生，這樣的詞是一個明確的意識行為的標記。難道有過一種動物以某種方式說出過這樣的詞嗎？思想的線索與心靈的對話始終需要得到標示。」[15] 在此，詞語的「內在必要的發生」作為「明確的意識行為的標記」，是指在人類語言中的詞語，是作為人類有意識活動之思考結果的標示。詞語作為標示，標示的是「思想的線索」與「心靈的對話」的意識行為。這表示，人類詞語的作用不僅是依本能決定情感表達與訊息交換的固定記號，而是必須一方面作為人類在理解與表象世界時的思想線索，以及作為能將思想傳達給他人的一項符號性媒介。而這即是說，詞語必須具有表象與溝通的功能。這正如語言學者 Ammann 所說的：「記號與詞語是相同的嗎？一點也不，因為我們能用詞語造句，而它所表達的內容，已經完全不只是字的堆砌。相對的，從信號卻只能產生一系列後續的反應，它們各自有它們特定的意義，但彼此之間卻沒有進一步的關係。」[16] 語言必須具有表象與溝通的功能，但以自然聲音為基礎的信號語言，卻無法具有這種功能，因而 Ammann 又評論說：「名稱不能再作為被特定的現象所觸發的呼叫或吶喊 [……] 它不再是對特定現象的特殊反應，也不是對特定訴求的特別表達。名稱是對象的代表者（Stellvertreter des Gegenstandes），它作為媒介，可以使得那在實在中並未被給予的對象，能在聽者的表象（Vorstellung）中鮮

15　Ibid., 45/35.

16　Hermann Ammann, *Vom Ursprung der Sprache* (Lahr, Baden: M. Schauenburg, 1929), 10.

活地存在著。」[17]

二、赫德「語言人類起源論」的「以音構義」理論

　　上述介於語言的「上帝起源論」與「動物起源論」之間的對立，凸顯出語言哲學的音義背反性。詞語大都同時具有語音與語意的成分，但語言哲學的難題卻在於，我們若要強調語言的創造性，強調語言作為表象與溝通的符號性媒介作用，那麼我們就要否定語音的語意相關性，而強調語音的任意性；但若我們不能否定語言具有表達情感的作用，以及必須避免把我們的語言系統看成只是抽象的思想世界之形式結構，而是使人與世界或人與人之間具有真實的聯繫，那麼語音的語意相關性就必須被考慮進來。赫德與他的老師康德之間的爭論，作為日後浪漫主義哲學與整個德國觀念論哲學的對立發展，可以說是各自發展了在亞里士多德那裡處於對立狀態的邏輯語法學與修辭學（及詩學）的不同語言觀。當今的語言學研究雖然進一步把語音學與語意學區分開來，但卻大都在功能主義的觀點下，研究「語言結構」的功能與作用，而忽略了對於同具音義兩面性的「真實言說」的研究。

　　我們若套用洪堡特後來提出的觀點，主張不應把語言只看成是現成的作品（ergon），而是一種正在進行創造中的「活動」（energeia），那麼我們追問語言起源的問題，就是得說明詞語的語音與語意兩方面，在一開始是如何結合在一起，以至於我們能產生最根源性的詞語命名活動。在語言起源論中說明這種「以音

17　Ibid., 12.

構義」[18]的語言創造活動，其實即是對存有論問題本身的回答。因為發明一個詞語以命名一個對象的過程，即是我們把某物理解成某物的過程。而這同時即是我們從存有的整體中，使存有物能作為存有物而呈現的開顯過程。在此，存有者之為存有者的問題，與詞語命名的活動，無非是同一個過程。然而如果這正是海德格指出赫德的語言起源論：「是從詞語作為存有之真理的本質出發，對語言的起源（本質根據）所進行的思考」之依據所在，那麼我們就可以說，在赫德的語言起源論中，命名事物的語言意義理論，即同時是一般而言的存有論。而赫德的語言起源論，因而亦可以稱之為「存有論的詮釋學」。我們底下即將嘗試進一步說明這種解讀的可能性。

（一）赫德的語言批判進路

如前所述，赫德雖然同意動物起源論主張語音具有情感表達的功能，並因而重視自然發聲的語音作為直接回應自然整體世界的存有論關聯性。但就動物起源論無法解釋信號語言與符號語言之間的原則性差異來看，赫德也明白承認，在人類的語言中，詞

---

18 關子尹教授曾經引用中國語言學家胡樸安的「語音構義」理論，來說明洪堡特在《論人類語言結構的差異及其對人類精神發展的影響》一書中，對於構詞理論的「擬聲模式」、「象徵模式」與「類比模式」的觀點，正好也可以用來解釋古漢語的構詞問題。關子尹教授很有洞見的指出，洪堡特在前揭書中所發展的意義理論，即是透過語音來作為說明語意建構的基礎。他也沒有忽略洪堡特的這個說法，部分源出於赫德。請參見關子尹，《從哲學的觀點看》（台北：東大圖書公司，1994），頁246（註55）。我將「語音構義」這個詞，稍加更動為「以音構義」，藉以凸顯出赫德在《論語言的起源》一書中，不只是在語言學的問題上，更在語言哲學的層次上，說明了區分音節的命名活動，如何即是詞語之語意建構的基礎。

語之為詞語主要並不是因為它有語音的成分，而是因為它具有語意的成分。詞語的語意內含代表我們對於世界的理解，並使我們因而得以與他人溝通。惟當人類的語言能脫離信號語言的層次，進入符號性語言的思想世界，那麼人類文化的存在才成為可能。人類語言的功能因而不能單從聲音的表達來加以解釋，單在能觸發出聲音的感性層次上，我們並不能解釋從「自然回應的聲音叫喊」到「作為文法—語意單位的詞語表達」之間的異質性跳躍。因而要解釋人類語言的起源，即需在感性之外，借助人類其他的思考能力（理性或知性），才能說明我們如何有意識地運用聲音來表達我們內在的意圖。個人的思想意圖一旦能運用適當的詞語加以表達，那麼承載語意內容的詞語，才能代表我們想要表達的某些東西。再者，當這個表達必須是能被他人所理解的，那麼這個詞語與它所代表的東西之間的聯繫性，就必須具有一種跨主體的有效性，以至於我們能知道應該怎樣說出它，它才能被他人理解。然而詞語所承載的意義基礎何在？或者說，介於詞語與它所要表達的內容之間的聯繫性，其跨主體有效性的基礎又何在？

　　當代分析哲學為了說明詞語的語意內含，在語言哲學的語意學研究中，透過各種不同的指涉理論來說明詞語與對象之間的意指關係，或借用語言使用的規則性來說明使語言溝通成為可能的語意規範性基礎。這類的研究經常一開始就假定認知的對象或思想的表象是先於語言而既與的，或者假定我們在對象認知之前就已經有了某些詞語，以供我們約定作為標示對象的記號。然而我們真正能有獨立於詞語之外的認知對象嗎？或者說，如果不經由認知對象的活動，我們能產生任何的詞語嗎？康德的先驗邏輯已經先行反駁過這種看法，對他來說，對象的對象性結構其實是我們思想的語言結構（邏輯範疇）所形成的。康德借助知性對於感

性提供的表象雜多進行綜合統一的活動，來說明經驗對象的建構基礎。康德追問經驗的可能性條件，他因而非常自覺地理解他所建構是一個作為自然科學研究對象的現象世界。這種現象世界是抽象的世界，因為當一切表象的雜多必須先經由時空形式而被表象時，它就已經被化約成同質的數量單位及其數量之間的關係，並從而脫離了對象實在性所具有的各種特徵。然而我們若非僅研究科學抽象的數量世界，而是要理解與實在性具有存有論關聯的生活世界，那麼就不能把語音排除在詞語的語意內容建構過程之外，而僅研究無聲的邏輯語言。在根源性的語言中，詞語含有語音與語意的兩面性，這正顯示人類感性與知性最基本的共同運作模式。這種康德稱之為靈魂最深處之奧祕的「圖式程序論」（Schematismus），對於赫德而言，即是得解釋人類發明詞語的語言起源問題。當然，這個問題對於語言學家而言，同樣是一個極為難解的謎。

　　概括言之，聲音與詞語至少有兩點不同：其一，詞語必須能夠被清楚地區分音節而加以發音；其次，詞語有特定的語意內含。能夠清楚地區分音節而發出的聲音才是語音，而這個區分音節的過程反映了我們的思想有意圖地介入了發音的過程，而使這個詞語能夠具有言說者所要表達的語意。語言意義的可理解性，必須包含它對世界有所說，且詞語與其代表的事物之間，也必須有一客觀而可為眾人所共同承認的關聯性。一旦我們採取言說來溝通，則能區分音節的語言表達作為一詞語，即必須具有一代表事物而又能為大家共同理解的內容。換言之，一旦我們是因為能使用具語意內含的詞語來溝通，才能成為與動物有別的存有者，那麼人之為人的理性能力，即與他如何能從未區分音節的叫喊，過渡到能以區分音節的方式，表達出有意圖的符號之過程密切相

關。人類的思維能力在怎樣的運作下，能把叫喊區分成音節而產生能表達語意內含的詞語，透過提出「以音構義」的語言起源論，將使赫德不僅能以語言哲學的意義批判進路，取代意識哲學之理性批判的工作；更使得赫德既能一方面重構感性與知性的運作形式，另一方面又能正面回應「人是什麼？」這個最根本的哲學問題。

（二）以音構義的命名活動

詞語具有音義兩面性，這一方面表示詞語的質料面，應是由感性提供它在回應整體自然時所發出的聲音，然後再經由知性加以區分音節地形成意圖或思想的表達。在此，思想必須在什麼原則下，才能將未區分音節的聲音「定型」成能明確地區分出音節，並因而能作為命名對象的特定詞語呢？詞語是用聲音表達出思想，因而當聲音能被區分音節地表達時，即表示我們已經在眾多的感性雜多中，選擇了與聲音有關的特徵，作為我們選取對該物具有代表性之特徵規定的依據。換言之，一旦透過音節的區分形成了詞語，那麼這就表示，我們已經同時在思想中，對於對象選取了一定的特徵來代表這個對象。而這等於說，我們在此時已相關於對象產生了表象。這些在詞語區分音節的過程中所選取的特定特徵，亦即是我們用來界定對象之同一性的概念內涵。透過概念確定出那些能界定某物之為某物的特徵集合，我們才能把一物與它物區分開來，而加以認知。在這個意義下，詞語作為對象的命名活動，其實即是認知活動的基礎。進而言之，一旦我們只能在音節區分的活動中，才能命名對象，那麼所謂知識的可能性條件，最終即必須建立在傾聽存有本身的發聲之上，因為惟有如此，我們才能依據聲音對於聽覺的吸引，而在有意識的知性活動

中，從感性無限差異的雜多中，客觀地認取出能夠界定一事物的必要特徵，並因而得以在知性對於這些被選取出來的特徵進行綜合統一的認知過程中，同時將這些與特徵聯繫在一起的聲音加以區分音節地表達成命名這個對象的詞語。赫德在此透過語音的區分音節表達，來說明規定詞語之語意內含的特徵選取過程，本書在此因而稱赫德在語言起源論中說明詞語發明的過程為「以音構義的命名活動」。並主張赫德在這個以音構義的意義理論中，為以「真實言說」為對象的語言理論建立了：「聽覺的存有論優先性」、「語言與理性的同構性」以及「語言的世界開顯性」這三個突破性的論點。

1. 聽覺的存有論優先性

赫德在《論語言的起源》中，為了解釋人類語言作為一種符號語言，必須具有可公開溝通的客觀語意內含，因而經常把在語言中進行區分音節的活動，與「反思」作為人類認知能力的介入聯繫在一起講，但這樣容易令人誤解他仍未脫離康德強調自我反思之意識哲學的進路。意識哲學主張，透過反思我們可以從對象返回到對主體自身活動的知覺。在反思中的知覺活動與注意力的集中有關，亦即，雖然我們的意識活動是在時間中連續不斷地進行，但反思的活動卻只是斷斷續續地在一時又一時之間的集中注意而已。當我們能在主體的反思中，注意到我們自己的知覺活動，那麼隨著注意力集中之間斷性的關注，我們其實只能在認知對象之無限雜多的感性印象中，有意識地透過我們對對象的特定關注，認取事物的某一些特徵，來作為代表這個對象的表象。表象因而是一種「代表而象徵之」的特徵選取過程。這些選取的特徵一旦能被確定下來，它就代表了我們對這個事物的性質規定，

從而形成足以界定這個對象的概念之語意內含。

赫德將知性思考的注意力專注過程，描述為：

> 許許多多飄忽不定的圖像從人的感官面前掠過，如果他能聚攏精神，自覺地停留在其中的一幅圖像上，清醒冷靜地加以觀察，並且能夠區分出它的一些特徵，確定它是這一客體而不是其他客體，他就證明了他的思考能力。也就是說，人的思考能力不僅表現在他能清晰明確地認識事物的所有特性，而且表現在他能確認一個或若干個區分特性。這種確認行為（Anerkenntnis）在第一次發生，就形成了明確的概念，這也是心靈做出的第一個判斷。那麼——確認行為是怎樣發生的呢？它的發生是由於，人必須區分他明確意識到的特徵。好啊！讓我們向他歡呼一聲：發現了！（εύρηκα!）這第一個被意識到的特徵就是心靈的詞！與詞一道，語言就被發明了。[19]

赫德在此透過反思的覺察，來說明知性如何能在感覺的雜多中，透過「收集（sammeln）」（聚攏精神）、「圖像化（auf einem Bilde freiwillig verweilen）」（停留在其中的一幅圖像上）與「認定（anerkennen）」（確定它是這一客體而不是其他客體）的過程，以說明我們能夠透過特定特徵的選取，用之以代表對象，從而得以借此作為建構概念、形成具語意內含的詞語，而完成對於對象加以命名的認知過程。這與康德稍後在《純粹理性批判》一書中，描述知性的三重綜合過程（知覺的綜攝、想像的再造與概

---

19 Herder, *Abhandlung Über den Ursprung der Sprache*, 35/26-27.

念的再認）有異曲同工之妙。但赫德在此對概念建構的說明與觀念論哲學仍有相當大的差異。赫德在此明白地指出，事物的存在是基於我們能用詞語加以命名才產生出來的，這無法僅透過知性預設先驗統覺作為綜合統一的最高原則即足以解釋。而是必須先說明使我們能確認我們對於能代表一對象之特定特徵的選擇，及其能獲得承認，並因而能被固定下來的客觀性依據。學者Schmidt即洞見到在赫德語言哲學中的這個根本問題，他說：

> 反思不僅意味著認知，它同時也是對那些對於構成對象具有代表性的性質的承認：反思在覺識到的特徵中，實現它自己作為靈魂的判斷。換言之，反思作用在有意志的行動中所實現的工作是：執持住感覺之瀑流，經由專注與有意圖的指向，透過特徵的替代與執著而確立一對象。我們以此既實現出對象，又同時實現我們能「確立對象作為客體的過程」（Prozeß der Gegenstands-Fest-Stellung als Ob-ject）之可能性。這也就是說，當這個過程可再度經由內在的標誌詞（Merkworte）加以區分的話，那麼我們即能獲得對此加以反思的可能性。依照赫德的觀點來說，直到我們能將已經取得的標幟或特徵，與那些能被轉換成聲音之特徵的表象能力的覺察（Besinnung）聯繫在一起，那麼一個「被區分音節的聲音」（artikulierter Laut），才能被指明作為在承認作用中「具語意的組構物」（semantisches Gebilde），亦即才能作為「名稱」（Name）。[20]

20 Siegfried J. Schmidt, *Sprache und Denken als Sprachphilosophisches Problem von Locke bis Wittgenstein* (Den Haag: Martinus Nijhoff, 1968), 43.

可見，知識的建構問題既然不能只從主體的綜合統一活動來加以說明，那麼赫德就得進一步說明我們對於界定一事物之特徵承認的區分基礎何在。赫德把我們能共同承認特徵選取的客觀性（換言之，即我們人類能夠發明語言的可能性），歸諸於我們人類根源地具有能傾聽存有之發聲的聽覺優位性。對於赫德而言，聽覺具有存有論的優位性，這是因為如果對於對象的特徵選取只是個人主觀為之，那麼它就只是個人主觀的表象，這無法構成能用來定義詞語概念之固定語意內含的客觀性基礎。相對地，如果在特徵認取的過程中，有來自於聲音方面的客觀決定，那麼在一方面，我們就能依據在傾聽中，聲音對於意識的觸動，而能從無限差異的感性雜多中，透過注意力的集中而有知覺地選取了對象自身所給予的特定特徵，這因而不是隨個人任意的選擇或約定；另一方面，我們透過把傾聽到的聲音表達出來，那麼這種對於自然整體的直接響應所發出的聲音，對於隸屬於相同種族之語言社群的成員而言，將具有可同情共感的語言可理解性與可傳達性的感性基礎。赫德因而認為，我們一旦能形成對一個對象的認知，那麼我們勢必需要聲音為我們提供選取特徵的依據。以至於當我們能區分音節地說出一個東西的名稱時，我們也就同時認知了一個事物。赫德以羊的命名為例：

> 那羊兒就站在那裡，他的感官告訴他：牠是白色的、柔軟的、毛茸茸的。他那練習著思考的心靈在尋找一個特徵——這羊兒在咩咩地叫，於是，心靈便找到了特徵。內在的意識開始發揮作用。給心靈帶來最強烈印象的，正是這咩咩的叫聲，這叫聲從所有其他觀察、觸摸到的性質中掙脫出來，深深地契入心靈，並且保留在心靈之中。現在，這羊兒又來了

［……］羊兒咩咩地叫了，於是心靈終於又認出牠了！「噢！原來你就是那咩咩叫的！」心靈內在的感覺到了，以人的方式認識了這一切，因為它明確地認識和命名了一個特徵［……］但這個特徵作為內在的記號（Merkwort），又是怎樣的呢？羊兒咩咩的叫聲由人的心靈知覺為羊兒的標誌，並且由這種意識活動而成為羊的名稱。人從這叫聲上認識出羊兒，叫聲是一個聽到的符號（Zeichen），心靈通過它想到一個明確的觀念。這不正是詞嗎？整個人類語言不正是這樣一些詞語的集合嗎？［……］心靈已選擇了這個聲音作為記憶的符號；而當心靈憑記憶認識出這個聲音的時候，在它的內部就又咩咩叫了起來──於是語言就發明了。21

　　值得注意的是，赫德在此並不是簡單地主張「詞語構成的擬聲論」（onomatopoetische Wortbildungstheorie），而是主張在有意識的認知中，聽覺的感官活動具有優位性。羊的例子只是一個顯著的例子，但並不是所有的事物本身都會發出聲響，因而赫德以聲音作為特徵認取的基礎，並不限於詞語擬聲說的觀點。他反而主張聽覺的「聯覺能力」（synästhetische Fähigkeit），是使我們能選取出有限的特徵，以賦予對象一個具有聲音的名稱，並從而能完成我們的認知活動的基礎。透過語言的以音構義，詞語才能同時作為表象對象、與人溝通的媒介。但這也預設了：我們的心靈並不是一張白紙或一面鏡子，心靈應似琴弦，他一被觸動就會發出聲音的表達。人也不是只能透過他的心靈之眼觀看這個世界，或透過他的身體碰觸到這個世界，他才成為與世界有關係的存在

21　Herder, *Abhandlung Über den Ursprung der Sprache*, 36/27-28.

者。人必須首先能傾聽世界中的其他事物或其他人所發出的聲音，人才能客觀地理解他所處身的世界。沒有心弦的「表達」與聽覺的「傾聽」所具有的存有論優位性，我們對自然世界將仍處於占有與宰制的地位。因為正如赫德所言，身體的觸覺跟世界沒有距離，他所提供給我們的感覺特徵，對於知識來說因而是太模糊了；眼睛的視覺雖然能與世界保持客觀的距離，但他所提供的感性特徵卻又太紛亂了。[22] 我們對事物有自然反應的聲音表達，事物的聲音因而對我們具有一定程度的可共同感受性，世界或他人發出的聲音具有特定的內含，我們在傾聽中加以認取，這因而使我們對事物的特徵認取有一定的客觀意義。赫德因而說：「知性把語聲鑄成區分特徵，語聲於是成為詞」、[23]「人自己發明了語言！他從生動的自然界的聲音開始，使之成為統治一切的知性的區分特徵！——這，就是我所要證明的一切」。[24]

2. 準先驗性的語言與去先驗化的理性之同構

　　知性或思想的概念性活動，是一種識別區分的活動。這種觀點在西方哲學思想中廣泛流傳，非赫德所獨有。但赫德與這種傳統不同的地方在於：他一方面沒有希臘哲學的預設，不主張概念本身的差異代表事物在自然哲學上的本質區分；另一方面他也不

---

22 赫德特別在《論語言的起源》的第一卷第三篇中，專門討論了為何聽覺比視覺或觸覺在特徵認取的作用上更為重要。這個問題對於語言人類學至為重要，本文限於篇幅不能對此詳加述介，請進一步參閱 Jürgen Trabant, *Artikulationen—Historische Anthropologie der Sprache*（Frankfurt am Main: Suhrkamp Verlag, 1998）的專書討論。

23 Herder, *Abhandlung Über den Ursprung der Sprache*, 59/46.

24 Ibid., 51/40.

像意識哲學，他不認為概念的建構只是對同質事物的數量關係的規定，而是一種對事物特徵的選取性承認。赫德把思想之識別區分的認知活動，理解成是知性在表象對象以建構概念的過程中的特徵認取活動。這個過程的進行，必須先預設我們能傾聽存有的發聲，並從而能在語言中進行語音之區分音節的表達。這也表示，思想的認知活動與語言的表達過程，猶如一體之兩面。沒有語言的區分音節表達，就沒有思想的概念建構；反之，沒有思想活動的介入，那麼就沒有語言區分音節的表達。思想與語言處於同構的關係中。赫德因而說：「人必須擁有理性，因此就必須擁有語言。［……］語言乃是我們人類種屬外在的區分特徵，正如理性是人類的內在區分特徵一樣」、[25]「第一個有意識的覺識發生的那一刻，也正是語言內在地生成的最初時刻」、[26]「沒有心靈的詞語，人類最早的自覺意識活動就不能成為現實；事實上知性的所有狀態都以語言為基礎」。[27]

　　語言與理性的同構性或可用Schmidt的解釋來進一步說明，他說：「赫德的語言哲學所包含的原創性想法在於，理性與語言都在進行區分（artikulieren）。更精確地說，兩者都可以被描述成具有以下的能力，亦即他們都能從感覺的連續性中，撿選出可區別的、明確的、可通觀的、並因而是可處置的統一單元；語言與理性是在特徵形構的基礎上，以『特性化』（Charakterisierung）與『類型化』（Typisierung）的方式工作，亦即，它們根據感性與知性之有機的範疇性組織的方式工作。對於赫德來說，詞語即

25　Ibid., 47/36.

26　Ibid., 94/73.

27　Ibid., 99/76.

是靈魂內在印記之有聲的特徵、是類型表達之可感覺的印象，或能發聲的思想圖像之後設圖式。從而語言的區分音節表達也可以被理解成經由感官中介的、活生生的內在類型之寫照。這也就是說，發生在聲音表達層次上的區分過程，事實上是重複那個反映在理解層次上的區分過程，兩者處於相關聯而且互相作用的關係中。」[28]

　　赫德借助上述聽覺的存有論優先性，從傾聽自然的發聲來說明我們能透過音節區分，以選取出特定的特徵來作為界定事物之概念內含的客觀依據。並以此解釋我們能透過語言開顯存有物之為存有物的可能性基礎。這等同於說，在赫德的語言哲學中，他並不需要預設獨我論的先驗統覺與形上學實在論的物自身概念，就能說明經驗對象的跨主體建構與其非僅是現象的實在性基礎。赫德的語言哲學因此開創了一種徹底的後形上學、去先驗化的哲學構想。這種後形上學去先驗化的哲學，是赫德主張理性與語言具同構關係所必然會得出的結論。Lafont 在她對德國古典語言哲學的研究中即曾指出：相對於在德國觀念論的意識哲學背後，仍存在一種工具主義的語言觀，這種觀點認為語言在介於外在事物與心靈的感受之間扮演中介的角色，語言的運作模式即是借助詞語去指稱（designation）事物，語言的功能被化約成指稱的功能（designating function），語言只作為在內心世界中用來表象獨立於它之外的對象之工具，而這卻完全忽略了語言的建構性功能。[29] 一旦我們透過赫德的語言哲學，承認語言是思想的建構性要素，或

28　Schmidt, *Sprache und Denken*, 44.

29　Cristina Lafont, *The Linguistic Turn in Hermeneutic Philosophy*（Cambridge, Mass.: The MIT Press, 1999）, 3.

承認語言占有以往歸給意識或先驗主體作為建構對象之基礎的地位，那麼這種語言哲學的轉化，即等同於是主張理性的去先驗化。因為一旦理性與語言具有同構性，那麼理性的作用，即無可避免地必須情境化在自然語言的多元性中，而無法再主張理性具有非歷史性與非社會性的先驗性。

　　我們說語言與理性的同構性，即代表理性的去先驗化。但這同時表示，當赫德以語言的區分音節作用，來取代先驗統覺的綜合統一活動，以說明認知之一般而言的可能性條件時，赫德也就同時賦予了語言具有「準先驗性」的地位。[30] 例如Heintel即說赫德對於「理性即語言」的觀點：「已經屬於是對先驗哲學之基本問題的語言哲學見解」。[31]Heintel認為就像康德先驗哲學的問題，並非是關於對象的經驗生成問題，而是我們如何建構對於對象之「有意義的」（sinnhaftes）、「具邏各斯結構性的」（Logosartiges）意向或意謂方式。他因而指出：「先驗反思並非用來認知特定的

---

30 我們在此一方面說，當理性與語言同構時，理性即將面臨去先驗化的命運，但另一方面又說，如此一來語言將具有準先驗性的地位。語言與理性兩者都同具去先驗化的準先驗性，這似乎是自相矛盾的。然而正如赫德的好友 J. G. Hamann 稍後在其〈理性純粹主義的後設批判〉一文中所指出的，語言的存有論地位的特殊性，就是它一方面是先天偶然的（因而是去先驗化的），例如中文的語言形態為何如此，這在先天上是沒有理由可說的。但語言在另一方面又是後天必然的（因而具準先驗性），例如中文的語言形態對於說中文的人來說，其規則先於我們而存在，且是我們必須無條件加以遵守的。請參見 Johann Georg Hamann, "Mekakritik über den Purismum der Vernunft," In (Hg.), *Johann Georg Hamann: Sämtliche Werke.* Hg. Josef Nadler. Bd. 3（Wien: Verlag Herder, 1951），288。

31 Erich Heintel, *Johann Gottfried Herder: Sprachphilosophische Schriften*（Hamburg: Verlag von Felix Meiner, 1960），XX-XXI.

對象經驗領域（這是個別經驗科學的任務），而必須是能無視於真實經驗的每一個別對象的規定性，而對何謂經驗的意義加以中介。」[32] 換言之，Heintel 認為，要能理解先驗哲學的問題，即必須能在「先驗的意義構成」（transzendentale Sinnkonstitution）與「經驗生成的解釋」（empirisch-genetische Erklärung）之間做出區分。Heintel 認為赫德雖然有時沒有很成功的把這兩部分的問題區分開來，但他的語言起源論的討論，不僅已經將「語言意義之個別科學對象的生成」與「語言意義的先驗生成」（transzendentaler Genese des Sprachsinnes）做了區分，[33] 更由於赫德在語言起源論中，已經將語言回溯到一般而言的意義問題上，因而他對「意義理論的反思」甚至是比康德的先驗反思更進一步。

　　Menges 更據此進一步宣稱赫德的語言起源論是一門「先驗的詮釋學」。他說：「一旦赫德將『理性與詞語』的概念，理解成『與邏各斯為同一物』，那麼語言的這些語用功能的規定即可視為先天的意義統一，意即可以視為在每一經驗的對象構成中所必須預設的意義統一。用康德類似的觀點來說，實在性都是早已經先驗地被規定了。然而關鍵性的不同之處在於，由於赫德將這種語言的先天性理解成交互主體性與溝通社群的先天性，因而對於他來說，對於經驗的對象構成這種統一的建構性成就，並不是主觀地從意識發展出來，而是客觀地從語言發展出來的。在暗指到哈曼所重新理解的赫拉克拉底與基督教的邏各斯學說之下，赫德因而得到一種『先驗詮釋學的構想』（transzendentalhermeneutischer Konzept）。在這種先驗詮釋學的構想中，不是意識而是語言，才

32　Ibid., XXVII.

33　Ibid., XXIX.

能作為關聯於世界的思想與行動之可能性的條件而起作用。」[34]
Menges在此使用「先驗的詮釋學」這個概念來詮釋赫德的語言起源論，但他並沒有意識到，赫德對於特徵選取的最後依據其實是訴諸傾聽存有的聲音。在這個意義下，本文毋寧稱赫德的詮釋學理論為一種存有論的詮釋學，而非先驗的詮釋學。

3. 語言的世界開顯性及其人類學的奠基

　　語言不只是作為標示人類心靈之共同表象的記號，而是它本身就參與了表象的建構。然而這正說明了，語言即是世界的結構。在語言中的命名活動，是存有物之為存有物得以開顯出來的依據。Schneider即因而指出：「依據赫德的語言起源模式，語言對於人類的基本功能，可以說成是：語言主導了感性印象的識別，並以此方式創造了人的『世界性結構』（Weltstruktur）。它使得人這個缺乏本能的生物能夠創立他自己置身所在的實在性。」[35]或者我們也可以說，人類透過語言創造他自己的世界性結構，語言因而具有開顯世界的功能。我們前面從語言與理性的同構性，來說明語言作為能使存有者之為存有者的存有論問題能被理解的基礎。但是我們也必須進一步說明，如果在赫德的語言哲學中存在著語言的世界開顯性，那麼赫德在此真正關切的並不主要是

---

34 Karl Menges, "Erkenntnis und Sprache—Herder und die Krise der Philosophie in späten achtzehnten Jahrhundert," *Johann Gottfried Herder—Language, History, and the Enlightenment*, Ed. Wulf Koepke（Columbia, South Carolina: Camden House, 1990）, 58.

35 Frank Schneider, *Der Typus der Sprache—Eine Rekonstruktion des Sprachbegriffs Wilhelm von Humboldts auf der Grundlage der Sprachursprungsfrage*（Münster: Nodus Publikationen, 1995）, 55.

——我們的認知對象是透過語言參與表象的建構而形成的——這個知識論的議題，也不是要說明——我們對世界的理解詮釋是基於在言說中使用的語言所先行提供的意義關聯性——這個詮釋學的議題而已。而是在於語言的世界開顯性展現出：人類惟有自知自身的存在事實，是作為一去中心化的自由實踐者，那麼世界作為一個開放性的界域，才成為我們可以透過言說加以詮釋的真理領域。這正如 Schneider 所指出的：「赫德在語言起源論方面的創見，主要並非在於他對語音構成的方法提出什麼不同的理論描述，而在於他對語言的必要性所進行的人類學奠基。」[36]

　　赫德的語言起源論是透過語音的區分音節表達，來說明思維能進行區分識別之認知活動的基礎。相對於人類之有音節區分的語言表達方式，動物的語言則是未區分音節的叫聲，其作用僅止於作為滿足生活所需（例如求偶、警示等）的信號功能。人的語言作為能表象與傳達的符號性語言，一方面隱含了人與動物在其存在目的上具有原則性的差別，另一方面則要求我們應重新解釋語言的本性。因為一旦人類發明語言的目的，並不像動物僅止於滿足能發出信號的實用功能，那麼我們就有必要透過人類發明語言之必要性的人類學解釋，來說明人類語言的本性到底是什麼。要解釋人類語言的起源，但卻沒有說明人為何因其有別於動物就有發明語言的必要性，那麼我們就只是解釋了人類發明語言的可能性，而沒有真正解釋人類發明語言的必要性。可見，如果我們要追問人類語言的起源問題，那麼第一個應該回答的問題就是：人與動物的原則性區別何在？以及這樣的區別為何即是人類必須發明語言的原因？換言之，回答語言起源的問題，正是回答「人

36　Ibid., 56.

是什麼？」這個最根本的哲學問題的重要線索。

　　赫德在《論語言的起源》一書中提出他所謂的「普遍的動物經濟學」（allgemeine tierische Ökonomie）理論，來解釋他主張「語言是人的本質所在，人之成其為人，就因為他有語言」[37]的看法。赫德雖然沒有明白地做出定義，但他所謂的「普遍的動物經濟學」其實是指：自然賦予有生命之存在物的機能，總以耗損生物最少的能量，但卻能達到其最大限度的生存為目的。基於這個預設，赫德比較了人與動物之間的區別。赫德觀察到：「動物的感官愈靈敏，本能愈強大、越可靠，其技藝作品越精妙，它們的生存範圍就愈小」、[38]「相反，動物的活動和行為越多樣化，注意力愈分散於一系列事物，生活方式愈不穩定，總之，它們的［生存］領域就愈大」。[39]基於這些觀察的結果，赫德為「普遍的動物經濟學」所提出的基本原則即是：「動物的敏感、能力和技藝本能的強弱程度，與它們作用範圍的大小和豐富程度成反比。」[40]根據這個原則，赫德發現動物之所以滿足於信號語言，即在於他的生活範圍僅局限在依本能所決定的有限領域。換言之，由於動物的本能愈強，其生活領域就愈形特定與有限，他們因而並沒有發明語言來表象不在眼前的世界以能與他人溝通的迫切需求。

　　相較之下，在所有的動物中，人類是本能最弱的（誠如尼采所言，人類根本就是尚未創造完成的生物）。人類缺乏本能的協助，在自然世界中顯得脆弱而無助。但他卻也因為沒有本能的決

37　Herder, *Abhandlung Über den Ursprung der Sprache*, 27/21.

38　Ibid., 22/16.

39　Ibid., 23/17.

40　Ibid., 24/17.

定，以至於他不像動物一樣，必然地被限制在一個有限的生活領
域中，日復一日地重複固定的行為模式。在這個意義下，赫德認
為，人並不像動物只生活在他的「周遭環境」（Umgebung）或封
閉的「生活圈子」（Kreis）中，人一旦存在即必須面對茫然開放
在他面前的「世界」（Welt）；人不像動物具有本能決定的行為方
式，人因其缺乏本能，反而被迫擁有了自由，而這使得他的行動
實踐具有無限多樣的可能性。用赫德自己的話來說：「人的感官
遠不如動物的感官靈敏，但正因為這樣，人才獲得了一個長處，
即自由。正因為不定向於一個方面，人的感官才成為更一般化
的、面向整個世界的感官。」[41] 相對動物的本能決定，人具有無所
定限的自由，當人能覺察到他自己存在的事實性，竟然是這樣地
一無所有、全然無據，那麼他所面對的世界才真正是完全開放
的。[42] 世界在此等待人的語言詮釋，以能賦予它對於人的意義所
在。就此而言，赫德說：「由於人的出現，情況就完全改變
了。」[43]

---

41 Ibid., 28/21.

42 在此可以看出來，赫德致力為語言的人類起源論奠基，表示他想在語言哲學
中拯救人類的自主性。否則一旦接受動物起源論，我們就只能把語言歸屬於
感覺機制的自然法則之下，而接受語言的上帝起源論，則人即必須服從於異
己者的意志。這方面的論點請參見 Hans Dietrich Irmscher, *Johann Gottfried
Herder*（Stuttgart: Reclam Verlag, 2001）, 61。此外，赫德在此透過「普遍的動
物經濟學」論證人類的世界開放性，這對日後哲學人類學的發展也產生了重
大的影響。Gehlen 在其哲學人類學名著《論人》中指出，赫德在《論語言的
起源》中所指出的觀點，即是他的理論的先驅。Arnold Gehlen, *Der Mensch—
Seine Natur und seine Stellung in der Welt*（Frankfurt am Main: Athenäum Verlag,
1966）, 82。

43 Herder, *Abhandlung Über den Ursprung der Sprache*, 25/18.

　　赫德把人能意識到他在實踐的自由中，擁有這種一無所有的世界開放性的反思能力，稱為覺識（Besonnenheit）。[44]赫德說：

> 人的力量所具有的這種傾向（Disposition），有人稱之為知性（Verstand）或理性（Vernunft），也有人稱之為意識（Besinnung），等等；只要不把它們理解為分隔開來的力量，不把它們僅僅看作動物力量的高級形式，這些名稱在我看來都是一樣的。人的所謂理性，就是人一切力量的總合形式，就是人的感性本質和認知本質、認知本質和意願本質的

44　"Besonnenheit" 這個德文概念是赫德自創的術語，要翻譯成中文的確不容易找到能恰當對應的字。姚小平教授在《論語言的起源》的譯序中，說明了 "Besonnenheit" 這個詞在中文翻譯上的困難，最後並建議翻成「悟性」，參見〔德〕赫爾德著，《論語言的起源》，頁 v-vii。但我認為這個譯法易與中文習慣上，對於 "understanding" 這個認知能力的翻譯混淆。其實海德格在他的講課中，就曾經對這個詞提出很好的解析。他說：「理性不是別的，它正是使感性明晰的的能力，人的根本能力即『感性的理性』（sinnliche Vernunft），或即 "besinnung" 的能力，這即是 "Besonnenheit"」，參見 Heidegger, *Vom Wesen der Sprache*, 190。在此海德格先把 "Besonnenheit" 還原回到它的動詞形式 "besinnen"，並指出其名詞 "Besinnung" 就是使感官（Sinn）從模糊到清楚明晰的知覺過程（besinnen）。他認為赫德用 "Besonnenheit" 來稱理性，即因：「理性不是別的，它正是使感性明晰的能力。」他因而說：「"Besonnenheit" 係表象之基本能力的方向，它面向何處？它面向所有之物，並且以不同的方式，亦即以明晰的方式面向它們。它具全面性與明晰性」（Ibid, 17）。在此理性如何能使感性明晰呢？顯然理性必須能小心注意地保有感性的知覺，所以他又說：「"Besonnenheit" 是（純粹觀察地注意以及小心地保有〔vor-sich-haben〕）」，在這個意思下，他說：「Besonnenheit=Vermögen der Besinnung（知覺的能力）= Bewußthaben von etwas（對某物的具有意識）。」（Ibid, 163）我因而建議將 Besonnenheit 翻譯成「覺識」，以符合這個字所含有的「明覺而識知之」的意思。

結合形式，或更確切地說，是與某種機體組織相聯繫的唯一
積極作用的思維力量。理性於人，恰似藝術能力於動物；在
人稱為自由，在動物則稱為本能。差別不在於程度高低或力
量強弱，而在於全部力量擇取了完全不同的發展方向。[45]

　　為避免與自身的理性力量等等相混淆，我們將把人的這種
天生稟賦稱為覺識。[46]

　　由此可以看出，意識哲學所區分的理性與知性等人類認知活
動的機能，其實都必須有一個哲學人類學的預設。亦即人必須先
能對自己存在的事實性有所覺察，否則在生活實踐中與周遭世界
緊密地聯繫在一起的存有者，並不會把世界當成是客觀對象來表
象。當我們對自己存在之一無所有、全然無據的事實性有所覺
察，世界作為完全開放的另一方面，才在我們的認知活動中開顯
出來。反思其實即是覺識的另一面。覺識使反思的活動開始進
行，而透過這種一時又一時的注意力關注，才使我們能展開依聲
音的區分音節進行特徵認取的認知過程。我們就此命名了對象，
並把我們的意義詮釋賦予了世界，而使世界能透過語言開顯在我
們眼前。可見，對於赫德而言，哲學人類學對於人類此在的實然
性詮釋，才是知識論或詮釋學的理解基礎。赫德更因而主張，覺
識是理性與感性、認知與意志的共同基礎。我們的感性表象能
力，惟有在自由實踐的世界開放性之下，才有可能不像飢餓的獅
子與狼，或發情的公羊那樣，被本能定著在特定對象的特定屬性

45　Herder, *Abhandlung Über den Ursprung der Sprache*, 28-29/21-22.
46　Ibid., 31/23.

上，而是能開放無差別地把對象表象成感性的雜多；同樣的，基於覺識我們的知性也才不只是無差別地在進行綜合統一的活動，而是能對事物的特徵進行選擇性的認取。以覺識作為理性與感性、認知與意志的共同基礎，即同時表示，我們人類心靈的全部活動都內在地具有語言性。這印證了赫德：「人能成其為人，即因其擁有語言」的說法。

三、赫德語言起源論的理論限度

　　作為應普魯士皇家科學院徵稿之作，赫德試圖回答為何人類單單憑藉他的自然能力就能夠發明語言，以能平息在蘇斯米希提出語言神授說之後所產生的理論爭議。對於人類為何「能夠」發明語言的問題。赫德《論語言的起源》這篇得獎論文的第一卷，是從人類心靈之「自然法則」的分析著手。他透過對於所有人類共有的語言結構進行靜態的、結構性的分析，以指出情感的自然發聲與思想的特徵認取的人類學必然性，即是人類能夠發明語言的根據，這亦是對於語言本質（同時具有發聲表達與意義傳達兩個側面）的說明。對於人類為何「必須」發明語言的問題，赫德則認為，這是人類如何從共同具有的語言結構，發展出個別語言的發生學問題。在此赫德同樣從構成人類社會性的四個「自然法則」著手，以能對語言的起源做出一種動態的、歷史性的分析。在此他認為透過哲學人類學對於人類社會生活的四個自然法則的分析，即能指出人作為「自由地思想、行動的存有者」，以及作為「群體的、社會的生物」，其發明語言是必要的。而且人類雖然隨著社群的發展分化而產生不同的民族語言，但一種共同根源

的語言仍是存在的。[47]

赫德從語言的動物與人類的雙重起源來說明語言的本質，使得他能完成康德也未能達到的先驗綜合。亦即，他不像康德是在「理性批判」（亦即對象性之知性構成條件分析）的基礎上，對於同樣是基於名目論—科學技術主義的語言概念而成立的經驗主義與理性主義，做出在現象領域中的「先驗邏輯學」的綜合。而是在「語言批判」（亦即理解世界的意義詮釋）的基礎上，從語言同時具有直接表達自然感受的「聲音」與傳達、標指事物的「詞語」的雙重溝通先天性，以對語言先天主義與語言約定主義做出在意義領域中的「存有論詮釋學」的綜合。自然感受的發聲性作為無法再追問（nicht-hinterfragbar）其由來的最後基礎，以及基

---

47 赫德並曾在其論文的最一段話中做出總結，指出他全篇論文是分別從「人類的心靈」、「人類的有機體構造」、「所有古老與野蠻的語言」以及「整個人類種族的預算」這四種論據著手，參見 Herder, *Abhandlung Über den Ursprung der Sprache*, 147/112。這四種論據其實就是他在第一卷最後所做的總結中，說他是分別從內部與外部來證明人類具有發明語言的自然能力，參見 Ibid., 89/70。在這四種論據中，前三種論據是其論文第一卷的論證基礎，第四個論據則是論文第二卷的論證基礎。所謂從「整個人類種族的預算」而來的第四論據，只是要說明人類依據哪些自然法則作為語言發展分化的外在條件。赫德自稱這個推論只是一種類比推論，其目的只在預防可能的誤解與異議，亦即誤解第一卷分析的抽象性與基於現成語言的差異性，而對語言的共同結構可能會有的異議。而在前三種論據中，赫德認為從「人類心靈」說明語言的起源，這種論據最具有論證的力量，至於基於「人類的有機體構造」與人類「語言在各個時代、各種語言與各個民族」的論據所做的推論，只具有「類推」（Analogie）的地位，因而其論證性只具「或然性」（Wahrscheinlichkeit）的價值。由此可見，赫德論文的第二卷，原應從人類存有的社會性說明語言的本質，以進一步從發明語言的可能性，論證到人類發明語言的必要性，但事實上他在第二卷中卻只為語言分化的現象做了經驗性的說明。

於實踐自由之覺識的特徵區分，作為使溝通傳達的可理解性得以
成立的意義內含的最後基礎，是使語言的意義理解成為可能的先
驗條件。赫德在此因而得以借助語言之以音構義的命名活動，說
明語言如何能透過詞語的表象作用而中介人與世界的認知關係，
以及語言如何透過詞語的傳達功能而中介人與人之間的互動關
係。赫德因而說：

> 人類的第一個思想，按其本質而言，是做出能夠與他人進
> 行對話的準備。第一個為我所掌握的標記，對我來說是一個
> 標記詞，對於他人來說則是一個傳達詞。由此人類就發明了
> 詞語與名稱，並用之以標識聲音與思想。[48]

赫德在此雖然強調了思想的對話性以及語言的溝通功能，但
他對於詞語的理解卻主要仍視之為「靈魂內在的詞語」。因而正
如Seebaß所批評的：「對於赫德來說，語言並非如約定的假說所
主張的，是特殊的社會現象，而是在基本上只是個人所有的」、[49]
「〔赫德〕對於約定性的語言起源之主張沒有進行深入的研究，這
是危險的。因為這樣將會使這個假設在理論上相當強的一方面，
亦即對於這個假設的真正洞見：它嘗試對語言的交互主體性進行
解釋這一方面，沒有顧及到」。[50]的確，赫德在語言的動物起源中
強調語音的先在性，這其實可視做是他已經認識到語言在溝通中

48　Herder, *Abhandlung Über den Ursprung der Sprache*, 47/36.

49　Gottfried Seebaß, *Das Problem von Sprache und Denken*（Frankfurt am Main: Suhrkamp Verlag, 1981）, S. 27.

50　Seebaß, *Das Problem von Sprache und Denken*, S. 25.

作為表達的重要性。他在語言的人類起源中強調聽覺在思想的特徵認取上具有存有論的優位性。這也表示赫德發現到：人作為一種以理解為導向（傾聽）的溝通參與者的身分，優先於人作為以視覺為首位的客觀觀察者的身分，或優先於人作為以觸覺為首位的利害關心者的身分。[51]

　　可惜的是，赫德僅以去中心化的實踐自由作為說明語言本性的人類學基礎，[52]而無法進到以人作為溝通參與者的身分，以能在無限制的溝通社群中，透過討論的自由與言談的有效性聲稱的提出，來理解作為語言的意義規定之公共性與客觀的有效性。這使得他最終無法擺脫主體性哲學的獨我論與經驗主義的實在論思維模式的限制，以至於他在《純粹理性批判的後設批判》（*Metakritik zur Kritik der reinen Vernunft*, 1799）中，雖然已經提出要以「語言的批判」來取代康德的「理性的批判」，但在論證中卻又訴諸於

---

51 Trabant指出，在我們的感官中，聽覺其實是最具倫理性的感官，因為他必須開放自己而接納他者的表達，才能達到其傾聽的目的，參見Jürgen Trabant, *Artikulationen—Historische Anthropologie der Sprache*（Frankfurt am Main: Suhrkamp Verlag, 1998）, 102f. Trabant認為赫德強調應傾聽存有的發聲，這表示赫德已認識到語言內在的對話性，正如赫德自己也說，所有的思想都是與他人對話的準備，但是他卻沒有為語言或思想的內在對話性做出真正的論證。Trabant因而也認為赫德對於Condillac的批判並沒有真正的成功，參見Jürgen Trabant, "Inner Bleating: Cognition and Communication in the Language Origin Discussion," *Herder-Jahrbuch*（Stuttgart/Weimar: Verlag J.B. Metzler, 2000）, 16。

52 在赫德的得獎論文發表後，他的朋友哈曼即寫了三篇論文來批評他的「語言的人類起源論」，其中最重要的一篇：〈關於科學院得獎論文的語文學想法與懷疑〉（1772），即主要針對赫德的語言起源論的人類學預設提出批判。請參見本書第二章第3節的後續說明。

培根與洛克的觀點作為支持。[53]這種自我誤解使得赫德無法充分證立他的存有論詮釋學的洞見，結果在哲學史上也無法與同時代康德的先驗哲學競爭。至於他在《論語言的起源》的第二卷中，雖然也試圖說明：「我們人類的語言是在一個基礎上發展起來的。而且，不僅是語言的形式，就連跟人類精神的進程有關的一切也都出自同一個基礎，因為世界各民族的語言的語法幾乎都是以同樣的方式構成。」[54]但是赫德的詞語形上學並無法對語言的整體結構，及其對人類精神發展的影響，做出比較具體的語言哲學的說明。[55]

　　總結來說，按照海德格的說法：「語言起源的問題，不是語言之哲學，而是一般而言的哲學的另一個開端。」[56]我們現在重新研究赫德，那麼這是否表示，我們應「回到赫德！」以推動哲學思維的重新開始？的確，當代哲學的語言學轉向，代表哲學已從知識的批判轉向語言的批判。思想的語言性以及世界理解的意義詮釋問題，成為當前哲學關注的核心。從哲學當前的視野回顧哲學史，我們可以發現赫德其實是第一位在其《論語言的起源》中，闡釋語言作為我們理解世界的準先驗條件，並試圖以「語言批判」取代康德「理性批判」的哲學家。哲學的語言學轉向因而

53　Thomas M. Seebohm, "Der systematische Ort der Herderschen Metakritik," *Kant-Studien*, 63（1972）, 61.

54　Herder, *Abhandlung Über den Ursprung der Sprache*, 210/105.

55　赫德所留下的這個語言哲學的重要工作，直到洪堡特在他的專書：《論人類語言結構的差異及其對人類精神發展的影響》才加以系統地完成。關於洪堡特如何透過赫德的啟發，而完成他的「普遍語言學」的構想，請參見本書第三章第2節（2）的詳細討論。

56　Heidegger, *Vom Wesen der Sprache*, 57.

不是遲至20世紀方才開始，而是早在18世紀赫德的時代就已經開始。但我們在傳統哲學史的「內在邏輯」中，卻幾乎找不到赫德應有的地位，這顯示赫德對於當代哲學的語言學轉向的開創之功，並沒有得到真正理解。本章因而著力於說明在赫德的語言起源論中，實即含有一個現代觀點的存有論詮釋學的構想。若我們能嘗試透過赫德的語言哲學，來重構哲學史的發展，那麼或許真的可以為哲學的自我理解找到新的思考方向。但這樣的問題已經不是單純地「回到赫德！」這麼簡單，而是我們得繼續追溯在赫德影響下的德國古典語言哲學的發展，才能重新復活哲學對於追求真實言說之語言真理性的研究興趣。

第二章

哈曼論純粹理性批判的語文學後設批判

　　《聖經・舊約》記載上帝最初創造世界的情形是：「上帝說要有光，就有了光。」透過上帝的詞語，「空虛混沌、淵面黑暗」的世界，從此得到光明的開顯。《新約》福音書也說：「太初有道（In the beginning was the word），道與上帝同在［……］萬物是藉著他造的。」顯然，在古代希伯來與希臘化時期最內在的宗教意識中，西方哲人深刻地相信，上帝乃是藉著祂的詞語，創造了天地萬物的存有。在中古世紀，宗教的權威仍然建立在相信上帝詞語的啟示（《聖經》）之上，但這卻被啟蒙運動視為是黑暗時代的象徵。「啟蒙運動」（en-lighten-ment）本身，同樣強調要用詞語的光照，來開啟人類「自我招致的蒙昧狀態」。只是他們現在不用上帝的詞語，而是要用人類自己的詞語來光照世界。當康德（Immanuel Kant, 1724-1804）在《純粹理性批判》中，透過我思必然伴隨著一切表象，來說明先驗統覺透過他的知性範疇所進行的綜合統一活動，即是經驗對象之可能性的先驗條件時，天地萬物就不勞上帝用他的詞語來創造了；而當赫德在他的《論語言的起源》（1772）中，透過詞語的區分音節活動以為表象的建構確立特徵認取的基礎，以說明我們對於存有物的理解，是以詞語作為中介的詮釋性命名活動時，詞語即不再與上帝同在，而是與人類自己在歷史中開始出現的太初之時共在的發明。近代，人文崛起，諸神退位。上帝已不必再多言，人類當能獨立自主地憑藉自己發明的詞語，開顯出屬於人類自身存有的意義世界。以人類的共同理性或內在情感作為光源，只要人能深刻地自我反思或真實地體驗，那麼人類一樣可以說要有光，就有光。啟蒙之要義因而也在於，深信人類當下就可以給予自己開闢新天地所需要的光。

　　在18世紀德國的啟蒙運動中，不論偏好數學與科學的康德所領導的理性批判運動，與偏好歷史與詩歌的赫德所領導的狂飆運

動有多麼不同，但他們對於透過詞語的光照，以開顯存有世界的
基本理念，其實並沒有太大的差別。他們批判宗教權威以建立人
文主義的努力，其實更多的是在與上帝爭奪話語權，而不在於反
對以語言作為存有基礎之「太初有『道』（logos, word）」的觀
點。赫德與康德共同的朋友哈曼（Johann Georg Hamann, 1730-
1788），雖然懷有尋求真理、敬畏上帝的心，但卻因其不合潮流
的思想而在當時享有「北方的博士」（Magus im Norden）之封
號。他看出康德所謂的純粹理性的知性範疇，或赫德所謂的心靈
內在的詞語，其實都只不過是與基督教語言觀無根本差別的思考
方式。他因而說：「我不需要把一個詞語重複說三遍：理性即語
言、邏各斯（λόγος, logos）」。[1]哈曼與赫德、康德都有深厚的友
誼，但他還是寫了〈關於科學院得獎論文的語文學想法與懷
疑〉，以批判赫德在《論語言的起源》一書中的「語言人類起源
論」；他也寫了〈理性純粹主義的後設批判〉，以批判康德在《純
粹理性批判》中的純粹理性構想。他甚至曾為了堅定地支持「語
言的上帝起源論」，而寫下他有點嘲諷性質的「最終遺言」。

　　哈曼反對赫德主張語言是人類基於他的自然能力而得以發明
的看法，因為對哈曼來說，語言如果不是從啟示與傳統中接受而
來的，那麼人類就缺乏透過語言之超個人的啟示而享有超越的神
性，以及能基於語言的傳統而與他人共同建構社群生活的人性尊
嚴。哈曼反對康德純粹理性的構想，因為理性的純粹性一旦是透
過脫離傳統、實在與語言而產生出來的，那麼這樣的主體性所建
構出來的經驗，就只能是一般而言之經驗的對象性，這將使我們

1　Johann Georg Hamann, *Briefwechsel*. Hg. Walther Ziesemer & Arthur Henkel, 7
　　Bde.（Wiesbaden: Insel Verlag, 1955-1979）, Bd. 5, 177.

無法真正認知到具體而真實的存在世界。哈曼因而試圖重新發掘基督教傳統語言觀的內涵，他說：「沒有詞語，就沒有理性——也沒有世界。這即是創造與統治的來源。」[2]他認為赫德與康德的語言與理性的理論，並沒有真正地光照黑暗，他寧可重返「淵面黑暗」的創世之初，去尋找真正能光照人與世界的詞語之光，以使他能再度透過聖經的語言觀，重新理解人類存在的定位與對世界之真實性的理解基礎。他在晚年寫信告訴赫德說：「理性即語言、邏各斯。我至死都將啃咬這骨髓，它的深刻之處令我始終摸不透，我還在等待啟示錄的天使，為我帶來進入這深淵的鑰匙。」[3]哈曼終生思索語言哲學的問題，透過對康德《純粹理性批判》的「後設批判」，使得他敏銳地覺察到，他早年堅持以「語言上帝起源論」批判赫德的「語言人類起源論」，其實是建立了以詞語的「啟示」與「傳統」作為理解之可能性基礎的「先驗語言哲學」（Transcendental Philosophy of Language）構想，哈曼晚年並以「語文學的言說主義」（Philological Verbalismus）標示他自己的語言觀點。本書這一章的研究目的，因而即在於闡發哈曼終生苦思之語言哲學洞見的意義所在。

　　哈曼的語言哲學在哲學史上的重要性，一直未被充分重視。這一方面與哈曼一般被視為是反啟蒙的宗教神祕主義者，或被定位成「以自我情感為基礎的非理性主義者」[4]有關，以至於他透過批判赫德與康德，推動先驗哲學的語言學轉化，這個超越時代的

2　Ibid., Bd. 5, 95.

3　Ibid., Bd. 5, 177.

4　Josef Simon（Hg.）, *Johann Georg Hamann—Schriften zur Sprache*（Frankfurt am Main: Suhrkamp Verlag, 1967）, 10.

洞見，並不容易被發現與理解；但在另一方面，則與他的文筆之晦澀難讀脫不了關係。雖然在哈曼生前，他的名聲即透過學界朋友的散播，而引人注目。在哈曼去世之後，Friedrich Schlegel也曾特別撰文介紹哈曼思想的重要性，並稱許他是「18世紀德國所產生的一位最具原創性、最無可爭議、最深刻、也最博學的作家」，[5]但對於哈曼的著作還未能集結出版，他也表示出急切的關注。稍後Friedrich Roth即在學界的期待之下，在1821-1825年之間出版了八卷本的《哈曼著作集》。黑格爾讀了這部全集，並詳細地為它寫了評論。在這幾乎可以獨立成冊的評論中，黑格爾特別著重討論的乃是哈曼在神學上的觀點。黑格爾雖然稱讚Roth所編的《哈曼著作集》，「終於使那始終瀰漫於哈曼之上的主要晦澀被克服了」，[6]但是對於一般讀者而言，哈曼學說的全貌仍然極難理解。因而後來透過Josef Nadler廣泛的蒐集考訂，從1954年起，重新出版了哈曼全集的歷史考訂版。Roth原先所編的全集，不但按照哈曼著作發表的年代順序進行編輯，在各卷之中也都將哈曼在同一時期所寫的重要信件選編在一起。深受哈曼影響的歌德，因而非常推崇哈曼書信的重要性。這使得Walther Ziesemer與Arthur Henkel等人認為有必要重編哈曼的書信集，他們自1955年開始，一直到1979年為止，足足花了將近二十五年的時間，才編輯完成七大卷的《哈曼書信往返集》（*Johann Georg Hamann: Briefwechsel*）。

5　Friedrich Schlegel, "Der Philosoph Hamann," *Kritische Friedrich-Schlegel-Ausgabe*, Hg. Ernst Behler, Bd. 8（Paderborn: Ferdinand Schöningh, 1975）, 461.

6　G. W. F. Hegel, "Hamanns Schriften," *Werke in zwanzig Bänden*, Hg. Eva Moldenhauer & Karl Markus Michel, Bd. 11（Frankfurt am Main: Suhrkamp Verlag, 1970）, 277.

　　除了著作與書信的編輯出版之外，Fritz Blanke等學者仍然認為，由於哈曼的著作「若無注解則幾乎無法卒讀」，他因而約集了當時最好的哈曼專家，史無前例地針對一位哲學家的著作全集，共同編寫了一套七卷本的《哈曼主要著作注解》（*Johann Georg Hamanns Hauptschriften Erklärt*）。[7]這個在學術上採取極高標準的注解工作，最後只完成了其中的五冊。原定針對哈曼的《試論科學院的提問》與《美學簡論》（*Aesthetica in nuce*）等早期語言哲學著作進行注釋的第三冊，最後並未完成。這個工作直到1990年，才由Helmut Weiß在他的專著《哈曼的語言觀——早期著作的重構》中加以補充完成。此外，第六冊原先預定注解哈曼《有關理性與語言的著作》，其中即包括哈曼對於康德的《純粹理性批判》的〈書評〉，與〈理性純粹主義的後設批判〉這兩篇論文的注解。但這本先由著名的哈曼專家Erwin Metzke掛名，稍後再由哲學家Odo Marquard與Willi Oelmüller共同接手的注解，卻始終沒有完成。一直到最近的2002年，才由Tübingen大學教授Oswald Bayer以三十年的時間，完成這個擱置多年的注解計畫。Bayer以《理性即語言——哈曼對康德的後設批判》為題加以出版，這不僅完成了原訂的注解工作，他更透過在1990年代才發現的哈曼手稿，補充了哈曼在寫作〈理性純粹主義的後設批判〉之前所草擬的兩份初稿。[8]哈曼哲學的研究工作，至此才算有

7　Fritz Blanke & Lothar Schreiner（Hg.）, *Johann Georg Hamanns Hauptschriften Erklärt*（Gütersloh: Carl Bertelsmann Verlag, 1956）.

8　這兩份手稿Bayer在他的注疏中分別標題為 "Entwurf A" 與 "Entwurf B"，本文則分別稱之為〈第一草稿〉與〈第二草稿〉。以下引用這兩份草稿所標示的頁數，則依它們收錄Bayer的著作中的頁數為準。參見Oswald Bayer, *Vernunft ist Sprache—Hamanns Metakritik Kants*（Stuttgart: Friedrich Fromman Verlag, 2002）。

了完整可讀的文獻，與信實可靠的參考注解。

　　哈曼對於康德《純粹理性批判》所進行的「後設批判」，係立基於他將自己早年對赫德《論語言的起源》的批判，轉化成一種先驗的語言哲學構想，他在晚年稱這種構想為「語文學的言說主義」。本章因而統稱哈曼對於康德先驗哲學所做的語言學轉化，是一項「語文學後設批判」的工作。這項工作可從哈曼為《純粹理性批判》（1781）寫下在康德研究史上的第一篇書評談起。[9] 哈曼在他的書評中，一方面肯定康德的《純粹理性批判》作為探討有關對象之先天概念的先驗知識，是最完全的先驗哲學理念；但在另一方面，哈曼卻也質疑康德為了說明理性的純粹性，將原來在自然中關聯在一起的知性與感性分割開來，以至於他無法真正地說明人類認知的共同根源所在。為了進一步為康德的《純粹理性批判》進行奠基，哈曼在三年後又寫了〈理性純粹主義的後設批判〉（"Metakritik über den Purismum der Vernunft", 1784）這一篇論文，主張應以「語言的接受性」與「概念的自發性」，來補充說明康德未能充分解釋的「思想的機能如何可能？」的問題。哈曼透過宣稱：「語言是理性唯一的、最初與最終的工具與判準，它除了傳統與用法之外，沒有其他的憑證」，而要求

9　哈曼在康德第一批判出版的同一年，就寫出了他的書評。這是因為康德的《純粹理性批判》事實上正是經由哈曼的介紹，才交由J. F. Hartknoch負責出版的工作。哈曼因而能在第一批判還沒正式出版之前，就已經取得正在校對中的樣本，而詳加閱讀，以至於康德的書才一出版，他就寫好了書評。不過，哈曼生前並沒有公開發表他的這一篇書評，而是在他去世後才由別人以遺著的方式，在1800年加以出版。參見 Frederick C. Beiser, *The Fate of Reason—German Philosophy from Kant to Fichte* (Cambridge, Mass: Harvard University Press, 1987), 38。

應對康德的先驗哲學進行語言學的轉化。但這種問題意識的重要性與理論轉化的必要性，在西方主流的康德研究中卻一直被忽視。本章底下因而將先論述哈曼批判康德的主要內容（一），再進一步從哈曼早期語言哲學的基本構想（二），以及他對赫德語言起源論的批判，來說明哈曼如何透過先驗語言學的構想，相對於康德在《純粹理性批判》中的感性經驗與知性理解，而為詞語的啟示與傳統奠定它們在詮釋學—語用學上的優位性（三），並最終得以透過以「語言批判」取代「理性批判」的做法，建構出持「言說主義」立場的「語文學」語言哲學理論（四）。透過檢討哈曼言說主義的意義與局限性，本章將致力於展示哈曼對於康德先驗哲學所做的語文學後設批判，對於理解哲學史與哲學本身的重要意義所在。

一、哈曼對於康德先驗哲學的後設批判

　　哈曼在1781年所寫的書評中，將康德《純粹理性批判》全書的主要觀點，做了整體性的介紹。他首先對康德做出正面的評價，他說：

　　　　萊布尼茲將現象智思化，洛克把知性概念感性化，而純粹理性則將作為我們所有認知之成素的現象與概念化同為先驗的某物＝X。一旦我們分離於感性與料之外，則我們對於這個X不但毫無所知，甚至根本就不能有所認知。認知如果不是在處理對象自身，而是在處理關於對象的先天概念，即稱為先驗的認知。純粹理性批判因而就是先驗哲學最完全的

理念。10

但他對康德的整體構想，也提出他最根本的質疑：

> 形上學純粹的可能性與不可能性因而取決於以下有諸多不
> 同的側面且無法窮盡的問題［……］感性與知性作為人類認
> 知的兩個主幹，是否來自於一個我們所不知的共同根源，以
> 至於經由感性使對象能被給予，而經由知性與概念使對象能
> 被思考：但是，對於在自然中關聯在一起的東西，為何要施
> 加暴力，未經授權地把它們切割開來呢？經由共同根莖的二
> 分與割裂，難道感性與知性這兩根主幹不會因而枯萎嗎？11

康德在《純粹理性批判》的〈先驗感性論〉與〈先驗邏輯學〉
中，分別透過對於感性與知性之先天形式（時空與範疇）的分
析，來回答先天綜合命題如何可能的問題。對於感性與知性如何
共同作用，康德則訴諸在先驗圖式論的構想力作用來加以說明。
康德對於知識之最後基礎的證成，因而似乎是有歧義的：一方面
先驗統覺作為純粹的理性是所有綜合統一的基礎，在這個意義
下，知識的基礎是來自於一個非經驗的、不可對象化的先驗主
體；但另一方面，在先驗圖式論中能夠作為知性與感性之共同作
用的構想力，卻是必須具有時間性的主體性能力。

---

10 Johann Georg Hamann, "Kritik der reinen Vernunft von Immanuel Kant," *Johann Georg Hamann: Sämtliche Werke*, Hg. Josef Nadler, Bd. 3（Wien: Verlag Herder, 1951）, 277.

11 Ibid., 277-278.

　　哈曼理解康德的純粹理性批判是在處理關於對象之先天概念的先驗認知問題，因而認為他超越了萊布尼茲的理性主義與洛克的經驗主義。哈曼指出，以往理性主義與經驗主義哲學家並不能處理：「不用經驗或在經驗之前，對於經驗對象之人類知識的可能性；或進而，對於在對象的所有感覺之前具有感性直觀的可能性；對於這些隱蔽的奧祕，都還沒有哲學家能在心中把它們當成是哲學的任務，更別提他們有什麼解決的辦法了」。他因而對於康德在《純粹理性批判》中，「基於這個雙重的不可能性，以及分析與綜合的有力區別，而建立了先驗成素論與方法學的質料與形式」[12]表示相當大的肯定。但哈曼對於康德將解釋知識的基礎，訴諸於以先驗統覺為基礎的感性與知性的綜合統一活動，或訴諸在先驗圖式論中以構想力的作用作為感性與知性能力的結合，都表示不滿。因為不論先驗統覺或先驗構想力的解釋，都是先對將感性與知性這兩個原來即應結合在一起的能力「施加暴力，未經授權地把它們切割開來」，然而這就不免讓哈曼質疑「經由共同根莖的二分與割裂，難道感性與知性這兩根主幹不會因而枯萎嗎？」

　　哈曼認為在康德的哲學中，之所以會產生「認知能力之雙重根源性」（Zweistämmigkeit des Erkenntnisvermögens）[13]的難題，係出於他在「理性純粹主義」的主張中，忽略了「在人類所有對象

---

12 Johann Georg Hamann, "Mekakritik über den Purismum der Vernunft," *Johann Georg Hamann: Sämtliche Werke*, Hg. Josef Nadler, Bd. 3（Wien: Verlag Herder, 1951），283.

13 這個用語引用自 Stefan Majetschak, "Metakritik und Sprache: Zu Johann Georg Hamanns Kant-Verständnis und seinen metakritischen Implikation," *Kant-Studien*, 80(1989): 454。

性的世界意識中的語言先天性」與「人之在世存有」的問題。[14]哈
曼因而開始構想要以「語言的接受性」與「概念的自發性」來為
康德的「理性的純粹性」奠基，而寫下了〈理性純粹主義的後設
批判〉一文。哈曼所謂的後設批判（Metakritik）[15]並不是意在單
純地反駁康德的觀點，而是意在進一步透過證成他的理論之真正
基礎所在，而對其基本觀點加以轉化。後設批判的「後設」是指
哈曼要做的工作，不是要在康德哲學的系統內部進行「內在」批
判，而是要說明使康德的哲學成立的基礎所在。正如亞里士多德
的「形上學」（Metaphysik）作為「在物理學之後」（Meta-
Physik），是為物理學的可能性奠基一樣。哈曼的「後設批判」一
樣打算作為「在康德的批判之後」，以為康德在《純粹理性批判》
一書中所構想的先驗哲學的可能性，進行奠基與轉化的工作。哈
曼認為他的問題不像康德問「先天綜合命題如何可能？」的問
題，而是更根本地問康德留下而未回答的「主要問題」，亦即：
「思想的機能如何可能？」（Wie das Vermögen zu denken möglich
sey?）的問題。對於這個問題的回答，哈曼認為應訴諸於「語言
的系譜學優先性」（genealogische Priorität der Sprache），因為：
「不僅整個思想的機能建基在語言之上，而且語言也是造成理性

---

14 這個詮釋來自 Heintel 的啟發，他對哈曼的康德批判的解讀，請參見 Erich
　　Heintel, *Einführung in die Sprachphilosophie*（Darmstadt: Wissenschaftliche
　　Buchgesellschaft, 1975）, 127-146。

15 根據 Bayer 的考證，Hamann 在 1982 年 7 月 7 日寫給赫德的信中，第一次提到
　　「後設批判」這個詞。1982 年 8 月 25 日給赫德的信中，又提到他正在寫關於
　　「後設批判者的插曲補遺」。因而後設批判這個詞對於哈曼而言，亦有「補
　　遺」（Nachlese）之意。補遺顧名思義是對原作者之不足或缺漏之處的進一步
　　補充，因而主要亦是指進一步奠基之義。請參見 Bayer, *Vernunft ist Sprache—
　　Hamanns Metakritik Kants*, 207。

會誤解它自己的核心。」[16]

　　哈曼之所以認為「整個思想的機能建基在語言之上，而且語言也是造成理性會誤解它自己的核心」，這因為他深刻地理解康德要訴諸理性的純粹性，以能從先驗統覺說明知識之可能性基礎的用意所在。康德在〈先驗成素論〉中的〈先驗感性論〉與〈先驗邏輯學〉，其實是針對洛克在《人類知性探微》中，以感性受觸動的模式來解釋知識成立的「知性生理學」（Physiologie des Verstandes）進路，所提出的替代解釋。[17]經驗主義透過「知性的生理學」，將知識成立的過程類比成我們的感官或神經機制受到外界的刺激而被觸動的生理學過程。但卻忽略了受觸動的經驗主體，其實也是可被認知中介的對象，它因而無法作為使對象知識成立的最終依據。康德因而假定有一個在對象認知活動中，始終伴隨著所有表象的先驗統覺（我思），作為綜合統一的最高原則。哈曼肯定康德對於「不用經驗或在經驗之前，對於經驗對象之人類知識的可能性；或進而，對於在對象的所有感覺之前具有感性直觀的可能性」所做的研究，但他卻進一步揭發在這裡被康德遺忘的語言作用。因為康德既然反對在經驗主義之「知性生理學」中的「認知受觸動」模式，且又主張「一旦我們分離於感性與料之外，則我們對於這個 X（先驗的某物）不但毫無所知，甚至根本就不能有所認知」。那麼這顯然是表示，我們在經驗中所面對的世界，並非是一個赤裸裸的事實世界，而應是已經由「我們」加以理解或解釋過的世界。對於哈曼而言，問題因而只在於：誰是我們？相對於康德，哈曼的哲學思想致力於指出，如果

16　Hamann, "Mekakritik über den Purismum der Vernunft," 286.

17　Heintel, *Einführung in die Sprachphilosophie*, 131.

在純粹理性的背後，仍需要有詞語的啟示與傳統作為理解的可能性基礎，那麼我們就應選擇與上帝以及其他人同在，而不應直接將康德的先驗統覺這個抽象的知識主體當成是我們。

哈曼稍後即在他的〈第一草稿〉中說：「理性而無經驗是不可能的，正如理性而無語言是不可能的。」[18]哈曼認為，康德批判了經驗主義的巴克萊與休姆，卻沒有看出先驗哲學最應歸功於經驗主義的，並非是他們的觀念論或懷疑主義，而是他們對語言使用的發現。哈曼說：

> 有一位偉大的哲學家主張：「所謂普遍的、抽象的觀念，只不過是與某個詞語聯繫在一起的特殊觀念而已。詞語給予該特殊觀念的意義更多的外延，並且能使我們在個別的事物那裡，回憶起我們對它的特殊觀念。」休姆聲稱，喬治·巴克萊這位伊利亞學派的、神祕的、狂熱的克羅尼大主教所提出的主張，是我們這個時代在學者國度中，最偉大、最珍貴的發現。看來，新的懷疑主義似乎首先應更多地歸功於舊的觀念論，而非只是附帶地把這種觀念論理解成是偶然或單一的刺激因素，因為若無巴克萊，休姆也難以成為偉大的哲學家，而休姆卻正是批判聲稱應歸功的人。此處最重要的發現所涉及的是：即使看似並無深奧之處，但它打開並發現了在最一般的知覺與常識觀察中的語言使用。[19]

顯然在哈曼的觀點中，經驗主義對於理性主義之普遍概念所

---

18 Bayer, *Vernunft ist Sprache—Hamanns Metakritik Kants*, 157.
19 Hamann, "Mekakritik über den Purismum der Vernunft," 283.

進行的名目論批判，重點並不在於強調所有認知的來源，都是來自於對殊相的知覺或印象。而是當我們能把某物理解為某物時，我們都必須借助詞語，才能表達我們對個別事物的認知。也由於哈曼認為巴克萊「打開並發現了在最一般的知覺與常識觀察中的語言使用」，因而他才會說「理性而無經驗是不可能的，正如理性而無語言是不可能的」。在此，對象能被給予我們，以及對象能被思考的基礎，都在於「在最一般的知覺與常識觀察中的語言使用」。而這也使得哈曼在他的〈第二草稿〉中，開始思考應以「語言的接受性」（Receptivität der Sprache），[20] 來取代在康德先驗感性論中為了解釋對象被給予的現象雜多，而仍然殘留的經驗主義之知性生理學的認知受觸動模式。這正如 Heintel 所說的：「哈曼以『語言的接受性』取代在康德那裡『感性的接受性』所占有的地位，他因而跨越觸動模式的難題，而向前邁進了一步。他不再安置任何受觸動的過程來作為在康德意義下的批判反思之預設，他對於未經反思的語言之直接的意義，只要它是作為所有對象意識的先驗環節，即不再對它們做出自然主義或個別科學那樣的對象性解釋。它們只能作為意義而被接受，或者說，是被學習而得。哈曼反對康德先驗哲學之抽象性的緣由，即根基於這個洞見。」[21]

　　哈曼在此所謂的「語言的接受性」，其實是指「語言」對於人類思想所具有的「最終不可超越的先天性」（nichthintergehbare Apriorität）。因為如果不像經驗主義或在康德的先驗感性論中仍然殘留的感覺主義，以為我們感性所對的世界是一個赤裸裸的世界，而是對所有事物的知覺都必須經由詞語作為符號性的中

20　Bayer, *Vernunft ist Sprache—Hamanns Metakritik Kants*, 178-179.

21　Ibid., 131-132.

介，[22]那麼我們的語言即具有Heintel詮釋哈曼所說的：「所有對象性的世界意識的語言先天性（Sprachapriori alles gegenständlichen Weltbewußtseins）」[23]之地位。或用Liebrucks詮釋哈曼所說的：語言的接受性作為「人類意識的語言性（Sprachlichkeit des menschlichen Bewußtseins）」，[24]支持了哈曼在他的信件中，經常對朋友提到的「理性即語言」或「沒有語言，就沒有思想、就沒有世界」[25]的觀點。哈曼對於以「語言的接受性」來回答「思想的機能如何可能？」的問題，因而一方面是在處理與康德的先驗哲學同一層次的「基礎哲學的預設問題（fundamentalphilosophische Voraussetzungsproblematik）」；[26]但另一方面他又試圖想擺脫康德主張理性的純粹主義所造成的難題。因為如果說語言的接受性，說明了語言之最終不可超越的先天性，那麼他同時就表示了，歷史流傳物與傳統在思想中具有不可被抽離的根源性。若所有的對象認知都需由語詞作為符號性的中介，那麼這當然即是說，語言的歷史流傳與語言在溝通社群中的用法，是我們在認知之先的前

---

22 或如Isaiah Berlin所說的：「哈曼是清楚地理解到，思想即是符號的使用的第一位思想家，非符號性的思考，或思想而無符號或圖像〔……〕是一無法思議的概念。」參見Isaiah Berlin, *The Magus of the North—J. G. Hamann and the Origins of Modern Irrationalism*（London: John Murray, 1993），75。

23 Heintel, *Einführung in die Sprachphilosophie*, 127.

24 Bruno Liebrucks, *Sprache und Bewusstsein*, Bd. 1（Frankfurt am Main: Akademische Verlagsgesellschaft, 1964），297.

25 例如，哈曼在1783年11月2日寫給Jacobi的信中就提到說：「由於相當困難，我幾乎完全放棄了這個研究。我現在掌握住它可見的成素，亦即作為工具（organo）與判準（Criterio）──我指的是語言。沒有詞語，就沒有理性──也沒有世界。」參見Hamann, *Briefwechsel*, Bd. 5, 95。

26 Heintel, *Einführung in die Sprachphilosophie*, 127.

理解，或它根本規範了我們的生活形式，是我們的思想能力所不可或缺的運用條件。哈曼因而批判康德在《純粹理性批判》中的理性純粹性，即是抽離了承載歷史傳統與詞語意義的語言用法所產生的，以至於這樣的主體一方面是無法被認知的抽象主體，一方面又與必須在時間中活動的先驗構想力互相矛盾。哈曼對於康德的理性純粹主義因而提出以下的批判：

> 哲學的第一個純粹化來自於，視理性為獨立於歷史流傳物、傳統與信仰之外，這種部分出於誤解，部分出於不成功的嘗試。第二個純粹化雖然更為超驗，不過卻同樣得出理性是獨立於經驗與其日常歸納之外的。因為二千多年來，理性在經驗的彼岸尋找他所不知的某物之後，不僅使其先祖向前進步的軌道失效不靈，而也為其令人不耐的時間浪費找了太多的理由［……］第三個，亦即最高的經驗的純粹主義，還涉及到語言。語言是理性唯一的、最初與最終的工具與判準，它除了傳統與用法之外，就沒有其他憑證了。27

哈曼在此以語言的接受性取代理性的純粹性，使人類的主體性從先驗統覺的抽象性，再度回到語言使用的傳統歷史世界中，而重新認同人作為在世存有的身分。但他在以語言取代理性之後，真的就能說明「思想的機能如何可能」的問題嗎？他以語言的接受性取代在先驗感性論中所殘留的，視認知作為受觸動的知性生理學模式，但這能解釋我們對於實在物認知所必然具有的時空性嗎？哈曼一開始在他對《純粹理性批判》的書評中就質疑，

27　Hamann, "Mekakritik über den Purismum der Vernunft," 284.

康德把有共同根源的知性與感性的機能，一開始就施加暴力、未經授權地把他們分裂開來，這將會造成這兩個主幹的枯萎，但是哈曼現在用語言來取代理性之後，如何能在語言的機能中，說明知性與感性是不可分地共同作用呢，以至於他可以不需要再面對康德在先驗圖式論中所遭遇到的困難？在此，哈曼不但沒有逃避這些問題，而是進一步發展了他的朋友赫德在《論語言的起源》中的語言哲學理論，以能正面地回答這些難題。

　　在繼續討論哈曼的赫德批判，以說明哈曼如何能夠為他批判康德的先驗哲學建立自己的語言學理論基礎之前，我們可以先大略說明，哈曼試圖以「語言批判」取代「理性批判」的思路方向。哈曼在他的〈第一草稿〉中，緊接著上述我們曾引用過的：「理性而無經驗是不可能的，正如理性而無語言是不可能的」這句話之後，即接著說：「傳統與語言是理性的真正成分，語音與字母是所有關係性的必要條件，在其中概念才能被直觀與被比較。所有的語言與文字記號在關於他的質料部分，具有經驗的實在性；而在關乎它的形式與意義方面，它具有先驗的觀念性。而且語言的普遍性作為必然性既取決於傳統，而其偶然的限制則又取決於恣意」。[28]這段話後來在〈理性純粹主義的後設批判〉中表達的更為清楚，他說：

　　　詞語具有感性〔論〕的（ästhetisch）與邏輯〔學〕的（logisch）機能。詞語（連同它的成分）作為可見的與可說的對象，屬於感性與直觀；按詞語設用的精神與意義，它屬於知性與概念。因而詞語既是純粹與經驗的直觀，又是純粹

28　Bayer, *Vernunft ist Sprache—Hamanns Metakritik Kants*, 157.

與經驗的概念。它是經驗的，因為視覺與聽覺的感覺是經由
它而起作用的；它是純粹的，因為它的意義絕非是經由屬於
感覺的東西而被決定的。詞語作為感覺直觀之未決定的對
象，按純粹理性的基本文本來說，即可稱之為「感性的現
象」（ästhetische Erscheinung）。［……］詞語作為經驗概念之
未決定的對象，可稱之為批判的現象、幻影、無語或非語。
它只有經由使用的意義與〔指稱的〕設用（Einsetzung），才
能成為知性的特定對象。29

　　哈曼在此從「所有的語言與文字記號在關於他的質料部分，
具有經驗的實在性；而在關乎它的形式與意義方面，它具有先驗
的觀念性」，來說明詞語本身就具有感性論與邏輯學的功能，這
表示他開始試圖以語言哲學來取代康德的先驗哲學構想。然而這
是進一步從赫德的語言起源論推論出來的。因為哈曼在〈第一草
稿〉中所說的詞語所具有的經驗實在性與先驗觀念性，一開始即
指詞語所具有的音義兩面性。任何被言說的詞語都具有可發聲性
與可書寫性，因而這些語言的語音或文字記號所具有的經驗實在
性，是隨著個別語言的差異，甚或每一個人的每一次言說的不同
而有不同的。但就語言的語法形式與語意內含而言，它的內在涵
義則始終保持同一，詞語的語意普遍性因而具有先驗觀念性的涵
義。30

29　Hamann, "Mekakritik über den Purismum der Vernunft," 288.
30　哈曼甚至由此透過以語言的接受性取代先驗感性論，並解釋為何我們對於事
　　物存在的認知總是具有時空性的原因。他說：「語音與字母因而是純粹的先
　　天形式，它完全不包含任何屬於有關對象之感覺或概念的東西，它因而也是
　　所有人類的認知與理性的真正感性的成分。最古老的語言是音樂，它是除了

　　哈曼除了在此指出，由於詞語同時具有感性與邏輯的功能，因而可以取代康德在〈先驗感性論〉與〈先驗邏輯學〉的〈先驗分析論〉之外，他更在1784年11月14日寫信告訴Jacobi說：「我的問題不在於：『什麼是理性？』而在於：『什麼是語言！』在此我猜想所有的『誤推』（Paralogism）與『二律背反』（Antinomie）的根源，都可以歸因於我們把詞語視為是概念，而又把概念視為是事物本身。結果在詞語與概念中就不可能有存在，因為它們只是被用來代表東西與事物。」[31]哈曼在日後雖然沒有再仔細說明，為何康德在〈先驗辯證論〉中所討論的「誤推」與「二律背反」，也是基於語言的誤用而產生的，以最終能完整地說明他所謂：「不僅整個思想的機能建基在語言之上，而且語言也是造成理性會誤解它自己的核心」的觀點。[32]但是從他說：「我的問題不在於：『什麼是理性？』，而在於：『什麼是語言！』」這句話

脈搏跳動與鼻息之可感覺到韻律之外，所有『計時』（Zeitmaaß）最生動的原始模本。最古老的語言則是圖畫與記號，它們很早就開始處理『空間的經濟學』（Oekonoie des Raums），亦即經由形狀對空間加以限制與規定。時間與空間的概念，因而是經由視覺與聽覺這兩個最寶貴的感官的強烈影響，而使得它在整個知性的領域中顯得如此普遍與必然。正如光線和空氣對於眼睛、耳朵與叫聲一樣，空間和時間即使不是本有觀念，它至少也似乎是所有直觀認知的鑄模。」參見Hamann, "Mekakritik über den Purismum der Vernunft," 286.

31　Hamann, *Briefwechsel*. Bd. 5, 264-265。

32　在哈曼寫出〈理性純粹主義的後設批判〉的十五年之後，赫德也寫出了他的《純粹理性批判的後設批判》（*Eine Metakritik zur Kritik der reinen Vernunft*, 1799）。在赫德的《後設批判》中，赫德即以語言哲學的觀點，逐章逐節地對康德的理性批判，提出他的後設批判。但學者一般認為，由於赫德缺乏對於康德先驗向度的理解，因而他的批判並不比哈曼成功。請參見Thomas M. Seebohm, "Der systematische Ort der Herderschen Metakritik," *Kant-Studien*, 63 (1972): 61。

中，卻已經可以明顯地看出，哈曼致力於透過以「語言批判」取代「理性批判」的思路轉向，重新為康德的先驗哲學進行語言學奠基與轉化的哲學意圖。

二、哈曼與啟蒙時期的語言哲學問題

　　哈曼對於康德《純粹理性批判》所做的後設批判，雖然是基於他對赫德的《論語言的起源》的批判，但赫德的語言哲學事實上也深受哈曼早期語言思想的影響。我們因而有必要先從哈曼早期力圖抗衡啟蒙運動的語言觀，以建立他的語言上帝起源論的觀點，來呈現哈曼以語言哲學批判先驗哲學的基本思路。哈曼早年試圖透過語言哲學的研究，來重新探討人類存在的地位與對真實世界的理解掌握方式，而這正反映了他對啟蒙時期探討語言問題之真正意義的深刻理解。18世紀後半葉的德國啟蒙運動，在腓特烈大帝的獎掖之下，透過成立於柏林的普魯士皇家科學院，大力推廣由法國所主導的啟蒙思潮。當時學界爭議最為熱烈的即是關於語言的問題，科學院因而分別在1759年針對：「關於意見對於語言的影響，以及語言對於意見的影響」，以及在1769年針對：「人類憑藉其自然能力，能夠自行發明語言嗎？人在何種情況下，必須發明語言和能夠最有效地發明語言？」這兩個議題設立獎項，公開徵求論文。在此，第一個問題其實針對的是「語言與思維」之相互影響的問題，第二個問題則是針對「語言起源」的問題。在啟蒙時期的語言理論中，「語言起源」與「語言與思維」的關係之所以成為最迫切需要反省與討論的兩組問題，這是因為一旦在啟蒙運動中，哲學要求脫離神學而獨立，那麼我們即無法

再以上帝的形象來理解人。[33]惟有透過人與動物在語言方面的顯著差別，以及能對人類的語言能力展開新的研究，才能重新界定人類的存在地位、剖析人類的本性、呈現人類思維能力的基本運作形式，以及闡釋我們能認知實在世界的可能性基礎。

　　普魯士皇家科學院在1759年針對意見與語言之相互影響關係的徵文，是由哥廷根的東方語言學家Johann David Michaelis獲獎。哈曼雖然說他沒有為了金錢與名聲而參加投稿，但他卻撰寫了〈試論科學院的提問〉（"Versuch über einer akademische Frage", 1760）這一篇論文，來批評當年入選與得獎的論文。哈曼的批評對象，其實主要不是針對Michaelis的得獎論文，而是針對科學院徵稿論文對於語言問題的提問方式。他認為在柏林的普魯士皇家科學院所推動的自然主義式的人類啟蒙，自以為能使人獨立於宗教權威與歷史傳統之外，然而其實卻正是在貶低人類存在的尊嚴。哈曼在1759年沒有參加徵稿，但他卻在同年8月3日寫給他的朋友Lindner的信中，提到他自己對於語言問題的看法，他說：

　　　　我們可以在一個民族的語言中發現他們的歷史，在人類的
　　　　各項長處中，能夠言說這份禮物也包含在內。我因而覺得很
　　　　訝異，為何還沒有人嘗試更進一步從這一方面來研究人類或
　　　　我們的心靈的歷史。我們靈魂之不可見的本質，即通過詞語

---

33 如同學者Weiß所言：「在啟蒙時期的語言理論中，兩組最迫切被反省與討論的問題，即是語言起源，以及語言與思維之間的關係的問題。對於人類的存在地位來說，語言之所以具有顯著的意義，即在於在18世紀時，特別需要為人類本性之相對於其他生物的特殊性，進行奠基。」參見Helmut Weiß, *Johann Georg Hamanns Ansichten zur Sprache—Versuch einer Rekonstruktion aus dem Frühwerk*（Münster: Nodus Publikationen, 1990), 45。

而開顯——如同創造本身就是言說一樣［……］介於我們心靈中的觀念與經由嘴巴所產生出來的聲音之間的距離，正如介於精神與肉體或天空與大地之間的距離那樣的大。那麼到底是什麼我們所不知道的紐帶，能將離得這麼開的東西聯繫起來呢？對於能夠證明上帝之全能的東西，如果我們只不過把它們看成是披著任意符號的粗布外衣，那麼這不是在貶低我們的思想嗎。[34]

在這一封信，我們已經可以看出哈曼語言哲學的基本構想。用我們現在的術語來說，哈曼很顯然認為：(1)就種屬發生學的層次來看，一個民族的歷史即是一個民族內在語言形式的外在表現；而就個體發生學的層次來看，個人心靈的認知與情感同樣是他所使用的詞語的外在表現。語言不僅是人類歷史社群與個人心靈發展的決定性原則，它同時也是民族歷史或個人心靈之不可見的本質的表現性原則；(2)詞語是由心靈的觀念與口中發出的聲音所共同組成的，換言之，詞語同時具有語音與語意的兩面性。語言哲學首先必須解釋的，就是這兩種如此異質的成分為何能夠結合在一起；(3)詞語就其本質而言，不是人們任意約定用來指稱事物的符號，而是能創造事物之內在統一性的超越根據。

哈曼以聖經《舊約·創世記》與《新約·約翰福音》的說法，主張太初有道，上帝是以說要有光就有光的方式，以祂所說出的詞語來創造天地萬物。因而他說，「如同創造本身就是言說一樣」，「我們靈魂之不可見的本質」也同樣是「通過詞語而開顯」。這其實是說，我們是上帝依其形象所造，因而一旦上帝是

---

34 Hamann, *Briefwechsel*. Bd. 1, 393.

依詞語而創造萬物，則我們亦只有依詞語的啟示才能認知世界。
上帝創造了世界，也創造了人，因而我們必須先肯定人與事物都
有共同來自於上帝的語言性，那麼我們對於事物認知才具有可能
性。如果我們認為詞語是人類任意約定的符號（如曾任柏林科學
院院長的法國感覺主義者Maupertuis的約定論），或經驗世界的
對象只是我們自己的思想機能所建構的現象（如在哥尼斯堡的康
德所主張的先驗觀念論），那麼我們其實並沒有如啟蒙所預期
的，能夠凸顯人類理性能力的獨立性，反而是在貶低人類的思想
能力。因為這兩者都沒有辦法保證，我們對世界的實在性能具有
真理性的知識。人類的思想能力，如果要能掌握住存有內在的統
一性，那麼他就應從全能的上帝依詞語所創造的啟示中去理解，
而這即是應從存有的語言性本身來理解存有物之為存有物的可能
性基礎。

　　哈曼一開始就從「太初有道」的神學高度，來理解語言作為
事物存有之超越創造性與世界認知之經驗可能性的基礎。但這並
不表示，哈曼的語言哲學只是一種非理性的宗教神祕主義觀點。
Metzke即曾指出：「在基督教的傳統中，『上帝的啟示』原本即與
『上帝的詞語』關聯在一起，但這並沒有導致哈曼走向靈知式的
邏各斯玄思（gnostische Logosspekulation），哈曼毋寧是透過將詞
語與語言看成是如他所經驗到的事實與實在性，以尋求超克所有
抽象反思與純粹思辨所造成的問題。」[35] 相對於基督教創世論的語
言觀，哈曼認為普魯士皇家科學院的徵文題目與Michaelis的得獎
論文，並沒有碰觸到問題的核心。他因而在〈試論科學院的提

---

35 Erwin Metzke, *J. G. Hamanns Stellung in der Philosophie des 18. Jahrhunderts*
　（Darmstadt: Wissenschaftliche Buchgesellschaft, 1967), 244.

問〉中，一則批評科學院的題目一開始就沒有對「意見」與「語言」等基本概念做出明確的定義，一則批評說 Michaelis 的得獎論文，大都只是訴諸一大堆社會習俗慣例來做說明，而掌握不到解釋語言與思想之相互影響關係的基本原則。

　　哈曼首先指出，所謂的思想或意見，就一般的理解而言，通常是指由我們「靈魂的認知能力」與「肉體的標示能力」所共同組成的知覺。而語言如果是我們能用來傳達思想與彼此溝通的媒介，那麼我們就必須假定：「在所有語言中存在著基於人類本性的共同性而來的相似性，而在一個較小的社群範圍內，語言也必須有其相似性」。可見，對於哈曼而言，語言與思想之間的相互影響關係，因而是發生在兩個不同層次上的問題。第一個層次是在個人的層次，一個人生活在社群中，他需借助語言與他人溝通，因而他必須使用「在一個較小的社群範圍內，具有相似性的語言」。這種語言的相似性，是因為我們的表象既受心靈的觀點所影響，然而後者又受身體的情況所影響，因而語言雖有普遍的相似性或語意的一致性，但它仍有表達的差異性。對於這種在同一個語言社群中語言表達的差異性，哈曼較不著意，因為他認為我們對於這種關係的性質與限制，雖然還沒有深入的研究，但是由於「我們的思考方式立基於感性印象及其感覺的影響，因而我們可以猜測說，我們的情感工具與人類言說的機制之間具有一致性」。[36]

　　另一個介於語言與思維之間的相互影響關係，則是發生在人

36　Johann Georg Hamann, "Versuch über einer akademische Frage," *Johann Georg Hamann: Sämtliche Werke.* Hg. Josef Nadler, Bd. 2（Wien: Verlag Herder, 1950），123.

類普遍的語言能力與個別民族語言之間具有差異性的層次之上。
針對在這個在更高層次上的問題，哈曼則具體提出以下三個基本
原則，來說明語言與思維之間的相互影響關係：

> 第一，自然的思維方式（natürliche Denkungsart）對於語言
> 有影響。[37]
> 第二，流行的真理、當前的成見與通行於一個民族內的有
> 威望的觀點，同樣會對一個民族形成人為的、偶然的思考方
> 式，因而特別會對他們的語言造成影響。[38]
> 第三，語言的領域可以從拼字到詩歌、最精微的哲學、鑑
> 賞與批判等大作；它們共同的特色，部分落在詞語的選擇，
> 部分落在言說方式的建構。對於語言的定義，大家都有不同
> 的理解，因而我們最好按照它的目的來規定語言，語言的目
> 的即是作為傳達我們的思想與理解他人思想的媒介。我們必
> 須以語言與這雙重目的之間的關係作為主要學說，那麼意見
> 與語言會相互影響的現象，才能得到解釋與預先的說明。[39]

在這三個基本原則中，第一個原則是就民族語言的特殊差異
性來說明語言與思想互相影響的關係。哈曼雖然說我們可以基於
人性的共同性，而假定各種語言都具有普遍的意義相似性。但哈
曼並沒有像康德等理性主義者，從我們的共同理性的邏輯形式一
致性來說明思想與語言之間的一致性，他也不像感覺主義者訴諸

37　Ibid., 122.

38　Ibid., 124.

39　Ibid., 125.

感嘆說或約定說的情感反應與生活需求之人性實然的共同性，來說明思維與語言之間的關係，而是提出一種既先驗而又自然的社群脈絡共同性來說明。哈曼主張在各民族中的語言相似性，係基於他所謂的「自然的思維方式」（natürliche Denkungsart）。自然的思維方式一方面是透過言說的本性、形式、法則與習俗表現出來；但另一方面，這種「在慣用語中所把握的獨特〔語言〕感」，又「應被理解成語言的天賦（Genie einer Sprache）」。哈曼因而說：「一個民族的語言的基本輪廓，乃對應於它們『思維方式的方向』（Richtung ihrer Denkungsart），每一個民族即經由他們言說的本性、形式、法則與習俗，而開顯出自身。」[40]

　　哈曼這個觀點，顯然是從他上述寫給Lindner的信中的第一點進一步推展出來的。但現在問題的重點，已經不僅在於「我們可以在一個民族的語言中發現他們的歷史」，而更在於民族語言會因為自然思維方式的方向性不同而產生差異。這使得哈曼能夠解釋，即使人類基於其本性的共同性，而可以假定人類的語言應有相似的一致性，但以民族之自然思維方式的方向性不同為基礎，現實的民族語言仍然具有一種先天偶然的差異性。基於這個觀點，哈曼雖然沒有像後來的洪堡特，能夠透過對梵語與漢語等不同的民族語言的研究，而以「屈折語」或「黏著語」等語言類型，來分析造成語言結構差異的「語言感」（Sprachsinn）或「內在語言形式」（Innere Sprachform），但他卻非常明確地指出來，語言哲學所應分析的自然思維方式，並不能與我們一般所謂的「文法學」（Grammatik）或「雄辯」（Beredsamkeit）的問題混淆

40　Ibid., 122.

在一起。[41]

哈曼所提出的第二個原則，是針對語言的變遷來看語言與思維之間的相互影響關係。當他說歷史當前的偏見與權威也會對語言造成影響時，他指的是，在一個語言社群中的成員，其思想雖然會受他所使用的語言的世界觀影響，但這並不妨礙他們因為能接受或理解當代（或歷史上的）其他社群的意見與流行的真理，而改變他們的思想或表達方式。哈曼自己是一個關稅司內的文件翻譯小吏，對於不同語言社群之間的語言翻譯與其對思想形成的影響特別有感受。他甚至用非常生動的比喻說：「誰用外語書寫，那麼他就得像個情人一樣，盡力去順著對方的想法來寫；而誰用母語書寫，那麼只要他能夠的話，他就可以堅持用他作為丈夫的家長權來寫。」[42]換言之，這就是他在第二原則中所說的：「誰想研究意見對於一個民族的語言的影響，那麼他就不能忽視這雙重的差異：第一種的意見形成不變動的思維方式，第二種的意見則形成變動的思維方式。」[43]換言之，即使透過母語的使用，會使我們產生不變動的思維方式，但透過外語的翻譯與學習，我們還是能理解其他民族的思想，並因而能部分地改變我們自己的思維方式。然而思維的方式一旦有改變，那麼這當然也會反過來影響到民族語言的發展與變遷。

哈曼在第二原則中強調，我們在流行的意見、歷史的成見與傳統權威的影響下，我們原先基於民族語言不變動的自然思維方式，仍然會因為有學習與翻譯的機會而產生思維方式的變動。這

---

41 Ibid., 123.

42 Ibid., 126.

43 Ibid., 124.

表示，雖然每個民族語言的不同會形成其獨特的思想世界觀，但透過與其他社群的溝通，我們仍能交流思想、理解他人。就此而言，哈曼因而在他的第三原則中指出，語言與思想的真正關係應當在溝通互動的關係中才能徹底得到解釋。在語言的溝通中，「語言的目的」即在於「作為傳達我們的思想與理解他人思想的媒介」。可見，原先在第一個原則中所強調的，語言與思維在「認知功能」方面所產生的相互影響，與在第二個原則中，語言與思維在「溝通功能」方面所產生的相互影響，現在即在第三個原則中被統一起來。這使得哈曼最後能夠確定說：「語言的目的即是作為傳達我們的思想與理解他人思想的媒介。我們必須以語言與這雙重目的之間的關係作為主要學說，那麼意見與語言會相互影響的現象，才能得到解釋與預先的說明。」

哈曼〈試論科學院的提問〉這一篇論文的重點，因而是在探討語言哲學應如何提出正確的問題，以及思想與語言的關係應定位在什麼層次上，才能找到正確的研究方向。相對於在哈曼之後：赫德在《論語言的起源》中，回答了心靈的觀念與肉體的標示能力之間的一致性關係，以及洪堡特在《論人類語言的結構差異及其對民族精神發展的影響》中，說明了我們如何能從語言的結構差異，看出各民族之自然思維方式的不同，而回答了哈曼在其第一原則中所要解決的問題；高達美（Hans-Georg Gadamer）的詮釋學試圖通過成見與傳統的權威，來說明境域交融之意義理解的可能性，而解釋了哈曼在第二原則中所發現的語言現象；阿佩爾（Karl-Otto Apel）與哈伯瑪斯（Jürgen Habermas）的語用學，則嘗試從對話討論的溝通結構，來回應在哈曼第三個原則中的洞見。哈曼對於這些他最早洞見到的語言哲學問題，則沒有做出系統而完整的理論建構。因而哈曼的研究者，除了批評他個人

缺乏理論建構的能力外，[44]更質疑在哈曼的思想中，是否真的存在著屬於他個人的語言理論。[45]然而問題或許在於，哈曼對於語言哲學的問題性質與語言本質的內涵，可能與大多數的語言哲學家都不同。因為他的確並不關注以語言作為研究對象的語言科學問題，他關切的問題反而在於：從語言作為人類根源性的存在方式來看，人的存在地位、人與上帝的關係，人與世界之真實性的關係，以及人類的語言性究竟應如何加以理解？對於哈曼而言，如何正確地提問這些問題，才是語言哲學真正應有的大哉問。

三、哈曼的赫德批判與先驗語言學的構想

哈曼在上述致Lindner的書信中即曾指出，在語言哲學中首先應處理的理論問題，即是得說明：在心靈中的觀念如何能與從口中說出的聲音連結在一起。但對於如何把距離這麼遠的兩端結合在一起，哈曼並沒有提出明確的說明。直到他在寫〈試論科學院的提問〉一文時，他也還是猜想說：我們的「情感工具」與「人類言說的機制」之間應該具有一致性。這個問題後來引起許多討論，除了他的朋友赫德之外，古典語言學家Dietrich Tiedemann（1748-1803）也出版了一本名為《試解語言的起源》（*Versuch einer Erklärung des Ursprungs der Sprache*, 1772）的專著。Tiedemann在這本書中，也認為語言哲學的根本問題在於需解釋：「普遍的

---

44 Heymann Steinthal, *Der Ursprung der Sprache im Zusammenhange mit den letzten Fragen alles Wissens*（Berlin: Ferd. Dümmlers Verlagsbuchhandlung, 1888）, 39.

45 Detlef Otto, "Johann Georg Hamann," *Klassiker der Sprachphilosophie*, Hg. Tilman Borsche（Münschen: C. H. Beck'sche Verlagbuchhandlung, 1996）, 197.

表達從何而來？」Tiedemann將語言解釋成是聲音的集合之總體，吾人經由聲音的連結與彼此的相續，而能將思想傳達給他人。詞語必須能透過聲音與音調，而與由它們所引起的特定表象連結在一起。我們才能透過這些詞語的言說，而使人注意到這些表象。哈曼因而認為Tiedemann的確掌握到，要回答「普遍的表達從何而來？」的問題，即必須能為「介於聲音與表象之間的必然連結性」奠定基礎。但哈曼對於Tiedemann的處理並不滿意，他指出他的朋友赫德在同年出版的《論語言的起源》（1772），才算是「提供了更多的材料與樂趣」，以讓我們能進一步研究語言哲學的問題。[46]

赫德在《論語言的起源》中，的確援用了哈曼在〈試論科學院的提問〉中所提出的三個基本原則，來回應普魯士皇家科學院在1769年針對語言起源問題的徵文而獲獎。在《論語言的起源》的第一卷中，赫德透過反思覺識的注意力集中的過程，說明我們能形成對象的表象，是與在語音的區分音節過程中，能確立定義一個概念所需的特徵選取過程一致的。這證成了哈曼所假定的，人類的情感工具與言說機制之間具有一致性的假設。赫德在第二卷中，同樣透過人類社群生活的四個自然原則，來說明語言發展受到流行意見、歷史成見與傳統權威而變遷的過程。而對於哈曼在第三原則中主張：「語言的目的即是作為傳達我們的思想與理解他人思想的媒介」，赫德也認為他的語言起源論最終的研究結果，就是確立了：「人類的第一個思想，按其本質而言，是做出

46　Johann Georg Hamann, "Zwo Recensionen nebst einer Beylage, betreffend den Ursprung der Sprache," *Johann Georg Hamann: Sämtliche Werke*, Hg. Josef Nadler, Bd. 3（Wien: Verlag Herder, 1951）, 16.

能夠與他人進行對話的準備。第一個為我所掌握的標記，對我來說是一個標記詞，對於他人來說則是一個傳達詞。由此人類就發明了詞語與名稱，並用之以標識聲音與思想。」[47]赫德唯一與哈曼立場不同的地方，在於他從哈曼論語言與思維具有相互影響關係的三個原則中，推論出語言的人類起源論。赫德認為他的語言起源論，完全可以單在人類的自然能力範圍內，來解釋語言的發明，而不必再訴諸任何其他的神學預設。他在《論語言的起源》的最後幾頁中，相當自傲地再次強調說，他的語言人類起源論可視為是對上帝起源論的決定性反駁。然而正是在這一點上，哈曼發覺赫德的理論從他那裡出發，但卻沒有真正理解他的觀點。他們之間因而中斷了兩年時間的書信來往，哈曼更在閱讀完赫德的《論語言的起源》後的七個月之內，連續發表了三篇論文來批判赫德的語言起源論。

　　哈曼批判赫德語言起源論的三篇論文，學界一般通稱為《哈曼的赫德著作》（*Hamanns Herderschriften*），其中主要包括：〈關於語言起源論的兩篇書評與一篇補充〉（Zwo Recensionen nebst einer Beylage, betreffend den Ursprung der Sprache, 1772）；〈玫瑰十字軍騎士關於語言的上帝起源論與人類起源論的最終遺言〉（Des Ritters von Rosencreuz letzte Willensmeynung über den göttlichen und menschlichen Ursprung der Sprache, 1772）與〈關於科學院得獎論文的語文學想法與懷疑〉（Philologische Einfälle und Zweifel über eine akademische Preisschrift, 1772）。這三篇論文的確充滿了哈曼習用的蘇格拉底式反諷的寫法，但這其中當然也有哈曼想要接生的真理。研究哈曼的學者經常迷惑於他採取反諷寫法的語意

47　Herder, *Abhandlung über den Ursprung der Sprache*, 47/36.

不明確性，而只好採取斷章取義的方式，引用哈曼少數幾句講得比較清楚明白的話，來說明哈曼的語言哲學觀點。然而，只要熟悉哈曼與赫德在18世紀70年代遭遇到介於語言的動物起源論、上帝起源論與人類起源論的挑戰所在，即可看出在這三篇論文中，存在著哈曼對於語言起源論非常有系統的論證架構。在反諷與嘲弄的筆調之後，他努力透過對於語言的上帝起源論的重構，與對於赫德所主張的語言人類起源論的徹底批判，將赫德的理論重新扭轉到他自己所代表的基督教路德教派的語言哲學觀點。

　　哈曼這三篇論文其實可以分成五部分來看：第一篇〈關於語言起源論的兩篇書評與一篇補充〉可以分成兩個部分，第一部分是「關於語言起源論的兩篇書評」[48]（以下簡稱〈兩篇書評〉），在這裡哈曼主要陳述他對Tiedemann與赫德的語言起源論的問題意識所在；第二部分是「一篇補充」[49]（以下簡稱〈補充〉），在這裡哈曼對於「語言的動物起源論」之論證形式做了最為徹底的批判。第二篇〈玫瑰十字軍騎士關於語言的上帝起源論與人類起源論的最終遺言〉[50]（以下簡稱〈騎士遺言〉），則代表哈曼對於「語言上帝起源論」的重構。第三篇〈關於科學院得獎論文的語文學想法與懷疑〉也應分成兩個部分來看，在〈關於科學院得獎論文的語文學想法〉[51]部分（以下簡稱〈語文學的想法〉），哈曼主要

48　Hamann, "Zwo Recensionen nebst einer Beylage, betreffend den Ursprung der Sprache," 15-19.

49　Ibid., 20-24.

50　Johann Georg Hamann, "Des Ritters von Rosencreuz letzte Willensmeynung über den göttlichen und menschlichen Ursprung der Sprache," *Johann Georg Hamann: Sämtliche Werke*, Hg. Josef Nadler, Bd. 3 (Wien: Verlag Herder, 1951), 25-33.

51　Johann Georg Hamann, "Philologische Einfälle und Zweifel über eine akademische

批判在赫德語言起源論背後的人類學預設之錯誤，而最後在〈關
於科學院得獎論文的語文學懷疑〉[52]（以下簡稱〈語文學的懷疑〉）
中，哈曼指出，赫德的語言起源論最後仍不脫法國啟蒙思潮之自
然主義的語言工具觀，而沒有真正理解語言的先驗創造性基礎。

在〈兩篇書評〉中，哈曼首先介紹了當時在1772年同時出版
的兩本論語言起源的著作。如前所述，哈曼肯定赫德的著作比
Tiedemann處理同樣主題的專著有更高的價值。但值得注意的
是，在對赫德的書評中，哈曼卻沒有特別介紹赫德全書的主要論
點，反而不厭其煩地引用了赫德在其論著最後幾頁所說的話。在
那裡赫德說：「在結束本文時讓我再來解釋一下語言神授說的實
質所在。這種說法等於是說：『我無法用人類的本性來解釋語
言，所以語言一定是神造的。』這個結論有多少意義呢？反對者
會說：『我完全可以從人類的本性出發解釋語言。』這兩種說法，
哪一種更言之成理呢？前者披著無知的偽裝，大聲嚷道：『有神
在此！』後者則堂堂正正，公開聲明：『瞧，我是一個活生生的
人！』」[53]可見，赫德在詳細討論過語言起源的問題之後，相當得
意於他能以人取代上帝用詞語創造世界的地位，而以「語言的人
類起源論」來證成他的宗教人文主義。赫德因而又接著說：「語
言神授說看似虔敬，實則是對神明十足的褻瀆：神處處都被貶低
了，被賦予了最低級、最粗陋的人類特徵。相反，人類本源說充
分讚頌了神偉大的力量和他的美妙作品；神造就了人類心靈，而

Preisschrift," *Johann Georg Hamann: Sämtliche Werke*, Hg. Josef Nadler, Bd. 3（Wien: Verlag Herder, 1951），37-41.

52 Ibid., 41-53.

53 Herder, *Abhandlung über den Ursprung der Sprache*, 145/110.

人類心靈則通過自身的作用不僅創造出語言，而且不斷地更新著語言。神的崇高本質映現在人類心靈之中，使之借助理性而成為語言的創造者。所以只有承認語言源出於人類本身，才可以說，語言在一定意義上是神的作品」。[54]

（一）哈曼對於語言的上帝起源論的重構

　　哈曼所引述的這些觀點，雖然看起來是赫德針對當時持語言上帝起源論的普魯士皇家科學院院士蘇斯米希的批判，但哈曼卻意識到赫德在背後批評的是他的觀點。讓哈曼覺得不公平的是，赫德把他對於蘇斯米希過於簡單的上帝起源論的批評，隱含地轉嫁成對於他的語言上帝起源論的批評。然而對於哈曼而言，他的語言上帝起源論絕非只是簡單說，由於人自己無法說明詞語的來源，所以就說語言是來自上帝的。哈曼在批判包含赫德在內的語言動物起源論的〈補充〉之前，事實上已經先寫了〈騎士遺言〉這篇為上帝起源論辯護的文章。從上述哈曼在〈兩篇書評〉中對於赫德一書的引文來看，Dickson的觀察的確沒有錯，他看到哈曼對於赫德的批判，首先是因為他發現到在赫德的語言起源論中，人與上帝處於競爭榮耀的關係。把創造性的活動歸給上帝，對赫德而言，將會貶低人類的尊嚴。然而哈曼在上述寫給Lindner的信中，卻已經指出過，如果我們不能理解全能上帝的詞語是存有物之內在統一性的根據，那麼我們才是在貶低人類的思維能力。Dickson因而把哈曼對於赫德語言起源論的批判歸之於大約在1767年左右，他們兩人開始在神學思想方面的分歧。[55]他說赫

54　Ibid., S. 220.221.

55　Gwen Griffith Dickson, *Johann Georg Hamann's Relational Metacriticism*（Berlin/

德此時傾向於「詩學與創造性的去神話化」（poetic and creative demythologizing）之神學觀點，而哈曼卻傾向於「詩學與創造性的人神同形同性論」（poetic and creative anthropomorphism）。但 Dickson 這樣的理解，卻可能只是看到問題的一個側面而已。

的確，赫德之所以認為主張語言的人類起源論，才算是榮耀上帝的做法，而主張語言的上帝起源論，反而會褻瀆神，這是因為就赫德的理論而言，人之所以發明語言是因為人的本能缺乏，以至於他無法像動物一樣單憑本能的技藝即能生活。人因而是在不受本能制約的情況下，才能自由地面對世界，並以自己的詞語來命名存有物，而建構出自己的世界。然而，我們卻不能說，上帝創造世界也是因為祂本身有缺乏，以至於被迫需要用詞語來創造世界。赫德對於人類命名存有物的過程，因而不是訴諸〈創世記〉第一章或〈約翰福音〉有關太初有道的記載，而是用〈創世記〉第二章的記載，以作為他的語言人類起源論的基礎。該章記載，上帝在創造了各種動物之後，就把它們「都帶到那人〔亞當〕面前看他叫什麼，那人怎樣叫各樣的活物，那就是他的名字」。赫德從聖經這句話的啟發，引申出他在《論語言的起源》中，以傾聽到羊咩咩的叫聲，而以之為羊的認取特徵，以形成概念並做出詞語區分音節表達的命名基礎。然而正是在這裡，哈曼發現，赫德的語言觀仍然未脫二元論、觀念論，與語言工具觀的限制。因為在赫德描述人類發明語言的過程中，基本上仍是假定先有萬物，人則是站在已有的存有物之前，以自己內在心靈的詞語對他進行命名，藉此以建構人類自己的生活世界，補充人類在本能上的缺乏與不足。

New York: Walter de Gruyter, 1995）, 152.

　　相對的，哈曼則重新強調他所主張的神人同形同性論，以克服赫德語言觀的局限性。他說：「上帝與人類形象的共同性（communicatio göttlicher und menschlicher idiomatum）是我們所有的認知（與整個可見的經濟預算）的基本原則與主要關鍵。」[56]他因而一方面重申「太初有道，道與上帝同在［……］萬物都是藉著他造的」觀點，主張：

> 每個自然的現象都是詞語——亦即每個現象都是上帝的能力與理念之新的、祕密的、未被明說出來的，因而也就更具有內在的統一性、傳達性與共同性的記號、意義圖像與憑證。凡是人類一開始所聽到的、用眼睛所看到的、瀏覽的，或用手碰觸到的，都是活生生的詞語。因為上帝即是詞語，把這些詞語用在口中與心中，則語言的起源就像是小孩子遊戲那樣地自然、切近與容易。[57]

在另一方面，他則根據神人同形同性論原則說：

> 語言的工具起碼是作為上帝女兒之自然的餽贈［……］造物主必定意願或必須為這些技藝工具設定它的使用方法，人類語言的起源因而必定是來自上帝的；然而一旦較高的存有者［……］想經由我們的唇舌而作用時，則該種作用［……］就必須能類比於人類的本性而被表達出來。在這個關係中，

56　Hamann, "Des Ritters von Rosencreuz letzte Willensmeynung über den göttlichen und menschlichen Ursprung der Sprache," 27.

57　Ibid., 32.

語言的起源或至少它的傳衍，仍是來自於人類而發生的。[58]

　　在此哈曼一反赫德主張：「只有承認語言源出於人類本身，才可以說，語言在一定意義上是神的作品」，而是反過來主張，惟有承認語言源出於上帝，才可以說：「在這個關係中，語言的起源或至少他的傳衍，仍是來自於人類而發生的。」由此可見，哈曼與赫德之間的爭議，其實並不只在於究竟是上帝還是人，才應先享有以詞語創造世界的榮耀。而是一方面如Simon所見，哈曼批判赫德認為人能以自然的方式發明語言的人類起源論，而重新強調語言的上帝起源，「並不是要駁斥語言對人而言是自然的，而是要駁斥語言可以完全從人類的本性來加以解釋」。[59]另一方面則在於，哈曼至此已經更根本地從「太初有道」的詞語創造模式與亞當命名事物的模式之間，看出在語言哲學的研究領域中，事實上存在著兩種性質上完全不同的語言觀點。

　　在亞當命名事物的語言模式中，是先有事物的觸發，人再透過傾聽的覺識與音節的區分，而將在心靈中形成的表象與在口中發出的語音結合成詞語，以命名稱呼對象。赫德因而說詞語即是用來標識我的思想，並以之把思想傳達給他人的符號性工具。但正如Liebrucks所說的，從哈曼的語言觀來看：「上帝並不是用在事物旁邊的語言來言說，而是祂的語言就是事物自身。」[60]而當上帝將亞當帶到各種生物之前，聽他如何稱呼這些生物就給他們名

58　Ibid., 27.

59　Josef Simon（Hg.）, *Johann Georg Hamann—Schriften zur Sprache*（Frankfurt am Main: Suhrkamp Verlag, 1967）, 40.

60　Liebrucks, *Sprache und Bewusstsein*, Bd. 1, 321.

字時，這也不是亞當任意的命名，而是惟有「亞當的眼睛對於上帝的語言作為自然仍然保持著開放」，那麼「亞當所見、所聽與所碰觸的才都是詞語」。[61] 可見，在 Liebrucks 的解釋中，亞當之所以能以自己的命名稱呼萬物，而做出他對世界的經驗認知與詮釋性理解，這顯然必須以上帝與人的形象同一性原則為基礎，我們才能根據人類得自於上帝的語言性結構，而正確地理解同具語言性結構的存在事物，否則詞語就不可能具有可被共同承認的語意普遍性與存在指涉的客觀性。基於這種觀點，哈曼才會說他的神人同形同性論原則：「是我們所有認知的基本原則與主要關鍵」。從哈曼的觀點來看，赫德以亞當命名事物為典範的語言人類起源論，事實上是遺忘了亞當與各種事物都是上帝依詞語所造的根源性事實。

　　這些引述聖經的神學討論背後，其實更存在著哈曼對於語言本質的兩個重要洞見：（1）根源性語言的世界開顯性，不同於人為約定的語言工具性。詞語不只是作為用來標識事物或傳達思想的媒介而已，詞語本身就是使存有自身能自我開顯的根源性事實；（2）人類認知最根源的模式，並不是絕對主體之自發性的積極建構，而是有限的自我，對於透過詞語而啟示的存有自身之自我開顯，能保持開放與無蔽的接受性。

　　先針對（1）來說，就上述在〈騎士遺言〉的兩段引文中可見，如果說上帝是以詞語創造世界，那麼上帝既然沒有缺乏，因而上帝以詞語創造事物，必不是以祂自身之外的東西來創造。而是透過祂的詞語，使祂自身的真實存有開顯成我們可以經驗到的事物。就詞語的世界開顯性而言，我們因而可以說：在一方面，

61　Ibid., 325.

詞語即是存有本身作為存有物之真實性的當下開顯；就另一方面來說，詞語本身即是上帝觀念的超越性與存在物之經驗實在性的直接統一。以此為基礎，哈曼因而可以說：「每個自然的現象都是詞語——亦即每個現象都是上帝的能力與理念之新的、祕密的、未被明說出來的，因而也就更具有內在的統一性、傳達性與共同性的記號、意義圖像與憑證。」這也等於說，對於哈曼而言，詞語是使存有自身能在世界中真實地自我開顯的「根源性事實」（Urfaktum）。Metzke即對此做了很好的闡釋，他說：

> 　　就哈曼而言，超越性透過（聖經）的「詞語」降臨到人類當前的生命中，使人新生。超越性因而即是在詞語中感性而直接地呈現在當前。那些理性（ratio）所必然無法掌握的東西，在詞語中卻是既與的事實或事件，此即：超越性之活生生的體現。每一次與詞語的相遭遇，都是在重新體驗那些對存在具有規定性力量之超越內涵的直接感性既與性。對於哈曼而言，這並非只是呈現在心靈之內的發生事件，而是詞語同時就是世界實在性之無蔽地在其真實存有中的開顯（das Wort ist ihm zugleich die Enthüllung der Weltwirklichkeit in ihrem wahren Sein）。詞語是光，它照亮幽暗而使我們能看見事物［……］詞語即是同具感性與非感性成分之具體真實性的整體，在所有反思與抽象的此岸世界中的啟示、開顯、朗照與真正呈現。所有存有的真理，其本源性地現前，即發生在詞語中。[62]

---

62 Metzke, *J. G. Hamanns Stellung in der Philosophie des 18. Jahrhunderts*, 244.

　　由此可見，哈曼在他的語言上帝起源論中，雖然是以神學的觀點，來表達他對《聖經·創世記》語言觀的理解。但事實上，哈曼同時也透過這些語言哲學的說明，闡釋了在聖經語言觀中的合理性成分。如同他在致 Lindner 的信中就已經提到，我們的思維必須能將詞語掌握為上帝超越的創造，而不是人為約定的任意符號，那麼才不至於貶低了人類的思維能力。對此，赫德雖然透過在反思覺識中同時進行的區分音節活動，說明了我們能透過命名的方式，使對象的存在呈顯出來，而論證了所有的存在物都必須內在地包含我們人類的語言性結構，它才能成為一個我們能有意義地加以經驗或認知的對象。但赫德在此顯然還是先得有一個實在論的預設，亦即先有事物的存在，以至於我們能從傾聽它的發聲或我們對它產生自然的回應之後，再透過音節區分的方式，確定我們能用來界定代表這個對象的語意內涵之表象特徵，以使我們因而能將詞語視為是標識我們的思想與傳達給他人理解的工具。透過這種在獨我論的內在心靈中所發明的詞語，將導致我們對世界的理解仍是主觀的，而無法真正解釋我們對於客觀世界的真實認知基礎。

　　其次就（2）而言，Simon 曾對「所有自然現象都是詞語」這一句話做出如下的解釋：「按照哈曼的觀點，不僅是人，而是連世界作為人類行動與發明的劇場，都一開始就是具有語言性的。如果認為只有人才有語言性，那麼就會把人孤離於世界之外，並將認知化約成只是一個被發明的語言的模態表象〔……〕結果語言起源的問題將被化約成形上學世界觀的問題。」[63]可見就哈曼而言，如果赫德的語言人類起源論是要論證：人類思想的符號中介

63　Simon（Hg.）, *Johann Georg Hamann—Schriften zur Sprache*, 44.

性是無法避免的，或者說，不存在著前語言的表象的話，那麼我們就不能再因為有主體—意識—獨我論之二元論哲學觀的殘留，而主張經驗的認知或事物的命名，都是由一個具思考與感覺能力的主體，去表象或命名對立在我們眼前的客體對象。而是必須理解，其實存有者之為存有者，就是一種透過語詞的啟示而開顯存有本身之真實性存在的過程。我們日常所見的現象世界，無一是赤裸裸的自然，而是在原則上都能用語言加以表達的事物。因而我們對現象的認知，既然都必須使用具語意普遍性的詞語來加以言說或表達，那麼就「所有自然現象都是詞語」而言，所有的存有物就都先天地具有能為我們所理解的語言結構性。

換言之，在對我們有意義可言的世界中，凡能用詞語表達者，即已經是所有我們能認知與經驗到根源性事實。而所謂的認知或經驗，即指能對此透過語言而開顯自身的根源性事實，保持無蔽的開放性。或者說，所謂的感性直觀，或感性的接受性，其實就是對詞語的啟示保持開放性的接受。否則，無論經由康德的《純粹理性批判》或赫德的《論語言的起源》中的表象建構理論，我們所能掌握的將都只是對人而言的現象，這始終無法超越知識的主觀性，因而也無法保證能認知實在的真理性。由此可見，所謂詞語即是存有自身作為存有物之真實性的開顯，以及認知即是開放而無蔽地接受詞語的啟示，不必訴諸聖經的宗教權威，也無需做邏各斯的玄思，而是單單從思考的符號中介性這個語言使用的事實，即可以做出合理的論證。

（二）哈曼對於語言的人類起源論的批判

哈曼在重構語言的上帝起源論之後，即緊接著在〈補充〉與〈語文學的想法〉這兩部分的論文中，展開對赫德「語言人類起

源論」的批判。赫德雖然批判當時代的孔狄亞克與盧梭的語言動物起源論，但他為了說明語音是語言之情感表達功能的基礎，還是在他的《論語言的起源》一開始就說，在人還是動物的時候就有了語言。他稍後為了區分人類的符號性語言與動物的信號語言之間的不同，才進一步強調，在人類出現後一切情形都改變了。但這就哈曼來看，赫德顯然還在動物起源論與人類起源論之間遊移不定，因而最終仍未脫啟蒙時期自然主義的影響。哈曼深刻地理解到，赫德的語言起源論最終仍然無法跳脫持語言工具觀的動物起源論之局限，原因即在於：赫德一方面不能區分出根源性語言的世界開顯性與人為約定的語言工具性之間的不同，另一方面則在於，赫德為了說明人能發明語言，因而訴諸以「動物經濟學」為基礎的哲學人類學觀點，但他卻不能掌握語言的社群對話性基礎。哈曼因而在〈補充〉中針對動物起源論（1），而在〈語文學的想法〉中針對赫德語言人類起源論的哲學人類學預設，展開他對赫德的批判（2），最後並基於詞語的啟示與傳統所具有的超越性與普遍性，而形成他自己的先驗語言學構想（3）。

1. 語言之創造與應用能力的區分

　　哈曼在〈補充〉一文中，對語言的動物起源論提出他的批判。啟蒙時期盛行語言的動物起源論，這是因為在啟蒙運動對於神聖的宗教權威採取強烈的批判立場之後，如果我們不能就此接受法國百科全書派直接承認人就是機器的唯物主義立場，那麼採取一種實用主義式的知識自然化解釋，就成了比較合理而可接受的中間立場。語言的動物起源論訴諸人類為了生存合作上的需求，而人為地發明了語言以適應自然環境的挑戰。透過約定的語言，我們因而能共同溝通合作，以滿足生存上的合作需求。凡能使我們

透過需求的滿足而達到實踐上有效的確信，那麼它就足以同時確立我們認知世界之客觀性的基礎。哈曼非常敏銳地批判了這種流行於當時的實用主義式的自然主義觀點，他指出這種觀點隱含了在語言哲學的研究領域中，對於人類具有語言創造能力與人類具有應用語言能力之間的混淆。人能透過約定的方式「發明」詞語來命名對象，這預設人類必須已經有了語言能力與語言系統的存在。但對於人類如何「發明」他做任何思考與約定都必先預設的這一套日常語言，啟蒙運動的語言動物起源論者對此卻經常略而不談，結果反而相對地助長了過份簡單化的語言上帝起源論的產生。

　　哈曼非常有洞見地看出，啟蒙運動之語言哲學思考方向的根本限制在於：他們都認為可以理所當然地主張，應以人類習以為常的經驗思維方式，來理解人類先驗的思維方式。啟蒙運動要求以「常識」這個「健全的人類知性」出發，事實上正是建基在這種未經批判的獨斷前提之上。康德在《未來形上學序論》中，雖然宣稱啟蒙是理性批判的年代，一切都得經受理性的檢驗。但他自己透過「先驗推證」，試圖從經驗的事實反推先驗的可能性條件的「純粹理性批判」之事業，卻仍不脫啟蒙運動以「健全的人類知性」作為不需批判檢驗之出發點的獨斷前提。[64]哈曼因而一開始就先對語言動物起源論的推論模式進行分析，他說：「就我的理解而言，語言起源的課題所產生出來的問題是：『最初、最古老或最根源性的語言，是否如同至今仍在發生的語言繁衍方式，傳達給人們？』」[65]哈曼說這樣的提問方式看起來是理所當然的，

64　請參見Metzke對此的批評：Metzke, J. G. Hamanns Stellung in der Philosophie des 18. Jahrhunderts, 159f。

65　Hamann, "Zwo Recensionen nebst einer Beylage, betreffend den Ursprung der Sprache," 20.

因為：「如果一種現象的起源與自然的習常運作過程不是同樣的，那麼還有什麼協助工具，可以幫我們理解這個現象的起源的概念，或者使那樣的研究走向正確的軌道，又如何可能呢？如果沒有相似性的線索，那麼我們將疲累於無盡的欺騙，而對於出路始終都沒有研究。沒有羅盤怎能決定或指出我們研究的道路。」[66] 哈曼也非常了解，啟蒙運動的自然主義哲學家，對於語言本質的理解，主要是嘗試透過人與動物在語言使用上的原則性差異，以透過對人類語言性的本質分析，來取代對於語言起源的時間點研究。就像赫德也一樣主張，語言起源論只能就「動物經濟學」的方式來思考，亦即只能就哲學人類學觀點來說明，人是在什麼必要的需求之下，才使人類一開始雖然無別於動物，但卻能因其語言的發明，而自此創造出有別於動物的文化世界。以借助此種對於自然本能之「需求—滿足」的「動物經濟學」模式，來說明語言在人類的本性中，必然會產生出來的自然根據。

　　然而對於哈曼來說，語言動物起源論的論證方式，既然主要是基於自然主義的哲學人類學觀點，以說明語言與思想的經驗發生過程。他們因而就只能依現在人類有別於動物之語言使用的方式，來回溯在人類本性中的語言性，以作為我們理解人能夠發明語言的人類學條件或人性基礎。但這種思考方式由於一開始就預設：「最初、最古老的根源性語言，被傳授給人的方式，完全無異於它現實、日常的運作過程」，因而語言起源論的研究方向就被局限於追問：「當前語言的傳達是經由何種途徑而發生的。」這也就是說，由於人類當前應用語言的方式之所以不同於動物，就在於我們人類是以語言作為標識與傳達思想的符號性工具，因而

66　Ibid., 20.

只要我們能分析出人類是透過什麼樣的經驗發生過程，而能將他們約定發明的詞語當作符號性的工具來加以使用，那麼對於這種應用符號的語言能力加以分析，即足以作為闡釋人之為人之思想運作方式的基礎，並因而得以對語言起源的問題，提出充足的說明。在這種思路線索下，哈曼認為當時啟蒙運動的哲學家，雖然有各種不同的語言動物起源論的解釋，但其實可以把他們分成三種主要的路線。亦即他們分別主張，我們可以經由：本能的途徑、發明的途徑或教導的途徑，來說明我們如何能從人類當前應用語言的方式，論證人類能夠創造語言的能力基礎。在這三種可能的解釋中，哈曼認為動物起源論首先必須排除前兩條途徑的可能性，因為就像天生聾啞即無法學會使用語言，而語言的約定發明必須先預設我們已經有語言，因而就經驗發生的角度來看，使我們能夠具有應用語言的能力，必不能僅來自於天生的本能或自己的發明，而是必須先預設它是來自於他人傳授的教導，我們才能在經驗的發生上學會如何使用語言。

　　語言動物起源論的問題因而進一步轉向於，那麼：「最初、最古老或最根源的語言，是經由何種教導而被傳達給人的呢？」[67]哈曼認為動物起源論可以先合理地排除來自於人類的教導與神祕的教導這兩種可能性，因為語言的起源若來自於人類的教導，那麼這將陷於循環論證，而若是訴諸於神祕的教導，則是「有歧義、不哲學、且不感性的」的論證，因為這顯然是一種獨斷的論證。因而合理地說，語言起源論的確最後只能訴諸於人在生活中的學習。人類僅是為了生活合作的需求，因而才必須做出詞語的約定，而發明了屬於人類自己的人為語言。哈曼分析了動物起源

---

67 Ibid., 21.

論的推論原則，但他最後則嘲諷這種理論，說它其實是把我們自己引以為傲的理性的大作，當成像是動物一般的盲目本能的進一步發展而已。他因而批評科學院以人能否憑藉其自然的能力而發明語言來作為徵文的題目，只是一種擾人清夢的假問題。而這再次凸顯哈曼在批判動物起源論的背後，顯然預設了他在〈試論科學院的提問〉中已經有的、以民族的自然思維方式作為語言創造能力的基礎，而不以我們在有了語言的符號系統之後，如何能夠加以應用的語言操作能力，來理解人類思想的語言性與人存在的語言性。這種看法其實已經預示了後來被洪堡特充分發揮的「語言不是成品，而是活動」的語言哲學觀點。

2. 人類的社群性與語言相互理解的可能性基礎

哈曼在〈語文學的想法〉這一部分，一眼就看出來，赫德在《論語言的起源》中說：「當人還是動物時就已經有語言了」，這是與亞里士多德在〈範疇篇〉中主張動物的叫聲還不能算是語言的說法唱反調。但赫德在此並不是要主張語言動物起源論的「摹聲說」，而是要強調語音對於語言之情感表達功能的重要性。赫德為了解釋人類的詞語作為能標識與傳達思想的符號性語言，與動物透過未區分音節的叫喊所發出的信號語言之間的不同，因而訴諸必須有反思覺識之思維活動介入的必要性，以解釋區分音節的詞語命名活動，即是建構表象之特徵認取的基礎。赫德的語言起源論因而如上所述，必須有一個以「動物經濟學」為基礎的哲學人類學構想。在這個構想中，赫德必須解釋人類何以不像動物會被其本能的技藝所決定，以至於其生活只能受限於特定的「環境」中。對於赫德的動物經濟學來說，人類正因其缺乏本能的規定，才反而能夠不受本能強迫，而得以自由面對他自己生活於其

中的「世界」。換言之，一旦我們能說明，人類是能依其自然的
能力而發明語言的話，那麼這即可反推出人與動物所具有的種類
與性質的本質差異，即在於人能具有不受本能限定的自由。這種
不受限制之去中心化的自由能力，對於赫德而言即是他透過語言
哲學的研究，而對「人是什麼？」這個哲學人類學的基本問題所
提出的回答。

　　哈曼對於赫德的語言人類起源論的批判，即從赫德語言哲學
這個最核心的人類學預設著手。他批評赫德的語言哲學最終是提
出一種對於「語言人類起源論的柏拉圖式論證」。哈曼的批判顯
然是針對赫德的語言哲學，仍然預設了人類的存在是基於知識論
或實踐哲學的獨我論觀點。在哈曼看來，詞語對於赫德而言，仍
係透過個人傾聽自然，而在人類內在心靈中建構出來的；另一方
面，人類之有別於動物也在於人具有不受限於身體本能而存在的
個人自由。但透過這種抽離於世界之獨我論存在的個人內在心靈
所自由發明的詞語，它如何能在人際溝通中具有語意的普遍性，
這就極難以說明了。哈曼因而認為在赫德對於語言起源論的解釋
中，存在兩個互相矛盾的論證：一方面是做出人不是動物的消極
論證，但另一方面卻是做出人是動物的積極論證。[68] 人與動物有別
的消極論證，原應是赫德的主要論證，亦即他必須透過人與動物
的本質不同之處，才能分析出人類本質的語言性所在。但赫德卻
錯誤的指出，他的哲學人類學考慮仍是一種動物經濟學的積極論
證。亦即他仍是從人類生存需求的策略性目的，來說明人類的語
言性本質。對於哈曼來說，赫德的語言人類起源論因而仍只是一

68　Hamann, "Philologische Einfälle und Zweifel über eine akademische Preisschrift,"
　　43.

種持語言工具觀的動物起源論。[69]

Dickson在此即曾正確地指出：「哈曼不能完全同意赫德觀點的地方在於：赫德一則對於人類的本性或能力抱持太過於得意洋洋的概念；再者，無視於赫德對於語言之社會本性的強調，以及他在（《論語言的起源》）第二卷中所給予的重要性，發明語言的最初活動，仍是由獨立於任何其他人而工作的獨我式個人所踐履表現的。這樣太高估了個人，而太低估了人類的社會性」。[70]與赫德對於語言的人類起源論採取柏拉圖式的論證相反，哈曼則要為他的語言的上帝起源論建構一個亞里士多德式的社群性基礎。哈曼依亞里士多德的觀點主張，人與動物的區別並非在生物學或本質定義上的不同，而是在人作為政治動物的「生活方式」（Lebensart）上的不同。哈曼因而說：「人類不僅在生命方面與動物相同，他們之間的身體組織或運作機制也或多或少（亦即按發展階段來說）是相似的。人〔與動物〕的主要差異，因而必然是與生活方式的不同有關。」[71]對於人與動物有別的生活方式，哈曼則接著又說：「我認為我們人類本性的真正特性，即在於作為政治的動物所具有的『判決』（richterlich）與『審議』（obrigkeitlich）的尊榮地位。」[72]

對於哈曼在此的說法，Dickson提出解釋說：哈曼認為人性

---

69 如同Simon所說的：「相對於哈曼的立場來說，如果語言必須被發明，是為了使人類能在自然中作為人類而存在，那麼這就還是工具主義的思考。」參見 Simon（Hg.）, *Johann Georg Hamann—Schriften zur Sprache*, 44。

70 Dickson, *Johann Georg Hamann's Relational Metacriticism*, 162.

71 Hamann, "Philologische Einfälle und Zweifel über eine akademische Preisschrift," 37.

72 Ibid., 37.

的特色在於人作為政治動物所擁有的判決與審議的職權。[73]這表示
人類特性既不能在生物學、也不能在某種預設的內在能力的本質
（如理性）中尋找，而應在生活形式中尋找。哈曼就此得以避免
當時盛行但彼此對立的機械論化約主義與智性主義的觀點，因為
他並不爭論何種特性才是人類的本質，而是根本轉向追問：人如
何真實地生活。[74]哈曼所謂的「判決」，並不像亞里士多德所強調
的那麼具有法學的意義，而是指在知識論中判斷真假的工作。再
者，對於哈曼而言，知識論就其最終的目的而言，也具有在倫理
學中判斷善惡對錯的意義。這種能力一半來自於天性，一半來自
於學習。這與知性運作的雙重來源與模式，亦即啟示與傳統有
關。因為能批判地思考即基於上帝賦予的直觀能力與教導我們的
人的認可。而「審議」的能力則指，我們必須能管理自己的認識
論或倫理學的責任。人最內在的本質因而是自由。但哈曼的自由
觀與赫德不同，赫德只強調自由是獨立於本能之外，但哈曼認為
自由不只是特定的能力，也是一種「共和主義的權能」，亦即自
由意味人是自己的立法者，人並具有共同治理生活的能力。

　　哈曼強調人類作為政治動物的社群性，對於解釋語言起源的
問題具有關鍵的重要性。這很顯然是因為哈曼想要強調，語言的
發明必然是在人類互動的領域中才有可能發生的。一旦在人類的
共和國生活方式中，惟有透過對於知識真假與道德對錯的判斷，
我們才因而對人類社群共同生活所需的世界解釋與行動規範的建

---

73 哈曼說：「意識、注意力與抽象能力，甚至道德良心，似乎大部分都屬於我
　　們的自由能力。但屬於自由的不僅是不受規定的能力，更應是包括每一個人
　　能共同參與決定他們自己的共和主義特權。這些條件對於人而言是無可迴避
　　的。」Ibid., 38。

74 Dickson, *Johann Georg Hamann's Relational Metacriticism*, 220-229.

構，具有能夠負責任的自由能力。那麼我們甚至可以說，對於哈曼此處的觀點而言，語言基本上是使人類的社會性互動成為可能的先天條件。因為在此，對於真假與對錯的判決與審議，同樣得透過人我相互之間的語言溝通才能得到確立。我們只能在人類社群生活的溝通互動中，才能對語言的本質做出正確的分析。因為在此詞語才不再只是工具或媒介，而是能建構人類互動關係之意義理解的基礎。對此 Metzke 就曾非常精闢地指出過：「在使用詞語的同時，我即意識到我自己是眾人中的一個人，詞語不僅將我們引領到一般而言的人際領域中，它更透過為我們開啟人格的向度，而使我們最終能徹底地超克所有事物性與實體性的範疇。詞語絕非只是一項具有意義之發聲組構物的自在存在而已，詞語惟有處於動態的人際關係中，亦即詞語惟有存在於人際之間的言談與回應、說與聽、訴求與聽從之間，才是真實而有作用的。[……]對於哈曼而言，詞語與語言因而基本上不是發散出去（emanation），而是一種關聯作用（relatio）。它是處於人際之間的基本關係，在其中你展現出你自己，並與我相互面對。」[75]

哈曼試圖在人際互動的層次中，來探討使用語言的可能性條件。這使得哈曼終於能夠說明，他早年在〈試論科學院的提問〉中所主張的：「語言的目的即是作為傳達我們的思想與理解他人思想的媒介」。而 Beiser 對此也曾特別強調說：

> 哈曼的亞里士多德式的人類學是他的社會與歷史的語言觀的基礎。哈曼主張如果我們不能理解語言是溝通的媒介，那麼我們就完全不能理解語言。語言正如其他所有人類重要的

---

75 Metzke, *J. G. Hamanns Stellung in der Philosophie des 18. Jahrhunderts*, 251.

創造物，必須在它的社會與歷史的脈絡中被加以理解；語言
並非是分離的個人，而是整個民族的產物。語言若非是體現
於詞語中的言語習慣與文化傳統，那麼語言又能是什麼呢？
語言是一個民族具有特性的思維方式的貯藏所，它形塑了民
族的思想，並反過來受民族的形塑。包含在〈語文學的想法
與懷疑〉這一篇論文前幾頁之中的「人類學簡論」
（Anthropologie in nuce），具有巨大的歷史意義。他是最早對
啟蒙時期的個人主義人類學所提出的反動，而且也是對自由
與理性持社會與歷史性概念的開端，而這正是在後康德哲學
中最具主導性的觀點。[76]

3. 啟示與傳統的先驗語言學優位性

前面我們指出，哈曼強調人類的社群性，是為了最終能回答
他自己在早年所提出的：「語言的目的即是作為傳達我們的思想
與理解他人思想的媒介」的觀點，但這似乎很容易被誤解成，哈
曼最終仍是從語言的上帝起源論回歸到語言是為了溝通的目的而
被發明出來的語言人類起源論（甚或動物起源論）。我們在此顯
然先要做一個必要的區分。哈曼強調以人類的社群性作為解釋語
言起源的哲學人類學基礎，並不是要說明語言溝通是為了人類生
存的實用目的，而是為了建構使人類能夠治理共和國之生活方式
所需的行動意義之相互理解的基礎。然而，溝通如果不是為了工
具—策略性的生存合作目的，而是為了相互理解的目的，那麼這
種在人我溝通中相互理解可能性，即必須預設語意的普遍性與詞
語指涉的對象世界之客觀共同性等基本溝通條件。詞語必須具有

---

76 Beiser, *The Fate of Reason—German Philosophy from Kant to Fichte*, 140.

語意的跨主體普遍性，而具語言符號結構性的外在世界必須具有客觀共同性，這些基本的預設是我們在使用語言進行溝通所必須預設的先驗條件。[77]若沒有這些先驗的條件，那麼我們要以語言進行溝通，就將是不可能的。我們甚至可以說，除非這些預設的先驗條件存在，否則就連我們想開口說話，也將是啞口而無言。在溝通中，誰能說他自己與別人都不懂的話呢？

　　可見，從語言作為人我互動之意義理解的可能性條件來看，當哈曼主張：「語言的目的即是作為傳達我們的思想與理解他人思想的媒介」，那麼語言哲學的研究方向，即應在於：如果我們要能找出符合在這種意義上的語言之本質，就得分析人類在什麼樣的「生活方式」中，才同時能夠為這些使語言溝通的意義理解成可能的先驗條件建立基礎。換言之，惟有說明什麼樣的語言溝通規則，才能建構出使人在社群生活中，能自主地享有作為具有共同判決與審議之共和國權利的生活方式，那麼這些溝通規則的運用才是語言的真正本質所在（或是人類真正的思想文法所在）。而人類真正的語言性，或人類思想與理性的語言性，也應是按這種能使人我互動之意義理解的共識溝通過程成為可能的先驗基礎，來加以分析。（而不是如上述在動物起源論中，僅在語言工具觀的模式下，以能滿足生存需求的策略性目的，來分析語言與理性在經驗發生中的本性。）在此詞語的跨主體普遍性與世界的客觀真實性，並不是我個人發明或建構的，而是我們在使用

77　這正如哈曼在1787年4月23日曾寫信告訴Jacobi說：「真理必須從大地中被挖掘出來，而不能只從像空氣一般的人為詞語中創造出來。然而真理也必須經由最高理念與先驗理解之類的能力，才能把它從世界或地底帶入光明中。」參見 Hamann, *Briefwechsel*, Bd. 7, 159。

語言進行溝通時必須預設的先驗條件。

　　哈曼因而說這種超個人的普遍性與客觀性，即基於我們必須在語言接受性的前提下，才能確立與獲得的啟示與傳統。因為啟示無非是指：事物的真實存在對於我們的直觀之直接而無蔽地自我開顯，是我們只能透過對於詞語的開放性接受，才能夠正確地加以把握。而傳統無非是指：對於在歷史中先在的跨主體性世界解釋或行動規範，即是社群成員在過去世代中的知性勞作所共同達致的成果。而一旦我們想要言說與溝通，那麼我們就別無其他選擇，我們只能接受「既與的詞語」的「傳統與用法」，否則我們根本就無法與任何人言談。詞語因而必然來自於啟示與傳統，這使得哈曼最後得以主張，啟示與傳統具有先驗語言學的優位性。因為一旦語言即為理性，而詞語又係來自於啟示與傳統，那麼它就是所有思考與理性機能的可能性條件。只有接受詞語的啟示與傳統，我們才能回答「思想的機能如何可能？」的問題，而這個問題正是哈曼認為康德略而未答的哲學最根本的問題。哈曼因而在最後說：「我們的理性的精力（stamina）與月經（menstrua），正確地加以理解，即是啟示與傳統。我們接受他們作為我們的財產，並將之轉換成我們的汁液與能量。由此我們逐步成長的使命，即在於啟示與傳承人作為政治動物的批判與執政的尊榮地位。」[78]

四、哈曼的語文學言說主義之意義與局限

　　透過上述哈曼對於赫德著作的批判，我們即可理解：哈曼在他的康德批判中，之所以擔憂康德將知性與感性二分，將會造成

---

[78] Hamann, "Philologische Einfälle und Zweifel über eine akademische Preisschrift," 39.

人類理性之共同根源的枯萎，即因為哈曼在人類的語言性中，發現到惟有透過語言的啟示與傳統，人才能持續保有他的超越性與社群性。一旦我們不再對存有透過詞語而開顯自身保持開放的接受性，而試圖以人類自我的主體性去建構現象世界，那麼我們就將從此脫離對具體真實世界的理解，並離棄了與他人共在的生活世界。哈曼在康德批判中指出康德沒有回答「思想的機能如何可能？」的問題，現在我們也看出來，這是因為哈曼認為如果存在思想的符號中介性的話，那麼語言的接受性與概念的自發性，才是比康德所謂的感性的受納性與知性的自發性更為根源的人類認知機能。從哈曼的先驗語言學來看，康德的感性論顯然還是太感覺經驗主義了，而康德的邏輯學則又太理性觀念論了。由於經驗主義與理性主義的對立，並沒有真正在純粹理性批判的構想中得到解決，康德才會產生物自身與先驗統覺這兩個不可知的預設，以及極難以解決的綜合知性與感性的圖式程序論問題。然而在先驗語言學中，透過詞語的啟示與傳統，卻即足以說明我們如何透過語言的接受性，而能受納在詞語中開顯自身的根源性事實；以及如何透過概念的自發性，而能掌握到包含在詞語傳統用法中之超個人主觀的語意普遍性。哈曼至此即得以透過他基於詞語之啟示的超越性與傳統的普遍性而形成的先驗語言學構想，轉化在康德《純粹理性批判》中的先驗哲學構想，而建立起他自己所謂的「言說主義」（Verbalismus）的語言哲學。底下我們因而需要再說明，哈曼透過他對赫德與康德的批判所建立起來的「語文學言說主義」之意義與局限性何在。

（一）哈曼的語文學言說主義之意義

我們在上文中指出，哈曼透過強調語言與理性是來自於詞語

的啟示與傳統，而得以在他的語言哲學中，賦予了一般所謂的感
性與知性完全不同的定義。就哈曼而言，既然所有的經驗認知過
程都必須基於對詞語的接受與學習，那麼具有語言性的人類，其
感性與知性能力的運作，首先就必須預設事物之存有能透過詞語
而開顯啟示，以及我們必須先理解語言透過傳統所已經先行規定
的用法。所有個人的認知活動都有一個根本性的接受性，因為認
知即是一種學習的過程，他必須學會接受啟示與傳統。但語言的
先天性也同時顯示，所有認知的可能性都基於民族整體的思維方
式在交互主體的對話溝通中的精神創造性，而這即是基於哈曼在
此所謂的「概念的自發性」。我們至此因而可以進一步解釋，哈
曼在他對康德的後設批判中，所提到的概念自發性的涵義。哈曼
所謂的概念自發性，並不是指康德在《純粹理性批判》中的「知
性自發性」。康德所謂的知性自發性，是先驗統覺在對象認知過
程中，透過他自身本有的純粹概念（範疇），進行綜合統一的表
象建構活動。然而對於哈曼而言，如果理性就是語言，或者說思
考的符號中介性是無可避免的，那麼我們只能接受語言在思想中
的先在性。而這同時表示，詞語的語意內容代表人類過去世代共
同的知性勞作成果（或即在此所謂的傳統）。Simon 就此解釋說：
「對於哈曼而言（如同稍後的黑格爾一樣），理性基本上是歷史性
的。因而即使是接受性的理性，以及對他而言那些未受壓迫的感
性，都已經是創造性的。康德主要視感性與知性為知識之分離的
根源，而哈曼則是從傳統或人類的見證出發，在其中就如同在既
與之中，這即已經反映了過去世代的知性勞作。」[79]

　　在此我們因而可以明確地指出，語言的接受性與概念的自發

79　Simon（Hg.）, *Johann Georg Hamann—Schriften zur Sprache*, 49.

性，才是康德所謂的感性受納性與知性自發性的可能性基礎。[80] 且
由於在語言的接受性與概念的自發性之中，並沒有兩種能力的割
離，而是我們每一次的言說都是以語言天賦的溝通資質進行創造
性的活動，並以歷史社群的語言習俗用法來正確地使用語言。哈
曼因而說：「即使我們假定人來到這個世界，像是一罐空瓶子，
但這種缺乏卻使得他因而能經由經驗而享用自然，並經由傳統而
使他成為其族類之同共體〔中的一員〕，而變得更有能力。我們
的理性因而是來源於『感性的啟示』（sinnliche Offenbarung）與
『人類的見證』（menschliche Zeugnisse）這雙重課程的教導。」[81] 相
對於康德把知性與感性視為是彼此分離的認知能力，對於哈曼而
言，在作為溝通中相互理解之可能性基礎的啟示與傳統，不僅不
是互相區分的，而是惟有互相預設才能達成語言「作為傳達我們
的思想與理解他人思想的媒介」之內在的目的。

　　哈曼最終因而一方面說，他能以「語言的聖禮」（Sacrament
der Sprache）[82] 來取代康德的先驗哲學，而完成他的後設批判。他
更能因而建立一種「以詞語取代存有」[83] 的「言說主義」或「對話
主義」（Dialogismus）。[84] 這是因為一旦哈曼能以語言的接受性與

---

80 哈曼在 1784 年 11 月 14 日也曾寫信告訴 Jacobi 說：「按照我的後設批判
　　〔……〕經驗與啟示是同一回事，如果我們的理性不應癱坐或爬行，那麼它們
　　就是理性不可或缺的雙翼與柺杖。而感官與歷史是其基礎與地基。」Hamann,
　　Briefwechsel, Bd. 5, 265.

81 Hamann, "Philologische Einfälle und Zweifel über eine akademische Preisschrift," 39.

82 Hamann, "Mekakritik über den Purismum der Vernunft," 289.

83 哈曼在 1787 年 4 月 29 日即曾寫信告訴 Jacobi 說：「你所說的存有，我寧可稱
　　之為詞語。」Hamann, *Briefwechsel*, Bd. 7, 175.

84 參見哈曼在 1787 年 4 月 23 日致 Jacobi 的信中所說的：「此種新的『對話主義』
　　（Dialogismus）必須非常不同地被形塑出來。」Hamann, *Briefwechsel*, Bd. 7, 159.

傳統的歷史見證作為人類之感性與知性能力運作的基礎，那麼這就如同Metzke所做的解釋：

> 存有本身在詞語中，作為詞語而對我們言說［……］所有的世界認知與世界理解因而必定是對於詞語的聽與讀。這意味著近代哲學的轉向：亦即它的第一原則不再以數學的自然科學作為根本方針。哈曼以「語文學」（Philologie）取代科學的地位，自然知識的對象因而也是「文本」或「書」——但這並非是以數學符號所寫成的。自然與歷史都可說是上帝詞語的注釋書，哈曼因而能說〔他的理論是〕一種以詞語取代存有的「言說主義」。[85]

可見，哈曼以語言批判取代康德的理性批判，最終即是將哲學轉型為持言說主義的語文學。[86]直到晚年，哈曼在1787年4月27日寫信給Jacobi時，都還一再強調說：「我透過理性的語言原則（Sprachprincipium der Vernunft），與路德一樣都想使整個哲學變成語文學。」[87]這用我們現在的理論語言，即可以重新表達成：哈

---

85 Metzke, *J. G. Hamanns Stellung in der Philosophie des 18. Jahrhunderts*, 244-245.

86 哈曼在1785年10月29日也曾寫信告訴Jacobi說：「就我所見，史賓諾莎對於數學形式的迷信，真是一種假象與很不哲學的把戲。透過倫理學第一卷開頭的十五條闡釋與基本原則的研究，他就以為能擊倒所有人。這些細砂根本連一座紙糊的建築也撐不起來。還願的匾額應在於：在語文學與哲學的情書中，對於語言與理性的純粹主義進行後設批判［……］我完全同意赫德，我們的整個理性與哲學都來自於傳統與習俗［……］我所討論的不是物理學或神學，而是語言。語言是理性與啟示之母，是它們的 A 與 Ω」。Hamann, *Briefwechsel*, Bd. 6, 107-108.

87 Hamann, *Briefwechsel*, Bd. 7, 169.

曼的語言哲學試圖透過強調詞語具有使存有自身開顯的啟示功能，以及詞語具有見證人類共同的知性勞作的傳統功能，而能建立以語言的接受性為前提的先驗詮釋學理論，以及以概念的自發性為基礎的先驗語用學理論。透過理性即語言、且語言只能來自於啟示與傳統的觀點，哈曼因而得以透過研究語言作為人類天賦的自然思維方式的語文學理論，一方面在語言學上取代文法學的研究，另一方面則可以在哲學上取代對純粹理性的形式思維邏輯的研究，而獨立開創出一條凸顯以語言具有能開顯世界的詮釋學功能，與語言具有能建構人際互動關係的語用學功能的先驗語言學研究方向。[88]

（二）哈曼的語文學言說主義之局限

在上述的討論中，哈曼雖然能從詞語的啟示與傳統，來說明語言所具有的感性與知性邏輯的功能。以證成他主張應以「語言

---

[88] 從我們現在的觀點來看，哈曼的先驗語言哲學究竟是語用學理論或是詮釋學理論，這當然還是一個可以爭議的問題。但我認為哈曼至少在意圖上，是試圖把這兩者結合在一起的。像是Heintel與Liebrucks這些語言哲學家早期也都是嘗試用語言的先驗辯證論的觀點，來指出在哈曼的康德批判中，存在著語言能力既是先天普遍的，但又必然是受語言社群的歷史脈絡限制的特殊矛盾性。例如受到阿佩爾觀點影響的Heintel就曾分析說，康德與哈曼之間的關係最能凸顯語言哲學的先驗辯證立場，這個立場涉及所有反思的語言性，所有對象性的世界意識的語言先天性，以及人的在世存有。語言先天性的問題，特別涉及到基本哲學的預設問題。但先驗的語言哲學也會面臨一特別的困難，即所有的語言先天性只能真實地存在於特定的語言中。人類的語言性因而必是先驗的，但對於語言的先天性與特定的歷史語言之間的統一，這即是先驗的語言哲學必須辯證地加以處理的。參見 Heintel, *Einführung in die Sprachphilosophie*, 127。

的接受性」與「概念的自發性」來為康德所主張的「理性純粹性」進行奠基性的「後設批判」，以開啟先驗哲學之語言學轉化的工作。但他所留下來的難題仍然不少。哈曼主張「語言即是理性」，但在這個主張中，基於傳統與用法而成立的語言，作為我們關於對象性的世界意識的先驗基礎，卻同時具有「後天的必然性」與「先天的偶然性」這兩種康德所無法想像的知識性質。語言具有後天的必然性，是因為語言既是我們所有對象性的世界意識的符號性中介條件，那麼它們就是先於我們的認知而被給予的。語言的傳統與用法雖然是在後天中形成的，但它對個人而言卻具有歷史的先在性，它的規定性是我們個人在言說時，必須無條件加以遵守的。語言對於我們的世界理解與言說溝通而言，因而具有後天的必然性。語言的後天必然，即是哈曼主張詞語係來自於傳統，所必然涵蘊的意思。在另一方面，從各個民族（或甚或每個人的言說表達）的語言差異性，即可以同時看出來，我們基於傳統與用法所接受的語言（母語），作為規範了我們理解世界之前理解的整體意義結構，本身具有一種先天的偶然性。因為我們根本就無法追問為何它的表達形式是這樣子，而不是別種樣子的。個別語言的差異既然是一個不容否認的事實，那麼個別語言的先天性，其實只能是一種先天的偶然性。可見，語言的先天偶然性，正是哈曼主張詞語係來自於啟示，所必然涵蘊的意思。哈曼因而說：「眾所周知，詞語的意義與規定是源自於，將同時既是先天任意，又是後天必然的、不可或缺的詞語記號，與對象的直觀聯繫在一起。」[89]

　　當哈曼發現到語言具有「後天的必然性」與「先天的偶然

---

[89] Hamann, "Mekakritik über den Purismum der Vernunft," 288.

性」，而他又將語言視為是理性時，那麼以語言的接受性作為理性純粹性的後設批判，即同時是一方面把語言提升到具「準先驗性」的地位，但在另一方面卻也使得理性遭到「去先驗化」的命運。哈曼在其後設批判中主張「語言即是理性」，這即是同時主張「語言的準先驗性」與「理性的去先驗性」。就此而言，在他主張語言具有感性與邏輯的功能，並因而能為康德的先驗哲學奠定語言哲學的基礎時，它就把語言哲學的「詮釋學向度」與「語用學向度」之間的緊張關係，帶入了他自己也未能解決的對立中。哈曼主張語言具有感性論的功能，或詞語具有經驗的實在性，是就所有對象的認知都必須透過詞語的符號性中介而被給予所言的，在這種語言作為世界理解之前結構的詮釋學向度中，所有的認知的必然性都會因為語言的傳統與用法的後天性，而無法具有真正的普遍性。在這個意義下，透過語言作為前理解的意義結構，將會使我們的世界理解基本上都帶有「語言世界觀的相對性」；而在另一方面，哈曼所謂的語言具有邏輯學的功能，或詞語具有先驗的觀念性，是就語詞的語意內含在各種表達中都具有意義的同一性而言的，但這種語意的同一性如果是在以語言的接受性取代感覺主義的觸動模式，因而不再可能有真理符應論所預設的形上學實在論的基礎，那麼它的意義同一性就只能建立在「溝通的普遍可理解性」的語用學向度中，才能得到說明，然而這卻是哈曼僅訴諸於語言的傳統與用法所無法加以解釋的問題。

　　基於哈曼在此的困難，我們可以理解，哈曼對於康德《純粹理性批判》的書評以及他的〈理性純粹主義的後設批判〉，之所以未在他生前出版，顯然不能避重就輕地像許多學者那樣，認為哈曼只是考慮到他與康德的私人情誼，因而沒有公開發表他對康

德的批判。[90]更重要的因素或許在於，他自己也意識到，他在介於語言同時來自於啟示與傳統這兩方面的矛盾，並沒有真正地加以解決。因為啟示預設上帝所創造的事物具有內在的統一性與絕對的普遍性，然而詞語作為來自世代共同知性勞作的傳統，卻最多只能具有脈絡相對的普遍性。我們從哈曼晚年的書信中，也可以證實哈曼一直深受他無法解決這些問題的困擾。在他去世前一年的1787年4月23日，他在與Jacobi通信討論宗教問題的時候，仍然坦承說：「在你所謂的〔觀念論與實在論〕這兩端之間，我認為仍然缺乏一個我稱之為『言說主義』（Verbalismus）的中介。我的雙胞胎不是對立的兩端，而是同盟與近親。我將透過一種相對立的歷史與物理的實在論（亦即純粹理性的經驗），來反駁柏林基督教與路德教派的觀念論。更細緻地進一步發展〔這個觀點〕，對我來說是一個海克立斯大力士的工作，我雖有心於此，但我卻不知道應該要從何處下手，才能使事情正確地完成。如同你所問的，實在的東西還在，但理想性的東西依待於我們，它們經由『言說主義』（與實在論）是會變化的。我們對於事物的概念會經由新的語言與新的記號而變化，它使得新的關係在我們當前呈現出來，或者毋寧說，它是真實且根源性地重新創造了最古老的關係」。[91]

　　哈曼無法解決——語言的溝通使用究竟是立基於只具脈絡相對普遍性的傳統，還是最終可以訴諸於上帝透過詞語的創造所啟示出來的存在自身的內在統一性——這兩個立場之間的矛盾，這

90　此種說法請參見Dickson, *Johann Georg Hamann's Relational Metacriticism*, 272。

91　Hamann, *Briefwechsel*, Bd. 7, 156.

個問題其實早在1877年，就由最早根據洪堡特的語言理論，而對啟蒙時期討論語言起源問題進行摘要綜述的史坦塔爾（Heymann Steinthal），指出過其中的癥結所在。他在《與所有知識之最終問題有關的語言起源論》一書中指出：

> 我必須說，誰要是說人正像是學習其他行動、技能與藝術那樣地學習語言，我就必須說他一點也不能掌握語言的本質。哈曼實際上在此犯了雙重的錯誤。因為語言一方面不能與人類精神之所有自由的、技藝的或機械的發明相提並論，另一方面也不能與諸如行走、飲食與生產等動物性的身體功能相提並論［……］語言使動物性的身體功能與精神活動共同作用，哈曼即藉由此而重新結合了原先被分離開來的兩方面。由於哈曼主張人只能學習，他因而剝奪了人的任何創造與發明。他僅給上帝榮耀，而卻忽視了人［……］他雖然致力於確立人類本質的統一性，並與康德分離感性與純粹理性的做法展開鬥爭，但他卻未能洞見啟示、傳統與理性的統一性。這三者在語言中的統一，或如同哈曼所稱的「吾人理性之母（Deipara）」，直到洪堡特才能加以證明。錯誤之處在於，哈曼在討論語言的時候，仍然把它們看做是特徵或記號，他因而與赫德一樣，都忽略了言說與思維的動力（Energie）。[92]

在史坦塔爾這段對哈曼提出的批評中，前半段其實是錯誤的。因為史坦塔爾顯然未能理解到，哈曼對於動物性身體功能之

---

92 Steinthal, *Der Ursprung der Sprache im Zusammenhange mit den letzten Fragen alles Wissens*, 59-60.

作用的理解，是預設在語言接受性的前提之下，所有我們所見所聞的無非都是作為詞語的自然現象。而所謂的概念自發性也不是指像在康德的先驗觀念論或赫德的語言人類起源論中，只是先驗統覺或內在心靈的表象建構。因而當史坦塔爾說哈曼犯了「雙重錯誤」，這顯然是因為史坦塔爾沒有理解哈曼的先驗語言哲學本身就具有詮釋學與語用學的雙重向度，而只把哈曼的立場簡單地理解成在當時德國啟蒙運動中，最常見的感覺主義或觀念論的語言哲學立場。但史坦塔爾在這句話的後半段中的批評，則非常有洞見。他認為如果哈曼主張「理性即語言」的立場，那麼這就得說明理性與啟示及傳統之間的關係。這其實是指出，如果哈曼要以先驗的語言哲學轉化康德的純粹理性批判的工作，那麼他就得面對理性如何同時能具有啟示的超越性與傳統的歷史性之間的緊張關係。史坦塔爾斷言哈曼無法解決這個難題，因為他認為哈曼只能以學習方式來看待語言使用的基礎，而沒有進一步思考人類創造語言的動力所在。這使得史坦塔爾認為哈曼因為太過於崇敬上帝，而太低估了人類，以至於哈曼最終仍與赫德一樣，只將語言看成是特徵或記號，而忽略了言說與思維的動力。

　　史坦塔爾曾主張，只有透過洪堡特的理論，才能進一步解決上述的難題。對於在語言哲學的詮釋學向度中，詞語的啟示功能所具有的世界開顯性，及其由此而來的語言世界觀之相對性；以及在語言哲學的語用學向度中，詞語的傳統功能所必須具有的語意普遍性之間的衝突，的確是直到其後的洪堡特，才透過對於語言的世界開顯性與理性對話性的深入分析，而承擔起解決這些難題的艱巨任務。赫德、哈曼與洪堡特，共同在哲學史上完成了透過語言哲學轉化康德先驗哲學之第一階段的任務。在其中，哈曼透過思想的語言中介性，主張透過以啟示與傳統為基礎的「語言

接受性」與「概念自發性」，來取代康德在《純粹理性批判》中的先驗感性論與先驗邏輯學的構想。以一方面避免康德由於必須預設物自身與先驗統覺這兩個可思而不可知的基本前提，而產生必須先把感性與知性這兩種原為一體的認知能力割裂開來，然後再思考如何在先驗圖式論中將兩者再度結合在一起的難題。另一方面，哈曼則構想以先驗語言學回答「思想的機能如何可能？」這個更為根本的問題，來超越康德僅追問「先天綜合命題如何可能？」的現象建構主義的局限性。哈曼透過語文學的後設批判，對於康德的先驗哲學所進行的語言學轉化，使得他最終能夠在他的「言說主義」中確立，語言作為人存在最基本的生活形式，其意義即在於我們能透過詞語言說的啟示，直接掌握存有自身的世界開顯性，而透過詞語言說之傳統用法的規範性，我們也因而能確立人類能在共和國生活中進行判決與審議的自由與尊嚴。在哈曼這些獨特的想法與豐富的思考可能性中，顯然還存在太多的思想寶藏，亟待我們再進一步加以挖掘。

第三章

洪堡特論語言的世界開顯性與理性的對話性

　　當洪堡特的主要著作《論人類語言結構的差異及其對人類精神發展的影響》（*Über die Verschiedenheit des menschlichen Sprachbaues und ihren Einfluß auf die geistige Entwicklung des Menschengeschlechts*）在他去世的次年（1836）出版後，洪堡特語言哲學的研究成果在當時並沒有在學界掀起太大的漣漪。然而當在20世紀語言學界開始出現「洪堡特復興」的研究熱潮時，各種彼此相對立的語言學派卻都聲稱他們的理論基礎共同來自於洪堡特。就像持「薩丕爾—沃爾夫假設」（Sapir-Whorf Hypothesis）的「語言相對主義者」，[1]與由喬姆斯基（Noam Chomsky）為代表的「語言普遍主義者」，[2]雖然一向水火不容，卻都共尊洪堡特為理論的鼻祖。語言相對主義者選擇了洪堡特主張語言的差異就是世界觀差異的論點；而語言普遍主義者則根據洪堡特提出語言是活動而不是成品的發生學定義，主張語言的差異只是語言之共同結構的不同表現而已。這些對立的觀點無疑都在洪堡特語言哲學的著作中有其文獻上的支持，但是他們的理論卻是彼此對立的。這到底是因為洪堡特的語言理論本來就存在有內在的矛盾，以至於語言普遍主義與語言相對主義，都可以各取所需來說明他們自己的理論來源？還是他們在援引洪堡特的語言觀所做的詮釋中，正好反映出他們的語言理論只是片面之見，因而並不能全面且內

1　根據布朗（R. L. Brown）的論述，他追溯了洪堡特的語言哲學在美國語言學界對於Boas, Sapir與Whorf等一脈相傳的主要語言相對主義者的影響，參見Roger Langham Brown, *Wilhelm von Humboldt's Conception of Linguistic Relativity*（Hague, the Netherlands: Mouton & Co., 1967), 13ff。

2　Chomsky在其名著《句法理論要略》的序言中，一開始就指出他的理論來源可以追溯到洪堡特的觀點，參見Noam Chomsky, *Aspects of the Theory of Syntax*（Cambridge, MA: The MIT Press, 1965), V。

在融貫地理解洪堡特語言觀的整體面貌？為了能對洪堡特的語言哲學有一個比較全面的觀照，以避免斷章取義的解讀，我們有必要先概略說明洪堡特從事語言哲學研究的時代背景，以及現存洪堡特語言哲學著作的概況，以能為本章的詮釋策略做出定向。

一、洪堡特語言研究的時代背景及其著作計畫

　　洪堡特個人的學術興趣一直是在語言的研究上，[3]但他真正投身語言學的學術研究，是在1820年卸下公職重返普魯士皇家科學院之後。普魯士皇家科學院的首任院長萊布尼茲（Gottfried W. Leibniz），對於普遍邏輯語法學的研究興趣，為科學院留下了語言哲學研究的傳統。在1770年前後，由赫德的得獎論文《論語言的起源》（1772）掀起高潮的語言起源論的哲學討論，在當時也還沒有最後的定論。但相對的，Friedrich Schlegel與Franz Bopp透過印歐語的研究所推動的歷史比較語言學的研究，則因其研究成果的成功，正方興未艾。[4]在這種學術氛圍下，洪堡特深知他進一步從事語言研究時所將面臨的挑戰。他必須相對於自亞里士多

3　關於洪堡特個人的生平事蹟與學術發展等更詳細的傳記資料，請參閱姚小平，《洪堡特：人文研究和語言研究》（北京：外語教學與研究出版社，1995）。

4　Schlegel在1808年即著有《論印度人的智慧與語言》，參見Friedrich Schlegel, "Über die Sprache und Weisheit der Indier," In *Kritische Friedrich-Schlegel-Ausgabe.* Hg. E. Behler, Bd. 8（Paderborn: Ferdinand Schöningh, 1975）。Bopp則在1816年出版了他的《論梵語動詞變位體系與希臘語、拉丁語、波斯語與日耳曼語的對比》，參見Franz Bopp, *Über das Conjugationssystem der Sanskritsprache in Vergleichung mit jenem der griechischen, lateinischen, persischen und germanischen Sprache*（Frankfurt am Main: Andreäsche Buchhandlung, 1816）。

德至萊布尼茲以來的語言哲學傳統，給予赫德主張理性與世界具有語言性的看法一個恰當的定位，以對抗當時德國觀念論太偏重理念世界與人作為理性存有者的抽象身分；另一方面他也想為逐漸興起的歷史比較語言學，進行方法論的奠基。以避免因為語言學之經驗研究方面的成功，使得語言被對象化成為科學研究對象，而忽略了語言所承載的精神內含，及其對社群共同生活形式的主導作用。在這個研究任務的自覺下，他一方面大力批判將語言視為是用來表達思想之約定俗成記號的想法，說這是對語言研究所犯的最大錯誤。對於當時的比較語言學研究，主要限於對印歐語系有興趣，並且在研究中只能毫無系統的找一些詞語來做字源學的分析，也明確地表達他的不滿。

　　洪堡特主張語言學研究的目的，應在於建立一門「普遍的語言學」。但與我們當代大多數重視「語言」（不論是結構主義或功能主義學派）而不重視「言說」的語言哲學不同，洪堡特所要建立的「普遍語言學」，其實是一門關於「真實言說」的語言科學，而非視語言為符號系統的語言科學。對於洪堡特來說，惟有重視真實的言說，比較語言學的研究才具有獨立的意義。否則如果依據亞里士多德以來的語言哲學傳統，主張各民族語言的差異只是語音與符號的不同，而對世界的本質性理解沒有影響，那麼對於各民族語言差異的比較研究，在語言哲學的研究中就將只具有次要的意義。這種對於研究人類真實言說之比較語言學的高度重視，使得洪堡特在1820年重返學術論壇發表第一場演講「論與語言發展的不同時期有關的比較語言研究」的時候，即開宗明義地說：「比較的語言研究惟當它能有自己專屬的、在其自身中即負有用處與目的的研究，它才能對語言、民族發展與人類教化，

提供確實且意義重大的啟發。」[5]語言的研究應從具體言說的民族語言出發，以能在語言的總體比較中找尋到人類精神發展的普遍性，這種理論企圖使得洪堡特不打算從普遍的邏輯語法學著手，反而構想從比較語言學的研究著手，以建立一門普遍的語言學。洪堡特對於他的普遍語言學構想醞釀已久，早在1801年為西班牙巴斯克語（Basken）編寫辭典時，就曾為這種「語言研究」的進路，試擬了一份「所有語言的系統性百科全書計畫」（Plan zu einer systematischen Encyclopaedia aller Sprachen）。[6]這個構想在1810年並擴大為一份預計包含「總論」、「分論」與「語言哲學史」三大部著作的「語言研究全集」（Gesammte Sprachstudium）。在其著作構想的清單中（請參見表1的整理），僅就總論一部洪堡特即預計寫成十冊的專書。[7]

5　Wilhelm von Humboldt, "Über das vergleichende Sprachstudium in Beziehung auf die verschiedenen Epochen der Sprachenwicklung," *Wilhelm von Humboldts Gesammelte Schriften*. Hg. Königlich Preussischen Akademie der Wissenschaften, Bd. 4（Berlin: B. Behr's Verlag, 1905）, 1. 本章引用洪堡特的著作皆以普魯士皇家科學院所出版的洪堡特全集（Wilhelm von Humboldts Gesammelte Schriften, 1903-1936）為準。洪堡特重要的語言哲學著作，其中雖然有一部分已經有姚小平先生的譯本，參見〔德〕洪堡特（Humboldt）著，姚小平譯，《洪堡特語言哲學文集》（北京：商務出版社，2011）；〔德〕洪堡特（Humboldt）著，姚小平譯，《論人類語言結構的差異及其對人類精神發展的影響》（北京：商務印書館，2002），但為了忠實於作者對於洪堡特著作的理解，除部分的術語參考姚小平先生的譯法之外，本章的引文都係作者自行從德文翻譯成中文。

6　Wilhelm von Humboldt, "Fragmente der Monographie über die Basken," *Wilhelm von Humboldts Gesammelte Schriften*. Hg. Königlich Preussischen Akademie der Wissenschaften, Bd. 7（Berlin: B. Behr's Verlag, 1908）, 598.

7　洪堡特把這份寫作的清單稱為「著作的構想」（Begriff des Werks），這篇遺稿是在洪堡特居住的Tegel城堡發現的，在《全集》中原題名為〈語言研究全集

表1 洪堡特「語言研究全集」的著作構想表

I. 總論	1. 研究語言的本質、語言的區分成諸多個別的語言，以及語言與人和世界之間的關係	A. 語言的性質，及其與人之一般的關係
		B. 個別語言的特性，及其與各該民族的關係
		Ca. 從語言對言說者的作用與影響方面，來觀察語言的差異性
		Cb. 描述語言的形成、親屬關係、變遷和衰落
		D. 語言的所有差異性的範圍，以及人類語言的性質
		E. 語言個別部分的分析，並研究語言的整體影響是基於這些部分中的什麼要素
		F. 經由我們所熟知的語言摘要地描述語言對於人類的真實影響或將會發生的影響是什麼
	2. 方法學。 上述研究成果實踐應用於：	A. 學習
		B. 判斷
		C. 個別語言的探究與研究
II. 分論	1. 普遍的比較文法學	A. 按其法則與類推
		B. 按其標記的媒介
		C. 按其對思想之表象的影響
	2. 普遍的比較詞典學	A. 按其法則與類推
		B. 按其基本音
		C. 按其與言說者的需求之關係
	3. 語言之親屬關係的確定	
III.	語言的哲學史，以及語言對不同的民族在不同時代的影響	

資料來源：作者整理自洪堡特的〈一般語言研究之導論〉，參見Wilhelm von Humboldt, "Einleitung in das gesamte Sprachstudium," *Wilhelm von Humboldts Gesammelte Schriften*. Hg. Königlich Preussischen Akademie der Wissenschaften, Bd. 7（Berlin: B. Behr's Verlag, 1908），619-620.

　　洪堡特雖然自知無法獨力完成這個計畫，但仍然不斷地努力學習世界各國語言，他超出當時語言學所著力研究的印歐語系，深入研究美洲印第安語、馬來西亞等南島語系與漢語等。在具體研究這些個別語言的同時，他也持續不斷地對語言的本質進行反思，以為他的研究進路找到方法論的證成基礎。他對語言本質的哲學研究，最早、也最系統的成果是在研究美洲印第安語言時，所寫成的《普遍的語言類型之綱要》（*Grundzüge des allgemeinen Sprachtypus*, 1824-1826）。這本書主要分成兩章，一章論「一般語言之本質」（Natur der Sprache überhaupt, §19-55），一章論「在言說構成中的語言程序」（Verfahren der Sprache bei Bildung der Rede, §56-127），後面這章又分為「語音系統」（Lautsystem）、「詞彙」（Wortvorrath）與「言說連結」（Redeverbindung）這三小節。「一般語言之本質」這章，稍後幾乎原封不動地被抄錄在《論人類語言結構的差異》（*Über die Verschiedenheiten des menschlichen Sprachbaues*, 1827-1829）這本書中。而論「在言說構成中的語言程序」中的「言說連結」則在洪堡特討論梵語語法的著作《論語言的文法結構》（*Von dem grammatischen Baue der Sprachen*, 1829）中，做了進一步的擴充。洪堡特全集的編者

導論〉（Einleitung in das gesamte Sprachstudium）。Michael Böhler在他所編的《洪堡特語言著作》（1973）之單行本中，收錄了這篇論文（參見：M. Böhler (Hg.), *Wilhelm von Humboldt—Schriften zur Sprache* (Stuttgart, Deutschland: Philipp Reclam Jun., 1973)），但卻把洪堡特原有的著作構想的部分刪掉，並改題為〈普遍語言學之基礎的提綱〉（Thesen zur Grundlegung einer Allgemenien Sprachwissenschaft），姚小平先生的譯本即據此而譯為〈普通語言學論綱〉（參見：[德]洪堡特（Humboldt）著，姚小平編譯，《洪堡特語言哲學文集》，頁4-10）。但他卻沒有試圖補譯出洪堡特這篇論文原來完整的內容，以及恢復這篇論文原來的名稱。

Leitzmann因而說，《論人類語言結構的差異》與《論語言的文法結構》這兩本書，即是洪堡特為他《論爪哇島上的卡維語》（*Über die Kawi-Sprache auf der Insel Java*）一書所寫的導論——《論人類語言結構的差異及其對人類精神發展的影響》這本著作的前身。[8]

　　《論人類語言結構的差異及其對人類精神發展的影響》一書雖然一般被認為是洪堡特語言哲學的代表作，但事實上這部著作大部分的篇幅都用在系統地處理在《普遍的語言類型之綱要》第二章與《論語言的文法結構》這兩本書中，所討論的「語音系統」、「詞的構成」與「語法型式」等語言學的議題。至於洪堡特最初在「語言研究全集」的「總論」中，就打算要進行研究的「語言哲學」（洪堡特一開始稱語言哲學的研究為：「語言能力的形上學分析」），[9]除了在《普遍的語言類型之綱要》一書中，有較為詳細地討論「一般語言的本質」的章節外，在《論人類語言結構的差異及其對人類精神發展的影響》這本代表著作中，相關語言本質的哲學討論卻只剩下短短一節（第八章第14小節）的篇幅。此外，值得注意的是，雖然在《普遍的語言類型之綱要》中，論「一般語言的本質」這一章幾乎原封不動地被抄錄在《論人類語言結構的差異》的第二章中，但洪堡特在這一章中卻另外插入了他在1827-1829年間，在普魯士皇家科學院所發表的兩篇重要論文的內容：其中的一篇是〈論雙數〉（Über den Dualis），

8　Albert Leitzmann, "Bemerkungen zur Entstehungsgeschichte der einzelnen Aufsätze," *Wilhelm von Humboldts Gesammelte Schriften*, Hg. Königlich Preussischen Akademie der Wissenschaften, Bd. 6（Berlin: B. Behr's Verlag, 1907）, 334.

9　Humboldt, "Fragmente der Monographie über die Basken," 601.

另一篇則是〈論在某些語言中方位副詞與代詞的聯繫〉（Über die Verwandtschaft der Ortsadverbien mit dem Pronomen in einigen Sprachen），以用來補充他主張語言應來自於人類的「社群性」（Gesellschaftlichkeit）之觀點。因而嚴格說來，最能完整表達洪堡特整個語言研究的構想的，應是《普遍的語言類型之綱要》這本書。[10]而最能代表洪堡特的語言哲學觀點，則應是《論人類語言結構的差異》的第二章。而且，在這一章中最需要我們加以解釋的則是，洪堡特為何認為他在《普遍的語言類型之綱要》一書中所論的「一般語言的本質」之說明仍有不足，以至於他還要花費一兩年的時間，去研究「雙數格」以及「代名詞」的系統，以作為他的語言哲學的最後補充。

　　如果我們把上述洪堡特語言研究的時代背景與他的著作聯繫起來看，那麼我們就可以比較清楚地定位出研究他的語言哲學應有的方向。洪堡特的普遍語言學的構想，作為強調具體語言的比較研究，使得他必須突破傳統的語言工具觀，而說明語言如何作為世界觀的建構基礎。而在另一方面，語言的比較研究若要呈現人類共同精神的發展，那麼我們就不能局限於個別語言的相對主義世界觀，而是要能透過語言在溝通中的普遍可理解性，來說明理解之一般的先驗基礎。然則洪堡特正是在《普遍的語言類型之綱要》之「一般語言的本質」這一章中，提出他關於語言世界觀

10《普遍的語言類型之綱要》（*Grundzüge des allgemeinen Sprachtypus*）這本書在洪堡特主要的語言哲學著作中，除了在普魯士皇家科學院的全集中，一直都沒有被單獨收錄或出版，直到最近才有單行本發行，但是它卻愈來愈受到重視。相關說明請參見 F. Schneider, *Der Typus der Sprache: Eine Rekonstruktion des Sprachbegriffs Wilhelm von Humboldts auf der Grundlage der Sprachursprungsfrage*（Münster, Deutschland: Nodus Publikationen, 1995），114f。

的觀點。並在論「雙數」與「人稱代名詞」的語言學研究中，以語言內部的人稱代名詞系統，來論證語言的對話結構即是一般語言的原型，以說明語言之普遍可理解性的基礎。這兩部分的文獻，因而是本文分析洪堡特語言哲學的主要依據。

　　在上個世紀中期致力於推展洪堡特語言哲學研究的魏斯格博（Leo Weisgerber），對於語言本質的哲學研究曾經提出一個很有啟發性的譬喻。[11] 他說，正如水雖然具有供人洗滌與解渴的功能，但我們並不能因此就說，水的本質就是洗滌與解渴；同樣的，我們雖然可以使用語言以標指事物與傳遞訊息，但是我們怎能因此就說，語言的本質只在於它具有標指事物的記號功能與傳遞訊息的媒介功能。本章以「洪堡特論語言的世界開顯性與理性的對話性」為標題，即意指洪堡特對於語言哲學的劃時代貢獻，即在於他分別在語言哲學的語意學與語用學研究向度中，透過赫德的啟發，把西方自亞里士多德以來，將語言視為是標指事物之約定俗成的記號或作為傳遞訊息之媒介的工具觀，轉化成語言具有不斷揭露真理的世界開顯性作用，與語言作為言說的交談，在介於我與你的發言與回應的對話討論中，具有能證成我們對於世界的理解與行動的規範，可以有一致同意之客觀性的交互主體性基礎。語言的本質因而不在於它能做標指事物的記號或能作為傳遞訊息的媒介，而在於它本身的活動所呈現出來的世界開顯性與理性對話性。本章將嘗試透過這個解釋進路，來闡發洪堡特說：「語言不是成品，而是活動」的真義所在。

　　洪堡特之所以特別受到赫德的啟發，而對亞里士多德的語言

11　Leo Weisgerber, *Vom Weltbild der deutschen Sprache*: 1. Halbband. *Die Inhaltbezogene Grammatik* (Düsseldorf: Pädagogischer Verlag Schwann, 1953), 10.

工具觀採取批判的態度，顯然是與他主張在比較語言學的研究中，應對民族語言的語音差異對於人類精神發展所造成的影響做出解釋有關。歷史的比較語言學（或普遍的語言學）的研究，如果沒有關注到這個層次的問題，那麼這門學科的研究意義也將難以被證成。洪堡特語言哲學的研究成果，最後其實已經超出他原先為語言學研究的方法論奠基的動機。他的研究成果不僅在語言哲學中發出了與占據主流地位的傳統語言工具觀不同的聲音，他對語言表達的不同聲音所進行的研究，更突破了亞里士多德主張語言的不同只是聲音的不同，它與我們認知世界的真理性毫無關係的偏見。據此，本章底下將先說明洪堡特在其語言哲學中，對於語言本質的理解；其次，我將說明透過魏斯格博將洪堡特語言世界觀發展成在母語中的世界開顯性的解釋，並不能避免布朗（Roger L. Brown）等語言相對論者在「薩丕爾—沃爾夫假設」的影響下，將語言世界觀之開顯世界的詮釋學功能，誤解成語言學的文化相對主義、精神決定論與語言民族主義（二）。為避免這種誤解的產生，我將依據博許（Tilman Borsche）等學者的研究成果，來闡明在洪堡特的語言世界觀中，其實存在著一個基於「意義之非同一性」的詮釋學理解理論（三）；最後，本文將透過洪堡特在論「雙數」與「人稱代名詞」的論文中，對於語言之對話結構的分析，說明洪堡特的語言世界開顯性，若要避免相對主義的質疑，那麼就得基於語言內在的對話結構，對言說的客觀真理性進行一種無需形上學實在論預設的共識證成（四）。藉此，本文將能展示洪堡特開啟語言學的語用學研究向度的洞見與局限，以及他的語言學研究進路在哲學史上的開創性意義（五）。

二、洪堡特論語言的本質與語言的世界開顯性

　　透過對於洪堡特語言研究的時代背景及其著作構想的說明，我們可以指出，洪堡特語言研究所面臨的理論挑戰，主要在於他必須突破亞里士多德—萊布尼茲傳統的限制，從僅專注於研究作為思想之抽象形式的邏輯語法學，轉向為赫德在其語言起源論中，重視真實的言說對於開顯世界所具有的建構性作用，提出進一步的理論奠基，以能為當時正開始蓬勃發展的比較語言學作為對具體語言的經驗研究，奠定明確的研究目的、意義與方法論基礎。洪堡特不僅因而成為現代語言學研究的奠基者，他更完成了由赫德開啟的傳統語言哲學在語意學研究向度方面的轉向。他確立語言不只是透過約定而被用來表達思想或標指對象的工具性記號系統，而是語言就是建構思想的器官。惟有透過語言的區分音節活動，才能為思想建構出概念的表象，語言因而不只是用來表達思想的工具或媒介，而是其本身的活動就是思想之可能性的條件。

　　為了進一步闡釋洪堡特主張語言的本質在於它所具有的世界開顯性功能，我們將先（一）、分析亞里士多德—萊布尼茲語言哲學傳統的基本構想，以說明（二）、在什麼意義下，赫德的語言起源論所強調的「語言即理性」的觀點，可以被視為是對傳統語言哲學在語意學研究向度方面的突破。洪堡特當然也充分意識到，在他接受赫德主張語言參與表象建構的基本觀點，並從而揚棄亞里士多德主張語言是標示具跨主體同一性之心靈表象或外在對象的記號之後，他自己的語言哲學將會面臨到更大的理論挑戰。因為一旦我們所能理解的世界是建構在個別語言的結構差異之上，那麼這勢必會產生由語言世界觀的差異性所帶來的真理觀

的相對主義難題。不同語言世界觀之間的差異性若是無法克服，那麼透過語言進行溝通，或者說，介於人與人之間的相互理解，都將有原則上的困難。面對這個難題，（三）、我們將透過魏斯格博的洪堡特詮釋，來為洪堡特進一步從語用學向度建構語言溝通之相互理解的可能性基礎，以解決語言的世界開顯性作為語意學向度的突破，所留下來的世界觀相對主義難題，預作準備。

（一）亞里士多德─萊布尼茲傳統的語言工具觀

　　亞里士多德在其邏輯學著作《工具論》中，透過〈解釋篇〉（De Interpretationen）對於命題的說明與分類，展開他接著在〈前、後分析篇〉中，對於邏輯演繹之三段論推理的研究。為了把邏輯學的研究僅限於有真假判斷可言的命題，亞里士多德在〈解釋篇〉的前四章中，提出他對語言哲學最精簡的說法。這種說法基本上規定了西方傳統知識論與語言哲學的研究方向，我們先引用其中的三段話，[12] 來代表亞里士多德對於西方傳統語言工具觀的典型說法：

　　　（1）言說的詞語是心靈印象的符號，而書寫的詞語則是言
　　　　　說詞語的符號。就如同，並不是所有人的書寫都是相同的，

---

12 亞里士多德這三段引文在各種語文的譯本中，譯文的意思在重要細節上都有相當大差異。為求精確起見，本文對這三段引文的翻譯是以 E. M. Edghill 在 W. D. Ross 所編的《亞里士多德著作集》中的英譯為底本，參見 Aristotle. *De interpretationen*. In *The works of Aristotle*, Ed. W. D. Ross, Vol. 1（Oxford: Oxford University Press, 1928）。並參考 H. P. Cooke 在 Loeb Classical Library 的希英對照本中的英譯，與 E. Rolfes 在 *Aristoteles Philosophische Schriften*（Hamburg: Felix Meiner Verlag, 1995）的德譯本，自行譯成中文。

言說的聲音也不是所有人都相同的。然而言說的聲音所直接標記的心靈印象，卻是對所有人都相同的。至於那些我們的心靈印象作為其圖像的客體事物，對所有的人而言，也都是相同的。13

（2）我們所說的名詞，意指透過約定而有意義的聲音［……］在此特別引入「透過約定」這個限制，是因為沒有任何的聲音，其本身就已經是名詞或名稱了。只有當聲音能作為符號時，它才能成為名稱。諸如野獸發出未區分音節的聲音，雖然也有一定的意義，但這樣的聲音卻還不能形成為名詞。14

（3）語句是言說之有意義的部分，當語句陳述了某些事物，則這些語句的某些部分就具有獨立的意義。然而這並不是表達了具有肯定或否定性質的判斷［……］每一個語句都意指了一些東西，它並不是以透過某種自然機能的方式來實現這些意義，而是透過約定而有其意義的。因而雖然每個語句都有其意義，但並不是所有的語句都可以稱為命題。所謂的命題是指那些有真假可言的語句。例如，祈求就是沒有真假可言的語句。我們可以先不管那些屬於修辭學或詩學所研究的語句領域，因為我們目前研究的主題只針對命題。15

　　亞里士多德在此把介於「語言」、「思想」與「事物」之間的關係做了明確界定。他認為，我們所能認知的客觀對象對於每一

13　Aristotle. *De interpretationen*, 16^{a}4-8.

14　Ibid., 16^{a}20-29.

15　Ibid., 16^{b}26-17^{a}8.

個人都具有同一性（「客觀對象對於每一個人而言都是相同的」）。人類的心靈能反映外界的事物，因而心靈的表象只是外在事物的「圖像」或「複本」。外在事物的存有論結構既然具有同一性，那麼如實反映它而形成的心靈表象，當然也具有跨主體的一致性（「心靈印象對於每一個人都是同樣的」）。人類能用語言把他對世界的認識表達出來，言說的語句即是把具有獨立意義的詞項連結起來，以表述世界的某種情況（「當語句陳述了某些事物，則這些語句的某些部分就具有獨立的意義」）。這種陳述事實的簡單句是語言表達中具有獨立意義的最小單位，他們基於心靈對外在世界的表象而具有意義的同一性。當人類運用思想把這些心靈印象結合一起，那麼思想的內容是否如實地陳述世界本身的事態，即是我們是否能認知世界之真理性的依據。亞里士多德的形上學主張事物的存有論結構是透過實體與屬性的關係來界定，因而在我們的語言中，能用來陳述事態的只有那種具主述詞結構的語句，才能表達出對事態進行肯定或否定的判斷。亞里士多德稱這種用來描述事態並具有主述詞結構的語句為命題（「所謂命題是指那些有真假可言的語句」）。研究這類命題之間的正確推理關係，即是我們能對世界有真正知識的依據。反過來說，使我們能具有掌握世界真實結構的思想或理性能力，亦即這種能在命題之間做出正確推理的邏輯能力。

理性即為邏輯，命題的邏輯語法因而代表在思想中對於事物內在的存有論結構的掌握。存有論與邏輯學的內在一致性，構成人類思想能透過理性以追尋真理之可能性的最終基礎。為了使哲學以普遍理性追求客觀真理的理念得以實現，亞里士多德試圖在〈解釋篇〉的前四章中，先行掃除語言表達的結構差異性對於實現上述理念所形成的障礙。人類用語言表達他們對於世界的詮釋

性理解，但個人（特別是不同的民族）的表達方式卻具有明顯的差異性（「言說的聲音不是所有人都相同的」）。這種差異性造成我們無法確定我們的理解內容是否相同，甚至造成我們根本無法互相理解。就此而言，即使我們假定「言說之詞語的意義同一性」與「事物之存有論結構的同一性」具有內在的相關性，但言說表達的結構差異性卻會造成我們無法確定，我們對經驗對象的知識是否存在著跨主體一致的客觀性與真理性。[16]

　　為解除語言表達結構的差異性對於經驗知識之客觀真理性所造成的威脅，亞里士多德首先把言說的語言，視為是在事物存有論結構以及人類思維的邏輯結構之外的記號系統（「言說的詞語是心靈印象的記號」）。因為惟有將語言的存在地位視為是外在、附屬性的，說它只是為了溝通的目的，才透過約定俗成而被使用作為對象的記號，那麼言說表達的差異性才會限於只是人為約定的差異，而無礙於我們掌握思想與世界本身的語意—存有論同一性。亞里士多德將語言的言說結構與我們理解世界的思想結構脫鉤，這樣一來，語言本身就可以被認為不具有獨立的意義。進而言之，語言單就言說或詞語而言，也就只不過是一些聲音的集合。它若無人為約定的意義賦予，本身並不陳述任何的意義（「名詞意指透過約定而有意義的聲音」、「只有當聲音能作為符號

---

16 這個解釋觀點部分參考自Karl-Otto Apel, "The transcendental conception of language-communication and the idea of a first philosophy: Towards a critical reconstruction of the history of philosophy in the light of language philosophy," *Karl-Otto Apel: Selected essays*: Vol. 1. *Towards a transcendental semiotics.* Ed. E. Mendieta（Atlantic Highlands, NJ: Humanities Press, 1994）, 85-90，以及E. Martens & H. Schnädelbach, *Philosophie—Ein Grundkurs*（Reinbek bei Hamburg: Rowohlt Verlag, 1994）, 109。

時它才能成為名稱」）。就此而言，語言的言說除了作為在訊息溝通過程中所必須使用的媒介記號系統之外，就沒有其他認知上的用處了。就算我們無法否認語言表達仍然具有一定的（非認知性的）意義，但對於語言表達的情緒性意義或互動的作用，則只能在《詩學》或《修辭學》的範圍內才有必要加以研究。只不過這種在詩學與修辭學中使用的語句表達，基本上是與認知世界之客觀真理性的問題無關。

　　在上述三段話中所代表的語言工具觀，因而可以看成是亞里士多德為了避免言說表達的結構差異性將造成對思想之客觀普遍性的威脅，所構想出來的一套「語言哲學」說辭。然而，透過仔細的分析，即可發現這種語言工具觀的語言哲學構想，其實是建立在三個未經檢驗的預設之上。亦即它假定了：（1）語音的語意無關性，（2）語意的約定俗成性，與（3）言談結構的無涉客觀真理性。在上述引文中，亞里士多德首先提出的是「語音的語意無關性」之論點。他先將詞語的「語音」與「語意」成分區分開來。這個區分的確非常符合我們的常識直覺，因為詞語單就它是聲音表達而言，當然還不算是具有語意的名詞。這種不具語意成分的聲音表達，如同野獸發出不能區分音節的聲音一樣，並不能視為是人類語言的表達。詞語作為語音的表達，為何能傳達特定的思想或情感？這表示詞語的語意內容並不直接來自於像是野獸在自然中所喊叫出來的聲音。詞語的語意內容既不能來自於自然，那麼唯一的可能性就只能透過人為的賦予。亞里士多德因而說：「因為沒有任何的聲音，其本身就已經是名詞或名稱了。所以只有當聲音能作為符號時，它才能成為名稱。」如此一來，「語音的語意無關性」的進一步推論，即是「語意的約定俗成性」。詞語的語意內含若不來自於自然的聲音，而係來自於它作為記號所代

表的心靈表象或其指涉的對象，那麼特定的語音之所以能作為特定事物的符號，而成為具有語意內含（並因而可以用來溝通）的名稱，就不是因為語音與事物之間有什麼內在而必然的關係，而只是基於人為的約定使然。

　　若思想的內容（語意）能超越語言表達形式的不同，而對人類具有普遍的共同性，那麼這是因為言說的詞語若要能在語音的要素之外具有語意的內含，那麼它就必須被一個語言社群的所有成員，共同約定作為對於對象觸動心靈之表象的記號。約定俗成的記號可以有社群的歷史或社會性的差異，但只要人類心靈的表象機能是相同的，那麼被同一個對象觸動所產生的心靈表象，對於所有人來說就都是一樣的。透過「語音的語意無關性」與「語意的約定俗成性」的預設，「語言表達的結構差異性」，與「思想內容的意義一致性」以及「事物存有論結構的同一性」之間的矛盾，就可以暫時在語言哲學的理論安排中相安無事，而最終推論出「言談結構之無涉客觀真理性」的語言觀。基於這種語言觀，我們即可一方面將語言表達的結構差異性，經驗地解釋成只是來自於人為約定之歷史性與社會性的差異，並以之作為展開像是語源學這類經驗研究的語言學基礎。而在另一方面，透過語言的工具觀，我們也可以順利地把語言作為理解之前結構的社會性與歷史性限制從我們對事物的認知中排除掉，而進一步去論證人類思想具有客觀地掌握事物本身之普遍真理性的可能性。

　　亞里士多德為了建立以邏輯學—存有論的「思有一致性」原則為基礎的「第一哲學」，而發展出以語言工具觀為基調的語言哲學，這種構想當然也必須付出不小的代價。我們原來透過語言來表達我們內心的情感、協調制定我們彼此互動的規範，並使我們個人對於世界的理解得以公開呈現。但現在表達情感的語言使

用只能在詩學中談論，協調行動的說服只是修辭學的問題。這些原先涉及人我互動的語言使用方式（語用學功能），現在都不再具有真理相關的意義。語言唯一剩下的功能，只是表象世界的語意學功能。在亞里士多德的語言工具觀中，語言的語意學功能因而不再能用於開顯世界的經驗，而只能作為一組可指涉事態之約定俗成的符號系統。由此可見，基於語言工具觀的語言哲學，完全剝奪了語言的能動性，它只允許語言留下一堆由字典與文法書所記載下來的詞彙與文法規則的殘骸。就好像惟有當人類的思想再度把它穿戴上身之後（以它為溝通的訊號系統），語言本身的活動才能再度借屍還魂地活過來一般。

　　亞里士多德對於語言本質看法，以及他對語言哲學研究任務的界定，深刻影響了開創德國哲學研究風氣的萊布尼茲。依據亞里士多德的說法，語言哲學的研究一方面應僅限於闡釋思想之形式法則的邏輯語法學，萊布尼茲受此影響而致力於開啟當代符號邏輯的研究；但從另一方面來看，如果語言的差異只代表語音在民族（或個人）語言表達中的不同約定，那麼對於不同語言的經驗研究將只具有作為「自然史現象」的人類學意義（亦即透過語音的差異去追溯在一共同語言前提下人類民族遷移的過程）。這種對於語言的經驗研究，事實上也同樣來自於萊布尼茲在普魯士皇家科學院所發表的論文。[17] 由此可見，在語言學的西方傳統中，

---

17 萊布尼茲於1710年即曾在普魯士皇家科學院發表題為：〈簡論根據語言證據確定的種族起源〉（Brevis designatio meditationum de Originibus Gentium, ductis postissimum ex indicio linguarum）的論文。洪堡特則曾明確地指出，在他當時流行透過語源學追溯不同民族的親緣關係，即是自萊布尼茲時代以來的語言研究取向。參見Wilhelm von Humboldt, "Über die Verschiedenheiten des menschlichen Sprachbaues," *Wilhelm von Humboldts Gesammelte Schriften.*

亞里士多德的邏輯學與聖經巴別塔寓言對於語言差異的神話詮釋，其實是遙相呼應的。他們對於語言所分別進行的思辨或神話的說明，事實上只是西方傳統語言學強調人類有一普遍的思想語法（或有一共同的語言起源）的一體兩面。這種具主導性的語言觀點，直到浪漫主義運動興起，才因其對語言之情感表達與開顯世界功能的關注而受到挑戰。洪堡特語言觀的先驅——哈曼與赫德，正都是這場運動的開路先鋒。

相對於亞里士多德—萊布尼茲的語言哲學觀，洪堡特致力打破上述語言工具觀所預設的三個迷思。當他在1820年說：「比較的語言研究惟當它能有自己專屬的、在其自身中即負有用處與目的的研究，它才能對語言、民族發展與人類教化，提供確實且意義重大的啟發」，這已經顯示出他決心與亞里士多德—萊布尼茲語言哲學傳統分道揚鑣的意圖。洪堡特在他的語言學著作中，處處反對上述亞里士多德—萊布尼茲的語言工具觀。例如他在《普遍的語言類型之綱要》中說：「把詞語看成僅僅只是記號，這是最根本的錯誤。這種看法摧毀了整個語言科學以及對語言的正確評價」。[18]而對於「把語言僅僅看做是一種理解的手段」的看法，洪堡特則認為這是「最偏狹的語言觀點」。[19]對於自古希臘以來一

Hg.Königlich Preussischen Akademie der Wissenschaften, Bd. 6（Berlin: B. Behr's Verlag, 1907），119。

18 Wilhelm von Humboldt, *Grundzüge des allgemeinen Sprachtypus*, In *Wilhelm von Humboldts Gesammelte Schriften*, Hg. Königlich Preussischen Akademie der Wissenschaften, Bd. 5（Berlin: B. Behr's Verlag, 1906），428.

19 Wilhelm von Humboldt, "Über den Dualis," *Wilhelm von Humboldts Gesammelte Schriften.* Hg. Königlich Preussischen Akademie der Wissenschaften, Bd. 6（Berlin: B. Behr's Verlag, 1907），23.

直占主導地位的語言哲學觀點，亦即：「不同的語言只是用其他的詞語來標示眼前獨立於它們之外的同一堆對象與概念〔……〕語言的差異只不過是聲音的差異」的觀點，洪堡特則警告說：「這些觀念將會敗壞對語言的研究。」他雖然沒有正式點名，但卻意有所指地針對亞里士多德在上述〈解釋篇〉中的觀點，指出正是它阻礙了希臘哲學家進一步去「形成關於語言本質的其他想法」，而「僅僅注意到言說的邏輯與語法的形式」。[20]

　　相對於傳統的語言工具觀，洪堡特主張：「不應將語言看成是理解的手段，而應看成是目的自身，亦即應看成是民族的思維與感覺的工具，而這才是所有真正的語言研究的基礎所在」，[21]他又說：「語言研究真正的重要性在於，語言參與了表象的形成」，[22]並由此引申說：「透過思想與詞語彼此之間的相互依賴，可以清楚地闡明，語言在根本上並非是用來呈現已知的真理，而毋寧是用來發現我們先前未知的真理。語言的差異並非只是聲音與記號的差異，而是世界觀（Weltansicht）自身的差異。所有語言研究的基礎與最終目的都包含在這裡面。」[23]與亞里士多德的邏輯語言只重視抽象的思想形式，而不重視言語表達的聲音差異不同，洪堡特認為語言的本質就在於「分節音」。邏輯是科學沉思之無聲的語言，但我們在日常實踐生活中的言說卻不能無聲而言。

20　Humboldt, "Über die Verschiedenheiten des menschlichen Sprachbaues," 119.

21　Wilhelm von Humboldt, "Über den Nationalcharakter der Sprachen," *Wilhelm von Humboldts Gesammelte Schriften*, Hg. Königlich Preussischen Akademie der Wissenschaften, Bd. 4（Berlin: B. Behr's Verlag, 1905），431.

22　Humboldt, "Über die Verschiedenheiten des menschlichen Sprachbaues," 119.

23　Humboldt, "Über das vergleichende Sprachstudium in Beziehung auf die verschiedenen Epochen der Sprachenwicklung," 27.

在語言的研究中若忽略了對語音的研究，那麼在語言的獨白運用中，語言陳述句背後所同時含有的情感表達以及與他人的溝通互動等作用，就都會被忽略。[24]洪堡特的語言學研究因而主要不是針對作為連結符號系統的邏輯語法學的研究，而是對透過聲音表達出來的真實言說的研究。對於比較語言學等經驗語言學的研究，洪堡特則說：「我們沒有正當的理由可以說，大多數的語言都只是伴隨著民族的分隔所產生的自然結果，而不是立基於像是安排世界秩序這些來得更重要的觀點，或立基於人類精神其他更深刻的活動。」[25]他並因而要求不能像當時研究印歐語的比較語言學者僅從「自然史的現象」（naturhistorische Erscheinung）來看語言差異的產生，而是必須把語言差異看成是一種「智性—目的論的現象」（intellectuell—teleologische Erscheinung）。[26]

兩相對照之下，我們可以分別就語言本質與語言學任務這兩個研究範疇的區分，把透過萊布尼茲遺留給德國古典語言哲學研究的「亞里士多德—巴別塔邏各斯傳統」概括成六個論點，並預先與洪堡特語言哲學的基本觀點相對照（表2），以作為底下繼續闡釋洪堡特語言觀的藍圖。[27]

---

24 Humboldt, "Über die Verschiedenheiten des menschlichen Sprachbaues," 154.

25 Humboldt, "Einleitung in das gesamte Sprachstudium," 621.

26 Humboldt, "Über das vergleichende Sprachstudium in Beziehung auf die verschiedenen Epochen der Sprachenwicklung," 8.

27 在表2中，洪堡特的六個論點雖然都是互相關聯、互相支持的，但本文的研究目的僅限於說明洪堡特語言哲學的觀點（H1-H3）以及他所提出的一般意義理解的理論（H5）。至於洪堡特在論述語言有機體之內在形式的運作程序（H4），以及從廣義的文化哲學的角度所論的人類發展之智性——目的論現象（H6）等重要觀點，在本文中則無法顧及。所幸在中文學界，對於洪堡特在語言學方面的論點（H4），關子尹教授在他非常傑出的論文──〈洪堡特

表2　亞里士多德與洪堡特語言觀點對照表

	亞里士多德—萊布尼茲觀點	洪堡特的觀點
(1) 對語言 本質的 看法	A1. 語言是約定俗成的記號系統	H1. 語言是建構思想的器官
	A2. 語言是傳達思想的媒介或工具	H2. 語言是思想的可能性條件
	A3. 語言的差異只是聲音的差異	H3. 語言的差異是世界觀的差異
(2) 對普遍 語言學 任務的 界定	A4. 普遍的語言學應研究思想之抽象形式的邏輯—語法學	H4. 應建立一門「普遍的歷史語言學」研究語言有機體的運作程序
	A5. 語言的比較研究預設有一原始語言（Ursprache）	H5. 語言的比較研究僅預設在語言溝通中的普遍可理解性
	A6. 由此可探討民族遷移分化的「自然史現象」	H6. 由此可展現人類精神發展之各個側面表現的「智性—目的論現象」

（二）赫德語言起源論的啟發

　　洪堡特反對只視語言為標指獨立於語言之外的事物之約定俗成的記號，也不接受語言只是傳達思想的媒介。他強調在語言表達的語音差異中，存在著世界觀的差異。這顯然是因為他接受赫德在《論語言的起源》一書中，關於「語音決定表象的建構」以

　　《人類語言結構》中的意義理論——語音與意義建構〉中，已有相當精采的論述，足供參考。參見關子尹，《從哲學的觀點看》，頁219-267。

及「語言即是理性」等觀點的結果。赫德主張語言是建構思想的必要條件，洪堡特即依此建立他關於「語言是建構思想的器官」之「語言有機體」的觀點。洪堡特在他的語言學著作中，沒有一次提到過赫德的名字。但在他的遺稿中，最早關於語言哲學的筆記〈論思維與言說〉（1795-1796），卻很顯然本身就是一份非常精要的「赫德提綱」。[28]洪堡特於1820年重返普魯士皇家科學院發表有關普遍語言學的構想，他在當時仍然支持赫德所主張的，「認知的反思理解」與「語言的區分音節」只不過是同一種活動的兩個不同側面之觀點。[29]赫德在《論語言的起源》一書中即已指

---

28 在現存洪堡特多封信件中，都顯示他熟知並高度推崇赫德的語言哲學思想，學者Schneider甚至說，洪堡特在〈論思維與言說〉（Über Denken und Sprechen, 1907）這篇論文中所表達的語言哲學思想，與赫德的觀點絲毫不差，參見Schneider, *Der Typus der Sprache*, 23。本文也很同意Schneider認為研究洪堡特的語言哲學應從赫德語言起源論的問題入手的看法（Ibid., 11）。因為從第一代的洪堡特語言哲學研究者開始，例如Pott就認為赫德的語言起源論是當時對洪堡特的語言哲學研究影響最深的，參見A. F. Pott, *Wilhelm von Humboldt und die Sprachwissenschaft*（Berlin: Verlag von S. Calvary & Co, 1876）, CXLIX。而Steinthal則把洪堡特的語言哲學與赫德的語言起源論一樣，都當成是對「所有知識之最終問題的研究」。把赫德與洪堡特連繫在一起討論的研究取向，在當前的洪堡特研究中又再度取得優勢，只不過在過去的研究文獻中，要不是仍然停留在重新清理德國古典語言哲學在浪漫主義運動中的發展（例如，Eva Fiesel在1973年或Helmut Gipper & Peter Schmitter在1979年的著作），否則就是從哲學史的背景討論他們兩人觀點的傳承（例如，Jürgen Pleines在1967年或Alfons Reckermann在1979年的著作）。但本文則一方面想從語言哲學本身的內在思路，來看他們兩個人的思想如何突破西方亞里士多德傳統的語言學構想；並由此在另一方面嘗試透露，當代德國哲學在海德格─高達美的「存有論詮釋學」與阿佩爾─哈伯瑪斯的「先驗語用學」之間的不同取向，其實早在赫德與洪堡特這裡就已經埋下遠因。

29 Humboldt, "Über das vergleichende Sprachstudium," 4.

出，人類的語言作為具有語意內含的符號語言，不像作為信號語
言的動物語言，只透過發乎感嘆與叫喊等聲音即可達到傳遞訊息
的目的。人類的言說作為聲音的表達之所以與動物不同，即因人
類的語言係透過具有「區分音節」（Artikulation）的語音，來表
達具特定語意內含的詞語。語音之區分音節的確定，因而與詞語
的語意內容的規定（或即思想的概念性活動），具有密不可分的
關係。

　　赫德在《論語言的起源》一書中，雖然一方面透過批判孔狄
亞克等人的「語言的動物起源論」，贊同亞里士多德所言，像野
獸一般所發出的未區分音節的聲音，還算不上是由人類所說出的
詞語。但另一方面，赫德卻也在該書的第一句話，就明確地指
出：「當人還是動物的時候，就已經有了語言。」[30]這種看起來互
相矛盾的說法，其實是顯示赫德並非不理解介於人類的符號性語
言與動物的信號語言之間的差別，而是他立意要反對在亞里士多
德語言工具觀中，關於「語音之語意無關性」的預設。赫德主張
語言的語音表達對於知識概念的語意內含具有建構性的作用，這
是因為他洞見到，在我們能將表象綜合成對象時，不能僅像康德
一樣只預設知性的綜合統一活動，而是還必須進一步說明，使我
們能從表象的雜多中認取出特定特徵的依據何在。如果我們必須
透過表象的綜合才能形成對象的認知，那麼表象的無限雜多將會
使知性綜合的過程，變成一個無盡而不可能完成的任務。然而，
幸運的是，我們對於對象的概念認知活動，其實只需集合特定的
一組特徵，以作為在認知中決定其外延適用範圍的分類基礎，這
樣我們就能透過分類識別而完成對於外在世界的經驗認知。為了

---

30 Herder, *Abhandlung über den Ursprung der Sprache*, 5.

說明在思考的過程中，使我們能決定必須認取哪一些必要的特徵，以能對該物形成足以「代表而象徵之」（表象）的概念內含之規定的基礎，赫德即在他的「語言的人類起源論」中，提出一套我稱之為「以音構義」的語言哲學理論。[31]

赫德不接受康德以先驗統覺作為綜合統一之最後依據的知識論主張，他的「語言的人類起源論」主張我們對世界的認知理解，必須能在語言詮釋學的基礎上，提出一個比先驗統覺這個抽象的認知主體更為根源的人類學—存有論奠基。康德以「反思」作為認知活動之主客區分的開始，但赫德認為反思活動本身必須立基於人類此在的存有論事實才能得到解釋。人若原本即素樸地與所在的世界冥合為一，那麼惟有當我們能意識到，相對於動物在其生活領域中受到本能的限定，人類實具一種「去中心化」的自由時，我們才能從「周遭環境」的牽繫中脫離出來，而真正面對一個有待自己去把握與創造的「世界整體」。赫德稱這種對人類此在的人類學處境的理解為「覺識」（Besonnenheit）。在覺識中，個人因其開始有了反思，才「面對」到這個他原本處身於其中的世界，並從而展開他對這個「對象世界」的認知。由於反思的關注需要注意力的集中，它因而只能是一種有意識的間斷性持續。在反思之一時又一時的關注下，我們所能認知到的，就只是在事物之無窮雜多的知覺表象中的某一些特徵。然而也惟有當我們能在感覺提供的無窮表象之汪洋中，把關注到的事物側面選取出來作為特徵，並透過知性的思考將之進一步綜合起來，以構成我們能藉以認識對象之概念的內含，這樣我們才能夠完成認知的工作。

---

31 以下對於赫德的討論，主要依據本書第一章的研究成果。

　　覺識對於赫德而言，並非意指在知識論中所必須預設的先驗統覺，而是人類因缺少本能規定而不得不接受的一種去中心化的自由狀態。覺識的反思一開始所呈現的是對人類此在實係一無所有，或其存在根本無所著落的自覺。就此而言，我們因覺識的反思而對置身所在的世界處境有所關注，但這種關注一開始並非像是動物的本能決定，有任何特定的主觀取向，而反而必須是一種開放自我的純粹傾聽。動物本能的生存興趣，把動物對世界的關注一開始就限定在一個特定的面向上。但人由於缺乏本能，所以他對世界反而能保持完全的開放。此時，惟有事物在表象的過程中能產生引發我們傾聽的聲音，我們才會特別關注到它，並將之視為代表一對象的特徵，而加以從感性表象的汪洋中選取出來。在此人類能發展思維能力的可能性，即與人類語言的起源問題密不可分。因為，如果特徵認取的過程即是經由傾聽存有的聲音而決定的，那麼我們要能形成概念、完成思考，即同時意味著我們必須能在語言的言說中，把這一連串的聲音作為分節音而說出來，以使整個特徵認取的過程在反思中再度成為認知的對象，而構成我們所謂的對象的表象。赫德稱這種在覺識反思中，透過語言的音節區分活動，以形成思想之概念表象的過程為「命名」。在此由於概念的語意內含是透過我們傾聽存有的發聲，而在覺識的反思中選取出來的特徵集合，因而我們也可以把赫德主張語音參與表象建構的觀點，稱為「以音構義」的語言理論。由此可見，在赫德的「以音構義」理論中，不僅亞里士多德語言工具觀的「語音的語意無關性」預設無法成立，至於「語意的約定俗成性」主張，也因為赫德強調以「聽覺的存有論優先性」，來說明以語音的區分音節表達作為建構詞語之語意內含的特徵選取依據，而不再具有理論的必然性。

　　赫德以「命名」的過程，來解釋人類詞語的語言起源過程。他把在覺識的反思中所形成的詞語，稱為是人類心靈的「內在詞語」。赫德以傾聽自然的發聲，來解釋我們能在覺識的反思中構成這種內在詞語的依據。然而一旦我們用來命名對象的名稱，只是我們心靈內在的詞語，那麼赫德又如何能解釋，這些具有特定語意內含的詞語，能夠在自己的內心之外，同時還能作為與他人溝通的媒介？對於赫德而言，問題因而在於：既然詞語的語意內含是透過語言在區分音節的活動中，對於雜多的表象進行特徵選取而規定出來的，那麼要說明詞語的語意內容如何具有跨主體可溝通性之意義一致性的基礎，就等於必須進一步說明，在對象概念的特徵規定中，透過語音選取表象的依據，如何能得到大家共同的「承認」。否則，各自在每個人內心中所形成的「內在詞語」，將無法作為溝通理解的媒介。為了解決這個問題，赫德最後訴諸聽覺在人類認知活動中的優位性。透過聽覺的聯覺能力我們得以把各種感官所取得的表象，作為對象的特徵而連結起來。至於這種選取如何能取得語言使用者共同的承認，則有待於我們每一個人都能開放地傾聽來自存有自身的聲音。就像羊兒咩咩的叫聲，即能作為我們認取這個特徵以標指這個對象的客觀（存有論上）依據。而由此形成的詞語，也因而具有作為溝通媒介的可能性。就這種傾聽存有自身的言說，並以區分音節的聲音加以回應的詞語命名過程，赫德因而得以把他的論點總結為：

　　　　人類的第一個思想，按其本質而言，即是做出能夠與他人進行對話的準備。第一個為我所掌握的標記，對我來說是一個標記詞（Merkwort），對於他人來說則是一個傳達詞（Mitteilungswort）。由此人類就發明了詞語與名稱，並用之以標

幟聲音與思想。[32]

　　洪堡特接受上述赫德語言哲學大部分的想法，直到他在寫作
《普遍的語言類型之綱要》時，才明確地意識到他有必要在兩個
方向上，嘗試突破赫德語言觀的局限性。洪堡特不接受赫德訴諸
聽覺的優位性，以從傾聽存有自身的發聲，來作為說明語詞之語
意內容的可傳達性與可溝通性的客觀基礎。赫德把亞里士多德說
明「存有者之為存有者」的形上學存有論問題，看成是在語言起
源的命名活動中，把「某物理解為某物」的詮釋學問題。這雖然
凸顯出他以「語言與理性的同構性」，來反對亞里士多德把語言
視為只是透過人為約定以標指心靈表象或思想對象的外在記號，
但卻還不能真正回應在亞里士多德語言工具觀中「言談結構之無
涉客觀真理性」的挑戰。洪堡特一方面從經驗上提出異議，指出
即使聾子也能做出音節區分的語言表達，因而不是聽覺而是「知
性的行動」（Verstandshandlung）才是分節音的區分基礎。[33] 更根
本的則是，洪堡特認為一個詞語的區分音節之發音，並不是單由
這個詞本身所決定的，而是必須由整個句子（甚至整個語言）的
表達方式來決定。語言的本質若即是分節音，那麼語言的研究即

---

32 Herder, *Abhandlung über den Ursprung der Sprache*, 47.

33 洪堡特在《普遍的語言類型之綱要》中，意有所指的批評赫德說：「在語言
　　中，思想的本質所需要的根本就不是耳朵所聽來的東西。換言之，如果我們
　　把『分節音』（articulirter Laut）區分成『區分性』（Articulation）與『聲響』
　　（Geräusch）兩部分，那麼在語言中思想的本質所需要的是區分性而不是聲
　　響。區分性是基於精神施加於語言發聲工具的強力，這是它用來處理聲音，
　　以使它能相應於它自己的作用形式所必需要的。」參見 Humboldt, *Grundzüge
　　des allgemeinen Sprachtypus*, 375。

應先研究整個語言表達的有機運作程序，而不只是研究單一詞語的語音來源。為了說明他自己對於語言的比較研究之方法論進路的正當性，洪堡特乃在論「一般語言的本質」中，對於語言參與表象建構的過程，提出了與赫德相當不同的論述，以為語言的言說如何能作為真理之客觀普遍性的建構基礎，做出解釋，他說：

　　主體的活動在思維中建構客體，沒有任何一種表象可以被視為只是對既有的對象的純粹觀看。感官的活動必須能與精神的內在行動綜合地連結在一起，那麼出於這種連結，表象才能相對於主體的 [思維] 力量，而將自身剝離出來成為一客體 [的存在]。一旦對於這個客體有新的知覺，它即反過來作用於主體的 [思維] 力量。為此之故，語言是不可或缺的。因為惟有在語言中，精神的追求才能經由嘴唇而開闢出它自己的道路，而其言說的結果也又可以再度回到他的耳朵中。這樣一來，表象才能被轉移成真實的客體性，而又不至於失掉其主體性。這只有語言才能辦到，如果沒有語言總是默默地在事先進行著轉移的作用，則包括概念的建構，及其連帶所有真正的思想 [活動] 都將是不可能的。我們毋需限於人與人之間的信息傳達，因為即使在個人自我封閉的孤獨狀態中，言說也是個人思想的必要條件。在 [實際的] 現象上，語言卻只能透過社會而發展。因為惟當吾人能在他人身上，考驗他自己所使用的語言的可理解性，那麼他才能理解他自己 [……] 當個人自己建構的詞語能在他人的口中再度被講出來，那麼詞語的客觀性才能得到提高。在此主體性並不會遭到任何剝奪，因為人總能感受到他與其他人同樣是人。我們甚至可以說，當那些在語言中得到改變的表象，不再專屬

於一個主體，那麼人的主體性反而可以因而得到加強。[34]

　　這段話的一開始就顯示出，洪堡特重新肯定康德對於知性自發性的先驗主張，但他接著試圖把康德的先驗哲學與赫德的語言哲學結合在一起，形成自己關於語言參與表象建構的新構想。洪堡特指出思想既然是主體在語言中建構客體的活動，那麼語言的區分音節活動即需相應地有其在「知性行動」之形式上的綜合基礎。語言的聲音表達使轉瞬即逝的思想活動，成為一可知覺的表象（這可說是詞語第一重意義的客觀性）。但這種透過分節音使思想的綜合活動形成表象的過程，若只是赫德所說的內在語言，那麼嚴格說來仍與幻相無別。洪堡特不接受赫德從傾聽存有的言說，來解釋語言之可理解性的基礎，他認為我們心靈內在形成的詞語，惟有透過對話的交談，以能在他人那裡得到回應，那麼我才可能有客觀的觀點來看待我的表象作為客觀之物（這可說是詞語第二重意義的客觀性）。在此，這種透過自我與他人共同承認的詞語客觀性，因而是與人類的「社群性」之解釋密不可分的。為了說明語言與人類的社群性之密不可分的關係，洪堡特後來又花了一兩年的時間，來研究「雙數」與「人稱代詞」這些語言形式的使用。而這個研究成果，使得洪堡特相信他可以基於語言的內在結構，而不需訴諸形上學實在論的預設，來說明我們所理解的世界的客觀性，以及人之真正主體性的基礎。一旦洪堡特這個觀點能夠成功地建立起來，那麼他就可以突破亞里士多德基於「言談結構之無涉客觀真理性」的說法，並得以進一步主張：語言哲學不應僅局限於研究命題的邏輯語法，而更應去研究使溝通

---

34 Humboldt, "Über die Verschiedenheiten des menschlichen Sprachbaues," 155.

的普遍可理解性成為可能的語言交談結構。

洪堡特如何進一步從語言結構的人稱代名詞系統，解釋言說的普遍可理解性，並因而形成他對理性之對話性的看法，我們將在下面第四節再加以解釋。在此之前我們應先檢討，洪堡特借助將赫德的存有論語言觀加以先驗哲學化，以用來取代亞里士多德─萊布尼茲傳統的語言工具觀，將無法避免會產生的語言相對主義難題。亞里士多德傳統的語言觀主張語言的不同只是語音的不同，它作為表達共同思想內含之約定俗成的工具，並不影響語言的語意內含。語言哲學因而可以致力於邏輯語法學的研究，以證立人類具有普遍而共通的思想與理性。但現在洪堡特既然主張「語言參與表象的建構」、「語言起著組織思想的作用」、「語音能發展出精神內容」等觀點。那麼語言就不再只是標指同一事物或表象之約定俗成的記號系統，而是它參與了我們所理解的世界本身的建構。然而，正如亞里士多德與我們每一個人所見的，由於現實上的語言不僅是各民族都不同的，甚至每一個人說話的意思都有不同。因而，一旦參與表象建構的不只是普遍的語言，而是每一個人每一次的言說，那麼這當然表示我們不能再如傳統的語言工具觀，可以先預設有獨立於我們之外的物自身世界，而是必須接受隨著語言的個別差異性將會產生世界觀相對主義的結果。洪堡特不但不逃避這種相對主義的理論後果，他甚至還把這種理論後果推論到最極端的情況，他非常令人訝異地說：

> 只有在個體性上，語言才擁有它最終的規定性，而也惟有這種最終的規定性才能完成概念[的建構]。一個民族雖然整體而言擁有同一種語言，但如同我們以下將會再說明的，並非在這個民族中的每一個個人，都擁有相同的語言。更精確

> 地說到底，實際上每一個人都擁有他自己的語言。沒有一個
> 人在使用詞語時，他所想的會與其他人想的完全一樣［……］
> 所有的理解因而總同時就是某種不理解（Alles Verstehen ist
> daher immer zugleich ein Nicht-Verstehen）——這是人們在實
> 踐生活中可以好好利用的真理——所有在思想與感受上的一
> 致，同時皆為某種分歧。[35]

但這樣一來，「語言理解如何可能？」就成為洪堡特自己必須先
回答的根本難題。

（三）魏斯格博對於語言之世界開顯性的解讀

如果真如洪堡特所言：「每個人都擁有他自己的語言」，「所
有的理解總同時就是某種不理解」，「所有在思想與感受上的一
致，同時皆為某種分歧」，那麼這就等同於，否定人們可以透過
語言達成相互理解的可能性，這樣甚至等於否定了語言本身的存
在。因為一般的理解概念都預設思想或感受是可以透過語言的溝
通，而達成彼此之間的一致同意。然而一旦所有的理解總同時就
是某種不理解，那麼理解與誤解就將失去原則上的區別。或者
說，理解只是在表面上可能，然而在事實上卻是不可能的。在字
面上的一致同意只是表面的，實際上我的思想與情感並無法克服
個別化的限制，而達到彼此之間的理解。因而一旦我們片面地停
留在洪堡特的這個說法之上，那麼我們就根本再也不能談論語言
或言語了。因為言說要有意義，不只是因為我們藉語言說了些什
麼，而更必須是它能得到他人共同的理解。換言之，如果誠如洪

---

35 Humboldt, "Über die Verschiedenheiten des menschlichen Sprachbaues," 182-183.

堡特所言，所有言說都完全是個別性的，任何普遍性與一致同意的理解都是不可能的，那麼我們最終只能前後一貫地否定語言本身的存在。因為嚴格說來，否定語言具有普遍的可理解性或可溝通性，等於是在摧毀語言本身。而真正要做一位語言相對主義者，即應當沉默不語。[36]

語言的個別性對於洪堡特的語言概念來說，是基本而不可放棄的觀點，但他的語言世界觀的相對性，又有否定理解的可能性與毀滅語言本身的潛在後果。這使得洪堡特之後的語言哲學家，試圖對語言世界觀的意義重新加以界定。魏斯格博即為其中最具代表性的新洪堡特主義者。他試圖指出，對洪堡特而言，語言世界觀只是開始階段的說明。當洪堡特談到語言的世界觀時，其實是把它當成是語言之精神力量的建構結果。語言世界觀是語言的「成品」（ergon, Werke），然而洪堡特語言觀的核心卻是強調：「語言不是成品，而是活動」（Energeia, Tätigkeit）。[37]魏斯格博認為，洪堡特說明語言的世界觀，其實是為了凸顯語言的「精神形構力」（geistige Gestaltungskraft）。[38]他指出洪堡特是以語言的世界

---

36 這個批評可以進一步參見Tilman Borsche, *Sprachansichten—Der Begriff der menschlichen Reden in der Sprachphilosophie Wilhelm von Humboldts*（Stuttgart: Klett-Cotta, 1981），69-70.

37 Wilhelm von Humboldt, "Über die Verschiedenheiten des menschlichen Sprachbaues und ihren Einfluß auf die geistige Entwicklung des Menschengeschlechts," In *Wilhelm von Humboldts Gesammelte Schriften*, Hg. Königlich Preussischen Akademie der Wissenschaften, Bd. 7（Berlin: B. Behr's Verlag, 1907），46.

38 魏斯格博分別用 "Sprache als einer Kraft geistigen Gestalten" 或 "gestaltende Kraft" 等字眼，來說明洪堡特說「語言是一種活動」的意思，我將之統稱為語言的「精神形構力」。請參見Weisgerber, *Vom Weltbild der deutschen Sprache*, 9-22。

觀作為「精神形構力」的核心，亦即如同洪堡特所說的：「語言不是為了互相理解的目的而使用的交換媒介，而是一個真實的世界，這是精神經由它的力量的內在工作，而在精神與自己，以及精神與對象之間所必須設立的」；[39]或者說，在語言中的世界觀只能如下地被展示出來：「當語言在著手對對象進行工作時，它就使得精神成為與構成世界之概念觀點密不可分的整體關聯。當這種轉變（Verwandlung）發生時，語言的世界觀即展現出來。」[40]

　　可見，雖然每一種語言或每一次的言說，其所呈現的語言世界觀都有差異性存在。但這正顯示我們並無法認識獨立於語言之外的物自身世界。「世界在語言中轉變」（Verwandlung der Welt in Sprache），這即是說，由於世界是在精神形構的過程中才呈顯出來，因而世界在每一次的言說中，都能變換成人類精神自身創造的某一種世界觀點。語言對世界有所說，每次言說所具的意義差異性，正代表我們在理解語言、詮釋世界時的無限開放性。我們透過語言所建構的語言世界觀，將人類生活世界當前化成為可通觀的整體。每一種不同的語言，或每一次不同的言說，都創造了對於世界的新理解，發現了新的真理。在這個意義上，我們才能理解洪堡特說這些話的真正涵義：「透過思想與詞語彼此之間的相互依賴，可以清楚地闡明，語言在根本上並非是用來呈現已知的真理，而毋寧是用來發現我們先前未知的真理。語言的差異並非只是聲音與記號的差異，而是世界觀（Weltansicht）自身的差異。所有語言研究的基礎與最終目的都包含在這裡面。」[41]或用魏

---

39 Humboldt, "Über die Verschiedenheiten des menschlichen Sprachbaues und ihren Einfluß auf die geistige Entwicklung des Menschengeschlechts," 176.

40 Humboldt, *Grundzüge des allgemeinen Sprachtypus*, 387.

41 Humboldt, "Über das vergleichende Sprachstudium in Beziehung auf die verschiedenen

斯格博的話來說，他依據洪堡特：「語言是精神之永恆重複的工作」[42]之觀點，指出每一種語言都像是一條道路，它的目的在於透過精神內在的力量，把生活世界轉化成人類精神的財富。而語言研究的意義與價值，即是要能透徹理解語言是如何把世界轉化成人類精神的財富。[43]

魏斯格博指出，相對於語言世界觀作為語言的「成品」，洪堡特將作為「活動」的語言稱之為「語言的內在形式」。「形式」是指「活動」，這基本上是取法希臘自然哲學的目的論概念，把形式當成是現實性的動力來源。洪堡特把語言當成是建構思想的器官，這種有機體的語言觀隱含著「理解」同時就是一種創造的活動。魏斯格博因而認為，世界觀就其語言內容的充滿來看，可視為「成品」或結果，然而就世界觀作為「活動」的觀點來看，它是一種不斷發展的現實性。它不是靜態的，而是作為一語言社群在其世界理解之語言詮釋的活動中，不斷開顯出新的真理認識之精神創造的過程。就此而言，魏斯格博即稱洪堡特主張不同的語言具有不同的「語言世界觀」，事實上所強調的乃是：語言的內在形式作為一種精神性的形構力，具有開顯我們所理解的世界的功能。[44]

Epochen der Sprachenwicklung," 27.

42 Humboldt, "Über die Verschiedenheiten des menschlichen Sprachbaues und ihren Einfluß auf die geistige Entwicklung des Menschengeschlechts," 46.

43 Weisgerber, *Vom Weltbild der deutschen Sprache*, 11.

44 也由於對於語言內在形式的強調，使魏斯格博強調一種非僅關注特定語言的文法形式，而是關注與使用該語言之民族共同體建構其世界觀有關的「內容相關語法」，他因而一直致力於對他們的母語──德語世界觀的研究。

三、語言世界觀的相對性與洪堡特的非同一性意義理解理論

　　上述魏斯格博的論點，似乎已經把洪堡特從威脅到語言存在的語言相對主義之泥沼中拯救出來，但他卻是付出把語言的相對普遍性，寄託在由母語的世界觀所代表的民族精神之上。魏斯格博由於考慮到個別的言說根本無法成為語言研究的對象，他因而轉以母語作為研究內在語言形式之精神形構力的「內容相關的語法」（Die inhaltbezogenen Grammatik）。魏斯格博強調洪堡特語言世界觀的世界開顯性作用，但他並沒有在作為一般的意義理解理論之語言哲學的層次上，發展洪堡特的觀點。他所從事的仍然只是對於表現在母語世界觀中的語言世界開顯性，進行經驗性質的語言學研究。然而正如 M. Böhler 所說的，洪堡特語言世界觀的論點，幾乎無法避免會讓人聯想到他主張的是：「思想的完全相對主義」、「語言的民族主義」與「透過民族語言的精神決定論」。[45]從這種疑慮來看，魏斯格博的洪堡特詮釋，似乎反而更加深了人們認為洪堡特的語言哲學係主張語言的民族主義之印象。由此可見，如果洪堡特論語言世界觀的相對性沒有辦法提高到一般而言的意義理解理論的層次上來做適當的分析，那麼洪堡特在《論人類語言結構的差異及其對人類精神發展的影響》中的觀點，就難免會一再地被誤解成是主張「民族的精神決定論」。持「薩丕爾─沃爾夫假設」的美國語言相對主義者，即持這種觀點解讀洪堡特的語言哲學。我們因而有必要在這一節中，（一）先對這種看法提出批評；然後（二）再依據德國學者博許的觀點，說明洪堡

45　Böhler（Hg.）, *Wilhelm von Humboldt—Schriften zur Sprache*, 238.

特的語言相對論最多只是主張語言的「意義非同一性」（Nicht-Identität der Bedeutung）；[46]以能在最後（三）對洪堡特所試圖建構的一般意義理解理論，做出比較正確的闡釋。

（一）布朗對於語言相對性主張的分析

美國語言學者布朗曾對洪堡特語言世界觀的相對性，提出非常詳細的研究，他宣稱洪堡特的語言哲學代表一種「強義的語言相對主義」。布朗把洪堡特對於語言相對性的主張，綜合成以下三個命題，[47]為了討論之需他更將第一個與第三個命題再細分成兩個平行的子命題。我將他對洪堡特語言相對性的看法重新統整如下：

（1）語言的結構對於它的使用者的某些心理活動過程具有決定性影響；

　　（1a）語言的結構對於它的使用者的知覺活動過程具有決定性影響。

　　（1b）語言的結構對於它的使用者的思想活動過程具有決定性影響。

（2）不同的自然語言其結構是不同的；

（3）自然語言的結構是穩定的，它不能被個別言說者的努力所改變；

　　（3a）自然語言的結構是穩定的，因為它們已經達到完全成為有組織的整體之地步。

46　Borsche, *Sprachansichten*, 77.

47　Brown, *Wilhelm von Humboldt's Conception of Linguistic Relativity*, 114-115.

（3b）自然語言的結構是穩定的，因為個人對於改變它所
隸屬的民族團體的語言習慣是無能為力的。

　　在這三個主要的命題中，前兩個命題表述洪堡特「思想的相
對主義」之主張，第三個命題展示洪堡特「語言的精神決定論」
之內涵。布朗透過詳細的考察，指出第一個命題的第一子題
（1a）反映了洪堡特受到康德的影響，主張知性的範疇結構具有
能對感性的表象進行綜合統一的作用；而第二個子題（1b）則顯
現他受赫德與哈曼主張語言是思想活動的必要條件的影響。從第
二個命題則可以看出，洪堡特受到浪漫主義如Schlegel等人對於
生命概念持整體論觀點的影響。至於第三個命題，則顯示洪堡特
接受由費希特與黑格爾所代表的時代風氣，認為個人只能在整體
中才能得到真正的發展，因而個人是無力抗衡全體的。布朗即試
圖用上述三個主要命題，來概括洪堡特終身致力於說明的：「人
類語言結構的差異」對於「人類精神發展的影響」之觀點。
　　布朗在此之所以稱洪堡特是「強義的語言相對主義者」，係
因布朗接受薩丕爾─沃爾夫的假設，把語言相對性主張細分成以
下三個命題：（i）介於自然語言A與自然語言B之間存在著結構
上的差異；（ii）這些差異與介於文化A與文化B中的行為結構之
間的差異有關；（iii）語言A的結構決定了在文化A中的行為結
構，依此類推。[48]布朗稱主張前兩種命題者，為「弱義的語言相對
主義者」；而那些進一步主張第三個命題者，才是「強義的語言
相對主義者」。就這三個命題加以比較，即知布朗所謂的強義的
語言相對論者，即指除了承認語言相對性的事實之外，還持語言

---

48 Ibid., 11.

的差異是決定人類思想與行為模式之不同的語言決定論觀點。他
認為洪堡特在上述命題(1)中所主張的思維與語言的同一性，在
命題(2)中的語言整體結構主義，與在命題(3)中主張個人不能
改變語言整體結構的論點，正是在語言哲學的基礎上，為我們能
從弱義的語言相對主義（承認語言結構之民族差異性的事實）過
渡到強義的語言相對主義（主張語言結構決定了人類思維與行為
的不同發展），提供了強而有力的論證，他因而宣稱洪堡特的語
言哲學即是語言相對主義真正的思想來源。[49]

　　布朗雖然也不否認，在洪堡特的著作中經常出現像是整個人
類只有一種語言，或個人可以對語言做出不同表達的可能性等等
的說法。但他藉Wilhelm Lammers的解釋架構，指出洪堡特的語
言研究原本即可以區分出：「個人」、「民族」與「人類整體」這
三個語言使用的不同層次。[50]在這三個層次中，個人的確可以對
語言的使用做出個人的創新，或將其用法做私人的某些改變，而
就人類全體我們也可以預設有一共同的語言能力。然而一旦我們
開始透過人類共同的語言能力，對自然或環境做出個別的創造性
反應，進而形成具有某種「實現類型」的民族語言之後，那麼正
如有機體的自發性作用一樣，民族語言也具有自發運作的能力。
已經實現的有機體之自動自發的獨立運作，在原則上根本就無法
隨個人的意志的轉移，而能被加以主觀任意地改變。因而只要
承認上述命題(3)中的子命題（3a），那麼接受命題（3b）的主
張，即是理所當然的。就此而言，即使想透過Weisegerber主張

49　Ibid., 109.

50　Ibid., 119-120. 布朗在此所採用的參考架構來自 W. Lammers, *Wilhelm von
　　Humboldts Weg zur Sprachforschung 1785-1801*（Berlin: Junker und Dünnhaupt,
　　1936), 58。

的「母語的世界開顯性功能」來拯救語言世界觀的相對性，但
正如（與布朗在同系列出版論著的）Robert L. Miller所言的，這
最多只能造就一種「洪堡特主義者的種族語言學」（Humboldtian
Ethnolinguistics）。[51]布朗最後即將洪堡特語言世界觀的相對性總結
為：

> 簡言之，洪堡特的語言相對性概念，主張所有的語言都是
> 對原初情感表達的行為加以客觀化而形成的世界，它獨立於
> 個人之外，並構成民族的集體性。各種不同的民族語言可被
> 理解成：透過介於外在世界的現象、民族最深層的特性與語
> 言自身作為自我組織的存在物這種本性之間的互動，所發展
> 出來的結構整體。惟有透過以語言作為媒介，外在世界才能
> 被知覺與思考。不同的語言結構所導致的不同世界觀，相對
> 而言是穩定的，它們抗拒個人想改變它們的努力。[52]

從這個總結來看，M. Böhler擔心洪堡特的語言哲學會被誤認為
是：「思想的完全相對主義」、「語言的民族主義」與「透過語言
的精神決定論」，在美國語言相對論者的洪堡特詮釋中卻彷彿正
好是夢魘成真。

（二）博許對於語言相對性解讀的批判

上述布朗對於語言相對性所做的精神決定論的強義解讀，事

---

51 Robert Lee Miller, *The Linguistic Relativity Principle and Humboldtian Ethnolinguistics*（Hague: Mouton & Co, 1968）.

52 Ibid., 116.

實上並不完全違背洪堡特自己說過的一些話。例如洪堡特的確說過：「很清楚的，個人能用來對抗語言之威力的力量，是極為渺小的。」[53]洪堡特主張以語言作為建構思想的器官，這種語言有機體具有獨立於個人之外的自發運作功能，這使他主張：「每一個人都擁有他自己的語言」、「理解總同時就是某種不理解」等觀點。這被布朗解讀成持語言決定論的強義語言相對主義觀點。針對布朗綜述洪堡特論語言相對性的三個命題，語言普遍主義者雖然可以先批判第二個命題，亦即批評：「不同的自然語言其結構是不同的」這個論點。正如他們可以基於洪堡特經常強調的：「根本說來，[人類]只有一種語言」[54]來反駁語言相對主義。但這樣的反駁反而可能會付出失去洪堡特主張不同的語言世界觀具有開顯新的真理性之深刻洞見的代價。所以我們在此可以先不論洪堡特所謂人類的共同語言，是否即是語言普遍主義者所指的深層語法，而應該先強調洪堡特所重視的是言說而不是語言。因為即使我們贊同語言普遍主義者，主張人類具有共同的語言能力，但語言普遍主義卻也不能否認被真實言說出來的日常語言，它們仍然具有不可化約的個別差異性。真實言說的理解差距，並不會因為有語言普遍主義的假定，就可以被消除。可見，面對布朗對於洪堡特語言觀所做的強義語言相對性解讀，我們應優先予以回應的問題並不在於，人類的語言能力是否是相同的。而在於不同語言的結構差異性（布朗的命題2），對於思維與感知所產生的影響（命題1a與1b），是否強烈到會使以語言作為自發運作的有機體結構，完全（或部分地）決定了該語言社群之成員的思維與行為

53　Humboldt, "Über die Verschiedenheiten des menschlichen Sprachbaues," 182.

54　Ibid., 112.

方式（命題3a與3b），以至於持不同語言世界觀的人，在原則上是無法互相理解的。

博許（Tilman Borsche）即曾非常有洞見地指出，我們會把洪堡特的「所有的理解總同時就是某種不理解」或「所有在思想與感受上的一致，同時皆為某種分歧」，稱作是一種「相對主義」的語言觀，這其實是反過來先預設了人與人之間透過語言達成完全一致的理解是可能的。然而如果語言的完全一致理解是不可能、不需要甚或是不允許預期的，那麼我們稱洪堡特主張「每一個人都有他自己的語言」是一種語言相對主義就毫無意義可言。博許因而主張應將語言相對主義區分成兩種：一種是「純粹的語言相對主義」（Reiner Sprachrelativismus），一種是「語言學的相對主義」（Linguistischer Relativismus）。[55] 博許認為洪堡特的語言哲學可以稱為「語言學的相對主義」，因為只要洪堡特主張語言世界觀的世界開顯性，反對語言只是作為標指具意義同一性之外在事物的工具性記號，那麼語言的言說的確不能達成語言工具觀所預期的目的。意即我們無法透過語言來把具意義同一性的心靈表象或對外在世界的客觀經驗，傳達給他人而達到對世界的一致理解。

洪堡特雖然主張，「所有的理解總同時就是某種不理解」或「所有在思想與感受上的一致，同時皆為某種分歧」，但洪堡特並沒有因而就反對透過語言進行互相理解的可能性。布朗等人從洪堡特的「語言學的相對主義」，引申出一種否定相互理解之可能性的「純粹的語言相對主義」觀點。然而他們並沒有嘗試去解釋，是否語言的理解根本就不需要像語言工具觀一樣，必須在訊

55　Borsche, *Sprachansichten*, 70.

息傳遞方面預設語言的意義同一性。博許指出,「純粹的語言相對主義」之所以否定相互理解的真正可能性,即在於他們根本還沒有脫離對象化的語言觀點,以為所謂的理解就是透過語言在說者與聽者之間正確無誤的訊息傳遞過程。對博許而言,純粹的語言相對主義的理解理論,其實是預設了以下這兩個前提: 56

(1) 思想的傳達雖然不是直接的,但經由語言的中介仍是可能的;

(2) 為了傳達的目的,個人的意識必須先將他的思想翻譯成普通的語言,而另一個意識則必須能將同一個思想翻譯回來。

這種理解理論的典型形態,表現在一些主張語言的發送與接收係透過聲耳渠道(或借助其他媒體),進行編碼與解碼過程的記號學或傳播理論。一旦符碼的譯解過程能完全成功,那麼介於個人之間的思想與情感的完全一致性即可能達到。我們一般稱這種思想傳達的完全一致為「理解」。並以它作為衡量的尺度,將那些不完全的一致稱為「誤解」或「不理解」等有缺陷的理解形態。

博許指出,這種「理解」的概念如果是有意義的,那麼我們就得預設以下的要求在原則上是完全可以得到實現的:每一個事實上的陳述都應當是思想與情感的恰當表達,並因而是可理解的。這種應然的要求表示所有的陳述要不是可理解的恰當表達,否則就是誤解或不適當的表達。但有問題的是,一旦我們要檢查我們的語言陳述,是否如實地表達了我們自己的思想或情感,或

---

56 Ibid., 71.

在檢查我們對他人的陳述，是否符合他人對他自己思想或情感的表達時，我們即需走出我們自己語言的理解範圍，進行一種後設的客觀判斷，然而這正是純粹的語言相對主義者自己也認為在原則上不可行的。認知的語言先在性，使我們無法超越語言進行後設的判斷。思想與表達之間的一致性是我們無法確定的。因而嚴格說來，依純粹的語言相對主義之觀點來看，介於「理解」與「誤解」之間並沒有固定的界限。[57]博許指出，純粹的語言相對主義者在此所做的推論太快了，他們忽略了另一種詮釋洪堡特語言相對性的可能性。洪堡特主張「所有的理解總同時就是某種不理解」，這並不一定必然得推論出介於理解與誤解之間不存在著原則性的界線；而是可以解釋成，洪堡特主張理解的可能性根本不必預設在語言工具觀的理解理論中的語言意義同一性。換言之，從洪堡特的語言世界觀相對性之論點，雖然必然會產生「語言理解如何可能？」的詮釋學問題，但這個問題的核心，並不在於是否任何理解都只是一種誤解的詮釋學主／客觀主義之爭，而是在於基於言說的意義非同一性之相互理解究竟如何可能？

（三）洪堡特的非同一性意義理解理論

　　純粹的語言相對主義者認為可以從洪堡特的語言世界觀理論，推論出理解與誤解沒有原則上區別的結論。但作為這個推論的前提所預設的，透過聲耳渠道進行符碼編譯的傳播理論，卻一點也不是洪堡特對於理解理論的主張。語言工具觀的理解理論，把語言看成是標示吾人共同的心靈表象或獨立外在的事物之記號。一個語句的意義要能被理解，即必須把這個語句還原成表述

---

57 Ibid., 72.

事態的命題。表述事態的命題作為意義同一性的基礎，彷彿就像
是一本思想的密碼簿，只要按照它編寫的規定，那麼我們在說與
聽的過程中，透過語句傳達思想或意圖，就可以無誤地進行編碼
與解碼的工作。在此只要符碼傳輸的編譯過程無誤，那麼語言理
解的工作就可以達成其一致同意的目的。這種語言工具觀認為，
不同的語句只要指涉同一個對象（或事態），那麼他們就具有作
為相同命題的意義同一性。但洪堡特的語言世界觀之論點，卻在
一開始就把指涉與意義區別開來。[58]雖然我們需要對象提供表象的
來源，然而一旦語言參與了表象的建構，那麼我們對對象所形成
的概念即是我們對對象的命名。詞語因而既非是對象的「摹本」
（Abdruck），亦非任意的「記號」，而是對對象在心靈中所產生的
「圖像」所做的詮釋。[59]

　　語言的本質若非只是用來標指或傳遞具同一性之心靈表象或
外在事物的工具，而是在理解世界的詮釋活動中，用來作為建構
對象之表象的意義結構，那麼洪堡特就可以說：「語言之所以是
一種世界觀，不僅因為每一個概念都必須經由它才能被掌握，因
而語言與世界所及的範圍是一樣大的。更是因為，惟有透過語言

---

58 Lafont認為洪堡特主張語言具有開顯世界的功能，並以此批判亞里士多德的
　語言工具觀，這顯示洪堡特的語言觀在意義理論方面，是持意義決定指涉的
　立場。參見Cristina Lafont, *The Linguistic Turn in Hermeneutic Philosophy*
　(Cambridge, Mass.: The MIT Press, 1999), 22f。而Conte也認為，洪堡特與日後
　的Frege一樣，都將「意指」（Bezeichnung）與「意義」（Bedeutung）區分來
　開，參見M.-E. Conte, "Semantische und pragmatische Ansätze in der Sprachtheorie
　Wilhelm von Humboldts," *History of linguistic thought and contemporary linguistics*.
　Hg. H. Parret（Berlin & New York: Walter de Gruyter, 1976), 619。

59 Humboldt, "Über die Verschiedenheiten des menschlichen Sprachbaues und ihren
　Einfluß auf die geistige Entwicklung des Menschengeschlechts," 60.

對於對象的預先變換，才使得精神能夠洞見到那與世界的概念不可須臾分離的［意義］整體關聯性。」[60]洪堡特在此已經區分出「語言世界觀」兩種不同的涵義。如果我們把語言作為建構思想的器官，理解成先驗的知識建構主義，那麼基於不同語言的內在形式所建構出來的語言世界觀，的確無法避免世界觀相對主義的結論。亦即一旦我們只停留在以「語言與世界所及的範圍一樣大」的語意封閉性，來理解語言世界觀的開顯世界功能，那麼這樣的世界觀必定具有差異不同的主觀相對性，介於他們之間並不具有相互溝通的可能性。但如果我們能更進一步主張語言世界觀是指：世界是透過語言預先對它進行轉化的過程，它才能開顯作為我們所能認知的世界，那麼這就並非強義地指主體係透過語言先驗地建構出我們所能經驗到的現象世界，而只是弱義地指我們在理解世界時總需要一些理解的前結構，以使我們能將世界置於一個有意義關聯的整體脈絡中，來加以理解。

　　語言世界觀作為我們理解世界所必須預設的意義整體關聯性，它作為理解的可能性條件，當然具有無法解釋其「早已經存在於此」（immer schon da）的必然先在性。語言世界觀對於語言使用者所具有的先在性與意義整體性，使得它一方面對於語言使用者具有「無法奠基的條件限制性」（unergründliche Bedingheit）；[61]另一方面，一旦語言世界觀的意義整體性是我們理解世界的必要條件，那麼我們就不可能走出語言的整體結構，去為我們自己的語言世界觀的客觀性進行最終的奠基。[62]在這兩方面的意義下，語

60 Humboldt, "Über die Verschiedenheiten des menschlichen Sprachbaues," 180.

61 Borsche, *Sprachansichten*, 68.

62 Lafont, *The Linguistic Turn in Hermeneutic Philosophy*, 32.

言世界觀的確都具有決定論與相對性的意含。語言世界觀之無法
奠基的條件限制性，是我們作為語言的使用者無法選擇而只能接
受的；我們無法走出我們語言的結構整體性，因而我們每個人都
只能理解自己的語言，或者說所有的理解都只是局限在各自語言
世界觀界限內的一種不理解。但值得注意的是，洪堡特所論的這
種基於語言之意義整體性對於世界理解之無法奠基的條件限制性
所造成的相對性，只是說明我們對於世界理解的意義非同一性，
而與因個人的主觀任意性或歷史的偶然性所造成的相對性沒有直
接的關係。洪堡特承認語言世界觀的相對性，只是為了限制我們
把在語言世界觀中的片面理解，宣稱成具有反映世界本身或對世
界的理解具有最終奠基之客觀真理性，以保有我們對世界理解的
開放詮釋具有無限的可能性。在這個意義下的語言世界觀的相對
性，只是反對基於形上學實在論所主張的絕對真理性，而非反對
相互理解的可能性。我們因而很可以接受在語言世界觀之意義整
體性中的相對性，但卻不必因而就斷言我們進一步的相互理解是
不可能的。只要我們不要把語言世界觀理解成一個語意封閉的世
界，那麼任何可能的世界詮釋對我們而言都還是開放的。[63]

　　由此可見，洪堡特一方面說：「所有的理解總同時就是某種
不理解」，或「所有在思想與感受上的一致，同時皆為某種分
歧」，但另一方面卻好像又自相矛盾的說：「在人之中所具有的共
同性，遠比在語言中所具有的共同性更多。在那些即使經過仔細
的考查也找不到語言能為理解提供橋梁的地方，人也能輕易地理

---

[63] Jürgen Trabant即批評美國的語言相對論者把語言的差異性絕對化，而把每一
　　種不同的語言都看成是與其他語言具有不可共量性的「語意封閉的宇宙」。
　　參見Trabant, *Artikulationen—Historische Anthropologie der Sprache*, 23。

解人」，[64]就不顯得奇怪了。因為這表示，洪堡特其實是預先肯定人具有追求理解之一致同意的普遍溝通能力。因而即使現實的語言結構具有差異性，但透過具普遍溝通資質的共同人性，介於人我之間即仍有相互理解的可能性。在此，我們因而可以說，洪堡特在其理解理論中提出了他的語言哲學的哥白尼革命，亦即：不是透過言談的傳達才使得理解的一致性成為可能，而是透過普遍可理解性的預設才使得言談的過程成為可能。而這正如 Cesare 所說的，對於洪堡特而言：「語言並不是使一致同意能被產生出來的手段，反而是在語言作為能被根源地經驗到的統一性中，透過理解的活動才能開顯出已經先行存在的一致同意之真實性。」[65]

　　洪堡特肯定人性的統一是我們可以超越語言的世界觀差異，並能為理解的一致同意提供可能性的基礎，這並不是說他只訴諸一些不證自明的共同人性之人類學假設，而是他認為言說與理解的活動原本即是完全相同的過程，它們都共同聯繫於人類認知能力的客觀性要求。人類對於詞語的理解，並不是依靠能在聲音與意指的對象建立起一種客觀的指涉關係，或心理學固定的刺激—反應機制，而是必須依靠我們用來掌握詞語的區分音節表達所需的「內在語言形式」（Innere Sprachform），[66]能夠內在地與我們共同的知性能力連結在一起。在介於言說與傾聽的理解過程中，說者與聽者都需要預設他們能遵守以語言的內在形式作為規則，以透過音節區分建構出詞語意義的能力。在這個意義下，洪堡特說：

64　Humboldt, "Über die Verschiedenheiten des menschlichen Sprachbaues," 112.

65　Donatella Di Cesare, "Wilhelm von Humboldt," *Klassiker der Sprachphilosophie*. Hg. Tilman. Borsche（München: Verlag C. H. Beck, 1996), 287.

66　Humboldt, "Über die Verschiedenheiten des menschlichen Sprachbaues und ihren Einfluß auf die geistige Entwicklung des Menschengeschlechts," 81.

在個別的差異中存在著人類本性的統一，最能說服我接受
這種說法的理由在於前面所說的：理解完全是基於「內在的
自我活動」（innere Selbstthätigkeit）。人彼此之間的言說只是
相互對於聽者之（語言）能力的喚醒而已。對於詞語的掌
握，與對於那些未區分音節的聲音的理解有所不同。對於掌
握詞語所需的，不僅僅是聲音與意指的對象之間的相互喚起
［……］如果在理解中必須被觸動的不是動物性的感覺能力，
而是人類的語言能力，那麼詞語就必須被當成是已有音節區
分的詞語而被加以掌握。當分節音能依其形式將詞語呈現為
語言之無限整體的一部分，這樣一來，分節音才能為詞語加
入意義。因為詞語（即使在個別的詞語中）惟有經由音節區
分，才有可能從多到不可計數的其他詞語的成分中，按照特
定的感受與規則被建構出來。[67]

洪堡特在此把言說與理解看成是同一種活動，他說：「我們能理
解聽到的詞語，只有當我們自己也會說這個詞語才可能。在心靈
中的任何東西都需要經由人們自身的活動才能現前地存在。因而
即使理解是被語言力量所觸動，但它與言說其實是一樣的。兩者
的不同只在於，理解是處在內在的接受性（Empfänglichkeit）
中，而言說則是處在外在的活動中。」[68]可見，如果說言說與理解
的活動原即是同一種過程，那麼理解的一致就不是透過言說的編
碼表達與理解的解碼之訊息傳輸過程才建構起來的，而是理解的
一致原本就是語言本身的言說行動所必須預設的。在理解的活動

---

67 Humboldt, "Über die Verschiedenheiten des menschlichen Sprachbaues," 176.
68 Ibid., 174.

中，說者的言說行動並不是正在把他內心所想的，直接透過語言傳達給對方，而是必須透過其用法為大家共同遵守的詞語，才能決定應該怎樣說才能使聽者明白他的意思。

洪堡特因而說：「我們言說，不是想要這樣說，就這樣說；而是應該這樣說，才這樣說。言談形式（Redeform）對人而言是一種對智性本性的強制。人是自由的，因為言談形式的本質在根源上還是屬於人自己的。我們只差沒有橋梁可以引導他從在連結現象的意識當下，走向這個他還不認識的根本事物。」[69]洪堡特在此所謂的「根本事物」，即上述與語言的內在形式聯繫在一起的共同知性能力。我們能在言說中意識到「不是我想這樣說，就可以這樣說」，顯示與共同的知性能力聯繫在一起的客觀性要求，對於我們言說活動的進行具有規範的效力。若缺乏這樣的客觀有效性的要求，那麼理解即將因為個人語言的主觀性而無法達成。在此，即使受到語言使用之規範性的約束，但這並非像是語言相對論者所言，我們被語言決定而無力改變它。我們仍是自由的，因為這些語言使用的規範性，其實正是我們透過相互承認所確立下來的世界理解的客觀性。在這個意義下，洪堡特說：「可認知之事物的總合，作為人類精神應當仔細加以研究的領域，獨立於各種語言之外，但存在於它們之間。對於這種純粹的客觀領域，吾人只能按自己的認知與感覺的方式，亦即通過主觀的道路來趨近它」；[70]或者說：「客觀的真理可從主觀的個體性的整個力量中產生出來，而這只有透過語言或在語言中才是可能的。」[71]

---

69 Ibid., 127.

70 Humboldt, "Über das vergleichende Sprachstudium in Beziehung auf die verschiedenen Epochen der Sprachenwicklung," 28.

71 Ibid., 28.

　　洪堡特把語言的言談形式與人類共同的知性能力連結在一起，這表示雖然「每一個人都有他自己的語言」，但是我們在言談時卻「不是想要這樣說，就這樣說」。言談預設了以達成相互理解為其內在的目的，我們因而才會一方面試圖在個人的表達中，遵守「應該這樣說，才這樣說」的語言使用規範；另一方面，當我們試圖把我們對世界的理解傳達給他人理解時，我們也必須預設超越在我們個人語言的世界觀差異之上，有一個「獨立於各種語言的［……］純粹客觀領域」，作為我們言談所共同論及的對象，否則我們言談所及的事態內容，就不會是針對一個共同的世界而言的。可見，我們之所以能透過語言的言談進行有意義的溝通，即預設了我們的言談是針對一個共同的世界，惟當我們預設我們的言談真實地表達了這個客觀的世界，我們才能假定它是能為他人所共同理解的，言談的有效性因而必須包含共識的真理性宣稱在其自身中，[72] 而不能只是語言世界觀的自我確定，對此洪堡特說：

　　一旦真理的泉源，及其對人而言具有無條件限制的確定性，只能存在於人的內心之中，那麼精神對於真理的追求就始終必須與欺騙的危險夾纏在一起。我們能清楚而直接感受到的只是真理在變動中的限制性。我們因而有必要把真理看成是存在於人之外的，而能夠用來趨近真理，或用來衡量我們與真理之間的距離之最有力的工具，即是我與他人之間的

---

72 此處我開始引入關於共識建構的語用學討論，來闡釋洪堡特在其語言觀中所提出來的理解理論。其進一步的詳細討論，請參見以下第4節的說明。

社會性統一。[73]

　　從上述分析可見，由於洪堡特主張「語言參與表象的建構」，他得出語言世界觀差異性的結論是順理成章的；但這樣的主張是否即表示洪堡特主張純粹或強義的語言相對主義，以至於否定了相互理解的可能性，這就不是理所當然的。布朗的分析顯然忽略了洪堡特對於理解理論的說明，而把洪堡特的語言世界觀絕對化成一個具語意封閉性的世界。透過博許的批判可知，對於洪堡特來說，語言世界觀的差異性其實只是指語言參與了表象的建構，因而語言形成了我們對於對象概念的預先詮釋，這種「沒有一個人在使用詞語時，他所想的會與其他人想的完全一樣」的「意義非同一性」，是使我們可以透過語言不斷開顯世界，並發現新的真理的可能性基礎。在此我們不再接受語言工具觀的觀點，主張語言作為約定俗成的記號，可以基於指涉有一個獨立於語言之外的對象而具有意義的同一性，以至於語言只能用來表達「既有的真理」。拋棄語言工具觀之表述事態的命題具有意義同一性的觀點，那麼語言世界觀的意義非同一性，即並非指世界觀、思想或理解的相對性，而是如Conte指出的，個別語言建構其世界表象所會產生的主觀詮釋，其結果反而可以用來說明：（1）語言具有豐富的同義詞，（2）理解的不完全性（Unvollkommenheit der Verständigung），以及（3）每一次言說行動的創造性等語言現象。[74]而這才符合洪堡特說，語言世界觀的差異性同時顯示人具有

73　Humboldt, "Über die Verschiedenheiten des menschlichen Sprachbaues," 174.

74　Conte, "Semantische und pragmatische Ansätze," 619

能對語言施加威力的自由性原則。[75]

　　純粹的語言相對主義者把洪堡特主張意義非同一性的理解理論，誤解成主張「理解」與「誤解」在原則上沒有差別的觀點，其原因就在於：他們把語言在公開使用中，其用法必須具有能被跨主體遵守的規範有效性，理解成民族語言的精神決定論；並且把透過語言世界觀之意義建構的非同一性所具有的理解開放性與世界詮釋的自由原則，說成是語言的主觀相對性。對洪堡特的語言哲學做強義的語言相對論解讀，因而是錯誤的。同樣的魏斯格博把語言創造的精神形構力，訴諸於母語使用的歷史性效力也是不充分的，因為母語的傳統約束力只是使用該語言之歷史社群對於世界理解之一致同意的共識建構結果而已。語言世界觀並非指我們的語言是一個語意封閉的宇宙，而是指意義的理解必須是一種不斷開放創造的活動過程。語言的表達要能不斷地創新，並使我們能達成對共同的客觀世界的一致理解，那麼我們就得在言談有效性中提出真理性的宣稱，這樣我們對於「獨立於各種語言之上的純粹客觀領域〔……〕才有可能達成不斷主觀地趨近它」。由此可見，當洪堡特依據赫德提出語言世界觀的論點，以在語意學方面突破傳統語言工具觀的語言哲學限制後，他若要能避免走向語言相對主義，以至於會有無法說明理解之可能性（或甚而必須否定語言的作用）的難題，那麼他就得從以語言作為表象世界的活動轉向語言在交談對話中的使用。而這種語用學向度的研究，正是洪堡特重新復活語言在詩學與修辭學中的意義表達具有真理的相關性，以突破亞里士多德語言工具觀傳統僅重視研究命題的邏輯語法之關鍵所在。

75　Humboldt, "Über die Verschiedenheiten des menschlichen Sprachbaues," 184.

四、洪堡特論理性的對話性與言説的語用學向度

我們現在轉向洪堡特的語用學研究，這其實是重新回到前面在第二節之第二小節中，洪堡特論詞語之第二重意義的客觀性問題。前面我們說赫德已經主張：「人類第一個思想，按其本質而言，即是做出與他人進行對話的準備。第一個為我所掌握的標記，對我來說是一個標記詞，對於他人來說則是一個傳達詞。」赫德想透過傾聽存有的發聲，來作為我們在詞語的區分音節中，能夠為詞語的語意內含規定其特徵選取的客觀承認基礎。但是這種強調聽覺的優位性，以傾聽自然的發聲來理解語言與思想的對話性之「存有論詮釋學」的構想，對於語言如何能從作為心靈的內在詞語過渡到能為相互理解提供可能性的公共詞語，卻無法做出明確的說明。對於語言建構的內在詞語如何排除世界觀的主觀相對性，赫德已訴諸人類對於自然原有同情共感的發音回應，來做出交互主體性的客觀性解釋，只不過這種解釋的猜測性成分仍然太高了。針對赫德的難題，洪堡特一方面借助在不同的語言結構中的內在語言形式，說明語言參與表象的建構不只是形成心靈內在的詞語而已，而是形成具有開顯世界作用的語言世界觀，以說明語言除了作為標記詞之表象功能外，其真正的作用更在於不斷開顯出存有的真理；另一方面，洪堡特也正視語言世界觀的相對主義傾向，他透過將相互理解的可能性建立在言談互動的社群性概念上，來為詞語的客觀性奠基，以說明語言除了作為傳達詞的溝通功能外，也是對歷史社群（民族）之生活互動形式的體制性建構。一旦洪堡特能透過言談對話的社群性來說明詞語意義的客觀性基礎，那麼他就能夠為赫德主張：「人類思想的本質即是做出與他人進行對話的準備」，奠定它在語用學上的真正基礎。

　　洪堡特在此其實已經開啟邁向當代以「先驗語用學」的理論架構，突破「存有論詮釋學」之限制的哲學思路。但洪堡特在論述「社群性」（Geselligkeit）的概念時，卻顯然遭遇到一些理論上的困難。因為他說：「語言只能透過社會而發展」；或者說：「惟有當個人自己建構的詞語能在他人的口中再度被講出來，詞語的客觀性才能得到提高」，這似乎又回到孔狄亞克等法國啟蒙主義哲學家的立場，他們將亞里士多德傳統的語意約定論，申述為語言的發明是基於傳遞訊息等社會溝通的實用目的。洪堡特若持這種論點，則他就必須棄守赫德等德國古典語言哲學家堅持：「即使在個人自我封閉的孤獨狀態中，言說也是個人思想的必要條件」[76]的語言先驗性立場。洪堡特為了能清楚地把作為語言之客觀性基礎的「社群性」概念，與語言工具觀的語意「約定性」區分開來，他乃在1827-1829年間，對於內在於語言中的人稱代名詞系統做了深入的研究，而寫出〈論雙數〉與〈論某些語言中方位副詞與代詞的聯繫〉這兩篇論文，以補充他原先在《普遍的語言類型之綱要》一書中，對於以社群性說明語言理解之客觀性基礎的不足，以嘗試把語言的溝通互動性與其先驗性結合成一種「先驗語用學」的構想。為了避免有過度詮釋之嫌，我們將先讓文獻本身來說話，亦即（一）我將先透過比較洪堡特論「雙數」與「代名詞」這兩篇論文的觀點發展，來看洪堡特對於作為語言原型之對話結構的分析；然後（二）再由此說明，洪堡特如何依理性的對話性結構，來論證語言的客觀性基礎；以能在最後（三）說明洪堡特語用學構想的先見之明及其局限性所在。

---

76 Humboldt, "Über die Verschiedenheiten des menschlichen Sprachbaues," 155.

（一）語言的社群性基礎

　　前面我們說在洪堡特出版的語言哲學著作中，對於「語言的本質」最完整的說明是在《論人類語言結構的差異》（1827-1829）的第二章中。而這一章的內容幾乎完全是摘錄自他未出版的著作《普遍的語言類型之綱要》（1824-1826）的第19-52節。若仔細核對這兩本書作之間的差異，就會發現《差異》一書的第二章唯一比《綱要》一書多出來的部分，就是他在《綱要》原稿的第31-32節之間，把〈論某些語言中方位副詞與代詞的聯繫〉（1829）這一篇論文的主要部分都抄錄進去，而成為《差異》一書第48-54節的內文。洪堡特在《差異》的第47節的注釋中，指出他在文中的一段話是直接摘自他的論文〈論雙數〉。洪堡特這個注釋其實是會造成誤導的，因那段話雖然是引自〈論雙數〉一文，但這一段話其實原本即是摘自《綱要》的第31節。只因《綱要》這本書在當時未曾出版，所以洪堡特才建議讀者參閱他在科學院所發表的〈論雙數〉一文。〈論雙數〉除了以大部分的篇幅說明洪堡特自己的比較語言學的研究方法與一些語言實例的分析外，對於雙數這種語言現象的哲學涵義的闡釋，主要仍依據《綱要》的說法。他額外增加的一段解釋，其實反而是引用自他後來在「論代詞」中的觀點，所以就對話作為語言原型的分析而言，〈論某些語言中方位副詞與代詞的聯繫〉這一篇論文的觀點其實是更具代表性的。

　　洪堡特在《差異》一書的第47節補充〈論雙數〉對於綱要原文的修訂，並將〈論代詞〉這篇論文的大部分內容原封不動地抄錄到《差異》一書的第48-54節之間。這顯示，洪堡特詳細研究雙數與人稱代名詞的語言性質，其實是要對「社群性」或在語言中

自我與他人之「相偶性」（Dualismus）[77]的概念，做出進一步的澄清。洪堡特與赫德一樣，反對在亞里士多德語言工具觀中所預設的「語音的語意無關性」，「語意的約定性」與「言說結構的無涉客觀真理性」，而主張語言的真正本質就是「分節音」（artikulierte Laute）。[78]他甚至說，語言學研究的所有努力就在於，如何透過語音表達出精神的作用。對於語言為何必需要有語音的參與，洪堡

77　洪堡特使用 "Dualismus" 這個詞來指在語言的本質中，存在著介於我與你之間的發言與回應的關係，其實並不很恰當。"Dualismus" 一般的意義是指「二元論」或「二元性」，這基本上是指對立性的關係。但洪堡特自己卻說，在語言交談中的我與你的關係，並不是對立的自我與非我之間的關係，所以他自己有時也用 "Zweiheit" 這個詞來代替 "Dualismus"，意指這是一種兩個人之間的關係。洪堡特用 "Dualismus" 這個詞，當然是因他這篇論文原即是〈論 "Dualis"〉（Über den Dualis）。但正如中文譯者姚小平教授，很正確地把（Über den Dualis）譯成〈論雙數〉，並說明這是因為在一般的單數與複數之外，在有些語言中還有許多「雙數」（Dualis）的特殊形態，例如中文的「咱們」就特別是指在場的我與各個你之間的雙數關係，而與作為複數的「我們」有所不同。但他對於 "Dualismus" 卻仍直譯為「二元性」，這樣就會容易讓人誤解洪堡特仍持主客對立的二元論立場。其實在中國哲學中，鄭玄注《中庸》「仁者人也」為「相人偶」，許慎的《說文解字》則說：「仁，親也，從人二」，他並將「二」解釋為：「獨則無耦，耦則相親，故其字從人二。」這就很符合洪堡特在此論 "Dualis"（「二」）的涵義，我因而建議把 "Dualismus" 翻譯成「相偶性」，以符合洪堡特原意。此外，由於洪堡特用 "Dualismus" 與 "Zweiheit" 所指稱的雙數兩人的我與你的關係，並不只是一般的我與你的關係，而是特別指我與你進行發言與回應的對話交談關係。因而在本文中，我也特別把洪堡特論在交談中的我與你的關係稱為「對話性」的關係。洪堡特雖然沒有在這些術語的使用之間做出嚴格的區分，但從介於自我與他人之間的「社群性」關係，到介於我與你之間的「相偶性」關係，一直到作為思想必須要求能在介於發言與回應之間建構出共識的理性「對話性」關係，事實上存在著洪堡特在語言哲學中非常重要的思想發展。

78　Humboldt, "Über die Verschiedenheiten des menschlichen Sprachbaues," 153.

特則特別提出三項理由來說明其必要性，他說：「語音在語言中的作用有三方面：智性的追求表達，發出聲音的感受性需求，以及社會性的交互影響對於思想建構的必要性。」79 可見對洪堡特而言，對於語言所具有的表象世界、表達情感與溝通互動等功能，語音的作用都是不可或缺的。

　　在語言所具有的這三項功能中，語音所具有的情感表達功能，以及語音參與表達思想的表象建構過程，在赫德的語言起源論中，已經透過語言的動物起源論與基於覺識反思的人類起源論而得到說明。但對於思想的形成最後必須訴諸詞語在對話溝通中具有意義的客觀性，洪堡特則不能接受赫德訴諸傾聽自然發聲之純粹被動的聽覺主義立場，而試圖以社群性的概念來做解釋。80 所以洪堡特說：「語言要借助聲音而對外界產生影響，其最重要的理由就是為了說明人的社群性。」現在問題的關鍵因而在於，一旦洪堡特再度訴諸社群性的概念，那麼他是否又落入亞里士多德的語言工具觀，以語言的發明只是為了解決人類的需求而已？對此洪堡特明確地強調：「社群性不能片面地從需求來加以說明 [……] 就人而言，思想原即根本地與『社會性的此在』（gesellschaftliches Daseyn）連結在一起。無視於所有的身體與感

79　Ibid., 154。語音的這三項作用在《綱要》一書中，更直接地表達成：「思想追求表達的渴望，像動物般吶喊的感受性需求，以及社會性的交互影響對於思想建構的必要性。」參見 Humboldt, *Grundzüge des allgemeinen Sprachtypus*, 376。

80　嘗試透過社群性的概念，來解釋詞語如何能具有在語言溝通中所需要的意義普遍性，這個觀點顯然與哈曼的觀點不謀而合，但由於哈曼的語言哲學著作直到1821年以後才陸續被編輯出版，因而洪堡特在當時顯然並未知悉哈曼曾與他有相近的看法。

覺的關係，單為思想之故，人即需要有一個與我相對的你。」[81]可見，洪堡特在《差異》一書中，把論雙數與人稱代名詞的研究成果抄錄到《綱要》的第31與32節之間，顯然是意在補充他原先對社群性概念的說明之不足。但反過來看，我們也可以推論出，洪堡特要藉用雙數與人稱代名詞這些語言成分的分析，也是因為他有意把「單為思想之故，人即需要有一個與我相對的你」之先驗語言社群性的概念，與「基於需求而形成的身體與感覺的社會性關係」之歷史社群性的概念區分開來，以能重新確立語言的先驗地位，而以能與孔狄亞克等人的約定論立場劃出界限。

為了更清楚的說明這其間的差異，我們可以把〈論雙數〉（1827）中的一段話，與〈論某些語言中方位副詞與代詞的聯繫〉（1829）中相類似的一段話，加以並列比較，從中即可看出洪堡特思考這個問題的理論發展過程。〈論雙數〉這一篇論文，從《綱要》一書中所抄錄出來的一段話如下：[82]

> 在語言[**最根源的本質**]中存在著一種不可改動的「相偶性」（Dualismus），發言與回應決定了言說[**自身的可能性條件**]。[**思想在本質上即伴隨著成為社會存在的傾向，無視於所有在身體上或感覺上的人際關係，單就人的思想之故，人們即能看到有一個與我相對應的你。概念要達到它的規定性與確定性，只能經由來自於異在的思想力量的反照。當從諸**

---

81 Humboldt, "Über die Verschiedenheiten des menschlichen Sprachbaues," 160.

82 這段話即是洪堡特在《差異》一書中，特別指出來是抄錄自〈論雙數〉一文的段落所在。這段話其實最早見於《綱要》一書的第31節，在本段引文中，方括號內的粗體字是我特別把洪堡特在〈論雙數〉一文中才另外增加的字句標明出來。

表象之變動著的雜多中脫離出來，概念就被產生了；而當概念與主體相對而立，它即形成為客體。如果這種分裂不僅是在主體中進行，而是表象者真能從自身之外來看這個思想，那麼［對象的］客觀性就會更完全。這惟有在他者中才有可能，這個他者也必須與他一樣，都是能表象與思考的存有者。然而，介於一個思想力量與另一個思想力量之間媒介，惟有語言而已。］

　　詞語［**在其自身而言**］並非是對象，我們毋寧說它相對於對象是某種主體性。它惟有在思想者的精神中才成為客體，它被精神產生出來，但又反作用於精神。［**在詞語與對象之間存在著陌生的鴻溝，一旦詞語只是個人產生的，**］它將等同於單純的幻相。［**語言不是經由個人，而是經由社會才具有實在性。**］詞語必須能擴大到聽者與回應者，它才能贏得它的本質性。這種所有語言的「原型」（Urtypus），被人稱代名詞透過第二人稱與第三人稱的區分表達出來。我與他是真正不同的對象物，我與他的區分窮盡了所有的事物，因為這個區分用另外的話來說，就是我與非我。然而你卻是一個與我相對而立的他。我與他［**之間的關係**］是基於內在或外在的知覺而成立的，然而在你之中卻存在著選擇的自發性。你也是一個非我，但你卻不是與他一樣，只是在存有物領域中的一個東西。你是在共同的行動合作中的其他人中的一個。如此一來，他才除了作為非我之外，還能作為一個非你。非你不只是在他之中的一個而已，而是非你與他也是相對立的。[83]

83　Humboldt, "Über den Dualis," 27.

而在〈論某些語言中方位副詞與代詞的聯繫〉這一篇論文中，洪堡特則說：

> 不論吾人是在與思想這種內在而深刻的關係中來觀察言說，或者是在與用來支撐介於人與人之間的社群共同體這種外在而感性的關係中來觀察言說，在言談的本質中，我們都預設：言說者自身相對於聽者而與其他所有的他者區分開來。交談即依據這個概念，而思想純然的精神作用，同樣也是被引導到那裡去。當言說能被看成是從一個陌生的思想力量折射回來，那麼言說才能獲得它的明確性與清晰性。被思考的對象必須在諸多主體之前才能變成是客體。單單是理想主體的分裂並不足夠，惟有當表象真得能夠在自己之外來看這個思想，那麼客觀性才能完全。而這只有在他者中，亦即在一個同樣在表象與思考著的存有者，才成為可能。[84]
>
> ［人稱代名詞］我的性質，不能被錯誤地理解成存在於空間關係中的個體性，而是作為在每一當下都在意識中與他者相對而立的主體。在空間關係中的個體性這種具體的關係，只是為了方便且感性具象地理解這些難以說明的抽象概念，所強加出來的。對於你與他的情況也是一樣。所有這些都是實體化的關係概念，它們所涉及的即使是諸多個體或其他眼前的東西，然而一旦回顧那唯一的關係，亦即所有這三個概念

---

84 Wilhelm von Humboldt, "Über die Verwandtschaft der Ortsadverbien mit dem Pronomen in einigen Sprachen," *Wilhelm von Humboldts Gesammelte Schriften.* Hg. Königlich Preussischen Akademie der Wissenschaften, Bd. 6（Berlin: B. Behr's Verlag, 1907），304-305.

在其中互相支持與互相決定的唯一關係，那麼這些關係之間的性質就變得無關緊要了。[85]

　　從洪堡特後來把在這裡論雙數與人稱代名詞的這兩段話，整合到《差異》一書中的文脈可知，洪堡特補充這兩大段話的討論，其實是在進一步為他在《綱要》一書中的觀點所做的理論奠基。洪堡特在《綱要》中說：「語言的呈現，仍只能透過社會而發展。因為惟當吾人能在他人身上，考驗他自己所使用的語言的可理解性，那麼他才能理解他自己 [……] 當個人自己建構的詞語能在他人的口中再度被講出來，那麼詞語的客觀性才能得到提高」。現在，在這裡他試圖把那種能使詞語的客觀性被奠基的：「在他人身上，考驗他自己所使用的語言的可理解性」的批判過程，內建在語言本身的相偶性結構中。然而，一旦洪堡特在此把自我與他人的關係，納入說者與聽者的發言與回應的對話關係中，那麼這時能作為檢驗我的詞語使用之可理解性的「他人」，就不只是一個對象性的「非我」，而是作為對話夥伴的「你」。從「自我與他人」進一步到「我與你」的關係，使得洪堡特可以在寫作〈論雙數〉時，再補充說：「思想在本質上即伴隨著成為社會存在的傾向，無視於所有在身體上或感覺上的人際關係，單就人的思想之故，人們即能看到有一個與我相對應的你」，並進而在論代名詞的論文中，把「我與你」的論證合作關係，與「我與他」的對象性認知關係結合在一起，以至於他最終將——「言說者自身相對於聽者而與其他所有的他者區分開來」——這個言談的對話結構，視為是所有語言的原型。

85　Ibid., 306.

　　我們因而可以把洪堡特在上述引文中的見解，歸納成三個基本論點：（1）透過語言表達的對象客觀性惟有在自我與他人的發言與回應之間才能得到確立；（2）在發言與回應的對話關係中，自我與他人的關係不是基於對立的身體或感覺上的空間─物體性關係，而是基於我與你相互承認的論證合作關係；（3）透過交談對話達成我與你對於我們所談及的共同世界之相互理解的一致同意，此種對話的結構作為所有語言的原型，即真正表現了理性的對話性或精神的交互主體性。透過這三個論點，洪堡特一方面說明了在語言學上的雙重區分音節的現象；而在與語音系統相聯繫作用的人類精神的知性行動方面，則解釋了我們能從在詞語命名中的「區分音節的綜合」，發展到在語句中進行「對話的綜合」的過程。[86]洪堡特在此透過「社群性」、「相偶性」與「對話性」

---

[86] 本文在此所論的「雙重區分音節」，其用法並非根據結構主義語音學的術語涵義。Trabant即曾特別指出，在德國的語言學研究中，一直不曾有結構主義語言學意義上的雙重區分音節的用法，這主要是因為在德國語言學研究中，語音「區分音節」的作用，自洪堡特以來就一直與知性的「分析」與「綜合」活動相提並論。參見 Trabant, *Artikulationen—Historische Anthropologie der Sprache*, 77。區分音節通俗地說，即是指不能含糊而必須咬字清晰地把話說清楚，而在把話說清楚的當下，思想本身的活動必然也就參與了其中。Trabant因而說：「洪堡特以『在語言中的思想』這種語言的知識論，來作為在當時的知識論理論之外的另一種選擇。它的運作程序既是分析的，也是綜合的。而這即是洪堡特所稱的『區分音節』。」（Ibid., 82）此外Trabant又說：「區分音節是思想的基本作用，這也就是說，語音的基本功能即是將在語言中的語音成分與概念成分連結在一概念中。」（Ibid., 83）Trabant對於洪堡特語言哲學的闡釋，可進一步參見他一系列的專書J. Trabant, *Apeliotes oder Der Sinn der Sprache—Wilhelm von Humboldts Sprach-Bild*（München: Wilhelm Fink Verlag, 1986和J. Trabant, *Traditionen Humboldts*（Frankfurt am Main: Suhrkamp Verlag, 1990。而 Lafont（*The Linguistic Turn in Hermeneutic Philosophy*, 41）則

的區分，超越赫德對於語言起源論的解釋，並決定性地反駁了在
亞里士多德語言觀中「言談結構的無涉客觀真理性」之預設，最
終得以建立起一種後形上學思維的語用學三向度模式。

（二）語言交談的原型與理性的對話性結構

我們可以先檢視洪堡特關於：（1）透過語言表達的對象客觀
性惟有在自我與他人的發言與回應之間才能得到確立的論點。在
《綱要》一書中洪堡特已經充分意識到，他過去雖然接受赫德主
張語言參與表象建構的語言理論，同意傳統形上學所討論的事物
之為事物的存有論問題，其實只是命名對象的詮釋學問題，但他
並不滿意赫德把命名的詞語僅當成是心靈內在的詞語，因而在此
又特意強調：「一旦詞語只是個人產生的，那麼它就等同於單純
的幻相。」赫德透過詞語之區分音節的活動，說明我們在形成對
象之概念內含時，所需要的特徵選取基礎。但洪堡特認為，在言
說中作為表達與理解媒介的語音系統，其具結構差異性的音節區
分，並非只是透過特徵的選取而在詞語的命名中決定，而是必須
經由在對話中的語句言說而決定。然而這正表示洪堡特理解到，
詞語命名的區分音節只是第一重的區分，但詞語在語句的表達
中，就其性、數、格等考慮所做的字尾變化或時態變化，則是第

借用哈伯瑪斯的說法（參見Jürgen Habermas, "Entgegnung," *Kommunikatives
Handeln.* Hg. A. Honneth & H. Joas [Frankfurt am Main: Suhrkamp Verlag,
1986], 331-333）的說法，指出洪堡特在言說交談的溝通中論證語言理解的客
觀性基礎，其實是從在「區分音節中的綜合」（synthesis that it carries out in
articulation）過渡到「對話的綜合」（dialogical synthesis）。參見Lafont, *The
Linguistic Turn in Hermeneutic Philosophy*, 41. 本文亦採取這個用法，來說明
洪堡特論語音的雙重區分音節現象的語言哲學意義。

二重的音節區分。第一重的音節區分僅涉及對象的感知，但第二重音節區分則是為了建立人我之間的溝通情境，因而必須能透過人稱觀點的變化（而將名詞等依詞性、單複數與位格做出字尾變化）與存在的時間向度之不同（依動詞的時態變化），進一步進行詞語在語句中的音節區分，以確立言談者置身所在的人與世界或人與人之間的真實情境關係。

　　在語句表達中所存在的第二重音節區分的現象，其實反映了我們思維的知性行動（亦即人類的精神或理性）本身內在所具的社群性與歷史性結構。基於對這種雙重區分音節的語言現象的理解，可見當洪堡特主張語言的客觀性必須建立在「社群性」的概念上，這顯然不是表示，洪堡特又重蹈法國啟蒙主義哲學家孔狄亞克等人的覆轍，主張語言之所以具有跨主體的可溝通性，只是由於生存上的合作需求，才利用約定的語音來表達特定的對象所致。其實在洪堡特之前，赫德早已經批評過這種說法。他指出這最多只能解釋動物性的信號語言的產生，而不足以解釋人類語言獨具透過符號性語言進行開顯世界之意義詮釋活動的特性。只不過赫德畢竟還是無法擺脫人類學的解釋，他仍試圖從「動物經濟學」的角度，說明語言的發明是出於彌補人類本能缺乏的需求。相對地，洪堡特則一開始在論述作為語言之客觀性基礎的社群性時，就明確地說這種觀點不能從需求的角度來進行解釋，而應從語言的本質或原型來加以解釋。洪堡特在此試圖把他所謂的社群性，解釋成在語言中所存在的一種介於說者與聽者之間的發言與回應的相偶性關係。

　　在發言與回應中，我們傾聽的不是自然存有的聲音，而是他人對世界的說法。在詞語的世界開顯性作用中，我們透過語音對於表象特徵的選取，建構了我們對世界的理解。但這種與世界的

直接關係，使我們無法區分我的內在詞語是否只是我們自己私有的幻相。惟當存在著一個與我一樣能思考與表象的主體，他也能用語句說出他對客觀世界的理解，那麼自我原先與客體世界的直接接觸的確定性，才能因為他人可能的其他詮釋而被打斷。當自我發現每個主體都各自有其世界觀點，那麼他自身的語言世界觀的主觀確定性才會招致他自己的質疑。可見，如果我們根本不曾尋求與他人對話，以追求對共同世界的一致理解，那麼上述的語言世界觀的差異性就甚至不會被發現到。

　　交談或對話的本身，必然已經是一種超越個人世界觀的思想活動。我們在對話中雖然不可避免會發現到每一個人的世界詮釋都具有差異性，但由於語言的交談對話正是作為追求對我們的世界產生一致同意的理解活動，因而問題即不在於過早停留在語言世界觀的相對性，而是有必要透過發言與回應的討論，確立什麼觀點才是對世界理解最能得到一致同意的觀點。而那種最能使我們達成一致同意的觀點，當然才顯示了什麼是對象真實之所是的內容。透過自由交談的詢問與回答，自我不僅在肯定作為溝通夥伴的你的存在，而確立我自己個人的主體性。自我更透過在交談對話的發言與回應中，超越了他主觀而直接的世界建構，而使世界不再被限制在自我直接當前的表象中，而是間接地作為不同主體所共同談及的客觀對象。就此而言，經驗表象的客觀規定性即不決定自事物自身，而是決定自不同主體在交談對話中的共識建構。[87]

　　接著我們可以進一步解釋洪堡特主張：（2）在發言與回應的

---

[87] 上述的詮釋觀點，部分採用博許的解釋。參見 Borsche, *Sprachansichten*, 285-287。

對話關係中，自我與他人的關係不是基於對立的身體或感覺上的空間—物體性關係，而是基於我與你相互承認的論證合作關係的論點。洪堡特得出這個論點，是基於他既將社群性的概念收攝在語言交談之發言與回應的相偶性結構中，那麼他就進一步意識到，在語言交談中的自我與他人的關係，並非只是一般的我與事物之間的主—客觀對立關係，而是特殊的介於我與你之間的交互主體性關係。洪堡特把這種以我與你的對話模式作為基礎的交互主體關係，稱之為在語言中的「相偶性」或在思想中的「社會性之此在」的關係，並指出這種交互主體性的關係不能建立在身體性或基於內外在感覺之間的關係，而只能以語言交談的模式來理解。他說：「詞語必須能擴大到聽者與回應者，它才能贏得它的本質性。這種所有語言的『原型』（Urtypus），被人稱代名詞透過第二人稱與第三人稱的區分表達出來。我與他是真正不同的對象物，我與他的區分窮盡了所有的事物，因為這個區分用另外的話來說，就是我與非我。然而你卻是一個與我相對而立的他」。在以對話作為語言的原型中，自我與他人的交互主體性，並非是我與非我的主客對立關係，而是我與你之間的相互承認與行動合作的關係。或直接用洪堡特的話說就是：我與他之間的關係如果只是「基於內在或外在的知覺關係」而成立的，那麼他人作為非我就還只是「在存有物領域中的一個東西」，這仍不脫主客對立的觀點。然而他人若不成其為主體，而始終只能是我眼中的客體，那麼我要透過他人的發言與回應來共同確立世界解釋的客觀性，也將因之而不可能。惟有在交談的過程中，我們才無法不預設他人也是與我一樣的主體，在此他人並不是非我，而是作為溝通夥伴的你（「你也是一個非我，但你卻不是與他一樣。你是在共同的行動合作中的其他人中的一個」）。

可見，對於洪堡特而言，能為詞語表達的世界理解之客觀性奠基的社群性，並非指從需求的觀點所見的身體性或感覺的關係，而是以內在於語言本質中的相偶性為基礎的交互主體性（或即在思想本質中的社會性存在傾向）。換言之，如果說語言必須「經由社會才有實在性」，那麼這並非說，語言是因應人類需求才被發明的產物；而是強調由語言交談的相偶性結構所表現出來的我與你的溝通合作關係，才是我們能在世界詮釋與行動協調中建構出普遍一致性的基礎，而這才是人類的社會性生活之所以可能的條件。就此而言，我們即可理解，洪堡特為何會在〈論雙數〉這篇論文中，特地加入——「思想在本質上即伴隨著成為社會存在的傾向，無視於所有在身體上或感覺上的人際關係，單就人的思想之故，人們即能看到有一個與我相對應的你」——這句話的原因。因為這顯然是基於他在論代名詞的論文中，透過確立：「我的性質，不能被錯誤地理解成存在於空間關係中的個體性，而是作為在每一當下都在意識中與他者相對而立的主體」，所進一步引申的理論涵義。

洪堡特在這裡把構成精神概念的交互主體性理念，從出於個人之間的身體與感覺的空間—物體性關係，轉向以對話的發言與回應之相偶性模式為典型的我與你的關係，這不僅在一方面突破了他那個時代的德國觀念論者的理論限制，在另一方面也預告了當代語用學理論的基本構想。在德國觀念論方面，當時康德與費希特都只認識到自我與非我的關係，主張除了自我是主體之外，其他一切都是作為非我的客體（我思必須伴隨一切表象）。但就洪堡特而言，依德國觀念論之意識哲學的主體主義模式來看，僅作為與非我對立的自我，將不會是一個真正的主體。因為這樣的自我並沒有任何一個與他相對立的主體可言（「我與他是真正不

同的對象物，我與他的區分窮盡了所有的事物，因為這個區分用
另外的話來說，就是我與非我」）。在當時，不僅是費希特還限制
在「我是非我」與「非我是我」的「我是我」的獨我論中；黑格
爾也一樣，即使他已經認識到，承認他人的主體性才是我們能建
立個人具體的普遍主體性所必要的條件。由於黑格爾只能從勞動
關係出發，因而他仍然無法在利益競爭的社會鬥爭關係中，承認
他人作為一位能夠相互尊重的你（「然而你卻是一個與我相對而
立的他」）。洪堡特在這裡看到從康德到黑格爾的失敗，即是不能
在語言溝通的模式中，把他人當成對話夥伴「你」來看待，而只
能停留在以主客對立的認知關係，或以市民社會之競逐需求滿足
的策略性利益關係，來把他人看成是非我的異己。知識論的認知
關係與經濟性的利益關係都不免採取將客體工具化的操縱性態
度。惟有在對話的溝通中，我們才必定在一開始就得預設聽者
是：「作為同樣在表象與思考著的另一個主體」，是與我們處於平
等合作之對話夥伴關係的你。一旦只有在語言的對話中，作為溝
通夥伴的你，才能真正被承認為主體，那麼在洪堡特的語言哲學
中，顯然即隱含了對於在近代意識哲學典範中的知識論獨我論與
實踐哲學的個人主義之批判。

　　最後，我們即可進而闡釋上述洪堡特的第三個論點。當洪堡
特借助社群性與相偶性的概念區分，把「自我與他人」的個體性
關係，轉化成語言內在的「我與你」的交談結構後，他並非只停
留在把我與對象事物（我與他）之間的認知關係，與我與其他人
（我與你）之間的交互主體性關係區分開來而已。而是他發現，
既然作為生活實踐之溝通基礎的語言客觀性，是建立在我們透過
發言與回應對於我們所共同談及的對象能形成一致同意的理解之
上，那麼語言表達的基本結構，即應是一種三向度的關係，它是

透過「你—我—他」這三個人稱代名詞之「互相支持與互相決定」而構成的三向度關係。洪堡特在論代名詞的論文中，因而進一步說對話的基本結構即是：「言說者自身相對於聽者而與其他所有的他者區分開來。」在此，言說者自身是第一人稱的「我」，而聽者則是第二人稱的「你」，我與你在交談中所談及的事物，則是既作為「非我」又是「非你」的第三人稱「他」。

　　第三人稱的「他」所具有的客體對象義，是洪堡特在《論人類語言結構的差異及其對人類精神發展的影響》（寫作於1830-1835年間）這本主要著作中，對於他論代詞與雙數這兩篇論文的觀點所做的總結，他說：「第一人稱當然是呈現言說者自身的個性（Persönlichkeit），第一人稱與自然處於持續性地直接接觸中。即使在語言中，自然處於與第一人稱之自我的表達相對立的位置，但第一人稱卻不可能脫離與自然的接觸。但在自我自身之中即有你被給予，經由一個新的對立形成了第三人稱，此第三人稱不限於感受者與言說者的範圍，而可以擴及到指無生命之物。」[88] 這句話很明確地顯示，洪堡特在語言的人稱代名詞系統中發現，作為第一人稱的自我與自然客體的直接關係（第一重區分音節的語言活動），一旦被納入我與你進行交談的發言與回應之相偶性（新的對立）的關係中（第二重區分音節的語言活動），那麼在嚴格意義上的交互主體性與客觀普遍性的概念才會真正地呈現出來。在我與自然世界的直接關係中，對象無非都是「我的」對象，惟有承認作為你的他人主體的存在，對象世界才不只是我的，而是與他人共有的客觀世界。就此而言，第三人稱的他，才

---

88 Humboldt, "Über die Verschiedenheiten des menschlichen Sprachbaues und ihren Einfluß auf die geistige Entwicklung des Menschengeschlechts," 104.

真正具有作為外在事物之獨立客觀的意義，而成為我們可以共同談論的對象。可見，洪堡特所謂作為「言談的本質」或「思想的純然精神作用」的「言說者自身相對於聽者而與其他所有的他者區分開來」的說法，其由「你—我—他」這三個人稱代名詞所構成的「互相支持與互相決定的唯一關係」，即是由我與你的交互主體性之互動關係以及人與世界的主—客認知關係所共同交織而成的。任何一個完整的詮釋活動，都必須包含這兩方面的關係在其自身中。

透過對上述引文的詳細分析可知，洪堡特透過人類的社群性為詞語的客觀性奠基之語言哲學論述，其實是經歷從「自我與他人」走向「我與你」、再到達「我與你論及他」之語用學三向度關係的理論發現過程。洪堡特在此從「區分音節的綜合」走向「對話的綜合」，即是以「我與你」之相互承認的論證合作關係為基礎，說明使我們能在發言與回應的交談對話中，建構出我們對於世界理解的一致同意的基礎，即是我們能說明世界之客觀性與真理性的依據。洪堡特在此，試圖以論證合作的語言交談原型，作為理性之對話性的交互主體性模式，用以取代康德以我思必須伴隨著一切表象的先驗統覺，來為所有經驗知識的綜合統一奠定最終的基礎。因而當洪堡特說：「在言談的本質中，我們都預設：言說者自身相對於聽者而與其他所有的他者區分開來。交談即依據這個概念，而思想純然的精神作用，同樣也是被引導到那裡去」時，他不僅已經打破亞里士多德語言觀之「言談結構的無涉客觀真理性」之預設，更代表他已經能在「實在的溝通社群」與「理想的溝通社群」之間做出區分。亦即，對洪堡特而言，民族語言的差異雖然凸顯出語言的意義在言說的實在溝通社群中，具有世界觀的差異性；但是在人稱代名詞系統中所呈現的交談對

話的三向度關係，卻凸顯出在語言結構的內部中有一個理想的溝通社群的理性對話活動，這種思想純然的精神活動即可稱之為「理性的對話性」結構。而這即是上述洪堡特的第三個論點：（3）「透過對話達成我與你對於我們所談及的共同世界之相互理解的一致同意，此種對話的結構作為所有語言的原型，即真正表現了理性的對話性或精神的交互主體性」之內含。

（三）洪堡特語言觀的語用學向度及其限制

洪堡特在論述詞語之第二重意義的客觀性時，把語言本身的對話結構引入其中。這其實只是表示，在洪堡特的語言觀中，語言並非只是用詞語或語句來表象世界，而更是用它們來作為進行溝通的言說。這即如赫德所言，所有的詞語都應當既是標誌詞又是傳達詞。言說即是在進行交談，然而交談則必定有交談的內容。前者涉及我與你的溝通關係的交互主體性建立，後者則涉及我們談論所及的對象世界之客觀普遍性。在上述「雙重區分音節」的過程中，洪堡特從赫德論述詞語參與表象建構的「區分音節的綜合」，過渡到他自己論述由你—我—他這三個人稱代名詞系統所形成的「對話的綜合」，這顯示出洪堡特在這裡已經洞見到當代語用學理論所討論的「言談的雙重結構」。依據這種觀點，每一個完整的表達句，其實都可以區分出它包含有建立說者與聽者之溝通關係的「施為式語言行動」（performative speech acts），與表達我們對於在交談中論及對象的「命題內容」這兩部分。可惜的是，洪堡特並未把他的語用學理論涵蘊充分地開展出來。我們因而將透過當代語言行動理論與普遍（或先驗）語用學的理論來加以闡釋，以能一方面凸顯出洪堡特的語言哲學在語用學方面的先見之明，但也在另一方面顯示出洪堡特語言理論的不

足之處。

在當代的語言學或語言哲學中，我認為與洪堡特的語言觀發展旨趣最為接近的，並不是主張薩丕爾—沃爾夫假設的語言相對論者，也不是持喬姆斯基之深層語法學說的語言普遍主義者，而是應當首推John L. Austin的語言行動理論與哈伯瑪斯的普遍語用學或阿佩爾的先驗語用學理論。首先就Austin來看，他指責那些認為語言表達的唯一任務就是在對事實的描述中，做出要不是真就是假的判斷的哲學家們，是犯了「描述的謬誤（The descriptive fallacy）」。[89]對於主張除了描述事實的語句之外，其他的語句都無意義的語言哲學論點，Austin則反駁說：「難道這些語句就不能根本不是在報導事實，而是在以各種方式影響人們，或是以各種方式在發洩情感嗎？」[90]在此Austin顯然與洪堡特一樣，他們都不接受亞里士多德以來的語言哲學傳統，也都不認為語言的作用只是在描述或表象世界，並試圖跳脫語言哲學只專注於研究有真假可言的命題之邏輯語法的偏見，而強調（如同在詩學或修辭學中）說明語言之情感表達與協調行動之作用的重要性。

相對於亞里士多德以來，語言哲學大都只重視對描述事態的命題進行語意學的分析，Austin則主張語言的意義並不能只從語句的字面意義去理解。語句的表達必須遵守使用它的規則，並在恰當的情境中說出，其意義才能被理解。且當我們能理解表達句的意義時，我們也不只是單單為了理解，而是為了行動的完成。言談的主要作用目的在於完成「以言行事」的作用，而非僅在進

---

89 John Austin, "Performative utterance," *Philosophical papers*. Hg. J. O. Urmson & G. J. Warnock（Oxford: Oxford University Press, 1970）, 233.

90 Ibid., 233.

行世界表象的描述。在此,當我們再深入地把洪堡特的語言哲學與Austin的語言行動理論相互比較,即可發現洪堡特的語言哲學仍有其局限性存在。洪堡特雖然已經把自我與他人的社群性關係,提升到在對話的發言與回應之溝通關係中來說明,但他卻還沒有超出在語言哲學中的語意學研究之視野。他仍將介於我與你之間的論證合作所進行的「對話的綜合」,視為是在為對象之客觀性奠基的主體性活動,而沒有把我與你在對話交談中透過發言與回應所建構的一致理解,當成是透過溝通的共識建構「以言行事效力」之理性基礎的行動協調活動。然而在當代的語用學理論中(特別是在哈伯瑪斯進一步發展米德(G. H. Mead)的「符號互動論」以及Austin與Searle的「語言行動理論」所建構出來的「溝通行動理論」中),則認為語言表達的以言行事效力之所以能產生出來,即必須基於我們能兌現自己在言談中所提出的「有效性宣稱」(例如,我們在言談中向他人說話,即隱含我們正在向他人宣稱我所說的內容是真的事實,或我所要求的行動方式是對的規範等等)。而這即是必須在討論的過程中,透過介於說者與聽者相互之間的反駁與證成,以能達到我們對理解世界的解釋或對行動規範的建議有一致同意的理解。以此為基礎,我們才能理性地接受在語言表達中的以言行事作用的影響,而推動完成我們彼此在日常生活實踐中的互動。

由於洪堡特未能認識到,在言談的雙重結構中的施為行為式部分,是作為透過介於我與你之間的發言與回應,來建構對於談論所及的事物之一致同意的理解,且這種理性的對話性作為一種溝通的理性,本身就是一種行動協調的生活實踐方式。他因而直接跳過對於那些使交談的發言與回應能達到一致同意的語用學規範條件的分析,而以具結構差異性之現實存在的民族語言,來說

明它們對人類思想與行為的發展具有決定性的作用。然而這其實是誤把我們透過語言的表達以協調日常生活的行動實踐之語言行動，理解成民族語言的母語結構所表現的不同世界觀，對於該語言社群內的成員之思想與行動，具有決定論的限制作用。由此可見，洪堡特的語言哲學之所以難以擺脫語言世界觀的相對主義或語言的精神決定論的疑慮，最根本原因即在於：洪堡特並沒有說明能保證我與你在交談的發言與回應中能達成一致同意的語用規範條件，以為語言溝通的以言行事效力奠定理性的基礎，而卻只訴諸以民族為單位的語言社群，在其歷史發展之生活形式的偶然性中，透過具脈絡限制性的個人之間的共識同意或相互約定所現實建構起來的語言使用規則，作為所有世界理解與人際互動的前理解條件，以解釋我們建構世界理解的共同表象或人我互動的行動協調所必須依據的客觀基礎。然而，洪堡特自己用「語言感」、「內在語言形式」或「語言類型」這些術語所表達的理解前結構，其實都還只是以這種透過語言的歷史社群，在特定的社會生活形式下所現實同意的語言互動方式，來作為影響（甚或決定）我們的思想與行動的基本條件。

　　總而言之，洪堡特未沒有意識到，作為前理解之意義結構的「內在語言形式」或「語言類型」，並沒有擔保言說的以言行事能起作用的效力，因而它若真能作為決定我們的思想與行動的基礎，那麼這就必須在透過溝通共識所產生的理性促動力之外，再額外加上一種毫無基礎的決定論主張（如同布朗所做的詮釋一般）。否則就是得承認從這種語言前結構的世界理解中，並不能直接引申出它對日常的生活實踐具有行動協調的作用。洪堡特缺乏對於共識能被建構出來（亦即使語言的相互理解能達成）的語用學規範條件的分析，就跳到主張語言結構的差異性對於人類精

神在個別民族發展中有決定性的影響力，這即是把透過討論兌現言說的有效性宣稱，以能為語言表達的以言行事效力提供理性的奠基，誤解成語言的結構差異性會造成民族的不同發展之語言決定論的觀點。因而，洪堡特雖然能以介於我與你之間的發言與回應的交談對話，作為語言的原型來說明理性的對話性，並主張人的語言使用畢竟是自由的，我們可不受語言世界觀的限制。但由於他並未再深入分析使討論的共識形成成為可能的先驗條件，他因而始終無法為他自己主張個人的言說具有改變語言世界觀之決定性的自由原則，提出充分的理論支持。

如果我們可以稍微忽略在洪堡特語言觀中的理性對話性，與在語言行動理論中對於以言行事效力的語用學分析之間的差異，那麼我們就可以比較放心地接受哈伯瑪斯等普遍語用學家出於推尊洪堡特所做的擴大解釋。就本章討論洪堡特語言觀的世界開顯性與理性對話性之間的矛盾張力而言，哈伯瑪斯早已經洞見到我們的問題核心所在。[91] 他指出，洪堡特對於民族語言之開顯世界的特殊主義及其生活形式的獨特形式，並不會感到不安。這是因為洪堡特並不只是在語意學觀點下研究語言的認知功能，而是他信賴在語言表象世界圖像的語意學功能，與交談的形式語用學之間具有分工互補的作用。語用學的功能在於致力提供理解過程的普遍主義側面，而語意學則強調語言作為開顯個別世界觀的詮釋性建構。哈伯瑪斯讚賞洪堡特對於解決當代詮釋學理論之根本難題

---

91 本文在此借助哈伯瑪斯的論點，來闡釋洪堡特語言哲學研究的語用學向度，主要參考哈伯瑪斯對此的專論，並請特別參考J. Habermas, "Hermeneutische und analytische Philosophie: Zwei komplementäre Spielarten der linguistischen Wende," *Wahrheit und Rechtfertigung*（Frankfurt am Main: Suhrkamp Verlag, 1999), 67-86。

的先見之明。當代各種詮釋學理論的根本難題在於，他們在原則上都不反對不同語言之間能夠互相翻譯，但問題只是他們無法說明「語意學間距的不可溝通性」作為先驗的事實將如何能被克服。而當洪堡特提出「所有的理解總同時就是某種不理解」的說法時，他事實上就已經正視到不同語言之間具有無法相互溝通的語意學間距的問題。

　　哈伯瑪斯指出，洪堡特的解決之道，在於構想把溝通的語言使用與認知的使用，聚合在交談所共同論及的客觀世界之語用學預設上。因為一旦語言的溝通使用是在追求對於所說內容的共同理解，那麼我們在發言與回應中透過建立溝通共識的期待，即能對處在我們之間的共同領域，進行兌現彼此真理性聲稱的討論，而以此致力於理解他人或使他人理解我所說的話。哈伯瑪斯認為，洪堡特對於人稱代名詞系統所做的分析，即是試圖把語言的溝通功能與認知的承諾聯繫在一起，以說明我們在討論中，如何針對他人異議的可能性，以使個人的世界觀去中心化地擴大到大家都能參與的意義視域，而達到在彼此之間相一致的共同理解。洪堡特在論「你─我─他」這三個人稱代名詞的互相支持與互相決定的對話結構中，雖然已經理解到惟有以語言的交談討論作為原型，才能真正解釋人類的溝通理性結構或人類精神真正的交互主體性。但洪堡特透過將「他人」區分成「非我」與「你」之不同，以凸顯主客二元對立的主體性哲學與語用三向度關係的語言哲學之間存在著哲學研究的典範差異時，並還沒有看出溝通參與者所採取的施為態度之重要性。哈伯瑪斯因而補充說：我們可以自行決定我們自己怎麼表達第一人稱的內在體驗與第三人稱的世界描述，但言談者對於第二人稱的態度，亦即當他對溝通夥伴有所言說時，卻只能以非強迫的自由對等方式，爭取聽者也願意採

取溝通參與者的態度。惟有在交談中，雙方才必然需要毫無保留
地以自由對等的方式來建立彼此的關係。可見，洪堡特如果真要
說明我們能有追求一致理解的溝通自由，那麼他就必須把語言的
交談，進一步落實在協調人際互動關係的溝通行動理論中加以分
析。

　　阿佩爾同樣主張洪堡特的語言哲學，有必要進一步分析使對
話討論的共識形成能成立的先驗語用規範條件，而不能像魏斯格
博等人的新洪堡特主義，只是接續洪堡特對於民族語言的世界觀
差異性的討論，結果造成與語言世界觀的相對主義或語言的精神
決定論始終糾纏不清。[92]他因而說：

> 　　相對於人工語言系統的結構或形式，自然語言的結構並非
> 獨立於語用的詮釋之外。關於自然語言我們可以（甚至有必
> 要）這樣加以思考：一方面，它們所具有的內在形式的形構

---

92 阿佩爾對於新洪堡特主義魏斯格博的理論非常熟悉，他在魏斯格博的祝壽論
　文集中，提出一篇題為：〈以哲學的真理概念作為內容導向的語言科學之預
　設〉（Die philosophische Wahrheitsbegriff als Voraussetzung einer inhaltlich
　orientiertern Sprachwissenschaft, 1959），來批評魏斯格博對於洪堡特語言哲學
　的詮釋之不足。這篇論文後來部分改寫成英文 "The transcendental conception
　of language-communication and the idea of a first philosophy— Towards a critical
　reconstruction of the history of philosophy in the light of language philosophy"，
　此即本文此處討論之所據。阿佩爾在1963年稍晚於 Gadamer 的《真理與方
　法》（1960）出版了《從但丁到維柯的人文主義傳統中的語言理念》一書，
　這本書是在當代復活對德國古典語哲學研究的奠基之作，他並由此發展了他
　日後所提出的「先驗語用學」（Transzentalpragmatik）之構想，而為本文理解
　洪堡特的主要思路來源。參見 Karl-Otto Apel, *Die Idee der Sprache in der
　Tradition des Humanismus von Dante bis Vico*（Bonn: Bouvier Verlag, 1963）。

力量（例如所謂語意場的結構），事實上是經由語言在數千
年來，在社會互動與世界詮釋方面的使用所表現出來的。然
而在另一方面，我們也可以想像，在語言使用的語用學向度
中，成功溝通的效應，長遠而言終將能改變語言的語意學系
統結構［……］藉著溝通資質的發展，特別是藉著能反思語
言系統與語用普遍性（pragmatical universals）之結構的內在
資質的發展，所謂［不同語言］之系統結構的不可通約性，
將盡量被克服的可能性，就能夠被我們理解到了。[93]

Dietrich Böhler教授更基於其師阿佩爾的觀點，對於內在於洪堡特
語言哲學中的語用學向度，做了詳細補充說明。[94]他指出，洪堡特
所推動的「哲學的語用學轉向」是以對語言對話的反思作為哲學
之自我奠基的最終基礎。在語言的對話中，我們作為一個思想者
是處在與所思的內容以及作為談話夥伴的他人的關係之中。在
此，我們總是與我們自己、具體的他人或所有可能的他人共同處
於一討論的論宇中。因而以「說」為主導線索，而非在「看」的
束縛之下，洪堡特才能一方面突破哲學在方法論上的獨我論、相
對主義與懷疑論；而在另一方面，則能以語用的三向度關係（同
時涉及說話者、其他說話者與談論對象等三方面）取代以觀看為
思想主導模式的主客二元論。這也使得洪堡特得以對話的模式重
構語言，並由此揭發西歐理論傳統的主導預設──亦即以一單獨

---

93 Apel, "The transcendental conception of language-communication," 106-107.

94 Dietrich Böhler, "Dialogreflexion als Ergebnis der sprachpragmatischen Wende—
Nur das sich wissende Reden und Miteinanderstreiten ermöglicht Vernunft,"
Sprache denken—Positionen aktueller Sprachphilosophie. Hg. J. Traban（Frankfurt
am Main: Fischer Taschenbuch Verlag, 1997), 145-147.

的主體面對著事物世界的虛構圖像。

　　所有的言說都是一種交談，即使在思想中也是在與一個他者說話。Böhler因而認為洪堡特能以對話作為語言的原型，即表示他發現到那種能夠標示出人類思想或每一可能「對談」的「溝通中介性」（kommunikative Indirektheit）。我們的思想必須透過這種溝通的中介性，才能將認知對象的主客體關係，安置在由交互主體性所確保的客觀普遍性之基礎上。Böhler因而總結說，洪堡特在其語言哲學中所闡釋出來的語用學向度，即在於他能在虛構的獨我思想中，追蹤到「對話的內在語言形式」（dialogische innere Sprachform）與「語言社群的世界建構」（Weltkonstitution einer Sprachgemeischaft）。這使得我們終能在語言哲學的研究典範中發現，我們應當經由溝通社群的典範取代單獨的認知主體的典範；並且承認溝通社群的語言意義雖具有歷史的特殊性，它能被言談者個別地加以形塑或決定；然而更重要的是，我們不可忽略溝通社群的溝通結構始終必須是在對話的交互性中，虛擬而普遍地關聯到每一言說之有效性宣稱的兌現之上。阿佩爾與Böhler的先驗語用學構想，即是由此出發，再進一步去分析使對話討論的共識形成能成立的語用學規範條件。

五、洪堡特語言哲學的哲學史意義

　　本章所做的論證，總括來說，係先透過對比亞里士多德在〈解釋篇〉中所論的語言工具觀，與赫德在《論語言的起源》中所提出的語言世界開顯性，來凸顯以往僅著重於分析描述事態之命題的邏輯語法理論，事實上是建立在「語音的語意無關性」、「語意的約定俗成性」與「言談結構的無涉客觀真理性」這三個

預設之上。其次再接著指出赫德的啟發在於，他將「存有者之為存有者」的形上學存有論問題，轉化成將「某物理解為某物」之詞語命名的詮釋學問題。這使得洪堡特發現到，語音作為決定我們選取表象之特徵的基礎，不僅與我們所使用的詞語之概念內含的建構有密切的關係，更由於語音參與表象的建構，而非僅是約定俗成地用來標記具意義同一性的心靈表象或具存有論同一性的外在對象之記號，因而語音或語言結構的差異性與意義非同一性，才是我們能不斷開顯理解世界之新的真理的可能性基礎。洪堡特批判亞里士多德傳統的語言工具觀，僅將語言視為人為約定的記號與溝通的媒介，但他也不接受赫德主張傾聽自然發聲的聽覺優位性立場。他因而試圖把赫德對於詞語必須同時是標誌詞與傳達詞的洞見，在語言哲學的語意學與語用學研究向度中，分別加以推展。他將赫德論詞語之世界開顯性的觀點，推進到以語言作為言說，即是在交談對話的語言原型中，透過我與你的發言與回應，達到對世界的詮釋能有一致同意的共同理解。從而使得在洪堡特的語言哲學研究典範中，事物的存有論客觀性即不須再預設物自身作為符應論的基礎，而是可以訴諸言談的理性對話性結構，作為建構交互主體性的共識客觀性之基礎。洪堡特因而得以完成德國古典語言哲學對於亞里士多德傳統語言哲學的批判與轉化工作。

　　洪堡特批判亞里士多德—巴別塔神話的語言哲學—語言學研究傳統，他的研究在語意學與語用學兩方面都推動了哲學的語言學轉向。這種對於語言概念的扭轉，事實上也是對整個傳統哲學思維的改變。施耐德巴赫（Herbert Schnädelbach）即指出，由洪堡特所代表的德國古典語言哲學，對於扭轉西方哲學史的發展所做出的貢獻，即是以「理性的語言性」（Sprachlichkeit der

Vernunft）來對抗意識哲學的傳統。他說：「自笛卡爾以來的近代
哲學給我們很深的印象是，理性被說成是獨立於語言之外的。因
為語言意指傳統，它會造成用權威引導我們的思想。而這正與啟
蒙的計畫相對立，啟蒙的基礎建立在從傳統、權威與偏見解放出
來的『我思』之個人意識上；因而不是語言，而是形式邏輯才能
作為闡釋純粹理性的『思路線索』（康德）。一直到18世紀晚期
的浪漫主義之啟蒙批判，才開始再以『理性的語言性』來對抗康
德與純粹的意識哲學。」[95]然而這個工作顯然是由洪堡特在其論語
言的世界開顯性與理性的對話性中所總結完成的。

　　洪堡特在《論人類的語言結構之差異》中，批判了亞里士多
德〈解釋篇〉中的觀點。施耐德巴赫認為亞里士多德所持的「這
種單純工具觀的語言理解，與一種不變的人類理性的想像結合在
一起，無疑構成了從亞里士多德到康德的語言哲學之基礎」。[96]而
介於亞里士多德與康德之間，阿佩爾則強調由奧坎（Wilhelm von
Ockham, 1285-1349）代表的中古晚期的名目論，所繼承下來的語
言工具觀的理解。他說：

　　　這種逐漸變得理所當然的語言觀如下：語言是一套記號系
　　統，它後補地從屬於前語言既與的世界。這種想法可歸諸於
　　奧坎所確立下來的，介於對於個別外在世界的事物之無涉於
　　語言的直觀與經由名稱對於透過直觀所獲取的表象之候補地
　　標示之間的關係。名稱之外延的普遍化最終產生了對於事物
　　與其性質的普遍概念。在這裡，「世界『作為某物』的開顯

95　Martens & Schnädelbach, *Philosophie—Ein Grundkurs*, 107.

96　Ibid., 109.

性問題」（Problematik der Erschlossenheit der Welt "als et-was"）被忽略跳過了。世界「作為某物」的開顯性問題，亦即〔某物之為某物〕總是經由那些能用語言區分音節地明確表達的意義普遍性之媒介才有可能。康德透過範疇對於現象世界的先天綜合統一的說法，並不能彌補這個問題，因為康德對於語言的評價與先前的笛卡爾與萊布尼茲一樣，都還是依賴於名目論的語言記號概念，因而康德對於現象世界的先天綜合問題，並沒有像洪堡特與赫德或多或少所已經要求的一樣，能夠具體化地當成是語言的世界建構問題。[97]

在此我們看到，阿佩爾與施耐德巴赫都指出，從亞里士多德到康德，西方哲學的理性觀都受到語言工具觀的影響。而平行於德國觀念論的發展，在由赫德與洪堡特所代表的德國古典語言哲學，卻沒有遺忘或跳過語言作為世界開顯性的問題。施耐德巴赫更宣稱說從赫德到洪堡特的語言觀發展是另一次的哥白尼革命，他說：「語言不能只被視為是固定或傳達世界經驗的工具，因為凡是我們經驗到的，都同時也被我們語言自身的特性所共同決定了，或者說是被語言自身的特性建構了。他們在語言哲學中實現了康德在知識論中所貫徹的哥白尼轉向。語言不再只代表一個自在的世界，而是主動地共同形構了經驗世界。」

可見雖然在德國古典哲學的發展中，「從康德到黑格爾」的觀念論，一直被認為是主流的哲學思想形態。但基於自我意識之反思而成立的觀念論思考模式，卻因其內在之獨我論的表象思維

---

97 Apel, *Die Idee der Sprache in der Tradition des Humanismus von Dante bis Vico*, 19.

模式，及其主體主義之原子式個人主義的流弊，而引發當代哲學的諸多批判。當代哲學不斷試圖在各種語言哲學的模式下，透過歷史性的詮釋學前理解或在生活形式中的語言遊戲，說明具交互主體性之在世存有的共在，或語言之非私有性的公共使用，才是我們能達成意義理解的基礎。然而這種對於理性之語言學化的理解，卻並不只是當代的洞見而已。平行於德國觀念論之「從康德到黑格爾」的發展，「從赫德到洪堡特」的德國古典語言哲學，早已致力於透過詞語的形成與人我溝通的語言使用，來界定理性概念的跨主體性內涵，以及語言所獨具的開顯世界之功能。洪堡特作為德國古典語言哲學的奠基者，不再局限於意識哲學的主體主義框架，而試圖以語言理解的意義批判來取代康德純粹理性批判的構想。他的理論構想經過 19 世紀末葉與 20 世紀初葉的發酵，終於成為在當前哲學的語言學轉向中，詮釋學與語用學哲學的共同出發點，其理論的重要性因而不容我們在西方哲學史的理解中，繼續留下空白的一頁。

II

從馮特到米德

語言心理學與語言的行動規範建制

在洪堡特建立「普通語言學」的語言學系統之後，要求能對語言學進行獨立之科學研究的需求，已經愈見迫切。在19世紀後半葉，接續格林發現印歐語在歷史發展中，存在著同形式的輔音轉移現象，語音變化是否真的遵循著不變的法則，以至於吾人能將語言法則視為自然法則一般的法則，這在當時即關乎語言學是否能成為一門研究客觀法則之科學的關鍵議題。洪堡特原先相對於Bopp等人的觀點，主張歷史比較語言學的語言分類，應建立在豐富多樣的人類精神表現形式之上，而不應像植物分類學那樣，只基於自然演進的過程。當時對語言作為有機體，因而有兩種完全不同的理解。像是把著作題獻給洪堡特的K. F. Becker（1775-1849）在《語言的有機體》（*Der Organismus der Sprache*, 1827）中，即跟隨洪堡特主張：語言之所以是有機體，是因為它受人類知性的邏輯範疇所影響。但相對的，在當時更有影響力的施萊歇爾（A. Schleicher, 1821-1868）則除了在《語言學研究》（*Linguistische Untersuchungen*, 1850）與《印歐語比較語法綱要》（*Compendium der Vergleichenden Grammatik der Indogermanischen Sprachen*, 1861-1862）中，將原來在洪堡特的研究中，視為是精神之不同表現形態的各種語言類型，理解成是從以漢語為代表的單音節語，過渡到黏著語與以印歐語為代表的屈折語——這種由低等形態向高等形態發展的過程，更在《達爾文理論與語言學》（*Die Darwinsche Theorie und die Sprachwissenschaft*, 1863）一書中，將印歐語的親屬語言之間的關係，以「譜系樹」（Stammbäume）的圖式加以表示，以能確立語言即是一種自然的有機體。至於在語言發展中起作用的內在法則，他也認為那只是一種自然的法則。他說：

　　我們這門科學［語言學］只能建立在一個基礎之上，那就是對有機體及其生命規律進行準確的觀察，專心致志於科學的對象；即使再富有哲理的論說，只要它不具備這樣的牢固基礎，就沒有任何科學價值。語言是自然有機體，其產生不以人們的意志為轉移；語言根據確定的規律成長起來，不斷發展，逐漸衰老，最終走向死亡。我們通常稱為「生命」的一系列現象，也見於語言之中。語言學是關於語言的科學，因此是一門自然科學；一般說來，語言學的方法在總體上與其他各門自然科學的方法是一樣的。[1]

　　在此顯示，由於達爾文進化論的生物學影響，歷史發展的法則開始能在自然進化的觀點中，而不必在物理與機械的法則中來理解。這使得語言學這門「科學」，開始傾向於依生物學或自然有機體的進化觀點來研究。印歐語之歷史比較語言學的研究，原是在浪漫主義的影響下，想透過語言的研究，來展現出人類精神生命的整體創造性，但在語言學研究的科學性要求下，它卻變成是生物進化的自然有機體。[2]這其中的關鍵即在於，我們應如何在語言的歷史發展中，定位它所依循的法則之理論性格。語言究竟是如施萊歇爾所理解的，只是自然的有機體，因而其法則只服從

1　August Schleicher, *Die Darwinsche Theorie und die Sprachwissenschaft*（Weimar: Hermann Böhlau, 1863）, 6-7.本處中譯採用自：［德］施萊歇爾（Schleicher）著，姚小平譯，〈達爾文理論與語言學〉，《方言》，第4期（2008），頁374。

2　此處的發展轉折，可特別參考卡西勒在《符號形式哲學》第一卷專論 Schleicher的部分。參見 Ernst Cassirer, *Philosophie der symbolischen Formen. Erster Band: Die Sprache*, In *Ernst Cassirer: Gesmmelte Werke*. Hg. Birgit Recki, Bd. 11（Hamburg: Felix Meiner Verlag, 2001）, 106-112。

於自然的法則；還是如同洪堡特所主張的，語言是思想的器官，是人類精神的有機體，因而我們在歷史比較語言學中所掌握到的普遍法則，乃是人類精神的內在法則？這個問題不僅與語言學有關，更與整個人文科學有關。因為我們若能回答上述問題，就能進而回答：在具有普遍必然性的自然科學法則之外，是否存在一種在人類共同生活中，既具歷史性與差異性，但又具有普遍有效性的法則？而研究有關語言、藝術、神話、宗教、習俗等文化產物的科學，即無不需要建立在對這種類型的法則的理解之上。

語言學作為獨立科學的要求，迫使歷史比較語言學在19世紀開始轉向語言心理學的科學研究。語言科學的法則性首先是在語音法則中發現的，特別是在格林發現印歐語於歷史發展中存在著同形式的輔音轉移現象後，語音變化是否遵循不變的法則，就成為爭議的焦點。格林不否認他的發現存在許多例外，他說他做的「輔音比較」：「在既有的例子中，仍有疑義或未解決之處，但絕大多數則因分層的類比，而可視做是經過嚴格證明的，其規則本身的正確性是顯而易見的。」[3]但在當時，Karl Verner（1846-1896）即已發現，在格林法則中所出現的例外情況，其實是受到梵語重音之發音不同的影響，而非真有例外可言。這使得語音變化的法則，開始被認為是無例外的法則。持這種觀點最具代表性的學者即是August Leskien（1840-1916）。他在《斯拉夫—立陶宛語與日耳曼語的格位變化》一書中說：

> 我的研究是從這個基本法則出發的：流傳至今的格位形

3　Jacob Grimm, *Deutsche Grammatik*. Erster Theil（Göttingen: In der Dieterichschen Buchhandlung, 1822）, 588.

態，是絕不可能建立在語音法則的例外之上。這些語音法則除非例外，否則就必須被遵守。為避免誤解，我還可以補充說：若吾人所理解的例外是指這種情況，亦即能被期待的語音變遷，出於特定的原因並未出現［……］那麼對於語音法則並不是無例外的這個說法，我們並無異議［……］但若允許可以有任意偶然的、彼此之間毫無關聯可言的偏離，那麼我們就得承認，我們的研究對象──語言，或對它的科學知識是沒有辦法達到的。[4]

相對於 Leskien 將「語音法則的無例外性」（Ausnahmslosigkeit der Lautgesetze）當成是研究語言科學的方法論設準，同樣對輔音轉移進行深入研究的 Rudolf von Raumer（1815-1876）與 Wilhelm Scherer（1841-1886）則有相當不同的看法。Raumer 認為我們不應只把語言視為精神或自然的有機體，而是必須認識到語言是人類生命的表達。而 Scherer 則發現，在音變無例外的法則中，之所以仍有「有規則的」例外產生，這乃是根據語言韻律的類推作用所產生的影響，或語言習慣用法的「形式移轉」（Formübertragung）的結果。透過 Raumer 與 Scherer 的進一步研究，歷史比較語言學的研究領域，已經不限於對古典語言的文獻學研究，而是透過洪堡特與施萊歇爾的語言哲學反思，將語言作為自然有機體或精神有機體的爭議，轉變成對於音變無例外的語音生理學與類推創新的語意心理學研究。[5]這種從文獻學轉向以「言說的人」的生理、

4　August Leskien, *Die Declination im Slavisch-Litauischen und Germanischen* （Leipzig: Bei S. Hirzel, 1876）, XXVIII.

5　19 世紀語言學這個重要的轉變，可以參見 Hans Arens, *Sprachwissenschaft—Der*

心理學基礎為研究對象的典範轉移，不僅實現了洪堡特所說的「語言不是成品（Ergon），而是活動（Eneigeia）」的觀點，也促成了與古典文獻學研究傳統決斷的青年語法學派的產生。

青年語法學派的代表人物Hermann Osthoff（1847-1909）與Karl Brugmann（1849-1919），在其學派的機關刊物《印歐語領域的形態學研究》（*Morphologische Untersuchungen auf dem Gebiete der indogermanischen Sprachen*）之發刊詞中，提出他們的語言學研究宣言：

> 無人可以否認，舊有的語言研究，所面對的研究對象是印歐語，但他們對於人類語言究竟如何生存、如何繼續發展、言說時是哪些要素在活動，或這些要素是如何共同作用，以至於能對語言材料的進一步推動與改造產生影響，卻事先都沒有一些想法。我們雖然極為熱忱地研究語言，但卻很少去研究言說的人（sprechende menschen）。人類的言說同時具有心理與身體兩方面，清楚地理解它們的活動方式，必須是比較語言研究者的主要目標。因為惟有基於對此身心機制的構造與作用方式有精確的知識，我們才能對「語言究竟如何可能？」提出看法。[6]

Gang ihrer Entwicklung von der Antike bis zur Gegenwart（Frankfurt am Main: Athenäum Fischer Taschenbuch Verlag, 1969），272-278。對於語言學在19世紀「走向成熟」的過程，亦可參見姚小平，《西方語言學史》（北京：外語教學與研究出版社，2011），頁210-291。

6　Hermann Osthoff & Karl Brugmann（Hg.）, *Morphologische Untersuchungen auf dem Gebiete der indogermanischen Sprachen*, Erster Theil（Leipzig: Verlag von S. Hirzel, 1878），III.

青年語法學派因而將「所有的語言變遷都依據無例外的法則而進行」的「音變無例外法則」，與主張「在類推的道路上進行語言形式之新建」的「類推法則」，視為是語言學研究最重要的兩條方法論原則。[7]並主張應從生理學與心理學兩方面研究語言，以能從對人類身心機制的構造與作用方式的精確知識，來回答「語言究竟如何可能？」的問題。

經由青年語法學派的觸發，洪堡特的追隨者史坦塔爾（Heymann Steinthal, 1823-1899）即致力於創建「語言心理學」，以逐步取代以文獻學為基礎的歷史比較語言學。史坦塔爾主張文法學不應以邏輯學，而應以美學作為分析的基礎，才能真正對語言作為一種表達理論，找出它像藝術風格那樣具有民族差異性的內在語言形式。在史坦塔爾的啟發下，心理學家馮特乃嘗試以他的「生理心理學」（Physiologische Psychologie）構想，來為語言作為一種表達理論，尋求它在情緒表達之身體運動上的自然基礎，並進而透過手勢語的研究，來說明原先只是作為情緒表達之身體徵兆的表情與手勢，如何轉變成為語言溝通的媒介，而最終能為語音語言奠定其意義理論的基礎。由於語言應是在社群共同體的互動中建構起來的，馮特因而將他的語言哲學研究，定位在民族心理學的研究之上。其晚年的代表著作《民族心理學——語言、神話與習俗之發展法則的研究》（*Völkerpsychologie—Eine Untersuchung der Entwicklungsgesetze von Sprache, Mythus und Sitte*, 1900-1920）之第一卷《語言》（*Die Sprache*），即嘗試將語言的意義建構，奠基在身體姿態（特別是手勢）的表達之上。青年語法學派主張應透過對「言說之人」的心理學與生理學的研

7　Ibid., XIII.

究，來回答「語言究竟是什麼？」的問題，這經過史坦塔爾的語言心理學，與馮特綜合心理—生理學研究之民族心理學的努力，語言學終於不自限於文獻學的歷史研究，而是回到對語言意義建構之交互主體性基礎的探討上。這使得卡西勒能在馮特的表達運動理論上建立他的《符號形式的哲學》，而在當時曾到德國求學的米德，日後則更是透過他的「符號互動論」，將馮特主張的意義之身體姿態構成論，發展成他的社會心理學理論。

　　以上述語言心理學的發展為基礎，本書第二部分將接續討論德國古典語言哲學在20世紀初，經由馮特的民族心理學、卡西勒的符號形式哲學與米德的社會心理學在「語言作為規範建制的溝通行動理論」與「文化哲學」奠基方面，所形成的思想發展。在第四章論「馮特的語言身體姿態起源論與民族心理學理念」中，我將透過馮特在《民族心理學》中的語言手勢起源論，論述語言表達的意義基礎，應在表情與手勢等身體姿態上。馮特的意義身體姿態構成論源自19世紀歷史比較語言學的語言心理學轉向，就此，我們將透過史坦塔爾對於洪堡特內在語言形式的心理學闡釋，說明馮特如何在他的影響下，將語言意義的可理解性，建立在基於民族共通感的情感與身體表達運動之上。這些說明也將可以顯示，19世紀的民族心理學，實已開創了文化科學之語言學奠基的思路。

　　接續馮特「民族心理學」的討論，我們將在第五章討論「卡西勒符號形式哲學的文化哲學建構」。在這一章中，我們將透過卡西勒全集與遺著的整體性研究，首先闡釋卡西勒如何透過洪堡特的語言哲學典範，推動康德先驗哲學的符號學轉化。從而能在以「文化批判」取代「理性批判」的《符號形式哲學》構想中，建立一種能將文化科學的知識論方法學基礎，奠定在「符號功能

文法學」之上的「批判的文化哲學」。其次，我們也將透過卡西勒與海德格的達弗斯論辯，說明卡西勒在晚期如何透過對於生命基本現象的「知覺現象學」研究，將科學知識的實在性意義，建立在以文化作品的表達客觀性為基礎的「形上學的文化哲學」研究之上。藉此我們將可以論述說，卡西勒符號形式哲學的文化哲學涵義乃在於，嘗試以文化的生活形式為人類真正的自我理解敞開視域。

　　第六章探討「米德社會心理學的溝通行動理論重構」問題，這一章將分成三個部分研究米德的社會心理學：首先我將依據Cook與Joas的理解，針對米德早期發表論文，提出有別於社會行為主義詮釋的觀點；其次，我將透過角色理論的重構，指出米德在《心靈、自我與社會》中，針對兒童在語言、角色遊戲與競賽中的社會化學習過程所做的個體發生學描述，其實是在說明，人類的語言溝通結構如何能為意義理解、社會化的人格建構與社會的功能分化與整合提供基礎；最後，透過Tugendhat的批判與Habermas所做的溝通行動理論重構，我將論述在米德社會心理學中呈現的「姿態中介的互動」、「符號中介的互動」與「角色中介的互動」這三種溝通結構，如何能為語言學、心理學與社會學的重要哲學議題提供理論基礎，並最終得以說明，德國古典語言哲學如何透過「語言作為規範建制的溝通行動理論」，為西方傳統的語言工具觀補充它們在語用學向度上的不足。

第四章

馮特的語言身體姿態起源論與民族心理學理念

　　語言如何表達思想，詞語如何具有意義，對於這些根本的哲學問題，當代英美分析哲學或歐陸的現象學、詮釋學與解構主義，都曾經提出他們的看法。他們的觀點即使存在相當大的差異，但有一點是共同的，就是他們對於語言的討論，基本上都從聲音語言出發。以語音形式言說的詞語，作為任意約定的符號，如何能與對象產生特定的關聯，並因而具有可傳達與溝通的普遍意義，一直是相當難以解釋的問題。在19世紀末、20世紀初，同時作為哲學家與心理學家的馮特（Wilhelm Wundt, 1832-1920），卻主張語言表達的意義基礎，並不在於聲音符號的約定使用，而在於表情與手勢等身體姿態的表現。對於人類而言，最根源也最具自然普遍性的語言，並非聲音語言，而是手勢語言。透過手勢的意指意向性、摹擬想像與感性化轉移，我們的身體姿態方才構成詞語最內在的意義圖示。手勢與表情等身體姿態的表現，為人為約定的語音，奠定了它們具世界關聯性的存有論意義。且若語言必然與人之具身存在有關，那麼語言就不能被看成是分離於實踐行動之外的抽象系統，而應視之為來自民族共通感的文化創造。透過對內在語言形式的民族心理學研究，語言學也將跨出語言的領域，而成為文化科學的奠基理論。

　　馮特的語言身體姿態起源論與民族心理學理念，來自長達一個世紀以上的語言學傳統。Friedrich Schlegel在19世紀初的梵語研究，締造以印歐語為主要研究對象的歷史比較語言學。而洪堡特的《人類語言結構的差異及其對人類精神發展的影響》，則帶領我們從語言學的歷史研究，轉向思考語言結構對於人類世界觀建構的影響。為了理解語言規則的規範有效性，如何基於人類精神創造活動的合法則性，19世紀後期的青年語法學派，主張語言學應進一步探討「言說的人」之生理心理機制，這促使洪堡特的

追隨者史坦塔爾（H. Steinthal）致力於創建「語言心理學」，以逐步取代以文獻學為基礎的歷史比較語言學。他的觀點啟發馮特對於語言進行了民族心理學的研究。

　　本章因而將從史坦塔爾的理論說起，指出他如何參照美學的表達理論，透過對洪堡特內在語言形式所做的語言心理學闡釋，使語言學能擺脫以邏輯語法學為基礎的邏各斯中心主義。借此我們也將能說明，德國古典語言哲學如何能從洪堡特的歷史比較語言學過渡到馮特的語言心理學（一）；其次，我將說明馮特如何進一步追溯視身體運動為內心表達的「面相學」與「戲劇學」傳統，以從他的生理心理學構想，發展出系統的「表達運動」理論（二）；對於馮特嘗試從手勢語的構詞學與句法學，來研究人類語言的起源，以批判語言學的語音中心主義，我將借助卡西勒（E. Cassirer）的解讀，說明在馮特的手勢語理論中，隱含著為聲音語言之溝通可能性奠基的「意義身體構成論」（三）；馮特接著論述了聲音語言取代手勢語言，成為我們語言表達之主要形式的發生學過程，對此我將借鏡今日語言學關於「語伴手勢」的開創性研究，來檢討馮特語言哲學的成就與限制（四）；本章最後並將解釋，為何史坦塔爾與馮特都主張語言學應當隸屬於民族心理學，以說明在民族心理學的語言哲學研究中，實已開創了當代以語言學為文化科學奠基的重要思路（五）。

一、從洪堡特到馮特：史坦塔爾的語言心理學創建

　　青年語法學派主張應從人類身心機制的構造與作用方式，來說明語言究竟如何可能的問題，這個工作在當時已經被史坦塔爾

提出來討論。這位被克羅齊（Benedetto Croce, 1866-1952）稱為
「洪堡特最偉大的追隨者」，[1] 同時也是近代語言心理學的開創者。
他透過對洪堡特的「內在語言形式」的心理學解釋，主張應將文
法學與邏輯學區別開來，以扭轉西方語言哲學自亞里士多德以
來，主要以邏輯語法學為據的「邏各斯中心主義」。他對於語言
起源論的心理學解釋，也使得語言起源論從印歐原始語的歷史重
構，轉向觀察原始民族與兒童的語言習得。史坦塔爾推動了19世
紀從歷史比較語言學轉向語言心理學研究的典範轉移，而這個典
範轉移也確立了：語言之意義理論的建構基礎，並非在於邏輯語
法與指涉理論，而是在於建構內在語言形式的情感表達與身體姿
態。這是其後馮特論身體姿態與語言表達最主要的思想來源，以
下我們因而必須先行考察史坦塔爾的基本構想。

（一）文法學與邏輯學的區分

　　相對於施萊歇爾基於語音法則的研究，將語言有機體理解為
依自然法則決定的生物學發展，史坦塔爾基本上接受洪堡特將語
言視為精神有機體的構想。洪堡特主張：「語言是建構思想的器
官」，但語言對於思想的有機建構活動所依據的法則，乃是洪堡
特所謂的「內在語言形式」。[2] 史坦塔爾自陳，洪堡特這個概念對

1　Benedetto Croce, *Aesthetic as Science of Expression and General Linguistic*
　（London: Macmillan, 1909）, 319.

2　洪堡特使用「內在語言形式」這個術語，首見於 Humboldt, "Über die
　Verschiedenheiten des menschlichen Sprachbaues und ihren Einfluß auf die
　geistige Entwicklung des Menschengeschlechts," 81。但洪堡特並未專題討論這
　個概念，在前揭書第26節（第86-94頁）的小標題為〈內在語言形式〉，但這
　個小標題是全集編者所加，並非洪堡特自己編定的討論標題。

他的影響最大。[3]透過闡明內在語言形式的構成與運作方式，以說明語言文法與意義理解之間的關係，可說是史坦塔爾終生研究的對象。[4]

在洪堡特之後，Becker雖然也將語言理解為有機體，但他受洪堡特的影響，仍將這種語言有機的運作歸諸於知性範疇的作用。史坦塔爾則反對這種說法，因為若邏輯範疇即是人類普遍的思維結構，或語言有機體的形式原則主要來自邏輯的範疇系統，那麼要不是我們必須承認，不同的內在語言形式並不具有語言世界觀的差異性；要不就是得承認，語言的差異是因它們偏離了邏輯思維，它們並非人類精神發展的決定性要素；再不然就是得承認亞里士多德以來的邏輯文法學的語言哲學觀點是正確的，亦即語言只處理表達相同內含的思想內容，它只需研究具有主、述詞結構的命題，而不必考慮語音的不同表達或語句的不同結構。語言學因而可以不必討論修辭學與詩學，而只要研究邏輯學。但若語言學對於內在語言形式的研究，不能與邏輯文法學的研究有別，那麼洪堡特在其普通語言學中，要透過語言結構的差異來說明它對人類精神發展的影響，這種努力就完全落空了。

史坦塔爾認為若依洪堡特之見，內在語言形式是語言在語音區分音節的表達中，受到知性行動的先天範疇所影響產生的，那

3　Heymann Steinthal, *Grammatik, Logik und Psychologie—Ihre Principien und ihr Verhältniss zu Einander*（Berlin: Ferd. Dümmlers Verlagsbuchhandlung, 1855），XX.

4　關於史坦塔爾對於洪堡特「內在語言形式」的各種理解方式，請參見Bumann的詳細分析。Waltraud Bumann, *Die Sprachtheorie Heymann Steinthals—Dargestellt im Zusammenhang mit seiner Theorie der Geisteswissenschaft*（Meisenheim am Glan: Verlag Anton Hain, 1966），116-133.

麼語言的文法即應具有邏輯的性格。這在印歐語的文法結構中的
確特別顯著，因為印歐語的文法結構，基本上即是藉著動詞的格
位變化與詞語的詞類區分來進行語句的連結，其語法連接詞特別
發達，因而很能表達出與連結判斷之邏輯結構相同的文法形式。
希臘哲學家自柏拉圖、亞里士多德到斯多噶學派，完成了依印歐
語法找出文法的邏輯範疇的工作。但史坦塔爾卻質疑印歐語的文
法形式並非是人類唯一的內在語言形式，但語言哲學卻自此即將
邏輯學視為建構文法學的基礎。史坦塔爾因而質疑，是否正因為
印歐語是最合適於邏輯表達的語言文法形式，結果卻反而導致它
掩蓋了內在語言形式具有其獨立於純粹思想的邏輯學之外的精神
法則性，從而使我們無法真正理解人類精神運作的形式？[5]

在以印歐語為基礎的語言哲學觀點影響下，我們習於將語言
直接視為是內心的表達或智性的呈現，亦即將語音的意義視為是
思想本身的創造。語言因而被看成只有內、外兩方面：外在面即
語言的聲音面，它是處於內在面之思想所居住的身體性成分，人
類的智性即是經由聲音的肉體化，而得以表達出感性的可知覺
性。以至於自亞里士多德的〈解釋篇〉以來，我們即習於將「語

5　為了徹底釐清這個問題，史坦塔爾因而把文法學與邏輯學的區分，以及以心
理學取代邏輯學去說明內在語言形式的構成基礎與運作法則，作為他理論研
究的出發點。為此他先後寫了《邏輯學、文法學與心理學──其原則及其相
互關係》（*Grammatik, Logik und Psychologie—Ihre Principien und ihr
Verhältniss zu einander*, 1855）、《心理學與語言科學導論》（*Einleitung in die
Psychologie und Sprachwissenschaft*, 1871），以及兩卷本的《希臘與羅馬的語
言科學史──特論其邏輯學》（*Geschichte der Sprachwissenschaft bei den
Griechen und Römern*, 1890-1891），以完整表述他從批判希臘語言哲學出發，
論證作為文法學研究之基礎與對象的內在語言形式，不能與邏輯文法學相混
淆，而是必須建立在語言心理學之上。

言」直接等同於「思想」，將「詞語」視為「概念」，並將「語句」視為「判斷」。從而理所當然地以為：由詞語連結成語句的語言系統，只是將透過概念連結而進行判斷的思想活動，以聲音的形式加以表達，以使之可被傳達與可被他人理解而已。

史坦塔爾並不否定人類的思想總是伴有聲音的言說，但他認為這最多只能證明思想與語音之間具有不可分性，但並不能由此證明他們具有統一性。他認為像是科學公式，甚或漢語，都可以用表意的符號來表達思想，而不一定需要借用語音的形式。換言之，即使人們彼此必須經由聲音，才能將他們心中的思想內含傳達或呈現給他人，但我們也不能僅從「語言＝思想的呈現」，即推論出「語言的形式＝思想呈現的形式」。[6]反而是，如果語言就是思想的表達或呈現，那麼我們就不應以邏輯學，而是應以美學，來作為理解語言學的基礎。[7]因為藝術才是與語言一樣，都是用來表達我們內在思想與感受的媒體。所以若就廣義而言，語言與藝術都屬於表達理論，那麼我們就可以透過兩者的比較，來說明語言表達的特性。

在藝術表達中，我們是以油彩或雕像的顏色、線條這些材料所構成的外在形式，來呈現我們所想表達的美的理念。而在表達的媒材與所欲表達的理念之間，則仍存在各種藝術風格的形式。

6　Heymann Steinthal, *Abriss der Sprachwissenschaft*. Erster Teil: *Einleitung in die Psychologie und Sprachwissenschaft*（Berlin: Ferd. Dümmlers Verlagsbuchhandlung, 1871), 56.

7　克羅齊特別推崇史坦塔爾，稱他為「洪堡特最偉大的追隨者」，即因他受史坦塔爾的影響，主張美學與語言學其實正是同一門科學。他對語言學與美學為同一科學的討論，請參見Croce, *Aesthetic as Science of Expression and General Linguistic*, 230-250。

這些藝術風格構成藝術創作的內在形式，它們決定了藝術家如何使用各種媒體，來表達出他們心中對於美的理念。同樣的，當我們想以聲音這個語言媒介，來表達出我們內在的思想，那麼在言說的表達中，除了外在的聲音形式與思想自身的邏輯形式之外，我們也還需要一種類似藝術風格那樣的內在形式，以作為聲音與思想的中介。史塔坦爾認為這種介於語音形式與思想的邏輯形式之間的第三種形式，才是洪堡特所謂的內在語言形式。言說因而不只具有聲音與思想這兩重的形式結構，而是同時具有三重的形式結構，它包括「思想所帶有的邏輯形式，以及語言所帶有的聲音形式與內在形式」，[8] 或即包括：「聲音（思想的肉體化）；內在語言形式（或肉體化的特定方式）；與思想內容（或即直觀或概念）」[9] 等三重的形式在其自身中。

在言說的三重形式中，聲音作為外在形式是思想的肉體化表達，聲音必須透過身體的發聲器官才能產生。我們若要以聲音表達出思想，則思想的內容即必須透過發聲器官的肉身化，以成為感性可知覺的對象，這即所謂有意義的語言表達。在語言表達中，思想的肉身化必須能符合發音生理學的限制，聲音學的法則因而具有它獨立的生理學基礎。至於思想內容的形式，則來自思考事物所必須具有的純粹關係。事物透過感官機能呈現為感性直觀的內容，這些內容必須能符合思想的純粹法則，才能被我們思考為經驗的對象。任何透過直觀給予的思想內容，都必須受到邏輯範疇的決定。我們現在如果要能以聲音表達出思想的內容，那

8　Steinthal, *Einleitung in die Psychologie und Sprachwissenschaft*, 59.

9　Steinthal, *Der Ursprung der Sprache im Zusammenhange mit den letzten Fragen alles Wissens*, 120.

麼首要的工作，即是如何能將內在於思想內容中的知性範疇形式，與受發聲生理學節制的身體性表達連結起來。擔任這個中介作用的言說成分，顯然即是內在語言形式。我們只要接著去分析思想法則與聲音法則是如何共同作用的，即可理解內在語言形式的運作方式，從而為語言學的文法學研究提供語言心理學的基礎。

　　內在語言形式的作用既在於：使受發聲生理學限制的語音區分音節活動與受邏輯範疇規定的表象綜合活動，相互聯繫在一起。以使我們的語言表達，能恰如其分地意指到我們所思想的對象或內容。那麼語言學的研究，就不能只偏重研究聲音學的形式法則或邏輯學的形式法則（然而，證諸20世紀的語言學發展，結構語言學與邏輯文法學似乎都仍未跳脫史坦塔爾所見的研究限制）。在語言學中，文法學有別於聲音學與邏輯學，它的研究對象應是洪堡特所說的內在語言形式。且惟有透過內在語言形式的中介，才能說明我們如何能以語音表達思想，史坦塔爾因而主張，「內在語言形式」才是「意義理論」的基礎，他說：

　　意義學說（Bedeutungslehre）一點也不能是先天的；它完全與邏輯學無關。它首先全然是個別的、歷史的拉丁語或希臘語之類的意義學說。其次，語言只能奠基在其普遍的部分，亦即只能奠基在普遍的心理學法則之上。我們因而不僅承認意義學說與內在語言形式有親近的關係，而是主張就真正的理解來說，意義學說即基於內在語言形式的說明。[10]

---

10 Steinthal, *Grammatik, Logik und Psychologie*, XXI.

（二）內在語言形式的語言心理學闡釋

透過上述邏輯學與文法學的區分，史坦塔爾認為他說明了以下兩點：「一就消極面來說，[這顯示]語言與思想既非同一，語言的形式與思想的形式也非同一[……]二就積極面來說，若排除只觀察語言之實質材料的聲音學不論，文法學的真正任務應在於展示，相似於藝術作品，為了呈現出思想，或為了使思想能被意識到，則語言究竟應如何運作。」[11]他並由此指出，若我們的思想必須透過語言來呈現，那麼思想的形式與語言的形式就不能是同一種東西，否則必然造成不邏輯的思想是不能言說的結果，然而對人而言，顯然再怎麼愚蠢的邏輯錯誤也是可以言說的。文法學的基礎因而在於內在語言形式，而不在於思想的邏輯學。內在語言形式的精神法則若不能以先天普遍的邏輯作為研究的基礎，那麼內在語言形式所具有的普遍有效性，也就不是來自抽象的普遍性，而應來自歷史的真實性。這使得史坦塔爾主張，文法學原則的研究，仍應回到「語言起源論」的歷史發展過程。他說：

> 若不仔細分析與深入研究語言的本質、語言與精神活動的多重關係、語言在精神的經濟學中的功能，以及語言在精神發展中的有效作用，那麼我們如何希望能找到文法學的原則呢？我們必須從語言起源的探討開始，以進行這個研究。[12]

在此，史坦塔爾並不像歷史比較語言學想透過根源語的重

---

11 Steinthal, *Einleitung in die Psychologie und Sprachwissenschaft*, 60.

12 Ibid., 73.

構，來還原在語言起源時期中的原始語，因為歷史比較語言學所做的歸納比較，並不能提供具有必然性的法則。在有文字記載以前，語言早已存在。透過比較有文字紀錄的語言，並不能提供創造語言之精神活動的法則。他因而與洪堡特一樣，都主張語言起源論應研究的是，找出那些能說明語言究竟如何可能的精神性條件。他說：「語言的起源所要探討的無非即是，去認識那種直接先於語言創造而存在的精神教養［狀態］，或即應去理解作為語言必定會被產生出來的條件之意識的狀態或特定關係，以能洞察到精神能從這種狀態獲得什麼，或這種狀態如何能依法則地繼續發展下去。」[13]為了這個目的，史坦塔爾寫了《關涉所有知識之最終基礎的語言起源論》（*Der Ursprung der Sprache im Zusammenhange mit den letzten Fragen alles Wissens*, 1888）以及《語文學、歷史與心理學的相互關係》（*Philologie, Geschichte und Psychologie in Ihren Gegenseitigen Beziehungen*, 1864）等著作，最後並在他的《心理學與語言科學導論》中加以綜述。

內在語言形式既非受先天的邏輯範疇決定，也非受生理學的自然機能所決定。這表示文法學一方面不能只局限在邏輯文法學或語音生理學的研究；但另一方面，文法學的原則卻又必須具有能連結思想的邏輯學與發音生理學的中介作用。對於青年語法學派主張應透過人類身心機制的作用，來闡釋「語言究竟如何可能？」的問題，就史坦塔爾而言，即無異於應透過語言心理學的研究，來說明內在語言形式的運作基礎。為了能透過生理學與心理學的相互關聯，來說明內在語言形式的形成過程，史坦塔爾又回到赫德與洪堡特的語言哲學觀點。依據赫德，語言區分音節的

13　Ibid., 81.

命名活動，即是我們選取對象的特徵以建構思想表象的過程。洪堡特則由此主張，協調或規範這種同構關係的內在語言形式，必然受到知性行動所具有的邏輯範疇的影響。這點史坦塔爾也不否認，否則聲音即無法表達出思想。但他認為更重要的側面是，若要使基於肉身結構的發音生理學能一致於思想的法則，使得我們能用語音來表達思想，那麼我們的意識活動或精神狀態就必須能對身體產生影響，以使受它影響而產生的區分音節表達，能意指到思想的內容。惟當如此，語言才具有表達思想的能力。史坦塔爾據此主張，我們應將聲音視為身體在感官知覺受到對象刺激而產生印象時，所連動產生的身體反射動作。身體反射代表人類對外在世界最初的心理活動過程，我們在接觸外在世界所自然發出的聲音，若也是身體反射動作的一部分，那麼身體反應所發出的聲音，就自然而然地與心理活動的過程，有著一致性的關係。

只不過單靠聲音的反射還不能形成語言。這即如史坦塔爾所言：

> 　反射動作事實上已經意指靈魂的反應，因為靈魂反應所產生的反射，即是[身體的]這些反射動作；這如同影響作用意指它的原因一樣。但語言現在仍缺乏的是那些在本質上最重要的東西，亦即對此意指的意識，或表達的應用。能將反射性的身體運動與靈魂的激動有意識地加以連結，才是語言的開始。[14]

在此顯示，聲音作為人對外在世界最初的心靈反應，它與世

14　Ibid., 369.

界具有自然的連結關係，但若聲音要成為表達思想的詞語，那麼我們就必須能有意識地確立該聲音與外在對象（或其表象）之間的關係，以使語音（或即言說的語言）具有能意指該對象的意義內含。

史坦塔爾認為這種可能性的基礎在於情緒的感受。因為在當時主張語音起源於呻吟與喊叫的「語言感嘆說」，受到盧梭等法國感覺主義的影響，大都認為知覺並非如同經驗主義所主張的，只是受納單純的感性印象。感覺作為身體性的知覺，必然也包含來自精神主體的情緒感受。感覺包含感官知覺與情緒感受這兩方面，因而一旦我們意識到，我們被對象觸動所產生的情緒，是與這個觸動在身體反射發出的聲音所代表的情緒一樣，那麼在心理活動中的感性印象，就可以跟特定的聲音連結起來，以至於我們可以用該聲音，來表達與它相連結在一起的特定思想內容。史坦塔爾因而說：「當語音是一種反射，則對此內在有感情在其中的聲音圖像的單純知覺，必與對反射性的對象知覺所給予的情感相類似，此種在情感中既與的聲音與意義的親緣性，即是它的聯繫與連結之最內在的基礎。」[15]

史坦塔爾在確立身體反應的情感連結，即是語言作為思想表達的基礎後，就轉而想以赫爾巴特（Johann Friedrich Herbart, 1776-1841）的心理學理論，來作為他闡釋內在語言形式之運作方式的心理學基礎。赫爾巴特是康德在哥尼斯堡大學之哲學教椅的繼任者，他對康德的先驗觀念論採取經驗心理學的解釋，亦即嘗試將統覺的綜合活動，透過表象連結之機械必然性的過程，來加以闡釋。史坦塔爾因而構思，如果內在語言形式是在語音的區分

---

15 Ibid., 375-376.

音節中，同時進行表象的統覺綜合活動，那麼我們只要透過心理學對於表象連結之過程的分析，就能發現內在語言形式的基本運作法則。他因而將「內在語言形式」定義成：「對於精神所擁有的每一可能的內含的直觀或統覺。它是能將這些內含當前化、確立與再生產的媒介，甚或是去獲取或創造新內含的媒介。」16但這種觀點，顯然陷入當時美國著名的梵語學家惠特尼（William Dwight Whitney, 1827-1894）所批判的語言學主觀主義。17因為史坦塔爾在此顯然不再重視語言在社群成員互動中的歷史發展，而只想從個人表象連結的主觀心理機制，來說明語言運作的精神法則。

二、馮特的表達運動理論

　　史坦塔爾以語言心理學觀點詮釋洪堡特的內在語言形式，以為青年語法學派提供「音變無例外」與「類推法則」之心理—生理機制的解釋基礎，但對於具跨主體可溝通性的語言意義，史坦塔爾卻又只是訴諸赫爾巴特在個人心理學中的表象連結機制來說明，而非從人類精神活動的歷史發展來解釋語言的形成與演變。這種理論的缺陷，使得當時以心理學理論聞名的馮特，認為有必要將在19世紀中，語言學研究的「語言史」問題，與在

---

16 Heymann Steinthal, *Charakteristik der hauptsächlichsten Typen des Sprachbaues* （Berlin: Ferd. Dümmler's Verlagsbuchhandlung, 1860）, 84.

17 惠特尼的這個批判，轉述自 Christy 的討論。參見 Craig T. Christy, "Reflex sounds and the experiential manifold: Steinthal on the origin of language," *Theorien vom Ursprung der Sprache*. Hg. J. Gessinger & W. v. Rahden, Vol. 1 （Berlin: Walter de Gruyter, 1988）, 532-533。

語言哲學中的「語言心理學」問題，再進一步綜合起來。他的一本專著的書名《語言史與語言心理學》（*Sprachgeschichte und Sprachpsychologie*, 1901），即很能表現出他因應語言學之時代挑戰的企圖。馮特認為他足擔此任，因為他在當時所提出的「生理心理學」，正好可以解決這個問題。史坦塔爾意圖要以語言心理學解釋介於人類思維與聲音法則之間的內在語言形式的運作，無非即是要說明存在於心理與生理或精神與身體之間有一相互對應的關係，馮特稱此為情緒表達的身體運動（或即「表達運動」）。對馮特而言，語言作為表達運動的特殊形態，其具民族差異性的內在語言形式，因而與吾人身體與情感之對外在世界的反應所構成的姿態表現，有著極為密切的關係。

（一）馮特的「生理心理學」構想

馮特在未做語言學研究之前，早已經是當時舉世聞名的心理學家，他所創立的實驗心理學影響了歐美一整代的學者。馮特把他自己的心理學稱為「生理心理學」。顧名思義地說，「生理心理學」就是要將研究「人類生命現象」的兩種科學──「生理學」與「心理學」──結合起來。人類的身體與心靈是一體之兩面，惟有能同時掌握這兩方面的關係，才能對「生命現象的整體」做出真實的闡明，或達成對「人類存在的總體理解」（Totalauffassung des menschlichen Seins）。[18] 但以往這兩種科學卻各行其是：心理學自吳爾夫（Christian Wolff, 1679-1754）以來，習於透過於內省的途徑掌握在內在知覺中的心靈活動。但內省只容第一人稱的自我

18　Wilhelm Wundt, *Grundzüge der physiologischen Psychologie*（Leipzig: Verlag von Wilhelm Engelmann, 1893), Bd. 1, 2.

才能通達，它無法作為經驗觀察的對象，這使得心理學的研究經常必須依賴研究心靈實體的形上學。生理學則習於透過外感的知覺活動來研究人類的生命現象，自法國百科全書派的唯物哲學家以來，他們大都拒斥形上學的預設，而試圖把心理過程等同於大腦與神經的作用，以能進行經驗的研究。

　　馮特提出生理心理學的構想，並不只是簡單的想把形上的心靈學與唯物的生理學觀點結合在一起，而是試圖在傳統的兩條路徑之外，提出心理學的第三條進路。馮特不從「奠基於心靈學的內在知覺」之傳統心理學觀點出發，他強調他的心理學作為「生理學的心理學」，是要從生理學的觀點出發來研究心理學。但馮特這種基於生理學觀點的「經驗心理學」或「實驗心理學」，並不像是當代的心靈哲學，仍繼承法國啟蒙時期的百科全書派，將心理過程還原成心腦功能來研究，而是主張「心理學真正要研究的並非是從外表上看到的人本身，而是人自身的直接經驗」。[19] 人自身的直接經驗，並不能被化約成單純的大腦—神經現象，而是包含生理與心理這兩種成分在自身中。因而當馮特說他的生理心理學是一種「實驗心理學」時，他最初的目的並不是要將心理學化約成自然科學，而是基於「沒有任何心理過程可以不受生理活動的影響而產生」這個信念，主張對心理過程的觀察，都必須從人類身體過程的改變來加以觀察，才能有客觀的基礎。對馮特而言，心理學應當採取實驗心理學的進路，最根本的理由毋寧在於，心理生活的特性是與身體不可區分的。[20] 在這個意義上，我們

19　[德]馮特（Wundt）著，葉浩生、賈林祥譯，《人類與動物心理學講義》（西安：陝西人民出版社，2003），頁19。

20　馮特在《人類與動物心理學講義》（*Vorlesungen über die Menschen-und*

甚至可以說，馮特的生理心理學是首度嘗試從身體主體性的觀點來研究人類的精神活動。

19世紀的心理學研究，主要受到赫爾巴特的影響。赫爾巴特主張心靈的統一性，他因而反對自吳爾夫以來，將心靈區分成種種不同機能的觀點。他認為我們在心理活動中所能觀察到的，無非就是在表象之間不斷變換的相吸或相斥的過程，而作為此變換之基礎的，則是心靈的單純性。心靈是單純的本質，它既非具有部分，亦非具有性質的多樣性。心靈所能做的就是，相對於對它施加壓力的其他單純的存在物，而維持它自己。此種心靈的自我維持（Selbsterhaltung）即是所謂的「表象」（Vorstellungen）。馮特受此影響，同樣也主張心理學的研究應奠基在直接的經驗之上。經驗直接對我們呈現出一大堆在我們內心中運動著的意志、感受與思想的過程。當我們把這些過程視為是統一的，才產生出心靈的概念。對於經驗的心理學而言，心靈無非只是直接既與的心理體驗整體。

直接既與的心理體驗雖是整體性的，但它仍有不同的成素可供區分，這是因為我們可以分別從「客觀的經驗內含」與「主觀的體驗感受」這兩方面來看待我們的心理活動。從前者來看，在心理活動中呈現的就是「感覺」（Empfindung），從後者看，在心

Thierseele）中說：「在心理學中，只有那些直接受到物理過程影響的心理現象才能成為實驗的對象。我們並不能對心靈本身進行實驗，而是對心靈的外部工作、感覺器官和從機能上與心理過程相關的運動進行實驗。因而每一個心理實驗同時也是生理實驗，因為感覺、觀念和意志的心理過程總是與相關的物理過程相伴隨。當然，這並不是要否認心理學方法的實驗特性。心理生活的一般條件使我們不得不如此，心理生活的特性之一就是它同身體永恆不斷的聯繫。」參見前揭書，頁29。

理活動中呈現的就是單純的「情感」（Gefühl）。前者是如明暗冷熱的感覺，後者則是伴隨這些感覺的情感。當許多成素在一個心理過程中統一起來，那麼我們就擁有「心理構成物」（psychisches Gebilde）。這種構成物若主要是由感覺所構成的，它即可稱為「表象」；若當情感在其中占大部分時，它即可稱為「情緒運動」（Gemütsbewegungen）。一旦我們把這些成素或構成物，看成是心理事實最終的構成成分，那麼心理學的事實就不應該理解成客體或固定的狀況，而應當理解成「事件」（Ereignisse），或即不斷在時間中流動的「心理過程」。[21]

　　馮特為他的生理心理學研究，建立世界第一間心理實驗室，寄望能以精確的實驗數據來確證人類心理的活動過程。但馮特作為實驗心理學的創立者，卻也是最早試圖超越這種構想的心理學家。許多心理過程並不能單從生理活動得到解釋，在每一個人的直接經驗中，我們都可以感受到我們的思想與意志並不只受到個人心理活動的影響，而是受到他人或社群共同體的影響。像是思想的真假判斷或意志的應然要求，都不只是個人的心理經驗而已，而應是有一種客觀有效性的基礎。為此之故，馮特主張應在「個人心理學」的研究領域之外，進一步展開「民族心理學」的研究。如此個人心理學才能擺脫在實驗室中的人為操作，而從人類真實生活的共同建構來研究人類的心理活動。民族心理學將作

---

21 上述關於赫爾巴特心理學對於馮特的影響，請特別參見Berthold Delbrück, *Grundfragen der Sprachforschung—Mit Rücksicht auf W. Wundts Sprachpsychologie Erörtert*（Strassburg: Verlag von Karl J. Trübner, 1901），8-14與Ludwig Sütterlin, *Das Wesen der sprachlichen Gebilde—Kritische Bemerkungen zu Wilhelm Wundts Sprachpsychologie*（Heidelberg: Carl Winter's Universitätsbuchhandlung, 1902），1-5的綜述。

為人類精神現象的文化創造物，當成它們研究的經驗對象，從而
開啟了文化科學的基礎研究。

在馮特從生理心理學的個人心理學研究，跨入民族心理學的
文化哲學研究過程中，語言的研究扮演了關鍵性的角色。史坦塔
爾與青年語法學派都嘗試從人類心理與生理的作用機制，來研究
語言的可能性。接續這個語言學研究典範的心理學轉向，馮特一
方面認為他的「生理心理學」，正好能用來說明人類語言的可能
性條件，但在另一方面，他也沒忽略生理心理學是研究個人心理
過程的個人心理學，但語言卻不是單憑個人就能發明。若要將生
理心理學的觀點應用到說明語言之可能性的民族心理學，那麼就
還需要一個他稱之為「表達運動」的理論。表達運動的講法，出
自達爾文的著作《人類與動物情緒的表達》（1872）。[22] 人的臉紅
心跳或愁容滿面都代表是以身體的現象表現出人內心的情緒狀
態，這些表達情緒的身體運動，對馮特而言，正可看成是他的生
理心理學的基本現象。他因而自始至終都堅持說：「人的精神特
性與心靈狀態是在身體現象中顯示出來的，這可視為是確定的真
理。」[23]

馮特把人類的精神特性或心靈狀態在身體現象中的顯現，稱
之為「表達運動」，他所做的定義如下：

　　所有能協助建立起意識與外在世界之交通的運動，我們即

---

22 Charles Darwin, *The Expression of the Emotions in Man and Animals*（Oxford: Oxford University Press, 1998）.

23 Wilhelm Wundt, "Der Ausdruck der Gemütbewegungen," *Essays*（Leipzig: Verlag von Wilhelm Engelmann, 1906）, 243.

稱之為表達運動。表達運動並不構成特殊起源的意識形式，它總是同時作為反射性與有意志性的運動。它對它所標指的對象，只具備作為徵兆的性格。當這些運動作為一內在狀態的記號，能被相同種類的生物所理解，或它們甚至能對此做出回應的話，那麼它即成為表達運動。而當個別生物的意識是經由它而參與了整體的精神發展，它即形成從個人心理學到共同體心理學的過渡。[24]

在這個定義中，馮特指出，身體的表達運動作為生物對外在世界之反射性的直接反應，對同種類的生物而言具有自然的可理解性。人的面部表情與身體姿態一方面表達了個人的心理過程，另一方面也透過它在身體現象上的自然可理解性，成為一物種的成員之間能相互理解的基礎。在這個意義下，由身體姿態所構成的表達運動，對於它所反應的對象即透過它作為徵兆的性格，而成為具有特定意指的溝通媒介。借助它我們才能從它作為個人情感的表達，過渡到研究它作為對共同體成員的精神活動都具普遍規範效力的意義內含。

　　馮特在此看來，顯然也同意史坦塔爾從身體的反射運動來解釋語言起源的語言心理學構想，他說：「心理生理的生命表現，按其普遍的概念而言，可稱之為表達運動，而語言即可算是其中一種獨特的發展形式。每一種語言都經由肌肉作用所產生的聲音表現或其他感性可知覺的記號，而將內在的狀態、表象、情感與激情向外顯示。若此定義符合表達運動的概念，則語言的特徵及其與其他相類似運動的差別就只在於：它是經由表象的表達，而

24　Wundt, *Grundzüge der physiologischen Psychologie*, 599.

為思想的傳達服務。」[25] 馮特在此明確指出，語言雖然也是一種表達運動，但它與其他的表達運動仍有明顯的區別，亦即：「它是經由表象的表達，而為思想的傳達而服務。」語言心理學的解釋，因而不能像史坦塔爾，只訴諸赫爾巴特的表象機械連結的個人心理學理論，而是必須說明像是原來只是作為情緒表達的身體運動所反射發出的聲音，如何從它作為心理狀態的身體徵象，變成是意指對象之表象的詞語，而得以為思想的傳達而服務。

（二）表達運動理論的歷史溯源：面相學與戲劇學[26]

　　為了能在他的生理心理學的架構中，為情緒表達的身體運動做出系統性的陳述，以能進一步說明語言之意義建構的身體姿態基礎。馮特非常有洞見的意識到自古以來，被視為迷信或偽科學的「面相學」的理論價值。人的表情與內心具有一定的關聯性，這是基於對精神與身體之間具有特定聯繫關係的知覺而可得知的。雖然以往面相學的研究的理論價值甚少，他們都錯把人類基於原初陶冶的特性或骨骼形態所產生的形式，當成是精神特性之充滿意義的象徵，以至於對人類的特性與動物的形式做了任意的比較，認為它們之間有氣質或脾性的相近性。例如在1586年，Giambattista della Porta（1535-1615）即假借亞里士多德的名義，寫下《人類面相學》（*De humana Physiognomia*）這本偽作。他將

---

25 Wilhelm Wundt, *Völkerpsychologie—Eine Untersuchung der Entwicklungsgesetze von Sprache, Mythus und Sitte: Erster Band. Die Sprache*（Leipzig: Verlag von Wilhelm Engelmann, 1904）, Teil 1, 37.

26 馮特從面相學與戲劇學追溯他自己表達運動理論的來源，此可參見 Wundt, *Grundzüge der physiologischen Psychologie*, 607-610; Wundt, "Der Ausdruck der Gemütbewegungen," 243-253。

人類的面貌與動物的身體並列，例如扁平額即表示是膽怯的，因
為扁平額的公牛就是膽怯的（如圖1）；豎髮的人有勇氣，因為他
可比擬於獅子；而長耳厚唇必笨，因為驢子就是長那個樣子等
等。在此種對人與動物形式的比較中，經常是將最外在的東西
（像鬍子或頭髮）與最內在的性格或情緒特性關聯在一起，但卻
缺乏理論的基礎。

圖1　Porta：《人類面相學》的圖例

資料來源：Giambattista Della Porta, *De humana physiognomonia*（Vici Aequensis: Apud Iosephum Cacchium, 1586）, 78.

這種面相學的研究不僅在理論上做了錯誤的類比，在實踐上
的誤用更有不道德的疑慮。因為面相學到了18世紀，雖然如Johann
Kaspar Lavater（1741-1801）在《面相學箋論》（*Physiognomischer
Fragmente*, 1775-1778）一書中，強烈反對把人與動物的面相並列
而論，主張人類的形式本身應具有它自身的意義，但在當時面相
學還是大多被認為可以應用於求職篩選等實際的用途。這種「以
貌取人」的面相學應用，難免會有「失之子羽」的疑慮，而飽受
時人批評。但馮特卻看出，在這些面相學的主張背後仍存在一項
真理，那就是：強烈的情緒運動總是以身體運動的方式表達出
來，我們因而可從情緒的身體運動反推出前者。經常重複的情緒

運動會在我們的臉部表情上留下痕跡，它因而成為一個人持續的情緒方向或主導他的熱情的記號。吾人經由表情的運動所完成的內心表達，因而仍是科學可及的研究對象。[27]

馮特既反對將面相學單單應用於對人之性格的實用論斷，也不贊同情緒表達的身體運動只是純粹的生物學現象。相對的，他在藝術的展演中，找到面相學應用的正當領域。並宣稱面相學的研究可以不只是基於外表的猜測，而是能對其運作的心理學原則進行科學的研究。在面相學的藝術應用方面，馮特得益於Johann Jakob Engel（1741-1802）在《戲劇的理念》（*Ideen zu einer Mimik*, 1785）與Emil Harleß（1820-1862）在《雕塑解剖學教本》（*Lehrbuch der plastischen Anatomie*, 1876）中的研究成果甚多。Engel是戲劇學家，戲劇必須借助演員的表情與身體姿態來進行思想與情感的表達，Engel因而嘗試從過去所有的創作中，抽象出特定的表達規則（見圖2）。而Harleß則認為若我們要雕塑出像拉奧孔（Laocoon）那種在快被蛇絞死前的掙扎與痛苦的表情，

---

27 面相學對於理解人類內心的重要性，在馮特之前也早為哲學家所知。像康德在《實用人類學》中，就想在Porta與Lavater的觀點之外，討論如何以面相學這門作為「從一個人可見的面部形象，也就是從他內心的外部表現來做判斷的技藝」，來說明個人的性格。黑格爾甚至在《精神現象學》中，把面相學放在他論主觀理性之觀察理性的最高階段，認為這種「對自我意識與其直接現實的關係的觀察」，是比觀察思維的邏輯或心理學規律更高的精神發展。不僅在哲學方面，在科學方面人類情緒表達的重要性，也受達爾文的高度重視。達爾文在《人類與動物的情緒表達》中，嘗試提出一種關於表達運動的生物學理論，他將此解釋成是一種「根源性的行動殘留」。亦即，任何特定的情緒表達都是一早先具體的目的性行為的弱化與殘留。例如憤怒的表達即是攻擊運動的弱化圖像，害怕則是防衛的弱化。這是行為主義的研究根源，亦即想從行為的殘留來理解人類情緒等的心理活動來源。

那麼我們就要能對人的表情進行臉部肌肉等身體表現的研究，以理解要如何透過嘴形與眼睛等臉部肌肉的表現，來表達塑像內在活生生的情感（參見圖3）。這種對於表情與身體姿態在藝術上的大量研究，也使得Theodor Piderit（1826-1912）開始在他的《表情與面相學的科學系統》（*Wissenschaftliches System der Mimik und Physiognomik*, 1867）中，嘗試為表達運動進行系統的研究。馮特認為這些作者雖然也談出一些道理，但並未將表達運動的豐富內涵全部展示出來，也未正確地解釋它們的心理學基礎。[28] 他因而想根據他的生理心理學的理論，為表達理論奠定系統化的解釋基礎，以進一步發展他的語言理論。

圖2　Engel：《戲劇的理念》的圖例

資料來源：Johann Jakob Engel, *J. J. Engel's Schriften*: 7. Bd. *Ideen zu einer Mimik*. （Berlin: Mylius'fche Buchhanlung, 1844），I, 128; II, 65.

---

28 馮特對他之前的表達運動理論，並未一一做深入的批判。對這些理論進行最有系統的批判者，在馮特之後首推Karl Bühler的專著《表達理論──系統的歷史闡明》。參見Karl Bühler, *Ausdruckstheorie—Das System an der Geschichte Aufgezeigt*（Jena: Verlag von Gustav Fischer, 1933）。

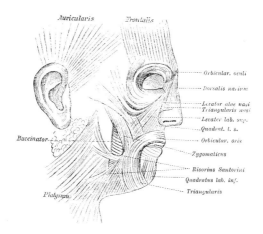

圖3　人類臉部肌肉的解剖圖

資料來源，轉引自：Wundt, *Völkerpsychologie*, Erster Band, *Die Sprache*, Teil 1, 102.

（三）表達運動的系統重構

　　馮特基於他的生理心理學研究，指出我們的心理過程必在身體的表達運動中有所呈現，且感覺與情緒也只是一體之兩面，兩者具有不可分離的緊密連結關係。他因而根據這個觀點，透過我們在感覺活動中的心理過程與身體表達運動的對應關係，來重構出表達運動的系統。當我們的身體感官接受外在刺激、產生印象的同時，這個感覺必也同時觸動我們的情感而產生特定的情緒。當外在刺激非常強烈時，它使我們的神經反應完全集中在這個刺激之上。我們無法立刻辨識這個刺激的性質，以至於身體當下只能以心跳與脈搏加速，或產生臉紅、臉色蒼白等不隨意的身體反射動作來加以反應。但當外在刺激較弱時，我們對印象的直接感覺也就比較弱，而主觀的情緒感受則相對轉強。此時我們就可以根據外在感覺所連帶產生的情感，來選擇做情緒好惡的本能反

應。並在身體的表達運動中，以臉部表情表達出好惡的情緒。而一旦我們接受外在世界刺激的身體緊張鬆弛下來，那麼感覺對象就又從我們主觀的反應中客觀地呈現出來，而成為在我們思想中的表象。這時我們的身體就可以用手勢等身體運動的方式，來表達在我們意識中最初的表象內容。

　　臉紅心跳、愁容滿面、手舞足蹈，無一不是在以身體姿態表達我們內心的想法與情緒。馮特即根據以上的現象描述，試圖透過心理學的理論範疇，來進行表達運動的系統分類。它依「量」、「質」與「關係」三類範疇來做區分。首先，強烈的情緒運動會造成神經分布的改變，乃至於我們無法區分表達的差異，此時我們只能感受到印象刺激的情緒強度。但當情緒運動是較為輕微的，那麼其他的表達形式就會起作用。像是在強烈情緒所引發的「一般的肌肉震動」（allgemeine Muskelerschütterung）之外，就還存在如「情感的性質」（Beschaffenheit der Gefühle）與「感官表象的方向」（Richtung der Sinnesvorstellung）等表達運動。馮特將臉紅心跳與脈搏加速等身體表達運動，稱為「情緒表達的強度」；把面部表情的身體表達運動，稱為「情緒表達的性質」；而把手勢等身體的表達運動，稱為「情緒表達的表象關係」，然後他再依這三類身體表達運動的心理學運作原則，將產生人類可供溝通之用的種種身體姿態，進行系統的分類。他對分別隸屬這三類表達運動做出如下的說明：[29]

---

29 馮特對於表達運動的系統，在《生理心理學綱要》中，主要是依以下所述的三條原則，來加以統整（Wundt, *Grundzüge der physiologischen Psychologie*, 598-610）。但他後來在《民族心理學》中，又改依情緒表達的「量」、「質」與「關係」等三大類範疇，來重新解釋下述三條原則中的內含（Wundt, *Völkerpsychologie*, Erster Band, *Die Sprache*, I, 37-135）。筆者底下嘗試將這兩

（1）情緒表達的強度，係依據「直接的神經支配改變的原則」（Das Princip der directen Innervationsänderung），而做出臉紅心跳與脈搏加速跳動等不隨意的身體表達運動。一個非常強烈的情緒運動，對於肌肉運動的神經分布的核心部分會產生直接的影響，因而強烈的情緒會造成許多肌肉集團的癱瘓。在直接的神經分布改變的原則下所產生的表達運動，大都脫離意識的主宰，特別像是臉紅心跳、脈搏加速、臉色蒼白、哭與笑這些強烈的情緒表達，即屬此類。

（2）情緒表達的性質，係依據「類似的感覺相連結的原則」（Das Princip der Association analoger Empfindungen），而以眼口鼻等臉部表情做出帶有本能衝動的身體表達運動。馮特依其生理心理學的基本原則，指出具有相同情感性質的感覺，經常被連結在一起，兩者並互相加強。伴有強烈情緒的表達運動，原本只是直接的神經分布的改變，但它們經常伴隨有強烈的肌肉知覺作為感性的基礎。肌肉的緊張程度不隨意地反應在表達運動中的情緒強度，在人類的身體結構中，這個原則又特別對表情運動有效，因為人類臉頰的肌肉表達，顯然是根據它想表達的情感性質而定。「類似的感覺相連結的原則」特別適用於嘴巴與鼻子的表情運動，因為它們最初是針對味覺與嗅覺刺激所形成的反射運動，例如我們的嘴巴可區分酸、甜與苦。酸與苦是我們想要避免的不舒服感覺，甜則是令人感到舒服的。

舌頭的表面感受到這些味道的位置不同，舉例來說，舌根與後顎部特別能感受苦味，舌緣對酸較敏感，舌尖則易感受甜味。

部分的觀點統合起來，並捨棄馮特在《民族心理學》中，採取更為複雜的神經系統運作的解釋，而只保留他對現象觀察的正確性。

這導致當有酸的東西影響到嘴巴時，我們的嘴巴會向水平方向張開，以使嘴唇與臉頰遠離舌緣。吃到苦的東西則顎部會提高而使舌頭下壓，以避免苦味（參見圖4）。但一嘗到甜，則嘴唇與舌尖就會做吸吮運動以充分享受。這些運動與其相應的味覺感受如此緊密聯繫一起，以至於對這些運動的再造圖像，即使在沒有相應的味覺刺激存在，也能經由這個運動本身產生該種味覺的感受。例如當我們感受到幸福的甜蜜時，我們即不由自主地做出如同嘗到甜味一般的表情；遭遇困境無法解決而感受到痛苦時，即做出好像吃到苦的東西一樣的表情（參見圖5）。可見當我們心中出現某種情緒，那麼此種情緒就會與那些跟某些特定感覺連結在一起的情感取得相近的關係，從而產生出與之相同的身體運動。這種運動依在感官領域中相類似的感覺，而給予此情緒一感性的表達基礎。在我們的語言表達中，幾乎無法避免得用味覺等酸、甜、苦、辣的隱喻，來表達心中的情緒感受（例如，甜蜜的幸福、苦澀的失敗，與酸溜溜的嘲諷等），即顯示臉部的表情與表達好惡的情緒性質，具有密不可分的關係。

圖4　甜與苦的臉部表情

資料來源：Wundt, *Völkerpsychologie*, Erster Band, *Die Sprache*, Teil 1, 105.

圖5　滿足與愁苦的表情

資料來源：Ibid., 111; 114.

（3）情緒表達的表象關聯依據「運動與感官表象具有關係的原則」（Das Princip der Beziehung der Bewegung zu Sinnesvorstellungen），以各種手勢做出身體的表達運動。這條原則涉及到那些不能歸諸前兩條原則所管制的表情與手勢。手與手臂的表達運動，即特別是經由此原則而被規定。當我們帶著情緒談到某人或某事時，我們就會不由自主地想用手把他們指出來，或想用比手畫腳的方式，將該事物的外形摹擬出來。即使我們所要談及的對象不在場，我們還是會在我們的視野範圍內把他指出來，或指出他遠離於此的方向。而在充滿情緒的言說與思想中，我們同樣會將空間與時間的關係，用手的提高或放下、向前或向後，來指出空間的方向或時間的過去與未來。手勢運動的基本形式因而主要包含「指示手勢」與「摹擬手勢」這兩種。

三、馮特的手勢語言理論

在上述表達理論的研究中，表情猶如自然而發的感嘆詞，但如同語言能具有詞語與語句的身體表達媒介者，惟有手勢。馮特

隨後即在《民族心理學：語言、神話與習俗之發展法則的研究》（*Völkerpsychologie. Eine Untersuchung der Entwicklungsgesetze von Sprache, Mythus und Sitte*, 1900-1920）第一卷《語言》（*Die Sprache*）中，嘗試為手勢語言提出一個系統性的研究架構。其實正如史坦塔爾以來的洪堡特語言學傳統，語言學一般都包含有研究語言之本質的「普遍語言學」部分，與研究個別語言之文法的「特殊語言學」部分，有時還包括語言之歷史發展的研究。馮特對於手勢語言的系統研究，同樣也包含三大部分，第一部分是包括手勢的字源學（構詞學）與句法學的普遍語言學（第二章的第2節與第4節），第二部分是包括他所謂的手勢語言之方言研究的特殊語言學（第1節），第三部分則是包含討論手勢語言的起源與語意變遷的語言史（第3節與第5節）。

　　為了說明手勢語言在人類歷史中的存在事實與不同的應用形態，以作為建構手勢語文法學的基礎，馮特先論述了手勢語的方言學。他借助 Samuel Heinicke（1727-1790）的手語研究剖析「聾啞人士的手語」；依據 Garrick Mallery（1831-1894）的名著《北美印第安人手語》（*Sign Language among North American Indians*, 1881）的研究，說明「原始民族的手語」；義大利人講話素以手勢繁多著名，Andrea de Jorio（1769-1851）在《取徑於拿坡里人手勢對於古代戲劇姿態的研究》（*La mimica degli antichi investigata nel gestire napoletano*, 1832）對此曾有詳細描述，馮特即由此討論「歐洲開化民族的傳統手語」；義大利西西里島的修道士由於苦修不語的誡令，發展出一套獨特的手語系統，馮特乃根據 Friedrich Kluge 的〈記號語的歷史〉（*Zur Geschichte der Zeichensprache*）及其他人的記載，探討「西西里修道士的手語」。馮特認為可以把手勢語言的這些不同的發展形態，當成是

在手勢語言中的各種方言來加以研究。[30]

　　馮特在手勢語言的系統研究中，最重要的貢獻是他對手勢語言的構詞學與句法學的語言心理學研究。筆者以下先將馮特研究手勢語的系統綱要加以圖示（參見表1），再分別就馮特的手勢語文法學研究，以及由此建立的意義身體構成論，進行較為詳細的說明。

表1　馮特論手勢語言學的系統綱要

手勢語言學之系統綱要	普遍的手勢語言學	手勢語構詞學	指示手勢		
			表現手勢	象形手勢	比劃手勢
					定型手勢
			會意手勢		
			象徵手勢		
		手勢語句法學	手勢語的邏輯、時空依賴性原則與直觀性優先的心理學原則		
	特殊的手勢語言學	手勢語方言學	聾啞人士的手語		
			原始民族的手語		
			民族傳統的手語		
			特殊團體的手語		
		手勢語語言史	研究手勢語的起源與語意變遷		

---

30 我們在語言哲學的研究中，無法詳述這些內容。但我們也應當指出，馮特只將這些不同形態的手勢語，當成是手勢語的不同方言來加以研究，但卻未達到像在洪堡特語言學中的要求，應當建立這些不同形態之手勢語的類型學，以研究手勢語言在這些形態中所遵守的內在語言形式有什麼基本的原則性差異，這個工作顯然仍有待於當代語言學家的努力。

（一）手勢語的構詞學

　　馮特的手勢語言論述，其實是依普通語言學的一般做法，分別從手勢語的構詞學與句法學兩方面，來探討手勢語的文法學。在德國傳統的語言學中，對一個詞語的字源學分析，經常即同時是研究詞語之形態構成的構詞學。手勢令人一目了然，它出現之後的形態很少改變，手勢語的字源學分析，因而不必細考一個字是從那一個字演變出來的，也不必追溯到它最初產生的歷史時間點，而只要分析它的心理學來源即可。馮特在表達理論中已經說明，手勢是出自內心表達的衝動所產生的身體運動。在表達運動中，手勢只有兩種基本形式，亦即想將吸引我們注意的對象指出來的「指示手勢」，與想將目前不在場的對象以手在空中比劃的方式表達出來的「摹擬手勢」。手勢這種表達運動，是依據「〔身體〕運動與感官表象具有關係的原則」而進行的。當它為了表達我們內心愈來愈複雜的表象，那麼新的手勢形式就會持續不斷地發展出來。可見，手勢語的字源學應依語言心理學，而不是依歷史比較語言學的方法來做分析。馮特因而主張，手勢語的研究才能真正為我們提供原始語的說明：

> 當手勢的心理學意義，以及它與表達運動的原則之間的關係被了解之後，手勢語的字源學就能得到證明〔……〕我們因而可說，原始語的概念在語音語言的領域中，只能是一種假設性的界限概念，然而在手勢語言中，它卻成為可直接觀察到的真實存在。[31]

31　Wundt, Ibid., 155.

　　在表達理論中，作為情緒之表象關聯的手勢，與在手勢語言中，作為溝通媒介的手勢，其心理學的來源雖然相同，但其表現的形式則應有發展階段的不同。但馮特在《生理心理學綱要》中，卻忽略這種差異，直接依據表達理論的手勢區分，將手勢語言的構詞學區分成「指證手勢」（demonstrirende Gebärde）與「描繪手勢」（malende Gebärde）兩大類。然後再將描繪手勢細分成「直接標記」（direct bezeichnende）、「會意」（mitbezeichnende）與「象徵」（symbolische）等三類手勢。[32]直到《民族心理學》一書他才嘗試修正。他將手勢區分成「指示」（beweisende）、「表現」（darstellendende）與「象徵」手勢等三大類。並接著將表現手勢區分成「象形手勢」（nachbildende Gebärde）與「會意手勢」（mitbezeichende Gebärde）兩類，[33]最後再將象形手勢細分成「比劃手勢」（zeichende Gebärde）與「定型手勢」（plastische Gebärde）。[34]這個區分有它的合理性。因為我們的手勢表達的確並非只是在複製對象，而是在表現我們對對象的表象建構，因而以「表現手勢」取代「描繪手勢」的確是合適的。將「象徵手勢」另立一類也是有必要的，因為象徵手勢與其他手勢都不同，它並不一定與它意指的對象有自然的類似關係。

　　（1）馮特在《民族心理學》中，對於手勢的重新分類不是毫無原則的，而是依手勢的身體表達與人類意識發展的互動關係，

32　Wundt, *Grundzüge der physiologischen Psychologie*, 661.

33　馮特將 "nachbildende Gebärde" 定義為「對身邊事物的純粹摹擬」，本文因而將這種手勢譯為「象形手勢」；他將 "mitbezeichnende Gebärde" 定義為「記號與對象之間的關係，必須經由想像的協助或補充的功能，才能被理解」，本文因而將這種手勢漢譯為「會意手勢」。

34　Wundt, *Völkerpsychologie*, Erster Band, *Die Sprache*, Teil 1, 155-156, 162.

來分析各種手勢的心理學來源。他首先指出：在從情緒表達到手
勢語言的發展過程中，指示手勢的變化不大，因為指示手勢基本
上就是把對象指出來的身體動作而已。不過在作為溝通的媒介
中，指示手勢仍有重要的發展。在溝通傳達的過程中，有兩種情
形是不論對象存不存在眼前，都能運用到指示手勢，那就是用來
指溝通中的「人」與「時空關係」的手勢。這是因為，只要有溝
通就一定有我們面對的夥伴，我們因而能用身體的各種部位來指
出你或我；或者只要我們存在，我們就能以我為方位的中心與時
間的當下，而指出其他的方位與時態。就此而言，指你、指我，
指上、指下，與指現在、過去的指示手勢，就成為在手勢語言中
經常被使用的手勢。[35]

　　（2）相對的，受到模仿衝動不斷影響的摹擬手勢，則會衍生
許多不同種類的手勢，以能表達愈來愈複雜的心理活動。馮特在
此意識到，在手勢語言中的摹擬手勢，已不宜再稱為「摹擬」手
勢。因為在手勢語的表達中，它所做的不只是在模仿對象的外
形，而是對外在對象進行某種程度的自由形構。這正如在「造型
藝術」中的摹擬，已非在「仿造技術」中的單純模仿（Nach-
bildung），而是透過將模仿的對象予以改造（Um-bildung），以表
現創作者內心自由創造的理念。[36]在手勢語言中，摹擬手勢的摹擬
也是一種創作的表現活動，馮特因而主張，應將手勢語中的「摹
擬手勢」，改稱為「表現手勢」（darstellenden Gebärde），然後再
將表現手勢區分成「象形手勢」與「會意手勢」兩類。

　　象形手勢最接近原來在表達運動中的摹擬手勢，它基本上也

35　Ibid., 158-159.

36　Ibid., 156.

是「對身邊事物的純粹摹擬」。[37]只不過，它現在是在觀看者的想像中來經驗對象，因而它如造型藝術一般，是能自由地形構對象之更高階段的摹擬。例如圖6a是拿坡里人用來指長角動物的手勢，圖6b是代表驢子的手勢，它們都無需摹擬出整隻動物，而只要選擇性的摹擬特定的外形，或某個具有代表性的特徵即可。根據做出象形手勢的不同方式，馮特又將它區分成兩種手勢形式：一種是象形手勢的「比劃形式」，這種手勢是使用運動的手指，在空中劃出表象對象的大致輪廓（例如圖7是北美印第安人以兩手的手指比劃出下雨的樣子，它因而是下雨的手勢）；另一種是象形手勢的「定型形式」，這種手勢是用手以固定停留的形式，摹擬出對象的形態特徵（同圖6）。在這兩種手勢中，比劃手勢是較為根本的，因為定型手勢經常是因為先有比劃手勢的使用，再經長期傳統的確定才產生出來的。

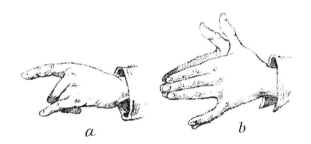

圖6　牛、驢等動物的象形手勢

資料來源：Ibid., 164.

37　Ibid., 156.

圖7　下雨的比劃手勢

資料來源：Ibid., 167.

　　由於象形手勢具自由形構與選擇特徵做出表達的能力，它因而能進一步發展出「會意手勢」。馮特將「會意手勢」定義為：「記號與對象之間的關係，必須經由想像的協助或補充的功能，才能被理解。」[38]會意手勢的特色因而在於，它不是在重複對象自身的整個形體，或它令人注目的特殊部分，而是為了它的「意指」（Bezeichnung）而選擇個別的特性，或任意指出的特徵，來標指特定的意思。例如圖8即是較為複雜的「會意手勢」，它配合表情，在緊閉的雙唇前放置代表禁止的手勢，以表達「保持安靜」、「不要吵鬧」的意思。此時他的手勢即不是在摹擬形體或特徵，而是用某一手勢的特性，來標指他要求安靜下來的意思。

　　（3）第三類手勢是象徵手勢（symbolische Gebärden），馮特原來把這類手勢放置在「摹擬手勢」這一類之下，但在《民族心理學》的研究中，又主張它應當獨立為一類。只不過「象徵手勢」並非與「指示手勢」或「表現手勢」並列，也不屬於它們的細類，而是在這兩類之外的次要類。馮特之所以認為象徵手勢必須獨立一類，是因為它在原則上有別於其他兩類。他將「象徵手

38　Ibid., 156.

勢」的特色界定為：「它將出於某一直觀領域的表達性表象，轉移到另一個領域中，例如將時間表象用空間加以意指，或者使抽象的概念能得到感性的直觀。」[39]這表示，象徵手勢不是用直接意指表象的方式，而是間接地透過能作用於概念轉移的連結，使它的意指能被理解。

圖8　要求安靜的會意手勢

資料來源：Ibid., 172.

圖9　表示友誼與不信任的象徵手勢

資料來源：Ibid., 187, 184.

象徵手勢因而與最接近的會意手勢仍有不同，象徵手勢要喚

39　Ibid., 157.

起的，並不是它自己表達的概念所從屬的表象，而是要喚起一個完全不同的表象，這個表象僅能用它附帶有的特性，來表達象徵手勢的意指內含。例如在圖9，北美印第安人以兩手食指相勾，表示「友誼」，這就不是在摹擬對象，而是必須透過聯想，以將手指相交結的感性圖像，轉移成在人際領域中的交好關係，以使「友誼」這個抽象的概念，能以感性直觀的方式被理解。而在圖9中，拿坡里人用手指將眼窩的肌肉向下拉，以使眼睛變大，這種手勢表示：我有眼睛、我沒有瞎、我會睜大眼睛看你怎麼做，而其意即象徵我對你的「不信任」。

　　馮特並在此特別強調，象徵作用是與符號的任意約定性有區別的。[40] 在德文或英文中，Symbol這個字都可以同時用來指在漢語中有區分的「象徵」與「符號」。但這兩個意思其實是相當不同的。若我們只將手勢當成是一種語言概念來理解，那麼我們當然可以像是在聲音語言那裡說詞語是概念的符號那樣，稱手勢語言是以手勢作為符號。但不同的是，「符號」可以用來作為意指任何意義的記號（Zeichen），它的作用只在於，能讓我們想起被我們思考到的概念，而不論它們之間所存在的連結，到底是基於任何內在的關係，還是僅僅基於外在或約定俗成的關係。但「象徵」卻必須使用感性的圖像，以呈現出雖與它不同、但卻與它具有聯想關係的概念。

　　對於馮特而言，象徵與符號的區別，正是手勢語言與聲音語言截然不同之處。在聲音語言中，詞語就是外在的記號，它與它所表達的表象是不同的，它與它所要傳達的意義內含，最多只具有恆常連結在一起的性質。但在手勢語言中，手勢必須能作為表

---

40 Ibid., 174-175.

象的充分象徵，在這個意義下，象徵手勢雖然是以間接的方式來
意指它的所指，但它並不能僅使用任意的符號，而是仍需使用已
有的手勢，以作為能表達出與它不同但仍有聯繫關係的概念的感
性圖像。就此，馮特說象徵手勢只是指示與表現手勢的次要類，
即因它最後仍需借助這些手勢，作為它用來表達思想概念的感性
圖示。例如在圖6a中，原來用來表達牛角的象形固定手勢，也可
以當作表達「危險」、「強硬」等不同意義的象徵手勢，這顯然即
是從牛角的「尖銳」與「堅硬」等涵義，所引申出來的象徵意義。

（二）手勢語的句法學

　　語言係將詞語連結成語句，以表達思想的內容。語言要能成
為語言，必得使概念與概念之間的整體關聯性，能依一定的邏輯
關係聯繫起來。自洪堡特以來，語言學家即非常清楚，這種句法
的邏輯關係，是經由詞語的屈折變化與用連結語詞成為陳述句
（Aussage）的文法標記詞，所共同組成的。語言惟有具備這些文
法的表達手段，它才能進行有機的運作。但手勢語的基本特色卻
是：它的詞語基本上不太可能有屈折變化（它的基礎形式大都是
作為表現手勢的固定手勢），而且它也缺乏那些能用來標示文法
範疇的形式成分。手勢從外表上看來，幾乎就只是把一堆個別的
記號湊合在一起，它表面上看來像一個語句，但卻缺乏上述形成
「陳述句」的基本要件。手勢語因而被認為是：「不成語句、沒有
文法」。[41] 在這種理論的窘境下，馮特的手勢語句法學研究，即至
少需要先完成三個任務：第一，說明在什麼意義下，手勢語算是
具有句法的一種語言；第二，手勢語的基本句法規則是什麼；第

---

41 Ibid., 208.

三，主導這些句法規則的心理學基礎是什麼？

　　針對我們提出的第一個問題，馮特指出，手勢語之所以會被認為是「不成語句，沒有文法」，大都是因為：(1)它相應口語表述的許多部分，有時是可以任意去掉的（例如，父親給兒子蘋果，在手語中只要打出「父親─兒子─蘋果」的手勢即可，動詞「給」是可以不要的）；(2)它缺乏那些我們能用來表示文法範疇的形式成分（例如它缺乏可做格位變化的冠詞，以至於它無法區分那一個是主格，那一個是受格）。但馮特指出，這種觀點是站不住腳的。因為：上述(1)的批評，其實只是反應出手勢語的特性就在於，它會省略那些自明的成分而不必去說它，或者有時它根本就是用表情來帶過；對於(2)的批評，則只是程度上的差別而已，因為有一些極為抽象的言說部分，的確沒辦法做精確的表達，但是手勢語還是可以或多或少經由「概念的具體感性化」來加以表達，且運用文法標記詞的手段也是有時而窮，就算是陳述句也會有語義不明確的問題。[42]

　　手勢語因而不是用詞語的屈折變化或文法標記詞，而是依手勢的排列順序來表達它的句法規則。手勢在語句中的位置，實即代表它的文法值（grammatische Werte），因而我們與其說手勢語缺乏文法，毋寧說手勢語所隱含的句法規則，正好可以借用一般語言的文法作為分析的工具，來加以展示。就此馮特即說：

> 若詞語的句法位置（syntaktische Stellung der Wörter）與語句（Satz）是息息相關的互換概念，那麼我們當然可以正當地談論手勢語的句法學。凡有語句存在之處，即必有詞語連結的

---

42 Ibid., 208-210.

特定法則可說，反之，凡有詞語連結之特定法則存在之處，即必有語句可說。因而我不必從個別手勢之無差異［變化］的特性，就推論說它缺乏語句，我們毋寧可以從有特定句法規則的存在，推論出手勢語不是由個別記號湊成的，而是由語句組成的。[43]

手勢語若能以特定的位置排列來表達它的句法，那麼第二個問題就是，手勢語的基本句法規則為何。馮特對此，即依他對聾啞人士手語的研究，指出手勢語的基本形式是主詞（或附加形容詞）＋受詞＋動詞的形式，亦即 S－O－V 或 S（A）－O－V 的形式。例如：「生氣的父親打小孩」這句話，在手語中就會先做出「父親」的手勢（同時以生氣的表情做形容詞修飾語），再做出「小孩」的手勢，最後再做出「打」的手勢，此時如果要說「生氣的父親用力地打小孩」或「生氣的父親打小孩很多下」，那麼在手語中就會快速的做出「打」的手勢，或重複做出好幾次「打」的手勢，以表示用力打，或打很多下的意思。因而若要用副詞修飾動詞，那麼手勢語的基本句法就可以寫成 S（A）－O－V（A'）。

馮特指出，這些句法規則是依手勢語的特性所自然產生的結果，而不是透過約定的規範而得。這種自然作用的結果，特別可以從聾啞人士學習語言的過程中觀察到。聾啞人士在學習一般人的語言時，最常見的就是他們常忽略詞語的屈折變化，或者他們經常會用一般口語表達並不需要的成分來進行表達（例如在口語中：「我必須敬愛我的老師」，在手語的表達中，經常會被表達成：「我—不—毆打—欺騙—辱罵—老師—我—愛—尊敬」）。這

---

43 Ibid., 209-210.

顯示，手勢語所使用的語言形式並不只是他們思想的外衣而已，而是對他們本身的思想有影響，以至於一旦他們使用別的語言形式時，也還是會受到他們原來形式的影響。只不過，馮特也強調：「我們的習慣次序並不具有作為不可改變之作用法則的意義，而是它隸屬於一普遍的心理學原則，即首先迫使我們去加以統覺的表象，經常即是最先經由手勢而被表達者。」[44] 我們因而仍應在手勢語言的一般句法規則之外，進一步研究在它背後決定這些句法運作的心理學原則。

　　針對手勢語句法學的第三個問題，馮特指出，手勢語的句法學與其他語言一樣，大都受：「邏輯依待性」、「時間依待性」與「空間依待性」這三個原則的影響。而若我們把時空依待性合稱為「直觀依待性」，那麼手勢語句法學的特殊性就在於：手勢語句法學的「直觀依待性」是遠重要於它對邏輯的依待性。馮特認為這種特性特別可以從：(1) 個別記號具有感性的直觀性與直接的可理解性，與 (2) 其記號的彼此相續的系列是較緩慢進行的，這兩個手勢語的性質看出來。[45] 因為我們在很多時候，就是為了考慮這兩個直觀上的因素，以至於會去違反我們一般都會普遍遵守的邏輯依待性原則。

　　例如，在一個句子中，若其謂語的部分包含有一個受詞，則我們為了強調之故而把這部分前置時，我們就經常把這個受詞當成是主詞。在此由於原先主詞在前、受詞在後的邏輯關係被顛倒，以至於在手勢語的表達中，我們經常會借助將原來在言說中的一個較長的句子，分解成好幾個簡單句的結合，以能無誤地達

44　Ibid., 214.

45　Ibid., 217-218.

成理解。反之，有些在口語中可以表達的動詞前置形式，例如：Es weinte das Kind（動詞「哭」[weint] 在主詞「小孩」[Kind] 之前，以強調小孩的哭），用手勢語就無法表達。這顯然受到直觀性與手勢排列相對緩慢的影響，因為若我們先做出「哭」的手勢，那麼由於手勢的感性直觀性與排列過程的相對緩慢性，這個手勢將會被看成是一個獨立的表象。但對於一個獨立的「哭」的手勢出現在空中，若它與下一個手勢之間還有短暫的時間差，那麼我們就無法理解它要表達的相關意義為何。這個句子之所以無法表達，即表示我們的手勢語句法規則，是受手勢之直觀性原則的約束。

綜合以上三點，馮特因而說手勢語句法學即受以下三個心理學原則的規範，用他的話來說就是：

> 手勢語的句法特性可歸諸兩個條件：首先可歸諸它嚴格遵守的原則，亦即個別記號彼此相續的秩序，是依據它們在直觀中彼此依恃 [的關係] 而定；其次可歸諸個別記號之相對而言較為緩慢的排列順序，這因而要求，當一符號本身不清楚時，它即需經由前置（或非後續）的符號來表達它的意義。當這兩個設準都滿足了，第三個條件就產生作用：當一表象比另外的表象更能激動情緒時，那麼我們就有必要先表達這個表象。對於手勢語而言，若它要滿足這種需求，但又不要違反直觀性與可理解性的條件，那麼他就必須借助一個重要的手段，即是將整體關聯在一起的思想，分解成好幾個句子。46

46　Ibid., 221-222.

（三）手勢語與意義的身體姿態構成論

　　當代學者Adam Kendon批評馮特的手勢區分缺乏明確的原則：初步看來，的確像是指示、表現與象徵手勢的區分，是根據手勢的記號學性格來做區分，但像是比劃與固定手勢，卻又是依手勢表現的方式來區分。[47]但馮特對於手勢區分的重點，並不在於提出完整而窮盡的手勢分類，而是要建立一個意義的身體姿態構成論。馮特的問題顯然是更根本的，因為對他來說，手勢如果要成為語言的一種表達方式，那麼我們就必須說明，它如何能從作為物種共通的情緒運動的手勢，過渡到傳達個人思想的語言媒介。或者說，它如何能從不隨意的反射運動，變成個人有意圖的思想表達。手勢要成為語言溝通的媒介，它的意義必須具有普遍的可理解性與客觀性，而不能只停留在作為個人情緒表達的身體徵兆。

　　馮特對於手勢語構詞學的研究，因而專注在如何透過指示與表現手勢的意向作用與摹擬形構的想像力作用，以將吾人內在思想活動的表象，客觀化成為感性經驗對象的對象性，從而使得語言媒介的指涉意義，能奠基在身體姿態的肉身化建構過程之上。這種構想使得馮特能在他的生理心理學的理論中，取代基於內省法的先驗觀念論的意識建構理論，而以語言手勢起源論的觀點，重新為先驗主體的認知機能，奠定身體性建構的基礎。馮特自己在《民族心理學》第一卷的語言專著中，忙於手勢字源學的範疇分類研究，但對這些手勢範疇如何建構我們的認知對象，卻不再

---

47 Adam Kendon, *Gesture—Visible Action as Utterance*（Cambridge: Cambridge University Press, 2004），58.

有所說明。無怪乎當代學者只注意到他對手勢範疇分類的缺點。但馮特在〈語言與思想〉這一篇極為重要的論文中，卻早已經對手勢範疇如何建構我們的認知對象，做了非常有啟發性的探討。[48]馮特在這方面的看法，特別為新康德主義的卡西勒重視。[49]我們因而有必要借助卡西勒的詮釋，重新發掘這些內含，以使馮特的手勢語理論能得到更完整的呈現。

1. 指示手勢的意向性意指作用

手勢語言本身無非就是一種表達運動的系統，因而手勢語言的字源學，作為詳細研究個別手勢的心理學來源，理所當然應以表達運動作為它們觀察的起點。我們在手勢語言之意義內含的原初組成部分中，首先面對的是指示手勢與表現手勢這兩種「情緒之表象表達的基本形式」。在表達運動中，脈搏、心跳或臉部表情這些情緒表達的身體運動，作為不隨意的身體反射運動或本能的衝動反應，是以直接的感性反應或占有對象的方式，來滿足情緒表達的需求，以至於它的活動最終都會消失在對象之中。即便如此，這些表達運動的初級形式，仍代表吾人能反應外在對象刺激的主動性。當強烈的情緒弱化或對象不在場時，它對我們的感性刺激，仍將引發我們的情緒反應。此時我們不由自主地以手勢來指出這些事物，或想將它在我們心中留存的表象，以手勢加以表達。在這種反應活動中，一種新形式的具體自我意識與對象意

---

48 Wilhelm Wundt, "Die Sprache und das Denken," *Essays*（Leipzig: Verlag von Wilhelm Engelmann, 1906), 269-317.

49 卡西勒對於馮特的手勢表達理論所做的先驗哲學詮釋，請特別參見Cassirer, *Philosophie der symbolischen Formen*. Erster Band: *Die Sprache*, 122-132。

識，就已經開始被建構出來了。在手勢的表達中，我們可以看到
吾人心靈最初將表象對象化的客體化建構活動，對此馮特曾說：

> 相對於情感偏好以臉部的表情運動表現出來，鮮活的表象之
> 變換則是以整個身體（亦即手與手臂）的手勢運動
> （pantomimische Bewegungen）反映出來。不論是用手指指示
> 出來的對象，或是用手勢對此對象做出摹擬，它們都是基於
> 一種深刻的基礎，亦即想將我們所有的表象，從我們自身中
> 移置出來。[50]

　　馮特在此闡明，手勢作為表達運動，無非即是意在將我們對
於對象所形成的表象「從我們自身中移置出來」。而這其實即是
說，手勢構成我們能將表象對象化的基礎，這也從而使手勢的表
達運動，成為人類精神最初的客觀化建構活動。在將表象對象化
的過程中，指示手勢首先具有為思想建立對象連結的意向性作用。
馮特將「指示手勢」定義成：「弱化成『意指』（Andeutungen）
的掌握運動」。[51]吾人在生活實踐中，原本是用手來掌握事物，但
當我們掌握不到事物的時候，我們的抓握動作，即變成指示的手
勢。對於那些位在我們伸手不能及之處的事物或甚至不在場的事
物，我們仍有想掌握住它的情緒衝動，我們因而不由自主地從伸
手抓握的動作，轉變成指示該事物所在的位置、以及它消失或存
在的去向。此時不再能直接掌握到事物的抓握動作，即變成指示
它所意指之對象的記號。反過來說，當弱化成意指的抓握動作，

50　Wundt, "Der Ausdruck der Gemütbewegungen," 258.

51　Wundt, *Völkerpsychologie*, Erster Band, *Die Sprache*, Teil 1, 129.

作為指示手勢能具有符號性的意義，那麼這個手勢記號的意義內含，就是由指示手勢的意向性身體運動建構出來的。

身體透過指示手勢，去意指某事物的存在，此時它所意指的對象，即為表象的意義內含。指示的手勢因其具有意指對象的作用，而有可理解的意義。這種關聯性在許多語言中都曾留下痕跡。像是在德文中，抓握的動詞是 "greifen"，當我們想抓握一個東西，但卻抓握不到，以致我們仍想抓握這個東西的手勢，就留存下來成為指示手勢。我們在手勢記號中所虛擬地掌握到（begreifen）的東西，因而並不是對象本身，而是我們對該事物的「概念」（Begriff）。概念這個字，因而就是從抓握的完成式動詞 "begreifen" 轉變來的。一個事物的概念或意義內含，首先是透過弱化成指示手勢的抓握動作而被理解，這在漢語中亦然。在漢語中，通常我們問一個人是否「理解」一個意思，即問某人是否能「掌握」到這個意思。「掌握」即等於「理解」，這顯示身體的意向性指示作用，對於我們建構概念或思想的意義內含的重要性。[52]

2. 表現手勢的想像力形構作用

透過指示手勢，使得表象能與對象建立意向性的連結。但在

---

[52] 為了說明指示性手勢對於意義建構的重要性，馮特特別針對兒童的語言習得過程與動物的手勢運用，做了詳細的研究觀察。他最終指出，雖然手勢語言是表達運動之自然發展的產物，但就它的範圍與建構而言，亦即就它能與聲音的發展形式並立來看，它又是一種特殊的人類創造。高等動物即使有與人們很接近的表達運動，但它們卻缺乏那些能使人類的手勢語言成為真正的人類語言的東西，亦即：手勢之不同的基本形式的發展、意義的轉移與意義的變化，按特定的法則所規制的句法秩序。在動物領域中，手勢發展仍屬較低的階段，這可由以下的觀察加以指證：動物還不能使用指示性的手勢，它們最多只能發展出抓握運動與指示運動中間的階段。

指示手勢中，對象的表象內容尚未得到清楚的規定。若要使意指的對象能被明確地掌握，我們還需為對象的內含做出更清楚的規定，以能為概念的定義提供明確的內含。為了說明我們的身體如何能透過手勢來建構出我們認知的對象，或如何能將我們的表象對象化，馮特不僅意識到應將摹擬對象的「描繪手勢」改稱為「表現手勢」，更在表現手勢中，再區分出「象形」與「會意」兩種手勢。這種區分的著眼點，顯然也在於要在手勢語言中，建構出一種意義的身體姿態構成論。馮特非常特殊地把身體的意義建構理論，放置在手勢形式之逐步發展的過程中，以能徹底地從身體現象看出人類意識活動的發展過程。

　　馮特首先把手勢的描繪摹擬，看成是想像力的自由形構活動。手勢的摹擬功能雖然還不能充分地表現與意識同等形式的能力，但其實與藝術創作一樣，我們畫圖並不只是在單純地描摹對象或實景，而是選擇其特別引人注意的焦點來做重點的凸顯。摹擬本來就是一種創作（poiesis）的活動，摹擬不是對既與之物的重複，而是一種自由精神的投射（Entwurf）。表面上看來的摹擬（Nach-bilden），實際上預設有它內在的型模（Vor-bilden）。如同藝術的摹擬，絕非照描，而是對形態或輪廓的概括，以凸顯出某些令人印象深刻的環節。在此摹擬已經走向「表現」。在表現中，客體不是以它既成的形態而被接受，而是意識按其建構的原則來加以形構。在這個意義上，當我們說一個對象被摹擬出來，即已隱含它不是由個別的感性特徵所組成的而已，而是其結構關係能被掌握並被表現出來。[53]若正確地加以理解，即顯示所謂的意

53 此處採取Cassirer的詮釋觀點。參見Cassirer, *Philosophie der symbolischen Formen*. Erster Band: *Die Sprache*, 129。

識依其自身的形式結構，將感性的表象建構成對象，其實即透過表現手勢而進行的身體建構作用。

表現手勢在對象的摹擬過程中，把自身的形式自由地賦予對象，這個作用細部地看，又可看成是想像力兩個階段的作用，它們是透過在表現手勢中再加以細分的「象形手勢」與「會意手勢」的身體建構活動完成的。馮特將「象形手勢」定義為：「對身邊事物的純粹摹擬」，[54]並將「會意手勢」定義為：「記號與對象之間的關係，必須經由想像的協助或補充的功能，才能被理解。」[55]象形手勢如上所述，雖然主要是大略地摹擬事物的外形或輪廓，但它的摹擬並非是仿造，而是像造形藝術一樣，是一種在想像力中經驗對象，加以自由形構之更高層次的表現性活動。而會意手勢之所以能透過選取部分的特徵，就標指出它所指的事物，這又更需要「想像力的協助與補充」。從象形與會意手勢的作用，我們因而可以理解，在指示手勢中的意向性對象，當它的內含要得到明確理解的話，那麼我們首先就要透過象形手勢的形態摹擬作用，以使對象能在想像中得到再造，而作為界定其意義內含的特徵，則有待會意手勢的想像力聯想活動，以使我們能以部分特徵就能確定一符號的對象指涉。

表現手勢的想像摹擬活動，也不再是主觀的情緒表達運動，而是有建構客觀溝通媒介的作用，因為摹擬的特性就是它能引發他人的模仿，從而使一個手勢所代表的意義，能具有跨主體的客觀性，對此馮特指出：

54　Wundt, *Völkerpsychologie*, Erster Band, *Die Sprache*, Teil 1, 156.

55　Ibid., 156.

如同在手勢的起源那裡，模仿衝動（Nachnahmungstrieb）激
起我們去對外在的、觸動情感的過程加以摹擬，而對於我們
的手勢向之表達的同伴的那一方面而言，這種模仿衝動，也
同樣能對他的摹擬產生影響。這個過程因而對於特定手勢的
確立與散播產生很大的貢獻。[56]

3. 象徵手勢的概念感性化轉移作用

馮特視「象徵手勢」為次要類，這並不是說象徵手勢是比較
不重要的手勢，而是說它已經逐漸不屬於純粹出於情緒之自然身
體表達的記號，而是更多地具有思想的抽象內含與文化規定的涵
義。它只在需要應用到既有的手勢，作為概念的感性化象徵之
時，才屬於手勢語言的範疇，否則它基本上已經是屬於可被聲音
語言取代的任意符號。馮特指出，象徵手勢最接近於會意手勢，
他並將象徵手勢定義為：「它將出於某一直觀領域的表達性表
象，轉移到另一個領域中，例如將時間表象用空間加以意指，或
者使抽象的概念能得到感性的直觀。」這即表示，當我們在表現
手勢中透過象形與會意手勢，對於對象進行想像力的再造與創
造，而這種想像摹擬的行動，又能引起他人模仿的話，那麼我們
基本上就已經能形構出對於對象的特定概念。但若要將這種概念
表達出來，那麼我們還得借助象徵手勢的作用。因為象徵手勢的
作用，正在於透過已有的手勢進行概念的轉移，以使我們的抽象
概念能得到感性的直觀。

從指示手勢到象徵手勢的發展，因而也是我們對世界的認知
從「象似性」（iconicity）到「象徵性」的思維抽象過程。但馮特

---

56 Wundt, *Grundzüge der physiologischen Psychologie*, 610.

並非像黑格爾強調概念的抽象性所表現的精神自由，即高於圖像思維之受限於感性直觀的「象似性」。相對的，從上述對馮特將手勢語區分成「指示」、「表現」與「象徵」這三大類範疇的理論意圖之分析可知，所謂人類運用其思想能力去認知外在世界的對象，這種認知活動的可能性基礎，反而必須建立在人類身體在手勢的情緒表達中，透過「指示手勢的意向性意指作用」、「表現手勢的想像力形構作用」與「象徵手勢的概念感性化轉移作用」之上，才得以成立。馮特從他的生理心理學的表達運動理論出發，因而非常一致地貫徹了他對「內省心理學」之方法論的批判。我們並無內在的心靈之眼，可以看到我們的認知機能是如何進行「感性的攝取」、「構想力的再造」與「概念的再造」的內在活動，以推證我們的知性綜合活動能建構出我們的經驗對象。但是表現在指示手勢的抓握動作、表現在象形與會意手勢之摹擬想像的對象形構活動，與表現在象徵手勢中的概念感性化轉移活動，卻能真實地為思想的建構活動提供活生生的圖式。設若沒有手勢的身體運動，那麼我們是否僅憑我們的認知機能就能認知外在世界，就將是可疑的。然而馮特的語言手勢起源論，卻無疑可從身體的意義形構活動，來為基於心理學內省方法論而成立的先驗觀念論，建構其根源性的身體圖示基礎。

四、聲音姿態與語音語言

語言學的研究，自赫德與洪堡特以來，都是以語言的區分音節活動，作為構詞學與句法學的研究基礎。這當然有充分的理由，除非像聾啞人士因有身體上的障礙，否則人類的語言大都是透過聲音傳達的言說活動。馮特將語言學的研究基礎，建立在以

情緒表達的身體運動為基礎的手勢語言之上，這若非根本違反語言學的常識，就是他有意顛覆西方語言學之語音中心主義的研究傳統。為了證成自己的主張，馮特透過語音語言的發生學分析，一方面非常具有創造性地，將語音也視為是身體姿態的表達運動；以至於我們能說，人類能以聲音姿態取代表情與手勢等身體姿態的表達，只不過是找到比手勢更方便的語言表達媒介。但在另一方面，馮特卻又更深入地分析，當聲音取代手勢成為人類語言溝通的主要媒介後，人類的思想模式也跟著經歷了巨大的轉變。在聲音語言的世界觀建構下，人類的思想模式逐漸從具象性轉向抽象性、從重視對自然世界之真實理解，轉向以理想性建構的形上世界為唯一真實的世界。這種轉變在馮特看來，並不是完全沒有負面的效應。

　　以下我們將說明，馮特透過語音語言形成的發生學分析，一方面得以批判自盧梭與赫德以來的語言起源論，忽略了研究語音之意義建構的身體姿態基礎，另一方面，他對聲音取代手勢成為主要的溝通媒介，以致對人類思維模式產生負面影響的批判，也可以與當代以「語伴手勢」為主要研究對象的手勢語言研究，有相互發明之處，透過古今理論的對照，我們一方面可以呈顯馮特的語言學研究，具有承先啟後的地位；在另一方面，他的理論之優缺點，也可以藉此得到批判的反省。

（一）聲音語言形成的發生學闡釋

　　不論如何的遠古，人類的語言似乎最終總是以語音語言為主。若馮特主張人類語言起源於作為情緒表達的身體運動，那麼他起碼必須解釋：語音最終取代手勢成為語言溝通的主要媒介，這究竟是如何可能的？這是否是必要的？這種取代過程對於人類

的思維，具有什麼樣的特殊影響或意義？馮特完全沒有逃避這些問題，為了闡釋聲音語言取代手勢語言的發生學過程，他曾嘗試從人類與動物語音的區別、兒童的語言學習過程與聾啞人士的手語使用等進路，對人類語音的種屬與存在發生過程，做了詳細的研究。

　　人類當然不是唯一能發出聲音的動物。借助呼吸肌肉的運動，氣流經過口腔、舌頭與唇齒之間的不同位置，即能發出許許多多不同的聲音。聲音首先與臉紅心跳、好惡的表情一樣，都是隨著情緒表達的身體運動所同時產出來的。如同人類的哭聲與笑聲是一種不隨意的表達運動一樣，動物最初表達出來的聲音大都是受苦的叫喊聲，與求偶或求助的呼喚聲。動物在遭受痛苦的呻吟或自我防衛的吼叫中，以聲音的表達來宣洩情緒，並使同種類的其他生物能產生相同的情感，以把自己的感受傳達給對方。動物的聲音表達因而具有與脈搏加速、痛苦與甜蜜之表情等表達運動相同的心理生理學意義。

　　馮特把人類與動物都能發出的聲音，當成是與表情、手勢相類似的身體姿態，並稱之為「聲音姿態」（Klanggeberde[57] 或 Lautgeberde[58]）。作為表達運動的聲音姿態，日後雖能進一步作為隨意圖而表達的語言媒介，但它一開始作為語音語言的前階段，卻主要只具表達情緒的主觀意義，而尚不具有表象或指涉對象的客觀意義。就此而言，馮特顯然也同意亞里士多德以來的觀點，亦即，像是野獸喊叫的聲音，並非即等同於語言。不過，馮特也並不因而就跳躍到主張語音所具的意義，是純粹的人為約定的產

57　Wundt, *Grundzüge der physiologischen Psychologie*, 613.

58　Wundt, *Völkerpsychologie*, Erster Band, *Die Sprache*, Teil 2, 637.

物。而是另闢蹊徑，主張具表達情緒之主觀意義的聲音姿態，若能奠定在手勢之身體建構活動的基礎上，那麼人類即能有別於動物，將聲音形構成具語意內含的語音。

為了證明語音的意義基礎，必須建構在身體手勢的參與之上，馮特首先考察兒童的語言學習過程。[59] 人與動物所具有的本能一樣，只要開始運用他的發音器官，就能發出各種不同的聲音。兒童牙牙學語的過程，一般被理解成，是透過模仿大人所發出的聲音而學會語言。但其實稍加觀察即可知，對於兒童的語言學習而言，表情與手勢的協助是不可或缺的。從表面上看，兒童學說話就是以他能任意發出聲音的能力，透過模仿大人的說話，而學會語言的使用。但在這個過程中，兒童必須先能用手勢指示出吸引他注意的對象，或嘗試用表情或手勢來表達或摹擬他所想傳達的情緒或事物，並同時呢喃地發出任意的聲音，來加強他自己或他人對這個對象的注意。這時惟有在旁邊的大人能從兒童的表情與手勢，理解它所意指的情緒或對象，並發出能指稱它的聲音，這時兒童才能透過模仿這個聲音，而學會用它來指稱事物，並因而理解該詞語的意義與用法。

兒童與周遭環境的互動，首先透過手勢的表達，然後才逐漸學會聲音語言的使用。兒童在有意圖地使用聲音之前，已能應用伴隨聲音的手勢，簡單的指示手勢因而在語言發展中，扮演極為重要的角色。對於我們要用詞語標示的對象，若不能先把它指出來，那麼兒童就幾乎無法學習理解到這些詞語的意義。從對兒童語言學習過程的觀察，馮特總結說，表達情緒的聲音姿態要成為語音語言，至少必須具備以下三個條件：（1）吾人必須能對事物

---

59 Wundt, "Die Sprache und das Denken," 278-286.

的刺激產生能表達情緒的聲音姿態，（2）必須有手勢的協助，以建立記號與對象或表象之間的關係，（3）必須能模仿與他人共通的聲音表達，以使聲音的客觀意義，能被跨主體地確定下來。當這三個條件被滿足了，我們才能將本能發出的聲音，當成是具有意義共同性的語言溝通媒介，而創造出語音語言。就此馮特說：

> 　　聲音姿態具有表達本能運動的情緒特色，但它本身仍不是語言，而是進一步發展的聲音語言之不可或缺的基礎。如同一般而言的表達運動形成手勢語言的基礎一樣，語言形成的契機在於：當聲音姿態伴隨其他有助於理解的手勢，且是在想將主觀的表象與情感，對他人進行傳達的意圖中被使用，亦即在原初的本能衝動能成為隨意的行動時，語言才能形成。此時若在社群中的其他成員，沒有具有本能與意志之彼此一致的發展作為配合，或者說，此時若與理解的努力聯繫在一起的模仿衝動，並沒有去幫助固定一度形成的聲音記號，則個人的意圖仍不能成功。我們因而可以將語言的發展區分成三個階段：（1）本能的表達運動階段，（2）為傳達的目的，隨意應用這個運動的階段，（3）這個運動經由首先是本能的，再來是隨意的模仿而散播開來的階段。[60]

　　語音若必須借助手勢的身體表達運動，才能成為有意義的表達，那麼人類的原始語言，就可以看成是一系列的單音節或多音節的聲音。它伴隨手勢，而將具體的表象在不用文法的情況下，加以表達出來。這樣形成的聲音姿態，當它形成一言說社群的財

60　Wundt, *Grundzüge der physiologischen Psychologie*, 614-615.

產時，即具有「語言根詞」（Sprachwurzel）的特性。且由於語音必須建立在手勢的運用之上，我們因而也可以猜測說，詞語之所以主要區分成指示根詞（或即意指根詞［Deutewurzeln］）與述謂根詞（或即稱述根詞［Nennwurzeln］）這兩大類，以構成具主述詞結構的語句，這與我們的手勢主要係包括「指示手勢」與「表現手勢」，應有非常密切的關係。[61]

在語言日後的發展中，這些根詞經過不斷變遷、產生出屈折變化或與其他根詞相連結等過程，以致這些在語音語言中的聲音，逐漸喪失它原初作為身體姿態的生動性。對此馮特說：「在語言繼續發展的過程中，手勢最後失去它巨大的意義。然而，語言與表象之間，則形成愈來愈緊密的連結。這使我們形成一種意識狀態，認為語詞與意義完全是一體的，以為我們在詞語中就能看到對象。」[62]由此可見，惟有手勢的意義建構作用被遺忘了，語音才能從它原先作為聲音姿態所具有的具體直觀性，轉變成在語音語言中，作為表達抽象概念的任意性符號。語音語言也因而能取代手勢語言，成為表達人類思想最合適的工具。

語音語言（特別是作為屈折語形態的印歐語）特別側重以文法的虛詞或詞語的屈折變化，來表達思想的內容與結構。人類語言的文法性似乎只有透過語音語言才能實現完成。因而，我們即使主張，在兒童學習語言的過程中，不能沒有手勢的協助，但人類的語言本質似乎仍需以語音為基礎。針對這種手勢語無文法性的偏見，馮特已在上述手勢語句法學的研究中做出反駁。手勢語言與語音語言一樣，都能透過個別手勢或音素的對比與差異，來

---

61 Ibid., 616.

62 Wundt, "Die Sprache und das Denken," 284-285.

做出區分音節的表達。馮特因而認為必須將「語言」的定義放寬為「表達思想的分節運動」（Gedankenäußerung durch artikulierte Bewegungen），而不必只限制在從發聲的區分音節活動，來看語言有機體的本質。[63]馮特為此並特別指出，手語與漢語一樣，都是不用文法虛詞或詞語的屈折變化，就能表達出思想的邏輯。因而在嚴格的意義上，雖然語音最後取代了手勢而成為人類溝通的主要媒介，但語音並非是語言絕不可或缺的成分。

　　且再從兒童必須借助手勢才能學會語言使用的事實來看，聲音語言為了傳達與實用的目的，脫離它原來作為身體姿態的生動性，它的意義逐漸需要透過約定來完成，這使得聲音語言經常必須由一套約定俗成的記號系統來組成，從而使得語言的運用，必須經過長期的應用與學習。但手勢語言本身卻具有「感性生動性」與「不可能誤解的明確性」，[64]它是一種在理解上沒有太大困難的「普遍語言」（Universalsprache）。手勢要不是直接指出事物，要不就是以象形或會意的方式呈顯出事物，手勢與它所指的意義具有直接的關係。它因而擁有聲音語言所沒有的「根源性」（Ursprünglichkeit）與「自然性」（Natürlichkeit）。[65]這使得我們甚至能理解動物所做出的，與人類非常接近的表達運動的意義。馮特因而主張，手勢語言才是真正的原始語言，它作為訊息傳達的自然媒介，是先於聲音語言而存在的。[66]

63　Ibid., 286.

64　Ibid., 282.

65　Wundt, *Völkerpsychologie*, Erster Band, *Die Sprache*, Teil 1, 137.

66　當代學者對於語言手勢起源論的研究，也大都可以支持馮特主張手勢語是普遍自然語的觀點。像是David F. Armstrong就認為，語言的手勢起源論可以依據：象似而可見的手勢是比言說更為自然的溝通配備，且手勢起源論可以說

（二）對語言起源論之語音中心主義的批判

語言既起源於手勢語言，且語音也不是語言本質所不可或缺的成分，那麼在人類語言發展的過程中，語音到底具備什麼優越的特性，以至於它最終能取代手勢，而成為人類最主要的溝通媒介？且這種取代，對人類思想的發展，又有什麼作用與意義？為了回應這些問題，馮特重新考察了在語言哲學史中，有關語言起源論的討論。語言起源論的爭議，自古有之，柏拉圖最早在他的《克拉底魯篇》（*Kratylos*）與辯士學派爭論：語言究竟是自然的（φυσει）或約定（θεσει）的，亦即它究竟是自然形成與發展的產物，或任意的設立與發明。若說語言的起源是任意設立的，那麼這就是說，語言是一套約定的、任意發明的記號系統；但也可以說它是上帝設立的，如此則語言就如同是上帝創造世界一般的奇蹟。而若說語言是自然形成的，那麼促動語言產生的動機，要不是來自客觀的原因，就是來自主觀的原因。前者來自像是外在的聲音印象或其他的感官印象，從而語言即可看成是形成於對它們的模仿；後者來自於人類在知覺到對象時，偶然迸發出來的自然聲音。馮特因而認為語言起源論主要可以有四種理論假說，亦即：依它來自於人為的起源、上帝的起源、形成於客觀的自然聲音與形成於主觀的聲音，而可區分成：「發明理論」（Erfindungstheorie）、「奇蹟理論」（Wundertheorie）、「模仿理論」

明任意符號之起源問題，這兩點而成立。參見 David F. Armstrong, "The gestural theory of language origins." *Sing Language Studies*, 8:3 (2008): 28. 而對於語言手勢起源論在靈長類動物學、神經科學方面的實證研究，則可以參見 Hewes 的綜述。Gordon W. Hewes, "Primate communication and the gestural origin of language," *Current Anthropology*, 33: Supplement (1992): 65-72.

（Nachahmungstheorie）與「自然聲音理論」（Naturlauttheorie）。[67]

　　在這四種理論中，主張語言來自上帝賦予的「奇蹟理論」必須訴諸神學的預設，而主張語言約定說的「發明理論」，在語言起源論的解釋上，總會陷入還沒有語言之前，就需先預設人類已有語言，以供他們用來約定產生語言的循環論證。這兩種理論在19世紀大致上都已經不再被接受了。而主張摹聲說的模仿理論，與主張語言感嘆說的自然聲音理論，則是馮特認為比較可以接受的理論。這兩種理論分別由赫德與盧梭所代表，感嘆說的觀點在當時更被上述史坦塔爾的聲音反射理論所加強。但根據馮特在上述語音語言形成的發生學解釋中，我們已經得知：感嘆說顯然只觸及到作為語音之基礎的聲音姿態，它仍是情緒表達的身體運動，而非能表達客觀意義的詞語。且詞語的意義也不是單純透過模仿對象或他人說話的聲音就能學會，而是必須奠基在指示手勢與表現手勢的身體建構之上。

　　語言雖起源於表達情緒的身體姿態，但在語言變遷的過程中，語音語言取代手勢語言的事實，卻也是不可否認的。在馮特看來，語音取代手勢的必然性，一方面出於手勢語言本身的缺點，一方面則出自聲音語言的優點。手勢語主要有三方面的缺點：（1）在手勢語構詞學方面，手勢的詞語相當貧乏，它所能表達的意義內含非常有限；（2）在手勢語句法學方面，手勢語言只能依手勢的位置排列表達它的句法，它的思想表達經常會因歧義而產生誤解；（3）由於手勢語缺乏文法標記詞的幫助，它所表達的思想內含只能靠整體的關聯來理解，它因而也無法對思想的概念內含，做出更詳細的規定。

67　Wundt, *Völkerpsychologie*, Erster Band, *Die Sprache*, Teil 2, 616.

　　相對的，語音雖然一開始也是情緒表達的身體運動，但它起碼在三個方面，比手勢更適合於情感與思想的表達。（1）聲音具有使再造的表象具有印象的鮮活性之特性。當初民對於吸引他的對象，用手把它們指出來，或用手比劃出那些運動的事物，這時若身體運動同時帶有聲音，那麼它們就能根據類似感覺連結的原則，加強無聲手勢的鮮活性；[68]（2）聲音具有無限可分的屈折變化性。透過發音器官的區分音節，我們可以發出無限多可曲折變化的聲音。一旦我們選擇以聲音作為指涉意義的記號，那麼隨著語音之無限差異的可能性，我們就可以用它來表達更豐富多樣的情感與思想；[69]（3）聲音更具有構句的可能性。即使在動物領域中，鳥類即能將個別的聲音串聯成有韻律的曲調，來表達它們的心理狀態。類似在鳥類歌唱中重複的旋律，因而可以進一步做音節的區分，以形成有音調變化的語句。[70]

　　手勢與語音在人類歷史的發展中，既處於此消而彼長的關係，那麼語音語言取代手勢語言，看來就是必然的。問題只剩下我們應如何評價這種取代關係對人類思想所具有的意義，在此馮特卻陷入難以取捨的立場而矛盾中。馮特一方面思考到，雖然語音原初只是一種身體姿態，它與其他的表達運動一樣，對同種類的生物具有自然的可理解性。但它惟在手勢表達的協助下，才能建立與對象之間的意指關係，成為具有意義內含的詞語。就此而言，馮特同意自赫德以來的基本觀點，亦即人類的語言與動物的語言具有根本上的差異或不可跨越的鴻溝。但這種鴻溝對於馮特

68　Wundt, *Grundzüge der physiologischen Psychologie*, 613.

69　Wundt, *Völkerpsychologie*, Erster Band, *Die Sprache*, Teil 1, 248.

70　Wundt, *Grundzüge der physiologischen Psychologie*, 619-620.

而言，並不是指從人類開始的發展，在動物領域並不存在為其預備的早期階段。語音作為表達運動與動物所能發出的聲音，在心理生理學的意義上是同樣的，但當語音取代手勢而成為語言表達的主要媒介時，語言的表達卻才能充足於人類意識之所需。馮特因而認為：「雖則只有在一些例外的情況下，表達運動與其意義之間的關係才能被認識到，但這些充足於人類意識的表達運動，如何能成為語音，並因而逐漸成為思想內容的符號，這即是語言起源論所應討論的問題。」[71] 在此馮特顯然肯定以語音取代手勢，對人類思想的發展具有正面的意義。

　　但在另一方面，馮特又抱持悲觀的態度。在他看來，語音語言必然會取代手勢語言，這代表人類想像力的枯竭，與人類根源性創造力的一去不返。就馮特而言：「在人類原初的言說中，語音原只是一系列充滿表達之運動中的一部分，它為了尋求理解而共同合作。手勢雖是不完美的工具，但我們可以懷疑，如果沒有身體的其他部分的共同協助的運動，聲音語言是否能形成」，[72] 但當手勢語言完全被語音語言取代，那麼語言的意義基礎就不再有身體姿態的具體表現作為基礎。原初的聲音標誌所代表的真實意義日漸不為人知之後，語言符號即慢慢過渡成為純粹外在的記號系統（我們今日所謂的「符號任意性」）。這雖然促成人類抽象思維的不斷發展，但思想對於真實世界的感性鮮活性，卻也隨之消散無蹤。手勢語言的被取代，同時也是運作於身體姿態之摹擬表現中的想像力之枯竭。人類的神話幻想自此開始褪色，人類也不再有創新語言的能力。這使得馮特又回到浪漫主義的文化悲觀主

71　Wundt, *Völkerpsychologie*, Erster Band, *Die Sprache*, Teil 2, 636.

72　Wundt, *Grundzüge der physiologischen Psychologie*, 617.

義，對人類以聲音語言取代手勢語言的「進步」，抱持一種負面評價的態度。

（三）當代語伴手勢研究的復興與啟發

在當代對於手勢語研究貢獻卓著的語言學家之中，鮮有像Kendon一樣，對手勢語研究的歷史背景如數家珍。他對馮特的手勢語言理論提出許多精闢的批評，其中有兩點特別值得討論。他指出：（1）馮特的手勢分類大都只能應用於指涉到對象或概念的「指涉手勢」（referential gesture），且其分類的標準是混亂的；（2）馮特並未處理手勢與言說之間的關係，而只集中在那些具有獨立性的手勢。[73]Kendon這兩個批評，一方面涉及到馮特討論手勢語字源學的分類問題，這在當代與手勢的語意學與語用學意義理論緊密相關；在另一方面，相對於馮特著重在語言起源論中，說明聲音語言如何取代手勢語言的作用，當代的手勢語言研究則特別著重手勢與語言的相互輔助關係，他們因而特別重視「語伴手勢」（co-verbal gestures）的研究。透過Kendon與David McNeill等人對於語伴手勢的研究，我們將能克服馮特受限於浪漫主義以來的文化悲觀主義，而進一步理解手勢語言的溝通作用與其對思想表達所具有的意義。

當代手勢語言研究的復興，最初是受到文化人類學與手語研究的啟發。[74]像最早想對手勢現象做詳細分類的David Efron，就仍

---

73 Kendon, *Gesture—Visible Action as Utterance*, 92.

74 以下關於手勢分類的當代研究，主要參考Nicla Rossini, *Reinterpreting Gesture as Language*（Amsterdam: IOS Press, 2012），19-25的研究成果。關於當代手勢語分類的討論，亦可參見徐嘉慧，〈語言與手勢〉，蘇以文、畢永峨（編），《語言與認知》（台北：臺大出版中心，2009），頁83-124。

局限在研究受文化背景影響，而非自然生成的手勢。他一開始區分出：與傳達的意義之間沒有任何象似關係的「標記手勢」（emblem）、作為表達心智途徑的「表意手勢」（ideographs）、作為表達眼前事物的「指示手勢」（deictics）、表達空間運動概念的「空間運動手勢」（spatial movement）、描述身體行動的「運動手勢」（kinetographs）以及表達會話韻律的「擊拍手勢」（batons），這些區分顯然同樣缺乏明確的原則。Paul Ekman 與 Wallace Friesen 因而認為，若要精確地進行手勢的區分，首先需要界定「怎樣才算是溝通？」他們以手勢是否具有：文化分享的意義（Culturally Shared Meaning）、意向性（intentionality）或對聽者行為的改變（Modification of Listener's Behavior）這三個參數，將非口語的溝通行為區分成三大範疇。它們包括：（1）訊息性（informative）手勢：這意指言說者雖沒有意圖要傳達什麼意思，但它仍能對聽者提供一些可以分享的意義；（2）溝通性（communicative）手勢：它有意圖且清楚地想傳達特定的訊息給收受人；（3）互動性（interactive）手勢：它意圖想改變或影響聽者的互動行為。

　　馮特依據生理心理學的表達運動理論，指出手勢的主要作用在於作為心靈狀態的身體表徵。但他卻忽略，手勢語主要存在於面對面的溝通行動中，它在本質上應屬於非口語溝通的人際互動領域。可見，若依上述三類範疇的區分來看，馮特對手勢的字源學區分，顯然僅局限在指涉或呈現出對象的手勢符號。這雖然能凸顯手勢具有作為傳達訊息之媒介的功能，但卻不足以解釋手勢如何達成作為非口語溝通與人際互動的語用媒介，以至於像是「擊拍」（beats）等手勢，在他的分類中就無法被歸類。我們因而可以說，馮特只重視手勢語的語意學分析，而忽略了手勢的語用學研究。或者說，馮特對手勢語言研究，偏重闡釋手勢語意學之

身體建構性的基礎，但卻未對手勢語用學的人際互動作用做進一步的研究。

相對於馮特的手勢理論，局限在訊息性手勢的研究，當代的手勢理論則主要集中在後兩類範疇的研究。類比於在聲音語言中，語言表達是一種「分節音」（articulation）的活動，Kendon 將「與言說連結在一起發生的手勢，亦即與言說連結在一起，作為整個表述之一部分的手勢」稱為「分節手勢」（gesticulation）。對於那些在功能上可以獨立於言說，而做出完全的表述者，他則稱之為「自主手勢」（autonomous gestures）。[75] 手勢語言的研究對象應是與溝通活動有關的「分節手勢」，至於「自主手勢」（例如標記手勢）由於它們的意義經常是來自文化約定，並且是可以直接被詞語取代的，所以它們並不是主要的研究對象。Kendon 的觀點影響了 McNeill 等人的分類，他們也認為手勢語言的研究應集中在與言說一起被使用的手勢（像是「隱喻」[metaphors]、「象似」[iconics] 與「擊拍」等手勢），他們亦從而將這類用於溝通行動的手勢稱為「語伴手勢」。

此外，由於馮特對於手勢語句法學的研究，是以不用聲音的手語來作為研究對象；而對語音語言的研究，他則是透過對語言起源論的批判，指出語音語言的形成過程，即是它取代手勢語言的過程。這使得馮特基本上把手勢語言與語音語言看成是兩個會互相取代對方的不相容領域。在這種觀點下，他即如 Kendon 所批評的，並未去研究語言與手勢之間的關係。然而正如 Kendon 指出，當前關於手勢與言說關係的討論，已經分成兩

75　Rossini, *Reinterpreting Gesture as Language*, 22.

派：[76]一派是主張手勢與言說關係的「言說補助理論」（speech auxiliary theory），另一派是主張手勢與言說關係的「夥伴理論」（partnership theory）。「言說補助理論」預設：當說者言說時，他們的計畫是要將所有的思想內含都用詞語加以表達。惟當他們做不到這一點或失敗時，才需要依靠手勢的協助，以完成口語形構的計畫。換言之，說者之所以會在言說中產生手勢，這是因為它不能完成口語化（verbalization）的任務，它才需要產生手勢來協助完成。而夥伴理論則認為，陳述是包括「手勢—言說」在內的總體。言說者並不總是以純粹的口語形構為目標，在陳述的生產中，言說者會盡量使用他可運用的資源。在陳述的建構中，手勢也是言說合作的夥伴，它被承認是陳述之最終生產的一部分。

　　Kendon並不贊同以手語的句法來研究手勢語言。因為在他看來，手勢系統雖然與手語具有相同的特色，但它們的組織方式卻非常不同。手勢語應研究那些在言說互動的脈絡中發現到的分節手勢，而不考慮那些自主的手勢系統（autonomous gesture system）。他因而支持言說與手勢的夥伴關係理論，並進一步考慮手勢若是言說的夥伴，那麼手勢在語言中到底占有什麼地位，它對思想的表達又具有什麼作用與意義？Kendon把手勢與言說都視為是「符號表象的樣態」（Mode of symbolic representation），兩者的不同只在於它們形成表象的方式不同。表象雖可用言說的形式加以組織，但手勢的使用卻能克服言說陳述之線性時間的限

76　這當然只是一個大致的區分，對於手勢與語言之間的關係，還有「辭彙加工假說」、「信息綜合假說」、「直接具身假說」、「間接有利假說」等各種不同的說法，請參見馬利軍、張積家，〈語言伴隨性手勢是否和語言共享同一交流系統？〉，《心理科學進展》，第17卷第7期（2011），頁983-992。

制，而創造更多的意義。對於那些在口語表達中只能一步一步被線性地展示出來的思想內含，手勢有時卻只要透過很簡單地比劃，就能展現更高層次的語意學單元，並為言說者展示出那些在控制著言談領域的語用學向度。手勢因而具有為言說表達提供脈絡，以減少在表達中的意義含糊。[77]透過手勢參與在溝通過程中的意義理解，我們也將能證明，人類對周遭事物的知覺、對思考事物與表達事情的方式，都以人類是「具有肉身的生物」（embodied creatures）的條件為基礎。而我們在手勢中見到的身體運動，若也是語言系統的一部分，那麼語言就不能只看成是抽離於實踐行動之外的抽象系統。[78]

McNeill則是當代手勢研究的另一位健將，他不像馮特試圖從語言手勢起源論的種系發生學觀點，來看語言如何取代作為它自身基礎的手勢，而是將手勢視作能在語言之外，提供我們觀察心智運作的第二管道。[79]若說語言係自然地起源於手勢，那麼在McNeill貫徹語言心理學研究的意義下，這只是指：借著考察手勢生產，我們將能看到言說者在使用語言符碼時，其純粹的、未受扭曲的心智運作過程。因為在言說的語句中，我們必須借助形態學與語音學的介面，來處理心智過程與言說之間的關係，這使得人為約定等社會形構，會介入到心智發展的過程中，但手勢卻

---

77 Adam Kendon, "Language and gesture: unity or duality," *Language and Gesture.* Hg. D. McNeill（Cambridge: Cambridge University Press, 2000），49-51.

78 Adam Kendon, "Some topics in gesture studies," *Fundamentals of Verbal and Nonverbal Communication and the Biometric Issue.* Hg. A. Esposito, M. Bratanic, E. Keller, & M. Marinaro（Amsterdam: IOS Press, 2007），4.

79 David McNeill, *Psycholinguistics—A new Approach*（New York: Happer & Row, 1987），210.

能無扭曲的展現出言說在未具社會構成形式之前的發展階段，它因而更能為思考與言說的心智現象提供訊息。為了從語伴手勢來研究手勢與語言之間的關係，McNeill並嘗試提出他的「成長點理論」及「語言／手勢辯證論」的觀點。

其實當馮特主張語音最初也是一種身體姿態時，他就必須承認，聲音姿態與表情或手勢等其他身體姿態，應當是一起發展的，而不會是先等手勢語言都發展完成了，才換成語音語言進行替代性的發展。相對於馮特對手勢與語音的孤立分析，McNeill一開始就認為，手勢與言說應有一個共同的成長點，而在發展的過程中，手勢與語言則應處於相互推進的辯證關係。McNeill在他的「成長點理論」中，首先借助Kendon將「分節手勢」區分成「準備」（preparation）、「比劃」（stroke）與「收回」（retraction）三部分的觀點，以分別觀察手勢在各階段的心智運作過程。他發現，當我們要開始說話時，手勢也開始進入「準備階段」；我們一邊說話一邊比手畫腳時，手勢的「比劃階段」，總是先於或至少同時於在言說中語音顯著的音節，而絕未後於它；等一句話的表達告一段落，我們手勢的比劃也即終止，而進入到手勢的「收回階段」（參見圖10）。

他總結這些實驗觀察，主張手勢是語言的預期。在準備階段，手勢是以「圖像的形式」（imagistic form）預期言說，而手勢的比劃稍先於語句的段落，手勢的比劃顯示我們開始進入思慮的狀態，而對那些與它在語意上相平行的語言成分做了預期。[80]

80　Ibid., 212-213.

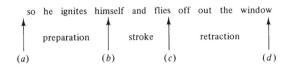

圖10　手勢的準備、比劃與收回階段

資料來源：McNeill, *Psycholinguistics—A new Approach*, 212.

　　手勢與語言有共同的成長點，它們有共同指涉的相同思想內含，但它們的發展卻有不同的形態，手勢在各階段都是以「整體—綜合的全體性表象」來表達思想，而語言則是以「線性—切分的分析性表象」來表達思想。我們在表達思想的言說中，交相運用手勢與語言，而這顯示言說者的思想，惟有經由「說話—手勢的形構」（Utterance-gesture formation）才能發展完成。McNeill因而與Kendon一樣，都支持手勢與語言的夥伴理論。他主張如果我們要認真看待手勢與言說是同一個過程的兩個不同側面，那麼最好的理論進路即應將此過程理解為「手勢想像與口語／語法結構的辯證」（dialectic of gesture imagery and verbal/linguistic structure）。[81]借助McNeill這個辯證架構，我們可以不訴諸浪漫主

---

81 David McNeill, *Hand and Mind: What Gestures Reveal about Thought*（Chicago and London: The University of Chicago Press, 1992）, 245-248.

義的悲觀情調，而是以語言心理學的透徹研究，批判西方語言學研究的語音中心主義，其實是讓「線性—切分的分析性思維模式」占了上風，但卻忽略了人類「整體—綜合的全體性思維模式」的重要性。

馮特在手勢的分類上，只重視訊息傳達的手勢，而在手勢語的句法學研究中，則忽略透過語伴手勢來研究言說與手勢之間的關係。透過 Kendon 對分節手勢的觀察，以及 McNeill 對於手勢成長點及其與言說之辯證關係的觀察，我們也更能確立，手勢能在言說語言的線性—切分的分析性表象建構形式外，表達出人類整體—綜合的全體性思維方式，這些深入的探討大大超越了馮特的研究成果。但馮特不從今日語言的固有形態來看語言，而是試圖從語言起源論的後設批判，指出：原來作為表達運動的聲音姿態，在轉變成語音語言的過程中，實必須將其意義指涉的基礎，奠定在手勢的身體性建構之上；透過手勢語的句法分析，則可顯示人類語言的直觀性優先原則，對於我們建構世界觀點的重要性；而借助對聲音語言取代手勢語言的發生學闡釋，我們可以意識到，用來表達人類思想的詞語，其實已喪失它透過身體建構所給予的實在性意義基礎，這使得人類的創造性已因抽象思維的發達而導致想像力的枯竭。馮特在 19 世紀末所做的這些研究，又顯然走得比我們現在遠太多了。

五、民族心理學與文化科學的語言學奠基

19 世紀的語言學研究，懷抱著「深入到人類精神的奧祕，以獲悉其本性與法則」的知識熱情，如同洪堡特《論人類語言結構的差異及其對人類精神發展的影響》這本書名所揭示的，他們探

究「人類語言結構的差異」，目的在於理解它對「人類精神發展的影響」。這種內在的知識熱情推動了19世紀的語言學研究，經過幾代學者的努力，語言學終於能從以「文獻學」為基礎的「歷史比較語言學」，轉向以「言說的人」為基礎的「語言心理學」。在「歷史比較語言學」的研究中，洪堡特主張各民族不同的內在語言形式，所形成的語言結構差異，代表不同的語言世界觀，而不只是約定的符號系統不同而已。語言構成民族成員之思想與情感表達的基本規定，語言現象的存在，同時也是人類的存在必具有社群性的明證。

　　史坦塔爾繼之以「語言心理學」的觀點，來研究洪堡特所謂的內在語言形式。這使得他立即面對一個無法迴避的難題：若心理學研究的是個人心靈的活動，它如何能為本質上是規範人際互動的語言提供基礎性說明。語言不應隸屬於研究個人心靈運作之機械法則的心理學，而應被看成是人類在社群共同體之生活實踐中創造出來的文化產物。試圖以語言心理學作為語言學研究的基礎，若非注定要失敗，要不就必須在擴大的意義上來理解語言心理學的理論涵義。面對語言心理學可能招致質疑，史坦塔爾與馮特都非常自覺地主張，應將語言心理學的研究放在「民族心理學」的理論脈絡下加以探討。史坦塔爾為此與Moritz Lazarus（1824-1903）共同創辦了持續三十年、刊行二十卷的《民族心理學與語言科學雜誌》（1860-1890），馮特則花二十年的工夫寫出包含〈語言〉這一卷在內的十卷本《民族心理學——語言、神話與習俗之發展法則的研究》。他們兩人不約而同地主張語言學的研究不單單是語言的問題，而是規範了民族精神之文化創造表現的形式性基礎。這使得19世紀的語言學研究，最終超出語言自身的領域，擴大成為文化科學的奠基理論。為能理解語言學如何能

作為文化科學的基礎理論，我們應先理解19世紀民族心理學的基本理念，以及它如何為文化科學提供心理學研究的民族共通感基礎。

（一）民族心理學的理念與系統

歷史比較語言學對於語言起源的研究興趣，注定他們的研究範圍無法限制在語言的領域內。早在青年語法學派即已意識到，語言學應有一門研究人類生理心理機制的學科作為基礎，以能回答「語言究竟如何可能？」的問題。史坦塔爾則嘗試透過內在語言形式的心理學研究，找出語言本質及其形成的可能性條件。語言哲學的後設討論，凸顯語言學不是自我封閉的完足領域，它背後需有對民族成員共同有效之內在語言形式的分析，以作為研究其文法的依據。然而預設語言的文法結構背後需有來自民族語言感的內在語言形式，這無疑等於說，語言其實即是具有特定形式法則的民族精神主體，在其客觀化的創造活動中所形成的文化產物。語言哲學的討論，因而不僅應從「人類語言結構的差異」來看它對「人類精神發展的影響」，更應從語言作為民族精神的文化創造物，推證出人類創造文化產物的精神形構力，所依據的法則為何。而這即是史坦塔爾與馮特在「民族心理學」中，透過語言研究所要完成的任務。

正如在歷史比較語言學中，由Bopp開啟的橫向比較研究，與格林開啟的縱向比較研究所顯示的，語言既出自人類本性之要求，從而具有本質的一致性，但語言又因民族的獨特個性，而表現出結構的差異性。同樣的，那些與語言學同時在浪漫主義運動中發展出來的文化科學，像是神話、宗教、藝術、文學、科學、習俗、法權等，也都一方面是普遍存在人類社會的基本現象，但

它們也都因民族的不同，而表現出不同的形式、風格與組織形態。語言與神話等文化科學，都是我們在民族的歷史生命中所能看到的基本現象，它們與語言學一樣，都應有形成其民族差異性（但對其成員內在一致）的內在形式基礎。它們都是研究民族之內在精神活動的「民族心理學」，應詳細加以研究的對象。史坦塔爾與Moritz Lazarus因而說：

> 那些凡能從精神最內在的基礎，來解釋他們在語言、宗教、藝術、文學、科學、習俗、法權與社會等歷史現象中所發現到的事實，或簡言之，那些凡能對諸民族的歷史生命之各方面加以研究者，並能致力於將這些事實回溯到它們的心理學基礎者，都是我們就教的對象。[82]

而馮特則更進一步強調，正如同語言學需要語言心理學作為後設的研究基礎一樣，像是神話學、習俗史這些文化科學的研究，也應從心理學的角度，就語言、神話與藝術等，作為「與人類的共同生活聯繫在一起的精神現象」，來研究它們「與人類本性之間的普遍關係」。對此馮特說：

> ［民族的文化狀態、語言、習俗與宗教想像］這些對象不應只是如同文化史、習俗史、語言學與宗教哲學這些特殊的科學分枝的課題，而是近來大家都覺得有必要，應就這些對象

---

82 Moritz Lazarus & Heymann Steinthal, "Einleitende Gedanken über Völkerpsychologie als Einlagung zu einer Zeitschrift für Völkerpsychologie und Sprachwissenschaft," *Zeitschrift für Völkerpsychologie und Sprachwissenschaft*. 1(1860): 1.

與人類本性之間的普遍關係來加以研究，它們因而也大都成
為人類學研究的一部分 [……] 但人類學只就遺傳學或民族
學的角度來研究種族或民族的心靈特徵，卻忽略了去觀察與
人類的共同生活聯繫在一起的精神現象，亦即忽略了應從心
理學的觀點來加以研究。[83]

　　史坦塔爾與 Lazarus 將研究人類依特定法則以進行文化創造
的活動稱為「民族心理學」，並定義它是：「一門關於精神的民族
生命之成素與法則的學說。」[84] 且如同語言學的研究，可區分成研
究語言本質的普遍語言學，與研究個別語言之文法結構的特殊語
言學，史坦塔爾主張，民族心理學也應區分成兩部分：第一部分
應能展示何謂民族精神，說明它的生命與作用的普遍條件是什
麼，它的建構性元素是什麼，它們是如何構成的，以能清楚地說
明民族精神的形成與發展。這部分是抽象與普遍的，它排除獨特
性而只凸顯它對所有民族都有效的法則。但另一部分則應是具體
的，它處理真實存在的民族精神及其特殊的發展形式，以能描述
或標誌出各民族的特色。史坦塔爾將前者稱為「民族史的心理
學」（Völkergeschichtliche Psychologie），後者稱為「心理學的民
族學」（Psychische Ethnologie），兩者合在一起，才是「民族心理
學」的全部研究內容。

　　史坦塔爾與 Lazarus 只意在提出一個「民族心理學」的研究
綱領，以廣邀各學科的學者參與討論，但他們並未真正完成民族

83　Wilhelm Wundt, "Über Ziele und Wege der Völkerpsychologie," *Probleme der
　　Völkerpsychologie* (Leipzig: Ernst Wiegandt Verlagsbuchhandlung, 1911), 2.

84　Lazarus & Steinthal, "Einleitende Gedanken über Völkerpsychologie," 7.

心理學的理論系統。馮特則認為應給民族心理學一個系統的建構，因為將語言學的研究方法擴大到其他文化科學的研究，不應只是研究範圍的擴大，而應是能對人類精神的運作法則有更深刻的理解。如果說，語言學研究的是表達民族成員之思想的內在共同形式，那麼神話學就是研究想像力的內在共同形式，而習俗則是研究意志的內在共同形式，思想、想像與意志是我們人類最基本的能力，一旦它們都受到表現在語言、神話與習俗等文化產物之內在共同法則的影響，那麼對研究這些現象的文化科學，進行民族心理學的後設研究，將能建構一個真正有事實性基礎的先驗領域。因為那些在語言、神話與習俗等文化創造物中，所表現出來的民族精神的客觀化建構法則，正是其成員之個人思想、想像與意志活動的先在規定，雖則這些規定仍是在歷史發展過程中形成的。

馮特因而強調民族心理學相對於個人心理學研究的優位性，以能克服意識哲學的研究局限。他認為語言、神話、風俗是精神發展的產物，在它們的生產創造中，個人的心理法則當然也有作用。只不過，它們雖然包含有個人意識的特性，但卻不完全受這些法則的決定。亦即它們雖然預設了諸個人之間的精神交互作用，但卻超越出個人意識的能力與範圍之外。它們始終是新的發生事件的形式，而不受限於個人心理學所預設的條件限制。此外，他又進一步指出，民族心理學的研究成果，反過來將對個人心理學的研究提供很好的啟發。語言、神話與風俗作為整體精神的產物，能為個人的精神生命提供理解的材料。像是語言的現象，它雖是整體精神的創造，但卻能為個人思維的心理學合法則性提供光照；神話發展是個人想像創造的模範；而習俗的歷史則能照明個人意志動機的發展。馮特因而主張，民族心理學的系統

性研究對象，即應包括語言、神話與習俗這三個領域，因為它們共同構成了在民族共同體中真實生存的人，在其思想、想像與意志活動中，所必須遵循之普遍有效法則的來源與基礎。[85]

（二）民族精神與共通感的建構

　　語言代表人是具有社群性的存有，然而受到洪堡特主張不同的民族語言結構代表不同的世界觀的強烈影響，史坦塔爾一開始就主張，對於研究具社會性的人或人類社會的心理學，並不能僅以一般而言的人類，而應就歷史真實地隸屬於一生活共同體的成員之精神活動來進行研究。因為對於個人而言，投身在民族共同體中，才形成其歷史既與的存在性，而每一民族共同體則又與其他文化社群有別。對史坦塔爾而言，以民族這個社群作為研究人類精神活動之進路，極具重要性。因為人並非屬於普遍種類的人類，人所屬的共同體總是透過民族所給出的共同體，而人類的發展也與民族的差異性聯繫在一起。就此而言，史坦塔爾即類比於研究個人心靈活動的「個人心理學」，稱研究「民族精神」的活動為「民族心理學」。

　　史坦塔爾這個類比的確有點問題，個人有心理活動，它可供心理學作為研究其運作法則的對象，但民族精神並非在個人意義下的一個主體，主張對它進行心理學的研究，就必須像傳統形上學一樣，先將心靈實體化。青年語法學派的理論旗手保羅（Hermann Paul, 1846-1921）在其名著《語言史原則》（*Prinzipen der Sprachgeschichte*, 1909）中，因而一開始就反對從民族心理學的角度研究語言學。他認為史坦塔爾的民族心理學構想，一則混

85　Wundt, *Völkerpsychologie*, Erster Band, *Die Sprache*, Teil 1, 30-33.

淆了法則科學與歷史科學的界限，一則錯誤地把研究個人心靈法
則的心理學，類比地應用到研究民族精神的概念上。但事實上除
非我們把精神錯誤地實體化，否則在嚴格意義上，並無所謂研究
民族精神的心理學可言。保羅認為，民族心理學頂多是涉及到個
別精神之間的關係，但這不能理解成，如同在個人的心靈表象中
的交互作用一樣，表象可以超出個人心靈而對他人的表象產生作
用。所以我們只能有個人心理學，但不可能有民族心理學。[86]

　　保羅在《語言史原則》中否定民族心理學有其獨立的領域，
他將所有科學區分成「法則科學」（Gesetzewissenschaften）與
「歷史科學」（Geschichtswissenschaften）這兩類，前者再區分成
「自然學」與「心理學」；後者則再區分成「歷史的自然科學」
（historische Naturwissenschaft）與「歷史的文化科學」（historische
Kulturwissenschaft）。[87]法則科學研究的是不變的法則，這與歷史
科學主要研究「發展」的概念不相容。心理學作為研究心靈運作
的法則，屬於自然科學領域，但語言總是處在歷史發展的過程
中，保羅因而認為不能把語言學放在民族心理學的範圍內來研
究。我們對於歷史發展的事物，最多只能說明一事件是如何能在
各種因素的共同作用下產生出來，保羅稱這類的學說為「原則
學」，並主張原則學應致力於證明：「在常恆的力量與關係下，發
展是如何可能的。」[88]

　　保羅反對民族心理學的提法，其實是更深入地觸及語言心理

86　Hermann Paul, *Prinzipen der Sprachgeschichte*（Halle: Verlag von Max Niemeyer, 1909), 8-16.

87　Ibid., 6.

88　Ibid., 2.

學研究的內在困難。任何廣義的心理學或意識哲學都難以說明：吾人如何真正能將內在於自我的表象內含，傳達到他人心中；或者，我們如何能在自我的意識內含之外，去理解別人的意識內含。語言心理學基本上是依據個體心理學的普遍法則，而研究在個人心靈中實行的東西，但個人對其他人的影響作用，卻無法透過心理學的成分去傳達。為了能使自身產生的表象連結，在他人心靈中產生影響，心靈只能借助肌肉神經產生物理對象（例如表情或聲音），以借助它對其他人的感覺神經進行刺激，而產生出相應的表象。由此可見，語言雖有來自心理的成分，但心理學並非唯一的要素，沒有任何一種文化產物僅基於純粹心理學的基礎。因而將「文化科學」（Kulturwissenschaft）視同是「精神科學」（Geisteswissenschaft）這並不很精確。人類精神始終必須與人類的身體，以及周遭的自然共同作用，才能產生文化產物。語言史的原則學研究，因而只能歸在歷史的文化科學這一領域。而如同語言學一樣，文化科學的原則學之任務，即是去分析心理與物理成素按其各自的法則，能共同作用而達到目標的普遍條件是什麼。[89]

　　保羅強調語言學是屬於「文化科學的原則學」，雖然看起來是「民族心理學」的對立面，但他們只是分別從人類精神之文化創造活動的客觀面與主觀面來進行觀察。馮特認為保羅若修正對心理學作為法則科學的觀點，那麼他就不致反對民族心理學的提法。馮特認為保羅的局限在於，他認為心理學首先要確定一種自身獨立於所有物理影響之外的精神生命的法則，但獨立於物理的影響怎能說明精神的發生事件呢？從感覺、知覺到思想過程，心

89　Ibid., 7.

靈的生命都與身體的機體連結一起。換言之，當我們做經驗的心理學觀察時，就必須能掌握身體的影響。同樣的，對於文化發展之各分支領域，也必須追溯到精神生命與外在自然條件之間的交互作用關係。設想心理學的心靈機制完全由一種與身體的影響無關的運動法則所主導，這其實還是一種先驗科學，而非真正的心理學。[90]

　　但馮特也不迴避保羅對於民族心理學是否涉嫌將精神這種人際互動概念實體化的質疑。馮特回溯到史坦塔爾對於民族精神概念的看法。史坦塔爾早已意識到，有人會質疑，民族的靈魂（Psyche des Volkes）這個詞其實是無法理解的，因為它缺乏能被思考作為行動之載體的實體。但其實心理學要解決的目標與任務，並不是對於靈魂（Seele）的實體與性質的知識，而是在於心理過程與進程的呈現，亦即在於發現人類內在活動據以進行的法則，並找出在這個活動中的進步與提升的原因與條件。史坦塔爾指出，在我們的語言中，一般也將「靈魂」與「精神」（Geist）做了區別。前者指某種實體存在，而後者則指純然的活動。心理學因而可區分成「靈魂之學」（Seelelehre）與「精神之學」（Geisteslehre）。前者是對靈魂實體與屬性的觀察，它因而屬於形上學或自然哲學；後者對於心靈的活動與法則的觀察，才是真正的心理學範疇。民族心理學因而可說是一種嚴格意義下的「民族精神學」（Volksgeisteslehre）。

　　為了掌握心靈活動的法則，我們因而並不必須有民族精神的實體或實體性的靈魂概念，而只要能夠確立一種「作為決定性統一的主體概念」（Begriff des Subjekts als einer bestimmten Einheit），

90　Wundt, "Über Ziele und Wege der Völkerpsychologie," 15.

對此史坦塔爾與 Lazarus 進一步說：

> 民族精神即是能使單純的個人多樣性能成為一民族者，它是能建構民族之統一性的紐帶、原則與理念。在共同體的創造或其精神生命之要素的維持中，民族的統一性，即構成民族活動之形式與內含的統一或本質［……］凡使個人殊異的精神活動能與所有他人協同一致者，或能構成和諧者，即是民族的精神統一，或即民族精神。若以定義的形式來看，那麼以民族精神為主題的民族心理學，即能更精確地把民族精神說成是：對於一民族的所有個人而言，它即是吾人內心活動（無論就其內含與形式而言）都共同者。或簡言之，即所有個人內心活動之同然者（Gemeinsame）。[91]

民族心理學所研究的民族精神，並不需預設它是一種實體性的存在，而是一種對其所有成員的內心活動都具有規範有效性的共同性。這種在所有人的內心活動都被普遍遵守的共同法則，建構了自我與他人的統一。史坦塔爾甚至說，並非作為個人的人能創造民族，反而是個人惟有揚棄自己的個別性，認同共同的民族精神，才能創造出一個民族。民族精神也並非依血統或語言而形成，依血統或語言的客觀觀點，只能將一群人分類為某一「種族」（Race und Stamm），但「民族的概念只基於民族成員對其自身，對其相同性與共同隸屬性（Gleichheit und Zusammengehörigkeit）的主觀觀點」才能成立。[92]

91　Lazarus & Steinthal, "Einleitende Gedanken über Völkerpsychologie," 29.
92　Ibid., 35.

史坦塔爾所謂的「共同隸屬性」或「共同性」，若放在馮特自己的語言學研究中來理解，我們即能說那是一種「共通感」。因為在馮特的理論中，語言起源於手勢的身體運動，而手勢運動本身又是一種情緒表達的運動。我們惟有對他人的表情與手勢有相同的情感感受，那麼我們才能進一步在手勢的模仿中，確立表情與手勢所代表的意義。這種內在於語言中的情感共通性，是語言能作為普遍溝通媒介的基礎。語言因而必須預設民族的共通感，才具有可能性的基礎。馮特因而主張，如果保羅也不能否認，心理學研究的法則不是任意從外在給予的，而必須從內在經驗本身取得（或者說，心理學的研究對象應是「心理事件的成分」），那麼在心理學所研究的心靈，即不外是指我們內心體驗的整體。在這些內心體驗中，必有一些是大部分個人都共同擁有的，此種「內在體驗的共同性」，即可說是語言與神話等文化產物存在的條件。馮特因而說：

> 如果說，心理學的研究對象只是心理發生事件的組成成分，那麼依以前的語言用法所稱的心靈，也不過就是指所有內心體驗的整體。無疑的，這種體驗對大部分的個人而言都是共同的，亦即對於像是語言或神話想像這些精神的創造物而言，此種［內在體驗的］共同性，即是它們存在的生命條件。93

民族心理學因而並不必預設心靈的實體化，而是應為文化科學找出它們在我們內心體驗中的共同者，以使文化科學能建立在民族精神的共通感之上，此即正如語言學即應建立在以民族共通的語

93　Wundt, "Über Ziele und Wege der Völkerpsychologie," 12.

言感為基礎的內在語言形式之上。

（三）未竟的文化科學之語言學奠基

史坦塔爾將「民族心理學」與「語言科學」在他的《民族心理學與語言科學雜誌》中並列。保羅則將「文化科學之原則學」的理念，落實在他的《語言史原則》專著中。馮特更將「語言」當成是研究《民族心理學》入門的第一卷。他們顯然都賦予語言學的研究，在文化科學的研究中占有特殊的奠基性地位。語言學不僅是在「文化科學的原則學」或「民族心理學」中，與神話、宗教、藝術並列的特殊學科，而且是這些文化科學的理論基礎。但對於如何透過語言學為文化科學奠基，上述三位語言心理學家的觀點，卻不盡相同。

保羅是從語言學的方法論精確性，來說明語言學的特殊地位，他說：

> 沒有任何的文化分支領域，能像在語言那裡一樣，我們對其發展條件的知識，是帶有如此的精確性。因而也沒有其他的文化科學，其方法論能達到我們在語言學那裡，所達到的那樣完美。[94]

而從以下兩段引文則可知，史坦塔爾一方面是從語言溝通能達成人我之間相互一致的理解，來說明語言對於建構民族精神的特殊重要性；在另一方面，他則從語言能呈現出人類思想的基本形式，因而是其他文化建構或其他構成民族意識成分的直觀摹本，

94　Paul, *Prinzipen der Sprachgeschichte*, 5.

來說明語言學研究的特殊地位：

> 語言對於民族精神之建構所具有的特殊重要性在於：它作
> 為普遍的精神統覺的器官，它也能經由他人的統覺來影響一
> 個人的統覺，透過這個過程，人們因而可以相互接納，從而
> 使他們成為一個民族，而民族精神即由此而形成。學習語言
> 即是學習理解彼此的內心，因而理解即是使人能統一在精神
> 中。[95]

構成民族意識的所有要素，像是宗教、習俗與憲法等等，都是思
想的內含，惟獨語言在表象內含之外，仍在詞語中呈現出思想的
形式，並且在詞語的意義與語句建構的媒介中，呈現出思想的運
動。語言不僅包含民族的世界觀，更是其直觀活動本身的摹本。[96]
　　馮特則與史坦塔爾所持的第二個理由一樣，主張語言是人類
能進一步建構其他文化產物的基本形式規定，他說：

> 直接與思想的內在過程連結在一起的外在意志行動即是語
> 言。在語言中，個人意志突破個別目的的限制，以能在言說
> 社群的共同意志中，重新找到自己。因為語言作為共同的意
> 志活動之最初的形式，同時即是建構更進一步的各種共同思
> 想的器官。稍後於語言的神話與習俗，作為共同意志之最早
> 的創造，必須預設語言的思想交換。[97]

95　Lazarus & Steinthal, "Einleitende Gedanken über Völkerpsychologie," 40.

96　Ibid., 42.

97　Wundt, "Die Sprache und das Denken," 307.

由此可見，在19世紀的語言心理學研究中，支持語言學是文化科學之理論基礎的理由，主要有三個：（1）語言學最具方法論的精確性，（2）語言的溝通理解是建構共同隸屬性的基礎，（3）語言的形式即是建構任何共同思想的直觀性基礎。可惜的是，保羅與史坦塔爾都沒有真正去實現他們的理論洞見，而馮特雖然最扎實地用了二十年的工夫，但最後卻仍走上「歷史心理學化」的迷途。民族心理學以「個人—民族」這一對概念，來取代「個人—社會」這一對概念，這意在以更高度的歷史具體性作為目標。但由於他們將民族的概念收攝在民族精神的概念之下，這反而使得「個人—民族」這一對概念，並不能接觸到真實生活實踐之社會互動的具體問題，從而使得「個人—社會」之間的關係，被轉型到抽象的精神層面之上。民族心理學試圖從語言、神話、藝術這些既與的文化產物作為分析人類精神活動的基礎，這形同將個人之間的共同生活化約成民族精神的作用，但若整體大於部分，則作為與個人精神不同的民族精神，勢必只能被歸諸於超自然的、經驗上不可證明的作用結果。[98]

　　馮特雖然主張語言的形式即是建構任何共同思想的直觀性基礎，但他在《民族心理學》中，卻只是分別對語言、藝術、神話、宗教、社會、法權、社會文化等文化科學的研究成果，進行系統的總結與整理，而並未真正以語言學作為基礎，以為他所處理的這些文化科學進行奠基，另一方面也未能透過這些研究，展

---

[98] 當前對於馮特民族心理學之重要性的重新發現與反省批判，可以參見Georg Eckardt的導論。此處對馮特的批評，也主要引用他的論點，請特別參見 Georg Eckardt (Hg.), *Völkerpsychologie—Versuch einer Neuentdeckung* (Weinheim: Psychologie Verlags Union, 1997), 17-18, 25-27。

示出人類精神在這些文化科學中所展現的發展法則，如何具有彼此相互關聯的統一性。他的《民族心理學》卷帙浩繁，他晚年曾濃縮寫成《民族心理學原本》一書，[99] 馮特的「民族心理學」著作，僅有這本書被翻譯成英文。但這本書對他自己的思想卻是誤導的。因為他在這裡，又將民族的發展視為是民族由原始到文明的心理發展過程，而這顯然是將歷史心理學化了。《民族心理學》原初想要研究人類在文化創造中，如何依其具共通感或共同隸屬性的文化認同，而建構個人能依循的普遍有效法則。然而在《民族心理學原本》中的觀點，卻已非如此了。馮特的民族心理學忽略人際真實的社會互動，他對語言、神話與習俗等人類精神創造的文化產物的研究，也缺乏建立在語言形式上的系統關聯性。這些不足之處，日後在卡西勒的《符號形式哲學》與米德的「社會心理學」中，才得到進一步的完成。但即使如此，馮特對於語言哲學的研究，仍有他不可磨滅的功績。

　　總結來說，依19世紀語言學的理解，文法作為規定語言應以何種方式表達思想的結構性基礎，它自身源於表達民族共通感的內在語言形式，而非純粹思想的邏輯學。本章透過史坦塔爾對洪堡特內在語言形式的語言心理學闡釋，說明了歷史比較語言學應轉向研究介於聲音形式與思維形式之間的內在語言形式，以為詞語的思想表達，建構其意義理論的基礎。透過對馮特生理心理學進行身體主體性的解讀，本章指出馮特以表達運動為基礎的手勢理論，其實是將作為意義理論基礎的內在語言形式，建構在民族

99　Wilhelm Wundt, *Elemente der Völkerpsychologie—Grundlinien einer psychologischen Entwicklungsgeschichte der Menschheit*（Leipzig: Alfred Kröner Verlag, 1913）.

共通的情感表達之上。而透過將馮特的手勢語文法學重構成身體意義建構論，本章也說明了馮特是以手勢的意指意向性、摹擬再造與感性化轉移，為同時發展的語音語言，建構其具世界關聯性的意義圖示。身體姿態作為語言的意義圖示，有其在民族共通感上的基礎，語意的規範性因而對個人具有普遍的效力。馮特的語言手勢起源論與民族心理學理念，展現了使先驗自我肉身化成為形塑民族共同體的文化認同過程，它使闡釋民族精神之文化創造活動的文化科學成為第一哲學，並從而肯定人類文化創造的民族差異性具有普遍的意義。這種建基於19世紀語言學的文化哲學模式，直到今天都還很值得我們重視。

第五章

卡西勒符號形式哲學的
文化哲學建構

　　卡西勒於1945年4月，因心臟病發，猝死於講課途中。他有許
多尚未完成，或已經完成但尚未出版的重要著作與筆記，在去世後
才由遺孀Toni Cassirer，從先前流亡的瑞典搬運到美國。卡西勒的
家人無力整理這些著作，在1964年將整批遺稿捐贈給耶魯大學出
版社。這批遺稿塵封多年，轉由耶魯大學的「柏內克珍稀圖書暨
手稿圖書館」（Beinecke Rare Book and Manuscript Library）進行
整理，其檔案目錄的編排在1991年才終告完成。在這些遺稿中，
最重要的包括他在瑞典已經完稿的《符號形式哲學》（*Philosophie
der symbolischen Formen*）第四卷：《符號形式的形上學》（*Zur
Metaphysik der symbolischen Formen*），以及他接著《近代哲學與
科學中的知識問題》（*Das Erkenntnisproblem in der Philosophie und
Wissenschaft der neueren Zeit*）第四卷而寫成的：《真實知識的目標
與道路》（*Ziele und Wege der Wirklichkeitserkenntnis*）。此外尚有
他在研究文化哲學相關議題時，所寫下的〈論表達功能的客觀
性〉、〈文化哲學問題〉等筆記。這些遺著討論有關人類存在的
「基本現象」、「表達性知覺」與「哲學人類學」等問題，都是卡西
勒致力為符號形式哲學所做的最後奠基。但它們卻直到1995年，
卡西勒逝世五十週年後，才終於在德國本土編輯成《卡西勒──
手稿與文本遺著》而陸續面世出版。[1]

1　卡西勒（Ernst Cassirer, 1874-1945）遺著的處理過程，可以參見Koris在編輯
　　《卡西勒──手稿與文本遺著》第一卷時，所寫的編輯報告。參見John
　　Michael Krois & Oswald Schwemmer Hg., *Ernst Cassirer—Nachgelassene
　　Manuskripte und Texte*, Bd. 1.（Hamburg: Felix Meiner Verlag, 1995）, 278-284。
　　「卡西勒國際學會」在編輯《全集》與《遺著》時，也開始出版一系列的《卡
　　西勒研究》（*Cassirer-Forschungen*）之專著與專題論文集，以能在新的文獻
　　基礎上，對卡西勒的哲學進行比較全面而完整的評價。

　　我們現在終於有幸能一睹卡西勒著作的全貌，這對如何理解卡西勒文化哲學的基本架構與理論內涵，卻也構成更大的挑戰。乍看之下，這些著作充滿不一致之處。在《符號形式哲學》中，他為文化科學的方法論奠基提出一種「符號功能的文法學」，但在《文化科學的邏輯》（*Zur Logik der Kulturwissenschaften*）中，他卻又認為應為文化科學的概念建構與判斷建構，提出另一套基於「表達知覺」的現象學理論。在前者，神話、語言與科學都同屬文化哲學的一部分；但在後者，自然科學與文化科學卻又被認為是在方法論上截然有別的科學。且從《符號形式哲學》開始，卡西勒一直是在先驗觀念論的理論架構下，探討「精神形構力」所依據的法則，但在他的遺著《符號形式的形上學》與《真實知識的目標與道路》中，他卻認為整個文化哲學應奠定在對生命基本現象進行知覺現象學的研究上。他的符號形式哲學，原本是處理文化科學的知識論問題，但他最後為它所寫的導論《人論》（*An Essay on Man*），卻又認為這是哲學人類學的問題。在卡西勒的哲學構想中，文化哲學與文化科學到底有沒有不同？自然科學與文化科學是同一種科學，還是種類不同的科學？到底是精神形構力的符號功能文法學的分析，還是生命之基本現象的知覺現象學研究，才是文化科學的哲學基礎？文化哲學究竟應研究文化科學之知識方法論的形式問題，還是應研究生命存在形式的哲學人類學問題？

　　為了能呈現卡西勒以畢生的精力所構思的文化哲學的體系，我們應先對卡西勒的思想發展做一分期，來解釋產生上述一連串問題的由來。卡西勒終其一生關注「知識」的問題，他認為近代以來，哲學的任務就在於提供新的知識概念，他因而以《近代哲學與科學中的知識問題》作為他獨立展開哲學研究的主題。卡西

勒在1906至1907年出版該書的前兩卷，之後隔了十三年，在1920年出版了該書的第三卷。此後再隔二十年，才終於在流亡的1941年間，寫出該書的第四卷。卡西勒孜孜不倦地花費了近四十年的光陰，才完成了他對近代知識觀點從Nikolaus Cusanus開始，演變到1932年為止的歷史研究。中間兩次長時間的間隔，則代表他的哲學思想出現較大的轉折。

　　卡西勒思想的第一個轉折，是他出版《知識問題》第二冊與第三冊之間的1907至1920年。《知識問題》第二卷研究康德的批判哲學，第三卷則接著研究德國觀念論到黑格爾哲學體系的發展過程。但卡西勒並不滿意典型的從康德到黑格爾的哲學史論述，他發現到有另外一些不能被歸入到德國觀念論的思想系統，它們對人類精神發展或世界理解卻同樣具有重要的意義。在這期間他主要出版兩部著作：一是1910年出版的《實體概念與功能概念—知識批判之基本問題的研究》（*Substanzbegriff und Funktionsbegriff—Untersuchungen über die Grundfragen der Erkenntniskritik*），這一部著作是根據康德的知識批判工作，總結對當代自然科學之知識基礎的反思。這部著作可代表卡西勒在思想發展第一階段中，作為新康德主義者對於知識批判研究的巔峰之作。另一部著作則是《自由與形式──德國精神史研究》（*Freiheit und Form—Studien zur deutschen Geistesgeschichte*），這本書將不能納入知識問題研究的浪漫主義思潮對於藝術、文學、宗教與國家思想的觀點，納入批判哲學的先驗研究中，而使之能與當時平行發展的德國觀念論並駕齊驅。這本書因而標幟了，卡西勒開始從新康德主義對精確科學的知識論研究，轉向文化哲學的研究。

　　《知識問題》第三卷出版於1920年，中間又隔了二十年之久，才在1941年左右寫出該書的第四卷。在此期間，卡西勒先是

在1923至1929年間，總結他對科學概念之記號學功能的理解，進而轉向《符號形式哲學》三卷本的體系建構。這是他對「批判的文化哲學」的初步建構，也代表他的哲學思想之第二階段的重要發展。卡西勒在1929年出版了《符號形式哲學》第三卷，同年他並在瑞士達弗斯（Davos）與海德格進行一場20世紀哲學的大辯論。卡西勒當時以著作等身的大哲學家，以及即將接任漢堡大學校長的身分，與初出茅廬、還在馬堡大學當講師的學術新秀海德格，共同受邀參與辯論。但在當時，幾乎所有的學生都被海德格的理論吸引了，海德格從此在的被拋擲性與向死的存在，來分析人之有限的時間性，以確立康德的《純粹理性批判》並不是在為自然科學奠基，而是要基於此在的時間性提出一套存有論。這些說法之新穎與洞見之深刻，不僅打敗了卡西勒本人，同時也宣告19世紀盛極一時的新康德主義在德國哲學史的終結。卡西勒在當時卻也深沉地感受到，海德格哲學的興起，代表德國文化走向悲劇的命運。因為他在這個哲學中看到，個人自由被虛無化了，人不再能透過精神的文化創造而相互理解，只能隨順命運的擺布而無力抗衡。幾年後，宣傳接受納粹統治是德國人應承擔之命運的海德格，在1933年當上弗萊堡大學校長，而卡西勒則在同年被迫離開德國，開始流亡海外。

　　試圖回應海德格的批判，以力挽德國文化面臨的悲劇性命運，促使卡西勒在1929年開始轉向他的「形上學的文化哲學」研究，這可說是卡西勒哲學思想第三階段的重大發展。他在1929-1940年間，一方面深入研究文藝復興與啟蒙時期的各種文化思潮，並在理論上總結他前兩階段的構想。他以《真實知識的目標與道路》這本書，來總結他對《近代哲學與科學中的知識問題》之四卷本的研究，而在《符號形式的形上學》這本書中，試圖從

生命基本現象的闡釋，來為他三卷本的《符號形式哲學》進行最終的奠基。這兩方面的工作最終在《文化科學的邏輯》這本書中，依知覺現象學的分析，將自然科學的邏輯與文化科學的邏輯重新綜合起來，以使符號形式哲學作為文化哲學的建構，同時即是回答「人是什麼？」的哲學人類學，而使他終能在《人論》一書中，做出人是「符號動物」（animal symbolicum）的結論。

　　我們因而可以視《符號形式哲學》三卷本的出版為分水嶺，在這之前卡西勒試圖將新康德主義的先驗哲學轉化成符號學理論。《符號形式哲學》三卷本的出版，則代表卡西勒文化哲學最初構想的完成。但在與海德格的爭論之後，卡西勒在《文化科學的邏輯》一書中，所完成的文化科學之人文主義奠基，則是以他尚未出版的〈符號形式的形上學〉與〈真實知識的目標與道路〉這兩本書為基礎，試圖透過對生命之基本現象的闡釋，來說明各種文化科學的知覺現象學基礎。透過剖析卡西勒在這三個階段中的文化哲學構思，我們將可確立說，卡西勒對於文化哲學的符號形式哲學奠基，其實是從「形式現象學」對於「符號形式」的研究，轉向對生命之「基本現象」進行「知覺現象學」的研究。卡西勒的文化哲學體系，因而包括「批判的文化哲學」與「形上學的文化哲學」這兩部分。就卡西勒而言，惟有透過《符號形式哲學》與《符號形式的形上學》，才能充分完成以文化哲學取代先驗哲學的任務，而為人類經驗之實在性與人類行動自由之自主性，建立真正的哲學基礎。

一、卡西勒與新康德主義的哲學構想

　　卡西勒一般被認為是一位新康德主義者，特別是作為「新康

德主義馬堡學派」的殿軍。但隨著學者對卡西勒研究興趣的轉移，他的哲學逐漸被視為是介於新康德主義與現象學之間的「晚期觀念論的文化哲學」，[2]而現在最典型的說法則來自哈伯瑪斯，他說「卡西勒的原創性成就在於康德先驗哲學的符號學轉向」（semiotische Wende der kantischen Transzendentalphilosophie）、「他為二戰後的我們這一代，做好能將分析哲學推動的語言學轉向，與自家的詮釋學結合在一起的準備」，[3]從而將卡西勒引為他自己理論的先驅。有些新著的19世紀哲學史教本，也將卡西勒的哲學定位為：「構成從新康德主義到20世紀哲學的語言學轉向的橋梁」，[4]而這也的確是觸發當前卡西勒研究復興的重要因素。無論卡西勒的哲學貢獻如何被定位，他的思想發展是從新康德主義出發，並嘗試為他們的理論進行轉型或重構，大抵仍是可以接受的一種看法。卡西勒如何繼承他之前的新康德主義的哲學家與科學家的觀點，開創出他自己具有文化哲學與符號學理論特色的符號形式哲學，則可從他自己為《大英百科全書》所撰寫〈新康德主義〉這個條目中，清楚地看出來。

---

2 Karl Neumann, "E. Cassirer: Das Symbol," *Grundprobleme der Großen Philosophen—Philosophie der Gegenwart*. Hg. Josef Speck, Bd. 2 (Göttingen: Vandenhoeck & Ruprecht, 1973), 103.

3 Jürgen Habermas, "Die befreiende Kraft der symbolischen Formgebung—Ernst Cassirers humanistisches Erbe und die Bibliothek Warburg," *Vom sinnlichen Eindruck zum symbolischen Ausdruck* (Frankfurt am main: Suhrkamp Verlag, 1997), 22.

4 Kurt Wuchterl, *Bausteine zu einer Geschichte der Philosophie des 20. Jahrhunderts* (Stuttgart: Verlag Paul Haupt Bern, 1995), 293.

（一）新康德主義的理論遺產

卡西勒在《大英百科全書》中，首先為「新康德主義」做一個寬泛的界定。他指出，新康德主義是在1860年代，發生於德國的一場哲學運動。新康德主義者對康德哲學雖有不同的觀點，但他們都同意「哲學不僅是個人的確信，或一種個人的世界觀，而是透過形構『作為科學的哲學』之可能性的條件，來研究哲學」。[5]他們共同接受康德在《純粹理性批判》的〈序言〉與《未來形上學序論》中的立場，主張應使哲學走上科學的道路。而新康德主義之所以為「新」，則在於他們面對科學發展的新情境，已經與康德的時代不同，因而需要與時俱進，革新康德的理論觀點。當時最早復興康德的觀點，主要來自科學家的研究。像是Hermann von Helmholtz（1821-1894）在《生理光學手冊》（*Handbuch der physiologischen Optik*, 1867）中，即特別強調康德在先驗感性論中所說的空間知覺，具有重大的知識論意義。而Johannes Müller（1801-1858）則更早就在他的《視覺的比較生理學》（*Zur vergleichenden Physiologie des Gesichtssinns*, 1826）中，主張個別感覺與料的性質，並不能從外在刺激的構成來解釋，而應從傳達該感覺的器官之特殊性來解釋。Helmholtz等科學家都認為透過對於視覺的生理—心理學研究，將足以為康德的先驗思想提供經驗的證明。這些科學研究影響了Friedrich Albert Lange（1828-1875）與Hans Vaihinger（1852-1933）等哲學家，

5　Ernst Cassirer, "Beiträge für die Encyclopedia Britannia," *Ernst Cassirer: Gesammelte Werke*, Hg. Birgit Recki, Bd. 17（Hamburg: Felix Meiner Verlag, 2004）, 308.

Lange在《唯物論史》（*Geschichte des Materialismus*, 1866）中同意，吾人的心靈參與了表象的建構，所謂事物自身的實在性，無非就是對人類而言的現象。而Vaihinger則進一步在《假如的哲學》（*Die Philosophie des Als Ob*）中，提出一種主觀的「虛構論」（fictionism）[6]觀點，來說明康德先驗哲學之先天主義的主觀性涵義。

在另一方面，訴求回到康德的新康德主義之興起，則與對黑格爾的批判有關。例如Edurard Zeller（1814-1908）即批判黑格爾從統一的理念去構作知識整體的做法，而主張知識必須由下而上地不斷努力，才能真實的獲得。而Otto Liebmann（1840-1912）則在《康德及其後學》（*Kant und die Epigonen*, 1865）中指出，康德的後繼者犯了共同的錯誤，他們都將絕對或物自身的概念視為形上學的基本概念。但康德學說的重點在於，認知只能在單純的關係領域之內，而絕不能掌握絕對或對它做任何實定的規定。卡西勒的老師柯亨（Hermann Cohen, 1842-1918）據此在《無限微分法的原則及其歷史》（*Das Prinzip der Infinitesimal—Methode und seine Geschichte*, 1883）一書中，透過萊布尼茲的積分法與牛頓的微分法，主張無窮微分是任何科學的實在性認知所不可或缺的理論工具。實在既是可無限微分的，那麼實在性就絕非是在任何感覺中被給予的，而必須是經由純粹思想的創造。思想在對象的創造中的運動，其各種方式與方向，是邏輯必須處理的問題，柯亨為此即在《純粹知識的邏輯學》中，提出他以思想的客觀化活動取代物自身預設的新康德理論。

在柯亨的影響下，Alois Riehl（1844-1924）也贊同康德的貢

6　Ibid., 310.

獻在於區分先驗的與心理學的問題，並主張「作為科學的哲學」，即應是研究知識或科學自身之邏輯結構的「純粹知識論」或「特殊科學的方法學」。但他後來又回到實在論的立場，指出純粹直觀與純粹形式的先驗觀念論，只是康德學說的一個側面而已。同樣合法且重要的另一面則是，由於經驗的特殊內含絕不可能從這些普遍形式中演繹出來，因而我們仍需考慮到康德所討論的知識之質料面。知性的純粹概念與時空的純粹表象，只能給予我們經驗到的實在性之普遍必然的形式，但它們的內含卻必須經由直接的感官知覺才能被給予我們。對於事物之實在性的確認而言，後者構成特殊而不可或缺的基礎，Riehl因而稱他自己的觀點是「批判的實在論」（critical realism）。[7]

　　Riehl將哲學局限於知識的純粹科學，而排除了價值理論，但他仍承認世界觀的問題不只是知性的問題，而也是主體的問題，它不屬於科學而屬於信仰。但卡西勒批評說，Riehl將知識與信仰做出區分，將使我們只能將知識的價值歸於自然科學，從而剝奪了純粹的精神科學的特殊方法學基礎。相對的，文德爾班（Wilhelm Windelband, 1848-1915）與李凱爾特（Heinrich Rickert, 1863-1936）則在狄爾泰（Wilhelm Dilthey, 1833-1911）的影響下，開始嘗試將批判哲學應用於研究歷史世界的精神科學上。文德爾班區分了法則科學與事件科學，或自然科學的「法則程序」與歷史科學的「表意（ideographic）程序」，而李凱爾特則透過自然科學之概念建構的界限，來研究歷史科學的邏輯。對他們兩人而言，知識論反而應被包含在價值學之中，因為知識論顯然也是一種研究規範真理之普遍有效性的「應然科學」。科學與倫理學

7　Ibid., 313.

及美學都是位在同一層次的科學，哲學作為一般的價值理論，或作為研究規範意識的科學，基本上是一種文化哲學，它的任務在於建立實在領域與價值領域之間的關係。

卡西勒在《大英百科全書》這個條目中沒有提到他自己，他也沒有用到「西南學派」與「馬堡學派」的區分，但他知道文德爾班的西南學派嘗試透過文化哲學進行康德先驗哲學的系統整合與理論轉化，其實也是他的老師柯亨在「系統哲學」中所做的工作。只是柯亨雖然寫了《純粹知識的邏輯學》、《純粹意志的倫理學》與《純粹情感的美學》來整合康德的先驗哲學系統，但是他卻仍以科學的邏輯（亦即以主體的客觀化建構活動）來作為倫理學與美學的建構基礎，這是卡西勒不滿意而要加以改造的。但在這個條目中，他並沒有張揚自己的貢獻。

新康德主義之為新，在於嘗試回到康德的先驗哲學的觀點，以面對當代自然科學與人文科學的快速發展。卡西勒在這個相當簡短的百科全書條目中，非常清楚地呈現了新康德主義哲學運動的內在緊張，這主要呈現在兩方面：一是 Helmholtz 等人對於康德先天主義在感覺機能方面所做的生理─心理學的經驗科學研究，將使得康德的先驗哲學有落入感覺之主觀性的「虛構論」危機。相對的，強調對康德的先天主義而言，感性直觀的雜多必須先被給予的「批判實在論」觀點，則有回退到素樸的「實在論」（甚或「實證論」）之經驗主義立場的難題；二是在當代文化科學快速興起下，柯亨的馬堡學派試圖以自然科學的邏輯來整合包括倫理學與美學在內的文化哲學，而西南學派則反過來以價值學為基礎，試圖以倫理學等文化科學來整合自然科學。這兩方面都是在新的科學發展狀況下，重新檢討在康德先驗觀念論中，邏輯學與感性論的理論關係，以及在康德的三大批判中，究竟應以思辨

理性或以實踐理性為優位的問題。孰是孰非，在當時卻仍然莫衷一是。

　　卡西勒在此對於新康德主義之歷史發展的回顧，反映出他自己對於康德哲學之問題意識的轉變過程。他早年就已參與新康德主義的思想運動，他個人的獨立研究，是從《近代哲學與科學中的知識問題》這本書開始的。在這個時期中，他基本上認同新康德主義到柯亨為止的發展，主張哲學即在於為精確的自然科學奠基，以能從科學的邏輯建構或特殊科學的方法論的研究中，理解人類理性之合法則性的精神建構能力。在1906-1907年出版該書的第一、二卷中，卡西勒對近代哲學直到康德批判哲學的知識問題發展，做了詳細的歷史批判研究。並在1910年出版了將康德的批判哲學，應用於檢討當代各種科學理論之概念建構與判斷建構之基礎的《實體概念與功能概念——知識批判基礎的研究》這本書。在這本典型的「新康德主義」的研究中，卡西勒強調：

　　　　我們不是在認知已經存在或獨立的對象，而是我們總是在對象性地進行認知（wir erkennen gegenständlich）。這也就是說，我們［的認知］總是在同樣形式的經驗內含之流程中，做出特定的界定，或將特定且持續存在的成分與連結的整體關係固定住［……］。所謂「物」（Ding）並非指在我們眼前存在之未知的東西或單純的物質，而是在表達吾人之概念掌握的形式與樣態。那些形上學附加給事物之在且對其自己的性質，都只是在客觀化過程中的必要環節而已。那些我們認為相對於感官知覺之變動性，而被視為具對象的持存與固定性者，只不過是指它的同一性或持存性是一種設準，它是用

來為進一步的合法性連結，提供普遍的指導原則。[8]

在這段說明中，卡西勒將康德所謂「不是對象使知識可能，而是知識使對象成為可能」的知識批判觀點詮釋成：我們是以合法則性的現象掌握方式，來進行客觀化的對象性建構活動。因而所謂「物」並非獨立於吾人之外，而是依據知性為概念與判斷的建構提供特定的形式性法則，以進行綜合統一的功能，所產生出來的客觀實在性。

一旦各種精確的科學，它們所主張的客觀對象都只是概念建構的結果，那麼康德的先天主義即不應如當時視覺理論的研究，只在經驗—心理學的研究中，把它逐步主觀化成為一種虛構主義的觀點，而是應做一種符號學的解釋。因為即使是自然科學所堅持的絕對對象的概念，也只不過是作為經驗之整體關聯所依據的純粹形式性關係而已。Helmholtz即以「記號理論」（Zeichentheorie），來標示一般自然科學之知識學的典型特色。卡西勒將他的觀點綜述成：「我們的感覺與表象都是對象的記號，而不是對象的摹本（Abbilder）。對於圖像我們必須要求它能與它反映（模仿）的對象，具有某種相似性，但這是我們無法保證的。相對的，記號完全不必要求在其成分中，必須具有事實的相似性，而只要求兩邊的結構具有功能的相應性。」[9]換言之，在記號中能確定的，並非是被標誌之事物的特定性質，而是它相對於

8　Ernst Cassirer, *Substanzbegriff und Funktionsbegriff—Untersuchungen über die Grundfragen der Erkenntniskritik*. In *Ernst Cassirer: Gesammelte Werke*, Hg. Birgit Recki, Bd. 6（Hamburg: Felix Meiner Verlag, 2000）, 328.

9　Ibid., 328-329.

其他始終保持不變的客觀關係。

　　卡西勒指出，Helmholtz這種新康德主義的觀點，可在愛因斯坦的相對論中，得到更清楚的表達。他說相對論的理論意義在於：「相對性的預設，最精確而普遍地表達了物理學的客觀性概念，但這種物理學對象的概念，從一般知識批判的觀點來看，卻並不絕對地一致於實在性。知識論分析的進步，一再顯示出，假定實在性的概念是簡單單一的，這是一種幻相。」[10]由此可見，我們若能將康德的先驗邏輯做符號學的理解，那麼在新康德主義中，如Riehl等人的批判實在論觀點就可以得到克服。因為記號理論是以記號作為現象統一的基礎，而不需要預設它必須符應於對象，才能具有客觀有效性。對卡西勒而言，如何為康德的先驗哲學進行符號學的轉化，以取代知識描摹理論的實體形上學預設，就成了他日後解決新康德主義之虛構論與實在論理解的兩難，以使康德的先驗哲學能轉型成真正能為當代包含文化科學在內的科學方法論，進行知識論與形上學奠基的文化哲學。

（二）作為自由哲學的先驗哲學

　　康德的三大批判分別涉及對知識、道德與美感等三個精神領域的批判，廣義的先驗哲學，除了研究自然科學的可能性條件外，也應重構在倫理學與美學等文化科學領域中，人類精神形構力所遵循的先天法則。新康德主義因而將奠定文化科學之知識論基礎的工作，視為哲學的主要任務。當時柯亨在他的哲學系統

10　Ernst Cassirer, *Zur Einstein'schen Relativitätstheorie—Erkenntnistheoretische Betrachtungen*. In *Ernst Cassirer: Gesammelte Werke*, Hg. Birgit Recki, Bd. 10（Hamburg: Felix Meiner Verlag, 2001），112.

中，嘗試將倫理學與美學納入知識論的研究範圍，而李凱爾特則試圖透過先驗應然的價值學，來證成文化科學的優位性。受此影響，卡西勒一開始即非常關注文化科學的理論地位問題。他接續《實體概念與功能概念》，在1916年出版了《自由與形式》一書。他在這本書中指出，吾人的科學知識活動，乃是透過知性之純粹形式進行經驗對象的自發性建構，以構成事物之實在性基礎的一種客觀化活動。但相對的，透過康德論道德自我立法的自律概念，以及席勒論在美感中的想像力遊戲等等，我們卻也可以看到，在道德與審美的經驗領域中，人類透過精神的形式性法則所建構出來的倫理、藝術等世界，反而更能說明，精神的客觀化活動不僅不必被局限在建構事物之實在性基礎的物化活動中，而是它更能借助文化創造的形構能力，超越對象世界的限制，而真正凸顯出人類精神之自主性與自由解放的力量。

　　卡西勒試圖透過文化科學的研究指出，我們不能限制在科學知識之物性客觀化的活動中，來理解康德先驗哲學的知識批判涵義。在為自然科學奠基的知識論研究中，先驗哲學誠然說明了我們知識主體的先天構成，乃是物之為物的對象化基礎。但先驗哲學的最終目的，卻不應只在於確立人類精神的活動，即是柯亨所謂的客觀化或物化的活動。我們反而應就人類精神在道德或藝術領域中，進行道德自律的自我立法與想像力遊戲的自由活動，來理解先驗哲學真正的理論涵義。卡西勒因而在《自由與形式》中，嘗試超越新康德主義僅專注於分析精確科學之方法學基礎的知識論取向，不再僅限於研究作為自然現象之秩序性統一的主體性建構活動，而是轉向在文化哲學中，研究作為人類精神表現的自由創造活動。

　　康德的批判哲學對於卡西勒而言，因而具有兩方面的意義：

批判哲學一方面應透過對知性主體之先天建構活動的分析，批判
傳統實體形上學的獨斷；在另一方面，知識批判的工作更應再進
一步，針對科學思維之客觀化活動所產生的思想物化進行批判，
以使人類在道德立法與美感創造方面的自由表現成為可能。換言
之，卡西勒最初雖然與新康德主義者一樣，都專注於研究精確科
學之方法論的知性邏輯基礎，但他卻不是視科學為唯一真理的科
學主義者。他反而主張，先驗哲學應透過對於科學之先驗建構活
動的解析，來說明科學並不能壟斷對實在性的理解。他在《近代
哲學與科學中的知識問題》的序言中說：

> 　　每一個時代，都擁有其最普遍概念與預設的基本系統。借
> 助這些基本系統，那些透過經驗與觀察所提供的質料之雜
> 多，即能被統整而達成整體的統一。但若素樸的見解（甚或
> 科學的觀察本身），尚不能經由批判的自我反思所引導，那
> 麼這些精神的創造物，就會被視為是僵固的、早就已經完成
> 的構成物。思想的工具轉變成眼前存在的對象；而知性的自
> 由設定也只能被以物的方式來加以直觀，亦即以圍繞在我們
> 身邊、只能被動地加以接受的物之方式，來直觀之。這使得
> 那在直接的知覺內含之形構中，表現出自己的精神力量與獨
> 立性，又被固定的概念系統所限制。對精神而言，這些被固
> 定的概念系統所限制的精神力量，猶如是它所面對的，獨立
> 且不可改變的第二實在性。我們據此，乃為對象貼上感官之
> 主觀知覺所賦予的幻相。這種幻相雖然逐漸為科學所排除：
> 但［科學］取代這種幻相的，卻是另一種同樣危險的概念之
> 幻相。所謂的「物質」或「原子」，按其純粹的意義而言，
> 不過是指思想用來贏得與確立它對現象之統治的工具，但它

現在卻成為思想自身也必須加以服從的獨立權威。惟當批判的分析，能從科學的原則本身闡明科學之內在法則性的建構，那麼才可望能徹底根除這些在一般習慣觀點中的獨斷論。[11]

由此可見，卡西勒雖然經常被看成（其實是被貶抑成）哲學史家，但他對哲學理念在各時代發展的研究，卻不只是出自純粹的歷史興趣。而是他認為，惟有透過對哲學概念之歷史形成進行詳細的分析，才能對每一個時代視為理所當然的世界觀進行解構。惟有透過歷史的解構，將在各種世界觀中視為自明的真理相對化，那麼我們才能把人類的創造力，再度從他自己創造出來、但卻因而作繭自縛的物化世界中解放出來。而且也惟有這樣，知識的真理才能存在於人類思想不斷的創造活動中。他因而進一步說：「惟當我們能看出科學的預設是歷史生成的，那麼我們才能再度肯定它其實是思想的創造；亦即，惟當我們能透徹理解這些預設的歷史相對性與條件性，那麼我們才能看出，思想之無止息的進展與其不斷革新的創造力。」[12]

透過主體自發地賦予形式作為現象統一的基礎，以表現人類自由的理念，並不限於精確科學的認知活動，而是更好地表現在歌德、席勒、洪堡特與黑格爾等人的藝術與國家思想中。科學難免於受限於事物自身存在的觀點，而文化科學反而更能在精神創

---

11 Ernst Cassirer, *Das Erkenntnisproblem in der Philosophie und Wissenschaft der neueren Zeit*. Erster Band. In *Ernst Cassirer: Gesammelte Werke*, Hg. Birgit Recki, Bd. 2 (Hamburg: Felix Meiner Verlag, 1999), IX.

12 Ibid., X.

造的活動中來理解存在。卡西勒因而說他自己在《自由與形式》
中，對於德國民族文化史的研究，同樣也「不僅是為了在理論的
反思中，確立並反映出在我們眼前的精神財產，而是我們因而得
以站在我們存在之未來形構所依據的行動力與創造力的核心
中」。[13]可見，無論是在自然科學或文化科學的研究中，卡西勒都
嘗試透過先驗哲學的知識批判，將知識理論的預設加以歷史相對
化。這也顯示，卡西勒在他極為豐富的哲學／科學／文化史的研
究中，始終是將康德的知識批判理論，理解成文化研究的歷史解
構理論，以能凸顯先驗哲學在本質上，即是一種解放人類精神創
造力的自由哲學。

　　透過《實體概念與功能概念》對於精確科學的研究，與在
《自由與形式》中對於文化科學的研究，卡西勒乃在1921年出版
的《論愛因斯坦的相對論—知識理論的觀察》中總結說：「每一
種原初的知識導向，都使現象能結合成理論關聯的統一、或特定
的意義統一，這其實是涉及到實在性概念的特殊理解與形構。這
不僅在科學的對象中產生意義的差異，如物理學、數學、化學與
生物學對象的意義差異。這也同時能相對於整個理論性的科學知
識，產生其他類型或法則的形式與意義，例如倫理學或美學的形
式。」[14]換言之，卡西勒在此肯定，不僅是科學之世界認知的合法
則性建構，更包括道德的自律與藝術的自由遊戲，都是精神本質
的表現。他從而主張，我們不應將自然科學與文化科學對立起

13　Ernst Cassirer, *Freiheit und Form—Studien zur deutschen Geistesgeschichte*. In
　　Ernst Cassirer: Gesammelte Werke, Hg. Birgit Recki, Bd. 7（Hamburg: Felix
　　Meiner Verlag, 2001），388.

14　Cassirer, *Zur Einstein'schen Relativitätstheorie*, 112.

來，而是應進一步掌握能形構這兩種科學知識之形式性條件的總體。他說：「若系統哲學的任務，即在於超越知識理論，以使世界的圖像能從這種片面性中得到解放，那麼我們就應能掌握符號形式的整體，並且為個別的符號形式在這個整體中找到它們自己的定位〔……〕因為並非任一單一的形式，而是其系統性的整體，才能表達出真理與實在性。」[15]

我們必須超越自然科學與文化科學的對立，透過能「掌握符號形式的整體」的精神形構活動，才能真正理解「真理與實在性」。對於這個問題，卡西勒在「自由與形式」一書中，僅是透過在德國民族文化史中的觀念論與浪漫主義，來做歷史案例的研究。但他在這裡卻也已經充分意識到：「一旦我們追問一個民族的精神本質之獨特性，就將觸及到最深入也最困難的形上學與一般知識批判的問題。因為這不僅涉及到在系統哲學之內，關於本質與現象連結的問題，也涉及到決定那些使自然科學的方法論與精神科學的方法論能相互一致之原則性的主要問題。」[16]在德國觀念論對於科學知識奠基，與浪漫主義對於文化科學的奠基努力之後，我們如何能進一步將自然科學與文化科學（精神科學）的方法論統一起來，這對於卡西勒而言，無疑是「形上學與一般知識批判」之最深入也最困難的問題。因為我們為此之故，必須超越德國觀念論與浪漫主義的對立，而就一種能總攬知識建構、道德立法與美感創造的主體性，來理解包含科學、道德與美學等世界

---

15 Ibid., 113-114.這裡也是卡西勒第一次提出「符號形式」的概念。卡西勒對符號概念的用法，受到 Hertz 在自然科學中的使用，與 Vischer 在美學使用上的影響。請參見 Andreas Graeser, *Ernst Cassirer*（München: Verlag C. H. Beck, 1994）的詳細說明。

16 Cassirer, *Freiheit und Form*, 389.

觀在內的真理與實在性的可能性基礎。

　　嘗試將自然科學與文化科學加以整合，以使康德論科學、道德與美感等三大批判的工作，能在精神客觀化的經驗活動中一一顯現出來。這其實正是黑格爾在《精神現象學》中，曾經努力思考過的哲學構想，只是卡西勒仍不滿黑格爾最後仍以邏輯學來統一所有主體性的建構活動。他因而打斷《近代哲學與科學中的知識問題》一書的寫作，打算在他從論康德的第二卷，邁向論黑格爾哲學的第三卷之前，先提出他自己的「符號形式」的哲學構想。以協助康德對抗黑格爾從知識批判再度走上體系性形上學的道路，而完成他自己重返康德的「新康德主義」。

二、卡西勒論批判的文化哲學

　　自亞里士多德的〈解釋篇〉以來，哲學的知識論基本上採取了「描摹理論」（Abbildungstheorie）的觀點。知識與經驗之為真，即因我們心靈的表象能力，能如實地反映外在客觀的事物，隨後再以約定的詞語作為記號，將此表象的內容表達出來，以便訊息的溝通。然而卡西勒透過《實體概念與功能概念》的研究，卻發現不論是從柏拉圖到康德的觀念論哲學，或者包括量子力學與相對論在內的現代自然科學理論都顯示出，哲學或科學的概念都不是對既有之存在物的被動反映，而是透過人類自我創造的智性符號的主動建構，才能形成具有同一性的對象世界。就此而言，所謂對象的實在性，其實是來自吾人在將認知內含對象化成為客體的活動中，必得遵循某些建構法則之規範有效性的要求。在這個意義下，我們並不需要預設物自身的實體性統一，來作為知識反映之客觀性的基礎。卡西勒主張，應以「功能概念」取代

「實體概念」，這其實正是為康德所謂「存有論只能是純粹知性的分析論」做了最好的註腳。既然近代哲學與科學的研究都顯示出，記號不只是用來代表心靈單純地反映世界的表象，而是我們用來進行現象統一的基礎。那麼，哲學的研究就不應只局限在意識哲學的表象能力分析，而是需如萊布尼茲或赫茲（H. Hertz），嘗試從記號學的觀點去進行知識及其實在性的分析。

　　如同在新康德主義發展中所見，先驗觀念論的知識批判理論既揚棄了物自身與知識描摹理論的觀點，那麼這就難免會為觀念論的先天主義帶來主觀虛構論的質疑。我們若不最終預設物自身的概念，則正如當時 Riehl 的「批判實在論」所言的，我們要不是無法為知識帶來具體而特殊的內含，否則就是我們的知識將失去客觀性。這種挑戰在一方面，使得卡西勒必須為主體的記號學建構，尋找經驗實在的基礎。在另一方面，卡西勒則必須將他以「功能的統一」取代「實體的統一」的先驗觀念論觀念貫徹到底。科學作為建構經驗對象的記號系統，難以擺脫虛構主義的質疑，主要是因為它是純粹理論構想的產物。但是我們以概念的圖像形構力，來進行精神的客觀化活動，卻不僅是在科學認知活動中進行。在人類種種不同的世界觀中，像是神話世界觀或語言世界觀，就不是科學家個人可以創建的理論解釋，而是作為具跨主體有效性的歷史事實存在。這些文化實在物同樣是人類的精神形構力所創造的，但他們的存在卻不是個人主觀建構的。在《論愛因斯坦的相對論》這本書中，卡西勒即意識到，我們可以相對於整個理論性的科學知識，而研究其他文化系統的符號形式，從而產生他日後寫作《符號形式哲學》的基本構想。[17] 卡西勒在此突破

17　Cassirer, *Zur Einstein'schen Relativitätstheorie*, 112.

他早期對新康德主義的傳承，主張若要擴大知識理論的計畫，那麼就不能只研究科學的世界認知，而應去闡明各種不同的世界理解的基本形式。亦即應就文化創造的實在性，分析其可能性的精神主體性（或即交互主體性）條件。

　　同樣的，若不預設物自身作為實體性統一的基礎，則先驗哲學作為自由哲學的涵義也將更為明確。因為只要不預設物自身的實體性統一，那麼我們就可以承認我們種種不同的符號系統，將產生世界觀的多元性。這表示，沒有任何一種符號系統是可以獨斷地解釋世界的實在性本身，也沒有什麼樣的理論系統，才是解釋客觀實在的世界之唯一正確的理論。宣稱有某一種理論觀點才是唯一正確的，並因而以相互排斥的一偏之見，來否定彼此觀點的當代文化悲劇，也可以得到避免。對卡西勒而言，不同的世界觀或實在性的解釋，並不是對同一對象之不同側面的片面解釋，而是精神主體本身的充分實現。先驗哲學以主體的統一取代實體的統一，是試圖以精神形構力的不同表現，一方面承認各種不同的世界觀具有同等的價值，再者，則使我們能反觀精神自身的整體內涵。這使得卡西勒能在《符號形式哲學》的〈序言〉中指出：「當主體性不再只融入到對自然或實在性的觀察中，而是對於那些凡是將現象的整體置於特定的精神觀點下，並因而是經由它所形構者，主體都在起作用。那麼我們就得說明，在精神的建構中，每一種形構活動如何實現他自己的任務，它們各以何種特殊的法則為基礎。處理這個問題即需要發展一種『精神之表達形式的普遍理論』之計畫，而這正是我在導論中所要詳細研究的。」[18]

---

18 Ernst Cassirer, *Philosophie der symbolischen Formen*, Erster Band: *Die Sprache*.

　　卡西勒的《符號形式哲學》作為他批判地實現新康德主義之哲學任務的構想，因而需要進行兩個理論翻轉的工作：一方面必須能基於伽俐略數學符號化的天文學研究，與萊布尼茲普遍記號學的哲學方法，以及 Helmhlotz 與 Hertz 的記號學理論，說明康德在其先驗哲學中，對於表象能力所做的意識哲學分析，應以記號行動為其可能性的基礎。另一方面，他則需說明，人類精神的形構力所表現的不同面相，如何能被整合成一整體。對於前者，卡西勒面對的問題是，如何提出一種「思想的符號學」以進行先驗哲學的符號學轉向；對於後者，若人類精神的形構力是透過記號行動而進行的，那麼他就必須研究各種文化系統，或文化實在性的可能性條件，以能找出人類精神之世界建構的形式整體性。卡西勒因而主張，《符號形式哲學》的任務就在於，應以文化批判取代理性批判，[19]或即應將康德用來說明自然科學如何可能的「先驗邏輯學」，轉化成說明文化科學如何可能的「符號功能文法學」（Grammatik der symbolischen Funktion）。[20]卡西勒若能成功地將先驗哲學轉化成文化哲學，那麼他在《自由與形式》中說：「形上學最深刻的問題即是自然科學的方法論如何能與文化科學的方法論結合起來」的問題，[21]也將可以得到解答。我們底下因而將從（一）「先驗哲學的符號學轉向」，與（二）「符號形式的文化哲學推證」這兩方面，來看卡西勒如何初步實現他的文化哲學構想。

In *Ernst Cassirer: Gesammelte Werke*, Hg. Birgit Recki, Bd. 11（Hamburg: Felix Meiner Verlag, 2001），VII.

19　Ibid., 9.

20　Ibid., 17.

21　Cassirer, *Freiheit und Form*, 389.

（一）先驗哲學的符號學轉向

　　卡西勒要以符號形式哲學的文化批判，取代先驗哲學在理性批判中所從事的意識哲學分析。這種觀點轉變的基礎，在於對意義理論的新理解。他的基本洞見在於，若作為我們知識或經驗對象的意義內含，不能僅經由心靈反映外在對象所構成的意識表象，而是必須借助記號的中介，才能確立其跨主體有效的理想性內含，而記號作為事物之意義的承載者，其內含的確立或可理解性，又必須借助記號所在的符號系統才可能的話，那麼我們所謂意識的表象能力（或進行經驗表象的意識結構本身），即需借助符號學的分析，才能得到真正的說明。卡西勒在《符號形式哲學》〈導論〉的第2-4節中，因而非常集中地透過「記號的普遍功能—意義問題」、「表象問題與意識的建構」與「記號的理想性內容—描摹理論的克服」這三個子題，來說明應以符號學的知識論，取代先驗觀念論之意識哲學分析的理論必要性，以使先驗哲學能從自然科學轉向文化科學的研究。

1. 符號學的知識論

　　康德哲學的哥白尼革命，早已經翻轉了亞里士多德描摹理論的知識論觀點。康德就感性所提供的雜多，需有綜合統一的基礎，論證了所有對象之所以能成為吾人經驗對象的對象性，都必須預設先驗主體在其對象建構的綜合統一活動中，能自發地提供綜合所需的先天形式條件。就此而言，吾人心靈的表象並不只是單純地來自對外在世界的反映，而是必須依據主體的綜合活動，來為經驗對象的認知，提供概念建構的基礎。在這個意義下，意識表象的心理活動過程，即必須預設先驗主體的綜合能力，才能

產生具有客觀意義的表象內含。但反過來說，當我們理解或認知一事物，或說我知道這事物是什麼，那麼這即是說，我們知道它之所是，或知道它所具有的意義為何。然而，當一可知覺的事物被認為是意指某一意義內含，以至於我能理解之，那麼這就預設說，該事物必須被看成是帶有該意義的記號。換言之，並非是事物本身，而是經由記號中介之可知覺的存在物，其所具有的意義內含，才是我們的知識或經驗所意向的對象。一旦就知識論而言，意識的表象活動必須預設記號中介的形構作用，而在存有論上，意識所意向的對象並非事物自身，而是記號所承載的意義內含，那麼就個人意識結構而言的表象活動，即必須預設有一正在進行表象客觀化的記號形構活動。[22] 就此而言，真正的先驗哲學應當透過研究：（1）意義的可能性條件何在？以及（2）使一可感覺的存在物，能被理解成承載著智性意義之記號的可能性條件何在？以能為自身奠定理論的基礎。

　　針對第一點，卡西勒認為，如果我們認知一事物，即是在我們意識中的表象內含，能指涉到某一外在的事物，而這在批判的知識論中又等於是指，我們意識的意向性表象，必須正確地遵守主體提供綜合統一的形式性條件，那麼我們面對的問題即是：必須說明在個人主觀私有的意識活動之流轉變動過程中，那種具有

---

22 意識的表象建構活動必須預設記號行動或符號形式的建構活動，這種觀點康德並非沒有意識到。他在「圖式程序論」中，即透過「時間的先驗規定」而為概念提供圖式的構想力再造活動，說明符號建構是意識表象能有客觀意義內含的必要基礎。但由於康德一開始就將感性與智性做了二分，並主張感性只具有受納性的功能，這使得他一直難以擺脫預設物自身的困難。但若我們不以科學的世界認知，而以人類自行創造的文化實在作為分析的基礎，那麼我們所理解的世界即與我們的形構活動不可分。

普遍可溝通的理想性意義內含，是如何能被確定下來的？意識的
表象活動，若不能超出個人主觀變動的意識內容而建構出理想的
意義內容，那麼我們就無法真正說明，我們如何具有對共同世界
的客觀經驗內容。卡西勒認為，這惟有透過記號的使用，亦即惟
當我們在對象識別的活動中，對於特徵認取的規定，能以詞語等
記號將我們選取的特定內容確立下來，我們才能相對於意識在時
間流動中所形成的主觀私有的表象內含，形成具有客觀普遍性的
理想性內容，作為我們在經驗認知中，意識所意向的意義內含。
他因而說：

> 精神的純粹活動在事實上，即呈顯在不同符號系統的創造
> 中。它在此表達出，所有這些符號在一開始，就都宣稱它們
> 具有客觀性與價值。它們超出單純的個人意識現象的範圍，
> 宣稱它們具有普遍的有效性［……］在精神的內在發展中，
> 記號的形成真正構成獲取客觀的本質知識所必需要的第一
> 步。對意識而言，記號構成它的客觀性的最初階段與最初明
> 證。透過記號，才能使變動不居的意識內含得以停駐，因為
> 只有在記號中才能有一持存的內含被確定與凸顯出來［……］
> 透過與特定內含連結在一起的記號，［意識的］內含才能獲得
> 固定的成分與持續的存在。因為相對於意識之個別內含的實
> 際流動，惟獨記號才能使我們得到持續存在的、確定的理想
> 性意義。23

一旦在意識中，思想內容的表象或再現，都必須借助記號的使用

---

23 Cassirer, *Philosophie der symbolischen Formen, Erster Band: Die Sprache*, 19-20.

才可能，那麼與其從意識的特性去分析表象的構成，以致仍有陷入心理學主義之主觀獨我論的理論危機，卡西勒主張應從記號作為意義之承載者的可能性，來進行知識之可能性的分析。以使康德先驗哲學的主體主義，不會如新康德主義那樣，有落入主觀虛構論的難題。

　　針對第二點來說，由於記號的意義總是宣稱具有超出個人主觀的普遍有效性，對象之表象建構的心理學分析，因而應轉向卡西勒在〈導論〉第3節一開始所說的：「在語言、藝術與神話的分析中，我們面對的第一個問題即是：一個特定的感性個別內容，如何能被用做普遍之精神意義的承載者？」[24]記號作為可知覺的事物，它若要能夠承載具普遍性的意義，那麼這惟有透過意識的整體表象才有可能。亦即一記號惟有在構成意識整體的符號系統的詮釋性理解之下，其意義才是可理解的。例如一連串的聲波，惟有在語言系統的理解中，才會被聽成一個語句；而在音樂的藝術系統中，它則會被聽成是一段旋律。對於現象之間的關係連結，我們可以依不同的符號系統的預設，而做不同的意義理解。意識的表象需預設符號系統的作用，所以意識的基本形式雖是一致的，但這不會因而就無法說明經驗內含的雜多，而需要再預設物自身來作為知識之多樣內含的來源。就此而言，我們就可以把感性雜多的多樣性，歸諸符號系統的多元性，而不必再因知性形式的單一性，將有無法說明知識內含之多樣性的困難，而需再像新康德主義的批判實在論那樣，仍堅持物自身的預設，以作為說明感性雜多的來源。

24　Ibid., 25.

2. 從康德到洪堡特的轉向

　　針對卡西勒在上述《符號形式哲學》的〈導論〉中所提出的
「知識論的符號學進路」，Plümacher 評價說他「實現了從傳統的
意識哲學到符號學的過渡」。[25] 而 Kögler 同樣也說，卡西勒在此很
好地論證了對某物的意向性理解，必須內在地預設記號與其所屬
的符號系統的中介。他說，卡西勒的論證雖然仍是從心靈哲學出
發，但他卻能明確地主張，若要討論意識的活動，即需正視語言
與記號結構（Semiotic structure）的問題。[26] 卡西勒借助符號學的
進路，分析了意向性意識的符號學特性，從而展示了記號形構的
活動，如何使意向性的意識能夠存在。針對以記號形構作為意識
之表象建構活動的可能性條件，Kögler 也指出卡西勒其實是從
「來自符號綜合的論證」與「來自符號分析的論證」這兩方面來
說明的。[27] 這是說卡西勒一方面指出，惟有語言（或作為名稱的記
號）才能創造出特定而常恆的意義。而符號的實現，正是為了建
構同一的（理想性的）意義，所必要的綜合功能。它借助命名某
事物為某事物，而固定了意義的同一性，以致能將覺察的分殊與
短暫的狀態連結成一持存的理念。透過符號形式的概念性穩定，
單純的心理學內容才能取得新的恆常性，以使認知的意義對象成
為可能。

　　由此可見，卡西勒為實現從「理性批判」到「文化批判」所

---

25 Martina Plümacher, *Wahrnehmung, Repräsentation und Wissen—Edmund Husserls und Ernst Cassirers Analysen zur Struktur des Bewusstseins*（Berlin: Parerga Verlag, 2004）, 375.

26 Hans-Herbert Kögler, "Consciousness as Symbolic Construction—A Semiotics of Thought after Cassirer," *Constructivist Foundations*, 4:3（2009）: 159.

27 Ibid., 162-163.

進行先驗哲學的符號學轉向,是與他對語言哲學的理解密不可分的。卡西勒非常清楚地意識到,他在《符號形式哲學》中所做的工作,是與從赫德與哈曼開始、而完成於洪堡特的語言哲學密不可分的。赫德的《純粹理性批判的後設批判》與哈曼的〈理性純粹主義的後設批判〉,都是以語言哲學的觀點批判康德先驗哲學的嘗試。而洪堡特在他的普通語言學中,對於詞語命名的表象建構與文法之內在語言形式的說明,更是卡西勒以記號作為確立意義之理想性內含的必要媒介,以及說明可感覺的記號之所以能作為意義的承載者,即需要預設記號所屬的符號系統的理論典範。卡西勒在《符號形式哲學》中,並沒有明確地說明這些觀點。反而在諸如:〈在洪堡特語言哲學中的康德要素〉(1923)、〈語言與對象世界的建構〉(1932)、〈語言對於科學思想的影響〉(1942)等論文中,才逐步闡明他的符號形式哲學的基礎,即在於透過以洪堡特的「語言的批判觀念論」(kritisch-idealistische Auffassung der Sprache)[28]取代康德以理性批判為主的先驗觀念論。

依這些論文的觀點來看,卡西勒透過符號學對於意識哲學的轉化,實現以文化批判取代理性批判的工作,其實是分成兩個步驟進行的:他首先批判康德理性批判的不足,其次,再進而以洪堡特的語言哲學補充之。卡西勒對於康德的批判,又主要針對兩點。一是,他認為康德之所以仍有物自身的預設,是因為他主要仍將感性與料視為是單純的印象,而忽略了感性並非只是被動地接受現成既與的感覺印象,而是具有精神主體自發構作的意義內容。針對這一點,他先從康德在《純粹理性批判》的第一版與第二版中,對於範疇之客觀有效性曾採取「主觀推證」與「客觀推

---

28 Cassirer, *Philosophie der symbolischen Formen, Erster Band: Die Sprache*, 23.

證」這兩種不同的觀點，來加以批評；[29] 其次，他認為康德的先驗邏輯並不是思想（或其存在建構）最根本的原則，因為從康德論知性的判斷（或即綜合）活動，最終必須預設繫詞 "ist" 的作用，即可顯示：若不先借助日常語言，以透過它的詞類對存有物進行基本的分類，或透過其文法的構成規則，提供一直觀的對象世界整體，那麼我們就根本談不上邏輯的判斷作用，或對表象進行綜合的可能性。卡西勒對於康德的批判，因而早就預設了他對洪堡特語言哲學的理解。[30]

　　就第一點的批判而言，卡西勒指出康德在範疇的主觀推證（第一版的先驗推證）中主張，統覺的綜合活動能下貫到感性的知覺活動中，以至於即使在感性知覺中，我們也能進行攝取的綜合。換言之，即使是感性也不是純粹被動地受納印象的機能，而是具有主體自發性的攝取活動。但康德卻受限於經驗主義之獨斷的感覺主義的影響，視感性能力為純粹被動的機能。相對於康德僅對感性做被動性的理解，從赫德到洪堡特卻都認為，在我們透過感性知覺以進行表象的建構活動時，我們即是在語音的區分音節活動中，為其以詞語命名的對象，賦予了特定的意義內含。再就第二點的批判而言，卡西勒指出，康德在《純粹理性批判》中，雖然只有在一個地方提到必須以語言作為認知的媒介，但這對於康德的整個先驗邏輯的體系，卻具有關鍵性的意義。康德在

---

29 Ernst Cassirer, *Philosophie der symbolischen Formen*, Dritter Band: *Phänomenologie der Erkenntnis*. In *Ernst Cassirer: Gesammelte Werke*, Hg. Birgit Recki, Bd. 13（Hamburg: Felix Meiner Verlag, 2002）, 8f.

30 Ernst Cassirer, "Die Kantischen Elemente in Wilhelm von Humboldts Sprachphilosophie," *Ernst Cassirer: Gesammelte Werke*. Hg. Birgit Recki, Bd. 16 （Hamburg: Felix Meiner Verlag, 2003）, 121f.

客體化歷程中論及判斷的成就時，曾以句子的功能與在句子中的繫詞（Kopula）的功能為例，指出經由在語句中的繫詞，主詞與述詞並非被外在地連結在一起，而是被設定在一種客觀的必然統一性之關係中。例如，當我說「物體『是』重的」，那麼這並非說介於物體的表象與重的觸覺之間的關係只是此時、此刻的主觀關係，而是二者是按普遍的法則而被必然地連結起來。康德在此顯然是將特定的語言形式，思考為範疇形式的承載者，以能進行邏輯—事實性之意義關係的表達。

　　康德談論判斷的建構，是就概念之間的分析與綜合關係而言的。換言之，判斷活動的進行，必須預設概念建構的活動先已完成。傳統的邏輯學主張，概念是經由抽象的活動所構成的，它指示我們將大體一致的事物或表象，彼此加以比較，並由此分離出「共同的特徵」。但這種「概念的抽象理論」必須預設，被我們加以比較的內容，早已具有特定的特徵。這些特徵是它們自身承載的性質規定，以至於我們能依相似的類、相似的範圍，依種、類而加以區分。但正是在這種表面上的不證自明，存在著最困難的問題。那些讓我們依之以對事物進行分類的特徵，到底是在語言建構之前就被給予了，還是它惟有經有語言建構才能被提供給我們。卡西勒借助當時 Lotze 與 Sigwart 等人，在他們的《邏輯學》中提出新的「概念理論」，指出像是 Sigwart 即已經正確地說：「抽象理論遺忘了，為了能將表象的對象分解成它個別的特徵，判斷早已經是必要的，因為它所使用的述詞本身，就必須是普遍的表象，這按一般的說法即可稱之為概念。」[31] 這些概念不可能經由抽象程序產生，因為我們惟有先預設它的存在，抽象的程序才

---

31 Cassirer, *Philosophie der symbolischen Formen, Erster Band: Die Sprache*, 250.

能進行。抽象的概念建構學說若要有意義，惟當我們能透過語言
的共同用法，將能用同一詞語加以標指的事物的共同性指示出
來。由此可見，抽象理論若要解決概念形成的問題，就必須回溯
到語言形成的問題。[32]

　　卡西勒在此主張，應將康德在先驗邏輯學中討論概念建構的
範疇學，與研究判斷建構的原則學，建立在語言哲學的詞類建構
與文法連結的基礎上，這使得哈伯瑪斯盛讚卡西勒是第一位認識
到洪堡特語言哲學之典範性意義的哲學家。[33]哈伯瑪斯特別重視卡
西勒〈論洪堡特語言哲學中的康德成分〉這篇論文，他認為卡西
勒在此意識到：語言在過去都是在名稱或指稱的模式中被分析，
我們依據一個特徵系統的區分，而給予眼前的對象一個名稱，借
此來減輕思想運作的負擔，並使關於表象與思想的溝通成為可
能。但它若是作為一個事後才引入到介於表象的主體與被表象的
客體之間的媒體，那麼它就難以避免被懷疑是造成混淆的來源。
我們若要認識真實性本身，就要去除詞語的遮蔽。相對於此，洪
堡特卻認為語言具有創造的能力，認知主體惟有透過語言才能開
顯世界。這如同洪堡特所言的：「語言不只是用來表現早已經存
在的真理，而是去發現未知的真理。」換言之，用來關涉到存在
或表象的對象，這的確是語言重要的功能，但它真正創造性的成
就，卻應在於對可能事態的世界，做出「概念性的清楚區分」

32　Ibid., 250-255.

33　哈伯瑪斯有一篇專論卡西勒的論文〈符號形構的解放力量──卡西勒的人文
　　主義遺產與瓦堡圖書館〉（Die befreiende Kraft der symbolischen Formgebung─
　　Ernst Cassirers humanistisches Erbe und die Bibliothek Warburg），此處所論即
　　據該篇論文。參見 Jürgen Habermas, *Vom sinnlichen Eindruck zum symbolischen*
　　Ausdruck（Frankfurt am main: Suhrkamp Verlag, 1997), 22。

（begriffliche Artikulation）。

　　哈伯瑪斯並指出，依洪堡特的觀點，語言的分析最後不應限於名稱或個別詞語之區分音節的分析，而應以語句之文法結構的連結為導向。語句因而才是透過記號中介以能為可感覺之存在物賦予意義的基礎。我們因而可說，文法賦予事態一定的意義結構，而這按照先驗邏輯的榜樣，洪堡特即能將語言的創造性理解成「世界籌畫的自發性」（weltentwerfende Spontaneität）。並從而使得世界建構的自發性成就，得以從先驗的主體轉向歷史性主體所使用的自然語言。[34] 透過這種對於綜合與對象化之新的符號學的理解，以揚棄傳統的指稱理論，使卡西勒得以借助洪堡特的語言哲學，說明語言所形構的世界觀，既對人具有跨主體的客觀必然性，但它又不是我們無法加以改變的自由創造領域。哈伯瑪斯因而說卡西勒〈論洪堡特語言哲學中的康德成分〉這篇論文，已經為先驗哲學的符號學轉向，提供了三個決定性的理論貢獻，亦即他（1）揚棄了傳統的語言指稱理論（Bezeichnungstheorie der Sprache），（2）超越了康德關於自由與必然之二元論的區分，與（3）對於主體之綜合與對象化的活動，提出記號理論的新解釋。[35]

（二）符號形式的文化哲學推證

　　卡西勒以洪堡特的「語言的批判觀念論」取代康德的先驗觀念論，這無異是以詞語命名的記號構成與詞類區分，來取代康德的範疇區分，並以文法的內在語言形式來取代康德先驗邏輯的原則學。我們因而與其說卡西勒是一位新康德主義者，還不如說他

---

34 Ibid., 23.

35 Ibid., 22.

是持語言先驗主義的新洪堡特主義者。卡西勒對於自己的洪堡特
轉向，一開始並沒有做出明確的說明。以至於他在《符號形式哲
學》〈導論〉的第1節，雖以〈符號形式的概念與系統〉為標題，
但其內含主要討論的卻還是意識表象的符號學問題。這種標題與
內容不符的現象，其實是因為卡西勒《符號形式哲學》這個書
名，是在出版前才決定更換的。它原來的書名是《知識現象學——
精神表達形式的理論基礎》（*Phaenomenologie der Erkenntnis—
Grundzüge einer Theorie der geistigen Ausdrucksformen*）。[36]卡西勒
更動書名，透顯出他最初在構思《符號形式哲學》這本書時，對
於「符號形式哲學」所代表的哲學觀點，其實還不明確。從他原
有的書名，可以明顯的看出，卡西勒最初是想借助黑格爾精神客

36　將卡西勒的遺著《符號形式哲學》第四卷《符號形式的形上學》翻譯成英文
　　出版的John Michael Krois，首先在卡西勒的遺稿中，發現卡西勒在為他的
　　《符號形式哲學》第一卷所寫的「標題頁草稿」（Manuskript zum Titelblatt）
　　中，符號形式哲學的原標題其實是：《知識的現象學——精神表達形式的理
　　論基礎》。該標題頁由上至下的內容如下：*Phanenomelogie der Erkenntnis/
　　Grundzüge einer Theorie der geistigen Ausdrucksformen*/von/Ernst Cassirer/Erster
　　Teil:/Das Sprachliche Denken/Berlin 1923/Bruno Cassirer Verlag。現在的標題因
　　而是在出版前才抽換的，以至於他在第一卷中，仍沿用現象學的標題，而以
　　第一卷為〈論語言形式的現象學〉，並在序言中說，他接著要處理的是關於
　　神話與宗教的現象學。且在《符號形式哲學》第一卷的〈序言〉中，他也還
　　保留說他當前這本著作的〈導論〉，就是要仔細研究「精神之表達形式的一
　　般理論」。這些都顯示，卡西勒原即是在《知識現象學——精神表達形式的
　　理論基礎》的構想下來寫他的〈導論〉的。關於卡西勒〈標題頁草稿〉的更
　　換過程，請參見Krois在《符號形式的形上學》一書中的編輯報告。Ernst
　　Cassirer, *Zur Metaphysik der symbolischen Formen*. In *Ernst Cassirer—
　　Nachgelassene Manuskripte und Texte*, Hg. John Michael Krois & Oswald
　　Schwemmer, Bd. 1（Hamburg: Felix Meiner Verlag, 1995）, 299-302.

觀化的現象學觀點，研究語言與神話如何作為使我們達到科學知
識觀點的經驗基礎，以能接續《知識問題》的討論，進一步為精
確的科學知識如何可能，奠定前科學的現象學基礎。在這個意義
下，他的哲學思想也難免會被看成是重返黑格爾《精神現象學》
的「晚期觀念論的文化哲學」。[37]

　　《符號形式哲學》的真正導論，因而不在於他原本為《知識
現象學—精神表達形式的理論基礎》之構想所寫的〈導論〉，而
在於他決定更改書名為《符號形式哲學》後，於1923-1927年間
所發表的演說與論文。其中尤以〈在精神科學之建構中的符號形
式概念〉（1923）、〈符號問題及其在哲學系統中的地位〉（1927）
以及《符號概念的邏輯》（1938）這幾篇論文，才算是卡西勒對
於他的《符號形式哲學》的真正導論。洪堡特原僅專注在語言學
的研究領域，但在卡西勒以洪堡特的語言哲學取代康德的先驗哲
學後，卻必須反過來使洪堡特語言哲學的方法論，能成為足以說
明一般經驗構成的基礎理論。卡西勒嘗試依「內在語言形式」的
理論模式，提出「符號形式」的哲學構想，借以說明包含神話、
宗教、藝術與科學在內之一般世界經驗的可能性條件。正如同各
種不同的民族語言都有其不同的內在語言形式，從而可以在不同
的語言形態中，建構它們各自的語言世界觀。同樣的，人類的精
神形構力所創造的各種文化系統，也有它們各自遵循的符號形
式，而各種文化系統的差異，則可看成是人類各依不同的符號形
式，建構出理解世界的不同觀點，甚至是創造出各種對象世界之
實在性的基礎。

　　在這些論文中，卡西勒已經不再停留在以洪堡特的語言批判

---

37 Neumann, "E. Cassirer: Das Symbol," 103.

觀念論取代康德的先驗觀念論，而是更進一步想將洪堡特的語言哲學，擴大成文化哲學的知識論與存有論的基礎，以徹底完成觀念論「將存在理解為行動」的基本洞見。但若要以「符號形式哲學」作為說明一般經驗構成的理論基礎，那就必須處理以下兩方面的問題：其一，在符號形式哲學中，應如何說明吾人的感性知覺並非被動地接受外在的印象，而是我們的感覺同時就是對外在世界做出主動表達的回應，以至於我們可以不再需要預設物自身，而有一原初實在的基本現象，作為符號綜合所需的感性雜多之基礎；其二，在符號形式哲學中，如何將洪堡特用來說明各民族不同的語言建構的「內在語言形式」，取代康德為說明自然科學如何可能的條件所提出的先驗邏輯學，而能為文化科學奠定其可能性的知識論基礎。卡西勒針對前者提出「符號形著性」（symbolische Prägnanz）原則，[38]而針對後者則提出「符號功能的文法學」。此二者分別對應康德先驗哲學的〈感性論〉與〈邏輯學〉，但由於前者涉及說明感性所對的實在性本身的問題，這部分可留到第三節，再借助卡西勒晚年所寫的《符號形式的形上學》詳加討論。底下將先說明卡西勒對於「符號功能的文法學」的構想，以及他如何借助闡釋神話學與語言學如何可能的條件，來進行符號形式的文化哲學推證。

1. 符號功能的文法學

　　卡西勒最初在〈精神科學之建構中的符號形式概念〉這篇論文中，將「符號形式」概念定義成：

---

38 Cassirer, *Philosophie der symbolischen Formen*, Dritter Band: *Phänomenologie der Erkenntnis*, 222f.

　　［符號形式的概念］處理的是，在最廣義上的符號性表達，
亦即，精神經由感性的記號或圖像的表達。它涉及的問題
是，諸種表達形式無論其可能應用的種種差異，是否都奠基
於使它們的特性能被標誌成是自身完足且統一的基本程序之
同一原則。我在此探問的，因而不是在藝術、神話或語言這
些特殊領域中，所意指或運用的符號，而是在語言作為整
體、神話作為整體，與藝術作為整體時，它們自身承載的符
號形態之普遍性格為何。[39]

卡西勒在此，方才明確地把記號與符號的概念做了清楚的區分。
任何一個可感覺的自然事物或人為圖像都可以視為記號，但一個
記號惟有在其所屬的符號系統中才能有意義。猶如洪堡特的語言
哲學所強調的，一個詞語作為在聽覺上可知覺的記號，它要承載
語言所要表達的意義，即必須被整合在一文法的結構中才是可理
解的。然而使一記號所代表的意義能被理解的文法結構，則又受
創造與使用這個語言的民族，依其精神形態之特殊性所形成的內
在語言形式所主導。卡西勒因而認為，如同語言這個文化系統一
樣，每一個文化領域都有它們各自的符號系統。在這些系統中，
每一記號都可作為表達某一意義內含的符號（或象徵），但這也
如同語言一樣，我們惟有遵守在這個符號系統中所運作的文法學
規則，那麼我們才能恰當而正確地表達出，我們所要意指的意義
內含。洪堡特稱規範整個語言文法的運作法則為「內在語言形

---

[39] Ernst Cassirer, "Der Begriff der symbolischen Form im Aufbau der Geisteswissenschaften," *Ernst Cassirer: Gasmmelte Werke*. Hg. Birgit Recki, Bd. 16（Hamburg: Felix Meiner Verlag, 2003），78.

式」，卡西勒則將這個概念擴大運用到各種文化系統的建構中，主張人類在創建文化系統時，精神活動所依據的形式性法則，都具有各自不同的「符號形式」，人類所創建的各種文化領域，也因而都是精神的符號性表達。

符號形式因而不是指各文化系統的外在記號的不同，而是指精神不同的形構方式。正如洪堡特說「語言是建構思想的器官」，語言因而是「活動」（Energie）而不是「成品」（Werke）一樣，卡西勒也說：

> 符號形式可被理解成精神的活動（Energie）。經由精神的活動，意義內含乃能被緊密地連接於具體的感性記號之上，這些記號也從而內在地被精神所占用。在這個意義下，語言、神話—宗教世界與藝術，都是我們遭遇到的特殊符號形式。它們都令人印象深刻地表現出一種基本現象，亦即：我們的意識並不滿足於只是去感覺外在的印象，而是想將表達的自由活動與此印象連接起來，以透徹地通貫它。在此，相對於我們稱之為事物之客觀實在性的世界，出現一自我創造的記號與圖像的世界，它以自立的充實與源初的力量，維持著它自身的存在。[40]

可見，依卡西勒的觀點而言，符號形式正如用來主導文法運作的內在語言形式，它是建構世界觀的活動，而不是指那些被建構出來的記號或圖像的外在形態。洪堡特將語言視為自身帶有建構性法則的創造活動之見解，在此被卡西勒視為典範，以說明精神構

---

40 Ibid., 79.

想不同的符號系統，並非只為了模仿既與的實在，而是使實在成為可能。符號形式作為活動，因而與一般而言的實在性之形構有關。符號形式的作用，既如同是決定文法之有機組成的內在語言形式，它是我們透過詞語建構表象，並能加以有秩序、有組織地綜合成統一的現象世界的基礎，那麼這就同時顯示出，我們的精神形構力，同樣是借助他自身所提供的符號形式之運作，去創建文化產物，或將精神的意義結構賦予可感覺的存在物，以作為其可理解的知識基礎。卡西勒因而主張，我們若要以文化哲學取代康德的先驗哲學，那麼我們就要先研究「符號功能的文法學」，以說明我們如何能在為自然科學奠基的先驗邏輯學的構想外，提出能更廣義地說明，精神主體在建構各種世界觀的不同文化系統中，它們所依據的先天形式法則何在。

　　對於「符號功能文法學」的研究，因而是所有對象建構或所有經驗可能性及其最終意義條件的分析。透過符號形式的合法則性建構，特定的記號之所以能使一可知覺的對象具有意義，並因而能被經驗與理解，這即必須預設說，一符號形式必須具有一種功能，使記號能與它所意指的對象聯繫在一起，以至於這個記號能具有意指特定意向對象的意義內含。對此卡西勒首先借助洪堡特論構詞的形態學理論，來說明符號如何能使一記號具有意指理想性內含的意義意向功能。洪堡特主張，語音作為可感覺的記號，之所以能意指特定的意向對象，從而能作為承載特定意義內含的詞語，這是透過「摹擬」、「類推」與「象徵」等三種方式進行的。[41]語音若是對象的直接模仿，那麼它意指的意義，就是基於它與對象之間的「象似性」，而意指與該聲音記號發聲相似的對

41　Ibid., 82-85.

象。語音若是依主觀的直覺或感受，以指稱一類的對象，那麼他的意義就與這些事物在特定直觀中的呈現有關。而若語音脫離對象或主體，而是純粹任意的約定，那麼它就只是用來作為純粹的關係性之建構的基礎。

洪堡特的構詞學理論，在摹擬的功能上，被馮特理解為一種身體知覺的情緒性表達，而類推的功能被Bühler發展成對日常世界的直觀呈現，而純粹意義的象徵功能則被索緒爾等語言結構主義者，理解成最合適於思想表達的任意性符號。卡西勒吸收這些觀點，以語言哲學的研究成果為基礎，指出符號的功能，即表現在「感覺的表達」、「直觀的呈現」與「純粹意義的建構」作用上。我們不僅可以在語言學這個文化科學的研究領域中，發現到表達、呈現與純粹意義的符號功能；在神話學的研究中，如當時Hermann Usener的《神名考——宗教概念建構學說的研究》（*Götternamen—Versuche einer Lehre von der religiösen Begriffsbildung*, 1896）也指出，在人類的神話傳說中，神之名稱的建構，也可以看出它是經歷了「瞬息神」（Augenblicksgötter）、「專職神」（Sondergötter）與「人格神」（persönliche Götter）的三個階段；[42] 同樣的，在歌德的美學理論中，藝術的創作同樣會經歷「臨摹自然」（Nachahmung der Natur）、「作風」（Manier）與「風格」（Stil）等三個階段。[43] 語言史、神話—宗教史與藝術史的研究，因而能為人類精神在各種層面上的表現，提供文化存在之事實性的

42　Ernst Cassirer, "Sprache und Mythos—Ein Beitrag zum Problem der Götternamen," *Ernst Cassirer: Gesammelte Werke*. Hg. Birgit Recki, Bd. 16（Hamburg: Felix Meiner Verlag, 2003），241-244.

43　Cassirer, "Der Begriff der symbolischen Form im Aufbau der Geisteswissenschaften," 86.

基礎，以作為分析符號功能的文法學，與推證各種符號形式之客
觀性有效性的基礎。

2. 語言、神話與符號形式的文化哲學推證

　　卡西勒在語言史、神話史與藝術史方面的具體研究，其貢獻
是無以倫比的。但卡西勒關切的問題，卻是在這些文化史研究底
下更為深層的問題。特別是我們如何能將人類創建的各種文化系
統，理解成是出於一種能涵蓋各種創造可能性的精神主體性。以
使我們能借助各種文化科學的研究，理解各種符號形式的運作方
式，並將它們整合成一完整的符號功能的文法學，從而使人類真
正的精神生命，能借助他的形構力的不同表現，而得以全幅地展
現出來。卡西勒直到1927年，才首度在〈符號問題及其在哲學系
統中的地位〉這篇論文中，對符號功能提出他初步的研究。他在
此想為符號概念之應用形式的擴展，提供一個方法論的架構，以
使各種符號形式相對於它而能被規定。他因而提問說：

　　　　符號這個名稱，在今日除了用於宗教哲學、美學、邏輯與
　　科學理論之外，就其關涉到涵攝一切的精神功能而言，它是
　　否還有任何統一的內含，從而使其影響作用，雖能不斷地採
　　取新的、特殊獨有的形態，但其基本原則卻仍然保持不變？
　　若果有之，則我們又如何能找出其統一的紐帶，以至於我們
　　能將符號概念在自身發展的過程中，所產生出來的意義充滿
　　與多樣性，彼此連結起來？[44]

---

44 Ernst Cassirer, "Das Symbolproblem und seine Stellung im System der Philosophie,"
　　Ernst Cassirer: Gesammelte Werke. Hg. Birgit Recki, Bd. 17（Hamburg: Felix

　　針對這個問題，如前所述，卡西勒係透過洪堡特的構詞學理論，指出：「我們現在根據表達功能、呈現功能與意義功能所做的一般區分［……］使我們擁有標示每一符號形式位置所在的理想導向之普遍計畫。」[45]卡西勒借助語言哲學所提供的普遍計畫，主張每一文化領域的知識經驗建構，所依據的精神形構法則，也都同樣是精神將印象轉化成精神表現，所經歷的表達、呈現與純粹意義等三個階段。精神的形構力依其符號功能的文法學所建構的各種不同的文化體系本身，又同樣必須經由這個原則統一起來，以能一方面維持實在性的多元性，而將哲學系統的統一從實體性的統一，轉向在主體中各有定位的功能統一，而全幅展現能供人類進行自我認識的精神內含。將各種符號形式整合成一個系統的工作，直到《符號形式哲學》的第三卷才完成。卡西勒在那裡依康德三層綜合的推證摸式，論述精神的符號化建構即是經過「表達功能與表達世界」、「表象問題與直觀世界的建構」以及「意義功能與科學知識的建構」等三個程序，以說明他透過神話學、語言學與精確科學對於以表達、呈現與意義功能為主的精神表達形式的研究，正足以說明它們正是精神在其符號形構活動的不同階段中，所表現出來的不同客觀化作用。

　　但卡西勒關於符號功能文法學的構想，卻也凸顯出他在《符號形式哲學》中，陷入一種雙重論述的奇特現象。《符號形式哲學》的第一卷是《語言》（1923），第二卷是《論神話思維》（1925），這是他原定書名《知識現象學》所論的「精神表達形式」。但卡西勒在將書名抽換成《符號形式哲學》之後，他間隔六

Meiner Verlag, 2004), 256.

45　Ibid., 262.

年才出版的第三卷，卻反而被命名成《知識的現象學》（1929）。
在此，若《符號形式哲學》的目的，就在於研究人類精神形構力
在建構文化實在性時，所依據的符號功能的文法學，那麼第三卷
的《知識的現象學》就不僅在標題上，而是在內容上也都符合
《符號形式哲學》的原初構想。如此一來，卡西勒三卷本的《符
號形式哲學》，似乎只要留下第三卷的《知識現象學》就可以
了。而《語言》與《神話思維》這兩卷，似乎成了卡西勒思想過
渡過程中的意外收穫，它們在卡西勒文化哲學體系內的定位，似
乎可有可無。學者因而也常質疑說，卡西勒對於文化領域的各種
符號形式，至少提過語言、神話、宗教、藝術、技術與科學等形
式，但為何在《符號形式哲學》中，卻只討論語言與神話，這種
選擇性的研究是否只是任意的偏好。

其實卡西勒在《符號形式哲學》中，選擇語言與神話進行詳
細的研究，主要是出於方法論的考量。依康德的《純粹理性批
判》，所有的經驗知識都是在圖式的中介下，知性與感性共同作
用的結果。康德的理性批判工作，分別針對人類的感性、知性與
理性的能力進行批判，以能找到他們分別依據的先天形式或法
則，以此為一般而言的經驗或經驗對象提供其可能性條件的說
明。對此康德都是從事實問題轉向法律問題，亦即康德嘗試從回
答「數學如何可能？」來說明人類感性能力的先驗形式是時空表
象，從回答「自然科學如何可能？」來說明人類知性的綜合基礎
是依據範疇，而透過回答「形上學如何可能？」來說明理性所追
求的無條件統一的理念。然而，對卡西勒而言，任何在符號形式
中的記號都是意義與知覺的圖示性結合。因而在符號學的知識論
中，我們已無需再將主、客或知性與感性二分，而是應在記號與
實在之間，說明我們如何能以記號的中介來建構經驗世界的實在

性。記號與實在之間的連結，具有模仿性的表達、直觀的呈現與純粹意義的建構這三種可能的形態，因而就卡西勒的文化批判而言，他必須就既有的文化系統來說明這些精神形構力的特性與內含。卡西勒因而嘗試從回答「神話學如何可能？」來說明建構文化實在的人類感性能力的特性，從回答「語言學如何可能？」來說明人類知性的特色，並從回答「精確科學如何可能？」來回答人類如何依理性「虛構的圖像」（Scheinbilder）建構科學世界的實在性。

　　所有的記號如同康德所言的圖式，都是感性與知性的共同作用，它們都同時具有感性直接的特殊性與知性意指的意義普遍性。作為人類知性與感性之共同作用根源的圖式程序論，對於卡西勒而言，因而應在神話與語言之共同起源的符號化過程中加以解釋。因為神話之符號形構的最大特色，即是它堅持將人類情感的投射所形成的圖像，直接視為是最高的真實。以表象為實在這無異是最基本的觀念論觀點，只不過神話不是以概念建構的分析來證成這種觀點，而是以情感的感受直接性來證實之，這使神話始終停留在特殊性的觀點。而語言為了達成溝通之普遍可理解性的目的，因而它所建構的世界觀始終是向意義普遍性的方向發展。對於神話與語言的同源發展，卡西勒在1925年的〈語言與神話〉這篇論文中，才更明確的提出說明。就此，哈伯瑪斯即認為〈神話與語言〉這篇論文，比《符號形式哲學》的第一、二卷，更能清楚地說明精神形構力的符號化過程。[46]

---

46 哈伯瑪斯並進而解釋說：「符號化的辯證性本質存在於，他同時對準兩種對立的方向，一方面是祛除性地傾向於進行個別深刻印象的圖像形構，另一方面則是概念建構的普遍化傾向。神話與語言在隱喻的表達層次上，雖有共同

（三）符號形式哲學的理論意義與困境

　　透過研究語言與神話之可能性的條件，以推證人類創造文化的精神形構力所依據的符號功能，即是表達、呈現與純粹意義的作用。這使得卡西勒認為他的符號形式哲學的第三卷又可「再度回到我在二十年前開始的系統哲學的工作，知識的問題以及理論的世界圖像的建構與分析的問題，再度成為考察的核心」。[47]第三卷雖然回到科學知識的問題，但它並非是與前兩卷相平行地處理「科學思維」的符號形式，這個工作在《實體概念與功能概念》這本書中已經做過了。卡西勒說他的第三卷是：「基於前兩卷的研究成果，第三卷毋寧是要得出其系統性的結論。它要努力的目標是，展現出新獲得的理論概念的最大擴展，與展示出各種概念性或知解性（discursive）的知識層次，是被建構在作為底層建築的、從語言與神話的分析中所發現到的其他精神層次的基礎之上。透過不斷地回顧這些底層建築，科學的上層建築的特色、結構與建築學才能被決定。」[48]換言之，卡西勒的《符號形式哲學》的第三卷作為他的系統結論，最終實現了原來知識現象學的構

的根源，但其後的發展卻不同，一向具圖像的意義充滿這一方面，另一向範疇架構的世界的邏輯開顯這一方面發展。語言作為思想的載具，內具有邏輯的力量與自由的同一性，這對神話而言是陌生的。神話與語言成為《符號形式哲學》的基本主題，即因符號化的基本概念，即由『表達』與『概念』這兩種意義創造的功能交疊而成。表達將強烈的感性印象轉化成能穩定情緒之個別神話圖像的意義，而概念則詳細分解了對整體世界的觀點。」Jürgen Habermas, *Vom sinnlichen Eindruck zum symbolischen Ausdruck*, 21.

47 Cassirer, *Philosophie der symbolischen Formen*, Dritter Band: *Phänomenologie der Erkenntnis*, VII.

48 Ibid., VII-VIII.

想，亦即透過神話與語言這些在日常直觀世界中的前科學知識，以最終說明科學知識的可能性條件。

　　卡西勒的《符號形式哲學》在其作為「知識現象學」的涵義下，其正面意義因而在於：他首度意識到，應將科學奠基於人類生活的文化世界中，那麼科學作為透過理論的純粹意義以建構對象世界的觀點，才有它真正的實在性基礎。透過貫徹先驗觀念論的立場，說明若康德的先驗觀念論所預設的科學理論的世界認知，是依科學理論的純粹意義而建構它自己的對象世界，則其認知的真實性即必須奠基於：其感性的來源預設了在神話思維中，依情感的直接表達的能力，能將全然主觀的表象視之為真，或必須依語言思維的世界開顯功能，將世界透過詞語進行基本的分類、並以文法的表達將世界的整體在直觀中有秩序地呈現出來。換言之，惟當在先驗哲學中，感性論進一步以神話思維的表達能力，或在研究知性的先驗邏輯學中，邏輯的概念與判斷建構能預設語言的世界開顯性，否則科學的意義世界就將失去實在性的基礎。

　　《符號形式哲學》因而為一般而言的經驗構成，提供了一種三層綜合的構想：首先，將情感的表達值直接加諸於感覺事物的印象，這是神話思維的主要功能。其次，經由詞類的區分與文法的連結，我們即能透過詞語的區分音節以進行表象的建構，以使現象的雜多能在具共同指涉的詞語意義內含中被確立下來，並能以合於文法表述的陳述句，表達一個在直觀中的日常生活世界。最後，透過理論概念的建構，我們即能形成經驗現象之有秩序的統一，從而可以得到精確科學所建構的人類知識世界。在這個以文化批判取代理性批判的轉化過程中，我們可以說：沒有感覺是不帶有情感反應的，沒有直觀是不具語言形式的，也沒有經驗是

不具有理論建構的。以此為基礎，「純粹理性」即又能奠基在人類文化生活的生命存在經驗中。在此作為「知識現象學」的《符號形式哲學》，一方面得以取代《純粹理性批判》或《精神現象學》的一般經驗理論，另一方面，它也能為我們提供「未來文化哲學的導論」。因為透過神話與語言為符號形式所進行的文化哲學推證，一方面能充分展現人類精神的形構力，以建立一般而言的「精神形式學」。另一方面，它則能為文化科學之知識論或方法學，提供「符號功能的文法學」，以作為說明諸文化科學之所以可能的先驗基礎。

只是卡西勒至此渾然不覺，他又落入新康德主義的窠臼。當《符號形式哲學》的第三卷，又再度回到他在《實體概念與功能概念》中的新康德主義觀點，主張只有在數學或數學化的物理學中，知識的基本理解與知識的建構性原則，才能得到最明確的表現。而神話與語言等文化科學，只是作為數學化之自然科學的知識現象學基礎。那麼神話與語言作為前科學的知識，就不是那種能達到必然性與普遍性之最高階段的知識。卡西勒在《符號形式哲學》的前兩卷，對於語言與神話的研究，的確也主要是依據科學的範疇指導。《符號形式哲學》就其作為「文化哲學」而言，最終仍然從屬於科學知識。這顯示，卡西勒在這個階段，還是不脫他的老師柯亨（Hermann Cohen, 1842-1918）以研究精確科學的邏輯為主的新康德主義觀點。就此而言，卡西勒試圖革新在康德先驗觀念論中的「理性批判」，而以文化哲學對於精神形構力所進行的「文化批判」，來理解人類精神主體性的活動，這種新康德主義的構想就最終還是落空了。

三、卡西勒論形上學的文化哲學

卡西勒自己在《符號形式哲學》三卷本的構思寫作中，都還沒有意識到他的《符號形式哲學》在作為「知識現象學」與「文化哲學」之間，所產生的內在矛盾與理論困境。但這個問題的存在，卻被海德格一語道破。海德格在達弗斯的辯論中，指出卡西勒《符號形式哲學》的構想，仍不脫是研究科學知識的新康德主義者。而在他對《神話思維》這一卷的書評中，海德格並認為卡西勒只將文化視為在自然科學之外的知識領域，但卻忽略了文化應是人類此在的生存方式。卡西勒受此批判後，開始反省他在《符號形式哲學》中的文化哲學構想。他開始意識到，他對文化哲學的研究，的確還只是一種自然主義的奠基。文化哲學有必要轉向人文主義的奠基，這使得他開始研究「形上學的文化哲學」，以嘗試將文化哲學的基礎，奠定在人類生命的基本現象上。他並在《真實知識的目標與道路》以及《符號形式的形上學》這兩本著作中，展開他從先驗的精神主體轉向對生命之基本現象的研究，而在《文化科學的邏輯》中，重新建構一種以人文主義為基礎的文化哲學。

（一）達弗斯之爭的影響

卡西勒晚期文化哲學的思想轉變，與他在1929年與海德格在達弗斯的辯論有密切的關係。海德格的教授資格論文是在掌「新康德主義西南學派」大旗的李凱爾特指導下完成的，而他最早擔任講師執教的大學，正是「新康德主義馬堡學派」所在的馬堡大學。當時在卡西勒的眼中，海德格的哲學工作，主要是以現象學的批判取代新康德主義的批判。但其實對海德格來說，在1900-

1910年間，強調現象學作為一種嚴格科學的胡塞爾，也還算是新康德主義者。[49]因而與其說海德格當時是胡塞爾現象學的繼承者，還不如說他是新康德主義的挑戰者。海德格批判新康德主義者把康德哲學理解成是為自然科學奠基的理論，而忽略康德的《純粹理性批判》其實是要研究一般而言的存有物之基礎的形上學理論。他因而對新康德主義提出嚴厲的批評，他說：

> 新康德主義起源於哲學的窘境，這一窘境關涉到的問題是：在知識整體中，哲學究竟還剩下些什麼？在1850年前後，情況是這樣的：精神科學與自然科學囊括了可認知之物的所有領域，結果就出現了這樣一個問題，即如果全體存在物都分屬於科學的知識，那麼，留給哲學的還有什麼？保留下來的就僅僅是關於科學的知識，而不是關於存在物的知識。在這一觀點之下，於是就有了回溯到康德的要求。由此，康德就被看作是數理科學之認識論的理論家。認識論成了人們據此來看康德的視角［……］而在我看來，重要的地方在於指出，在此作為科學理論而被提出來的東西對康德來說並不重要。康德並不想給出任何自然科學的理論，而是要指出形上學的疑難索問，更確切的說是存有論的疑難索問。[50]

海德格在這裡批判新康德主義者只從知識論的視角來理解康

---

49 Martin Heidegger, *Kant und das Problem der Metaphysik*（Frankfurt am Main: Vittorio Klostermann, 1991），275.

50 Ibid., 275. 此段引文採用王慶節教授的中文翻譯，參見〔德〕海德格爾（Martin Heidegger）著，王慶節譯，《康德與形上學疑難》（上海：上海譯文出版社，2011），頁263。

德，以至於只研究科學的知識，而忽略了存有的問題，這個批判也同時包括他對卡西勒的批判。卡西勒的《符號形式哲學》出版後，引起相當大的注意。鮮少討論同時代哲學家作品的海德格，也特別在1925年為《神話思維》寫了相當詳盡的書評。在馬堡大學建校四百週年之際，海德格負責為校慶的紀念文集，寫一篇名為〈自1866年以來的馬堡哲學講座教席的歷史〉。在其中他就提到：「卡西勒多年以來一直力求在新康德主義的提問基地上，籌畫一種一般的文化哲學。他的《符號形式哲學》企圖把精神的種種行為與形態，納入在某種系統意義的表達理念的引導之下」，[51] 海德格對於卡西勒的《符號形式哲學》因而是相當熟悉的。

1. 海德格基於此在形上學的批判

　　達弗斯論辯關乎西方哲學在「自然」與「教化」兩大哲學取向上的重大分歧，卡西勒的《符號形式哲學》（1923-1929）與海德格的《存有與時間》（1927）雖然在哲學的根本取向上存在巨大的區別，但他們的理論卻都共同源出於對康德「先驗圖式程序論」（Transzendentaler Schematismus）的不同解讀。海德格重視時間之先驗規定的有限性，而卡西勒則重視圖像構想力的符號化作用。達弗斯論辯即是從他們對康德的理解不同，以至於他們對哲學研究的整體方向與意義所在見解迥異，所展開的理論攻防。其中，海德格對於卡西勒《符號形式哲學》的批評，主要是延續他在1925年對於《神話思維》所寫的書評。海德格認為，卡西勒的神話哲學可以從三個層次的觀點來加以評價，他說：

51　Heidegger, *Kant und das Problem der Metaphysik*, 309-310.

　　對於在此被標明的神話哲學，我們可以從以下三個觀點，來表達我們的看法：首先應問的是，對於處理神話存在之實證科學（民族學與宗教史）的基礎與成就而言，這個詮釋有什麼貢獻？其次，對於神話的哲學本質分析所依據的基礎與方法論原則，我們也加以檢視。最後，我們應徹底地追問，在人類存在或在一般而言的存有物之總體中，神話的建構性功能何在。[52]

　　第一個層次的評價涉及，卡西勒的符號形式哲學是否能為實證的文化科學研究，提供理論的基礎。對此，海德格高度肯定卡西勒的理論貢獻。因為相對於當時以「神話學學會」為代表的實證研究，都傾向於從神話所涉及的特定對象，例如太陽、月亮或星辰等，來做神話學的材料蒐集與分類研究。卡西勒則是透過研究人類情感表達的符號形構功能，來說明人類會萌生這些神話世界解釋的主體性依據。海德格因而認為，卡西勒基於新康德主義的對象化形構理論，來闡釋神話學如何可能的研究，的確能將神話研究提到更高的層次上，因為他能很好地說明：「神話不能只靠回溯到在神話世界中的特定對象領域而得到解釋［……］而是應基於將神話的預先規定視為是具有自身法則性的精神之功能形式。」[53]而這正可為新發現的神話材料的解讀，或對神話研究的通貫解釋，提供必要的方法論線索。

　　就第二個層次的評價觀點而言，海德格認為卡西勒既透過將康德的「理性批判」擴大為「文化批判」，而以精神的符號化功

52　Ibid., 264.

53　Ibid., 264.

能，來說明人類能建構出神話世界的主體性依據，那麼我們就應進一步檢驗卡西勒對於「神話的哲學性本質分析」，所依據的方法論原則是否能成立。海德格對此持批判的態度。他指出，若先不論卡西勒的神話詮釋對於實證科學所具有的指導作用，而是按其自身的哲學內含來加以判斷的話，那麼我們就得追問：「形構性意識的功能形式作為神話的前規定，這本身是否已經得到充分的奠基，或它的基礎究竟何在？」海德格說卡西勒將精神的形構力視為是神話的前規定，這表示他認為卡西勒是將精神的符號化形構活動，當成是神話存在的可能性條件。而這也等於說，神話存在的實在性基礎，是來自於精神的先驗建構。但由於海德格不認為，新康德主義者對於康德的先驗方法論所持的知識論解釋，能真正符合康德先驗哲學應是為一般而言的存有物奠基的形上學理論。他因而也不認為卡西勒透過精神形構的對象化活動，就足以說明神話等文化存有物的實在性基礎。所以他才會批判說，卡西勒透過文化批判來說明神話存在的前規定的先驗方法論，其本身並沒有得到充分的奠基。

由於海德格係以此在之有限的時間性，來對顯存有本身的先驗涵義。因而他認為卡西勒在《符號形式哲學》中，只是透過先驗哲學的主體性框架，批判神話科學僅基於實證的田野調查之不足。但這並不能徹底地說明，神話對於人類此在或一般而言的存在物的總體，所具有的建構性功能何在。海德格在此質疑的是，研究神話的旨趣，不應只局限在對這門科學之知識基礎的興趣，而應在於研究它對人類存在的意義為何。神話等文化的存在，其意義不應只是在自然科學之外，另闢一個文化科學的研究領域，而是必須更根本地闡釋，文化作為人類的生活形式，它對人類理解自己與世界的存在，具有什麼存有學上的意義。卡西勒自己雖

然也曾說過,應將神話之思維與直觀的形式,回溯到作為精神底層的生活形式,但他並沒有從此在的存有學觀點,去解釋神話存在的意義。因而對海德格來說,卡西勒《神話思維》這一卷的原始意圖雖然在於:「將神話揭示成,使人類此在能達致其本己真理的獨立可能性」,[54] 但卡西勒卻沒有真正處理過這個工作。

　　在上述評價《神話思維》之理論貢獻的三個觀點中,海德格非常清楚地把卡西勒在《符號形式哲學》中所構想的文化哲學研究,劃分出三個不同層次的問題:第一個層次的文化哲學研究,是應能為實證的文化科學研究,提供方法論的基礎。這可稱為:「文化科學之知識論方法學奠基」的文化哲學研究。這對應卡西勒在《符號形式哲學》第一、二卷中,對於語言學或神話學所做的語言哲學或神話哲學的研究;第二個層次的文化哲學研究,是應對建構文化存在之實在性基礎的先驗主體性進行反思的重構。這可稱為:「符號形構之主體性條件重構」的文化哲學研究。這對應卡西勒在《符號形式哲學》第三卷中,依據他在前兩卷的研究成果,重構出精神形構力之運作所依據的「符號功能的文法學」,正是「表達」、「呈現」與「純粹意義」這三種符號功能的作用,而以此說明語言與神話這些文化存在物之實在性建構的基礎所在;第三個層次的文化哲學研究,則應說明《符號形式哲學》透過文化哲學之諸領域的系統性建構,如何能為人類此在之歷史生發,奠定其生活形式的基礎。這因而可稱為:「人類生命之歷史生發根源闡釋」的文化哲學研究。海德格認為這個層次的文化哲學研究,是卡西勒當時應研究但卻未能加以研究的。

　　海德格在達弗斯與卡西勒進行辯論時,依據他在《神話思

54　Ibid., 253.

維》書評的三個評價觀點，擴大成他對卡西勒《符號形式哲學》
之文化哲學研究的整體評價。他認為卡西勒的符號形式哲學，不
能只停留在對各文化領域的研究，或對文化領域的可能性條件進
行批判的反思建構，而是應進一步研究文化哲學的形上學基礎。
對此他說：

> 　對於那些存在於符號形式哲學中的［存在物的］存在方式
> （Seinsart）的發問，或對其內在的存有狀態（Seinsverfassung）
> 的發問，是由此在的形上學決定的。但此決定並不是針對諸
> 文化領域或其哲學學說之既與的系統性［……］例如藝術並
> 不只是形構性意識的形式而已，它更是具有在此在之根本生
> 發（Grundgeschehen des Daseins）內的形上學意義。[55]

這表示，海德格在達弗斯的辯論中，主要是透過他自己在《存有
與時間》中對於此在之時間性的分析，來強調卡西勒的《符號形
式哲學》若不能在文化哲學的研究中，說明人類此在的根本生發
與對存有的理解是如何可能的，那麼卡西勒的符號形式哲學，就
還不脫新康德主義的知識論框架。它忽略了康德純粹理性批判的
形上學向度，無法在第三個層次上，說明文化哲學的形上學意
義。

---

55 Ibid., 290-291. 至於吾人如何真能從藝術作品的哲學研究，看出「此在之根本
生發內的形上學意義」，海德格後來則在1935-36年間寫了《論藝術作品的起
源》（Martin Heidegger, *Der Ursprung des Kunstwerkes*. Ditzingen: Reclam
Verlag, 1986）一書，來表達他的觀點。

2. 卡西勒基於人文主義奠基的回應

在達弗斯論辯時,卡西勒的《符號形式哲學》第三卷已經完稿付印,但尚未出版。此書一出版,果然不出海德格所料,卡西勒最後還是回到「知識現象學」的理念,只把語言與神話的思維看成是達到科學知識的基礎。《符號形式哲學》最終只停留在作為文化科學之知識論批判的理論層次上,而對於一般而言的文化存有或文化實在性的問題沒有說明,對文化的生成與人類生存所具有的存在意義也完全沒有處理。海德格一針見血的批判,使卡西勒意識到,他在《符號形式哲學》中所做的文化哲學研究,顯然仍受限近代哲學以自然科學的理論奠基為主導的影響,因而還只是一種自然主義的奠基。他在1929年以後,開始深入思考應如何突破他先前的局限。在1929-1939的十年之間,他一方面反思他過去在《知識問題》與《符號形式哲學》中,對於實在性之存有論問題討論的不足,因而以《真實知識的目標與道路》來為他的《知識問題》做總結,並以《符號形式的形上學》補充《符號形式哲學》前三卷的不足。此外,他並持續在漢堡大學與他後來流亡的瑞典 Göteborg 大學,開設「文化哲學基本問題」與「文化哲學問題」的課程,以重新構想他的文化哲學。他後來把這些課程的講義與內容,寫成《文化科學的邏輯》一書,而在1942年出版。56

---

56 卡西勒1929年夏季學期開始在漢堡大學開設「文化哲學基本問題」,直至1939年冬季學期,仍在瑞典 Göteborg 大學開設「文化哲學問題」。在後面這一份上課講義中附有一份課表,上面標題為「文化哲學的基本問題」:每週的講課內容分別為:(1)文化哲學的概念與課題、(2)文化哲學的開端——維柯、(3)文化哲學之方法論的基本對立、(4)文化哲學的自然主義與人文主義奠基、(5)19世紀的自然主義與經濟學的歷史觀點、(6)機械論世界觀的克

在達弗斯論辯後，卡西勒對於海德格的回應，首見於〈文化哲學的自然主義與人文主義奠基〉這篇論文。卡西勒原先在1920-1930年代，對於文化哲學、文化科學或精神科學等用語，並未嚴加區別。他在瓦堡圖書館叢書所發表的第一篇論文〈論在精神科學建構中的符號形式概念〉，用的是「精神科學」；在1936年的一篇演講中，他則宣稱應〈以批判觀念論作為文化哲學〉。1938年在〈符號概念的邏輯〉這一篇論文中，他指出「符號形式哲學」並不是傳統意義下的哲學系統，而是要給出一個「未來文化哲學的序論」。〈文化哲學的自然主義與人文主義奠基〉這篇論文，同樣是以「文化哲學」為標題。即使如此，同年他在批判瑞典學者 Axel Hägerström 的專書中，卻仍專列一章討論「精神科學的邏輯」。此後在1942年出版《文化科學的邏輯》，以及1944年流亡美國時出版的〈人論—人類文化哲學的導論〉，則又以分別

服、(7)在心理學與生物學中的整體性概念、(8)作為「表達現象」的「文化現象」、(9)表達知覺的基本意義、(10)針對表達知覺的懷疑、(11)當代的物理主義（卡納普）、(12)客觀的文化科學的可能性。這門課並設有每兩週一次的練習課（Übung），每次的討論主題分別是：(1)自然科學與文化科學、(2)文化科學的方法學、(3)在文化科學建構中的概念形式：形式問題與因果問題、(4)事物知覺與表達知覺、(5-6)他人心靈的知識問題。這個討論課在1940年夏季學期繼續舉行，主題包括：(1)論文化哲學的方法、(2)因果概念與風格概念（形式概念）、(3)自然主義文化哲學的批判、(4-5)我與世界、(6-7)我與你、(8)文化科學的邏輯建構。其中許多主題與內容顯然即是《文化科學的邏輯》一書的來源。對於這些課表內容的說明，請詳見 Rüdiger Kramme 與 Jörg Fingerhut 在編輯卡西勒關於文化哲學遺著時所做的編輯報告。Ernst Cassirer, *Kulturphilosophie: Vorlesungen und Vorträge 1929-1941*, In *Ernst Cassirer—Nachgelassene Manuskripte und Texte.* Hg. Klaus Christian Köhnke, John Michael Krois & Oswald Schwemmer, Bd. 5（Hamburg: Felix Meiner Verlag, 2004), 258-259.

以「文化科學」與「文化哲學」為名。

　　卡西勒在「精神科學」、「文化科學」與「文化哲學」等術語的選擇上舉棋不定，這與文化哲學的研究領域一直很不明確有關。卡西勒明白指出：「在傳統對於哲學領域的劃分中，文化哲學是一個最有爭議的領域。它的概念沒有得到明確的界分與確定，它缺乏的不只是可被承認的基本問題的解決，甚至於在這個領域中能有意義與正確地提問的是什麼，也付諸闕如。」[57] 文化哲學的研究在卡西勒之前雖尚未專題化，但卡西勒仍認為關於文化哲學的討論在近代早已經開始。他並將近代以來對於文化哲學的奠基，區分成「自然主義的奠基」與「人文主義的奠基」這兩種主要的形態。自然主義的奠基始於格勞秀斯（Grotius）的《自然法》與史賓諾莎的《倫理學》，他們都試圖透過笛卡爾「普遍數學」的理念，依幾何學的形式來論證人文科學，以建立「精神的自然科學體系」。[58]

　　這種想法繼續透過早期謝林等人的浪漫主義影響，使得Grimm與Savigny都想將語言史與法律史的研究，建立在「民族精神」的自然成長之上。但卡西勒認為，這些想法忽略精神主動形構的作用，因而仍是一種自然主義的奠基。在浪漫主義影響下的文化科學研究，設想歷史與文化終將回歸到有機生命的懷抱中。但這樣一來，文化將變得沒有人類的自主性，它沒有自己的法則與獨立性，它不是出於「自我的本源自發性」，而只成為一種在自身

---

57 Ernst Cassirer, "Naturlistische und humanistische Begründung der Kulturphilosophie," *Ernst Cassirer: Gesammelte Werke.* Hg. Birgit Recki, Bd. 22（Hamburg: Felix Meiner Verlag, 2006），140.

58 Ibid., 140.

中靜態發生的生成變化。他們把法律、語言、藝術與倫理看成像是撒在地上就會成長的種子一般，以為它們也是出自「民族精神的原始力量」就可以成長。就此而言，文化世界將不再被視為自由活動的世界，而是必須被當成是命運來加以體驗。如此，人類存在的自主性，將難免被解消。[59]浪漫主義這種自然主義奠基的再進一步，就是實證主義的自然主義奠基。立基於對生命之原初根據進行純粹直觀的浪漫主義，並不能對生命有真正的知識。實證主義因而要求，以純粹的經驗科學來取代謝林的自然哲學，他們想透過一般的自然法則來解釋生命現象或精神現象。「普遍的生命學」或「理論生物學」，反而變成歷史觀察與文化哲學的典範。19世紀後半葉的法國文化哲學——如孔德的實證哲學，即致力於完成文化哲學的自然主義奠基。[60]

在海德格的批判下，卡西勒無法否認他的《符號形式哲學》在「知識現象學」的觀點下，所進行的文化哲學研究，的確仍然停留在「精神的自然科學體系」的新康德主義框架中。但海德格試圖透過「此在的形上學」，將文化哲學理解成一種「此在之根本生發」的過程，這對卡西勒而言，則不免仍受限於浪漫主義的自然主義奠基。卡西勒意識到，無論是他原來依康德先驗觀念論的符號形式哲學構想，或海德格依浪漫主義之生命哲學的此在形上學構想，都不足以為文化哲學奠定基礎。他們將都難以對抗文化哲學的研究在19世紀末、20世紀初，逐步轉向實證主義的趨勢。

卡西勒想在先驗觀念論與浪漫主義之間另闢蹊徑，他嘗試從

59　Ibid., 143.

60　Ibid., 144.

18世紀後半葉在德國古典文學時期中所創立的新人文主義，來進行文化哲學的「人文主義奠基」。卡西勒認為這個時期的人文主義進路，不同於文藝復興時期的人文主義。18世紀的古典主義不只停留在自然觀察的階段，而是具有很強的「形構意志」（Will zur Gestaltung），這表現在溫克曼（Winkelmann）、萊辛、赫德、席勒、歌德與洪堡特的著作中。[61]我們過去習於從道德的觀點來看18世紀的人文主義理想，但像赫德與洪堡特依語言的本質，席勒依遊戲與藝術的本質，康德依理性認知的本質，所展示出來的對於「形式」要求的意志與能力，其實是在更廣泛的意義下來理解「人文」（humanitas）的涵義。他們雖然也確信某種倫理性或國家—歷史生活的形式是人文的結果，但他們更將「人文」的名稱，擴及到一般而言的形態。文化的創造物具有跨主體的普遍有效性，它是使人類能超越個人的有限性，而可以去追求無限自由的可能性基礎。透過文化創造的多向度性與跨主體的普遍性，卡西勒因而不能接受海德格想以個人有限的時間性，來作為理解個人自由之可能性與存在意義的觀點。

人類透過文學、美學與道德形式的客觀化與自我直觀，豐富而多樣地開展出詩歌、造型藝術、宗教直觀與哲學概念。這些文化創造都是人類的自由創造，但是每一種文化所依據的法則，卻又同時都具有跨主體的普遍有效性。換言之，文化創造雖具有無限的自由，但卻又必須嚴格地遵守普遍的法則。卡西勒認為，最能說明這種人類精神之特殊性的哲學形態，並非是來自費希特、謝林與黑格爾的德國觀念論，而是來自於洪堡特的語言哲學。相對於最後全都被卡西勒歸為文化哲學之自然主義奠基的理性主義、

---

61 Ibid., 153.

德國觀念論、浪漫主義與實證主義哲學，卡西勒直至《文化科學的邏輯》的第一研究〈文化科學的對象〉，才真正明晰地為他所謂的文化哲學的人文主義奠基，建立起一套從維柯（Giambattista Vico, 1668-1744）經由赫德、哈曼而完成於洪堡特的哲學史論述。[62]他認為維柯的《新科學》是最早處理「精神科學之邏輯」的著作，因為維柯首先意識到人能真正認知的，惟有人類自己創造的作品。與笛卡爾的普遍數學不同，維柯主張應為文化創造建立新的人文科學的思維模式，而洪堡特的語言哲學著作則可說是，建立了以符號形式說明文化世界之形構基礎的理論典範。

（二）文化哲學的知覺現象學重構

透過文化哲學的「自然主義奠基」與「人文主義奠基」的區分，卡西勒後期的文化哲學所面對的挑戰即是，如何轉化他的符號形式哲學的構想，以能為文化哲學的人文主義奠基，建立可能性的基礎。透過海德格在神話思維的書評與達弗斯辯論的批判，卡西勒承認他三卷本的《符號形式哲學》只是從知識批判的角度來研究文化科學的方法論基礎，但還不能將文化哲學視為是人類存在之生命意義的基礎。他在「文化哲學問題」的課程講義中，因而明確地指出，文化哲學的研究應當區分成「批判的文化哲學」與「形上學的文化哲學」兩種，他說：

---

62 Ernst Cassirer, *Zur Logik der Kulturwissenschaften—Fünf Studien*, In *Ernst Cassirer: Gesammelte Werke*. Hg. Birgit Recki, Bd. 24（Hamburg: Felix Meiner Verlag, 2007), 365-371.本書之相關術語主要參考關子尹教授中譯本的譯法。〔德〕卡西爾（Ernst Cassirer）著，關子尹譯，《人文科學的邏輯》（上海：上海譯文出版社，2013）。

就連在面對種種文化對象時，我們也可以α）以描述的方式，將它們掌握成由種種「形式」所構成的一個整體，或者β）我們可以探問它們的「為什麼」與「從何而來」，並在此一意義下尋求找出他們的起源。第一條道路，導致某種批判的文化哲學，第二條道路則導致某種形上學的文化哲學。

批判的文化哲學之典型：「種種符號性的形式的哲學」

（A）語言……

（B）神話……

（C）藝術……

所有這一切都包含著一大堆的形式問題。而我們如果進一步探問種種個別的形式世界彼此之間的關係的話，這些形式問題將會變得更加複雜——

語言與神話、藝術與神話、語言與理論性的世界圖像——所有這些「形式問題」都是可以被提出來加以探討的問題，我們可以將這些問題作為純粹的「諸形式的現象學」加以探討，而無需處理「因果問題」、起源問題。我們當然不能被禁止去探問這種關於語言、藝術與宗教之「起源」的問題。這種問題是不容有任何經驗性的回答的：因為，這種問題，原則上就是某種種類的形上學問題，因此，我們所能夠確定的，只是語言、宗教的「發展」（亦即從形式到形式的過渡）。如果人們不去探問諸形式的發展，而去探問形式的開端、本原的話，種種困難將會接踵而來。文化的這種「開端問題」，將會一再地回溯到神話性的東西之中。我們基於經驗所能夠加以確定的乃是：「構成與轉變」、在歌德意義下的「諸文化形態的變形」，但形式永遠都只會由形式中發展出來（類似於在有機體中的情形）；我們絕不能回到「形式一般的

存有」的後面去。[63]

......

我們主張下述論點：

對於物理世界的構造與秩序而言——對於對那在「經驗性的事物知覺」這個意義下的「經驗」所做的劃分而言，因果概念是具有構成性的意義的——但那「表達的─知覺」——這種知覺，一如我們前面所說過的，乃是對種種「文化客體」的一切知識之基本現象——卻要求著某種不同的基礎、某種不同的邏輯上的基礎。[64]

卡西勒在此已經明白指出，他後期文化哲學的兩個研究重點：他首先強調研究符號形式之起源問題的重要性。他指出，《符號形式哲學》作為典型的「批判的文化哲學」，是以「形式現象學」的觀點，去處理語言、神話與藝術等文化建構的形式性基礎。但「形上學的文化哲學」則應進一步研究，作為這些文化建構物之可能性條件的形上學來源。為此之故，卡西勒又寫了《符號形式的形上學》一書，以作為《符號形式哲學》的第四卷，他在這本書中說：

對於理論知識的目的之清楚而有自覺的關注，雖然是必要且有助益的，但符號形式哲學卻不能僅停留於此。因為它的問題不僅關係到諸形式作為靜態數量上的單純存在，而是更涉及到意義賦予的動能。特定的存有領域與意義領域之建構

---

63 Cassirer, *Kulturphilosophie—Vorlesungen und Vorträge 1929-1941*, 96-97.

64 Ibid., 101.

與劃分，首先即是在且經由這些意義賦予的動能而實現出來的。它嘗試加以解明的是，「形式生成本身」（Form-Werdung als solcher）的謎，這不是針對固定既有的規定性，而是其規定性自身的歷程。[65]

卡西勒在此解釋說，他的符號形式哲學第三卷作為知識的現象學，雖然試圖重回科學的理論知識研究，以說明各種知識所依據的先天形式原則。但我們若不能停留在先驗哲學的先天性預設，只預設符號形式是先天的，而卻無法解釋它的來源，那麼它就還只是作為解釋知識之可能性條件的理論預設，而不是來自人類在生活實踐中所形構的真實存在。這如同海德格所批判的，卡西勒在知識論觀點中所做的先驗解釋，並不能將文化理解為人類此在的生活方式。卡西勒因而認為有必要去解釋符號形式的生成問題。

　　其次，值得注意的是，形上學的文化哲學應研究符號形式的起源問題，但這並不是說，它應像語言科學或神話科學一般，去做文化人類學的經驗研究。卡西勒在此強調形上學的文化哲學的第二個研究重點因而在於，應研究「表達知覺」這個「基本現象」，以能為文化對象的知識提供不同的邏輯基礎。這顯示卡西勒在此不僅又回到赫德以來的人文主義傳統，嘗試透過語言起源論的討論，來回應新康德主義的批判實在論，對於先驗哲學的先天主義無法解釋感覺雜多之來源的挑戰。從赫德到洪堡特的語言起源論，建立了一種後形上學的語言哲學思維。而若洪堡特主張語言結構的差異代表世界觀的差異是對的，那麼內在語言形式的

65　Cassirer, *Zur Metaphysik der symbolischen Formen*, 4.

差異性（或即不同的符號形式的存在），即足以說明我們對實在性之多元建構的可能性。在洪堡特之後，史坦塔爾與馮特等人，都進一步在表達運動的語言心理學理論中，去說明各民族不同的內在語言形式的發生根源。卡西勒的文化哲學，雖不限於說明語言學所預設的語言符號形式的生成來源，而是意圖說明各種符號形式的形式生成基礎，但他還是在當時語言心理學的表達理論的影響下，嘗試回到表達性知覺的不同方向，來說明各種符號形式的起源。

1. 從符號形著性到生命的基本現象

　　卡西勒的《符號形式哲學》第三卷，不再分析有個別差異的文化系統，而是依據精神形構力的符號功能文法學，說明「表達」、「呈現」與「純粹意義」的符號功能，即是所有文化存在能被形構產生的共同原則。但正如Riehl的批判實在論所質疑的：純粹先天的形式普遍性，並不能演繹出知識內含的多樣性。因而若神話、語言與藝術等符號形式的差異是存在的，那麼它就不可能來自精神形構力本身所依據的符號功能的文法學。在此若要避免循環論證，那麼就必須進一步假定說，各種文化系統的符號形式差異，並非來自精神形構力本身，而是更根源地來自知覺本身的基本方向差異。換言之，不應只是精神形構力下貫到感性的「符號形著性原則」，才是知覺之對象建構活動的依據，[66]而是精神

---

66 卡西勒在《符號形式的哲學》第三卷中首度提出「符號形著」（Symbolische Prägnanz）原則。他在那裡定義說：「符號形著可被理解成一種方式，在這種方式中，知覺體驗作為感性的體驗，在自身同時包含有特定非直觀的意義，且此意義是能直接得到具體呈現的。」而對於「形著」他更進一步定義它是指：「個別的整體關涉性，或此時此地既與的知覺現象與具有特色的意義整

的形構力反而必須預設在生命活動中的表達知覺，本身就是人類生命之自我呈現的根源現象，否則就難以說明各種文化系統之符號形式差異的起源。「形上學的文化哲學」的第一要務，因而必須說明：決定各種文化系統之形態差異的不同知覺方向，其所自出的生命基本現象究竟為何？對於這個問題，卡西勒首先透過《真實知識的目標與道路》這本書，來展開他的研究。

　　卡西勒在這本書中說，理性主義以來的傳統，都試圖透過自身完足的理論概念與原則系統，來確立「世界的邏輯結構」。他們主張實在性的客觀成分應該在思想中被確立，然而，世界作為純粹的現象，卻並非單在純粹思維的形式中就能被給予。在依精神的形式性法則進行對象的建構之前，作為「客觀現前」（objektiv Vorhandenes）或客觀規定的存在物，必須早已經存在它的對面。如果我們想充分掌握「現相自身的現象」（phaenomen

---

體的理想性交織。」這些定義其實都是說，卡西勒認為我們的知覺並不只是被動的接受性，而是能進行主動的呈現，而這種可能性即是因為知覺也包含有符號形構性的作用在其中。參見 Ernst Cassirer, *Philosophie der symbolischen Formen*, Dritter Band: *Phänomenologie der Erkenntnis*, 231. 這個觀點在他遺留的筆記中說的更清楚，在那裡他說：「我引入『形著性』這個術語，是為了標明感性知覺的符號值，知覺是形著性的，最終不是經由它的性質，而是經由它所包含的意義內含。」參見 Ernst Cassirer, *Symbolische Prägnanz, Ausdrucksphänomen und Wiener Kreis*, In *Ernst Cassirer—Nachgelassene Manuskripte und Texte*, Hg. Klaus Christian Köhnke, John Michael Krois & Oswald Schwemmer, Bd. 4（Hamburg: Felix Meiner Verlag, 2011）, 51. 在「符號形式能使知覺彰著其意義內含」的意思下，我因而將 Symbolische Prägnanz 翻譯成「符號形著性」。卡西勒在此運用符號形著性的觀點，雖然強調了知覺作為有意義呈現的活動，但仍未從知覺作為生命之基本現象的角度，來進行知覺現象學的研究。

des "Erscheinens Selbst"）[67]或「現相自身的基本與原初的事實（Grund-und Urtatsache des "Erscheinens Selbst"）」，[68]那麼我們就應個別地追蹤那些使客觀化過程得以進展的不同方向，而卡西勒即稱此為生命的「原初現象」（Urphanenomene）。[69]

卡西勒在這本書中，引用歌德的觀點來說明生命的基本現象。歌德曾說：「我們由神與自然所獲得的那最高的東西，乃是生命，是單子之圍繞著自己本身而旋轉著的運動」；第二是「體驗」（Erlebte），它是活生生運動的單子（Monas），在與外在世界打交道中的覺察與掌握；第三則是發展出針對外在世界的「行動與行為、詞語與文字」。[70]卡西勒指出，與此相對應即有三個存在領域：站在最頂端的是純粹的單子，亦即在其生命實現與無止息運動中的「自我」（das Ich）。這自我的存在對我們而言是既與的，無法再進一步解釋的。他的獨特性對我們或他人而言，都是一種奧祕。第二個存有領域是「基本經驗」（Grunderfahrung），它是單子在行動中面對環境或外在世界所產生的經驗。若無此基本經驗，則生命或實在性的現象，即無法給予人們。

人是有生命的，有生命的存有者透過它他對外在世界與他人的體驗，而形成他自己的世界理解。但自我生命透過對事物與他人的體驗所形成的世界，其意義內含卻相當不同。對於外在世界的建構，是由我個人的生命體驗所形成的，這種世界作為純粹意

---

67 Ernst Cassirer, *Ziele und Wege der Wirklichkeitserkenntnis*, In *Ernst Cassirer—Nachgelassene Manuskripte und Texte*, Hg. Klaus Christian Köhnke, John Michael Krois & Oswald Schwemmer, Bd. 2（Hamburg: Felix Meiner Verlag, 1999), 6.

68 Ibid., 4.

69 Ibid., 8.

70 Ibid., 9.

識的現象世界，很難說明它是一種客觀共有的世界。但在我與他人生命的互動體驗中，我雖然同樣不能完全理解他人內心的意識狀態，但我們卻可以反過來主張，惟有預先假定我與他人早已共同分享一個客觀共有的世界，那麼我們才能對彼此的表達有所體驗。我對他人的體驗，預設我們必須先有共同的世界作為媒介，此種超越自我與他人之內在意識世界的跨主體有效性世界，是自我與他人的互動經驗中必然得承認的客觀世界，其存在的實在性不容質疑。卡西勒認為這種具客觀意義的共同世界，作為第三種意義的存在世界，即是相應於歌德所謂的「行動與行為、詞語與文字」的文化作品的世界。它具有超越個人意識的跨主體有效性，並同時是個人自我理解與相互理解的基礎，它因而亦可說是所有真實知識的形上學基礎。

要能理解語言、宗教與藝術，即需研究作為「文化對象」（Kulturobjekt）的作品。文化作品一方面具有處於生成變化的物理性質，但它也能呈顯意義，而意義正是文化對象所具有的「符號價值」（Symbolwert）。例如一幅畫是一物理對象，但當我們不再局限於它的物理性質，而是去掌握藝術作品的「表現」（Darstellung），它才不是物理對象，而是文化對象。當藝術作品具表現功能，以至於其物理性的存在，能呈現出它所意指的意義時，則此作品必同時也是某個作者自己內心的表達。卡西勒後來在《文化科學的邏輯》中，把這個觀點更明確地表達成，作品必須同時包含：「物理存在」（physische Dasein）、「對象表現」（Gegenständlich Darstellungen）與「人格表達」（persönlich Ausdrücken）這三個層面。[71]可見，我們一旦從精神形構力的建構

---

71 Cassirer, *Zur Logik der Kulturwissenschaften—Fünf Studien*, 400.

性活動，轉向在生命現象中的文化作品生產，那麼原先在「符號形著性」原則中所運作的「表達」、「呈現」與「純粹意義」的符號功能，現在即可在生命現象學的「作品分析」中，找到它們更深層的基礎。

2. 知覺現象學與文化科學的邏輯重構

　　生命自身呈現的基本現象，是在知性形構之前，由知覺活動之基本方向差異所構成的。卡西勒將這種研究知覺本身所具有的「前邏輯的結構化」（vorlogische Strukturierung），[72] 稱為「知覺現象學」（Phänomenologie der Wahrnehmung）[73]的研究。相對於「批判的文化哲學」，是基於「形式現象學」來研究精神形構力所依據的符號功能文法學。「形上學的文化哲學」則必須透過「知覺現象學」，來研究在生命基本現象中知覺之基本方向的差異。文化哲學所研究的文化對象，並非是純然的物理對象，而是活生生的人類生命現象的表達。然而，科學的研究，卻正是要脫離生命表達的知覺層面，以能「客觀地」研究純粹作為物理存在的對象。在這種對比之下，一旦作為「知識現象學」的《符號形式哲學》，主張科學知識才是最精確的知識，那麼這就同時顯示，它恰好也是最遠離實在的一種知識。

　　卡西勒若要以「文化哲學」取代「先驗哲學」，以說明一般存有的實在性基礎，那麼他就必須改變他將科學視為文化哲學之主導部分的《符號形式哲學》進路，而重新去區分自然科學與文化科學在概念建構與判斷建構上的不同。以一方面凸顯，在文化

72　Ibid., 374.

73　Ibid., 396.

科學中，惟有透過研究表達知覺的「知覺現象學」，才能闡明人類感性所具有的「前邏輯的結構化」作用。另一方面則可扭轉在作為「知識現象學」的《符號形式哲學》中，以自然科學的邏輯來主導文化科學邏輯的方法論錯誤。卡西勒最後透過將「科學」所據以成立的「事物知覺」，建立在「文化科學」所據以成立的「表達知覺」之上，以證成他自己主張：自然科學的意義基礎，最後必須歸屬於文化世界的文化哲學目的。這個工作初步的成果研究，即結集在他的《文化科學的邏輯》一書中。

依據新康德主義的思想傳統，「邏輯學」通常包括「概念建構」與「判斷建構」這兩部分的研究。正如康德先驗邏輯的〈分析論〉，分成〈概念分析〉與〈原則分析〉，前者探討那些能建構自然科學之經驗對象的知性先天概念（範疇），後者說明科學理論之判斷建構所依據的先天原則。卡西勒的《文化科學的邏輯》，同樣也是在研究文化科學的概念建構與判斷建構。這本書由五個研究組成，其內容來自他1929年以來，在「文化哲學的基本問題」課程中的講課筆記。這五個研究除了第一研究是延續〈文化哲學的自然主義與人文主義奠基〉，而為他後期的文化哲學研究提出總論外，其餘四講大致上分別對應康德在《純粹理性批判》中的先驗感性論、先驗邏輯學的概念分析、原則分析與先驗辯證論。

他先指出康德的先驗感性論仍是基於「事物性知覺」的被動觀點，然而文化科學在感性直覺的層次上，卻應立基於主動的「表達性知覺」（第二研究）；對於康德在概念分析中，以範疇作為規定與建構對象的基礎，卡西勒則訴諸康德第三批判對美學判斷的分析，指出以形式或風格概念為主的文化概念，並不在於決定對象，而在於呈顯對象（第三研究）；相對於自然科學的先驗

原則學主要基於因果法則而成立，卡西勒主張文化科學應透過「作品分析」、「形式分析」與「演變分析」，來理解構成該文化系統之符號形式的意義構成基礎（第四研究）；而相對於理性的超越運用有陷於獨斷形上學之辯證幻相的危機，卡西勒則認為應思考盧梭的挑戰，即人類的文化創造是否反而使人性因脫離自然而墮落的文化悲劇問題（第五研究）。

　　在這五個研究中，卡西勒對於文化科學的概念建構與判斷建構的說明，都還沒有完成，他只是先點出文化科學與自然科學在這兩方面的不同。《文化科學的邏輯》這本書的重點因而在於，他對「表達的知覺」優位於「事物的知覺」的分判上。[74] 這個分判使得卡西勒得以翻轉他在《符號形式哲學》中，仍在「知識現象學」的角度上，將神話與語言看成是科學知識的現象學基礎，因而基本上仍受精神形構力這個抽象的主體所決定。而是反過來以知覺活動作為說明在科學的邏輯之外的「前邏輯的結構化」，以之作為各種科學知識的實在性基礎。相對於在《真實知識的目標與道路》中，卡西勒以上述歌德一段極為隱晦的話為解釋的基礎，卡西勒在《文化科學的邏輯》中，則是從「文化哲學基本問題」的講義，針對表達知覺的客觀性問題，較為明確地論述文化科學的人文主義奠基所需的知覺現象學基礎。

　　卡西勒在《文化科學的邏輯》中指出，科學的世界觀所見的是由固定特性（Eigenschaft）或性質（Beschafenheit）所構成的「事物世界」（Sachwelt）。而神話思維則是以外在刺激的當下情緒反應，來決定對象的性質，這些性質或特性因而都可在瞬息之間轉變成其他形態。科學因而是由純粹的「感官性質（Sinnesqualitäten）」

---

74 Ibid., 402.

（如顏色、音調等）所構成的，而神話世界則是由眾多發自吾人心魂的「表達性質（Ausdrucksqualitäten）」（如畏懼、友愛等）所構成的。當代科學是建立在排除個人主觀的感覺與感受的成分，所進行的客觀研究。在這個意義上，它當然主張應排除出於情感表達的神話與直觀呈現的語言所形成的世界觀。但正是在科學這種排除神話與語言的態度中，可以看出神話與語言的世界觀，是形成於與科學世界觀不同的知覺基礎。[75]

　　以語言與神話為代表的文化對象領域，若具有可理解性，那麼這就必須預設，它們是一種正在進行意義表達的存在物。神話思維預設他的對象都是在表達情感的，而語言思維更是必須預設言語必定是他人有意義的表達。卡西勒因而說：「文化對象之為文化對象，並不是經由它直接在物理學上是什麼東西〔而決定〕，而是經由它間接的意指或表達——正如我們的感官能直接地掌握實在物或物理的對象性一樣，若我們不具有能掌握原初表達或意義的特定功能，那麼對我們來說，事實上即無文化對象可言。」[76] 文化科學的知識基礎，因而不能僅僅預設先天的符號形式，作為其對象存在的建構基礎，而是必須建立在說明表達知覺之客觀有效性的基礎之上。[77] 若要說明表達知覺的客觀性，那麼我們就必須能掌握他人之有意圖的意義表達。但這又預設，我們必須能證明有他人心靈的存在。當代持物理主義的哲學家，都認為他人心靈的存在是無法證明的。面對這種理論困境，卡西勒卻極有洞見的發現，以語言溝通作為生命存在的基本現象，將使得這個難題能

75　Ibid., 397-398.

76　Cassirer, *Kulturphilosophie—Vorlesungen und Vorträge 1929-1941*, 69.

77　Ibid., 70.

被合理地說明，他說：

> 　　若我們要處理表達—體驗的問題，麼就等於必須承認有他
> 人心靈的存在。這是不需證明，也不能證明的［……］因為
> 任何對他人心靈的懷疑，都不會是嚴肅的意見［……］我們
> 或許可以有方法論的獨我論，但不可能有系統的獨我論
> ［……］我們可以這樣說，獨我論不僅是不能證明的，它甚至
> 是無法論說的。亦即在語言的領域中，它是不可能出現的。
> 單純的言說行動（Akt des Sprechens）即已揚棄了理論的獨
> 我論所說的內容。這個行動本身即存在與陌異主體的行動關
> 涉性。我們因而不可能經由語言去懷疑他人心靈的實在性，
> 類比於笛卡爾［不可懷疑］的我思原則，我們也可以說：對
> 於他人的心靈不存在可表達的、語言可論說的懷疑。之所以
> 沒有該種懷疑，因為該種表達已經在自身中包含了對他人心
> 靈的承認。78

卡西勒在此認為表達知覺的客觀性，惟有在語言溝通中才能做最
後的奠基，因而他認為從維柯到赫德與洪堡特的語言哲學思路，
才最能為文化哲學提供人文主義的奠基，而不像《符號形式哲
學》仍停留在自然主義的奠基。《文化科學的邏輯》與《符號形
式哲學》的不同因而在於，《符號形式哲學》仍是在柯亨的影響
下，試圖以精神形式的客觀化建構活動，來說明在自然科學之外
的文化科學的知識論基礎，以能在以符號功能的文法學取代先驗
邏輯學的架構中，將康德的先驗哲學擴大成文化哲學。但在《文

78　Ibid., 111-112.

化科學的邏輯》中，卻是要透過文化科學與自然科學的區分，來說明在文化科學的「概念建構」與「原則建構」中，透過「知覺現象學」的研究，如何能將康德的〈先驗感性論〉與黑格爾《精神現象學》之〈感性確定性〉的意識哲學研究，轉化成研究表達知覺的生命基本現象，以能為文化科學與自然科學的知識學性格的差異提供說明。自然科學與文化科學的區分，因而不能像狄爾泰認為是不同對象的區分，也不能像西南學派認為是在研究方法論上的區分，而是它們是在生命知覺之基本現象上的區分。

（三）形上學的文化哲學的理論意義與困境

　　在戰亂流離的艱困環境中，卡西勒仍於 1942 年出版了他的《文化科學的邏輯》，卡西勒在同時期稍早完成的《真實知識的目標與道路》以及《符號形式的形上學》則未能出版。這大概不能完全歸因於當時外在出版環境的惡劣，而是有卡西勒思路發展的內在考量。《文化科學的邏輯》應先出版，因為卡西勒想先以它來取代在《符號形式哲學》中所進行的「批判的文化哲學」研究。在作為「知識現象學」的《符號形式哲學》構想中，文化哲學只是作為使科學知識能夠成立的前科學知識基礎，占主導地位的仍是自然科學的世界觀。但在《文化科學的邏輯》中，透過文化科學與自然科學在知覺方向、概念建構與判斷建構上的邏輯差異，卡西勒即能借助表達知覺優先於事物知覺，以及文化作品作為跨主體的共同世界的不可否定性，來說明觀念論哲學惟有在文化哲學的人文主義奠基中，才能對存在有真實的理解。而後者正是另外兩本書所要處理的主題，它們共同構成卡西勒晚期的形上學的文化哲學。

　　卡西勒的「形上學的文化哲學」因而具有以下兩方面的意

義：第一，它以知覺現象學取代先驗感性論。這使得在人類經驗中，知覺所具有的「前邏輯的結構化」作用，能在文化哲學的研究中，經由知覺的不同取向，而在人類生命的基本現象中呈現出來，這深化了人類經驗理解的層次。相對的，透過分析數學如何可能的先驗感性論，事實上仍是為了建構自然科學之同質化的數量掌握所做的分析，卡西勒因而並不特別著重時間性的問題。第二，它以哲學人類學取代先驗主體的預設。在形上學的文化哲學中，對於生命基本現象的重視，使得卡西勒能從德國觀念論的「精神」概念，走向在文化創造中人類互動的跨主體有效性問題。符號形式哲學對於文化哲學的研究，因而不再是「精神科學」，而是如同卡西勒《人論》副標題所指的，是真正在研究「人類文化的哲學」。文化哲學不應只研究先驗哲學的精神主體，而應研究使人類互動成為可能的文化媒體，因為惟有它們才是真正能建構共同世界之真實存在的跨主體有效性基礎。

　　可惜的是，卡西勒雖然認為表達知覺的客觀性，必須基於他人心靈存在的證明，而這種證明惟有在語言溝通中才是自明的，他甚至指出惟有在「語言的現象」中，才能證成表達知覺的客觀性。[79] 但他對於生命的基本現象所具有的我—你與他這三個向度，卻還不能從語言溝通的現象來加以說明，而只能借助歌德那段非常隱晦的引文來做解釋。這種不足正好呈顯出卡西勒對於語言哲學的理解限度，卡西勒反對當時馮特等人的語言心理學的語言表達理論，並僅將洪堡特理解為批判的語言觀念論者。然則洪堡特早年雖主張語言世界觀的主觀建構，但他後期卻認為語言即使有內在語言形式的差異，但它仍有一對話的結構作為它的原型。而

---

79 Ibid., 121.

馮特的表達理論重視以身體姿態作為建構符號性意義的基礎，這被後來的米德理解成，惟有透過姿態會話的過程，溝通才能具有規範行動與意義理解的有效性基礎。但卡西勒則似乎一直停留在康德先驗哲學的先天條件分析，而忽略了文化勢必是在跨主體的溝通互動中才能形成。

　　透過上述的討論，我們最後可以從海德格在達弗斯對於卡西勒的批判，看出在卡西勒的「符號形式哲學」中，文化哲學應當有作為「文化科學之知識論方法學奠基」、「符號形構之主體性條件重構」與「人類生命之歷史生發根源闡釋」這三個層次的研究向度。卡西勒在《符號形式哲學》的前三卷研究中，透過對語言與神話等文化符號系統所進行的「形式現象學」研究，將文化科學的知識論方法學，奠定在文化形構之精神主體性所具有的「符號功能文法學」的基礎上，這形成他的「批判的文化哲學」構想。而在《文化科學的邏輯》與《符號形式的形上學》中，卡西勒則透過「知覺現象學」，來研究作為「前邏輯結構性」的知覺活動，以說明人類所建構的諸種文化作品，作為人類此在之生活形式的基礎，實即基於我與世界或我與人之間的表達知覺或事物知覺的不同取向，所呈現出來的生命基本現象之多面向性，而這也成為他的「形上學的文化哲學」的出發點。

　　卡西勒的「批判的文化哲學」，一方面為19世紀以來快速發展的人文科學奠定其知識論方法學的基礎，一方面則透過將康德為自然科學奠基的「理性批判」，轉化成為文化科學奠基的「文化批判」，而凸顯出文化科學更能為人類提供知識之實在性的基礎；而他的「形上學的文化哲學」，則不僅能說明科學的意義基礎應在於文化的生活世界，更以文化作品為媒介，為人類此在之歷史生發提供表達性互動的共同基礎。卡西勒面對新康德主義在

「虛構論」與「實在論」之間的理論兩難，以及必須能統一自然科學的方法論與文化科學的方法論的時代挑戰下，極富創造性地以洪堡特的語言哲學為典範，推動康德先驗哲學的符號學轉向，而重構出文化建構所必須遵循的符號功能文法學。卡西勒在符號形式哲學中，以文化哲學取代先驗哲學的構想，因而使哲學能從科學認知活動所預設的抽象先天的精神主體，再度回到以神話與語言世界觀所代表的人類的文化生活世界，從而為人類的自我理解提供了比科學認知更為深層的情感表達與直觀理解的基礎。

第六章

米德社會心理學的
溝通行動理論重構

454　從赫德到米德：邁向溝通共同體的德國古典語言哲學思路

　　米德的思想縱橫於心理學、哲學與社會學等諸多不同的領域，這使得他的理論構想在學科界限劃分嚴格的各專門領域中，都很難得到公正且全面的評價。米德出身美國實用主義的芝加哥功能主義學派，早年並曾留學德國，對馮特晚年的民族心理學理論極感興趣。返回美國之後，致力將馮特在民族心理學中對於德國古典語言哲學的討論，與美國實用主義的觀點結合在一起，建立他自己的社會心理學理論。這種構想與當時美國各大學正大量創建實驗心理學研究室的熱潮背道而馳。[1]米德在語言哲學方面的構想，後來雖然被他的學生Charles Morris發展成語用學的記號理論，[2]但Morris想將這一套學說用在統一科學的理論上，卻無法與當代研究科學哲學的邏輯學家們競爭。米德在社會學方面的創見，則被他的學生Herbert Blumer以「符號互動論」（Symbolic Interactionism）的名稱加以宣揚，[3]但透過意義理解之行動規範性

1　美國當時各大學實驗心理學研究室的創建人，其實也大都是馮特的學生。他們深受馮特早年「生理心理學」研究的影響，但對於馮特晚年轉向民族心理學研究的意義與價值，則已不甚了解，此處可參見Farr的說明。Robert M. Farr, "Wilhelm Wundt and the origins of psychology as an experimental and social science," *George Herbert Mead: Critical Assessments.* Ed. Peter Hamilton（London and New York: Routledge, 1992）, Vol. 3, 176-179.

2　Morris首先在《記號理論之基礎》一書中，透過米德的社會行為主義，對語言學的研究提出「語法學」、「語意學」與「語用學」三分的說法，請參見Charles Morris, *Foundations of the Theory of Sign*（Chicago, Illnois: The University of Chicago Press, 1938）, 29-42。Morris此後又在《記號、語言與行為》中，依米德論語言與社會行為的關係，建立他自己的記號理論，請參見Charles Morris, *Sign, Language and Behavior*（New York: George Braziller, Inc., 1946）, 32-59。

3　Blumer主要以六個概括的「基本意象」（root images）來說明米德「符號互動論」的本質，參見Herbert Blumer, *Symbolic Interactionism: Perspective and*

的解釋，在理論操作上卻遠不及 Talcott Parsons 的結構功能主義來得精密而客觀。米德的社會心理學觀點，因而在美國學界自 20 世紀 50 年代以後，即已遭到冷淡的待遇。

相對的，米德的學說自 20 世紀 70 年代以來，在德國卻聲譽鵲起、大受重視。德國當代哲學家圖根哈特，就把米德與海德格、維根斯坦並列為 20 世紀最重要的三位哲學家之一。他認為米德轉化了西方近代以來的意識哲學觀點，將自我意識的問題從內省反思的模式，轉向實踐的自我決定模式，而完成維根坦斯與海德格的哲學志業。[4]哈伯瑪斯也認為，傳統意識哲學在 20 世紀遭遇到來自語言分析哲學與心理學行為主義這兩方面的重大挑戰，米德的社會心理學卻正結合了這兩方面的思路，但卻又不至於像邏輯實證論或行為主義這兩個極端，一開始就陷入將哲學的工作化約成科學的語言建構，或僅止於觀察刺激與反應的外在行為表現。[5]米德在社會心理學中所含有的溝通行動理論，因而將可以超越盧卡奇與阿多諾的批判理論，提供一條既能取代馬克思的歷史唯物論，又能說明文化進化之溝通理性基礎的思路。哈伯瑪斯兩位最得意的門生，包括曾任德國 Erfurt 大學「韋伯研究院」院長的 Hans Joas，與甫卸任法蘭克福大學「社會研究所」所長的 Axel Honneth，也對米德的理論情有獨鍾。Joas 將米德的符號互動論詮釋成一種「實踐的交互主體性理論」，而 Honneth 則認為米德論的社會理論，可以為「社會衝突之道德文法」提供一種基於相互承

　　Method（Chicago, Ill.: University of California Press, 1998），2-21。

4　Ernst Tugendhat, *Selbstbewußtsein und Selbstbestimmung—Sprachanalytische Interpretationen*（Frankfurt am Main: Suhrkamp Verlag, 1979），11.

5　Jürgen Habermas, *Theorie des kommunikativen Handelns*. Band 2, *Zur Kritik der Funktionalistischen Vernunft*（Frankfurt am Main: Suhrkamp Verlag, 1981），11-12.

認的溝通理論基礎。

　　米德的思想在德國的發展雖然方興未艾，但米德研究的一個窘境卻也隨之被凸顯出來，那就是米德在生前其實並未出版過任何一部著作。他的主要著作《心靈、自我與社會》是由Morris根據米德在1927年講授「社會心理學」課程時，由學生所做的筆記而整理出來的。Morris在編輯時也參考了不同時期的筆記，以及其他的材料而加以增補。[6]這使得全書的邏輯結構相當不清楚，相似但又有不少出入的論證經常重複出現。而且由於是課程講演的性質，米德花了相當多的心力，用來批判地介紹在當時心理學界的重要理論，像是華生（John B. Watson）的行為主義心理學，與詹姆士（W. James）的心理學平行論等等。這些額外的討論，使得米德《心靈、自我與社會》這本書，相當難以作為理解米德思想的入門或作為引證的依據。有些學者因而主張，討論米德的思想應以米德自己發表過的論文為主。但米德的論文集在美國本土卻始終都只有零星的選集，只有在德國才將他生前發表於各學術刊物中的論文，收集成兩卷本的《米德論文全集》（*George Herbert Mead Gesammelte Aufsätze*, 1980）。從這些相對完整的論文中，我們才比較可以清楚地梳理出米德思想發展的過程，以及

6　對於Morris編輯《心靈、自我與社會》一書的過程，現在有Huebner的詳細考證，可供參考。Daniel R. Huebner, "The Construction of Mind, Self, and Society: The Social Process Behind G. H. Mead's Social Psychology." *Journal of History of the behavioral Science*, 48: 2(2012): 134-153. 此外米德在1914年與1927年另外兩份講課筆記，其後也由Miller在1982年另行編輯出版，這可與Morris編輯的版本做對照。請參閱Miller對於新編《個人與社會自我——米德未出版著作》的導論說明。David L.Miller（ed.）, *The Individual and the Social Self—Unpublished Work of George Herbert Mead* (Chicago, Illnois: The University of Chicago Press, 1982), 1-26.

他的哲學關懷之真正核心所在。

　　米德在當前德國學界引發這麼大的迴響，並不是偶然的。其實正是透過米德的社會心理學，才使當代的德國哲學找到一條返回德國古典語言哲學傳統的道路。德國古典語言哲學在赫德、哈曼與洪堡特等人的努力下，早已開啟了一條以語言批判取代理性批判的思路。他們意識到語言的意義不可分離於人類的社群性，而思想或理性也主要是由語言的對話結構所構成的。這些思想遠渡重洋，終於得以在米德開創的社會心理學中得到完整的繼承。因為米德正是以意義理解的語言溝通結構為基礎，說明人類的理性人格與人類社會的合理化建制，如何能從個人的社會化與社會整合過程中產生出來。透過米德返回德國古典語言哲學的思路，使得當代德國哲學，能在從康德到黑格爾的德國觀念論發展之外，另闢一條語言學轉向的道路。以能用溝通理性轉化意識哲學的獨我論所產生的種種理論危機，而全面地更新哲學在知識論、倫理學與法哲學方面的理論架構。

　　這條幽深行遠的思路在哲學史的發展中，正如大洋之潛流，並不易被發現。本書在此將追溯米德建構社會心理學的發展過程與體系內容，並透過當代德國哲學對它進行的溝通行動理論重構，說明米德的《心靈、自我與社會》，其實正是在探究「姿態中介的互動」、「符號中介的互動」與「角色中介的互動」這三種人類溝通結構的轉型發展過程。透過這三種溝通結構的轉型過程，米德不僅說明了人類究竟如何透過語言溝通，而使意義理解、個人社會化的人格建構，與社會功能分化與整合成為可能，也同時為語言哲學建構了客觀主義的意義理論基礎、為自我的交互主體性理論提供了社會性的奠基，並為社會哲學建立了使社會理性化過程能持續進行的溝通理性基礎。米德這些觀點涵蓋層面

極廣，對於哲學史上的重要議題，也都能提出他極富啟發性的重新解釋，因而很值得我們詳加探討。

一、米德的早期思想發展與理論雛形

米德最早提出他有關「社會心理學」的理論構想，是在1909年〈社會心理學作為生理心理學的對應部分〉這一篇論文。在這之後，米德接連發表了〈社會意識與意義意識〉（1910）、〈心理學必須預設何種社會對象〉（1910），〈社會意識的機制〉（1912）與〈社會自我〉（1913）等四篇相關論文。1909-1913年因而被視為是米德社會心理學的構思期，他的主要觀點幾乎都已經具體而微地呈現在這五篇論文的思考內容中。但在闡釋米德社會心理學的理論內容之前，經常被忽略的問題是，出身美國實用主義傳統，並曾負笈德國留學的米德，何以會以「社會心理學」作為開創他自己哲學研究的進路。向前追溯這個問題，我們可以發現，米德的〈社會心理學作為生理心理學的對應部分〉這一篇論文，其實同時是他意圖結合「美國實用主義」與「德國古典語言哲學」這兩大思想傳統的宣言。在這之前，他已經分別在1900年所寫的〈哲學學科的理論建議〉以及1903年的〈心理的定義〉中，將美國實用主義（特別是以杜威為代表的芝加哥功能主義學派）的觀點，應用到對哲學與心理學之基本問題的討論之上。而他在1904年發表〈心理學與語文學之關係〉這一篇論文，更是直接將當時德國古典語言哲學，在介於「歷史比較語言學」與「語言心理學」之間的爭議，帶入到實用主義關於意義建構之社會性前提的研究中。底下我因而將先說明，米德在1900-1909年間，如何嘗試綜合美國實用主義與德國古典語言哲學的問題意識，確立他

自己研究社會心理學的必要性；其次再透過米德1909-1913年的
論文，探討他發展社會心理學構想的基本思路。

（一）美國實用主義與德國古典語言哲學的綜合

　　美國實用主義試圖把傳統的哲學問題，放在解決實踐問題的
行動過程中來看。杜威在1896年發表的〈心理學的反射弧概
念〉，可視為當時主導美國實用主義思潮的芝加哥功能主義學派
的代表性觀點。杜威透過將感覺理解成行動的過程，以批判僅將
行為看成是刺激與反應關係的心理學研究模式。他指出：「刺激
與反應並不是存在的區分，而是目的論的區分，亦即關乎目的的
達到或維持，每一個部分所扮演的功能之區分。」[7]例如：在兒童
試觸燭火的行動學習過程中，視覺的行為不僅產生刺激，更一直
控制著兒童手臂的運動（此為刺激主導了反應）；同樣的，手臂
的運動也反過來控制著看的行動，以使目光能集中在燭火這裡，
以確保接觸的達成（此為反應選擇了刺激）。刺激與反應因而是
交互的，不僅是刺激指導了反應，而是反應也形塑了它所經驗之
物的性質。刺激與反應作為在持續的協調過程中的功能性環節，
這種過程是有組織的，而非僅是反射性的。正如試觸燭火的例子
所顯示的，在日常生活中，當行動的過程順利，我們並不會意識
到刺激與反應之間的區別，但是當在行動中出現問題有待解決
時，例如當兒童不確定燭火是否會燒痛手，而想觸摸看看時，這
個區分才會在意識的活動中產生出來。

7　John Dewey, "The Reflex Arc Concept in Psychology," *John Dewey, Philosophy,
　　Psychology, and Social Practice.* Ed. Joseph Ratne（New York: Capricorn Books,
　　1965）, 260.

　　受到杜威這篇論文的影響，米德在1900年所寫的〈哲學學科的理論建議〉與1903年的〈心理的定義〉這兩篇論文中，即是從杜威的觀點出發，以一方面說明各種哲學學科（像是形上學、倫理學與美學等），都應當重新在實用主義的行動理論預設上討論。而對於心理學所研究的心理意識活動，也應當在問題解決的行動實踐脈絡上加以界定。米德在此逐步發展出他自己的觀點，對他來說，杜威的功能主義心理學隱含一個重要的哲學論點，那就是：思想或意識主體的活動，惟在有目的的解決實踐問題的行動過程中，才會在一個正處於「解組」（disintegration）與「重構」（reconstruction）的世界中呈現出來。[8]實用主義因而不能只強調作為徹底的經驗主義這一面，而是最終仍需透過主體性如何形成的問題，來為哲學或心理學的研究提供最後的基礎。他在《哲學學科的理論建議》中說：

> 　　我只想指出，在那些有疑難的經驗中產生出來的注意過程，控制作為注意的本質部分，並不能在客觀有效性的世界中找到。因為在此可謂：舊的世界已經被放棄，而新的世界尚未存在，注意的過程因而只能在彼此不同的行動傾向之間的關係中找到。這些不同的行動傾向，已經被強力地從舊有的對象中分離出來，它只能經由新的對象加以中介。經驗的主題與新對象的產生過程，都必然是主體性的。[9]

8　George Herbert Mead, "The Definition of the Psychical," *The Decennial Publications of the University of Chicago* (Chicago: University of Chicago Press, 1903), First Series, Vol. 3, 101.

9　George Herbert Mead, "Suggestions Toward a Theory of the Philosophical Disciplines," *Selected Writings—George Herbert Mead*. Ed. Andrew J. Reck (New

　　米德在這兩篇論文中顯然已經意識到，一旦我們貫徹實用主義的觀點，那麼經驗與客體的最終基礎，將不可能在具客觀有效性的存在領域中找到（因為正是這個領域的崩解與有待重構，主體或意識的活動才會產生作用），而是應轉向研究在行動中的主體性。只是在當時，研究主體或心理意識活動的心理學理論，對於主體這個概念應如何理解，卻正處於分歧而無定論的狀況中。這如同米德在〈心理的定義〉一開始就指出的：「在使用客觀性一詞方面，比起使用與之對應的主體性一詞，我們有更大的一致性［……］客觀性是一種已經達到目的的認知過程之特性，認知活動的成功提供了客觀性的判準［……］但相對於客觀性之無歧義的性格，卻有許多不同的意義附加在主體性之上。」[10]米德因而想先透過檢討當時各種學說對於心理的定義，來解決這個問題。

　　米德在〈心理的定義〉中，主要仍是依據杜威功能主義的觀點，來評論各家的觀點。杜威將思想或意識的活動放在解決實踐問題的行動過程來理解，這意味著作為解決問題的行動者，必是處於實踐情境中的具體個人。米德因而主張，就定義心理的主體性涵義而言，他至少應一方面具有：「主體即是與『個人之為個人』（individual qua individual）之意識相一致者」的意思。[11]但在另一方面，主體或意識既是在行動傾向的衝突中才產生出來，那麼這種在習以為常的世界崩解與新世界尚未出現的問題態度中才呈現出來的主體本身，也應依解組與重構的行動過程來加以理解。心理的活動既是一種在解組中的重構，它就既不能只是經驗

　　York: The Bobbs-Merrill Company, 1964), 15.

10　Mead, "The Definition of the Psychical," 77.

11　Ibid., 77.

的客我，也不能是先驗的自我，而是必須具有功能性的活動，而又具有具體實在性的個人。換言之，惟有同時具備「功能性」與「個體性」這兩種性格，才是對主體性的正確理解與適當的定義，對此米德說：

> 　　以上我們達到的結論是：心理意識惟當它是功能性的，它才能是直接的［……］它的功能性格限制它只能指涉到作為對解組而並列者的重構（reconstruction of the disintegrated coordination）。
>
> 　　到目前為止的討論，只考慮到心理之直接性的特性。但在定義中的其他要素，是它與「個人之為個人」之經驗的相等同。心理的功能性概念的涵蘊是很有趣的。如果心理同時是功能性的與個人的意識，那麼它就難以避免得到結論說，我們意識的這一個階段，或者換句話說，個人之為個人在相同的意義下，也應是功能性的。個人既不能是大量存在於當代的發生心理學或病態心理學中的「經驗客我」（empirical "me"），也不能只是作為統一功能的「先驗自我」（transcendental self）。[12]

　　米德對主體功能性的理解，採取杜威的觀點，但對於個人自我的觀點，則進一步採取詹姆士的觀點。因為處在解組與重構中的自我，既不能以既定的經驗我與在世界之外的先驗我來加以理解，那麼詹姆士在《心理學原則》的〈論自我〉這一章中，將自我理解為具有「主我」與「客我」兩環節的「意識流」，對米德

12　Ibid., 104.

而言，即成為理解自我最好的模式。米德在〈心理的定義〉中，一方面反對將所有存在都化歸主體的觀念論觀點，因為這個觀點勢必會陷入主體性即非任何客體存在物的形上學陷阱。但米德也反對經驗心理學的研究，因為他們雖然已經「強迫主體性退去它的形上學王位，並剝除了它的存有論論證的外衣」，[13] 但這種觀點卻反而沒有辦法說明主體性的內含與地位，從而最終只能視主體性為幻相或附帶的現象。這些心物平行論的假設，會讓我們以為，在我們研究的心理意識背後有一個不能對象化的主體活動，這種只能透過先驗反思才能理解的自我，將會是「一種絕無法在心理學領域中呈現為人格（in persona）的主體 [……] 亦即從發生學的觀點上來看，這種主體作為意識的一個階段，在反思階段產生之前，它就必須先消失掉」。[14] 主體因而不應是知識論的內省模式所預設的先驗實體性的存在，而是在解組中進行重構的功能性活動。米德因而結論說：

> 這篇論文的建議如下：我們所直接意識到的衝動之衝突，剝除了對象作為客觀刺激的性格，這種經驗的階段使我們能留在主體性的態度中；在此期間新的對象刺激透過重構的活動而呈現出來，它因而被等同於有別於「對象客我」的「主體自我」。[15]

先驗的反思與經驗的研究，都不是研究心理意識或主體的恰

---

13 Ibid., 104.

14 Ibid., 105.

15 Ibid., 109.

當進路，而作為在行動所處世界的解組與重構中活動的自我，又需同時具有功能性的作用，與能呈現個人之為個人的個體性格，這使得米德出人意料地轉向德國古典語言哲學的研究。這不僅因為，當時主導心理學理論發展的，正是在德國萊比錫大學創立第一個心理學實驗室的馮特，而更是因為馮特晚年在基於生理心理學的「個體心理學」研究之外，主張應進一步應在「民族心理學」的領域中，才能真正理解心理活動的主導原則，這吸引了米德的研究興趣。米德在〈心理學與語文學的關係〉一開始即指出，馮特的民族心理學即意在說明：「經驗現象的關係與構造，不但依賴於個體心靈，而且還依賴於由我們所屬的群體環境給出的社會結構。」[16]米德在這裡脫離實用主義的個人心理學的思考範圍，指出解決行動問題的解組與重構，不能僅依個體心靈的功能性作用來理解，而是必須進一步依賴我們所屬的群體環境所給出的社會結構，來研究心靈能在解組中進行重構的社會性條件。對米德而言，吾人之所以會面對有待解決的行動問題，這是在解決社會生活問題的分工合作中產生的。米德因而寄望能在馮特的民族心理學中，找到能說明既具有功能性，又具有個體性的主體性或心理的充分定義。

　　在美國主流的哲學家中，米德是極少數精熟德國古典語言哲學理論的學者，他也可以說是最早洞見到語言哲學與實用主義之

16　George Herbert Mead, "Die Beziehungen von Psychologie und Philologie," *George Herbert Mead Gesammelte Aufsätze* Hg. Hans Joas（Frankfurt am Main: Suhrkamp Verlag, 1980）, 171.〈心理學與語文學的關係〉這篇論文在米德英文的論文選集中都未收錄，但中文選集《米德文選》則有中文翻譯。參見［美］米德（Mead）著，丁東紅等譯，《米德文選》（北京：社會科學文獻出版社，2009），頁398-411。以下引文之中譯，即引用自這個譯本。

內在關聯性的哲學家。[17]馮特的民族心理學研究的是「語言、神話
與習俗的發展法則」，這是說人類的認知、想像與意志等心理機
能，都不只是僅依個人的意識活動就能加以解釋，而是它們都受
到在文化中得到跨主體承認的語言、神話與習俗的決定性影響。
要真正說明人類具有認知、想像與意志的心理活動，就必須先能
說明形成語言、神話與習俗的法則。在其中，語言尤為根本，因
為它是人類個體之間跨主體溝通最主要的媒介。而馮特對於語言
的研究，又特別著重應從身體姿態的互動來進行解釋。馮特反對
當時的歷史比較語言學的語言哲學研究，因為像是保羅（Hermann
Paul）的《語言史原則》即主張語言科學所研究的語言變遷，應
是與研究歷史原則一樣的客觀科學，而不能是心理學的研究。

　　保羅的基本前提是赫爾巴特（J. H. Herbart）的表象心理學，
亦即心靈的表象建構只能是我們個人內心私有的表象，它無法被
傳達給他人。語言溝通的可能性若要透過心理學的表象活動來加
以解釋，那麼我們將無法說明語言理解的可能性基礎。因而即使
在其後，Lazarus 與 Steinthal 在他們所創辦的《民族心理學與語言
科學雜誌》中，試圖主張一種非研究個人靈魂實體的民族精神，
來作為語言之普遍可理解性的基礎，但由於這種民族精神的概

---

17 Graumann 就曾非常清楚地指出，米德對馮特學說的興趣，並非只是建立在短
　暫的師承關係，而是因為「語言心理學」與「社會心理學」這兩門學科，原
　即具有密切的內在關係。一門無語言的社會心理學，或一門無社會的語言心
　理學，都是不可能成立的。惟有這兩者的結合，才能透過人類行動的語言性
　與社會性，為行動理論提出基本公理。此說甚有見地，請參見 Carl Friedrich
　Graumann, "Wundt—Mead—Bühler: Zur Sozialität und Sprachlichkeit
　menschlichen Handelns," *Karl Bühlers Axiomatik—Fünfzig Jahre Axiomatik der
　Sprachwissenschaften.* Hg. Carl F. Graumann & Theo Herrmann（Frankfurt am
　Main: Vittorio Klostermann, 1984），217-218。

念，仍需透過個人心靈表象之間的相互的影響作用，來說明跨主體有效的意義內含。因而此種基於民族精神的語言心理學研究，仍無法被保羅主張的歷史比較語言學的研究進路接受。[18]

　　馮特接受建立在民族精神概念上的語言心理學研究，他認為保羅與 Steinthal 之間的爭論，看來是對立的，但其實他們的觀點都同樣建立在「主知主義」的錯誤預設上。主知主義認為語言最原初的功能是用來傳達訊息，這種觀點預設說，我們是先透過個人心靈的表象機制，形成個人對世界的思想內含。然後當有傳達思想的需要時，我們才使用語言作為傳達訊息的媒介。這種觀點在語言起源論的解釋上，無疑會陷入很大的困境，因為這若不接受語言的上帝起源論，否則就只能接受語言約定說的語言發明理論。但語言約定說卻無法避免循環論證，因為它得在語言發明之前，就必須預設我們已經擁有一套能用來約定產生語言的語言。馮特則相對地持「唯意志論」的立場，亦即，語言的首要目的並不是為傳達訊息，而是為了表達情緒，而情緒的表達對於同種族的個體而言，是可以相互理解的，就此米德特別引述了馮特這一段話：

　　　起源的法則必導致如下的預設，自然姿態的起源並不在於傳達表象的動機，而在於情緒運動的表達。姿態原本即是根源性的情感表達（Affekäußerung），姿態語言雖然是超出這個階段而提升出來的，但若無這個原初的情緒動機，則就不可能形成了。惟當該情緒包含了具情緒強度的表象，那麼姿

態才成為表象的表達（Vollstellungsäußerung）[……]個人乃
透過姿態的往返運動而過渡到共同的、已經改變的情緒中。
經由姿態表達之來回平衡的情感，我們因而得到一共同的、
在姿態表達的交互交通中確立的思想。[19]

馮特的語言身體姿態起源論，在此恰好能為米德提供一個理想的
模式，以說明我們對事物之表象的符號性建構，正是在個體之間
的社會性互動過程中建立起來的。馮特強調我們能透過語言符號
以進行思想溝通，是經由前語言的身體姿態互動而產生的，這也
正可以說明，人類的思想是從人類在相互理解的社會互動過程
中，才逐漸透過共同可理解的意義建構而形成。這因而能為美國
實用主義的芝加哥功能主義學派，提供在一個已經解組而有待重
構的世界中，主體能形成與發揮作用的社會行動基礎。

　　馮特的語言姿態起源論提供一種前語言的、借助表達情緒的
身體姿態進行社會溝通的理論模式，這正與當時在美國興起的社
會心理學研究，有理論相通之處。在1908年出版了兩本社會心理
學的開創之作，其中Ross的《社會心理學：概論與資料書》，把
社會心理學界定為對人類彼此一致之行為的研究，米德並不接受
這種觀點，但他接受McDougall在《社會心理學導論》中，從本
能與衝動來研究「社會性」（Sociality）的進路。米德認為社會心
理學應是研究人的社會性，這使得他認為芝加哥功能主義學派僅
從生理學研究心理學的生理心理學進路，應當對應地有一社會心
理學，以對主體的社會性進行研究，這樣才能達到如馮特在民族
心理學中對於心理活動依賴於民族之社群共同體的洞見。他把這

19　Mead, "Die Beziehungen von Psychologie und Philologie," 177-178.

篇論文稱為〈社會心理學作為生理心理學的對應部分〉，一方面
是試圖以社會心理學推進功能主義心理學的研究，另一方面則是
借鏡馮特以民族心理學作為研究個體心理學之生理心理學基礎的
做法，說明功能主義心理學的社會心理學研究，應與馮特的語言
身體姿態起源論結合在一起，才能為實用主義建立主體之社會性
的基礎。米德藉此將美國實用主義與德國古典語言哲學結合起
來，而發展出他自己獨具溝通理論特色的社會心理學。

（二）米德社會心理學的理論雛形

　　米德〈社會心理學作為生理心理學的對應部分〉這篇論文，
並未沿用馮特以民族心理學作為生理心理學之對應部分的說法，
這是因為他認為，馮特將民族精神視為建構語言、神話與習俗的
主體，這雖非主張存在一種形上學的心靈實體，但透過民族精神
作為文化建構的主體，以研究其發展的法則，卻顯然仍是一種觀
念論的思維模式。這種觀念論的思維方式，可能會使真正的人際
互動過程，被掩蓋在虛構的民族精神中。米德受到達爾文與實用
主義之自然主義的影響，認為心理學應就「在實在性發展中的各
特殊階段」來研究它自己的重要概念，[20]以能徹底地從人際互動的
社會進化過程，說明我們用來界定人類意識、心靈或主體性這些
心理活動的內含與能力，是如何逐步地發展出來。他並回顧當時
社會心理學的各種理論發展，指出在當時的社會心理學研究中，
McDougall的「社會本能理論」，Royce的「意義共同體理論」與

---

20 George Herbert Mead, "What Social Objects Must Psychology Presuppose?"
　　Selected Writings—George Herbert Mead. Ed. Andrew J. Reck（New York: The
　　Bobbs-Merrill Company, 1964）, 106.

Baldwin的「社會自我理論」最值得他借鏡與討論，他說：

> 如果McDougall，Royce與Baldwin的心理學立場能被一貫
> 地維持，那麼我想喚起大家對於這些立場之涵義的注意。我
> 心中所想到的立場分別包括：人類本性是被賦予社會本能與
> 衝動，並經由它而組織起來的；意義的意識是由社會性的交
> 互溝通而產生的；最後，隱含在每一個行動與意願中的自
> 我，作為我們在做基本的評價判斷所必須關涉者，必存在於
> 社會意識中，在此他人自我如同主體自身一樣，是直接被給
> 予的。[21]

米德在〈社會心理學作為心理生理學的對應部分〉中，即透過論
述這三個立場的哲學涵義，而嘗試以他自己改造過的馮特理論，
將存在於McDougall，Royce與Baldwin社會心理學理論中的洞見
整合起來，而形成他自己的社會心理學的理論雛形。

（1）米德首先針對McDougall主張人類本性是由社會本能與
衝動組織而成的社會心理學立場進行分析。McDougall在1908年
出版的《社會心理學導論》中，嘗試透過避害、好鬥等基本本
能，以及與其連結在一起的懼怕與憤怒等基本情緒的分析，來說
明人類複雜的思想或情感，以及特殊的社會心理現象如同情、模
仿等，如何能從這些本能的連結與轉變產生出來。米德在1908年
即曾針對這本書寫過書評，他認為McDougall的意圖，其實是想

---

21 George Herbert Mead, "Social Psychology as Counterpart to Physiological Psychology," *Selected Writings—George Herbert Mead*. Ed. Andrew J. Reck（New York: The Bobbs-Merrill Company, 1964）, 97.

透過本能的研究，以使心理學能成為社會科學的方法論。McDougall 將本能與情緒連結起來，以說明在人類最基本的本能與衝動中，即含有特定行動目的的意志，而不只是單純的對外在刺激產生反射性的動作而已。他因而將本能定義為：「我們可以把本能視為一種遺傳的或先天的心理—物理意向，它影響主體感知、注意某類客體的過程，影響在感知時體驗到的特定的情緒興奮程度，以及對感知到的刺激做出特定動作或神經衝動。」22 本能作為行為之策動力的基礎，既能影響我們對外在客體的注意與回應的情緒興奮程度，米德因而認為 McDougall 的本能理論對於理解意識理論與情緒理論都具有重要的意義。23

McDougall 由本能出發去研究人類有意識的活動，米德認為這對心理學研究最具有意義之處，即是主張心理學最基本的研究單元，應是行動，而不是意識狀態。24 但米德也認為 McDougall 這本書最不能令人滿意之處，就是對自我意識的分析。他批評 McDougall「全然不能為社會意識整體的發展提供前後一貫的心理學說明」，25 這其中的關鍵在於，在本能與其相關的情緒連結中，McDougall 並未意識到與情緒相連結在一起的本能，其實絕大部分都屬於社會性的本能。我們複雜的思想與情感等心理意識，並不是單由本能，而是由本能策動的社會互動過程產生出來

---

22 ［美］麥孤獨（McDougall）著，俞國良等譯，《社會心理學導論》（北京：北京大學出版社，2010），頁15。

23 George Herbert Mead, "Rezension von William McDougall, An Introduction to Social Psychology," *George Herbert Mead Gesammelte Aufsätze.* Hg. Hans Joas (Frankfurt am Main: Suhrkamp Verlag, 1980), 159.

24 Ibid., 160.

25 Ibid., 164-165.

的。且在此與本能連結在一起的情緒，也應在認知與行動方面都扮演一定的作用，但McDougall卻忽略了情緒在社會行動中所具有的評價與溝通的功能。[26]

到了〈社會心理學作為生理心理學對應部分〉這篇論文，米德即轉向說明McDougall的本能理論所具有的兩項理論涵義。其中第一點在於：本能應能為社會對象提供內含與形式。這個觀點是從前述McDougall對「本能」的定義引申而來的。本能既有策動行動的力量，它因而是對有機體的刺激，這種刺激使我們注意特定的對象，而排除其他刺激，它並在我們能對它做出適當的反應時，主導了我們的情緒表達。而這即表示在人類有意識的心靈活動之前，已經存在一種前語言的溝通形式，或用米德自己的話來說就是：「在我們的經驗中，我們至少隱含地支配著感覺的意識內容與我們對它的態度，我們的意識因而支配著客體作為特定對象的內容，以及它們的意義，亦即支配著它的知覺與概念。因而一旦我們假定有某些有組織的社會性本能，這即隱含說，在未發展的人類意識中，社會對象的內容與形式是已經存在了。」[27]

第二點理論涵義則與模仿理論有關。[28]米德持這個看法主要是因為當時主流的社會心理學觀點都認為，當我們要建構一種可溝通的意義時，我們都需透過模仿彼此的行為，才能使一種行為方式取得對所有人都相同的意義。但米德卻從McDougall的本能理論中看出，在社會群體中，經由本能所策動的社會互動，其重點並不在於它必須使個別成員總是得跟著他人做出一樣的行為。而

26　Ibid., 167.

27　Mead, "Social Psychology as Counterpart to Physiological Psychology," 98.

28　Ibid., 99.

是在其中，一生物的行為作為使他人做出特定行動反應的刺激，這種特定的行動反應本身，應能再度作為刺激，而使得第一個生物接著能做出特定的回應。行動的相似性因而並不是問題的核心，重要的是一個生物的行動，必然隱含地擁有對其他生物的行動做出特定回應的意義，而對這個意義的理解本身才是雙方能進行行動協調的基礎。米德因而認為依社會本能理論來說，人類的溝通一開始並不是訴諸模仿，而是基於行動互動的合作。而在社會心理學中的模仿理論，也應進一步發展成「社會刺激與回應的理論」。

（2）米德討論的第二個立場，原本是針對Royce主張：「意義的意識是由社會性的交互溝通而產生」的「意義共同體理論」。但在他對這立場的社會心理學涵義進行說明時，卻轉向討論馮特的語言起源論。Royce是米德的老師，他借用Peirce的理論，主張對於概念之意義的理解不能脫離「詮釋的共同體」，因為所謂概念的共相，即是由記號以及記號的詮釋者所構成的。Royce引用Peirce的理論，雖然並非意在建立符號學的科學理論，而是用在「宇宙之倫理學側面」的觀念論形上學研究，[29]但意義來自於記號詮釋之共同體建構的想法，卻可以使McDougall本能理論所隱含預設的意義理解活動，能透過交互主體性的詮釋建構活動，而被有意識地加以掌握。這因而能為人類擁有比動物本能更高級的心理意識活動，提出更好的說明。

米德的自然主義立場使他無法接受Royce觀念論形上學的說

29　此處對Royce的說明，引用自David L. Miller, "Josiah Royce and George H. Mead on the Nature of the Self," *Transactions of the Charles S. Peirce Society*, 30:4(1975): 68。

明，但他仍試圖依馮特的語言身體姿態起源論，來連接McDougall與Royce的觀點。語言作為承載意義的記號，是我們進行溝通最主要的媒介，而馮特的語言身體姿態起源論，正是在研究語言如何能從我們原先用來表達情緒的身體姿態互動中產生出來。馮特的語言身體姿態起源論不僅能說明，與本能連結在一起的情緒表達所構成的身體姿態，如何能構成前語言的溝通方式，從而能補充McDougall基於本能理論的社會心理學所應說而未說的理論基礎，它更能在自然主義的進化過程中，說明「記號的詮釋共同體」如何能在身體姿態的語言意義建構活動中進行，而不需訴諸在Royce觀念論形上學中的理想化預設。米德因而在〈社會心理學作為生理心理學的對應部分〉這篇論文中，轉向討論馮特的理論，而不停留在Royce的理論架構中。

　　米德既是從McDougall與Royce的社會心理學觀點來看馮特的理論，他因而也反過來改造了馮特的語言身體姿態起源論。米德認為McDougall主張人類行為應透過帶有情緒表達之有意志目的性的社會本能來加以解釋，這與馮特在他的表達運動理論中，指出人類以表情與手勢等身體姿態來進行內在情緒的表達，其構想是相一致的。透過Royce主張意義產生於記號共同體的詮釋，以及透過McDougall的社會本能論對於模仿理論的批判，我們也可以發現到人類透過本能調控的姿態互動，應當在社會合作的人際互動中來看待，而不應只視之為個人情緒的表達而已。米德因而也借助當時美國的社會心理學研究，批判馮特的唯意志論心理學並未能克服主體主義哲學的限制，誤以為我們是先有情緒等內在狀態，接著才為表達已有的內在意識狀態，而產生社會的互動。馮特視語言是聲音姿態的進一步發展，但若無社會互動的原初情境，則身體或聲音姿態都不可能獲得它特定的意義。針對馮

特的理論限制，米德說：「很顯然地，若無社會互動的原初情境，則身體或聲音姿態絕不能達到它的記號功能。只有經由與其他個體的關係，一個表達才能從神經激動的單純宣洩，成為意義的表達，而此意義即形成於一個行動對其他個體的價值。」[30]

透過以馮特的表達運動理論取代McDougall的社會本能論，再透過Royce意義之共同體起源理論來修正馮特身體姿態理論的唯意志論，這使得米德反省到，McDougall等人的社會心理學透過自然主義的研究所理解的意義理論，作為人類溝通互動的規範性基礎，不能只持一種客觀主義的立場，以為意義只是存在自然本能的層次，否則就無法說明意義之理想性或普遍性的性格，從而無法真正對人類的本性做出正確的心理學闡釋。米德因而接著在1910年，又寫了〈社會意識與意義意識〉這一篇論文。以一方面說明，在動物的社會行為中，經由姿態而達成的理解，其主要的功能並非傳達情緒，而是在進行社會性回應與社會性刺激的相互適應。米德在這篇論文也明確地說，他要改變他原先以為意義只存在於他人反應的客觀主義觀點，而是應將意義理解成，在行動者自身中特殊的反應準備。因為我們必須能區分出行動具有意義與行動者能對行動的意義具有意識之間的不同。若意義只是存在於行動與對象之間的習慣性關係，或僅存在於對特定刺激做出特定回應的反應關係上，那麼我們就無法區分出人類行動與動物行為之間的原則性差異。

就行動的經濟學而言，將刺激與反應的連結加以習慣化，並使之沉沒到意識的門檻之下，這是有必要的。因而若意義只是客觀地存在於本能互動的層次中，那麼這種意義即是無法被意識到

30　Mead, "Social Psychology as Counterpart to Physiological Psychology," 102.

的。[31]由此可見，雖然就實用主義的觀點而言，我們可以主張意義並非形成於依習慣而行的行動，而是形成於行動的衝突。但米德認為行動衝突只會導致我們特別去對刺激做辨識，但卻不會導致對自己的反應的注意。使意義能形成的情境，必須是那種能使我們注意到自己的行為，而非只注意到在環境中的既與者。此種情境只能在行動者的互動中被給予，因為惟獨在此處，自己的行為才能對他人的直接反應加以回應，以至於它能同時得到自己的注意。米德就此發現，我們在心理學中必須進一步追問：我們如何能透過對於自己的反應態度的自我反思，而能對我們自己行為的意義有意識？或用米德自己的話來說，我們如何能將「意義」理解成「對於自己的反應態度的意識」。[32]針對這個問題，他再繼續寫了〈心理學必須預設什麼社會對象？〉這篇研究他人存在是自我意識形成之必要預設的論文。這一方面的研究，也使得他能進一步討論 J. M. Baldwin 與 Cooley 的社會心理學的理論涵義。

（3）米德認為 Baldwin 主張自我作為社會性存在，必然需預設他人既與的存在之觀點，同樣是他可以進一步加以研究的社會心理學理論。其實 Baldwin 在他的著作《在心智發展中的社會與倫理的詮釋》中，早已經指出他的社會心理學研究，其主旨就是要說明：「在什麼範圍內，個人心靈發展的原則，也可以用到社會進化之上」，[33]Baldwin 並對這個問題的研究採取「發生學的方

31　George Herbert Mead, "Social Consciousness and the Consciousness of Meaning," *Selected Writings—George Herbert Mead.* Ed. Andrew J. Reck（New York: The Bobbs-Merrill Company, 1964）, 129.

32　Ibid., 132.

33　James Mark Baldwin, *Social and Ethical Interpretations in Mental Development*（London: The Macmillan Company, 1906）, 1.

法」，亦即他試圖：「透過研究個人在其成長的早期階段中的心理發展，以闡明人的社會本性，以及人作為其成員的社會組織。」[34]而在《兒童與種族的心智發展》一書，Baldwin則進一步就諸如記憶、聯想、注意、思想、自我意識與意志等人類心智發展過程的重要階段，進行其發生學的說明，以能展現「人作為社會存有的自然史」。[35]米德認為如果依Baldwin的觀點來看，自我形式既是我們所有的意識的基本形式，而這又必然同時得預設他人形式的存在，那麼不論獨我論在形式上可能或不可能，它在心理學上勢必不可能存在。我們唯一能認知的意識結構，其內含必是以社會團體的互動為基礎。我們在社會心理學中，因而必須分析社會團體的對象以及它們之間的互動，才能為反思或自我意識的發生提供必要的基礎。

米德在〈社會心理學作為心理生理學的對應部分〉中，對Baldwin（他後來也將Cooley包括進來）的社會心理學涵義說明較少。但接著上述後續論文的思考脈絡，他在〈心理學必須預設什麼社會對象？〉這篇論文中即已經意識到，若要批判觀念論的內省心理學將造成獨我論的後果，並能為Baldwin與Cooley的社會心理學，提供使我們能在他人之中認取自我的社會結構條件，那麼就不能停留在模仿理論的觀點中，而是應透過語言的溝通對話結構，才能為自我意識的形成提供其社會性的結構條件。米德這個想法出於上述對於意義理論的研究成果，因為如果意義的意識預設自我的存在，則自我的客觀經驗必先於主觀的意識。就此

---

34 Ibid., 2.

35 James Mark Baldwin, *Mental Development in the Child and the Race* (London: The Macmillan Company, 1915), X.

而言，意義就不僅是指涉到主觀的意識狀態，而是必須指涉到受社會條件規定的經驗性對象。但這只有在對話的社會情境中，作為對象的客我才能在他人對我的反應中，而被我自己意識到。對於這種對話所需的機制，米德進一步在1912年的〈社會意識的機制〉這篇論文中，提出「聲音姿態」（vocal gesture）來加以說明。因為米德相信惟有那種在表達時是自我可知覺的、潛在地具有意義承載的聲音姿態，才能為從動物的社會性到人類的社會性的轉化，提供決定性的機制。

由於米德認為透過聲音姿態的對話過程，才能提供在他人（或社會對象）中意識到自我的可能性條件。米德因而在這一系列的最後一篇論文〈社會自我〉（1903）中說，由於我們都知道在意識中，自我不能作為「主我」（"I"）而呈現，而必須是作為一客體的「客我」（"Me"）。因而對於自我意識作為「我是我」的意識，即首先必須回答：何謂自我作為一客體？[36]客體始終預設主體，亦即一個客我沒有主我是無法思考的，然而主我只能是一個預設，而絕不能是有意識之經驗的表象，因為一旦它被表象，他就過渡到對象領域而又預設一個主我作為觀察者。主我只能在他自己之前開顯出來，惟當主我停止作為主體，那麼對主我而言，才存在著作為客體的客我。在此，對客我的意識是與對和我們相對立的其他人的行動所構成的意識一樣的，也就是說，惟有當一個人處於與自己的行動關係中，它相對於他人是保持相同的，那麼它才是一個主體而非客體。只有當他經由他的社會行動，而以同樣的方式遭遇到如同他人的社會行動所遭遇者，那麼

36 George Herbert Mead, "The Social Self," *Selected Writings—George Herbert Mead.* Ed. Andrew J. Reck（New York: The Bobbs-Merrill Company, 1964）, 142.

他才能成為他自己的社會行為的對象。米德因而認為，Baldwin, Royce 與 Cooley 等人的研究成果都顯示出，在我們相對於他人的社會行為中的反應，是比在內省的自我意識中更早出現的。

（三）米德詮釋的重新出發

　　透過米德在 1909-1913 年這五篇論文的研究，我們可以很清楚的看出米德建構他自己的社會心理學的思路線索，即是透過馮特以民族心理學作為生理心理學的對應部分的觀點，而以馮特在表達運動理論中的身體姿態理論，取代 McDougall 的社會本能理論，以使得 McDougall 必須為其經由本能調控的社會互動所預設的意義理解，能進一步在使人與動物行為有別的語言溝通向度中得到說明。透過這個轉化，米德也因而能說明，Royce 在其觀念論的形上學中，主張意義的理解應透過記號詮釋者之共同體才能確立的想法，可以在實在發展之自然主義的層次上加以說明。而若人類的思想與行為，是從社會本能的姿態互動，進入以記號詮釋進行意義理解的語言溝通，則這等於說，惟有透過語言的溝通對話，人類意識的反思性或自我意識的建構才具有可能性。而這正能為 Boldwin 與 Cooley 所主張的，我們惟有在他人那裡才能認知自我的社會自我理論，提供使之能真實進行的溝通結構基礎。

　　米德透過馮特建基於身體姿態起源論的語言哲學，以將美國社會心理學的洞見整合成他自己的社會心理學理論，這使我們可以了解，米德後來在社會心理學的講課上，為何會強調他的社會心理學的研究方法就是：「從社會的觀點出發，至少是從認為溝通是社會秩序的必要組成部分的觀點出發，來研究論述［心理］經驗［……］因為個體本身屬於某種社會結構，屬於某種社會秩

序。」[37]米德這一段話，不僅與他在〈心理學與語文學的關係〉一開始說，馮特的民族心理學的理念即是主張：「經驗現象的關係與構造，不但依賴於個體心靈，而且還依賴於由我們所屬的群體環境給出的社會結構」如出一轍，並且也非常有洞見的，將社會心理學與語言心理學的研究結合在一起，因為透過馮特的語言心理學來整合社會心理學的理論，使得米德有理據可以主張，在研究心理意識或主體的社會心理學進路中，以語言溝通作為社會秩序的本質，即是他自己的社會心理學的主軸。

　　透過對米德早期論文的研究，我們也展現了理解米德理論的不同圖像。米德對於他在1900-1913年之間所做的社會心理學研究，並未將之系統化成一部專著，他的代表著作《心靈、自我與社會》是根據1927年講課的速記稿與1930年的學生筆記編成的。在那時米德為了抗衡華生的行為主義，因而特別強調他的社會心理學也是一種行為主義的心理學，這使得Morris在編輯這本書時，給他一個副標題為「從社會行為主義的觀點出發」。但米德使用「行為主義」來標示他的社會心理學特色，是直到1922年〈表意符號的行為主義解釋〉這篇論文才開始使用的。那篇論文所指的行為主義主要是從兒童的「角色遊戲」（Play）與「競賽」（Game）[38]等社會化的行動互動過程，來為作為建構「個人之為個

---

37 George Herbert Mead, *Mind, Self & Society. From the Standpoint of a Social Behaviorist*（Chicago: The University of Chicago Press, 1934）, 1/1. 本文引用米德《心靈、自我與社會》一書，皆依Morris在1934年所編輯的版本。中文翻譯引用霍桂桓教授的翻譯，但稍做一些修正。參見［美］米德（Mead）著，霍桂桓譯，《心靈、自我與社會》（北京：華夏出版社，1999）。在引註中第一個頁碼為英文版本的頁碼，在斜線後為中文譯本的頁碼。

38 米德論 "play" 與 "game" 這一對術語，在中文有「玩耍與遊戲」或「遊戲與競

人」的自我認同，提供在語言溝通結構預設下的社會化過程。因而以「社會行為主義」（Social Behaviorism）來作為米德社會心理學的主要特色，似乎並不恰當。此外，由於米德試圖透過溝通作為社會秩序的本質，來說明人類的心理經驗的發生學過程，他因而非常重視如何透過從身體姿態到「表意符號」（Significant Symbol）的發展過程來看待人類行為的特色。這使得其後的Herbert Blumer特別將吾人以表意符號作為行為互動的溝通媒介這個特性獨立出來，作為對抗當時社會學結構功能主義的研究方法論，而稱米德的社會心理學是一種「符號互動論」，但這顯然也不能充盡米德社會心理學的理論廣度。

　　但若我們不從米德後期講課記錄所編成的《心靈、自我與社會》這本書來看米德社會心理學的主要觀點，亦即不受限於Morris的「社會行為主義」與Blumer的「符號互動論」的解讀方式，而是就出自米德手筆的早期論文來看他的基本構想，那麼我們就可以看出，米德的社會心理學是想推進芝加哥功能主義學派的實用主義觀點，從個人作為社會成員的觀點，來取代杜威局限在生物有機體的層次來看待人類心理意識的功能性。而米德不從心理學的功能主義的對象建構活動來看人類的主體，而是從社會

賽」等不同的翻譯。但就米德自己所舉的例子即可知 "play" 主要是指角色遊戲，而不是一般的玩耍。因而如同J. D. Baldwin就直接將米德所用的 "play" 改稱為「角色遊戲」（role-play）。參見John D. Baldwin, *George Herbert Mead—A Unifying theory for Sociology*（Beverly Hills, California: Sage Publications, Inc., 1986）, 95. 而米德在他自己發表過的論文中，則曾將 "play" 之後的階段，稱為 "competitive game"，因而 "game" 這個階段翻譯成「競賽」才是適當的。參見George Herbert Mead, "A Behavioristic Account of the Significant Symbol," *Selected Writings—George Herbert Mead*. Ed. Andrew J. Reck（New York: The Bobbs-Merrill Company, 1964）, 245。

心理學的社會互動來看人類主體必須預設社會性他人的互動過程，也突破了美國實用主義的工具主義局限，而轉向德國古典語言哲學的溝通理性模型。

　　美國學者Cook因而認為米德早期的論文，意在推進對人類行為或意識的功能主義理解。在這些論文中，米德認為不能只強調行為的有機本性，而是應強調他的社會性。在他早期的討論中，他已經尋求弄清楚在行為控制與重構中的知覺對象與主觀意識的功能，他現在更強調的是，使行為的這些發展成為可能的客觀社會條件。他相對於早期受到杜威的影響，走向一種發生學或社會的功能主義（genetic and social functionalism）。Cook因而主張，不應從社會行為主義，而應從「發生學的社會功能主義」來理解米德的社會心理學。[39]同樣的，德國學者Joas也主張應從早期的著作來看米德思想的核心，他認為米德早期是以主體之間的溝通關係，來說明人的交互主體性，這使得他能在理論的層面上，克服介於個人主義的行動理論與無行動或主體中立的結構理論之間的對立。且對米德而言，語言的交互主體性是從透過重構與身體接近的姿態溝通結構而得的，它作為一種立基於合作的實踐而在共同行動中形塑出來的主體，因而同時即將肉體與外在自然都包含到主體自身的概念中。這不再只是一種與他人相遭遇的沉思模式，或是去除行動負擔的純粹理解模式，而是可以恰當地稱為是一種「實踐的交互主體性理論」。[40]

39　Gary Allan Cook, "The Development of G. H. Mead's Social Psychology," *Transactions of the Ch. S. Peirce Society*, 8（1972）: 185.

40　Hans Joas, *Praktische Intersubjektivität—Die Entwicklung des Werkes von G. H. Mead*（Frankfurt am Main: Suhrkamp Verlag, 1980）, 19.

二、米德的社會心理學體系及其哲學涵義

我們根據米德早期論文的研究，以Cook的「發生學的社會功能主義」與Joas的「實踐的交互主體性理論」，來深化Morris的「社會行為主義」與Blumer的「符號互動論」的米德詮釋。這使我們更能聚焦於米德如何透過改造馮特在「民族心理學」中的語言身體姿態起源論，而整合McDougall的「社會本能論」、Royce的「意義共同體理論」與Baldwin的「社會自我理論」，以能打破Morris的編排，重新理解米德在他的課程講演中所不斷嘗試鋪陳的社會心理學體系。在上述對米德介於1909-1913年的論文所做的分析，也可以看出米德的理論雛形在於，他要透過馮特的身體姿態理論，說明在社會本能的預設下，由身體姿態互動所構成的姿態會話，如何能為語言溝通的意義理解，提供一種前語言的意義建構基礎，而此種身體姿態又在什麼條件下，能轉變成為在語言溝通中所需要的表意符號。而一旦我們能從姿態會話進化到語言溝通，那麼在這個過程中所形成的自我意識，又將如何能為個人之為個人的自我認同與社會整合提供基礎。針對這些體系內部的問題，我們即可以再度回到《心靈、自我與社會》這本書，來看米德如何透過論述：（1）從姿態會話到語言溝通，以及（2）從自我意識到角色認同的心理發展過程，闡釋他的「客觀主義的意義理論」與「社會性的交互主體性理論」等哲學內涵。

（一）從姿態會話到語言溝通

米德在早期就已經看出，馮特之所以從研究個體心理學的生理心理學轉向民族心理學，即因他原先在生理心理學的研究中，假定「在由中樞神經系統的各種過程表現出來的身體內部發生的

東西，和個體認為屬於他本人的那些經驗內部所發生的東西之間
存在平行關係」，因而主張可以用生理詞項去指涉心理的經驗。
但米德評論說：「只有經驗的生理過程的感受（sensory）階段，
而非運動（motor）階段，才具心理方面的相關項」，[41] 想以刺激與
反應的生理詞項，來說明在此平行論中的心理經驗，因而是不可
行的。對米德而言，既然只有在生理過程的感受階段才存在相關
的心理活動過程，那麼我們就不能單只在身體的情緒表達，而應
在社會互動的經驗中，去解釋馮特的身體姿態概念。透過
McDougall 對於基本本能與基本情緒始終緊密連結在一起的啟
發，米德嘗試依據動物以身體姿態進行行動協調的社會本能，來
分析人類心智能力等主體性活動的社會性基礎，以貫徹實用主義
之去先驗化的自然主義思路。其具體的分析即在於說明，姿態會
話作為本能調控的前語言溝通，如何能發展成透過表意符號進行
互動的語言溝通，且在這個過程中，人類的心靈與意識能力又如
何隨之而產生。

1. 姿態會話與意義的邏輯結構

米德將在動物層次上的前語言溝通稱為「姿態會話」
（conversation of gestures），因為若將姿態視做社會行動的一部
分，那麼它就能在同一社會行動中，作為引起另一形式（姿態）
的刺激，從而在彼此之間產生行為協調的溝通過程。例如，一隻
狗對另一隻狗的作勢攻擊，即是對另一隻狗能改變自己態度的刺
激。當第二隻狗的態度改變了，牠也會反過來造成第一隻狗的態
度改變。姿態的功能因而不僅是在表達情緒，而是它本身就是社

---

41 Mead, *Mind, Self & Society*, 42/44.

會行動組織的一部分。在姿態會話的互動中，姿態的功能在於引發他人的反應，而其反應又成為行動調整的刺激，這個過程可以持續進行，直至最後產生社會行動的付諸實施。我們在此是透過兩種〔身體運動〕形式的一組調整，產生出共同的社會行動，而這即是一種「社會過程」（social process）。當我們可以把在這個社會過程中，具有一定社會功能的姿態孤立出來看，那麼它才能被看成是情緒的表達，或稍後能變成有意義的表達符號或觀念。而這說明了，這些表達最初都只涉及到在社會行動中，不同形式的行為調整。

　　姿態會話作為動物彼此調整行動反應的溝通形式，預設它們都能對對方的身體姿態表達進行詮釋性的意義理解。因為惟有雙方對於對方的身體姿態表達有正確的意義理解，那麼雙方才能各自做出適當的調整性反應，從而達成社會行動的付諸實行。米德因而主張意義的邏輯結構即首先存在於這種姿態互動的三聯關係中，他說：

> 意義包含著這種存在於社會活動之諸階段之間、作為意義在其中產生和發展的脈絡的三聯關係：這種關係是一個有機體的姿態與另一個（被這種既定的活動潛在地包含於其中的）有機體的調整性反應，以及與這種既定活動之完成的關係。42

米德此後更精簡地說：「我們可以在姿態與調整性反應，以及與既定的社會活動的結果所形成的三聯關係中，找到意義的邏輯結

42　Ibid., 76-77/82-83.

構。」[43] 但可惜的是，對於我們應如何在「姿態會話」所構成的「姿態刺激—調整性反應—社會行動結果」的三聯關係中，分析出「意義的邏輯結構」，米德並未提出完整的說明。我們底下可以透過構成姿態會話之三聯關係的進一步分析，來說明米德首先主張的是一種「功能主義的客觀意義理論」。

　　在姿態會話中，一個生物有機體的姿態首先要能成為他人對之做出反應的刺激。但正如McDougall所見，動物的行動原是由本能的衝動所推動的，本能的衝動除非遇到問題或其他生物有機體的阻礙，否則它應是直接付諸實施的行動。在受到其他生物的阻礙時，本能衝動無法在直接的行動中實行，它因而有一股剩餘的能量需要釋放。衝動的宣洩在生物有機體上產生帶有情緒的身體姿態表現，以至於達爾文與馮特一開始都主張，身體姿態的作用即在於表達情緒。但米德卻更根本的發現，帶有情緒的身體姿態若是在本能衝動受阻時才產生出來，那麼它就具有調整行動衝突的社會溝通作用。米德因而說：「姿態的功能是使任何既定的社會活動所包含的個體之間有可能存在調整。」[44]

　　就姿態作為引發他人做出反應的刺激這個環節而言，姿態代表了第一個生物有機體某種內在心理過程的表達，它因社會互動的考慮而抑制了本能的衝動，以使行動的實施得以暫緩。此時衝動盈餘的釋放所產生的身體姿態表達，正好作為這個生物有機體之內在心理狀態的外在表現，從而預告了它後續將繼續實施的行動。作為表徵內在心理意圖的姿態，意指著後續的行為實施，姿態作為刺激因而即如J. D. Baldwin所稱的是一種「預告性的刺激

43　Ibid., 80/86.

44　Ibid., 46/49.

（predictive stimuli）」。[45]它對個人接續將做出什麼行動提供預告性的訊息，從而能使互動雙方在決定行動之前，仍有彼此調整行動的空間。在此，對第二個生物有機體而言，第一個生物有機體所表現的姿態之所以具有意義，即因它能預告隨後將發生的行為。這即是米德所說的：「這種關係可以使第二個有機體認為第一個有機體的姿態標示或指涉了這種既定活動的完成，因而對它做出反應。」[46]在姿態會話中，一隻狗暫緩或抑制他的攻擊本能，而以帶有憤怒情緒之齜牙咧嘴的姿態，來刺激對手做適當的反應。在此時他的姿態的意義即在於表達他即將進行攻擊的威脅意圖、對於對手反應的預期，以及他自己進一步的反應準備等內在心理過程。

但進一步來看，就第一個有機體而言，它做出齜牙咧嘴的姿態只是在本能衝動的抑制中，作為替代衝動的宣洩所表現出來的身體姿態。它自己並非有意識地運用這個姿態來表達他想威脅對方的意圖，以借此能在預期對方的反應中，決定自己後續的行動實施。第一個有機體的身體姿態作為內在意圖或行動準備所具有的意義，因而只能從上述三聯關係的第二個環節，亦即第二個有機體的調整性回應，才能得到確定。在第一個有機體的姿態刺激下，第二個有機體能接受其刺激而對自己的行動做出調整性的反應，這即預設了它能對第一個有機體的身體姿態所代表的意圖與其預告的後續行動實施，進行意義理解的詮釋與解讀。他的調整性反應，作為對第一個有機體的姿態的意義理解，才是姿態所能意指的意義所在。姿態如若不能對他人的行動產生影響作用，那

---

45 Baldwin, *George Herbert Mead—A Unifying Theory for Sociology*, 72.

46 Mead, *Mind, Self & Society*, 77/83.

麼這個姿態就沒有意義。米德因而也說：「第二個有機體的活動或者調整性反應，使第一個有機體的姿態獲得了它所具有的意義。」[47]

　　一個有機體的身體姿態作為引發另一個有機體的調整性反應，這個表現第二個有機體反應的身體姿態，當然也可以反過來變成引發第一個有機體進一步調整其行為反應的刺激。這種姿態會話的社會溝通過程可以不斷持續，直到雙方都對對方的行動達成一致的理解，這種因社會衝突或合作的需要所進行溝通才算成功。成功的溝通或姿態會話的共識達成，即表現在上述三聯關係的第三個環節，亦即社會行動的結果上。個體的本能衝動經由姿態會話的溝通中介所達成的行動實施，已經不再是衝動的本能行為，而是社會性的行為。它不僅使物種的合作共存成為可能，也代表介於第一個有機體的意圖與第二個有機體的意義詮釋相符合，從而使得跨主體的意義同一性，能在行動協調後的社會行動結果中得到確立。

　　透過上述的分析，我們可以看出，存在於姿態會話的「姿態刺激—調整性反應—社會行動結果」的三聯關係，之所以是意義存在的基礎，或是建構意義的邏輯結構，即因在社會互動的條件下，有機體從動物本能的層次，開展出「反應的預期」、「行為意義的詮釋性理解」與「意義同一性的規範性建構」等屬於心理活動的內含。不過值得注意的是，在姿態會話的分析中，這些心理活動的內含，都只是從旁觀者的角度所做的分析，此時參與互動的有機體本身，並不一定能意識到這些心理過程。我們在姿態會話中所理解的意義，因而只是一種對社會行動協調具有功能性作用的客觀存在。米德就此特別強調，在動物層次的前語言溝通

47　Ibid., 77-78/84.

中：「覺察或者意識對於意義在這種社會經驗過程中存在來說並不是必要條件［⋯⋯］在意識的突現或者說對意義的覺察發生之前，意義的機制就在這種社會活動中呈現出來了。」[48]米德甚至認為：「意義是作為這種社會活動的某些階段之間的關係而存在於那裡的某種東西的發展；它既不是對這種活動的某種心理補充，也不是人們從傳統角度設想的某種『觀念』。」[49]

　　總結米德借助姿態互動所建構的功能主義的客觀意義理論，我們可以看出，在上述的三聯關係中，對第二個有機體而言，它能對第一個有機體的身體姿態做出調整性的反應，並不是因它能洞悉第一個有機體內心的意圖，而是因為它能從它的姿態作為預告性的刺激與其後續的行為的實施，具有基於本能反應的習慣性連結。而對於第一個有機體而言，第二個有機體的調整性反應能反過來作為引起它進一步反應的刺激，也不是因為它能知道第二個有機體在內心中如何理解或詮釋它的行動，而是視它的行動反應即是受它的姿態刺激所產生的影響作用。而就第三個環節來說，姿態會話的溝通完成，也只能在社會行動的繼續進行中看出來，而無法預設它們有一致同意的意義理解過程。米德最後因而只能主張：「從根本上說，不應當把意義設想成某種意識狀態［⋯⋯］應當把它客觀地設想成完全存在於這種經驗領域本身之中」，[50]這也使得米德必須進一步思考，我們如何能將這種能起協調作用的客觀意義加以主觀化，從而得以說明人類有意識與有意圖之心智活動能力的起源。這對於米德而言，其實即是應如何使

48　Ibid., 77/83.

49　Ibid., 76/82.

50　Ibid., 78/84.

身體姿態轉化成能承載意義的表意符號之問題。

2. 表意符號與思想活動

　　米德以功能主義的客觀意義理論，說明在語言與意識出現之前，即存在意義溝通的行動協調過程，這因而闡釋了意義建構的活動是與身體姿態的作用，以及社會互動過程等必要條件密不可分的。但問題卻也在於，姿態會話這種前語言、前意識的溝通形式，只能依據本能提供的習慣性行為模式而行。但當面對新的或更複雜的社會互動，本能決定的姿態會話所建構的三聯關係，並不能保證行動協調的互動溝通一定能成功。米德因而必須進一步分析使存在於「姿態刺激—調整性反應—社會行動的完成」之「三聯關係」的客觀意義如何具有一致性，以使我們能透過對姿態之意義同一性的確立，來擔保社會行動的實現最終能經由個體之間的溝通協調而達成。身體姿態如果能被互動的雙方認為具有意義的同一性，那麼它就不再是個人的情緒或主觀狀態的表達，而是具有普遍可溝通性的表意符號。而一旦我們能用表意符號進行溝通，那麼我們即從本能規定的身體姿態會話，過渡到能有意識地以表意符號進行語言溝通。追溯我們在溝通中，如何能從身體姿態發展到表意符號，同時即是我們能回答人類的心靈與語言是如何同時產生出來的語言哲學的根本問題。

　　透過本能規定的姿態會話，並不能保證我們一定能依意義的同一性而完成社會行動的合作實踐。上述客觀意義存在之三聯關係的假定，因而存在著三個實際上的困難。首先，就第一個有機體的姿態刺激而言，一個姿態具有意義，即在於它作為預告性的刺激，指涉到它後續將實施的行動。但這必須預設，我能知覺到我自己的姿態或表情，那麼我才能把某一特定的表情與姿態，與

一特定的行為結果聯繫起來，而以它作為具有指涉某一後續行動的刺激。但問題是，動物在衝動抑制中所表現出來的姿態，經常是牠自己沒辦法知覺到的，牠無法確定是哪一個特定的姿態，可以作為引發他人做出調整性反應的原因，從而能有意圖地透過牠來控制自己或他人的行動。其次，就第二個有機體的調整性反應所具有的客觀意義而言，它之所以具有意義，是因為它的調整性反應被認為是它對第一個有機體之身體姿態的意義詮釋的結果。但問題是，第二者的詮釋性反應不僅經常與第一者的意圖不同，它們更常是相反的。以米德自己舉的例子來說，一隻獅子發出憤怒的吼聲，代表牠對其他動物的威脅，聽到這個吼聲的動物則會因為害怕而逃跑。就此而言，我們不能單從其他動物的逃跑，來指認說這隻獅子吼叫的意圖是表達他的畏懼。在此存在於獅子身體姿態表達的意義、與存在於其他動物的調整性反應的意義，顯然是不一致的。據此，我們可以說，即使透過姿態會話，互動的雙方達成了社會行動的合作實行，但我們也不能確定這是否是透過對對方行動意義的一致理解而達成。就此而言，由本能決定所完成的姿態會話，即不能保證我們的溝通一定能成功，或行動的合作是可以完成的。

要透過溝通以協調社會行動的完成，因而相應地需要滿足三個條件：首先我必須能被觸動，[51]並因而能知覺到我自己表達出來的表情或姿態是什麼；其次，我必須能知覺到我自己的姿態的影響作用是什麼，以至於我能理解我的姿態所意指的意義是什麼；

---

51 Wenzel 認為，就馮特的聲音姿態對米德理論的重要性而言，就在於「聲音姿態使自我觸動（Selbstaffektion）成為可能」。參見 Harald Wenzel, *George Herbert Mead—Zur Einführung*（Hamburg: Junius Verlag, 1990), 71。

第三，我必須能確定我對我的姿態的詮釋性理解，是與他人的理解一致的，從而不僅使我能確定是什麼姿態具有什麼意指，更能確定這種意義的意指關係，對我與他人都具有同一性。這三個條件若能在溝通過程中被滿足，那麼我即能有意識地以帶有普遍意義的符號，完成行動實踐的協調合作。如同米德說：「當姿態在做出他的個體那裡潛在地導致的反應，與它們在作為它們的接受者的其他個體那裡明顯地導致──或者被認為明顯地導致──的反應完全相同時，它們就變成了表意的符號。」[52] 我能有意識地使用表意符號來協調行動，那就表示我能具有表徵認知與行動目的控制的心靈能力。

　　針對上述必須滿足的三個條件，米德認為聲音姿態具有關鍵性的作用。他試圖透過聲音姿態所提供的特殊溝通結構，說明意義同一性如何能在社會行為的互動中產生出來。對此，米德首先指出：「聲音姿態具有其他姿態所不具有的重要性。當我們的臉上呈現某種表情時，我們自己無法看到。如果我們聽自己說話，我們就非常容易注意我們的活動」，[53] 這顯示聲音姿態的第一個特殊性就在於，它能產生自我觸動的作用。聲音姿態使得表達它的個體，一方面能在知覺到他人反應的同時，觸動自己去注意自己的姿態表達，這使得我們能掌握，他人產生的反應與我自己的姿態表達之間的關係。聲音姿態之所以能產生這種作用，即因對於我們自己發出的聲音，我們同時也是它的接收者。聲音姿態的表達因而使得我們能同時具有說者與聽者的雙重身分，從而能開始有內在地自我對話的可能性。

52　Mead, *Mind, Self & Society*, 47/50.

53　Ibid., 65/69.

　　其次，聲音姿態雖然使我們能將我的某一特定表達與他人的反應關聯在一起，但若我不能知道他人的反應代表什麼意義，那麼我就仍然不能知道我的特定表達所代表的意義是什麼。我們若要有心靈的能力，那麼我們至少得在心中產生能指涉外在事態的表象，從而具有依表意符號進行溝通的能力。我們要擁有表意的符號，即等於說，我必須能知道他人對我的姿態表達所做的反應代表什麼意義。在此，我一開始只能假定我的身體姿態所具有的意義，只能從他人的調整性反應作為對我的姿態刺激所做的詮釋性理解，而不能單從它的行為反應來看。否則將會像獅子吼叫的例子，透過其他動物的逃跑，就誤把吼叫的姿態理解成害怕。而非正確地理解成，動物的逃跑是因為牠將獅子的吼叫理解為威脅。但問題是，我如何能把自己吼叫的姿態理解成威脅，以至於在吼叫時，即有意識地知道我現在的意圖正是對他人發出威脅，從而能完成一種有意識或有意圖的行動呢？

　　對米德來說，這同樣必須依賴以聲音姿態做互動媒介所形成的溝通結構，因為惟當我在聲音姿態的表達中，能同時作為「說者」與「聽者」，那麼我才能同時知覺到，我作為聽者與其他人一樣，都能感受到這個姿態的刺激，並因而做出調整性的反應。一旦我自己的調整性反應，跟我做出這個姿態時他人做出的反應是相同的，那麼我就可以從我自己對這個姿態所做的調整性反應，確立我對這個姿態的意義理解，即是與做出同樣反應的他人，具有相同的意義理解。米德因而說：

　　　　正是這種情況使聲音姿態具有了極其重要的意義：它是影響這個個體的社會刺激之中的一種，而這個個體做出這種聲音姿態的方式，與另一個個體做出這種姿態以影響這個個體

的方式是完全相同的。也就是說，我們可以聽到我們自己在談話，而且我們所說的話的涵義對於我們自己和對於其他人是相同的。[54]

由此可見，我們在以聲音姿態作為媒介的姿態會話中，能透過具意義同一性的表意符號，進行有意識或有意圖的行動，即因在聲音姿態的溝通中，我們能透過「採取他人的態度」來進行互動。而這即是指，當我作為說者發出一聲音姿態時，此時我作為聽者，應同時能與他人一樣對此姿態做出相同的反應。因為除非我能站在對方的立場，做出與他人相同的調整性反應，否則我就無法確定，我的聲音姿態的表達，到底意指著什麼意義。

　　米德對於能將身體姿態建構為表意符號，所必須預設的跨主體意義同一性，經常以聲音姿態應能使我們自己與他人做出相同反應這種表達方式來說明。如同他經常說：「只要聲音姿態對做出它的個體產生的影響與對接受它的個體，或者對它做出明顯反應的人產生的影響相同，並且因而包含著對做出它的個體自我的某種參照，那麼它就會變成一種表意的符號。」[55]這個說法極容易造成誤導，正如我們舉獅子吼叫的例子說過，聲音姿態並不一定會對溝通的雙方產生相同的反應，例如一隻獅子發出吼叫，會讓其他動物嚇得逃跑，但獅子聽到自己的吼叫，絕不至於會把自己嚇到逃跑。問題因而不在於聲音姿態能否刺激兩者都產生相同的反應，以至於這個聲音姿態能成為表意的符號，而在於聲音姿態的溝通形式，提供了使個體能同時具有說者與聽者的身分，以至

54　Ibid., 62/65-66.

55　Ibid., 46/49.

於他能在角色互換的可能性中，站在他人的立場而採取他人反應的態度，從而能反過來理解自己作為說者所表達的姿態之意義所指。這種意義的內含由於是透過我在說者的角度上，看到他人的反應，並在我作為聽者的角度上，採取他人的態度，而理解他對我的姿態的意義詮釋。我因而惟有在，我的姿態對他人與對自我都具有相同的功能作用的經驗下，才能確定某一聲音姿態所具有的意義同一性，從而視之為一表意符號，而在行動協調中有意識地加以運用。

　　米德在此強調聲音姿態對於語言與思想的形成具有特殊的重要性，這對語言哲學的問題來說極具關鍵性。因為語言即是以表意的聲音訊號進行溝通的活動，但人所發出來的聲音如何能承載指涉特定內含的意義，從而能成為可用來溝通的詞語。這個有關如何「以音構義」的根本問題，現在對米德而言即是：人類如何透過聲音姿態的特殊作用，使本能的身體姿態會話轉變成人類能有意識地以表意符號進行溝通的問題。米德透過意義建構的三聯關係說明了，這惟當我能確定一個聲音姿態對我自己與他人都具有相同的功能作用，我才能確定它所具有的同一性意義何在，並從而使這個姿態一方面變成表意符號，一方面使我能滿足建構意義邏輯的第三個條件，亦即能運用它來確保溝通的成功與社會行動的完成。而當一個人能有意識地使用具意義一致性的表意符號，進行對雙方的行動反應都有作用的協調，那麼我的行動即不再受限於本能的決定，而是能有意圖地透過符號的中介，來控制我自己與他人的社會行動。而這即表示我們開始有了思考的能力，因為思考即是我們在行動的過程中，能透過與自己進行對話，而不是只依本能的衝動來決定自己的行為。人類具有思考的心智能力，因而必須預設我們在聲音姿態的溝通中，能預先採取

他人的態度，對此米德說：

> 只要它導致了另一個人的反應，而後者又變成了某種控制
> 他的行動的刺激，那麼，他就在他自己的經驗中擁有了這另
> 一個人活動的意義。這是我們所謂的「思想」所具有的一般
> 機制，因為只有當各種符號和一般的聲音姿態存在時，思想
> 才有可能存在——這些符號與聲音姿態在這個個體的內心之
> 中，導致他正在另一個個體那裡導致的反應，因而從關於這
> 種反應的觀點出發來看，他能夠指導他以後的行為舉止。它
> 不僅包含著從鳥類和各種動物互相溝通的意義上來看的溝
> 通，而且還包含著在這個個體的內心之中對他正在另一個個
> 體那裡導致的那種反應的喚起，包含著一種「採取他人角
> 色」（taking of the role of the other）的過程，包含著一種像另
> 一個人那樣行動的傾向。[56]

　　在此，透過聲音姿態所提供的特殊溝通結構，我們因而能透
過採取他人的態度，而將與他人的姿態會話內化成思想的自我對
話，從而使人類的思想與心靈能力，超越動物本能層次而突現出
來。這使得原先在姿態會話中，對於身體姿態作為預告性的刺激
是否能產生後續的行為，本來僅能依賴他人做出猜測性詮釋（或
基於習慣性的信念）的相對偶然性得到克服。因為基於互動雙方
都能接受的影響作用所構成的表意符號之意義一致性，我們即能
預期他人能明確地理解我的意圖，並做出我所期待的調整性反
應。由於這比姿態互動更能確保溝通的成功，米德說：「簡而言

56　Ibid., 73/78-79.

之，與無意識的或者非表意的姿態會話相比，有意識的或者表意的姿態會話是一種存在於社會內部的、更加適當和更加有效的互相調整機制。」[57]由此可見，就意義建構的第三個環節來說，聲音姿態也具有獨特的重要性。

（二）從自我意識到角色認同

米德在有關「心靈」的講課內容中，已經說明了人類有意識的思想與行動，如何能從表意符號中介的語言溝通過程中產生出來。但人類心靈除了具有意識的能力之外，也具有作為主體的自我意識。康德所謂：「『我思』必須能夠伴隨著我的一切表象」，即意指自我意識的統一是人類意識活動的最終預設。德國觀念論以內省心理學的觀點，將自我意識理解成在反思中的主體。但作為主體的自我並無法被對象化成為知識的客體，這使得自我意識作為主體性哲學的第一原則，始終是一無法被證明的設準。相對的，米德在論〈自我〉這一部分，則嘗試透過語言溝通的社會互動過程，說明作為知識與實踐主體的自我意識，如何在個人尋求自我認同的社會化過程中被建構出來，並從而能接著在〈社會〉這一部分中，說明人類社會的功能分化與團結整合，如何透過自我在社會合作中的角色認同與他人承認而得以達成。

米德在論〈自我〉這一部分，透過兒童經歷語言、角色遊戲與競賽這三個社會化的學習階段，來描述自我形成的個體發生學過程。並藉此說明「自我」作為「我是我」所具有的「反身性」與「自我指涉性」（Selbstreferentialität），其真正的內含是由代表社會性規範的「客我」（Me）與創造性回應的「主我」（I）所構

成的。客我代表個人的社會性人格，但主我不受限制的創造性回應，則使他具有超越構成客我觀點的社群習俗觀點，而能與理想溝通社群的成員進行對話的可能性。人類的理性自我，因而可在主我與客我的內在辯證過程中，最終以「討論的論宇」（universe of discourse）作為對話的語言社群，而以溝通理性的形式表現出來。就此而言，米德在《心靈、自我與社會》中，論述介於「心靈」與「社會」中間的「自我」環節，顯然意在說明，人類如何能從認識論的自我意識邁向實踐的自我意識，或從抽象的自我邁向社會性的自我與理性的自我，從而得以說明，人類如何能以理性的主體建構合理的社會。在這個闡釋的過程中，隱含了米德有關自我或人格建構的角色理論，但在《心靈、自我與社會》中，米德的社會心理學體系卻沒有得到系統地呈現。我們底下將先為米德的自我理論進行角色理論的重構，以說明使人類能形成社會性自我意識的基礎何在。

1. 語言溝通與自我意識的建立

　　近代哲學從笛卡爾提出「我思故我在」的主體性原則以來，「自我」的基本特徵即依反思的模式，被界定具有「反身性」或「自我指涉性」。米德並不否定在經驗現象上，自我的確具有反身指涉的特性，但他更想徹底地追問，這些特性是如何形成的？他說：「我要說明的正是自我所具有的、它是它自己的對象這樣一種特徵。這種特徵是通過『自我』這個語詞表現出來的；這個語詞具有反身性，並且標示那既可以是主體、又可以是客體的東西。」[58] 在作為主體性哲學基礎的自我反思活動中，主體自身無法

58　Ibid., 136-137/148.

對象化成為自己的知識對象，康德及其後的德國觀念論因而都發現：「一個個體怎樣才能（經驗地）以這樣一種使自己變成自己的對象的方式，從外部看待自己呢？」[59]是一個極難以回答的問題。然而米德卻認為這個難題，在他的社會心理學中可以得到解決。[60]因為在他的理論中，透過表意符號與他人進行語言溝通，個人即同時具有作為說者與聽者之自我對話的可能性。在自我反身性中的「自我與自我的關係」，因而是一種「自我與自我對話的關係」。在自我對話的模式中，那個作為在思想中與我進行內在對話的對象自我，即是透過我去採取他人觀點，而從他人的觀點來看待我自己的對象自我。在這個意義下，米德主張語言即是自我形成所需的第一個社會條件，他說：

> 除了語言之外，我不知道還有什麼行為形式可以使個體在其中變成他自己的對象，而且就我所知，除非個體成為他自己的對象，否則，個體從反身性的意義上說，就不是自我。正是這個事實使溝通具有了至關重要的意義，因為這是一種可以使個體在其中對他自己做出如此反應的行為類型。[61]

---

59 Ibid., 138/149.

60 米德曾在他的演講錄《19世紀的思想運動》中，討論了他對康德等德國觀念論哲學家對於自我意識的主要看法。透過與這個部分相對比，可以看出米德提出社會心理學的研究進路，其實也主要是意在對德國觀念論進行批判。此處特別可以參見 Düsing 的專章討論。Edith Düsing, *Intersubjektivität und Selbstbewußtsein—Behavioristische, Phänomenologische und Idealistische Begründungstheorien bei Mead, Schütz, Fichte und Hegel*（Köln: Verlag für Philosophie Jürgen Dinter, 1986）, 35-41.

61 Mead, *Mind, Self & Society*, 142/154.

　　透過採取他人的態度，將語言溝通的過程內化成思想的自我對話，心靈所具的自我反思性之結構特性即可以得到說明。但具有自我反身性的結構，與具有主體性的個人自我意識，卻還是不同的兩回事。米德因而進一步嘗試從角色遊戲與競賽這兩個發展階段，分析作為具主體性或個體性的自我形成，還需具備哪些條件作為基礎。米德在此其實已經悄悄地，把在姿態會話中的採取他人的「態度」，轉換成我們必須能在語言、角色遊戲與競賽中，學習採取他人的「角色」，以能用他的「角色理論」說明個人自我同一性的建構過程。然而，從動物本能地透過身體姿態的表達所進行的姿態會話，到人類能透過語言溝通以進行社會角色的分工與整合，其實是大不相同的兩件事。這不僅涉及到人類社會與動物社會形態的根本分別，更涉及到人類必須具備何種特殊的心智能力，才能有別於動物的遺傳分化，得以透過個人自主的選擇與集體的合作，而建構出獨特的人類社會。米德必須說明，從以聲音姿態為媒介的姿態會話，發展到他在論〈自我〉這一部分，以表意符號進行語言溝通所產生的自我意識，究竟有何差異。他才能進一步透過角色遊戲與競賽，說明自我如何在社會角色的扮演中，建構其自我的同一性，從而為社會整合的角色分工問題提出說明。但可惜的是，米德在他的講課中，對於他的角色行動理論卻完全沒有做出專題化的討論，我們因而應先重建米德的角色理論。[62]

---

62 從角色理論的觀點來理解在米德社會心理學中的自我理論，這個研究方向請特別參見Hans Joas, *Die gegenwärtige Lage der soziologischen Rollentheorie* （Frankfurt am Main: Akademische Verlagsgesellschaft, 1975）; Hans Joas, *Pragmatism and Social Theory* （Chicago: University of Chicago Press, 1993）, 214-237。

　　首先，語言既是透過表意符號進行互動的社會溝通活動，它與前語言的姿態會話主要的不同就在於：透過以聲音姿態為主的表意符號作為媒介，溝通夥伴的可能反應即能與自己的虛擬反應合併起來，我們因而能在自身中形成他人行為的內在表象，從而能在自己的行為決定中，包含對他人反應的預期。當我們能以他人可預期的行為來引導自己的行為，那麼所謂的思想考慮與有意圖的行動即是可能的。同樣的，一旦此時對方的反應也同樣包含他對我的行為預期，那麼我們相互之間的行為期待要得到確保，以使我們的社會行為最後能經由行動協調的過程而得到實現，這就需要作為溝通中介的表意符號具有意義的同一性。先前存在於姿態會話之三聯關係中的客觀意義，在表意符號的語言溝通中必須能被語意化，以能為雙方有意識地協調行動提供相互理解的媒介。

　　語言溝通與姿態會話因而至少有以下三方面的不同：（1）在語言溝通中，對話雙方的互動已經不再是以刺激與反應的操縱關係為主，而是以意義理解的行動協調為主。人類就此得以超越動物本能存在的層次，而能以思考與有意圖的行為選擇，進行社會性的溝通協調。（2）在語言溝通的互動中，意義理解必須透過表意符號的中介，那麼原初透過外在知覺與內在衝動而得到反映的內、外在自然，就都必須透過符號中介的社會詮釋與互動經驗來確立其意義。就此而言，在語言溝通的媒介中，人類的環境世界首先必須被理解成一符號結構化的人文社會，而不是純粹的物質世界或赤裸的物理自然。（3）在姿態會話中，我們的行為互動是一種本能調控的「刺激與反應」關係。但在語言溝通中，我們的互動則是以具意義同一性的表意符號進行協調的「表達與回應」關係。透過語言溝通所提供的互動結構，人類行為的互動即非受

自然本能的決定，而是透過以意義理解的一致性，確立行為實踐之相互可期待的規範性所約束。

　　在語言溝通的這三個結構特性中，人類不再僅是存在於自然世界、以刺激與反應的本能進行互動的生物有機體，而是能在符號結構化的人文世界中，透過對表意符號的意義同一性與行動規範性的理解與同意，進行人際互動與社會建構的思維—實踐主體。我們在行動協調中，既然必須透過對表意符號之意義普遍性的一致理解，才能確保相互期待的行為能得到雙方共同合作地實現。那麼我們所期待的他人反應，就必須是在我自己遵守表意符號的意義普遍性與共同可理解性之使用規則的前提下，才能期待他人也會在同意地理解我的表達下，做出我所期待的典型行為反應。在意義理解的語言溝通中，我所期待的他人行為反應，並不是他的動物性本能反應或其個人主觀的情緒表達，而是在一個社會合作的整體行動中，對於每一個人在特定情境中所應有的行為反應模式。因而在自己的行動決定中，期待他人在社會整體的合作脈絡中，應會做出某種特定模式的行動，這才是米德「採取他人角色」一詞所指的意思。在此，角色首先並不是指某人在社會系統中所具有的特定地位或職位，而是指我們在互動中逐漸能形成對於他人可能的行為回應的一種「行為期待的範式（Muster von Verhaltenserwartung）」。[63]

　　米德在此透過「採取他人的角色」以說明自我形成的社會性條件，這看來似乎使他的整個理論陷入循環論證的困境。米德一方面主張，人類具有語言溝通的能力，必須預設我們先能採取他人的態度或角色，但現在又說，我們要能採取他人的態度以形成

---

63 Joas, *Die gegenwärtige Lage der sozialogischen Rollentheorie*, 38.

行為相互期待的思想與意圖，即必須先預設語言溝通所提供的互動結構。在此，若語言溝通需要先能採取他人的態度，而採取他人的態度又須預設有語言溝通的互動架構存在，那麼解消這種循環論證最合理的思路，似乎就是我們必須預設有一種先於語言理解之交互主體性的理解能力。在哲學思想的傳統中，對於這種前語言的交互主體性理解，主要從以下三種進路著手：[64]（1）同理心的進路，主張我們必須能夠掌握他人實際上或體驗到的情境，而以想像或情感的方式，置身在他們的情境中；（2）意圖性的進路，主張我們必須能夠發現在他人行動背後的想法，以從其行為表現推測其內心意圖；（3）詮釋的進路，主張我們對他人行為的詮釋必須是雙向的，亦即一方面必須批判地考慮自己的情境與假定，另一方面也必須對他人的情境與假定保持開放。

　　在這三種進路中，前二者基本上假定，我們必須透過摹擬個人在他的情境中會怎樣思考與感受，並在人類主體具有普遍的心理相似性的預設下，去理解他人的內在意圖，才能使我們對自己或他人的體驗，具有同情相應（empathic resonance）或類比推理（analogical inference）之交互理解的可能性。而詮釋學的進路則早已看出，採取他人觀點的摹擬解釋所假定的心理學相似性，只是一種方法論的虛構。他們自己則主張，惟獨在交互主體性的脈絡中，作為詮釋性的存有者的共同存在，才是我們能討論或理解不同觀點的基礎。對米德而言，這些進路都不可行，因為他們都假定交互主體性是由獨立實存的自我與他人所建構形成的。自我

64　此處的解釋主要依據Martin的觀點，請參見Jack Martin, "Perspectival Selves in Interaction with Others: Re-reading G. H. Mead's Social Psychology," *Journal for the Theory of Social Behaviour*, 35:3（2007）: 231-240。

意識的反身性既是由語言的對話性所構成的，那麼自我就其本身而言，即內在具有由語言性與社會性所構成的交互主體性。在這個意義下，自我與他人都不是先於社會互動而存在，它們是在合作地解決生活實踐問題的社會互動過程中才產生出來的。米德在「採取他人角色」的說法中所建構的交互主體性，因而無需再訴諸在語言溝通活動之前的同情體驗或類比推理，而是與在具有社會合作需求的行動實踐中投入與他人的互動有關。

米德一旦能確立在自我意識中的交互主體性，是透過社會互動過程形成的，那麼他就毋需從同情共感等進路，而是可以再回到他的社會心理學，進一步從兒童如何學習社會合作的過程，來說明人類具交互主體性之自我意識的生成條件。在個體發生學的心智發展過程中，兒童經由主動、不斷重複地參與他人互動的例行性行動系列，以在其中認取他人對他的行為期待，這就使他能透過採取他人的角色而建構他自己的自我認同。兒童經由參與社會行動之例行形式，而學會使用語言符號之後，他們即能採取愈來愈抽象之他人的態度與觀點。且由於個人不能僅依特定他人的期待而行，而是必須學會依團體的共同觀點而行，才能順利地社會化。在此，個人要能採取個別社群成員的團體合作觀點，即必須了解他們所要完成的行動目標是什麼。在生活實踐問題有待合作解決的情境中，個人隨著不斷增加的互動，達到以愈來愈周詳的共同觀點，作為他參與問題之解決過程的行動決定依據，這從而也使自己成為能夠自主地做出行動判斷的主體性自我。

2. 遊戲、競賽與社會自我的建立

在透過以聲音姿態作為表意符號的語言溝通中，我們必須透過採取他人的角色，才能形成借助對他人的行為預期來引導自己

行為決定的思維活動。這種抽象而一般的自我意識，若要進一步發展成具真實個體性的自我意識，那麼它就需要透過實際的社會化過程，以建構它自己獨特的生命史與個體自我的人格內含。換言之，自我必須能在他具體的存在處境中，進行與他人的互動，才能透過彼此的世界解釋與生活目標的合作實現，形成個人自我與他人共同具有、但又各有不同的思想內容與價值取向。在這個過程中，他人的身分也將經歷一連串的轉變。在聲音姿態的互動中，他人只是另一個生物有機體，但當我們對他人的行為期待是有待他願意如同我們相互期待地那樣做出我所期待的行為，那麼自我之確立就有待他人的同意與承認。米德因而說：「它〔社會自我〕是一個通過與其他人的關係而得到實現的自我。它只有得到其他人的承認，才能具有我們所希望它具有的那種價值觀。」[65] 在此，他人的身分顯然已經不再只是生物有機體，而是與我一樣具自我性的他人自我。

　　在社會互動的過程中，自我要能確立自己的自我認同，首先必須能學習到他人對我的期待是什麼，以及在什麼條件下，我們相互期待的行為合作才能真正實現。這需要兩個不同階段的學習：一是，我必須能理解各個特殊個人對我的行為期待是什麼？二是，我必須理解我與一般他人（亦即所謂「大家」）都能同意或願意遵循的行為期待是什麼？這在人類個體發展的過程中，即表現在兒童學會語言之後，開始能透過「角色遊戲」，學習周遭的重要他人對它的行為期待是什麼，以及他它應如何加以回應的過程。而「競賽」的社會化學習過程，則提供我們相對於非特殊個人的一般化他人，學習那些在社群生活中被所有成員普遍接受

65　Mead, *Mind, Self & Society*, 204/221.

的行為規範，以確保我與他人的行為相互期待，在社會互動中能得到被實現的保證。內含在語言溝通結構中的自我同一性建構，因而必須透過個人的社會化的學習過程，才能得到真實的展現。這使得米德看似突兀、但在理論上卻必然得轉向遊戲的研究。

　　米德將兒童的遊戲學習過程分成「角色遊戲」與「競賽」這兩個階段。角色遊戲是兒童與想像中的夥伴進行互動的遊戲，兒童在角色遊戲中，透過一人分飾兩角的角色扮演，將他原先在語言學習中所內化的溝通對話，在行動互動的具體脈絡中加以演練，以開始練習行為預期的能力。對於兒童來說，他人的行為先是經由角色模仿而被直接表象，然後他再經由自己的行為回應，來理解他人對他扮演特定角色的行為期待。透過像這樣輪流扮演在日常生活實踐場景中的各種角色，兒童學會各種社會角色的行為模式，並逐漸學會如何以具有社會意義的方式，將它們組織起來，從而能透過採取他人角色的觀點，形成將自我視為對象的自我意識。這正如米德所說的：

> 　　在角色遊戲的過程中，兒童利用了他自己對這些——他曾經用來確立一個自我的——刺激的反應。他傾向於針對這些刺激做出的反應，把這些刺激組織起來〔……〕他接受了這組反應，並且把它們組織成某種整體。對一個人的自我來說，這是成為另一個人的最簡單形式。[66]

角色遊戲這個階段對一般而言的自我或兒童的人格發展，因而產生兩方面的影響，一方面兒童經由扮演不同的角色，獲得它自己

66　Ibid., 150-151/163.

獨特的人格特質（以米德自己舉的例子來說，一個小女孩喜歡幼稚園老師，並經常扮演她的角色，她就因此獲得了這位老師的一些性格）。在另一方面，透過開始採取父母等重要他人的角色（以及他們對於它的行為期待），它也開始具有評價與控制他自己行為的能力。

　　兒童透過角色遊戲學習掌握特殊的人與人之間的關係，但當生活的領域逐漸擴及整個社會，它們面對的就不再是在生活中熟悉的重要他人，而是陌生（甚或從未謀面）的一般他人。在此我們若要與這樣的他人進行互動，我們就只能根據大家都能認可的共同行為規範，來為彼此的行為期待提供能被實現的保證。在兒童社會化的學習過程中，學習遵守社會共同規範而行的能力，需經由競賽的遊戲參與過程。因為正是在競賽（如同在棒球比賽）中，兒童必須採取所有團隊夥伴的行為反應，作為他自己的行為指導原則，這樣他才能決定他自己將採取何種攻守作為。在此，作為他人的團隊夥伴並不是毫無連結的特殊個人，而是他們各自在團體中負責一部分的任務。一個球隊最好的運作，即是每一個隊員都知道在任何情況中，所有其他隊員會如何反應。自我在競賽中所面對的他人反應，主要都是那種經由分工以達成目標的整合性行動，競賽因而比角色遊戲有更嚴格的組織。兒童在此必須在有規則規定的結構中遊戲，他所面對的他人，即是那些能反映有組織的共同體或整個團隊的「一般化他人」（the generalized other）。這也使得米德可以說：「一般化他人的態度，即是整個共同體的態度」，[67] 或者說：「我們可以把個體獲得其自我統一體的有組織的共同體或者社會群體，稱為一般化的他人［……］通過

67　Ibid., 154/167.

採取這種一般化的他人針對他本人的態度，他就開始意識到他自己是一個對象或者一個個體，並且因而發展一種自我或者人格。」[68]

在競賽中兒童學會採取一般他人的角色，這同樣具有兩方面的意義：它一面能協助個人建立客觀而完整的自我，另一面則能使社會整合所需要的個人功能分化得以完成。因為一般化他人是反映整個社會系統組織的觀點，它是依整體整合的觀點來結合所有個人的特殊觀點，因而兒童若能透過競賽學會採取一般化他人的角色，那麼它就同時能以非個人性的他我觀點，來進行內在的對話，從而達到抽象普遍的客觀思考層次。兒童雖已在角色遊戲學會他人對它的行為期待，從而形成它的人格特質，但它若不能整合它面對不同他人的期待，從而能做出符合大家期待於他的行為，那麼它就無法形成個人完整的自我（嚴重的話，它日後甚至可能陷於多重人格的分裂）。由此也可以反證，惟當一個人能透過競賽學會採取一般他人的角色，並認同自己是某個共同體的成員，否則自我就無法形成完整的人格。米德因而說：

> 一個人之所以有一個人格，是因為他屬於某個共同體，是因為他接受這個共同體的各種制度（institutions），並且使它們轉化成他自己的行為舉止。他把語言當作一種媒介來接受，並且利用它來理解他的人格，然後，他便通過一個承擔其他所有人提供的各種不同的角色的過程，開始理解這個共同體的各種成員的態度。從某種意義上說，一個人的人格結構就是如此［……］一個人要想成為一個自我，就必須成為

---

[68] Ibid., 154/167-168.

某個共同體的成員。[69]

　　在另一方面，透過採取一般化他人的觀點，以進行個人行為的自我控制，也使得社會的共同價值與規範能對個人產生作用。在比賽中，兒童必須採取整個團體（亦即一般化他人）的態度，從而能與整個有組織的社會整合在一起。團隊比賽能幫助兒童學習那些在團隊合作的協調中，做出自己行為反應所必須要的自我控制。一個團隊要能團結一體地合作，那麼所有隊員就必須依據個人在團體中分配到角色任務與共同接受的遊戲規則來行動。而當一個人能學會作為好的隊員，他就學會能以回應一般化他人（亦即整個群體的行動）的方式，來組織自己的行動。這使得社群共同體能以作為互動規則的共同規範或價值，約束共同體所有成員的行為。我們能採取一般化他人的角色，因而一方面是相互建構了在社會中可被共同接受的規範性要求，在另一面也是接受了個人在社會分工中的任務。這不僅使原先隱含在意義理解的行動協調中的規範性，轉變成創設各種具體制度的規範，也同時使人類社會的功能分化與整合所需的社會性人格，能在個人角色認同的追求中產生出來。米德因而說：

　　　有組織的人類社會所具有的這些複雜的合作過程、合作活動，以及各種機構發揮職能的過程，也只有當每一個參與其中或者屬於這個社會的個體，都能夠採取其他所有與這些過程、活動、發揮職能過程有關的，以及與這個因此而由各種經驗關係和互動組成的、有組織的社會整體有關的同樣一些

69　Ibid., 162/176.

個體的一般態度——因而能夠相應地指導他自己的行為的時
候，才是可能的。[70]

　　採取一般化他人態度的角色認同過程，最後也能用來解釋人
類社會之制度化規範的建構基礎。因為既然採取一般化他人的態
度，即是我們期待彼此在社會合作的互動中，都能實現他被期待
的行為反應，此時我們彼此相互期待的行為模式，就具有「你應
該」之應然有效的規範性。相互期待的規範性使群體的每一個成
員都有正當的權利，能在特定的情境中期待對方做出特定的行
為，從而自己也賦予自己有滿足他人正當行為期待的義務。而這
正是制度的建制基礎，因為「制度」所指的正是它是「所有的社
群成員對於一特定情境的共同反應」。米德因而說：「當我們堅持
我們的權利，我們即要求有特定的回應應當為每一個人所實現。
當我們自己也這樣做，那麼在將我們維繫在一起的社群中，就有
許多這樣的共同反應，此即可稱為制度。」[71]一個社會化的成人，
即是知道何謂一個規範是有效的。當社會團體的成員能將角色與
規範內在化，一般化他人的這個行為審理機制，即能被客觀地建
制成具社會實體性的制度。在此，一般化他人這個審理機構所具
有的權威，也因而是一種「共同的群體意志之權威」（Autorität
der allgemeinen Gruppenwillen）。這不能與「眾人之一般恣意的暴
力」（Gewalt der generalisierten Willkür aller Einzelnen）混淆在一
起，因為後者只能在群體對於違反者的懲罰中表現出來，但一般

70　Ibid., 155/169.

71　Ibid., 261/281.

化他人的權威則僅基於同意而產生。[72] 就此而言，制度所擁有的規範有效性，即始終必須能回溯到利害關係人的跨主體承認或同意。

3. 主我、客我與理性自我的建立

透過上述的討論，米德指出「自我意識」之「自己以自己為對象」的「反身性」與「自我指涉性」，並非如德國觀念論等內省主義心理學所主張的，自我是在反思中透過第一人稱的經驗方可通達的對象，也不是如同美國實用主義者庫利（C. H. Cooley）與詹姆斯那樣，以為它透過種種「自我感」（self-feeling）的經驗，就能加以說明。[73] 而是應在社會合作的過程中，透過參與行動協調的互動，才能在採取他人的角色中，建立一種社會性的「客

---

72 這個區分出自哈伯瑪斯的詮釋，請參見 Habermas, *Theorie des kommunikativen Handelns*. Band 2, 62。

73 米德在此特別強調，不能把「對自我的意識」與「理解的私人性」混淆在一起，否則就是仍從意識的經驗來看自我意識的經驗。他說：「的確，只有我們自己能夠理解我們單獨進行的反思〔……〕，另外還有一些諸如此類的內容——諸如各種記憶意象和發揮想像力的過程，也是只有個體本人才能夠理解的。我們通常把這些對象類型所具有的某種共同特徵，與意識和我們稱之為思維過程的這種過程等同起來，因為這兩者——至少在某些階段上——都是只有個體本人才能夠理解的。但是，正像我已經說過的那樣，這兩組現象處在完全不同的層次上。這種與可理解性（accessibility）有關的共同特徵，並不一定使它們獲得同樣的形而上地位。雖然我現在並不想討論形而上學問題，但是，我的確希望堅持下列主張，即自我具有一種從社會行為舉止中產生的結構，而我們則完全可以把這種結構與有關這些特定對象的、只有這個有機體本身才能夠理解的這種所謂主觀經驗區別開來——它們共同具有的、有關理解的私人性（privacy）的特徵，並不能使它們融為一體。」參見 Mead, *Mind, Self & Society*, 166-167/180-181。

我」觀點。而我們的「主我」，則是那個能對此客我的行為做出
反應的自我。所謂「我是我」的自我反身性，因而不宜依「反思
的模式」來加以理解，否則自我即始終是隱含在意識經驗背後的
先驗主體。而是應依「對話的模式」，將「我是我」之「自我與
自我的關係」理解成在社會互動過程中的「主我與客我的關係」。在這個意義下，米德因而也說：「作為可以成為自己的對象
的自我，自我從本質上說是一種社會結構，是從社會經驗中產生
的。」[74]

　　如果我們惟有能採取一般化他人的角色，才能建構出客觀而
完整的自我，那麼在具交互主體性的自我中，當然也就同時包含
有一能代表一般化他人觀點的自我。具交互主體性的自我因而必
然包含有兩個自我。米德即稱其一為「客我」（"me"），他說：
「一個人所採取的，其他人影響他自己的行為舉止的態度，便構
成『客我』。」[75]另一個我則為「主我」，他說：「主我是某種對處
於個體經驗內部的社會情境做出反應的東西。它就是個體對其他
人——在他針對他們採取某種態度時——對他採取的態度所做出
的回答。」[76]在此當自我同時具有主我與客我的關係，那麼這即顯
示，我們在將語言溝通內化為自我對話，再經角色遊戲與競賽的
社會化學習過程後，我們現在終於能成為一位既能依社會規範進
行自律，又能對社會體制加以革新的理性存有者。

　　對於這個發展過程，我們首先可以從在自我中的「客我」這
一方面來看。中文將 "me" 翻譯成「客我」，這會使我們聯想起李

74　Ibid., 140/152.

75　Ibid., 140/152.

76　Ibid., 177/192.

後主詩云：「夢裡不知身是客」，而很容易就誤以為「客我」，就是指在內心中一個陌生、異在的我。實則不然，如同米德所說：「『客我』是一個人自己採取的一組有組織的其他人的態度。」[77] 換言之，雖然我們採取一般化他人的觀點，是使社群能以其規範對個人的行為進行控制與限制的過程。但這並不是出於強制，而是出於自我實現的需求。自我發展與社會化過程密不可分，要成為真正的自我，個人即需採取在他的社會活動中與他有關係的他人的觀點。在自我中的客我，因而同時是社會整合與自我發展所必須具有的主體。客我以一般化他人所共同接受的規範期待而行，客我因而是遵循可普遍化的格律而行的主體。它所代表的觀點，正是理性自律的觀點。對此，米德曾在〈倫理學片論〉一文中說：「根據我們關於自我的起源、發展、本性以及結構的社會理論，我們完全有可能以社會為基礎，建立一種倫理學理論。」[78] 他在這裡所指的倫理學理論，正是康德的自律倫理學，對此他說：

> 人之所以是有理性的存在，是因為他是一種社會性存在。我們的判斷所具有的、為康德所極力強調的普遍性，是一種從下列事實中產生的普遍性，即我們採取了整個共同體的態度，採取了所有理性存在者的態度。[79]

再就「主我」而論。依米德的觀點，我們雖必須借助採取他人的態度或角色，才能建構具反身性與個體性的自我，但不僅採

---

77 Ibid., 175/189.

78 Ibid., 379/407.

79 Ibid., 379/407.

取他人觀點仍是自我之所為，自我也不只是被動地接受刺激，而是能主動地加以回應。這種回應的能力，正是一種不可預測的自發性。據此我們即可進一步推論說，體現在客我之中的一般化他人的觀點，並不全然決定了自我意識的所有內含，因為在建構自我意識的人我互動過程中，我們仍具有能對他人做出回應的「主我」活動。主我的回應保留了動物性的原初衝動，它是無法預期的。這種回應的不可預期性作為個人創新的來源，能超越適應一般化他人期待的服從性，而「使個體具有自由感與開創性」。[80] 由此可見，在人類的自我中，客我的成分代表人類自律的自由，而主我的成分則代表一種衝動創新的自由。自由因而既不是只能服從法則，也不是不受任何規範約束的主觀恣意。

　　主我作為不可預期的回應，作為創新突破的來源，它還帶來另一種主體自由的涵義，亦即它能形成溝通的自由。米德看出，個人的主體若僅由採取一般化他人的客我所構成，那麼我們在原則上就不可能會實行或對抗那些社會不同意或禁止的行為方式。若我們能對抗社會的行為規範，那麼就表示我們能與一個更高層次的社會成員進行互動，而這種可能性正需要依靠「主我」的作用。因為主我的作用即是它必須面對不斷新出現的情境做出回應，它因而能不斷地與愈來愈一般化的他人進行互動。隨著生活經驗的增加，主我不僅要回應與他有特定關係的具體社會階級（或次級團體），而是必須能對更為抽象的社會階層做出回應。米德因而指出，當我們透過採取一般化他人的角色來建構自我認同時，我們其實是在與兩種不同意義的溝通社群成員進行互動。一是與「具體的社會階層或次級團體」（諸如政黨、俱樂部與公司

80　Ibid., 177/192.

等），另一則是與「抽象的社會階層或者次級團體」（諸如債務人
階層和債權人階層等）。[81]

在米德的構想中，「一般化他人」因而一方面指在具體社群
中存在的個別成員，但另一方面也指承擔各種社會系統運作功能
的不特定他人。換言之，個人不僅能與不計其數的社會階層中的
不特定他人形成各種社會關係，且特別是在社會衝突的情境中，
我們更需能超越特定的社會團體，而不斷地與愈來愈抽象的溝通
社群進行對話討論。在此一旦語言的意義普遍性能被我們理解，
那麼我們言說的普遍可溝通性，勢必使我們假定我們能進入一個
理想化的溝通社群中，以進行解決認知或實踐問題的討論。對於
這種「討論的論宇」（universe of discourse）米德說：「就這些由
人類個體組成的抽象的社會階層或次級團體而言，涵蓋面最大、
範圍最廣的社會階層或者次級團體，也就是由討論的論宇（或者
普遍的表意符號系統）所界定的社會階層或者次級團體，而這種
討論的論宇，則是由諸個體的參與狀況和溝通性互動狀況決定
的。」[82]

主我與客我對於個人與社會因而都有兩種不同的功能：在自
我中「客我」具有兩方面的作用，它一方面是社會控制個人行為

---

81 Ibid., 157/171.

82 Ibid., 157-158/171.米德認為不論是宗教的同體或經濟的共同體，都是建立在
　語言溝通的共同體之上。因為這些共同體之所以具有能將所有他人都當成是
　成員或兄弟的普遍性，即因它們「都必然包含著由討論的論宇所表現出來的
　『邏輯共同體』（logical community）所具有的普遍性，這種共同體完全建立
　在所有個體都具有能夠通過運用一些表意符號互相對話的能力基礎之上。而
　語言正提供了一個具有普遍性的、與經濟共同體相似的共同體」。參見 Mead,
　Mind, Self & Society, 282-283/304。

的機制，但在另一方面它也是人能理性自律的機制；同樣的，在自我中的「主我」也具有兩方面的作用，它一方面是不受限制的創造性衝動，另一方面則是具批判性的理性主體。主我是自發性與創造性行動的來源，客我是自我規制與社會控制的載具。自我這兩面可以平順的共同運作，但有時則不然。主我是創造性的，而客我則設立界限，並將基於社會價值的結構加進來。主我是不可預期的、創造性的行動來源。主我的創新有時有貢獻於社會，有時則無，客我則依社會觀點評估這些創新，以鼓勵那些有助於社會的創新，而抑制那些不利的創新。社會化的過程即以上述主我與客我相互辯證的方式建構了個體性自我，它產生使我們能與他人共同分享的共同性格，也使人具有作為獨特個人的個體性格，從而使每一個人都能有群體歸屬感與不同於他人的感受。

　　主我所面對的一般化他人，既同時歸屬於「具體的社會階層」與「抽象的社會階層」這兩種溝通共同體，那麼在米德的社會心理學中，我們的理性人格就不只限於習俗的倫理性層次，而是可以發展到後習俗的道德性層次。因為如同哈伯瑪斯指出的，在米德的觀點中，若依習俗而形塑的自我認同，在社會分化（特別是在多元衝突的角色期待）的壓力下崩解，那麼依共同體的生活形式與制度而反映的客我，即可以分別從道德性與倫理性的觀點來看。[83]因為此時若我依作為抽象的社會階層中的成員來理解一

---

83 在這個意義下，在米德社會心理學中所討論的社會性自我，其行為即非全由社會習俗所決定的。米德的社會心理學借助無限制的溝通社群的概念，因而可在道德性與倫理性之間做出區分，這可以參見哈伯瑪斯的詮釋：Jürgen Habermas, "Individuierung durch Vergesellschaftung: Zur G. H. Meads Theorie der Subjectivität," *Nachmetaphysisches Denken: Philosophische Aufsätze*（Frankfurt am Main: Suhrkamp Verlag, 1988), 223-225。

般化的他人，那麼我就能拋棄既定社群所施加的習俗，而依道德的自我理解去進行個人的生命籌畫。但一個與在抽象社會階層中的成員進行自由互動的自我，並非意指一個抽離社會而移居到孤獨世界中的個人。而是他在既有習俗社會的解組中，只能依一般化他人之更廣闊而合理的社會方向，來籌畫它自己的生活。而這正顯現出，我們惟有在普遍討論的條件下，才能慎獨自誠地面對道德的可普遍化決定。

　　哈伯瑪斯對此進一步詮釋說，米德既主張我們應當創造一「無限制的溝通社群」（unbegrenzte Kommunikationsgemeinschaft）[84]，以使社群成員在面對現存社會秩序的衝突時，能取得跳脫現存社會的觀點，而使改變中的行動習慣能與價值信念的新建構取得一致。那麼這種超越習俗的倫理性，而過渡到後習俗的道德判斷建構，就必須依靠「理性的論壇」（Forum der Vernunft）。這種公開進行的論壇，能將實踐理性的概念社會化與時間化，從而得以將盧梭可普遍化的公共意志與康德的智性世界加以具體化。我們在意志建構的討論過程中，預先採取溝通的理想化形式，對於米德而言，因而是必要的。而這同時意味說，若社會的個體化是個人期待獲得自我決定與自我實現的來源，那麼我們最終就必須採取一種非習俗性的自我認同。而一旦這種自我認同的構成，必須在使相互承認的對等關係成為可能的理想化社會中才能得到確立，那麼我們就必須設想，自我應致力使自己成為理性存有者所構成的共和國之成員，而這也是人類歷史進步所必要的預設。

---

84 George Herbert Mead, *George Herbert Mead Gesammelte Aufsätze*（Frankfurt am Main: Suhrkamp Verlag, 1980）, 413.

4. 米德未完成的溝通理論

　　米德早期在〈心理的定義〉一文中，主張應接續芝加哥功能主義學派的觀點，對在心理活動中的主體性所具有的「功能性」與「個體性」加以說明。他日後在社會心理學的講課中，終能透過從語言到角色遊戲與競賽的個人社會化學習過程，一方面說明人類在遭遇問題的情境中，能將解組的世界加以重構所需的心理意識功能，亦即，那種具意識統一作用的反身性自我意識，如何能從以表意符號進行語言溝通的過程中產生出來；另一方面則說明，具特殊人格內含的、在社會分工與整合中扮演特定角色的個體性自我，如何能從遵循遊戲規則的社會化學習過程中產生出來。我們因而不能只能停留在認識論的自我關係中，而是應進一步從實踐的自我關係，來理解自我意識的構成。真實的自我關係不是僅存在於思想的內在對話，而是存在於社會性的合作實踐。這也使得米德早期在〈社會心理學作為生理心理學的對應部分〉一文中，主張應透過研究人類心理活動的「社會性」，以為社會學建立心理學基礎的觀點得到證成。

　　米德在他的社會心理學中，借助語言溝通的互動過程來論述人類主體自我的社會性，這為人類社會之功能分化與團結整合的可能性奠定了基礎。人類個體並無生物遺傳所固定下來的分殊化的行為模式，但它們卻能透過意義理解所確立的相互行為期待，有組織、有規範地整合成一個為生活實踐問題的合作解決而統一起來共同體。米德即藉此而證成他的心理學研究進路的合法性，因為若自我是在社會合作的社會化學習過程中才產生出來的，那麼心理學的研究就不能僅從個別有機體或個人的行為出發，而應從為實踐而合作的社群共同體出發。人類特殊的語言溝通形式，使得分工組織的社會整合成為可能，米德的社會心理學因而是透

過他對特殊的人類溝通起源的人類學理論，來闡釋使社會整合成
為可能的心理學機制。對於人類溝通能力的分析，因而也成為米
德社會心理學的核心。米德在《心靈、自我與社會》中，透過對
語言、角色遊戲與競賽的社會行為主義分析，闡釋了人類從姿態
會話、符號互動、角色認取，制度性的規範建構，與在討論的論
宇中進行理性批判等溝通互動能力的發展過程。這顯示在米德社
會心理學最核心的部分中，隱含了一種「理性的溝通理論」
（communicative theory of rationality）。這種溝通理性的概念，必
須借助語言理解的意義普遍性，才能使語言溝通具有約束行動協
調的規範性。但米德對於這個最為核心的溝通理論，卻並沒有詳
細的說明。

三、米德的理論缺失批判與溝通理論的重構

　　米德在《心靈、自我與社會》一書中的社會心理學體系，是
從人類心靈活動由之而產生的姿態會話，過渡到能為自我的形成
提供必要條件的語言溝通，再到能為人類社會的功能分化與整
合，提供個人自我認同與社會規範建制的溝通理論基礎。這三個
環節分別來看，各自對於語言意義理論、自我的交互主體性理論
與社會進化的溝通理論，都做了創造性的貢獻。但若將三者連結
起來看，我們卻會發現，米德並沒有意識到，他在社會心理學所
做的個體發生學分析，其實充滿論證的跳躍。他從以聲音姿態為
主的姿態會話過渡到以表意符號為主的語言溝通，其實是從動物
的記號性語言，直接跳躍到人類的命題性語言。他從在語言溝通
中，意義理解的一致性所構成的語言行為規範性，過渡到在角色
遊戲與競賽中透過角色的自我認同，建構對社群共同體之制度性

規範的遵守，則是從對語言使用的合規則性遵守，跳躍到對社會實踐行動的規範遵守。但從記號語言到命題語言，從語言使用規則的合理性遵守到社會規範的義務性遵守，卻都是完全不同的兩回事。

　　兒童在心智發展的個體發生學過程中，必得經歷語言、角色扮演與參與競賽的社會化學習過程。專注於在個體發生學中的必然發展，使得米德忽略兒童心智成長的個體發生學過程，必須預設在文化進化的種系發生學層次上，有其在人類心智發展過程中的結構轉型基礎。若不能解釋人類為何能從記號語言發展到命題語言，以及人類為何能從意義理解的規則遵守發展到對社會規範的遵守，那麼人類的心靈、自我與社會的構成，就仍然沒有得到根本的說明。米德在〈心靈〉與〈社會〉這兩部分中，其實都已經在做種系發生學的說明，因為他在這兩部分中，都著重說明人類的種族如何透過表意符號的語言溝通，而得以在結構發生學上，有別於動物僅能以姿態會話進行社會互動；以及人類在透過語言溝通的社會化過程中所建構的角色認同與相互承認，又如何能使人類社會的功能分化與整合，有別於蜂群與蟻窩只能依靠遺傳的生物學功能分化來進行社會性的生活合作。但在〈自我〉這一部分，米德卻只能借助兒童在語言、角色遊戲與競賽的社會化過程來做個體發生學的描述，而不能從種系發生學的角度，來說明人類的語言溝通結構如何能使人類在從記號語言發展到命題語言的過程中，同時逐漸地使人類能將語言溝通的合規則性遵守，轉化成對社會規範的義務性遵守。

　　米德的社會心理學作為針對自我之個體發生學所做的社會行為主義分析，顯然在一方面缺乏對人類社會行為之內在主體性的描述，在另一方面則缺乏對個體發生學所預設的種系發生學過程

提出結構轉型的說明。前者可稱為米德社會心理學的「內在主體性缺失」（inner subjectivity deficit），而後者則可稱為米德社會心理學解釋的「種系發生學缺失」（phylogenetic deficit）。[85] 米德的「內在主體性缺失」首先由圖根哈特發現，他嘗試指出米德在上述兩個主要階段中所發生的論證跳躍，是因為米德忽略語言溝通必須預設他人「同意」與否的表態，而角色認取之所以能建構自我認同，則需預設以他人「承認」為基礎的生命意義取捨。[86] 米德的社會行為主義分析忽略了，透過語言溝通協調行動所需的一致同意與相互承認的內在主體性層面，這個批判的洞見，使得哈伯瑪斯與霍耐特能進一步在種系發生學的文化進化層次上，嘗試針對米德社會心理學的「種系發生學缺失」，進行追求共識同意與相互承認之溝通行動理論與承認理論的重構。[87] 以下我將透過圖根

---

85 「內在主體性的缺乏」與「種系發生學的缺乏」這一對概念，是我援引自 Mendieta 的用法，請參見 Eduardo Mendieta, "G. H. Mead: Linguistically Constituted Intersubjectivity and Ethics," *Transactions of the Charles S. Peirce Society*, 30:4（1994）: 979。但對於介於圖根哈特與哈伯瑪斯批判米德之間的觀點差異，則是來自我自己的理解。

86 圖根哈特對於米德的批評，主要見諸《自我意識與自我決定——語言分析的詮釋》一書的第十一與第十二講。參見 Tugendhat, *Selbstbewußtsein und Selbstbestimmung*, 245-292。本文以下分列兩點論述，即分別解釋這兩講的主要觀點。

87 米德對哈伯瑪斯的影響極深，哈伯瑪斯對米德的研究可謂經過三個階段，第一階段是在 1960 年代末、1970 年代初，從「角色資能」（Rollenkompetenz）來理解米德的社會化理論，此可參見 Jürgen Habermas, *Kultur und Kritik—Verstrute Aufsätze*（Frankfurt am Main: Suhrkamp Verlag, 1973）, 118-231；第二階段是在《溝通行動理論》的體系建構中，援引米德的溝通理性觀點作為對抗功能主義理性觀點的依據，此可參見 Habermas, *Theorie des kommunikativen Handelns*. Band 2, 7-68；第三階段則是在《後形上學思維》的理論脈絡中，

哈特的批判、與哈伯瑪斯的重構，說明以溝通理論重構米德社會心理學的必要性與可能性。

（一）圖根哈特對於內在主體性缺失的批判

（1）圖根哈特首先質疑米德在論述從姿態會話過渡到語言溝通的發展過程中，忽略了應對表意符號之意義同一性的建構進行內在主體性的說明。在以表意符號進行社會互動的語言溝通過程中，互動雙方若不只是以身體姿態之「刺激」與「反應」的直接關係來影響彼此，而是以相互的行為期待來進行自我與他人之間的「表達」與「回應」。那麼我們在透過採取他人態度，以建立具反身性思考能力的自我與自我關係時，就不能只依靠他人與我一樣能對同一聲音姿態做出相同的行為反應，而是必須預設他人作為聽者，能對我提出互動建議的語言表達，做出說 yes 或 no 的肯否表態。換言之，在建構表意符號的意義同一性過程中，我們需要的並非只是一個符號能對應到一個相同的反應，而是它首先必須取得聽者對於我所言說的內容，能以說 yes 或 no 的肯否表態，來取得我們彼此之間的一致「同意」（Zustimmung）。這樣我們用來協調行動或認知共同世界的語言符號，才會具有跨主體一致的意義普遍性。[88]

人類在透過表意符號的中介，以進行社會合作的行動協調時，我們所採取的他人「態度」，已經不是他人能反應刺激的身

闡釋米德對個人主體性的看法。這可以〈經由社會化的個體化──論米德的主體性理論〉（Habermas, "Individuierung durch Vergesellschaftung"）這一篇論文為代表。

88　Tugendhat, *Selbstbewußtsein und Selbstbestimmung*, 254-257.

體姿態表現，而是他人在理解回應中的「肯否表態」。借助肯否表態的思慮延遲，使我們能將刺激與反應的直接關係分離開來，從而使得透過語言溝通的行為互動，能與反射性或習慣性的行為區別開來。在姿態會話中，前符號性的有機體僅能對在環境中既與的事物做出直接的姿態反應，這使得動物最多只能使用單音的記號語言，它們所發出的聲音對於說者與聽者都還不具有確定的意義。但在預設他人會採取肯否表態的前提下，我們即無法期待我們單一的聲音姿態與我所期待他人的行為反應會是一致的。我對自己所要表達的事態或行動要求，只能虛擬地以表意符號的嘗試性連結來加以表達，以能在與他人的行動互動中，透過他人肯否表態的同意，而確定這些符號表達的意義一致性。而這也使得我們對於聲音姿態的表達，能在可被傳達的意義建構中，發展出以陳述句表達知覺的事態，或以命令句表達行為建議的語句形態。陳述是真的或對的，只能經由他人在肯否表態中的同意與否來確定。命題語句之真理性與實踐語句之正確性，因而是建立在預設互動雙方能做出肯否表態的共識同意之上。而我們之所以能從姿態會話過渡到語言表達，即因我們能在肯否表態的討論對話中建構共識的同意，從而使我們能從刺激與反應的記號語言，進展到以符號語言進行表達與回應的溝通互動。但米德對於我們如何能透過肯否表態的彼此同意，以建構符號使用規則的一致性，卻並沒有再進一步的說明。

（2）米德此後很快地，又從在語言溝通中對於符號之使用規則的遵守，跳躍到兒童能在角色遊戲與競賽中，學會遵守由一般化他人所代表的有組織的社會規範。但卻忽略了在意義理解中遵守語言使用的規則，與管制人類社群合作所需遵守的行為規範之間的不同。圖根哈特指出，規範是要求遵守規則的行為，而不只

是要求合規則性的行為。對於合規則性的行為，我們可以根據種種理由加以接受或拒絕，合規則性的行為因而容許有例外。但若有人不遵守行為的規範，我們卻會對他進行批評與指責。由此可見，遵守規範的行為至少需預設個人願意承認（anerkennt）這個規則對於行為決定的效力。就此而言，其實只有社會規則才稱得上是規範，因為它才是那種必須顧及到他人的指責，並通常帶有某種方式的社會懲罰，而被要求遵守的規則。

　　要從對語言規則的遵守發展到對社會規範的遵守，那麼我們就得在肯否表態的「同意」之外，額外對互動規則的規範有效性進行「承認」。我們能在語言溝通中，透過採取他人的態度而建構具智性的自我意識，進展到能在角色遊戲與競賽中，透過採取他人的角色而建構出能與社會群體整合在一起的個體自我意識，這必須以我們能從對語言的命題內含進行肯否表態的共識同意，進展到能在社會合作的實踐脈絡中，對於某一社會角色的採取，能得到自己的認同與他人的承認。這種承認或排斥的意義表態，才是使一個行為互動的規則，能成為應當被遵守的制度性規範的最終基礎。但對於建構制度之規範性基礎的相互承認，其可能性基礎何在，米德同樣未能加以說明。[89]

　　依圖根哈特之見，在採取一般化他人所代表的社會群體態度時，我們已經預設了群體成員能對彼此相互之間的行為具有規範性的期待。這種使人類社會合作成為可能的角色扮演，確立了我與他人之間的權利義務關係，從而使我能知道在社會互動中，我應當做什麼。但問題是，我們為何要採取某種角色？在採取他人角色以建構實踐的個人自我意識時，我們再次面對肯否表態的問

89　Ibid., 266-268.

題。只是現在不是針對符號的意義同一性做出同意與否的表態，而是自我是否願意以他人對我的行為期待的方式，來決定自己的行動或生活計畫，或在採取一般化他人的角色時，我是否願意接受我自己在社會群體合作中所承擔的任務。在此我們所需採取的他人態度或肯否表態，就表現成我們對自己所採取的社會角色，是否能得到自我的認同與他人的承認。

我能否對自己負責的社會角色產生自我認同，一方面與我對於自己生命意義的肯否表態有關，因為角色提供的正是我們對於自己生命意義的選擇。選擇自己要在社會中扮演什麼角色，就是在決定自己要成為什麼樣的人，或即決定自己生命存在的價值與意義。但在另一方面，由於我所採取的角色，是透過我對他人對我的行為期待而決定的，我個人的角色認同對我自己的生命是否具有意義，因而也不是透過我個人存在的決斷即可確立。我的行為方式或角色扮演若不能在社會合作中，獲得其他互動成員的肯定，那麼我的行為就將失去它應能滿足我們相互期待的意義。透過角色認同建構個人實踐或存在的自我意識，顯然離不開他人的承認。而這正如米德自己也意識到的，他有關自我意識的理論最後應奠基在「承認」與「自尊」（self-respect）的考慮之上。[90]圖根哈特認為，這顯示米德最終與海德格一樣，都主張個體性的自我與在知識論中的反思性自我意識模式無關，而是與「自己對於自己要成為什麼的模式」（Ein Modus des Sichverhaltens zum eigen Zu-Sein）有關。[91]對米德而言，一個人惟有當他能透過持續地實現合作的任務，以至於他能為自己贏得一個特定的社會位置，他

90　Mead, *Mind, Self & Society*, 204/221.

91　Tugendhat, *Selbstbewußtsein und Selbstbestimmung*, 272.

才能形成在真正意義上的自我的自尊感，這則與海德格有很大的不同。

（二）哈伯瑪斯的溝通理論重構

圖根哈特對於米德社會心理學之「內在主體性缺失」的批評，使哈伯瑪斯更能清楚地看出米德的社會行為主義與一般行為主義的不同。從米德的觀點來看，我們對於人類行為的研究，不應僅限於從外在的行動加以觀察，而是應能重構出符號導向的行為或語言中介的互動所預設的普遍溝通結構。在進化過程中，使用具意義同一性的符號進行互動，使人類創造出革命性的溝通形態。米德的社會心理學正是借助語言提供的新溝通形態，描述了人類如何透過符號中介的互動，發展出有別於動物的理性人格結構與規範管制的社會體制。從種系發生學的層次來看，米德的《心靈、自我與社會》其實分別代表三種人類互動結構的轉型過程。它說明了人類如何經歷在姿態會話中的「姿態中介的互動」，再過渡到在語言溝通中的「符號中介的互動」，最後進入到社會整合的「角色中介的互動」。

透過這三個溝通結構的轉型過程，不僅使人類能從依靠本能決定的動物性存在，發展出理性批判與行為自律的人格，更使得人類的社會能從生物有機體的本能決定，發展到能以各種角色進行功能分化與整合的合理性建制。只不過正如圖根哈特所見，米德對此僅透過兒童心智發展的個體發生學過程來加以說明，而沒有真正為同意的肯否表態與承認的生命意義肯定，提供充分的說明。哈伯瑪斯同意這個批評，但他並不認為我們在此只需為米德的理論缺失，補充一種內在主體性的說明就夠了。因為這樣將會逾越米德社會心理學的研究進路，再度返回強調內在主體性的意

識哲學觀點。[92]哈伯瑪斯相對地主張，應在種系發生學的層次上，解釋人類能從姿態中介、符號中介過渡到角色中介之互動的結構轉型過程，以使同意與承認的基礎，最終能在語言溝通的結構性特徵中得到解釋。

（1）米德在《心靈、自我與社會》講課中提出的社會心理學，是在兒童心智發展的個體發生學層次上，透過描述兒童在語言、角色遊戲與競賽中的社會化學習過程，說明人類的人格與社會建構的語言溝通基礎。這三個過程分別預設姿態中介的互動、符號中介的互動與角色中介的互動這三種不同的人類溝通結構。我們若要在種系發生學的層次上補充米德社會心理學的理論缺失，那麼就等於得說明，語言究竟具有哪些溝通結構上的特性，使得它在從姿態、符號過渡到角色行動的語意規範建構過程中，既能作為理解的媒介，又能作為個人社會化與社會建制的媒介，並從而能為自我的社會化與社會的分工整合提供合理化發展的基礎。據此而言，語言就不僅是我們用來理解意義的媒介，它同時也應透過它自身的溝通結構，使得使用它的溝通參與者以及溝通參與者之間的互動關係，能被符號結構化。換言之，語言的使用應使人能從生物有機體，成長為具語言溝通資能的理性存有者，並且使動物透過刺激與反應相互影響的社會互動形式，轉型成社會成員能在彼此同意的基礎上，共同遵守具正當性效力的制度性規範，以建構出透過角色分工而達成合作整合的合理化社會。這

---

92 如同Natanson即試圖將米德的理論又重新奠基在現象學的先驗自我理論之上，而這是圖根哈特與哈伯瑪斯都認為不能採行的解釋進路。Natanson對米德的詮釋，參見 Maurice Natanson, *The Social Dynamics of George H. Mead*（The Hague: Martinus Nihoff, 1973）, 56-92。

即如哈伯瑪斯所說的：

> 　　我們可以將自我認同的教育形塑（Bildung）與制度的形成
> 理解成：原在語言脈絡之外的行為傾向與行為圖式，在某種
> 程度上被語言貫徹了，也就是說，它們完全被符號結構化
> 了。到目前為止，我們只是依約定而確立的意義，將理解的
> 工具轉換成標誌或記號。但在規範管制的行動上，符號化的
> 作用更深入到動機與行為演出的劇目中。它們同時創造了主
> 體的行為指引與超主體的行為指引系統，亦即創造了社會化
> 的個人與社會制度。語言的功能因而不只是作為理解與文化
> 知識傳統的媒介，它同時也是社會化與社會整合的媒介。這
> 些的確仍是經由理解的行動而貫徹實行的，但它們並不像理
> 解的過程，最後只積澱在文化知識中，而是積澱在自我與社
> 會的符號性結構，亦即在［個人的］資能與［人際］關係的型
> 範中。[93]

由此可見，米德在個體發生學層次上所研究的社會心理學，若需
在種系發生學的層次上補充一個溝通行動理論，那麼這個溝通行
動理論就應能說明，人類如何能在語言中介的社會化與社會整合
的互動中，使語言的溝通結構內化成個人的理性資能與人際關係
的制度性型範。哈伯瑪斯認為這種溝通行動理論的基礎，仍應從
意義與規範之間的關係來看。因為「溝通行動」即意指我們是透
過符號中介的意義理解活動，來協調人際之間的互動關係。但我
們在溝通行動中，為何透過意義理解的活動，就能產生行動協調

93　Habermas, *Theorie des kommunikativen Handelns*, Band 2, 42-43.

的規範效力？

　　哈伯瑪斯認為米德最初的研究方向是正確的，因為人類行動協調的規範性之所以與語言的意義建構具有密不可分的關係，這如同米德所見，顯然是因為表意符號原即是從身體姿態（特別是聲音姿態）轉變而來的。動物的姿態互動原本就具有透過本能以調控雙方行為反應的功能性作用，米德將這種具功能性作用的姿態互動，稱為是以客觀意義為基礎的姿態會話。一旦我們能將身體姿態符號化，那麼這個符號所承載的「意義」，一開始就是意指它原先對互動雙方都具有行為協調作用的「功能」。據此我們就可以說，當身體姿態轉變成表意符號時，那麼我們在符號中介的意義理解活動中，即同時是在確定雙方是否都能接受它原先對行動協調所具有的功能性作用。或者說，當意義表達的一致理解能被達成時，這就已經隱含著，原先透過使用這個符號所規定的行為方式，是我們雙方都能同意接受的。一旦透過表意符號所進行的語言溝通，能使我們在意義理解的過程中，確定雙方將實行的行動即是那種能符合彼此預期的行為方式，那麼在符號中介的互動中，對語言符號的意義理解，對於互動的溝通參與者就帶有應如此加以實行的規範性。哈伯瑪斯因而將這種透過將身體姿態轉換成表意符號，以使對語意規則的理解能產生行動規範性的過程，說成是在「符號意義的形成」過程中，我們能將「客觀意義結構主體化或內在化」的兩個階段，他說：

　　　符號的意義形成於對客觀意義結構的主體化或內在化［……］在這個過程中，米德區分了兩個階段。第一個階段首先是記號語言的形成，它將典型的行為模式之客觀意義，轉換成符號性的意義，從而使它能為互動參與者的相互理解所

用。這即是從姿態中介的互動到符號中介的互動的過渡階
段。米德對此是在意義理論的觀點下，將它視為自然意義的
語意化，而加以研究。在第二個［可稱之為規範管制行動］
的階段上，社會角色使功能分殊化的行為系統（諸如：狩
獵、兩性生殖、撫育、領域分配、地位競爭等）的自然意
義，對於互動參與者而言，不僅語意上可及，更在規範上具
有約束力。[94]

　　哈伯瑪斯在此主張「符號的意義」形成於「對客觀意義結構
的主體化或內在化」，並將從姿態中介到符號中介互動的過渡階
段稱為「自然意義的語意化」，以進一步說明，人類的行為系統
如何能由此轉變成「規範管制的行動」（normenreguliertes
Handeln）的第二個階段。這顯示哈伯瑪斯也同意圖根哈特的批
評，認為米德的社會行為主義不能忽略對內在主體性的說明。但
如果不應就此又退回到意識哲學的立場，那麼我們仍應說明，在
語言提供的溝通結構中，究竟有那些特性能使人類社會互動的規
範性管制，能建立在意義同一性的理解基礎上。哈伯瑪斯在此意
識到一個非常重要的問題，在米德的社會心理學中若存在從記號
語言到符號語言，或從對語言意義之使用規則的合理性遵守到對
社會體制性規範的義務性遵守之間的論證跳躍，那麼這問題的根
源就在於，當人類能從姿態中介的姿態會話過渡到符號中介的語
言溝通，那麼我們在使身體姿態轉變成表意符號時，即必須同時
能使在姿態會話中客觀存在的意義所具有的、由本能決定的功能
性作用，轉變成人類透過相互同意而接受的規範性。語言溝通的

94　Ibid., 18-19.

意義理解過程，因而為人類進化提供了轉型突現的必要結構，它使人本身不再只是以生物有機體的本能決定，進行相互之間的刺激與反應，而是轉型成以具思考能力的溝通參與者身分，建構以規範進行管制的人類社會制度。

（2）對哈伯瑪斯而言，米德的社會心理學之所以不能從語言溝通的結構轉型，去說明人類文化進化的種系發生學過程。這顯然肇因於，米德對於溝通互動結構的說明，仍局限於以「採取他人的態度」或「採取他人的角色」的個人機制來加以解釋。米德這個解釋進路，顯然仍陷於意識哲學的模式。他採取奧古斯丁以來的看法，將思維理解成內在的對話，以至於他只能從個人自我的形成這一方面，對「採取他人的態度」這個機制做單方面的解釋。[95]但如果採取他人的態度，是為了建構符號的意義同一性與自我意識的可能性基礎，那麼我們就應在語言溝通的共識建構中，而不是在採取他人態度的內心想像中，來說明語言的意義理解如何能為個人的人格完整與社會整合提供合理化的規範基礎。哈伯瑪斯因而站在圖根哈特的批判基礎上，進一步嘗試從共識建構的對話討論出發，以能為客觀意義主體化過程的兩個階段，奠基它們在語言溝通結構上的基礎。

就第一個階段的可能性基礎而言，哈伯瑪斯同樣認為，米德的姿態會話只是以單詞呼叫來觀察符號中介的互動，這仍停留在動物性的記號語言層次。記號語言既不要求形構完整的語法組織，也不要求符號完全地約定化。但人類語言系統的特色卻在於，它能透過有組織的文法將複雜的符號組織起來。當身體姿態轉變成表意符號，那麼可變化的聲音記號就將脫離自然意義的基

---

95 Ibid., 21-22.

礎，而有它獨立的語意內含。在自然意義的語意化過程中，符號與它的意義的連結因而不再是自然既與的，而必須是透過交互主體性的確立。圖根哈特顯然即出於這個理由，主張語言意義的建構，必須建立在溝通參與者能做出肯定表態的一致同意之上。以使我們能在符號與意義之間，建立跨主體的普遍有效性，從而賦予一符號具有能規範我們行為互動方式的普遍意義。但哈伯瑪斯認為這不應只是透過參與者表態的約定問題，而是應在實際的溝通行動中加以解釋。人類若在社會生活中需進行合作，那麼我們就得確保溝通能夠成功。但我們都知道溝通經常會失敗，合作實踐的需求，引發我們去批判那些非在我們預期中的行為反應，從而確立用來協調行動之符號媒介的運用規則。遵循規則引導的行為，才能確保溝通的成功，在這個意義下，我們能從姿態中介的互動過渡到符號中介的互動，即預設了我們必須具有建構語意使用規則的共識能力。[96]

就第二個階段而言，圖根哈特發現米德直接從符號中介的互動跳躍到規範管制的行動，但卻忽略了這已經涉及如何從認知主體發展到行動主體的問題。對此，哈伯瑪斯認為我們不能只訴諸個人對於生命意義的存在肯定，而是應就語言作為理解的媒介與語言作為行動協調媒介的區分，來進一步說明我們如何能從認知的自我發展到實踐的自我理解。在上述第一階段中，符號中介的互動僅能幫助我們對自己的行為進行認知的控制，但它還不能直接替代原先由本能完成的行動協調工作。米德透過角色遊戲與競

---

96 哈伯瑪斯主張在這裡應引用維根斯坦對於語言意義作為規則遵循行為的分析，來補充米德的理論，詳細的內容則請參見 Habermas, *Theorie des kommunikativen Handelns*. Band 2, 30-39。

賽的學習過程，來說明行為規範的內化問題，但圖根哈特指出這其實還需要額外對角色的行為規範產生認同，才能達到以規範普遍化的行為期待來取代本能管制的作用。但哈伯瑪斯認為我們應貫徹米德溝通理論的進路，說明人類在以語言理解作為行動協調機制的溝通行動中，自我如何能經由語言行動的提出而與他人連結在一起，以至於他人的行動可以免於衝突地接續於自我的行動，從而達成社會行動的合作整合。對哈伯瑪斯來說，這需借助語言行動理論來說明溝通參與者如何在共識討論中，透過對於言談之有效性宣稱的批判可兌現性，而產生出語言行動的以言行事效力。[97]

　　對哈伯瑪斯來說，當我們能從「採取他人的態度」這個主觀意識的視角，轉向「溝通共識」的交互主體建構，那麼米德的《心靈、自我與社會》作為描述客觀意義之主體化的兩個階段，即可依溝通行動理論加以重構。亦即：（1）我們首先可為米德在〈心靈〉這一部分，討論從身體姿態過渡到表意符號的過程，提供使意義的一致理解成為可能的共識建構基礎。而這對哈伯瑪斯而言，即是應透過他的「普遍語用學」，研究在使共識建構成為可能時，我們所應遵守的普遍語用規則為何？這同時將使我們不僅能說明人類個人心智能力的產生，而是更能透過自然意義的語意化過程，說明人類溝通理性的資能特性。（2）其次，米德在〈自我〉與〈社會〉中，預設我們能將對他人的行為期待，模式化成為一般化他人的角色行動，以說明社會規範建制的過程。但

---

97 哈伯瑪斯在此主要透過他自己改造語言行動理論所建構的「普遍語用學」觀點，來為米德的理論做溝通理論的補充。詳細的討論請參見 Habermas, *Theorie des kommunikativen Handelns*. Band 2, 43-47。

哈伯瑪斯認為這應透過溝通共識所建構的以言行事效力，來說明我們如何能在以意義理解為取向的溝通行動中，一方面透過認取溝通參與者的身分，為人能從生物有機體成長為理性存在者，提供人格轉化的基礎。另一方面透過溝通共識的建構，使人類的社會互動能從功能性的相互影響作用，轉型成以共識同意與相互承認為基礎的理性互動。這將不僅使我們能說明，個人的社會人格與社會的分工整合如何可能，更將能說明人之為人的道德自律人格、與人類社會之為人類社會的民主體制的溝通基礎。哈伯瑪斯自己並由此進一步透過他的對話倫理學與審議式民主的理念，來說明人類如何能在語言溝通的共識建構中，為真正的人格教養與正義合理的政治社會體制奠基。

（3）哈伯瑪斯除了在《溝通行動理論》一書，對米德論自我意識的功能性做了溝通理解的重構，對於米德強調自我意識的個體性，哈伯瑪斯也試圖回應圖根哈特之海德格式的存在主義理解，而從語言的溝通結構來說明米德對於個體性問題的看法。他因而再寫了一篇長文〈透過社會化的個體化——論米德的主體性理論〉，來說明米德的自我意識理論，應如何能看成是洪堡特與齊克果的結合。[98]哈伯瑪斯從米德對「客我」與「主我」的詮釋中看出，米德是將角色結構的分殊化與個人自律的良知建構連結在一起。個人惟當在社會化的過程中，逐漸學會將關係人對他的期待，整合成他對他自己的期待，這樣才能形成可歸責於他個人行

---

98 哈伯瑪斯在〈經由社會化的個體化〉這篇論文中，對於米德個體性的闡釋，Aboulafia曾著有專文詳論，請參見Mitchell Aboulafia, *The Cosmopolitan Self—George Herbert Mead and Continental Philosophy*（Chicago: University of Illinois Press, 2001）, 61-86。

為控制的內在核心。個人社會化的自我認同因而是在與他人進行語言理解，以及與自己進行生命史之內在主體性理解的媒介中建立起來的。在此自我意識並非只是認知主體的自我關係，而是作為具有歸責能力的道德人格。個體化因而不再被米德理解成，是在孤獨中進行的自我抉擇，而是在語言中介的社會化過程中，自覺地進行與他人互動的生命史建構。在語言中介的社會化過程中所理解的個體性，因而也不再是在現代社會中，透過系統分工的模式所理解的個人主義式的個體性。[99]

　　哈伯瑪斯雖然肯定米德的自我理論，能使人類的個體性不只在現代性中被理解成在社會分工下，分殊孤離的個體性，而是就語言溝通的社會關係肯定真實的個人主體，是一道德自律與理性批判的主體。但他卻忽略了一個更重要的面向，亦即依他對語言應可作為社會化與社會建制基礎的見解，語言溝通應能同時使人格的成長與體制的合理化有相輔相成的作用。這因而如同圖根哈特所言，對於構成自我人格的角色認取，無疑需要透過自我認同與他人承認的確定。但哈伯瑪斯對於米德社會心理學的溝通理論重構，卻僅止於去發展他自己的批判社會學。對於個人在語言的討論中作為一立法自律的道德人格，他則往對話倫理學發展。而對於如何能在社會的規範建制中，使人類社會能得到良序的整合，他則進一步發展了他的審議式民主理論。哈伯瑪斯唯獨忽略了米德在個體發生學中所涉及的個人教養與社會教化的教育—倫理性向度。這促使霍耐特進一步去發展一種承認理論，以說明我們應如何經由將原即存在於家庭、市民社會與國家中的相互承認關係加以體制化，以能為個人自我實現的相互合作提供制度性的

99　Habermas, "Individuierung durch Vergesellschaftung," 187-191.

基礎。[100]霍耐特的承認理論，最終使米德主張社會化的自我認同，即是必須透過採取從「重要他人」到「一般化他人」對我的行為期待，才能完成社會合作的整體洞見，得到溝通理論的完整重構。

本章透過米德早期論文的研究，說明米德如何透過結合德國古典語言哲學與美國實用主義的洞見，而在「發生學的社會功能主義」與「實踐的交互主體性理論」的觀點下，提出他最初的社會心理學構想。以此為基礎，我們因而能在米德的《心靈、自我與社會》的講課中，看出他如何透過角色行動理論的建構，在個體發生學的層次上，逐步透過對兒童在語言、角色遊戲與競賽的社會化學習過程的描述，說明人類心智能力的發展，如何借助語言溝通的社會互動過程，從抽象性的反思能力發展出社會性人格與批判自律的理性人格，以最終能說明，人類社會的功能分化與合作整合是如何奠基在溝通理性的基礎上。對於米德未完的溝通理論，我們並透過圖根哈特的內在主體性批判與哈伯瑪斯的溝通行動理論重構，以嘗試闡發米德社會心理學的完整理論涵蘊。對於米德社會心理學的體系與哈伯瑪斯的重構，我們最後可以圖示如下，以作為本章之總結。

---

100 請參見 Axel Honneth, *Kampf um Anerkennung: Zur moralischen Grammatik sozialer Konflikte*（Frankfurt am Main: Suhrkamp Verlag, 1992），114-147。在那裡霍耐特即主張應從「承認與社會化」的關係，來看如何能透過米德的社會心理學，將黑格爾在《法哲學》中，強調應為相互承認的現實實現，建構體制性基礎的倫理性觀點加以自然主義化。對此的討論，並可參見林遠澤，〈論霍耐特的承認理論與作為社會病理學診斷的批判理論〉，《哲學與文化》，第43卷第4期（2016），頁5-32。

表 1　米德的社會心理學體系及哈伯瑪斯的溝通理論重構

		Mind	Self	Society
米德的社會心理學體系	溝通的形態	姿態中介的互動	符號中介的互動	角色中介的互動
	學習的過程	透過在語言溝通中採取他人的態度		透過在遊戲中採取他人的角色
	規範的來源	本能與習慣	意義理解的一致性	自我認同與相互承認
	溝通的效用	心智活動的產生	自我人格的形成	社會功能分化與整合
哈伯瑪斯的溝通行動理論重構	溝通的形態	記號語言　／　命題語言	重要他人的承認	一般化他人的承認
	溝通成功的條件	對符號意義使用規則的遵守	對社會規範的義務性遵守	
	規範的來源	溝通共識的以言行事效力		
	語言作為溝通媒介的作用	語言作為意義理解的媒介	語言作為建構自我認同的社會化媒介	語言作為社會規範建制的媒介
	理論轉型的意義與目的	可依普遍語用學重構 共識討論的溝通理性資能	可依對話倫理學建構行為的正當性與自律的道德人格	可依審議式民主理論 建立正義合理的政治社會體制

附錄

德國古典語言哲學的漢語研究

　　以洪堡特為代表的德國古典語言哲學，主張語言結構的不同，代表世界觀的不同。但嚴格說來，真正與印歐語的屈折語及拼音文字不同的語言形態，正是以孤立語與表意文字為特色的漢語。德國古典語言哲學與當代語言學（及語言分析哲學）最大不同之處，除了我們在本書第一部分與第二部分中所討論的，有關語意學與語用學向度的觀點差異之外，更在於它們對於漢語與漢字的重視程度。當代語言學主張語言的深層結構是普遍而一致的，而當代的語言分析哲學則主張思想的法則應依普遍的邏輯語法來加以形構。對於他們來說，語言結構的差異並不具有特殊的意義。但在這樣的觀點中，由漢語與漢字所形成的世界觀與文化表現形態，即在哲學研究中不具有重要性。然而相對的，在德國古典語言哲學中，無論是洪堡特、史坦塔爾與馮特，卻都對漢語與漢字的獨特形態與重要性，給予極大的關注。

　　德國古典語言哲學的漢語研究，非常值得我們重視。透過印歐語與漢語之語言世界觀的對比，我們方才能真正理解在哲學的語言學轉向中，西方思維方式在「主知中心主義」、「邏各斯中心主義」與「語音中心主義」方面的局限性，從而也能自覺地凸顯出，漢語與漢字在聲耳渠道與手眼渠道並重的語言溝通形態中，它對身體姿態之自然參與的重視，如何形塑了中國文化的獨特形態。這個進路的必要性與重要性，在當前的哲學研究中，還沒有被充分地意識到。本書對此也還不能做出完整的論述，因而只能先在附錄中，透過「從洪堡特語言哲學傳統論在漢語中的漢字思維」的初步探究，說明德國古典語言哲學對於漢語研究的哲學重要性。[1]

1　在楊儒賓與林清源教授的規畫下，《漢學研究》，第33卷第2期，出版了〈漢

在這個附錄中，我將透過洪堡特語言學的文字學轉向，說明在恩德利希爾（S. Endlicher），史坦塔爾（H. Steinthal）與馮特等人的持續努力下，漢字作為音義同構的思想記號，如何能有助於漢語的理解。以由此凸顯出，漢語與漢字具有語音與手勢互補的語言完善性，及其強調世界理解的身體建構性等面向，之所以沒有得到重視，其實正是受限於印歐語之語音中心主義、主知中心主義與邏各斯中心主義之語言成見的影響。德國古典語言哲學主張，我們應透過不同的語言結構，以理解人類精神的整體表現，漢語與漢字以其獨特的形態，無疑應在語言哲學的研究中占有關鍵性的地位。就此而言，德國古典語言哲學所推動的哲學語言學轉向，勢必應包含對漢語之語言世界觀以及文化發展形態，在哲學研究中應占有何種地位的思考。由於漢語的特殊性更於在漢字的表意使用，因而若漢字思維的意義在語言哲學的研究中，尚未被清楚地理解，那麼邁向溝通共同體的德國古典語言哲學思路，就還沒在跨文化的溝通中得到完成。對於這個亟待進一步加以研究的議題，我們底下只能先暫時從洪堡特對於漢語的開創性研究著手。

一、從洪堡特的語言哲學傳統論在漢語中的漢字思維

　　一種語言竟然可以不用格位或動詞變化等屈折的形態，而是單憑詞序就能表達出精微的思想形式。一種文字竟然可以同時是

字與思維專輯〉，這可說是漢字思維研究的新開端。其中包括關子尹、宋灝等多位學者所發表的論文，則可補充本書在這一部分論述的多方不足。

相互衝突的表象文字與表音文字，但卻同時能傳達出人對世界的具體直觀與抽象思維。漢語在語法學與漢字在文字學中的特殊形態，曾令近代「普通語言學」的創始人洪堡特百思不得其解。因為若依印歐語的屈折語與拼音文字的形態來看，漢語的孤立語與圖形文字形態，實達不到語言應能充分表達觀念性之思想世界的完善性要求。但偏偏漢字文化圈，所代表的卻仍是極富精緻文化內含的人類精神世界。洪堡特主張，各民族不同的語言，應能共同表現人類精神豐富的面貌。但若漢語與漢字的特性，在普通語言學中仍無法找到它恰當的定位，那麼這就代表我們到目前為止，對於人類精神的創造能力，還沒有達到全面的認識。且若以印歐語為典範的屈折語與拼音文字，並不能用來解釋漢語的孤立語與漢字的圖形文字特性，那麼漢語與漢字的語言思維所代表的世界理解形態，也就還不能被彰顯出來。漢語與漢字究竟如何對世界言說，這將不僅是傳統的小學問題，更是當前哲學研究極為關鍵的問題。

　　在西方思想史中，再沒有那一個時代像19世紀的歷史比較語言學那樣，曾經那麼真誠地想理解，人類思想的基本法則如何能用漢語來形構與解讀。在哲學的語言學轉向後，20世紀雖然號稱是語言哲學的世紀，但當它以人類思維共通的形式邏輯，作為語法學的研究基礎，它即不僅使得語言差異的研究不再具有重大的意義，更造成漢語在哲學中的完全沉默。用邏輯語法學來解釋人類思想的普遍法則，在某個意義下，是以印歐語的語法結構來壟斷人類對世界的理解。從亞里士多德的主謂邏輯到近代的符號邏輯，大都是以印歐語的詞類區分與詞語連結的句法結構為基礎。漢語只能隱含有這些範疇區分與句法的邏輯結構，但漢語本身卻不能幫助我們思想，因為它本身表達不出這些範疇與結構。然而

在19世紀，由洪堡特所開創的歷史比較語言學研究，卻出於語言世界觀差異的觀點，承認漢語作為截然有別於屈折語與拼音文字的特殊語言結構，也代表人類精神的獨特表現，而對漢語做了極為精細的研究。

20世紀的西方語言哲學與語言科學，係以邏輯語法學作為統一科學的基礎，並以語言的深層結構作為研究先天句法學的對象，他們並不關切漢語與漢字結構的特殊性。中國人自己則在民國初年主張語言與文字的激烈改革，試圖把漢字改成拼音文字。[2]這使得19世紀在比較語言學中對於漢語或漢字思維的研究成果，再也沒有得到東、西方學界的青睞。雖然我們仍在講漢語、寫漢

2　例如瞿秋白即主張：「中國文和中國話是互相分離的——中國的言語與文字是不一致的。這裡最值得注意的就是中國文所用的符號是所謂的漢字。這是象形制度的殘餘，不能夠作拼音的工具」、「從象形到形聲，從形聲的拼音——這是文字發展的道路。而中國的文字只走到半路。中國文字始終沒有脫離象形制度的殘餘——形聲的方法，所以中國文和中國話始終是分離的。中國的文字和言語的發展，受著漢字的束縛和阻礙」。瞿秋白在1930年代，即發表了〈中國文和中國話的關係〉、〈漢字和中國的語言〉、〈中國文和中國話的現況〉等討論漢語與漢字關係的專論。他的立場其實很符合以印歐語為標準的歷史比較語言學觀點，即文字應純粹作為語言的記號，所以採取拼音文字的形態，才能使語言與文字一致，但漢字卻採取象形和形聲等形態，因而有必要進行漢語拼音的文字改革。而他在與魯迅在討論翻譯問題時，也說「中國的言語簡直沒有完全脫離所謂『姿態語』的程度——普通的日常談話幾乎還離不開『手勢戲』」。瞿秋白在八十多年前的討論，就幾乎涉及了本文所討論的漢語與漢字的所有相關問題。但本文將借助洪堡特語言哲學傳統的理論資源，爭論說「中國文與中國話是相互分離的」這個特色，毋寧是漢字對於漢語思維的重大貢獻，而漢字作為手勢語的形態，不但沒有「束縛與阻礙」漢語的發展，它反而才是漢語能思想世界之真實性的重要基礎。上述前兩段引文，請分別參見瞿秋白，《瞿秋白文集》（北京：人民出版社，1989），文學編‧第三卷，頁259、273。

字。透過中國話的文法書與中國文字學的專門研究，我們也嘗試說明，漢語的文法規則是什麼，或漢字的構成與演變過程是怎樣的。但這些卻沒有告訴我們，漢語基於何種思想運作的必要性，而非得採取僅依靠詞序的孤立語形式不可，而漢字又基於我們對世界的真實性預先採取了什麼觀點，而非得使用同時表音與表意的圖形文字不可？科學並不做目的論的解釋，當代語言學當然也不會想去回答這類的問題，但漢語與漢字的特殊形態畢竟是出於一個民族的共同創造，能讓他們共同選擇這種語言形態來表達他們的思想與情感，必有他們不言自明的道理存在。古代中國人究竟基於哪些精神發展上的理由，而使漢語與漢字發展出如此獨特的形態？漢語與漢字究竟提供了哪些思維方式的可能性？這些都是我們今日無法再迴避的問題。

洪堡特在他的主要著作《論人類語言結構的差異及其對人類精神發展的影響》中，主張各種不同的民族語言代表不同的世界觀點。他並認為研究語言的準則在於：「對於地球上不同語言的研究，不能忽略的關鍵就是，必須專注於其精神建構的過程，以尋求其真正的目的〔……〕語言研究必須追尋到，出於該民族之特殊觀點的民族教養過程。」[3]為了這個貫徹這個準則，洪堡特研

3　本文引用洪堡特的著作，皆以普魯士皇家科學院（Königlich Preussischen Akademie der Wissenschaften）所編的《洪堡特全集》（*Wilhelm von Humboldts Gesammelte Schriften*）為主。相關德文著作若有中譯本，則採姚小平教授在《洪堡特語言哲學文集》中的翻譯，並在《洪堡特全集》頁數後，以斜線註明中文譯本所在的頁數。若無中譯則由作者自行翻譯成中文。此處參見 Wilhelm von Humboldt, "Über den Zusammenhang der Schrift mit der Sprache," *Wilhelm von Humboldts Gesammelte Schriften*. Hg. Königlich Preussischen Akademie der Wissenschaften, Bd. 5（Berlin: B. Behr's Verlag, 1906）, 33。

究了全球各地的主要語言，其中當然也包括了漢語。但在他深究語言與思維的關係之後，卻發現漢語的結構，幾乎是他的理論完全無法解釋的，他說：

> ［漢語］是一個極為奇特的例子。那是一種幾乎不具備任何通常意義的語法的語言［……］漢語幾乎沒有語法形式，可是［……］卻能達到相當高的智力教養水平。如此看來，我們所主張的語言形式的必要性便遇到一個有力的反證。4

洪堡特此後致力於漢語研究，並對作為「圖形文字」（Figurenschrift）的漢字，做出結論說：

> 那些對於漢語未採用拼音文字感到驚訝的人，只不過注意到了漢字可能帶來的不便和困惑，但他們忽略了一個事實，在中國，文字實際上是語言的一部分，它與中國人從自己的觀點出發看待一般語言問題的方式方法密切關聯［……］在中國那裡發展起來的書寫方式本身，在某種程度上就是一件哲學作品。5

4　Wilhelm von Humboldt, "Über das Entstehen der grammatischen Formen und ihren Einfluß auf die Ideenentwicklung," *Wilhelm von Humboldts Gesammelte Schriften.* Hg. Königlich Preussischen Akademie der Wissenschaften, Bd. 4（Berlin: B. Behr's Verlag, 1905），311/68.

5　〈致阿貝爾・雷慕薩先生的信：論語法形式的通性以及漢語語法的特性〉這篇論文是洪堡特以法文寫成的，收錄在《全集》第五卷。德文由漢學家何莫邪（C. Harbsmeier）譯出，中文則由姚小平教授直接從法文譯出，收錄於《洪堡特語言哲學文集》（北京：商務出版社，2011），頁138-202。本文引用這篇論文以Harbsmeier的德譯文為主，在斜線後則標示出姚小平教授中文譯本的

洪堡特顯然寄望能透過將漢字當成語言的一部分，以說明漢語如何僅憑詞序即能無誤地表達出它的文法結構。但在什麼意義下，文字可以看成是語言的一部分，它本身又如何是一件哲學作品。漢語與漢字之間的關係，為何不像在屈折語中，拼音文字只是詞語的記號，它作為任意約定的符號，本身並不具有獨立的意義？漢語與漢字的特殊性，自此即成為洪堡特「普通語言學」所必須面對的兩大難題。而如何理解漢字所代表的哲學思維方式，又成為理解漢語最主要的關鍵。本文因而將從洪堡特及其後學，如何解決上述兩大難題，以探究在漢語中的漢字思維模式。

洪堡特對於漢語的研究，首見於1826年發表的〈論漢語的語法結構〉（Über den grammatischen Bau der chinesischen Sprache）以及〈致阿貝爾·雷慕薩先生的信：論語法形式的通性以及漢語語法的特性〉這兩篇尚為人熟知的專論中。[6]洪堡特對於漢字的研究，則鮮為人知。〈論文字與語言的整體關聯性〉（Über den

---

頁碼。此處參見Christoph Harbsmeier, *Wilhelm von Humboldts Brief an Abel Remusat und die philosophische Grammatik des Altchinesischen*（Stuttgard—Bad Cannstatt: Friedrich Formmann Verlag, 1979），81/195。

6　根據洪堡特這兩篇論文，探討洪堡特對於漢語的研究，最有研究成果的學者首推關子尹教授。他的專論〈從洪堡特語言哲學看漢語與漢字的問題〉，參見關子尹，《從哲學的觀點看》（台北：東大圖書公司，1994），頁269-340；與〈寓抽象於具體──論漢語古文字中的哲學工夫〉，參見關子尹，《語默無常──尋找定向中的哲學反思》（北京：北京大學出版社，2009），頁175-227；以及Tze-wan Kwan, "Abstract Concept Formation in Archaic Chinese Script Forms: Some Humboldtian Perspectives," *Philosophy East and West*, 61.3(2011.7): 409-452，都早已經預見了本文所要討論的主要問題。但本文希望能在這個基礎上，透過對洪堡特其他相關文獻的解讀，以及洪堡特後學持續開創之成果的研究，使19世紀德國語言學家對漢語與漢字思維的深入研究，能引起學界更多的關注。

Zusammenhang der Schrift mit der Sprache）與〈論拼音文字及其與語言結構的關係〉（Über die Buchstabenschrift und ihren Zusammenhang mit dem Sprachbau）這兩篇論文，不僅是洪堡特文字學的代表作，更是他對漢字思維之開創性研究的初步嘗試。只可惜因為《論文字與語言的整體關聯性》係殘稿，經他的弟弟亞歷山大・洪堡特編輯後，收到洪堡特《論爪哇島上的卡維語》（*Über die Kawisprache auf Insel Java*）之第二冊的附錄中。除學院版全集外，各種洪堡特語言學著作集都未收錄這篇論文。以至於他在其中將漢字定位為「圖形文字」，並在《論拼音文字及其與語言結構的關係》中，對其優缺點詳加批判的觀點，就幾乎無人問津了。其後惟獨致力發揚洪堡特語言哲學的史坦塔爾（Heymann Steinthal, 1823-1899）獨具慧眼，他不僅在《論語言結構之主要類型的特色》（1860）中，專章處理了漢語之語言類型的哲學內涵，更依據上述洪堡特論文字學的兩篇論文，寫成《文字的發展》（1852）一書，而為洪堡特並未仔細論述的漢字哲學做了進一步的闡釋。史坦塔爾能對漢字哲學做出詳細的分析，則又必須歸功當時奧地利漢學家恩德利希爾（Stephan Endlicher, 1804-1849）在他的《漢語語法基礎》（1845）中，對於「六書」所做的研究。

　　洪堡特在漢語與漢字研究中所發現到的難題，雖然經由史坦塔爾而有了初步的解決，但在19世紀中後期，歷史比較語言學在「青年語法學派」的主導下，幾乎只專注研究印歐語系的語音與語意變化的問題，對於漢語的研究不再有開創性的發展。唯一例外的是，馮特（Wilhelm Wundt, 1832-1920）在19、20世紀交接之際，透過他的語言手勢起源論，發現漢語與手勢語具有高度的相似性。馮特批評史坦塔爾的語言心理學研究，仍是一種基於表象連結的主知主義，他自己則主張，語言的基礎應在於表達情緒

的身體運動。他徹底批判歷史比較語言學的語音中心主義，主張語言不是起源於聲音，而是起源於人類的表情與手勢。從他的語言理論來看，後來普遍為語言所使用聲音媒介，最初也只不過是情緒表達的身體姿態之一。他因而很有洞見地發現，所謂手勢語言的「無文法性」，其實正是漢語最大的特色。馮特自己並沒有充分意識到他這個發現的意義，然而漢字不是對耳朵說話，而是對眼睛說話的特性，卻顯示出情感表達與身體形構，對於中國人認知世界占有重要的地位。當前西方語言學界對於手勢語言的高度興趣，將有助於我們在聲音語言的主導之外，理解一種與手勢語言具有同樣性質之漢字思維的特色。本文最後即將借助馮特與當代手勢語言學家的觀點，嘗試為中國文字學的研究，提供另一種可以共同努力開拓的方向。

二、洪堡特語言學的漢語難題

洪堡特作為近代普通語言學的開創者，他提出的「總體語言研究」構想，基本上是一種歷史比較語言學的研究。洪堡特非常強調要對人類各種具體的語言，進行經驗的、歷史的研究，但這並不表示他的語言學只是一種經驗科學的研究。洪堡特把語言看成是建構思想的器官，語言的作用如同生命有機體，必有其運作發展的內在目的性。在這個意義上，語言即不是既成的作品，而是一種活動。把這種觀點用在思想與語言的關係上，即可說，語言不是用來表達思想的現成工具，而是語言的表達同時就是思想建構的活動。思想若是與語言密不可分，那麼言說的任何一部分，就都必須預設它是在人類思維之整體範疇影響下，所進行的活動。反過來說，由於思想的建構必須經由語言之語音分節的詞

語中介，因而我們在語音分節中所呈現的特定形式，同時也限定了使用該語言的民族所形構的世界觀。本文以下即將依據洪堡特語言哲學的這些核心觀點，說明為何在洪堡特的語言學研究中，漢語的研究具有關鍵性的地位（一），接著我將透過洪堡特對於語言之內在目的性的分析，說明在他的語言類型學區分中，漢語為何會被列為孤立語（二），以進一步找出洪堡特在評價漢語的語言作用時，之所以會陷入兩難困境的原因所在（三）。

（一）洪堡特論語言與思想的關係

語言若非只是現成的工具，而是人類建構思想的有機體，那麼語言即需被視為一個有機組織的整體。在語言中沒有任何部分可以獨立於語言的整體而被理解，或者說，任何一個詞如果不是在一特定的語言中，它就不會是具有意義的聲音。從這個基本預設出發，洪堡特認為，若一詞語要能成為詞語，就必須被置放在一語言系統中才能被理解，那麼這不僅顯示，語言本身必是有機的整體，它更顯示，語言的發明只能一次而同時完成。語言作為有機整體的這種特性，使得當時在語言起源的討論中，持語言上帝起源論者，堅持語言必須預設有一超個人的理性主體，以作為建構語言整體性的先天來源。但洪堡特卻在康德的影響下，主張語言有機體並不必預設上帝起源論，而是應將人類先天具有的邏輯思維範疇，視為是創造語言所需的「理性的智力本能」。我們透過詞語建構以認知對象的命名活動，必須預設我們是在一般的思維範疇下，進行詞語的區分音節活動。洪堡特稱這種活動為「知性行動」，並說：「假如語言的原型並未存在於人的知性中，那麼語言就不可能被發明出來〔……〕因為語言中不存在任何零散的東西，它的每一要素都表現為一整體的組成部分。〔……〕知

性行動是理解任一個詞的必要條件，但它本身則以掌握整個語言學為前提。」[7]

　　洪堡特雖然接受康德先驗邏輯學的觀點，主張知性範疇對於現象的雜多具有建構性的作用，但他並不認為範疇透過構想力的圖式，即可以應用於感性的雜多。透過感官的感性直觀所提供的現象整體，的確必須先經過在意識中的反思分析，才能依其特徵的區分加以識別，從而形成我們對於事物的概念。但在赫德的影響下，洪堡特也認為這種覺識反思的分析識別工作，仍有待於詞語的進一步協助。因為惟有在反思的區分中，同時借助語音的區分音節，才能透過以特定詞語作為名稱，而使表象的知性區分活動所認取的結果，成為客觀可認知的對象性存在。我們的思想範疇具有建構對象，並從而使存有物之為存有物的個體化原則能被說明，這都依賴詞語區分音節的命名活動，洪堡特因而說：「概念經由詞才成為思想領域中的個體，詞把本身的重要性賦予了概念，思想通過詞而獲得確定性。」[8]

　　人類的邏輯思維範疇雖然具有普遍性，但語音建構的法則卻具有民族的差異性。民族的語言結構差異性表現在，他們各自以不同的詞語形態學建構，與句子組成部分之不同的句法學連結方式，來形構他們的文法形式。這種差異一方面凸顯，人類雖有普遍的邏輯思想結構，但我們依這種「知性行動」的指導，在現象領域進行認知的識別區分活動中，卻同時受到具差異性之文法形式的影響。也由於在詞語的區分音節活動中，我們在知性範疇的

7　Humboldt, "Über das vergleichende Sprachstudium in Beziehung auf die verschiedenen Epochen der Sprachentwicklung," 14-15/23.

8　Humboldt, "Über das vergleichende Sprachstudium," 23/29.

規範外，仍必須符合文法之形式合法則性的要求，因而洪堡特即稱這種內在於民族語言形式中的合法則性要求，是一種出於民族之「語言感」（Sprachsinn）而來的「內在語言形式」（innere Sprachform）。一旦表象的建構必須透過聲音之區分音節的詞語命名活動（或語音的建構過程），才能為它作為經驗對象的個體性存在奠定其同一性的基礎，那麼我們對世界的認知，即因它必須經由具民族差異性的內在語言形式的中介，而使得原本基於普遍知性範疇的人類精神活動，「通過［語言］自身內在結構與基本成分，而以很不同的方式引導並束縛著精神與感知」。在這個意義下，各民族不同的內在語言形式所形成的語言世界觀，即具有民族差異性。[9]

（二）洪堡特的語言類型學區分

「總體語言研究」意在透過語言研究人類整體精神活動的表現，但各種真實存在的民族語言，卻都僅表現在不同內在語言形式影響下的語言世界觀。可見，語言學研究若要真正達成它的目標，就必須盡可能地研究各種語言在經驗上可把握的差異。這種差異的比較研究，不僅需要針對親屬語言在地理散布與歷史發展過程中的差異，進行橫向的比較研究，[10]也需要針對不同起源的語

9　洪堡特因而說：「透過思想與詞的相互依存關係，我們可以清楚的看出，語言不只是表達已知真理的手段；更重要的是，它是啟示未知真理的手段。語言的差異不是聲音和符號的差異，而是世界觀本身的差異。一切語言研究的根據和最終目的均在於此。」參見 Humboldt, "Über das vergleichende Sprachstudium," 27/32。

10　Bopp 的《梵語、禪德語、阿爾明尼亞語、希臘語、拉丁語、立陶宛語、古斯拉夫語、哥特語和德語的比較語法學》（三卷本，1833-1852）即屬此類的研究。

言，進行它們在歷史發展中始終保持著結構一致性的縱向比較研究。[11]洪堡特對於印歐語這兩種類型的比較研究都極為關切，但為了能盡量找出不同的語言類型，以能從具有基本差異之語言類型的比較中，找出人類精神的共同性，洪堡特更跨出印歐語的領域，努力去研究美洲語言、南太平洋語言、埃及語言與漢語。對洪堡特來說，歷史比較語言學若只局限於研究印歐親屬語之間的差異，那麼這最多只能對印歐民族遷移所產生的音變與意義轉變做出解釋，但卻不能為人類精神的總體表現，提供進行比較研究的基礎。因為嚴格說來，在印歐親屬語之間，並不存在真正具有原則性差異的不同語法形式。

　　相同語系的內部差異可以透過各種詞類，特別是動詞與名詞的時態、格位變化來做橫向或縱向的比較。但對於不同語系的比較，則需先進行語法的類型學分析，以能對語系之間的不同提出判別的標準。在洪堡特之前，Johann Christoph Adelung（1732-1806）與 Friedrich Schlegel（1772-1829）等人，早已經對語言之語法形態的分類，提出許多不同的看法。[12]但洪堡特並不滿足於語言外表上的差異，而主張應就人類精神發展的內在目的，來看會產生內在語言形式差異的根源所在。正如任何有機體的外在形態差異，都應從其內在目的性的實現程度，來加以觀察。同樣的，我們若要真正從歷史比較語言學的研究，來看出人類精神活動的體現，那麼就必須先理解語言發展的內在目的性何在。因為在一

11　Grimm 在《德語語法》（四卷本，1819-1837）中，對於古德語從希臘語、經由哥特語到高地德語的歷史發展的研究，則屬此類的研究。

12　請參見 Steinthal 對於洪堡特之前的語言類型學區分的歷史研究。Heymann Steinthal, *Charakteristik der hauptsächlichsten Typen des Sprachbaues*（Berlin: Ferd. Dümmler's Verlagsbuchhandlung, 1860）, S. 1-20。

方面，語言作為有機體，其發展的完善性同樣必須取決於其內在目的性的實現，而不在於語言是否能滿足作為溝通或傳達的工具，否則語言的差異就沒有內在的意義。另一方面，我們惟有預設人類語言有共同實現的內在目的，那麼對於各種不同類型的語言，才有進行比較研究的共同基礎與標準。洪堡特因而主張，語言類型的區分應就各種語法形式能實現語言之內在目的性的完善程度，來判斷它們之間的基本差異所在。

　　如果語言的類型學區分，必須依據各種語言形式實現語言之內在目的性的完善性程度來做區分，那麼洪堡特就必須先界定出，什麼才是語言的內在目的？又怎樣才算是完善地實現這個內在目的？洪堡特認為這不能有其他的判準，而只能就上述語言與思維的內在關係來加以說明。他先據此指出：「將現象世界的質料鑄塑成為思想的形式，乃是語言的本質」，[13]或者說：「語法的全部努力，正是體現在借助語音來描述知性行動之上。」[14]換言之，如果我們依上述語言與思維的關係，將語言的本質定義為：透過語音來描述知性行動，從而使現象的質料能具有思想的形式。那麼最為完善的語法形式，即必須達到：「知性行動造就概念統一性，而詞這種感性符號的統一性，要與知性行動相配合，概念的統一性和詞的統一性，必須通過言語在思維中盡可能緊密的相互配合［⋯⋯］最後達到（詞與概念）的絕對統一。」[15]這即是說，惟有詞與概念能達到絕對的統一，我們才能最完善地達到以語言表達思想的語言內在目的。然而，在什麼意義下，我們才

13　Humboldt, "Über das vergleichende Sprachstudium," 17/25.

14　Humboldt, "Über das Entstehen der grammatischen Formen," 292/46.

15　Humboldt, "Über das vergleichende Sprachstudium," 21/28.

可以說，在以語音表達知性行動時，我們的概念性思維是與語言的詞語表達，達到最大的統一，從而實現了語言最內在的本質，或達到它最大程度的完善性呢？對此，洪堡特即提出「觀念性的明確」與「聲音系統的完整」這兩個標準，他說：

> 語言的特性在於，它將介於人與外在世界之間的思想世界附著在聲音之上，每種個別語言的規定因而可以關係到在語言中的兩個主要觀點，亦即：「觀念性」（Idealität）與「聲音系統」（Tonsystem）來說。前者若脫離完整性、清晰性、確定性與純粹性，後者脫離完善性，那就是它們的缺點，反之，則是它們的優點。[16]

這也就是說，如果語言與思維是不可分的，或人與世界之間的思想關係，必須經由語言中介的話，那麼語言作為人類精神之思想建構的官能，語言的聲音表達即必須能在知性行動的影響下，盡可能以完善的語音系統來表達思想。反過來說，一旦我們的思想能在語言中得到表達，那麼它就脫離感性既與的整體，而在語言的音節區分的協助下，從雜多的現象認取了可指認為同一的對象，並在這種觀念性的掌握下，確立了我們對於世界的觀點。換言之，語言內在目的的實現，其完善性的標準即在於：在語言中對於存有世界之觀念性的清晰明確性，以及用來表達這種觀念性

---

16 Wilhelm von Humboldt, "Über die Buchstabenschrift und ihren Zusammenhang mit dem Sprachbau," *Wilhelm von Humboldts Gesammelte Schriften.* Hg. Königlich Preussischen Akademie der Wissenschaften, Bd. 5（Berlin: B. Behr's Verlag, 1906）, 110/92.

世界之語音系統的完整性。

　　洪堡特隨後即根據各種語言形式，各自能實現語言之內在目的性的不同完善程度，將各種語言形式區分成以下三種主要的語言類型：

　　　　語言起初只表稱事物，而把起連結作用的形式，留給聽話人處理，由他自己在思維中予以添補。但語言有辦法減輕這種經由思維添加形式的方式的難度，一是利用詞序，二是借用一些表稱事物和實物的語詞來指示關係和形式。這樣在最低的發展階段上，出現了由慣用語、短語和句子完成的語法表達。

　　　　在第二個發展階段上，出現了由固定的詞序和搖擺於實物意義與形式意義之間的詞來擔任的語法表達。詞序逐漸一致起來，具有形式意義的詞也加入進來，從而產生了詞綴。但要素與要素之間的聯繫還不固定，接合之處還明顯可見，整個形式還只是一個聚合體（Aggregat），而不是一個統一體（Eins）。

　　　　在第三個發展階段中，出現了由形式的類推造就的語法表達。終於，形式特性得以貫穿整個語言。詞成為一個統一體，只利用變化的屈折音來表達不同的語法關係；每個詞都屬於某個確定的詞類，不僅有詞彙個性，而且有語法個性；表稱形式的詞不再另有附帶意義，而是成為純粹的關係表達。17

17　Humboldt, "Über das Entstehen der grammatischen Formen," 305-306/62-63.

　　在這三種不同類型的語言形式中，「觀念性的明確」與「語音系統的完整」這兩個判準，達到不同程度的貫徹。在這三種類型中，首先表現出來的是語音系統完整性的原則。語音最初只是用來做指稱事物的詞語，其後一些具實物意義的語詞脫離了它的原意，而慢慢轉變成具有語法形式意義的詞綴，最後這些詞綴被以屈折變化的形式併入到詞語本身中，每個詞即因這些有規則的屈折變化，而屬於確定的詞類。在這個過程中，語音的系統不僅用於指稱事物，而是由詞類關係建構成語法。其次，語音系統的完整性同時也有助於思想之觀念性的達成。在這三種類型中，最初我們只能透過詞序的排列來反映事物之間的概念關係，它的意義必須取決於詞語本身的意義。但當具語法形式的詞語出現後，在一種由詞類的區分所構成的語法系統中，思想在語言中就可以得到有機的整合。亦即，我們可以透過語言的語法有機組織，把人類的思維範疇貫徹於對世界的理解中，從而透過語言把世界轉化成表現人類精神的觀念性世界。而這亦即洪堡特著名的「世界在語言中轉變」（Verwandlung der Welt in Sprache）[18]的講法。

　　根據語言類型學的這兩個區分原則，所區分出來的三種類型，洪堡特解釋了 Schlegel 以來，僅依語言的外在形式所區分出來的孤立語、粘著語與屈折語的形態。且依此而論，漢語之為孤立語，主要並不是根據它的單音節或根詞語的特性，而是它沒有以屈折變化的手段發展出詞類的區分，以至於能有機地把我們對世界的認知組織起來，並使之轉化成觀念性的世界。而屈折語的

18　Wilhelm von Humboldt, "Über den Dualis," *Wilhelm von Humboldts Gesammelte Schriften.* Hg. Königlich Preussischen Akademie der Wissenschaften, Bd. 6（Berlin: B. Behr's Verlag, 1906), 28/29.

語法形式則是最完善的，因為在它之中，構詞的形態學與構句的句法學，透過字尾變化的方式對詞類所做的區分，與透過語法連接詞所構成的語言表達結構，即最有助於達到思想的觀念性與聲音系統的完整性。由於這三種類型具有實現語言之內在目的性的不同完善程度，洪堡特從而將它們看成是人類語言發展過程的三個階段。他有時並在粘著語與屈折語之間，又區分像美洲語言的複綜形態，而主張語言類型的四分說。有時他認為粘著語只是不完全的屈折語，因而主張二分說。由於他主張屈折語才是真正達到完善性的語言，因而他有時甚至認為語言其實就只有一種形態，亦即所有語言的發展，都只是向屈折語的形態發展而已。19

（三）洪堡特漢語研究的難題

　　洪堡特從人類精神發展的角度，把語言類型三分說的觀點，詮釋從無機排列到有機組織的發展完善過程。這似乎可以合理的反映出，漢語只是一種非常原始、野蠻或最多算是人類童年的語言，從它的結構看不出人類精神的充分表現。洪堡特早期因而也常說：「漢語完全或幾乎沒有語法形式」，但他這種觀點卻很快遭到外在與內在的挑戰。外在的挑戰在於法國漢學家雷慕薩出版了《漢語語法》的專著，透過他的研究顯示，漢語並不是沒有語法形式的；其次，更重要的是，如果漢語不具有獨立於印歐語之屈折語之外的形態，那麼在「一種說」的觀點下，就只有印歐語才表現了人類精神的活動。如此一來，洪堡特的「總體語言研究」構想，就失掉他全部的意義。洪堡特因而在晚年特別著力於漢語

---

19 關於洪堡特對於語言類型學的不同區分觀點，請參見史坦塔爾的詳細闡釋：

　　Steinthal, *Charakteristik der hauptsächlichsten Typen des Sprachbaues*, 52-70。

語法的研究，以能挽救他的語言哲學構想。

　　漢語當然不是沒有語法的語言，這正如洪堡特所說，我們說話就是用一序列的詞語來表達我們的思想。如果這些詞語的排列秩序不存在一定的規則，那麼我們就無法彼此了解對方所要表達的意思。洪堡特因而說：「詞的語法分類作為一種決定著語言的內在規律，不知不覺地潛藏在每個人的心靈之中，但它在多大的程度上在語言中獲得表達，則取決於每一個語言的語法特性。假如不存在這樣的語法分類，人就不能說出讓別人聽得懂的話，也不能借助語言進行思維。」[20]雷慕薩當時雖然依印歐語的語法結構對漢語語法做出了分析，但洪堡特並不滿足於他的研究。洪堡特認為漢語雖然有語法形式，但這種語法形只是隱含的，而不是明示的。[21]文法學家雖然能將用來區分印歐語的語法形式，應用到漢語語法的分析上，但這顯然是我們自己加以解釋的結果，而不是這種語言本身就把這些語形式表現出來。然而洪堡特認為，如果一種語法形式的表現方式不存在這種語言中，那麼要不是它沒有意識到有這種必要性，就是它不屑為之。可見，漢語若非童年幼稚的語言，那麼它必然是有意地堅持以排除一切語法標示的方式，來表現它自己的精神活動與世界秩序。

　　就洪堡特而言，漢語語法的研究重點因而在於，漢語究竟以

---

20 Wilhelm von Humboldt, "Über den grammatischen Bau der chinesischen Sprache," *Wilhelm von Humboldts Gesammelte Schriften.* Hg. Königlich Preussischen Akademie der Wissenschaften, Bd. 5（Berlin: B. Behr's Verlag, 1906）, 310/120.

21 洪堡特就此說：「一切語言的語法都包括兩個部分，一部分是明示的，由標誌或語法規則予以表達，另一部分是隱含的，要靠領悟而不是靠標誌或規則。」請參見 Harbsmeier, *Wilhelm von Humboldts Brief an Abel Remusat*, 50/169。

什麼有別於屈折語的方式來表現語言形式，而不在於說明漢語具有哪些與印歐語相同的語法結構。漢語具有隱含的語法結構，我們可以用印歐語的語法範疇把這些隱含的結構分析出來，這是毫無問題的。但問題是，為何漢語要把無文法性的原則堅持到底，這是為了什麼樣的語言內在目的的實現？且漢語的這種內在目的性的實現，又為人類的精神活動與世界秩序的安排，開顯了什麼樣的世界觀與真理觀？為了徹底回答這些在歷史比較語言學中不能迴避的問題，洪堡特先透過他認為最能代表語言完善性的屈折語，來作為分析漢語語法的理論參照點。屈折語的語音系統完善性與思想觀念性，是透過詞類的區分將語句做有機的連結。相對而言，一種語言若沒有詞類的區分，即代表它背後的語言精神，並沒有嘗試在詞語的區分音節中，同時嘗試把轉化成語言的思想範疇在語言中加以分析，而使它以詞類區分的形態，來表現思想在知性行動中的範疇活動。一種語言若極有意識地這麼做，並以明確的屈折變化形態把這種語言的詞類與知性行動的範疇區分結合起來，那麼它就能做到：一則透過語音系統的完整性使思想達到明確的表達，一則能透過觀念性使精神得到更大的主宰性與自由。以此為標準，漢語的缺點即明顯可見：它的語法形態剛好完全與完善的語法形態背道而馳，漢語的最大特色，其實是它沒有詞類區分，以及它的思想表達無法借助語音系統進行有機的組織，而不只是因為它的單音節或根詞語的形態。洪堡特因而說：

> 漢語語法最根本的特性我認為是在於這樣一點，即，漢語不是根據語法範疇來確定詞與詞的聯繫，其語法並非基於詞的分類，在漢語裡，思想聯繫是以另一種方式來表達的。其他語言的語法都由兩部分構成，一是詞源部分，另一是句法

部分，而漢語的語法只有句法部分。[22]

　　洪堡特說「漢語的語法只有句法部分」，這是因為透過雷慕薩的漢語研究，洪堡特當然也理解，漢語雖然沒有用屈折變化的形式來做出語法的表達，但是漢語仍能用詞義、詞序、少量的語助詞或說話的脈絡意義的輔助，來表達句子的語法形式。例如可以將詞語放在主詞之前當作狀語使用，或放在動詞後當作述語使用。只不過洪堡特一則質疑雷慕薩的漢語語法研究，指出像詞序與語助詞（例如"之"）都並不等同於語法或語法標示詞的語言學性質。更重要的是，洪堡特質疑，依雷慕薩的漢語語法的解釋，其實只能更凸顯出漢語的缺點。因為如果說漢語的詞序、語助詞或脈絡意義的作用，只是對於屈折語的文法形式的一種隱含表現，那麼：「漢語讓聽者自己去添補一系列中介概念，而這等於要求精神付出更多的勞動：精神必須去彌補語法所缺的部分」；[23] 或者說：「漢語把添補大量中介概念的工作留給讀者自己去做，因此給精神帶來了大得多的負擔。」[24] 這將使得漢語產生兩方面的缺點：（1）如果漢語的語法形式只是隱含的，那麼說者既不能明確地向他人傳達他的思想，聽者也不能確定他所理解的，是否即是說者的意思。如此一來，語言的思想傳達或相互理解就都不精確；其次，（2）如果漢語只是將具有實義的概念詞排列起來，而不是運用詞類的區分，把我們對世界的理解轉化成有機的思想結構，那麼我們在語言的世界理解中，就仍必須受限於現象世界的

---

22 Humboldt, "Über den grammatischen Bau der chinesischen Sprache," 309-310/119.

23 Humboldt, "Über den grammatischen Bau der chinesischen Sprache," 320/133.

24 Harbsmeier, *Wilhelm von Humboldts Brief an Abel Remusat*, 52/171.

不確定性，而使我們無法達到思想的純粹觀念性，精神也將因而無法得到自由的主宰性。

　　漢語語法的特性雖然不是完全沒有好處，它很適合文學的表現，因為文學的美即在於能由聽者自行去添加精神的內含。但即使在這方面，洪堡特也不認為漢語具有更大的優勢，因為屈折語應用細微的詞語變化，也能有更細緻的表現可能性。洪堡特因而指出，漢語雖然具有純粹智性直觀的優點，但卻缺形構性的想像力，它無法像印歐語那樣，可以建構純粹思想的觀念性世界。不過，洪堡特最終也無法否認：「漢語完全或幾乎沒有語法形式〔……〕卻能達到相當高的智力教養水平。」如此說來，依洪堡特之見，漢語若有他的優點，那麼它唯一的優點就是它完全沒有最具完善性的語言的優點。但一個完全沒有優點的語言，它的優點到底在那裡？難道漢語的結構真要逼使洪堡特承認：「我們所主張的語法形式的必要性便遇到一個有力的反證」，以至於洪堡特必得放棄他自己先前已經建立起來的語言學理論系統，而另外建構一種系統嗎？洪堡特對這個語言學的漢語難題始終拿不定主意，最後只好打算寫信求教於雷慕薩，而寫了〈致阿貝爾・雷慕薩先生的信：論語法形式的通性以及漢語語法的特性〉這封書信形式的論文。

三、洪堡特文字學的漢字難題

　　洪堡特自己也不是沒有解決這個難題的腹案，他只是仍不確定他的解決方向是否是正確的。他清楚的意識到，漢語的語法問題似乎不能僅在語言學的層面，而是必須在文字學的理論層面上才能加以解決。洪堡特因而說：「那些對漢語未採用拼音文字感

到驚訝的人，只不過是注意到了漢字可能帶來的不便和困惑，但他們似乎忽略了一個事實：在中國，文字實際上是語言的一部分，它與中國人從自己的觀點出發看待一般語言問題的方式方法密切關聯。［……］在中國那裡發展起來的書寫方式本身在某種程度上就是一件哲學作品。」洪堡特在此一方面洞見到，漢語如果有它獨特的語法表達形式，那麼就得在漢字中理解文字如何有助於語言進行思想的表達。漢字本身就包含了哲學的思維，它構成漢語的內在部分，從而為漢語語音系統的「貧乏」，補充了思想表達的可能性。但在另一方面，透過漢語語法結構的分析，也使得洪堡特認為有必要把文字視為語言內在的一部分。就此而言，語言學即不是獨立的科學，語言學必須同時包含文字學的研究，才是對語言本質的完整研究，而這正是洪堡特另一個極為重要的理論發現。[25]

　　洪堡特的漢語語法研究，促成他的語言學研究產生文字學的轉向。只是他對自己這個觀點，仍持保留的態度。因為他緊接著又說：「儘管如此我仍懷疑，在文字對語言的影響中，是否真能發現漢語的獨特系統的起因。」[26]洪堡特在此仍有保留，是因為在人類的歷史上，語言非常早於文字而出現，甚至許多語言系統極為精緻的民族，長期以來一直處於無文字的狀態。因而若說漢字是漢語獨特系統的起因，那麼這就等於說文字在未被發明之前，就能先影響日後才會產生它的語言之形態，但這顯然是荒謬的。

25　對於洪堡特文字學轉向的意義，可進一步參見 Jürgen Trabant, *Traditionen Humboldt*（Frankfurt am Main: Suhrkamp Verlag, 1990），185-216 以及 Christian Stetter, *Schrift und Sprache*（Frankfurt am Main: Suhrkamp Verlag, 1999），466-480 的闡釋。

26　Harbsmeier, *Wilhelm von Humboldts Brief an Abel Remusat*, 81/195.

漢字在漢語中的作用，使得洪堡特的文字學陷入循環論證的難題中。面對這個難題，我們將先回顧洪堡特的文字學理論。洪堡特認為與內在語言形式一樣，在民族的語言感中，必同時也包含了他們各自的「內在文字形式」。對於語言本質的研究，因而必須包含文字的研究。而漢語與漢字的關係，顯然最能呈現語言與文字之間的相互影響關係（一）；其次，洪堡特為了凸顯文字形態的差異，將造成對語言之思想表達的不同影響，他因而也像對內在語言形式的研究一樣，嘗試透過文字的類型學區分，來研究不同類型的文字之完善性程度（二）；在洪堡特的文字分類學中，他主張漢字是一種介於圖像文字與字母文字之間的「圖形文字」，但對於這種圖形文字能否促進思想的觀念性，洪堡特則再度陷入兩難的困境中（三）。

（一）洪堡特語言學的文字學轉向

　　洪堡特在漢語的語法結構研究中，雖然不能確定他寄望以漢字來作為使漢語的語法結構能被掌握的條件，是否真的能站得住腳。但洪堡特在他的漢語研究之前，卻已經透過當時對古埃及文字作為一種「語音象形文字」的解譯，而對於拼音文字與象形文字之間的關係產生了興趣。洪堡特在深入文字學的研究之後，發現到文字才是語言之完善性的標準，他因而主張「若不研究拼音文字，則不能真正理解語言的本質」。洪堡特接連在1823-1824年間寫了〈論文字與語言的整體關聯性〉以及〈論拼音文字及其與語言結構的關係〉這兩篇論文。主張文字是確立語言之形式有效性不可或缺的條件，他並從這個角度出發，提出他的文字類型學區分與文字完善性判準。印歐語作為屈折語的語法形態，與它作為拼音文字的文字學形態，最能以同一種形式在思想、語言與文

字之間建立相互促進的關係，洪堡特因而認為最完善的文字形態，即應是拼音文字。而漢字的形態卻剛好是介於拼音文字與圖像文字之間，以至於洪堡特難以斷定它所代表的精神表現形態。這使得洪堡特最終雖然主張語言學需依賴文字學的討論才能完整，因而漢語也必須在漢字的討論中才能得出最後的說明，但他對漢字的定位卻始終處於立場搖擺的窘境。

洪堡特首先在〈論文字與語言的整體關聯性〉這篇論文中，提出他對文字的定義，並由此發展了他的文字學觀點。他說：

> 就狹義而言，吾人只能將文字理解成：以特定次序表明特定詞語的記號。只有這樣的記號才真正可被閱讀的。相對的，在最廣泛的意義上，文字則可被理解成：經由聲音而發生的純然思想之傳達。[27]

在這個定義中，文字被限定在只能作為詞語的記號，文字因而必須具有作為記號之記號的性格。我們一般都認為，人類在發明文字之前，語言的形態早就確定下來了，只為了種種記錄的理由，我們才發明文字來表達或保持在語言言說中的思想。思想在語言中是經由語音而被表達的，因而「在最廣泛的意義上，文字則可被理解成：經由聲音而發生的純然思想之傳達」。而文字的作用若僅限於傳達語言，那麼它的作用當然即應是作為「以特定次序表明特定詞語的記號」。

但非常值得注意的是，洪堡特並不是從文字是表達語言的工具這一點，來將文字定義為：「以特定次序表明特定詞語的記

27　Humboldt, "Über den Zusammenhang der Schrift mit der Sprache," 34.

號。」而是將文字視為民族內在語言感的必要成分，而從人類精神發展之目的性實現的角度，來看待文字本身以及各種不同的文字形態所代表的意義。透過對於埃及、美洲與中國文字的新認識，洪堡特發現到：「吾人若將思想的傳達稱為語言，而將詞語的傳達稱為文字〔……〕這將是誤導的。」因為純粹用語音來表達思想，這是屈折語的表達方式，但像美洲印第安人的圖像文字，就不是語音的記號，而是直接用圖畫文字來表達思想。埃及人或美洲土著雖然也是先發展出用聲音表達思想的語言，但他們的圖像文字卻可以獨立於語言之外，以特定的記號來表達他們的思想。在這個意義下，洪堡特認為比較正確的說法應是：「語言僅限於指經由聲音的思想標記，而文字則總括其他種類的思想標記。」[28] 但即使如此，洪堡特仍堅持：「文字最為本質的，即是作為語言的標記」，並因而把其他的文字形態，都看成是向著這個目的而實現的一系列發展過程。

　　語言既是建構思想的有機體，那麼表達語言的文字也應與表達思想的語言之間具有相互影響的整體關聯性。我們因而可以先追問，語言對於文字之表現形態的影響何在？對此，洪堡特並不是從語言先於文字而產生，因而文字只是作為表達或記錄語言的工具，而是從語言作為思想的表達這個本質的意義來看語言對於文字的影響。如前所述，文字的本質之所以必須被定義成是作為語言的標記，這是因為文字若非用來標記語言，那麼它所表達的思想，就不會是經由語言形構後的思想。人類精神的自由表現在於，它能以語言的聲音系統來轉化外在的對象世界，以成為它自己的觀念性世界。但若文字在語言的詞語之外獨立表達思想，那

---

28 Ibid., 34-35.

麼這種思想的內容就不會是具有人類精神或思想法則所確立下來的個體化對象。在這個意義下，洪堡特才會認為，像是圖像文字即使它們本身的圖像可以直接作為思想的標記，但它們仍需「以特定序列的特定詞語為基礎」，這即是因為文字與圖像的區別就在於，文字無論如何都應當能夠表達語言。這亦即洪堡特所說的：「文字有別於圖像之處至少在於：文字是作為經由語言形構過後的思想之標記。」[29]

　　在語言與文字的相互影響關係中，語言對於文字的影響關係，因而是比較容易理解的。但要說明文字對語言的影響，則相當的困難。這有三個問題：一是在人類發明文字之前，語言早已存在；二是，有些民族即使有很複雜且系統的語言，但也常處在無文字的狀態；三是，在古代讀懂得文字的人總是少數。[30]這樣看來，要不是文字很難對每一個人都能言說的語言有什麼影響，就是我們得預設，在我們發明具體的文字形態之前，在民族的語言稟賦中早已存在有「內在的文字形式」。或者說，在外在的字母發明之前，人類早已經擁有一種「內在的字母」，我們才能說文字對於語言的語法形式具有影響作用。文字對於語言的影響因而可以從兩方面來看，一方面是內在文字形式對於語言建構的先天影響，二是，具體的文字書寫形式對於語言改造的影響。這兩方面相應於洪堡特對於語言發展之不同時期的區分。[31]洪堡特把語言的發展分為「形成」時期與「發展」時期，形成時期是語言開始創造的時期；而在發展時期，人類已經不可能有新創造的語言，

29　Ibid., 35.

30　Ibid., S. 36，以及 Humboldt, "Über die Buchstabenschrift," 109/92.

31　Humboldt, "Über das vergleichende Sprachstudium," 2-3/13.

而只能對語言進行逐步的改善。在語言發展的這兩個時期中，文字對於語言都有巨大的影響。在語言的「發展」時期，語言已經失去他原初的創造力，因而雖然它的形式愈趨完善，但其結構與表達形式卻不再有革新的可能性。此時只有文字才能影響語言的改變，因為只有在文學或哲學等文字作品中，語言的創造可能性才可能重新被激發。從而使得語言的改造與精緻化，可再經由少數文學家的文學創作，而展開對未來世代之多數人言說的影響。

　　但最難說明的則是，在什麼意義下，我們可說在形成時期，或即在民族的語言稟賦中，就已經具有一種「內在的文字形式」或「內在的字母」？以至於我們可以說，即使一個民族尚未發明出它的文字，但它的文字仍然對它的語言形式的創造有影響作用。這一點如果真能成立，那麼洪堡特的語言學研究就面臨一個大的**翻轉**，亦即若內在語言形式需預設內在文字形式的影響作用，那麼語言的真正完善性，即取決於文字的形式。這些文字形式的完善性，作為語言最後應實現的內在目的，即使在時間上較晚發展出來，但在本質上卻是比語言更根本的決定性因素。語言學的研究因而不能止於以聲音為基礎的聲韻學或語法學的研究，而應進入到文字學的研究。所以當洪堡特說：「如果不考慮語言與拼音文字的關聯，就無法完整地認識語言的本性」[32]時，文字就成為語言完善性的最後尺度，而洪堡特的語言學也由此而展開它自身的文字學轉向。

　　對於預設內在文字形式的必要性，洪堡特最終仍訴諸人類精神活動的本質來做說明。人類精神在民族的語言稟賦中，不斷試圖以客觀的形式性，來表現人類精神對於世界的思想轉化活動。

32　Humboldt, "Über die Buchstabenschrift," 108 /90.

在透過內在語言形式將對象世界轉化成語言的世界觀時，我們必須依靠規定聲音之區分音節的語法形式。但聲音是在時間中流逝的事件，我們若要以它作為標示思想之客觀存在的記號，必有流動不居的困難。而一旦聲音的音節區分缺乏固定性，則音節的區分必不明確，思想也難以得到清晰的表達。詞語或語句的區分音節活動，因而除了必須接受知性行動的範疇引導以進行分析性的活動之外，他也必須預設一種內在字母，以使它的音節區分可以明確地得到確立與固定。這種內在的字母，洪堡特認為它本身即是對於「分節音的內在感知」。我們人類的精神習於將可思的東西客觀化成為可直觀的對象，我們一旦意識到我們的語音分節活動，就會自然而然地將這種「音節區分感」（Articulationsgefühl）客觀化成為可內在直觀的對象。洪堡特因而視這種與外在的字母有別的「分節音之檢別」（Sonderung der articulirten Laute）為「內在的字母」（inner Alphabet）。[33]

　　從文字與語言之相互影響的整體關聯性來看，文字若無語言的協助，則文字所表達的思想就不能是透過語言形構後的思想；同樣的，語言若無文字的協助，則詞語與文法結構的聲音系統就不能取得固定性與完整性。在這相互影響的關係中，文字又占有更根源的地位，因為文字一方面透過它的外在記號（特別是在文學中的運用形式）而能對語言形式的精緻化，產生改造的作用；另一方面，他也透過音節區分感的內在文字形式，促進語言形式產生實際的作用。文字因而是語言完善性的最後目的，因為惟有文字的使用，才最後確立了人類精神的合法則性是能透過語言的

33　Ibid., 119-120/103.

「形式有效性」而得到實現。[34]

（二）洪堡特的文字類型學區分

　　由於文字的形態也是共同決定語言之形式有效性的基本條件，因而對於比較文法學的研究，就必須進一步研究不同種類的文字對於語言完善性的作用，以能真正理解內在於民族精神中的自我立法的活動。為此，洪堡特在〈論文字與語言的整體關聯〉這篇論文，提出他的文字類型學，[35]然後再依據「不同種類的文字，其差異之處在於：各種文字對於它們原本所傳達的思想形式，具有較大或較小的明確性。或者說，它們在傳達的過程中更能保有所欲傳達的思想形式之忠實程度」[36]這個原則，來比較各種文字作為表達語言（與思想）之記號的完善性程度。且由於語言主要是以聲音來標記思想或概念，但透過對圖像文字與漢字的研究，洪堡特又主張文字也可以在聲音之外，以圖像來標記思想或概念。洪堡特因而即依據「文字要不是呈現概念就是聲音」的原則，先將文字區分成「觀念文字」（Ideenschrift）與「聲音文字」（Lautschrift）兩大類。

　　由於洪堡特主張，文字在最廣泛的意義上是指「經由聲音而發生的純然思想之傳達」，因而惟有聲音文字的形態，才最能達到經由文字傳達詞語的作用，洪堡特因而也稱聲音文字為「詞語文字」（Wortschrift）。而隨著以聲音來拼寫詞語的方式不同，聲音文字又可區分成「字母文字」（Buchstabenschrift）或「音節文

---

34 Humboldt, "Über den Zusammenhang der Schrift mit der Sprache," 37.

35 洪堡特的文字類型學區分，請參見Ibid., 39-40。

36 Ibid., 35.

字」（Sylbenschrift）。而在觀念文字方面，觀念文字要不是「以它所標記的對象之真實呈現作為根據，就是經由連結於文字書寫方式的人為系統，以能對這些對象加以記憶為基礎」。觀念文字因而又可區分成「圖像文字」（Bilderschrift）或「記號文字」（Zeichenschrift）這兩類。洪堡特對於文字的分類因而可以圖示如下：

文字	呈現概念的觀念文字	作為對象的真實呈現	圖像文字	圖形文字
		作為記憶的指示	記號文字	
	呈現語音的聲音文字	音節文字	詞語文字	
		字母文字		

在最初區分的四類文字中，字母文字與音節文字都屬於表達語音的詞語文字，洪堡特在研究其形式的完善性時，並不把它視為不同的兩類。而在圖像文字、記號文字與詞語文字之間的區分，也不是截然有別的，而是呈現出一種從圖像文字向詞語文字過渡的發展過程。這是因為圖像的形態若在書寫中不斷地精簡或轉變，以至於我們逐漸無法辨識出它原先所表象的對象，那麼它就會慢慢變成「記號文字」。而當我們習於用這個圖像構成的記號，來表達我們在語言中與它相對應的語音，那麼這個圖像記號也能具有聲音文字的性質。洪堡特因而說：「對於那些每天使用這種觀念文字的民族而言，它也成為聲音語言的一部分，因為它也是對於每一屬於它的概念，以一特定的詞語加以標示。」[37]

37　Ibid., 40.

　　文字作為人類精神活動在語言中的創造性表現，雖然有從圖像文字向聲音文字發展的內在目的性發展，但各民族不同的文字形態也會因其語言形態的不同，而以某一階段的發展形式作為固定的文字形態。這使得我們可以說，每一種文字雖然都有它完足地表達語言的不同方式，但整體來講，不同形態的文字仍可說它們有不同的完善性。這個完善性的比較標準，即如前述是依：「各種文字對於它們原本所傳達的思想形式，具有較大或較小的明確性。或者說，它們在傳達的過程中更能保有所欲傳達的思想形式之忠實程度」來判定的。就此而言，洪堡特認為由字母所構成的「拼音文字」或「詞語文字」是最具完善性的文字。因為拼音文字本身不具意義，它最能表達出在語言的詞語中所掌握的思想觀念性，而不會使思想的觀念性受到阻礙。

　　相對的，若我們以圖像作為文字，那麼思想的觀念性，即會受到文字圖形所直接表象的對象實在性的干擾，就此洪堡特說：

> 倘若讓圖像成為文字記號，它就會不自覺地排斥它本來應表達的東西，即詞語。這樣一來，語言的本質即主體性的統治地位便會遭到削弱；語言的觀念性也會因為現象的真實力量而受損；對象會以其所有的屬性對精神產生影響，而不是根據詞語與語言個性精神的一致關係，根據詞有所選擇地綜合起來的那些屬性發揮作用。文字本來只是記號的記號，現在卻成了對象的記號；它把事物直接的現象引入思維中，從而削弱了詞作為唯一的記號在這方面所起的作用。[38]

38　Humboldt, "Über die Buchstabenschrift," 111/93-94.

換言之，我們在語言中以詞語區分音節的方式，以使知性行動的範疇思維，能運用於現象世界的理解。人類精神即因而能透過語言，將對象世界轉化成我們的主體性能進行自由主宰的觀念世界。但若我們的文字不能像拼音文字僅是作為記號的記號，從而使得我們能專以聲音來表達思想，那麼作為概念文字的圖像文字，就會在語言之外，將未經思想區分的感性世界引入到我們的思想中。這樣一方面會分散我們的精神，在另一方面，它也會使思想停留在不確定的感性現象之中。洪堡特因而主張每一種完美的觀念文字，都應變成詞語文字。因為思想必須能在最精確的個體化中掌握概念，而最精確的個體化則只能在詞語中發現。

（三）洪堡特漢字研究的難題

　　洪堡特在他的文字分類學中，雖然主張拼音文字才是最符合語言完善性的文字形態，並批評了由圖像文字所代表的概念文字的缺點所在。但有一種文字的形態卻使他左右為難，不知如何加以評價。這種文字即是漢字。由於文字的分類只是類型學的分類，而不是絕對的區分，因而介於圖像文字與聲音文字之間，即有其他各種可能的文字形態，其中尤以漢字最為特殊。漢字不是字母文字或音節文字，但它卻仍能以表音的圖像來實現聲音文字的作用；但漢字又同時是概念文字，因為它的文字圖像部分，的確也一開始就包含有對它所標記的對象的真實呈現作用。圖像文字仍不能純粹或完全地產生聲音文字的印象，因為圖像是以與聲音完全不同的方式，而使一被標記的對象能被記憶起來。但對於漢語而言，漢字卻可表達聲音文字。為了使漢字與圖像文字有別，洪堡特因而鑄造了「圖形文字」一詞來稱漢字，他說：

　　圖形文字的表達方式，就我所知，迄今無人使用過。但我認為它是很適用的，因為漢字真正等同於數學圖形。而我們對那些在圖像之外的書寫方式，尚未有其他的名稱可用。如果我們稱漢字是概念文字或觀念文字，這也是對的。亦即當我們是這樣理解的，其記號是以概念而不是以圖像為基礎。[39]

　　對於作為圖形文字的漢字，洪堡特一方面認為，圖形文字由於與聲音文字接近，它所選擇的任意記號與字母一樣，都不會分散精神。而且圖形文字的構成仍有一定的內在法則性，因而它仍能作為純粹思想表達的媒介。在這個意義下，洪堡特認為圖形文字具有提高語言的觀念性的作用。[40]但在另一方面，由於圖形文字不完全是聲音文字，而是與圖像文字接近，因而它也無法達成將外在世界轉換成觀念世界的語言理想性本質。圖形文字的缺點在洪堡特看來，主要有四點：（1）圖形文字的記號序列不是固定且純粹地依聲音而連結起來，這使得感性現象對它而言仍是不確定的思想；（2）圖形文字在本質上仍缺乏獨具的形式，因而它的詞語的個體性，並不能純由邏輯思維構成，而是需要一些外在的成分來引起心靈的作用；（3）圖形文字基本上是概念文字，因而圖形文字的記號系統，只能是從內在或外在世界抽取出來的概念，它本身雖能將世界轉換成思想記號，但世界的雜多性卻仍將保存在它自身之中；（4）由於圖形文字與其他概念文字一樣，最終並無法純粹作為聲音而起作用，我們因而雖然可以根據概念之間的關係，來理解它的記號有效性與整體關聯性，並可略過聲音而直

39　Humboldt, "Über den Zusammenhang der Schrift mit der Sprache," 40.

40　Humboldt, "Über die Buchstabenschrift," 111/94.

接建構思想，從而使得它可以同時被視為語言的一部分。這種特性使得漢字具有使不同的民族能夠相互理解的優點，但這種優點卻是以放棄原初語言的個體性為代價。洪堡特因而認為圖形文字的另一個缺點，即是它容易弱化真實的民族語言的原初個體性。[41]

　　就此，我們即可理解，洪堡特對於漢字是否有助於漢語達到完善，會一直猶豫不決的原因。漢語只能依靠詞義、詞序與言說脈絡來理解，它本身既無詞類的文法區分，也沒有明確地將句法的形式有效性客觀地表現出來。它需要漢字的協助，因為漢字作為圖形文字，能以表音的任意性符號，而以符合特定法則的方式，來表達語言的詞語系列。再者，圖形文字本身的記號是由內、外在世界的概念中抽取出來的，因而它的記號系列本身就具有概念的整體關聯性，它本身因而也可視為具有能組織與表達思想的語言作用。漢字因而包含有中國人理解世界的哲學觀點在其中。漢字不只是記號的記號，而是獨立的思想表達，因而漢字本身即是漢語的一部分。但洪堡特最後卻又質疑：「儘管如此我仍懷疑，在文字對語言的影響中，是否真能發現漢語的獨特系統的起因。」洪堡特之所以舉棋不定，質疑我們並不能以漢字來解釋漢語作為孤立語的特殊完善形態，其原因顯然在於，他在文字學的研究中，發現作為圖形文字的漢字所包含的世界觀，並不能達到透過語言將世界轉換成觀念性世界的語言目的，而是在圖形記號的建構中，仍會將現實世界的雜多性與不確定性帶入到思想中。在這個意義下，洪堡特即使對漢語不使用詞類與文法標記詞，因而在文字上也不使用拼音文字，這種貫徹到底的高度一致性，表達高度的讚賞。但他最終仍然認為，漢語與漢字並不能像

41　Ibid., 112-113/94-96.

屈折語的拼音文字形態，能達到表達思想之觀念性的那種高度完善的程度。

四、在漢語中的漢字思維

　　洪堡特在他的文字學著作中，雖然探討了漢字作為圖形文字在人類各種文字形態中的特殊定位，並且也針對漢字所屬的圖形文字的一般優缺點做了原則性的闡釋。但它並沒有詳細對漢字進行具體的分析，以至於我們仍不能清楚地理解，他認為漢字本身就是一件哲學作品的涵義是什麼。洪堡特將漢字界定成介於圖像文字與字母文字之間的圖形文字，他只是透過類型學的區分來確定這一點，然後再從漢字與漢語之間的相互影響關係，來證成漢字採取「圖形文字」這種形態的必要性。在洪堡特的影響下，當時奧地利維也納大學的植物學館長兼漢學家恩德利希爾，即嘗試進一步吸收當時漢語研究的兩大重鎮：即在巴黎的天主教漢學家，與在澳門的基督教漢學家的研究成果，[42]繼續完成洪堡特未完成的漢字思維研究。恩德利希爾首先對於「六書」的說法做出批判的分析（一），他對漢字的觀點後來被史坦塔爾採用來證成洪堡特主張漢字的圖形文字形態，正是從圖像向字母發展的過程。史坦塔爾透過文字學的批判，說明漢字的哲學工夫所在，但他仍未能超脫漢字不及拼音文字的語音中心主義觀點（二）。直到20

---

42 恩德利希爾稱雷慕薩與其弟子Stanislas Julien為當時漢語研究的「法國學派」，稱Marshman, Morrison, Medhurst, Goncalves, Callery等人為「英印學派」（anglo-indischer Schule）。請參見Stephan Endlicher, *Anfangsgründe der chinesischen Grammatik*（Wien: Druck und Verlag von Carl Gerold, 1845），VI-VII。

世紀初，Wundt才在語言手勢起源論的研究中，發現到漢語作為非語音中心主義的基礎（三），這對洪堡特傳統的漢字研究，具有很大的推進作用。

（一）恩德利希爾的六書詮釋

恩德利希爾接受洪堡特的看法，他也認為拼音文字才是最符合語言本質的文字形態，因為它能在人類眾多的聲音中，找出數量有限且具基本差異的聲音（今日所謂的「音素」），以透過合法則的有機建構方式（構詞的形態學法則），而以特定的聲音連結作為每一有意義差異之概念的標記。若拼音文字是語言的內在本性所要實現的目的，那麼漢語應該也不例外。恩德利希爾的《漢語文法基礎》（*Anfangsgründe der chinesischen Grammatik*）因而即非常有洞見的，主張對於漢語文法的研究，應從〈文字學〉（Schriftlehre）這一部分的討論開始。他對漢字文字學的分析即是要證明，漢字的發展也是從純粹的圖像文字向聲音文字發展的過程。並以此說明漢字之所以會是一種介於圖像文字與聲音文字之間的圖形文字的語言學基礎。恩德利希爾的文字學對於漢字的歷史演變也做了詳細的介紹，但他對於漢字的構字原則，卻不是像中國傳統文字學是從文字外在形態的歷史變遷過程，而是從洪堡特語言哲學的傳統，亦即從語言之內在目的性實現的有機體觀點，來研究漢字的構詞學，這使得他對「六書」形成一種非常有洞見的解釋觀點。

恩德利希爾首先指出漢語是單音節的語言，他依康熙辭典作為統計的基礎，指出漢語大約只有四百五十個單音節的詞語。以這麼少數的聲音連結所構成的詞語，來表達數量無限的概念，那麼勢必會造成，必須用同個一個聲音（詞語）來表達許多不同概

念的難題。但若我們無法用一種由特定的聲音連結構成的詞語，來標指一特定的概念，那必會造成理解上的困難。漢語的這種單音節結構，因而不可能允許採用拼音的文字來加以表達。因為若漢字只是拼音文字，那麼它將無法透過詞語的聲音概念，指出一特定而明確的概念。漢字因而必須在它作為詞語的聲音記號之外，同時包含有一表達概念的記號，以將同一個聲音所指的不同概念，加以明確的規定出來。在這個意義上，漢字一開始當然得採用圖像文字的形態，因為惟獨以圖像作為標指相應詞語的聲音記號，它才能借助它本身對外在事物的直接表象，而同時具有概念記號的表意性質。他因而說：

> 單音節的語言只能產生數量非常有限的聲音連結，但為能表達數量非常多的概念，這即將造成必須用同一個聲音連結來表達非常多不同的概念。因而當這種文字首先嘗試用一個特殊的圖像來呈現每一種概念時，那麼它就不僅致力於確立它自己作為在這種語言中可能的聲音連結的聲音記號，而是也必須確立它自己作為概念的記號，以使這種充滿多義性的聲音能被限定用於指特定的概念。43

對於這一點，恩德利希爾以 "tćeu" 這個詞語為例。在漢語中發 "tćeu" 這個音的詞語包括「小船」、「行政區」、「星期」與「皺摺」等概念，我們因而無法區分 "tćeu" 這個語音所代表的意義，除非我們用漢字把它的意思寫成「舟」、「州」、「周」與「皺」等，我們才能確知它所指的概念。此外，同樣發 "tćeu" 的音，還

---

43 Ibid., 4.

可以指某種馬、草或魚的名稱，但我們不需為此而另造新字，而
只要把「舟」脫離它原來直接表象的對象（小船），而借用他所
發的聲音，並在文字的寫法上，加上他所屬的種類範圍之表意圖
形，那麼即使許多詞語都同樣發 "tćeu" 這個相同的音，但借助漢
字的構詞，它所指的對象概念卻仍能很明確地被指出來。以他自
己所舉的例子來說明（如下圖），[44] 借用 "tćeu" 這個聲音，再分別
加上水、言、火、馬等表意的圖形，它就能被用來指稱完全不同
的概念。這因而使得漢語能以很有限的單音節語音，來表達非常
多數的不同概念。

在恩德利希爾的漢字觀點中，因而即使是「象形」，也既是
表音、又是表意的文字。漢字不是用字母來拼音，而是用圖像來
標示聲音，由聲音所構成的詞語是指稱我們對對象的概念，因而
除了具體的對象外，仍有抽象的概念或沒有具體形態可言的事
件，也是詞語要表達的對象，漢字因而在「象形」之外仍有「會

44　Ibid., 10.

意」與「指事」。但當需要表達的概念愈來愈多，那麼圖形的表達手段或因已經窮盡，或不宜過多以免難以記憶，即需借用理念相連結或聲音相近的類推或隱喻的方式，來以現有的圖形表達日益增多的概念，此即為「假借」與「轉注」的構詞原則。對於恩德利希爾而言，所謂「象形」、「會意」、「指事」、「轉注」與「假借」只是五種建構圖像的方式，他把這五書放在〈論圖像〉（Von den Bildern）這一章中，指出它相當於中國人所講的「文」，而還不是「字」。字是由圖像合組而成的，它作為表達語言的字符（Schriftcaracter）必得如上所述，配合漢語單音節一音多義的性質，需同時包含有作為語音成分的聲音記號，與作為表意成分的概念記號，這兩種不同種類的圖像在自身中。

　　恩德利希爾因而不把「形聲」當成是建構圖像之不同方式中的一種，而是把它當成是漢字的內在構成原則，並把它放在〈論字符〉（Von den Schriftcaracteren）這一章中討論。象形與指事這些最早的漢字，透過模仿事物，本身具有圖畫性的概念指稱作用。但如洪堡特所見，文字與圖像若有原則性的區別，那麼這就在於文字的圖像表達仍必須以詞語作為基礎。簡單的講，文字總是用來標記詞語的，因而只要象形文字是文字，那麼它就必須具有表音的性質。象形文字因而同時具有作為表意作用的概念標記，與作為表音作用的聲音標記這雙重身分。在象形文字中，這種身分是合一的，但這不排除他可以分別使用來合組成其他的字。

　　語言的發展必須尊重習慣的用法，所說出來話，才是大家能共同理解的。一旦最早的象形文字被用來標指特定的聲音與概念，那麼日後這些聲音、概念與這個字的寫法，就形成一種固定的關係。一個原來表達某一概念的圖像，因而一方面可以脫離他

的表意成分，而被單獨地視為聲音標記來使用，它也可以無視其語音的成分，而被當成是概念記號來使用。以至於我們在漢字的構成中，即可依據某個詞語的語音表達與這個圖像具有相同的語音，而以類推的方式來造字，或者可以依某個詞語的語意內含與某個圖形具有相近的概念，而以隱喻的方式來造字。但這些造字的可能性，都必須基於在一個字符中，同時包含有聲音記號與概念記號，以滿足漢字應同時具有表意與表音雙重功能的要求。依恩德利希爾的觀點，形聲因而是詞語（字）的構成原則，而不只是圖像（文）的構成原則。

（二）史坦塔爾論漢字的哲學

在洪堡特之後，史坦塔爾最致力於發揚洪堡特的語言哲學理論，他的語言學研究的座右銘是：「若要研究任何語言學的問題，我們絕不允許沒有先問過，洪堡特對此已經教導過我們什麼了。」[45]他在《語言結構之主要類型的特色》（*Charakteristik der hauptsächlichsten Typen des Sprachbaues*）專書中，依他自己進一步發展的語言心理學，為洪堡特論漢語只有依詞序而建立的句法，補充其能被理解的可能性基礎，以試圖解決洪堡特語言學的漢語難題。而在《文字的發展》（*Die Entwicklung der Schrift*）一書中，他則透過對洪堡特文字學的批判，而依據恩德利希爾對於漢字具音義同構性的特性，以解釋為何漢字作為哲學作品，能夠反饋地影響漢語，並據此來解決洪堡特文字學的漢字難題。

洪堡特認為漢語的最大特色，即是它沒有詞類的區分，而且

45　Heymann Steinthal, *Die Entwicklung der Schrift*（Berlin: Ferd. Dümmler's Verlagsbuchhandlung, 1852）, 31.

它的文法並不是由詞語的屈折變化與文法標記詞，以有機的形式
組合起來的，而只是依靠詞序與言說脈絡所決定。史坦塔爾認
為，這不代表漢語因而是由根詞組合而成的語言，而是應徹底地
說，漢語本來就是一種沒有「詞語」的語言。[46]漢語的最小單位並
非是詞語，而是類似句子的詞組。因為依洪堡特的說法，詞語必
須是語句之有機組織的一部分，沒有任何變化的根詞只是在歷史
比較語言學研究中的一種抽象預設，但在實際上不可能有語句是
單單由根詞構成的。漢語表面上看來，僅是由純粹的根詞排列而
成，但其實在漢語中所有的詞語都是以「根詞組」（Wurzel-
Gruppen）的形式出現，換言之，將漢語理解成由根詞的詞序排
序所形成的，這是我們加以分析的結果，實際上漢字並不孤立出
現，它總是與其他漢字成組地出現。印歐語的語言基本單位是
「詞語」，但漢語的基本單位卻應是不可分割的「詞組」，這種根
詞組代表對某些表象之間的關係的掌握。[47]

　　史坦塔爾認為，漢語的這種特性，代表漢語並不是一種由形
式性思維所主導的語言類型，它的表達是由思考內容本身的關係
性所規定的。亦即在根詞組中的表象連結，並不是透過將對象世
界分析成個別的基本單位，再由語法依思想的知性行動加以綜合
而成。而是依對象對於心理感受的重要性，而以心理學的價值認
定，將事物之間的表象關係以詞組的方式表達出來。表象之間的
心理學價值構成他們之間重要與否的關係，在心理學上重要者即
優先得到表達。這種心理學感受的價值一旦被普遍接受，它們即
構成關係類推的基礎，並透過習慣使用，而形成在詞序中進行主

46　Steinthal, *Charakteristik der hauptsächlichsten Typen des Sprachbaues*, 112.

47　Ibid., 120.

導的語法規則。[48]

　　漢語的詞序所說出的聲音系列，若是由表象之間的心理學價值關係所構成的，且若漢字必須能表達出漢語的這個特性，那麼漢語就得在聲音之外，同時表達這些表象之間的心理學價值關係。漢字的構成，因而必須把那些對我們心理學價值有影響的因素都考慮進去。像是我們將「眼」與「水」合寫成「泪（淚）」，將「心」與「白」合寫成「怕」，這些都是基於我們必須能在文字中反映出中國人的詩性直觀、形上學與倫理學觀點的考慮。在這個意義上，史坦塔爾認為漢字是最能為民族心理學的研究提供線索的語言。[49]漢語不必依據詞類的語法區分與文法標記詞，而僅依詞序即可理解，這除了需要語言的心理學的說明之外，在實際的運作用即如洪堡特所說的，漢字必須同時也是一種語言。換言之，漢字本身不僅具有表音的作用，它同時也需作為表意的概念文字。史坦塔爾因而說：「漢字是一種帶有顯著語音成分的表象文字（Vorstellungs-Schrift）〔……〕它同時提供兩種圖形的結合，亦即表意與表音圖形的結合。」[50]史坦塔爾並因而乃在他的《文字的發展》這本專著中，對於漢字的文字學哲學，提出他的看法。

　　對於史坦塔爾而言，洪堡特雖然已經認識到內在字母與外在字母的區分，並主張民族的語言感不僅決定了語言形態的發展，也同時決定了文字形態的發展，因為這兩者都建立在語言之形式

48　Ibid., 114.

49　Steinthal, *Die Entwicklung der Schrift*, 91. 就漢字的構詞學能反映出中國人在「詩性直觀、形上學與倫理學觀點」方面的「哲學工夫」，請特別參見關子尹教授在〈寓抽象於具體──論漢語古文字中的哲學工夫〉一文中遠為詳細的研究。

50　Steinthal, *Charakteristik der hauptsächlichsten Typen des Sprachbaues*, 137.

有效性的精神內在要求之上。但史坦塔爾認為，洪堡特將語言與
民族的語言感，以及文字與民族的語言感之間的關係混淆了。因
為洪堡特只是將內在文字形式理解成對語言之區分音節的感覺，
但卻忽略了，透過語言將思想對象化與透過文字將思想對象化，
對於人類精神發展會造成截然不同的影響。史坦塔爾非常清楚地
看出來，如果文字是直接從民族的語言感中發展出來的，那麼我
們只需要語言就夠了。這正如許多民族對語言的區分音節有極為
敏銳的感受，但這卻不必然因而即能獨立發展出文字。文字的發
明應有獨立的動力，這建立在文化需求與思考能力的提高之上。
史坦塔爾指出，發明語言使人脫離動物的狀態，但文字的發明則
使人進入文化的狀態。[51] 文字的發明既不是像蒸汽機的發明，他的
生成也不像語言一樣是以有機的方式必然地產生出來。文字因而
不是基於本能的基礎，而是對本能的脫離與提升到文化的狀態。
就此而言，既然漢字在語音之外，本身即是一種概念文字，因而
在漢字的建構中即含有中國先民在其文化創造中的哲學思想。

　　對於洪堡特略嫌粗略的漢字文字學研究，史坦塔爾也做了進
一步的研究。他同樣主張應透過文字形態的類型學區分，來研究
作為人類精神表現的「內在文字形式」，他主張：

　　我們可以定義說：文字即是把語言從耳朵的領域轉移到眼
　　睛的領域，或者說：文字即是言說經由可見記號的表明。或
　　最一般而言：文字即是經由視覺的理論傳達（theoretische
　　Mittheilung durch den Gesichtssinn）。［……］我們因而可在文
　　字中區分出三種要素：（1）言說或所傳達的［內容］（die Rede

51　Steinthal, *Die Entwicklung der Schrift*, 49.

oder das Mitzutheilende），（2）可見的記號或文字的外在形式，（3）內在文字形式（innere Schriftform）或言說能被掌握成某種外在被標示者的方式。這在語言或其他藝術呈現中也都有之。就像研究語言，我們主要不是研究它的思想內含或外在的聲音，而是研究它的內在語言形式；同樣的，我們研究文字，也不是要研究它所呈現的內容或它的外在記號，而是它的內在文字形式。但對於任何內在之物的研究，我們都有一個公理，就是應從它所鑄造而成的外在形式來著手。[52]

換言之，我們研究文字，不只是要研究它所呈現的內容或它的外在記號，而是它的內在文字形式。為了這個目的，史坦塔爾不僅對世界各種不同形態的文字做了更詳盡的分類，他更主張如果要確立拼音文字是語言發展之完善性的內在要求的話，那麼關鍵之處即應對漢語與埃及文字進行比較研究。這兩種語言在地理上相隔遙遠，在歷史上沒有互相影響，因而若我們證明埃及的語音象形文字與漢字的形聲字，都代表從圖像走向字母的文字發展趨勢，那麼我們就能證明這是人類精神的一種普遍法則的表現。以至於它才能在歷史上沒有相互影響的兩個民族中，都以同樣的發展法則表現出來。[53]史坦塔爾因而有別於洪堡特對於文字類型學區分，他在洪堡特區分的「觀念文字」（Ideenschrift）與「聲音文字」（Lautschrift）這兩大類中，再將聲音文字細分成「聲音文字」與「拼音文字」（Alphabetische Schrift）。這樣漢字就既不是與「圖像文字」相同的「觀念文字」，也不是與「拼音文字」相

52　Ibid., 52-53.

53　Ibid., 81.

同的「字母文字」，而是獨立一類的「聲音文字」。只是漢字作為聲音文字是使用圖形來表音，因而它與觀念文字又有混合。[54]

　　史坦塔爾借助古埃及文字與漢字的研究，發現兩者作為「語音象形字」都有一個共同的特色。即是在表音的圖形之旁，增加一個表意的圖形，以限定該語音能指稱出相當的詞語概念。如同古埃及文習於使用一個表意的圖形來作為「限定符」（determinative），以限定語音所指的特定對象。[55]在漢語中我們也習於將一個對象所屬的類說出來，並在漢字中將這個類屬的區分作為表意的成分，而以漢字的圖形記號表達出來。他舉例說，在漢語中我們習於將「松」所屬的類「樹」說出來，口語因而必須說「松樹」才容易明白。在漢字中亦然，我們以「木」的圖形來粗略地表象樹的概念，「公」則是作為表音成分 "sun" 的記號。這樣「松」即表達在樹木這一類事物中，那些我們以 "sun" 的聲音來指稱的對象。漢字透過這個方式，來使每一種事物的概念都能以一個表意符號來加以表達。「松」、「柏」即以不同的聲音在樹這一類中做出區別。[56]

　　同樣的，"sun" 與 "bo" 雖然在語音上指涉非常多不同的概念，但只要透過「木」來加以規定，那麼它們所指的對象即可明確地得到規定。且在漢字中我們就可以不必把在口語中的 "樹" 寫出來，因為「樹」已經在「松」字的「木」中表達出來了，寫成松樹將是重複書寫兩次的樹，因而在文言中我們可以單說「松」即可。在這裡即明顯的可以看出，漢字影響了漢語，不僅我們怎

54　Ibid., 56.

55　Ibid., 98.

56　Steinthal, *Charakteristik der hauptsächlichsten Typen des Sprachbaues*, 137f.

麼說就怎麼寫，而是有時我們這麼說，是因為我們是這麼寫的。
透過與埃及文字的比較，史坦塔爾指出，漢語雖然沒有詞語的語
法分類，但並不是沒有分類，漢語的詞語分類是依靠漢字以其類
屬的圖形作為表意成分的方式而完成的。這些經常被使用的類屬
區分，即是在中文辭典作為部首而使用的主要二百一十四個左右
的圖形。[57]

（三）馮特論手勢語言與漢字

　　透過恩德利希爾與史坦塔爾對於漢字的具體研究，我們可以
先總結出兩點：（1）相對於印歐語是在語言中進行「以音構義」
的知性行動，漢語則是在文字中進行「音義同構」的感知行動。
而從恩德利希爾對於六書的詮釋中，我們可以看出，在由六書所
概括的圖像記號建構之中，人類符號思維的模仿、類推與象徵的
精神活動過程，同樣能夠得到表現；（2）漢語也不是在語法上無
形式或在詞語上無分類的語言。從史坦塔爾的研究可知，漢語是
以心理學的價值來規定表象之間的連結法則，並以此形成語法的
表達。而漢字則以表意的部首作為限定符，來為表音的記號補充
它所標記之對象所屬的類，以使漢語的詞語意義能得到清楚的區
分，並因而得以為詞語進行概念上的分類。漢語作為孤立語，借
助作為圖形文字的漢字之協助，因而能有別於印歐語之屈折語的
拼音文字形態，以圖像的符號性運用、心理學價值的確定與以表
意圖形進行詞語分類的方式，來達到印歐語以詞類的形態學區
分、文法標記詞與字母文字的手段所能達到的語言目的。
　　即使如此，從洪堡特到史坦塔爾卻都還認為，漢語的孤立語

57　Steinthal, *Die Entwicklung der Schrift*, 140.

形態與漢字的圖形文字形態，由於未能發展成屈折語的拼音文字形態，因而它仍是未盡完善的語言，它比起印歐語仍略遜一籌。但如果漢語與漢字並非沒有詞語分類，也非沒有文法形式，那麼為何漢語的完善性不足呢？在此我們即可看出，在洪堡特傳統的語言學研究中，顯然一直存在著三個未經證成的基本預設，亦即：（1）聲音語言既是最根本、也是最優越的語言表達形態；（2）語言的主要目的在於表象世界；（3）觀念性的思想世界才是最具真實性的世界。但我們卻很可以質疑說：（1）聲音語言是最根源性的語言嗎？（2）語言的目的主要是為了認知世界嗎？（3）借助語法形式的建構，以能將對象世界轉化成觀念性的思想世界，即是人類語言最終想實現的內在目的嗎？在這裡，如果洪堡特傳統的語言學研究，對於他的三個基本預設，並沒有充分的理據支持，以能回應我們的質疑，那麼洪堡特的三個基本預設，就只徒然顯現出它實際上仍殘留印歐語的：（1）語音中心主義，（2）主知主義，與（3）邏各斯中心主義的偏見。

這三種以屈折語與拼音文字的內在語法形式與內在文字形式為基礎的「偏見」，構成印歐語特殊的「語言世界觀」。這種語言世界觀以出於表象之邏輯建構的觀念性世界為唯一的「真實」，但這種「真實」，並不是唯一的真實。因為，相對的，漢語的語言結構即與它們完全不同。以孤立語與圖形文字之內在語言形式與內在文字形式為基礎的漢語，依據其語言形式的不同結構，也能有不同的語言世界觀。他們著重在直觀中的心理價值關係，強調透過文字的獨立表意作用，將人與世界之根源性互動的感受，具體地保留在思想的表達中。漢語與漢字對於「真實」，因而有它自己不同的理解。但歷史比較語言學，卻主要依印歐語的語言世界觀來論斷漢語與漢字是不完善的語言。這或許才是漢語與漢

字的語言學與文字學特性，至今仍難以得到正確理解的困境所在。

　　洪堡特語言學傳統在這三方面的偏見，在19世紀末20世紀初，透過語言學與語言哲學兩方面的研究，開始被語言學家覺察到。而研究語言的民族心理學家馮特，更直接把洪堡特語言學傳統的這三個預設，都加以推翻。在語言學的研究方面，洪堡特的總體語言學研究，要求應盡量地就各種不同類型的語言進行比較研究。但在19世紀後半葉的歷史比較語言學研究，卻大都只集中在印歐語的比較研究中，當時德國歷史比較語言學的研究重鎮在萊比錫大學，其中尤以青年語法學派對於語音學的研究而著稱。萊比錫大學直到1878年才設東方語言教席，當時第一位出任此教席的漢學家與語言學家即是著名的甲伯連孜（Georg von der Gabelentz, 1840-1893）。他開始對語言三分說以及漢語是一種孤立語的說法提出挑戰。[58] 對此，卡西勒曾經很精要地將他的研究發現綜述如下：

　　　　在現今漢語中占主導地位的嚴格孤立性，並不是最原初的組成狀態，而是調解與衍生的結果。[59] 如同 Gabelentz 所說的，假定漢語是未經歷過變遷的，或此種語言從未擁有過詞

58　參見 Georg von der Gabelentz, *Chinesische Grammatik*（Berlin: Deutscher Verlag der Wissenschaften, 1953）, 90ff。Gabelentz 將他自己這本書命名為《漢文經緯》，有關這本書對漢語文法的觀點，可以特別參見姚小平，〈《漢文經緯》與《馬氏文通》——《馬氏文通》歷史功績重議〉，《當代語言學》，1.2（1999）: 3-9。

59　對此，高本漢（Bernhard Karlgren）亦有相同的看法，參見高本漢，聶鴻飛譯，《漢語的本質與歷史》（北京：商務印書館，2010），頁62。

語的建構與形式的建構，這是站不住腳的。只要把漢語與鄰近的親屬語言相比較，並在這整個親屬語言的範圍內加以觀察。那麼就會發現，它本身其實都帶有古代黏著語，甚或真正的屈折語建構之多方面的痕跡。［……］在那種純粹的孤立已經貫徹到底的地方，也不是說它就一定會繼續走到「無形式性」的地步［……］個別詞語之間不同的邏輯—文法關係，雖然沒有特殊的聲音可以用來把它們表達出來，但只要它們是以最令人印象深刻的方式在詞序中被標記出來，那麼詞語的孤立性，就一點也不會揚棄掉語句形式的內含與理想性意義。60

　　而在語言哲學的研究方面，馮特貫徹洪堡特以《論人類語言結構的差異及其對人類精神發展的影響》作為語言學的研究目的，主張若語言的不同形式是受到出於民族語言感之內在語言形式的影響，那麼語言學即應在民族心理學的領域中加以研究。馮特透過對古老的面相學與戲劇學的研究，發現人與人最基本的溝通方式，是透過表情與手勢進行的。他因而在《民族心理學——語言、神話與習俗之發展法則的研究》（1900-1920）之第一卷《語言》中，先透過對表情與手勢等身體表達運動的研究，指出表情與手勢這些最初作為人類溝通互動的媒介，其主要的目的並非在表象世界，而是在進行情緒或感受的表達。惟當外在印象的刺激緩和下來，我們才開始會用手勢把我們受到刺激的對象或感性印象表達出來，馮特就此展開手勢語的構詞學與句法學的研究。61

---

60 Cassirer, *Philosophie der symbolischen Formen*, Erster Teil: *Die Sprache*, 283.
61 Wilhelm Wundt, *Völkerpsychologie*, Erster Band: *Die Sprache*, 136-247.

他將人類用來溝通的手勢主要區分成「指示手勢」（beweisende Gebärde）、「表現手勢」（darstellendende Gebärde）與「象徵手勢」（symbolische Gebärde）等三大類。並接著將表現手勢區分成：作為「對身邊事物進行純粹摹擬」的「象形手勢」（nachbildende Gebärde），與定義成「記號與對象之間的關係，必須經由想像的協助或補充的功能，才能被理解」的「會意手勢」（mitbezeichende Gebärde）這兩類。[62]

　　而在手勢語的句法學中，他則從聾啞人士的手語使用中，分析規範手語之句法學建構的主要規則，並非如同洪堡特所說的是在知性行動中的邏輯範疇關係，而是在於以時空依賴性為基礎的直觀性原則。馮特據此又特別指出，人類所發出的聲音，原本也是一種情緒表達的身體姿態，他稱之為「聲音姿態」。聲音姿態日後之所以能發展成有意義的詞語，並因而能演變成主導後來人類語言使用的聲音語言，即必須預設有指示手勢的意向性作用、表現手勢的想像摹疑的表象建構作用與象徵手勢的感性化概念轉移作用，作為可能性的條件。且若聲音能成為指涉特定對象或表象的詞語，是必須奠基在表情與手勢等身體姿態的建構上，才能獲得其意義理論的圖示性基礎，那麼馮特當然就能在語言起源論的研究中，主張語言的手勢起源論，而反對在歷史比較語言學中的語音中心主義。

　　馮特總結他的手勢語研究，發現到手勢語的主要特徵即是，它的構詞學主要以符號的「象似性」為基礎，其句法學的特色則在於它相對於屈折語的「無文法性」。就這兩個主要特徵來看，與手勢語的文法形式最接近的，其實即是漢語。他並因而指出，

62　Ibid., 155-156.

漢語雖然只有詞序，而沒有詞類與語法連接詞等文法手段，但是
這與手勢語一樣，一點也不妨礙它能進行思想的邏輯表達，他說：

> 吾人可說，如同漢語一樣，手勢語言也是純粹的根詞語
> （Wurzelsprache）。但它與漢語一樣，都並不因而就缺乏文法
> 範疇。凡是它以詞語的形式不能表達者，它即以不盡完善的
> 方式來加以意指，因其背後仍有極具高度邏輯建構的語言作
> 為支持。正如同漢語一樣，漢語即是經由在句子中的詞序，
> 亦即經由記號的彼此相續，來意指文法範疇。漢語屬於邏輯
> 形構最完善的語言，因為它的句法嚴格地遵循了在判斷中概
> 念的邏輯連結。而這如同在我們當代語言中所發生情形的一
> 樣，屈折變化大都已經或多或少的消失掉了。[63]

可惜的是，馮特並沒有把他對手勢語構詞學的研究，進一步
應用在漢字的文字學研究中。[64] 這使得他在手勢語構詞學中，以指
示、象形、會意與象徵等手勢作為詞語之意義基礎的構想，沒有
被用來作為解決洪堡特所謂在漢語中「文字實際上是語言的一部
分」的理解難題。若手勢的身體姿態建構即是詞語能有指涉內涵

63　Wundt, "Die Sprache und das Denken," 297.

64　本文初稿完成之後，才有幸讀到游順釗教授的大作《手勢創造與語言起
　　源》，他說：「我認為拿中國古文字與自然手語比較是恰當的，首先因為兩者
　　都是視覺空間類型的表達系統，再者，兩者都是用手來比畫或書寫的。」參
　　見游順釗，《手勢創造與語言起源：離群聾人自創手語調查研究》（北京：語
　　言出版社，2012），頁116。在〈六個古漢字背後的傳統手勢〉一文中，他更
　　具體地以手勢字源學的角度，分析色、恥、女、要、友、名／指等六組字
　　的字源。參見游順釗，《視覺語言學》（台北：大安出版社，1991），頁334-
　　359。本文完全贊同游順释教授這個開創性的研究方向。

的意義基礎，那麼洪堡特在文字學中非常難以解釋的「內在文字形式」這個概念，就可以不必訴諸於區分音節的感覺來理解。而可以在語言手勢起源論的觀點中，以手勢的指示、象形與會意等形態的建構，作為決定語音語言的內在文字形式。如此一來，以手勢語言為基礎的內在文字形式，才能真正決定語言的形態，而不會像是以區分音節的感覺為基礎的內在文字形式，終究必須預設語音建構的規定，而無法思考在民族語言感中的內在文字形式，如何能影響我們對於語言結構的不同建構。

馮特在他的《民族心理學》中，透過手勢語的研究，批判在歷史比較語言學研究傳統中，視語音為最根源與最優越之語言表達媒介的語音中心主義；且由於馮特主張，手勢語主要應用於，在面對面溝通中的情緒表達與行動協調，他因而也不同意，語言的目的主要是在建構觀念性世界的邏各斯中心主義與主知主義的觀點。我們在這裡雖然無法進一步詳述馮特語言手勢起源論的語言哲學觀點，[65]對於漢語作為趨近手勢語言的表達形態，以及漢字更多的不是用來作為語音的記號，而是作為對人處身於世之身勢感受的具體表達，也無法展開詳細的研究。但我們仍能指出，馮特手勢語的研究在當代的重新復興，對於漢語與漢字的研究，將能提供極大的啟發。當代手勢語言理論的研究發現，在手勢語言中也同樣存在音節區分的知性行動，只不過在聲音語言中，語言的區分音節是為了表達線性的、可切分的、邏輯的與分析性的思想，但手勢語言卻是意在表達多向度的、感性的與綜合性的思想。[66]就此而言，聲音語言並不是完整的語言，惟有聲音語言與手

---

65 有關馮特的手勢語理論，請參見本書第四章第3-4節的說明。

66 當前語言學界對於手勢語言與思維關係的研究，可以特別參看Adam Kendon,

勢語言的共同作用，才能產生最完善的語言表達。這樣看來，在世界的各種語言形態中，顯然只有漢字，才是唯一能符合語言之完善性要求的語言形態。因為它同時包含表音符號與表意符號的形聲字構詞學原則，無疑真正實現了完善的語言必須達成音義同構之內在目的性的要求。

　　我們因而完全可以設想，漢字即是伴隨漢語的手勢語言。它不是透過口對耳說話，而是透過手對眼睛說話。我們也很可以說，洪堡特的總體語言研究，即使到今日都尚未完成。因為若我們仍不能找到漢字思維的獨特性，那麼人類精神的表現就仍只能依屈折語的拼音文字形態，而以其語音中心主義的主知主義與邏各斯中心主義來理解，這樣顯然會落入印歐語中心主義之許多未經證成的偏見中。然而若聲音語言與手勢語言的互補作用，才是語言真正完善的表達，那麼漢字以圖形呈現聲音與思維的身勢表達方式，即可說是完成語言學研究所不可或缺的重要向度，這也是我們最終真正能回應洪堡特主張「在中國，文字實際上是語言的一部分」，但又不必陷入「儘管如此我仍懷疑，在文字對語言的影響中，是否真能發現漢語的獨特系特系統的起因」這種猶豫不決的兩難困境中。本書最後因而主張，透過馮特的語言手勢起源論，來研究漢字的構詞學與漢語的句法學，應是中國文字學研究可以再繼續開展的新方向。而我也相信，當我們將漢字作為手勢語的觀點引入漢語的研究中，那麼由情感表達與身體姿態為基礎的內在語言形式所構成的漢語世界觀，對於人類的世界理解與精神表現，必能帶來新的理解可能性。

Gesture—Visible Action as Utterance，與 McNeill, *Hand and Mind—What Gestures Reveal about Thought* 這兩本專著。

引用書目

一、中文

［法］孔狄亞克（Condillac）著，洪潔求、洪丕柱譯，《人類知識起源論》，北京：商務印書館，1989。

［德］卡西勒（Cassirer）著，關子尹譯，《人文科學的邏輯》，台北：聯經出版公司，1986。

［美］米德（Mead）著，霍桂桓譯，《心靈、自我與社會》，北京：華夏出版社，1999。

［美］米德（Mead）著，丁東紅等譯，《米德文選》，北京：社會科學文獻出版社，2009。

［古希臘］亞里士多德（Aristotle）著，苗力田主編，《亞里士多德全集》，北京：中國人民大學出版社，1990。

林遠澤，〈論霍耐特的承認理論與作為社會病理學診斷的批判理論〉，《哲學與文化》，第43卷第4期，頁5-32，2016。

林遠澤，〈論亞里士多德修辭學的倫理——政治學涵義〉，《政治科學論叢》，第29期，頁159-204，2006。

［古希臘］柏拉圖（Plato）著，王曉朝譯，《柏拉圖全集》，北京：人民出版社，2002。

［德］洪堡特（Humboldt）著，姚小平譯，《洪堡特語言哲學文集》，北京：商務出版社，2011。

［德］洪堡特（Humboldt）著，姚小平譯，《論人類語言結構的差異及其對人類精神發展的影響》，北京：商務印書館，2002。

［德］施萊歇爾（Schleicher）著，姚小平譯，〈達爾文理論與語言學〉，

《方言》，第4期，頁373-383，2008。

姚小平，〈《漢文經緯》與《馬氏文通》：《馬氏文通》歷史功績重議〉，
　　《當代語言學》，第1卷第2期，頁1-16，1999。

姚小平，《西方語言學史》，北京：外語教學與研究出版社，2011。

姚小平，《洪堡特：人文研究和語言研究》，北京：外語教學與研究出版
　　社，1995。

〔德〕海德格爾（Heidegger）著，王慶節譯，《康德與形上學疑難》，上
　　海：上海譯文出版社，2011。

〔瑞典〕高本漢（Karlgren）著，聶鴻飛譯，《漢語的本質與歷史》，北京：
　　商務印書館，2010。

馬利軍、張積家，〈語言伴隨性手勢是否和語言共享同一交流系統？〉，
　　《心理科學進展》，第17卷第7期，頁983-992，2011。

徐嘉慧，〈語言與手勢〉，蘇以文、畢永峨（編），《語言與認知》，頁83-
　　124，台北：臺大出版中心，2009。

〔美〕麥孤獨（McDougall）著，俞國良等譯，《社會心理學導論》，北京：
　　北京大學出版社，2010。

〔德〕馮特（Wundt）著，葉浩生、賈林祥譯，《人類與動物心理學講義》，
　　西安：陝西人民出版社，2003。

游順釗，《視覺語言學》，台北：大安出版社，1991。

游順釗，《手勢創造與語言起源：離群聾人自創手語調查研究》，北京：語
　　言出版社，2012。

〔德〕赫爾德（Herder）著，姚小平譯，《論語言的起源》，北京：商務印
　　書館，1999。

劉創馥，〈亞里士多德範疇論〉，《臺大文史哲學報》，第72期，頁67-95，
　　2010。

瞿秋白，《瞿秋白文集》（文學編・第三卷），北京：人民出版社，1989。

關子尹，《從哲學的觀點看》，台北：東大圖書公司，1994。

關子尹，《語默無常：尋找定向中的哲學反思》，北京：北京大學出版社，
　　2009。

二、西文

Aboulafia, Mitchell. *The Cosmopolitan Self—George Herbert Mead and Continental Philosophy.* Chicago: University of Illinois Press, 2001.

Ammann, Hermann. *Vom Ursprung der Sprache.* Lahr（Baden）: M. Schauenburg, 1929.

Apel, Karl-Otto. *Die Idee der Sprache in der Tradition des Humanismus von Dante bis Vico.* Bonn: Bouvier Verlag, 1963.

Apel, Karl-Otto. "The transcendental conception of language-communication and the idea of a first philosophy: Towards a critical reconstruction of the history of philosophy in the light of language philosophy." *Karl-Otto Apel—Selected Essays.* Vol. 1. *Towards a Transcendental Semiotics.* Ed. E. Mendieta. pp. 83-111. Atlantic Highlands, NJ: Humanities Press, 1994.

Arens, Hans. *Sprachwissenschaft—Der Gang ihrer Entwicklung von der Antike bis zur Gegenwart.* Frankfurt am Main: Athenäum Fischer Taschenbuch Verlag, 1969.

Aristotle. *Categoriae. The works of Aristotle.* Ed. W. D. Ross. Vol. 1. pp. 1-15. Oxford: Oxford University Press, 1928.

Aristotle. *De interpretationen. The works of Aristotle.* Ed. W. D. Ross. Vol. 1. pp. 16-23. Oxford: Oxford University Press, 1928.

Aristotle. *Analytica Priora. The works of Aristotle.* Ed. W. D. Ross. Vol. 1. pp. 24-70. Oxford: Oxford University Press, 1928.

Aristotle. *Analytica Posteriora. The works of Aristotle.* Ed. W. D. Ross. Vol. 1. pp. 71-100. Oxford: Oxford University Press, 1928.

Aristotle. *Metaphysica. The works of Aristotle.* Ed. W. D. Ross. Vol. VIII. Oxford: Oxford University Press, 1928.

Armstrong, David F. "The gestural theory of language origins." *Sing Language Studies*, 8:3（2008）: 289-314.

Austin, John L.. "Performative utterance." *Philosophical Papers.* Eds. J. O. Urmson & G. J. Warnock. pp. 233-252. Oxford: Oxford University Press, 1970.

Baldwin, James Mark. *Social and Ethical Interpretations in Mental Development*. London: The Macmillan Company, 1906.

Baldwin, James Mark. *Mental Development in the Child and the Race*. London: The Macmillan Company, 1915.

Baldwin, John D. *George Herbert Mead—A Unifying theory for Sociology*. Beverly Hills, California: Sage Publications, Inc., 1986.

Bayer, Oswald. *Vernunft ist Sprache—Hamanns Metakritik Kants*. Stuttgart: Friedrich Fromman Verlag, 2002.

Beiser, Frederick C. *The Fate of Reason—German Philosophy from Kant to Fichte*. Cambridge, Mass: Harvard University Press, 1987.

Berlin, Isaiah. *The Magus of the North—J. G. Hamann and the Origins of Modern Irrationalism*. London: John Murray, 1993.

Blanke, Fritz & Schreiner, Lothar. *Johann Georg Hamanns Hauptschriften Erklärt*. Gütersloh: Carl Bertelsmann-Verlag, 1956.

Blumer, Herbert. *Symbolic Interactionism—Perspective and Method*. Chicago: University of California Press, 1998.

Böhler, Dietrich. "Dialogreflexion als Ergebnis der sprachpragmatischen Wende—Nur das sich wissende Reden und Miteinanderstreiten ermöglicht Vernunft." *Sprache denken—Positionen aktueller Sprachphilosophie*. Hg. J. Trabant. Frankfurt am Main: Fischer Taschenbuch Verlag, 1997. 145-162.

Böhler, Michael（Hg.）. *Wilhelm von Humboldt—Schriften zur Sprache*. Stuttgart: Philipp Reclam Jun, 1973.

Bopp, Franz. *Vergleichende Grammatik des Sanskrit, Send, Armenischen, Griechischen, Lateinischen, Litauischen, Altslavischen, Gothischen und Deutschen*. Erster Band. Berlin: Ferd. Dümmlers Verlagsbuchhandlung, 1857.

Bopp, Franz. *Über das Conjugationssystem der Sanskritsprache in Vergleichung mit jenem der griechischen, lateinischen, persischen und germanischen Sprache*. Frankfurt am Main: Andreäsche Buchhandlung, 1816.

Borsche, Tilman. *Sprachansichten—Der Begriff der menschlichen Reden in der*

Sprachphilosophie Wilhelm von Humboldts. Stuttgart: Klett-Cotta, 1981.

Brown, Roger Langham. *Wilhelm von Humboldt's Conception of Linguistic Relativity*. Hague: Mouton & Co., 1967.

Bühler, Karl. *Ausdruckstheorie—Das System an der Geschichte Aufgezeigt*. Jena: Verlag von Gustav Fischer, 1933.

Bumann, Waltraud. *Die Sprachtheorie Heymann Steinthals—Dargestellt im Zusammenhang mit seiner Theorie der Geisteswissenschaft*. Meisenheim am Glan: Verlag Anton Hain, 1966.

Cassirer, Ernst. *Zur Metaphysik der symbolischen Formen*. In *Ernst Cassirer—Nachgelassene Manuskripte und Texte*. Hg. John Michael Krois & Oswald Schwemmer. Bd. 1. Hamburg: Felix Meiner Verlag, 1995.

Cassirer, Ernst. *Das Erkenntnisproblem in der Philosophie und Wissenschaft der neueren Zeit*. Erster Band. In *Ernst Cassirer: Gesmmelte Werke*. Hg. Birgit Recki. Bd. 2. Hamburg: Felix Meiner Verlag, 1999.

Cassirer, Ernst. *Ziele und Wege der Wirklichkeitserkenntnis*. In *Ernst Cassirer—Nachgelassene Manuskripte und Texte*. Hg. Klaus Christian Köhnke, John Michael Krois & Oswald Schwemmer. Bd. 2. Hamburg: Felix Meiner Verlag, 1999.

Cassirer, Ernst. *Substanzbegriff und Funktionsbegriff—Untersuchungen über die Grundfragen der Erkenntniskritik*. In *Ernst Cassirer: Gesmmelte Werke*. Hg. Birgit Recki. Bd. 6. Hamburg: Felix Meiner Verlag, 2000.

Cassirer, Ernst. *Freiheit und Form—Studien zur deutschen Geistesgeschichte*. In *Ernst Cassirer: Gesmmelte Werke*. Hg. Birgit Recki. Bd. 7. Hamburg: Felix Meiner Verlag, 2001.

Cassirer, Ernst. *Zur Einstein'schen Relativitätstheorie—Erkenntnistheoretische Betrachtungen*. In *Ernst Cassirer: Gesmmelte Werke*. Hg. Birgit Recki. Bd. 10. Hamburg: Felix Meiner Verlag, 2001.

Cassirer, Ernst. *Philosophie der symbolischen Formen*. Erster Band: *Die Sprache*. In *Ernst Cassirer: Gesmmelte Werke*. Hg. Birgit Recki. Bd. 11. Hamburg: Felix Meiner Verlag, 2001.

Cassirer, Ernst. *Philosophie der symbolischen Formen*. Zweiter Band: *Das mythische Denken.* In *Ernst Cassirer: Gesmmelte Werke.* Hg. Birgit Recki. Bd. 12. Hamburg: Felix Meiner Verlag, 2002.

Cassirer, Ernst. *Philosophie der symbolischen Formen.* Dritter Band: *Phänomenologie der Erkenntnis.* In *Ernst Cassirer: Gesmmelte Werke.* Hg. Birgit Recki. Bd. 13. Hamburg: Felix Meiner Verlag, 2002.

Cassirer, Ernst. "Der Begriff der symbolischen Form im Aufbau der Geisteswissenschaften." *Ernst Cassirer: Gesmmelte Werke.* Hg. Birgit Recki. Bd. 16. S. 75-104. Hamburg: Felix Meiner Verlag, 2003.

Cassirer, Ernst. "Die Kantischen Elemente in Wilhelm von Humboldts Sprachphilosophie." In *Ernst Cassirer: Gesmmelte Werke.* In Hg. Birgit Recki. Bd. 16. S. 105-133. Hamburg: Felix Meiner Verlag, 2003.

Cassirer, Ernst. "Sprache und Mythos—Ein Beitrag zum Problem der Götternamen." *Ernst Cassirer: Gesmmelte Werke.* Hg. Birgit Recki. Bd. 16. S. 227-311. Hamburg: Felix Meiner Verlag, 2003.

Cassirer, Ernst. "Das Symbolproblem und seine Stellung im System der Philosophie." *Ernst Cassirer: Gesmmelte Werke.* Hg. Birgit Recki. Bd. 17, S. 253-282. Hamburg: Felix Meiner Verlag, 2004.

Cassirer, Ernst. "Die Sprache und der Aufbau der Gegenstandswelt." *Ernst Cassirer: Gesmmelte Werke.* Hg. Birgit Recki. Bd. 18, S. 111-126. Hamburg: Felix Meiner Verlag, 2004.

Cassirer, Ernst. "Beiträge für die Encyclopedia Britannia." *Ernst Cassirer: Gesmmelte Werke.* Hg. Birgit Recki. Bd. 17. S. 308-341. Hamburg: Felix Meiner Verlag, 2004.

Cassirer, Ernst. *Kulturphilosophie—Vorlesungen und Vorträge 1929-1941.* In *Ernst Cassirer—Nachgelassene Manuskripte und Texte.* Hg. Klaus Christian Köhnke, John Michael Krois & Oswald Schwemmer. Bd. 5. Hamburg: Felix Meiner Verlag, 2004.

Cassirer, Ernst. *Axel Hägerström—Eine Studie zur Schwedischen Philosophie der Gegenwart.* In *Ernst Cassirer: Gesmmelte Werke.* Hg. Birgit Recki. Bd. 21. S. 3-116. Hamburg: Felix Meiner Verlag, 2005.

Cassirer, Ernst. "Zur Logik des Symbolbegriffs." *Ernst Cassirer: Gesmmelte*

Werke. Hg. Birgit Recki. Bd. 22, S. 112-139. Hamburg: Felix Meiner Verlag, 2006.

Cassirer, Ernst. "Naturlistische und humanistische Begründung der Kulturphilosophie." *Ernst Cassirer: Gesmmelte Werke*. Hg. Birgit Recki. Bd. 22, S. 140-166. Hamburg: Felix Meiner Verlag, 2006.

Cassirer, Ernst. *Zur Logik der Kulturwissenschaften—Fünf Studien*. In *Ernst Cassirer: Gesmmelte Werke*. Hg. Birgit Recki. Bd. 24. S. 357-486. Hamburg: Felix Meiner Verlag, 2007.

Cesare, Donatella Di. "Wilhelm von Humboldt." *Klassiker der Sprachphilosophie*. Hg. T. Borsche. S. 275-289. München: Verlag C. H. Beck, 1996.

Christy, Craig T. "Reflex sounds and the experiential manifold: Steinthal on the origin of language." *Theorien vom Ursprung der Sprache*. Hg. J. Gessinger & W. v. Rahden. Vol. 1. S. 523-547. Berlin: Walter de Gruyter, 1988.

Chomsky, Noam. *Aspects of the Theory of Syntax*. Cambridge, MA: The MIT Press, 1965.

Conte, Maria-Elisabeth. "Semantische und pragmatische Ansätze in der Sprachtheorie Wilhelm von Humboldts." *History of Linguistic Thought and Contemporary Linguistics*. Hg. H. Parret. pp. 616-632. Berlin & New York: Walter de Gruyter, 1976.

Cook, Gary Allan. "The Development of G. H. Mead's Social Psychology." *Transactions of the Ch. S. Peirce Society*, 8(1972): 167-186.

Croce, Benedetto. *Aesthetic as Science of Expression and General Linguistic*. London: Macmillan, 1909.

Darwin, Charles. *The Expression of the Emotions in Man and Animals*. Oxford: Oxford University Press, 1998.

Delbrück, Berthold. *Grundfragen der Sprachforschung—Mit Rücksicht auf W. Wundts Sprachpsychologie Erörtert*. Strassburg: Verlag von Karl J. Trübner, 1901.

Dewey, John. "The Reflex Arc Concept in Psychology." *John Dewey, Philosophy, Psychology, and Social Practice*. Hg. Joseph Ratner. pp. 252-266. New York: Capricorn Books, 1965.

Dickson, Gwen Griffith. *Johann Georg Hamann's Relational Metacriticism.*
　　Berlin/New York: Walter de Gruyter, 1995.

Dummett, Michael. *Origins of Analytical Philosophy.* Cambridge, Mass.:
　　Harvard University Press, 1996.

Düsing, Edith. *Intersubjektivität und Selbstbewußtsein—Behavioristische,*
　　Phänomenologische und Idealistische Begründungstheorien bei Mead,
　　Schütz, Fichte und Hegel. Köln: Verlag für Philosophie Jürgen Dinter,
　　1986.

Eckardt, Georg（Hg.）. *Völkerpsychologie—Versuch einer Neuentdeckung.*
　　Weinheim: Psychologie Verlags Union, 1997.

Endlicher, Stephan. *Anfangsgründe der chinesischen Grammtik.* Wien: Druck
　　und Verlag von Carl Gerold, 1845.

Engel, Johann Jakob. *J. J. Engel's Schriften*: 7. Bd. *Ideen zu einer Mimik.* Berlin:
　　Mylius'fche Buchhanlung, 1844.

Farr, Robert M. "Wilhelm Wundt and the origins of psychology as an
　　experimental and social science." *George Herbert Mead—Critical*
　　Assessments. Ed. Peter Hamilton. Vol. 3. pp. 175-190. London and New
　　York: Routledge, 1992.

Ferrari, Massimo. *Ernst Cassirer—Stationen einer Philosophischen*
　　Biographie—Von der Marburger Schule zur Kulturphilosophie. Übersetzt
　　von Marion Lauschke. Hamburg: Felix Meiner Verlag, 2003.

Fiesel, Eva. *Die Sprachphilosophie der deutschen Romantik.* Hildesheim: Georg
　　OLMS Verlag, 1973.

Freudenberger, Silja. "Kulturphilosophie, Kulturwissenschaften,
　　Naturwissenschaft." *Kultur und Symbol—Ein Handbuch zur Philosophie*
　　Ernst Cassirers. Hg. Hans Jörg Sandkühler und Detlev Pätzold. S. 259-271.
　　Stuttgart: Verlag J. B. Metzler, 2003.

Gabelentz, Georg von der. *Chinesische Grammatik.* Berlin: Deutscher Verlag
　　der Wissenschaften, 1953.

Gaier, Ulrich. *Herders Sprachphilosophie und Erkenntniskritik.* Stuttgart-Bad
　　Cannstatt: Friedrich Formmann Verlag, 1988.

Gehlen, Arnold. *Der Mensch—Seine Natur und seine Stellung in der Welt.* Frankfurt am Main: Athenäum Verlag, 1966.

Gesche, Astrid. *Johann Gottfried Herder—Sprache und die Natur des Menschen.* Würzburg: Königshausen & Neumann, 1991.

Gipper, Helmut & Schmitter, Peter. *Sprachwissenschaft und Sprachphilosophie im Zeitalter der Romantik.* Tübingen: Gunter Narr Verlag, 1979.

Graeser, Andreas. *Ernst Cassirer.* München: Verlag C. H. Beck, 1994.

Graumann, Carl Friedrich. "Wundt—Mead—Bühler—Zur Sozialität und Sprachlichkeit menschlichen Handelns." *Karl Bühlers Axiomatik—Fünfzig Jahre Axiomatik der Sprachwissenschaften.* Hg. Carl F. Graumann & Theo Herrmann. S. 217-247. Frankfurt am Main: Vittorio Klostermann, 1984.

Grimm, Jacob. *Deutsche Grammatik.* Erster Theil: Göttingen: In der Dieterichschen Buchhandlung, 1822.

Habermas, Jürgen. *Kultur und Kritik—Verstrute Aufsätze.* Frankfurt am Main: Suhrkamp Verlag, 1973.

Habermas, Jürgen. *Theorie des kommunikativen Handelns.* Band 2, *Zur Kritik der Funktionalistischen Vernunft.* Frankfurt am Main: Suhrkamp Verlag, 1981.

Habermas, Jürgen. "*Entgegnung.*" *Kommunikatives Handeln*, Hg. A. Honneth & H. Joas. S. 327-405. Frankfurt am Main: Suhrkamp Verlag, 1986.

Habermas, Jürgen. "Individuierung durch Vergesellschaftung—Zur G. H. Meads Theorie der Subjectivität". *Nachmetaphysisches Denken—Philosophische Aufsätze.* S. 187-241. Frankfurt am Main: Suhrkamp Verlag, 1988.

Habermas, Jürgen. "Die befreiende Kraft der symbolischen Formgebung—Ernst Cassirers humanistisches Erbe und die Bibliothek Warburg." *Vom sinnlichen Eindruck zum symbolischen Ausdruck.* S. 9-40. Frankfurt am main: Suhrkamp Verlag, 1997.

Habermas, Jürgen. "Hermeneutische und analytische Philosophie—Zwei komplementäre Spielarten der linguistischen Wende." *Wahrheit und Rechtfertigung.* S. 65-101. Frankfurt am Main: Suhrkamp Verlag, 1999.

Hamann, Johann Georg. *Sämtliche Werke: Historisch-kritische Ausgabe.* Hg.

Josef Nadler. Wien: Verlag Herder, 1949-1957.

Hamann, Johann Georg. "Versuch über einer akademische Frage." *Johann Georg Hamann: Sämtliche Werke.* Hg. Josef Nadler. Bd. 2. S. 119-126. Wien: Verlag Herder, 1950.

Hamann, Johann Georg. "Zwo Recensionen nebst einer Beylage, betreffend den Ursprung der Sprache." *Johann Georg Hamann: Sämtliche Werke.* Hg. Josef Nadler. Bd. 3. S. 13-24. Wien: Verlag Herder, 1951.

Hamann, Johann Georg. "Des Ritters von Rosencreuz letzte Willensmeynung über den göttlichen und menschlichen Ursprung der Sprache." *Johann Georg Hamann: Sämtliche Werke.* Hg. Josef Nadler. Bd. 3. S. 25-33. Wien: Verlag Herder, 1951.

Hamann, Johann Georg. "Philologische Einfälle und Zweifel über eine akademische Preisschrift." *Johann Georg Hamann: Sämtliche Werke.* Hg. Josef Nadler. Bd. 3. S. 35-53. Wien: Verlag Herder, 1951.

Hamann, Johann Georg. "kritik der reinen Vernunft von Immanuel Kant." *Johann Georg Hamann: Sämtliche Werke.* Hg. Josef Nadler. Bd. 3. S. 275-280. Wien: Verlag Herder, 1951.

Hamann, Johann Georg. "Mekakritik über den Purismum der Vernunft." *Johann Georg Hamann: Sämtliche Werke.* Hg. Josef Nadler. Bd. 3. S. 281-289. Wien: Verlag Herder, 1951.

Hamann, Johann Georg. *Johann Georg Hamann: Briefwechsel.* 7 Bde. Hg. Walther Ziesemer & Arthur Henkel. Wiesbaden: Insel Verlag, 1955-1979.

Harbsmeier, Christoph. *Wilhelm von Humboldts Brief an Abel Remusat und die philosophische Grammatik des Altchinesischen.* Stuttgard—Bad Cannstatt: Friedrich Formmann Verlag, 1979.

Hegel, Georg Wilhelm Friedrich. *Hamanns Schriften.* In *Werke in zwanzig Bänden.* Hg. Eva Moldenhauer & Karl Markus Michel. Bd. 11, S. 275-352. Frankfurt am Main: Suhrkamp Verlag, 1970.

Hegel, Georg Wilhelm Friedrich. *Phänomenologie des Geistes.* In *Gesammelte Werke.* Hg. Rheinisch-Westfälischen Akademie der Wissenschaften. Bd. 9. Hamburg: Felix Meiner Verlag, 1980.

Heidegger, Martin. *Kant und das Problem der Metaphysik*. Frankfurt am Main: Vittorio Klostermann, 1991.

Heidegger, Martin. *Vom Wesen der Sprache—Die Metaphysik der Sprache und die Wesung des Wortes—Zu Herders Abhandlung "Über den Ursprung der Sprache."* In *Gesamtausgabe* Bd. 85. Frankfurt am Main: Vittorio Klostermann, 1999.

Heintel, Erich（Hg）. *Johann Gottfried Herder—Sprachphilosophische Schriften*. Hamburg: Verlag von Felix Meiner, 1960.

Heintel, Erich. *Einführung in die Sprachphilosophie*. Darmstadt: Wissenschaftliche Buchgesellschaft, 1975.

Herder, Johann Gottfried. *Abhandlung Über den Ursprung der Sprache*. In *Herders Sämtliche Werke*. Hg. Bernhard Suphan. Bd. 5. S. 1-148. Berlin: Weidmannsche Buchhandlung, 1891.

Herder, Johann Gottfried. *Herders Sämtliche Werke*. Hg. Bernhard Suphan, 33 Bde. Berlin: Weidmannsche Buchhandlung, 1877-1913.

Hewes, Gordon W. "Primate communication and the gestural origin of language." *Current Anthropology*, 33: Supplement（1992）: 65-72.

Honneth, Axel. *Kampf um Anerkennung—Zur moralischen Grammatik sozialer Konflikte*. Frankfurt am Main: Suhrkamp Verlag, 1992.

Huebner, Daniel R. "The Construction of Mind, Self, and Society: The Social Process Behind G. H. Mead's Social Psychology." *Journal of History of the behavioral Science*, 48: 2（2012）: 134-153.

Humboldt, Wilhelm von. "Über das vergleichende Sprachstudium in Beziehung auf die verschiedenen Epochen der Sprachenwicklung." *Wilhelm von Humboldts Gesammelte Schriften*. Hg. Königlich Preussischen Akademie der Wissenschaften. Bd. 4. S. 1-34. Berlin: B. Behr's Verlag, 1905.

Humboldt, Wilhelm von. "Über das Entstehen der grammatischen Formen und ihren Einfluß auf die Ideenentwicklung." *Wilhelm von Humboldts Gesammelte Schriften*. Hg. Königlich Preussischen Akademie der Wissenschaften. Bd. 4. S. 285-313. Berlin: B. Behr's Verlag, 1905.

Humboldt, Wilhelm von. "Über den Nationalcharakter der Sprachen." *Wilhelm *von Humboldts Gesammelte Schriften*. Hg. Königlich Preussischen Akademie der Wissenschaften. Bd. 4. S. 420-435. Berlin: B. Behr's Verlag, 1905.

Humboldt, Wilhelm von. "Über den Zusammenhang der Schrift mit der Sprache." *Wilhelm von Humboldts Gesammelte Schriften*. Hg. Königlich Preussischen Akademie der Wissenschaften. Bd. 5. S. 31-106. Berlin: B. Behr's Verlag, 1906.

Humboldt, Wilhelm von. "Über die Buchstabenschrift und ihren Zusammenhang mit dem Sprachbau." *Wilhelm von Humboldts Gesammelte Schriften*. Hg. Königlich Preussischen Akademie der Wissenschaften. Bd. 5. S. 107-133. Berlin: B. Behr's Verlag, 1906.

Humboldt, Wilhelm von. "Über den grammatischen Bau der chinesischen Sprache." *Wilhelm von Humboldts Gesammelte Schriften*. Hg. Königlich Preussischen Akademie der Wissenschaften. Bd. 5. S. 309-324. Berlin: B. Behr's Verlag, 1906.

Humboldt, Wilhelm von. *Grundzüge des allgemeinen Sprachtypus*. In *Wilhelm von Humboldts Gesammelte Schriften*. Hg. Königlich Preussischen Akademie der Wissenschaften. Bd. 5. S. 364-475. Berlin: B. Behr's Verlag, 1906.

Humboldt, Wilhelm von. "Über den Dualis." *Wilhelm von Humboldts Gesammelte Schriften*, Hg. Königlich Preussischen Akademie der Wissenschaften. Bd. 6. S. 4-30. Berlin, Deutschland: B. Behr's Verlag, 1907.

Humboldt, Wilhelm von. "Über die Verschiedenheiten des menschlichen Sprachbaues." *Wilhelm von Humboldts Gesammelte Schriften*. Hg. Königlich Preussischen Akademie der Wissenschaften. Bd. 6. S. 111-303. Berlin: B. Behr's Verlag., 1907.

Humboldt, Wilhelm von. "Über die Verwandtschaft der Ortsadverbien mit dem Pronomen in einigen Sprachen." *Wilhelm von Humboldts Gesammelte Schriften*. Hg. Königlich Preussischen Akademie der Wissenschaften. Bd. 6. S. 304-330. Berlin: B. Behr's Verlag, 1907.

Humboldt, Wilhelm von. "Über die Verschiedenheit des menschlichen Sprachbaues und ihren Einfluß auf die geistige Entwicklung des Menschengeschlechts." In *Wilhelm von Humboldts Gesammelte Schriften.* Hg. Königlich Preussischen Akademie der Wissenschaften. Bd. 7. S. 1-344. Berlin: B. Behr's Verlag, 1907.

Humboldt, Wilhelm von. "Fragmente der Monographie über die Basken." *Wilhelm von Humboldts Gesammelte Schriften.* Hg. Königlich Preussischen Akademie der Wissenschaften. Bd. 7. S. 593-608. Berlin: B. Behr's Verlag, 1908.

Humboldt, Wilhelm von. "Über Denken und Sprechen." *Wilhelm von Humboldts Gesammelte Schriften.* Hg. Königlich Preussischen Akademie der Wissenschaften. Bd. 7. S. 581-583. Berlin: B. Behr's Verlag, 1908.

Humboldt, Wilhelm von. "Einleitung in das gesamte Sprachstudium." *Wilhelm von Humboldts Gesammelte Schriften.* Hg. Königlich Preussischen Akademie der Wissenschaften. Bd. 7. S. 619-628. Berlin: B. Behr's Verlag, 1908.

Irmscher, Hans Dietrich. *Johann Gottfried Herder.* Stuttgart: Reclam Verlag, 2001.

Joas, Hans. *Die gegenwärtige Lage der soziologischen Rollentheorie.* Frankfurt am Main: Akademische Verlagsgesellschaft, 1975.

Joas, Hans. *Praktische Intersubjektivität—Die Entwicklung des Werkes von G. H. Mead.* Frankfurt am Main: Suhrkamp Verlag, 1980.

Joas, Hans. *Pragmatism and Social Theory.* Chicago: University of Chicago Press, 1993.

Keil, Geert. "Sprache." *Philosophie—Ein Grundkurs.* Hg. E. Martens & H. Schnädelbach. Bd. 2, S. 549-605. Reinbek bei Hamburg: Rowohlt Taschenbuch Verlag, 1994.

Kendon, Adam. "Language and gesture: unity or duality." *Language and Gesture.* Ed. D. McNeill. pp. 47-63. Cambridge: Cambridge University Press, 2000.

Kendon, Adam. *Gesture—Visible Action as Utterance.* Cambridge: Cambridge

University Press, 2004.

Kendon, Adam. "Some topics in gesture studies." *Fundamentals of Verbal and Nonverbal Communication and the Biometric Issue*. Ed. A. Esposito, M. Bratanic, E. Keller, & M. Marinaro. pp. 3-19. Amsterdam: IOS Press, 2007.

Kögler, Hans-Herbert. "Consciousness as Symbolic Construction—A Semiotics of Thought after Cassirer." *Constructivist Foundations*. 4:3（2009）: 159-169.

Kroner, Richard. *Von Kant bis Hegel*. Tübingen: J. C. B. Mohr, 1961.

Küntzel, Gerhard. *Joh. Gottfr. Herder zwischen Riga und Bückeburg*. Hildesheim: Verlag Dr. H. A. Gerstenberg, 1973.

Kwan, Tze-wan, "Abstract Concept Formation in Archaic Chinese Script Forms: Some Humboldtian Perspectives." *Philosophy East and West*, 61:3（2011）: 409-452.

Lafont, Cristina. *The Linguistic Turn in Hermeneutic Philosophy*. Trans. by J. Medina, Cambridge, Mass.: The MIT Press, 1999.

Lammers, Wilhelm. *Wilhelm von Humboldts Weg zur Sprachforschung 1785-1801*. Berlin: Junker und Dünnhaupt, 1936.

Lazarus, Moritz & Steinthal, Heymann. "Einleitende Gedanken über Völkerpsychologie, als Einlagung zu einer Zeitschrift für Völkerpsychologie und Sprachwissenschaft." *Zeitschrift für Völkerpsychologie und Sprachwissenschaft*. 1（1860）: 1-73.

Leskien, August. *Die Declination im Slavisch-Litauischen und Germanischen*. Leipzig: Bei S. Hirzel, 1876.

Liebrucks, Bruno. *Sprache und Bewusstsein*. Frankfurt am Main: Akademische Verlagsgesellschaft, 1964.

Löwith, Karl. *Von Hegel zu Nietzsche—Der revolutionäre Bruch im Denken des neunzehnten Jahrhunderts*. Stuttgart: W. Kohlhammer, 1953.

Majetschak, Stefan. "Metakritik und Sprache—Zu Johann Georg Hamanns Kant-Verständnis und seinen metakritischen Implikation." *Kant-Studien*, 80（1989）: 447-471.

Martens, Ekkehard & Schnädelbach, Herbert（Hg.）. *Philosophie—Ein*

Grundkurs. Reinbek bei Hamburg, Deutschland: Rowohlt Verlag, 1994.

Martin, Jack. "Perspectival Selves in Interaction with Others—Re-reading G. H. Mead's Social Psychology." *Journal for the Theory of Social Behaviour*, 35:3(2007): 231-253.

Martin, Jack. "Taking and Coordinating Perspective—From Prereflective Interactivity, through Reflective Intersubjectivity, to Metareflective Sociality." *Human Development*, 51(2008): 294-317.

McNeill, David. *Psycholinguistics—A new approach*. New York: Happer & Row, 1987.

McNeill, David. *Hand and Mind: What Gestures Reveal about Thought*. Chicago and London: The University of Chicago Press, 1992.

Mead, George Herbert. "The Definition of the Psychical." The Decennial Publications of the University of Chicago, First Series, Vol. 3. pp. 77-112. Chicago: University of Chicago Press, 1903.

Mead, George Herbert. *Mind, Self & Society. From the Standpoint of a Social Behaviorist*. Chicago: The University of Chicago Press, 1934.

Mead, George Herbert. "Suggestions Toward a Theory of the Philosophical Disciplines." *Selected Writings—George Herbert Mead*. Ed. Andrew J. Reck. pp. 94-104. New York: The Bobbs-Merrill Company, 1964.

Mead, George Herbert. "Social Psychology as Counterpart to Physiological Psychology." *Selected Writings—George Herbert Mead*. Ed. Andrew J. Reck. pp. 94-104. New York: The Bobbs-Merrill Company, 1964.

Mead, George Herbert. "What Social Objects Must Psychology Presuppose?" *Selected Writings—George Herbert Mead*. Ed. Andrew J. Reck. pp. 105-113. New York: The Bobbs-Merrill Company, 1964.

Mead, George Herbert. "Social Consciousness and the Consciousness of Meaning." *Selected Writings—George Herbert Mead*. Ed. Andrew J. Reck. pp. 123-133. New York: The Bobbs-Merrill Company, 1964.

Mead, George Herbert. "The Mechanism of Social Consciousness." *Selected Writings—George Herbert Mead*. Ed. Andrew J. Reck. pp. 134-141. New York: The Bobbs-Merrill Company, 1964.

Mead, George Herbert. "The Social Self." *Selected Writings—George Herbert Mead*. Ed. Andrew J. Reck. pp. 142-149. New York: The Bobbs-Merrill Company, 1964.

Mead, George Herbert. "A Behavioristic Account of the Significant Symbol." *Selected Writings—George Herbert Mead*. Ed. Andrew J. Reck. pp. 240-247. New York: The Bobbs-Merrill Company, 1964.

Mead, George Herbert. *George Herbert Mead Gesammelte Aufsätze*. Hg. Hans Joas. Frankfurt am Main: Suhrkamp Verlag, 1980.

Mead, George Herbert. "Rezension von William McDougall, An Introduction to Social Psychology." *George Herbert Mead Gesammelte Aufsätze*. Hg. Hans Joas. S. 159-168. Frankfurt am Main: Suhrkamp Verlag, 1980.

Mead, George Herbert. "Die Beziehungen von Psychologie und Philologie." *George Herbert Mead Gesammelte Aufsätze*. Hg. Hans Joas. S. 171-189. Frankfurt am Main: Suhrkamp Verlag, 1980.

Mendieta, Eduardo. "G. H. Mead—Linguistically Constituted Intersubjectivity and Ethics." *Transactions of the Charles S. Peirce Society*, 30:4（1994）: 959-1000.

Menges, Karl. "Erkenntnis und Sprache—Herder und die Krise der Philosophie in späten achtzehnten Jahrhundert." *Johann Gottfried Herder. Language, History, and the Enlightenment*. Ed. Wulf Koepke. pp. 47-70. Columbia, South Carolina: Camden House, 1990.

Menges, Karl. "Sinn und Besonnenheit—The Meaning of Meaning in Herder." *Herder-Jahrbuch*. Hg. Hans Adler and Wulf Koepke. S. 157-175. Stuttgart, Weimar: Verlag J. B. Metzler, 1998.

Metzke, Erwin. *J. G. Hamanns Stellung in der Philosophie des 18. Jahrhunderts*. Darmstadt: Wissenschaftliche Buchgesellschaft, 1967.

Miller, David L. "Josiah Royce and George H. Mead on the Nature of the Self." *Transactions of the Charles S. Peirce Society*, 30:4（1975）: 67-89.

Miller, David L.（ed.）. *The Individual and the Social Self—Unpublished Work of George Herbert Mead*. Chicago: The University of Chicago Press, 1982.

Miller, Robert Lee. *The Linguistic Relativity Principle and Humboldtian*

Ethnolinguistics. Hague: Mouton & Co, 1968.

Morris, Charles. *Foundations of the Theory of Sign*. Chicago: The University of Chicago Press, 1938.

Morris, Charles. *Sign, Language and Behavior*. New York: George Braziller, Inc., 1946.

Möckel, Christian. *Das Urphänomen des Lebens—Ernst Cassirers Lebensbegriff*. Hamburg: Felix Meiner Verlag, 2005.

Möckel, Christian. "Die Kulturwissenschaften und ihr Lebensgrund—Zu Ernst Cassirers Beitrag zur Theorie der Kulturwissenschaften." *Lebendige Form— Zur Metaphysik des Symbolischen* in *Ernst Cassirers* "Nachgelassenen Manuskripten und Texten," Hg. Reto Luzius Fetz & Sebastian Ullrich. S. 179-195. Hamburg: Felix Meiner Verlag, 2008.

Nadler, Josef（Hg.）. *Johann Georg Hamann: Sämtliche Werke*, Historisch-kritische Ausgabe, 6 Bde. Wien: Thomas Morus Presse im Verlag Herder, 1949-1957.

Natason, Maurice. *The Social Dynamics of George H. Mead*. The Hague: Martinus Nihoff, 1973.

Neumann, Karl. "E. Cassirer: Das Symbol." *Grundprobleme der Großen Philosophen—Philosophie der Gegenwart II*. Hg. Josef Speck. S. 102-145. Göttingen: Vandenhoeck & Ruprecht, 1973.

Onnasch, Ernst-Otto. "Das Begründungsproblem in Cassirers philosophischer Kulturkritik." *Sinn, Geltung, Wert—Neukantianische Motive in der modernen Kulturphilosophie*. Hg. Christian Krijnen & Ernst Wolfgang Orth. Würzburg: Königshausen & Neumann, 1998.

Orth, Ernst Wolfgang. "Ernst Cassirer zwischen Kulturphilosophie und Kulturwissenschaften. Ein terminologisches Problem?" *Lebendige Form— Zur Metaphysik des Symbolischen* in *Ernst Cassirers* "Nachgelassenen Manuskripten und Texten." Hg. Reto Luzius Fetz & Sebastian Ullrich. S. 137-160. Hamburg: Felix Meiner Verlag, 2008.

Osthoff, Hermann & Brugmann, Karl.（Hg.）. *Morphologische Untersuchungen auf dem Gebiete der indogermanischen Sprachen*（Erster Theil）. Leipzig:

Verlag von S. Hirzel, 1878.

Otto, Detlef. "Johann Georg Hamann." *Klassiker der Sprachphilosophie*. Hg. Tilman Borsche. S. 197-213. Münschen: C. H. Beck'sche Verlagbuchhandlung, 1996.

Paetzold, Heinz. *Die Realität der Symbolischen Formen—Die Kulturphilosophie Ernst Cassirers in Kontext*. Darmstadt: Wissenschaftliche Buchgesellschaft, 1994.

Paul, Hermann. *Prinzipen der Sprachgeschichte*. Halle: Verlag von Max Niemeyer, 1909.

Plato. *Republic*. *The Dialogues of Plato*. Trans. B. Jowett. Vol. II. pp. 163-499. Oxford: At the Clarendon Press, 1964.

Plato. *Gorgias*. *The Dialogues of Plato*. Trans. B. Jowett. Vol. II. pp. 533-627. Oxford: At the Clarendon Press, 1964.

Plato. *Cratylus*. *The Dialogues of Plato*. Trans. B. Jowett. Vol. III. pp. 41-106. Oxford: At the Clarendon Press, 1964.

Pleines, Jürgen. "Das Problem der Sprache bei Humboldt." *Das Problem der Sprache*. Hg. Hans Georg Gadamer. S. 31-43. München: Wilhelm Fink Verlag, 1967.

Plümacher, Martina. *Wahrnehmung, Repräsentation und Wissen—Edmund Husserls und Ernst Cassirers Analysen zur Struktur des Bewusstseins*. Berlin: Parerga Verlag, 2004.

Porta, Giambattista Della. *De humana physiognomonia*. Vici Aequensis: Apud Iosephum Cacchium, 1586.

Pott, August Friedrich. *Wilhelm von Humboldt und die Sprachwissenschaft*. Berlin: Verlag von S. Calvary & Co., 1876.

Proß, Wolfgang. *J. H. Herder: Abhandlung über den Ursprung der Sprache—Text, Materialien, Kommentar*. München: Carl Hanser Verlag, 1978.

Reck, Andrew J.（ed.）. *Selected Writings—George Herbert Mead*. New York: The Bobbs-Merrill Company, 1964.

Reckermann, Alfons. *Sprache und Metaphysik—Zur Kritik der sprachlichen Vernunft bei Herder und Humboldt*. München: Wilhelm Fink Verlag, 1979.

Rorty, Richard.（ed.）. *The Linguistic Turn—Recent Essays in Philosophical Method*. Chicago: The University of Chicago Press, 1967.

Rossini, Nicla. *Reinterpreting Gesture as Language*. Amsterdam: IOS Press, 2012.

Salmony, Hannsjörg A. *Die Philosophie des Jungen Herder*. Zürich: Vineta Verlag, 1949.

Schlegel, Friedrich. "Über die Sprache und Weisheit der Indier." *Kritische Friedrich-Schlegel-Ausgabe*. Hg. E. Behler. Bd. 8. S. 105-317. Paderborn: Ferdinand Schöningh, 1975.

Schlegel, Friedrich. "Der Philosoph Hamann." *Kritische Friedrich-Schlegel-Ausgabe*. Hg. Ernst Behler. Band 8. S. 459-461. Paderborn: Ferdinand Schöningh, 1975.

Schleicher, August. *Die Darwinsche Theorie und die Sprachwissenschaft*. Weimar: Hermann Böhlau, 1863.

Schmidt, Siegfried J.. *Sprache und Denken als Sprachphilosophisches Problem von Locke bis Wittgenstein*. Den Haag: Martinus Nijhoff, 1968.

Schneider, Frank. *Der Typus der Sprache—Eine Rekonstruktion des Sprach begriffs Wilhelm von Humboldts auf der Grundlage der Sprachursprungsfrage*. Münster: Nodus Publikationen, 1995.

Schwemmer, Oswald. *Kulturphilosophie—Eine medientheoretische Grundlegung*. München: Wilhelm Fink Verlag, 2005.

Seebaß, Gottfried. *Das Problem von Sprache und Denken*. Frankfurt am Main: Suhrkamp Verlag, 1981.

Seebohm, Thomas M. "Der systematische Ort der Herderschen Metakritik." *Kant-Studien*, 63（1972）: 59-73.

Simon, Josef（Hg.）. *Johann Georg Hamann—Schriften zur Sprache*. Frankfurt am Main: Suhrkamp Verlag, 1967.

Steinthal, Heymann. *Die Entwicklung der Schrift*. Berlin: Ferd. Dümmler's Verlagsbuchhandlung, 1852.

Steinthal, Heymann. *Grammatik, Logik und Psychologie—Ihre Principien und ihr Verhältniss zu Einander*. Berlin: Ferd. Dümmlers Verlagsbuchhandlung,

1855.

Steinthal, Heymann. *Charakteristik der hauptsächlichsten Typen des Sprachbaues.* Berlin: Ferd. Dümmler's Verlagsbuchhandlung, 1860.

Steinthal, Heymann. *Abriss der Sprachwissenschaft.* Erster Teil: *Einleitung in die Psychologie und Sprachwissenschaft.* Berlin: Ferd. Dümmlers Verlagsbuchhandlung, 1871.

Steinthal, Heymann. *Der Ursprung der Sprache im Zusammenhange mit den letzten Fragen alles Wissens.* Berlin: Ferd. Dümmlers Verlagsbuchhandlung, 1888.

Stetter, Christian. *Schrift und Sprache.* Frankfurt am Main: Suhrkamp Verlag, 1997.

Süßmilch, Johann Peter. *Versuch eines Beweises, daß die erste Sprache ihren Ursprung nicht vom Menschen, sondern allein vom Schöpfer erhalten habe.* Nachdruck in Köln: Themene Verlag und Antiquariat, 1998.

Sütterlin, Ludwig. *Das Wesen der sprachlichen Gebilde—Kritische Bemerkungen zu Wilhelm Wundts Sprachpsychologie.* Heidelberg: Carl Winter's Universitätsbuchhandlung, 1902.

Taylor, Charles. "The Importance of Herder." *Philosophical Arguments.* pp. 79-99. Cambridge, Mass.: Harvard University Press, 1997.

Taylor, Charles. *The language Animal—The Full Shape of the Human Linguistic Capacity.* Cambridge, Mass.: The Belknap Press of Harvard University Press, 2016.

Trabant, Jürgen. *Apeliotes oder Der Sinn der Sprache—Wilhelm von Humboldts Sprach-Bild.* München, Deutschland: Wilhelm Fink Verlag, 1986.

Trabant, Jürgen. *Traditionen Humboldt.* Frankfurt am Main: Suhrkamp Verlag, 1990.

Trabant, Jürgen. *Artikulationen—Historische Anthropologie der Sprache.* Frankfurt am Main: Suhrkamp Verlag, 1998.

Trabant, Jürgen. "Inner Bleating: Cognition and Communication in the Language Origin Discussion." *Herder-Jahrbuch.* Hg. Karl Menges, Wulf Koepke, and Regine Otto. S. 1-19. Stuttgart, Weimar: Verlag J. B. Metzler,

2000.

Tugendhat, Ernst. *Selbstbewußtsein und Selbstbestimmung—Sprachanalytische Interpretationen*. Frankfurt am Main: Suhrkamp Verlag, 1979.

Weber, Heinrich. *Hamann und Kant: Ein Beitrag zur Geschichte der Philosophie im Zeitalter der Aufklärung*. München: C. H. Beck'sche Verlagsbuchhandlung, 1904.

Weisgerber, Leo. *Vom Weltbild der deutschen Sprache*. 1. Halbband. *Die Inhaltbezogene Grammatik*. Düsseldorf: Pädagogischer Verlag Schwann, 1953.

Weiß, Helmut. *Johann Georg Hamanns Ansichten zur Sprache—Versuch einer Rekonstruktion aus dem Frühwerk*. Münster: Nodus Publikationen, 1990.

Welbers, Urlich. *Verwandlung der Welt in Sprache—Aristotelische Ontologie im Sprachdenken Wilhelm von Humboldts*. Paderborn, Deutschland: Ferdinand Schöningh, 2001.

Wenzel, Harald. *George Herbert Mead—Zur Einführung*. Hamburg: Junius Verlag, 1990.

Whitaker, C. W. A. *Aristotle's De Interpretatione: Contradiction and Dialectic*. Oxford: Oxford University Press, 2002.

Wohlfart, Günter. "Hamanns Kantkritik." *Kant-Studien*, 75（1984）: 398-419.

Wuchterl, Kurt. *Bausteine zu einer Geschichte der Philosophie des 20. Jahrhunderts*. Stuttgart: Verlag Paul Haupt Bern, 1995.

Wundt, Wilhelm. *Grundzüge der physiologischen Psychologie*. Leipzig: Verlag von Wilhelm Engelmann, 1893.

Wundt, Wilhelm. *Sprachgeschichte und Sprachpsychologie—Mit Rücksicht auf B. Delbrücks "Grundfragen der Sprachforschung."* Leipzig: Verlag von Wilhelm Engelmann, 1901.

Wundt, Wilhelm. *Völkerpsychologie—Eine Untersuchung der Entwicklungsgesetze von Sprache, Mythus und Sitte*: Erster Band. *Die Sprache*（2 Teile）. Leipzig: Verlag von Wilhelm Engelmann, 1904.

Wundt, Wilhelm. "Der Ausdruck der Gemütbewegungen." *Essays*. S. 243-268. Leipzig: Verlag von Wilhelm Engelmann, 1906.

Wundt, Wilhelm. "Die Sprache und das Denken." *Essays*. S. 269-317. Leipzig: Verlag von Wilhelm Engelmann, 1906.

Wundt, Wilhelm. "Über Ziele und Wege der Völkerpsychologie." *Probleme der Völkerpsychologie*. S. 1-35. Leipzig: Ernst Wiegandt Verlagsbuchhandlung, 1911.

Wundt, Wilhelm. *Elemente der Völkerpsychologie—Grundlinien einer psychologischen Entwicklungsgeschichte der Menschheit*. Leipzig: Alfred Kröner Verlag, 1913.

本書內容原始出處說明

　　本書各章的內容，除導論外，皆曾以期刊論文形式先行出版。現經整合成本書後，內容已有增補與調整，至於原始出處則列明如下：

第一章：〈以音構義——試作赫德語言起源論的存有論詮釋學解讀〉，《國立政治大學哲學學報》，第24期，頁35-76，2010。

第二章：〈詞語的啟示與傳統——論哈曼對於康德先驗哲學的語文學後設批判〉，《臺大文史哲學報》，第73期，頁127-171，2010。

第三章：〈語言哲學的不同聲音——論洪堡特語言觀的世界開顯性與理性對話性〉，《歐美研究》，第40卷第4期，頁985-1062，2010。

第四章：〈身體姿態與語言表達——論馮特的語言手勢起源論與民族心理學理念〉，《歐美研究》，第45卷第2期，頁139-225，2015。

第五章：〈從符號形式到生命現象——論卡西勒符號形式哲學的文化哲學涵義〉，《臺大文史哲學報》，第83期，頁109-150，2015。

第六章：〈姿態、符號與角色互動——論米德社會心理學的溝通行動理論重構〉，《哲學分析》，第8卷第1期，頁61-97，2017。

附錄：〈從洪堡特語言哲學傳統論在漢語中的漢字思維〉，《漢學研究》，第33卷第2期，頁7-48，2015。

從赫德到米德：邁向溝通共同體的德國古典語言哲學思路

2019年6月初版　　　　　　　　　　　　　　　　定價：新臺幣780元
有著作權・翻印必究
Printed in Taiwan.

著　　者	林　遠　澤
叢書主編	沙　淑　芬
校　　對	吳　淑　芳
封面設計	沈　佳　德
編輯主任	陳　逸　華

出　版　者	聯經出版事業股份有限公司
地　　　址	新北市汐止區大同路一段369號1樓
編輯部地址	新北市汐止區大同路一段369號1樓
叢書主編電話	(02)86925588轉5310
台北聯經書房	台北市新生南路三段94號
電　　　話	(02)23620308
台中分公司	台中市北區崇德路一段198號
暨門市電話	(04)22312023
台中電子信箱	e-mail：linking2@ms42.hinet.net
郵政劃撥帳戶第	0100559-3號
郵撥電話	(02)23620308
印　刷　者	世和印製企業有限公司
總　經　銷	聯合發行股份有限公司
發　行　所	新北市新店區寶橋路235巷6弄6號2樓
電　　　話	(02)29178022

總編輯	胡　金　倫
總經理	陳　芝　宇
社　長	羅　國　俊
發行人	林　載　爵

行政院新聞局出版事業登記證局版臺業字第0130號

本書如有缺頁，破損，倒裝請寄回台北聯經書房更換。　　ISBN　978-957-08-5310-0 (精裝)
聯經網址：www.linkingbooks.com.tw
電子信箱：linking@udngroup.com

國家圖書館出版品預行編目資料

從赫德到米德：邁向溝通共同體的德國古典語言
哲學思路/林遠澤著 . 初版 . 新北市 . 聯經 . 2019年6月 (民
108年) . 616面 . 14.8×21公分
ISBN　978-957-08-5310-0 (精裝)

1.語言學　2.語言哲學　3.歷史比較語言學

800　　　　　　　　　　　　　　　　　　108006412